RICCARDI

Cornelia Mohrmann lebt und arbeitet in der Nähe von Frankfurt am Main. Nach ihrem Debüt »GRENZFÄLLE«, legt sie mit »GRENZVERKEHR« ihren zweiten Kriminalroman vor.

Cornelia Mohrmann

GRENZ VERKEHR

KRIMINALROMAN

RICCARDI

1. Auflage 2024

Originalausgabe: GRENZVERKEHR
© 2024 RICCARDI-Books
ein Imprint der Spielberg Verlagsgruppe, Neumarkt
Lektorat: Sophia Andermahr
Umschlaggestaltung: © Ria Raven, *www.riaraven.de*
Herstellung: BoD - Books on Demand, Norderstedt
Alle Rechte vorbehalten
Printed in Germany

ISBN: 978-3-95452-784-7

www.spielberg-verlag.de

»Für Franziska Franke, die mir geduldig gezeigt hat, dass sich
der Meister vor allem in der Beschränkung zeigt«

Geschichte und Personen sind frei erfunden.
Ähnlichkeiten mit lebenden oder bereits verstorbenen
Personen wären rein zufällig.

GRENZVERKEHR

Wann hatte er, Emmeran Xaver Vilsmayr, Erster Kriminalhauptkommissar bei der Kripo zu Mühldorf am Inn, zuletzt einen so prächtigen Frühsommertag erlebt wie heute? Unwillkürlich dachte er beim Anblick des azurnen Junihimmels, über den hübsche kleine weiße Wölkchen in Schäfchenform in sanftem Gleichschritt segelten, an seine Großmutter Emmerentia, Witwe des größten und darum wohlhabendsten Metzgermeisters zu Altötting. Diese war im Jahr seiner Erstkommunion an einem ebenso schönen Tag zu Grabe getragen worden. Er kannte die „Ahne Emmerenz", die als Ehefrau eines angesehenen Stadtmetzgers nie hatte darben und knausern müssen, auch nicht während zweier Kriege und einer Inflation, immer nur mit straff aufgebundener grauer Knotenfrisur und schlichter hochgeschlossener Kleidung aus stumpfem schwarzem Stoff, sommers wie winters.

Emmeran Vilsmayr schlenderte über den Kapellplatz zu Altötting, seiner Heimatstadt. Sein nächster offizieller Termin würde erst in zweieinhalb Stunden stattfinden. Außerdem war die halbe Abteilung außer Haus - Fortbildung zum Thema „Diskriminierung und Polizeigewalt". Ein Schmarrn... aber insofern gut für ihn, als dass er heute eventuell noch ein Mittagsschläfchen im Untersuchungsraum der Betriebsärztin würde einschieben können. Da stand eine wirklich bequeme, breite und gut gepolsterte Untersuchungsliege und dienstags übte die Frau Doktor ihre ärztliche Tätigkeit in Wasserburg aus. Kein Publikumsverkehr, kein Telefongeklingel. Nur er auf der Liege...

Er nahm Platz an seinem angestammten kleinen Tisch im Poststüberl, die Saalchefin Monika kam sofort mit dem Zettel, auf dem die Tagesempfehlungen ausgedruckt waren, und, weil es ziemlich warm war, einer Flasche Wasser zu ihm herüber.

„Grüß Gott, Herr Vilsmayr. Wie gehts?"

„Dank schön, sehr gut. Und Ihnen, Monika?" Die Saaloberin strahlte über ihr ganzes Gesicht. „Bin vor drei Tagen Großmutter geworden! Fritzi heißt's." Sie wedelte mit ihrer Serviette imaginäre Brosamen von der Tischdecke.

„Ja, da schau her! Ich gratuliere recht herzlich! Schön, dass die Buben wieder auf die alten Namen getauft werden!", freute sich Vilsmayr mit ihr.

Monika öffnete die Wasserflasche und schenkte das Glas halb voll. „Net Fritz. Fritzi. A Dirndl." Vilsmayr zuckte die Achseln. „Dann wird eben des Nächste ein Bub. Hauptsache gesund", kommentierte er jovial.

Monika warf ihm einen Blick zu, wie er ihn von dieser freundlichen und bodenständigen Frau noch nie zugeworfen bekommen hatte. „Wenn's meinen, Herr Erster Kriminalhauptkommissar. Natürlich - Hauptsache gesund, und sonst sollten wir im 3. Jahrtausend angekommen sein..." Doch ehe Vilsmayr überhaupt eine Erwiderung auf etwas machen konnte, was seiner Meinung nach beinahe eine ausgeschamte Frechheit war, besann sich die Saaloberin eines Besseren, nämlich auf ihre Professionalität. „Als Beilage heut zum letzten Mal in dieser Saison Spargel, Herr Vilsmayr. Wenn Sie den mögen, empfehle ich dazu ein Schweinerückensteak."

Bildete sich Vilsmayr das nur ein, oder glitten ihre Blicke für Sekundenbruchteile an seiner gewölbten Vorderseite hinab? „Ganz mager, Herr Vilsmayr." Also doch... und er begann sich leicht zu grämen. Hätte er in diesem Moment gewusst, was in der nächsten halben Stunde auf ihn zugerollt kommen würde, er hätte dieses Geplänkel genossen und seine manchmal durchaus charmante Schlagfertigkeit die Oberhand gewinnen lassen.

Da aber ein zu Dreiviertel volles Wasserglas nicht einmal ansatzweise so etwas wie eine Kristallkugel für Weissagungen war, blieb

Vilsmayr aus Prinzip leicht eingeschnappt - und gab zurück: „Na. Kein Gemüse oder trockenes Zeug!"

Monika blieb unerschütterlich. „Kalbsnierenbraten hätten wir auch. Wäre der genehm? Mit Knödeln und abgebräunter Soße? Eventuell ein kleiner Häuptelsalat?" Vilsmayr nickte gnädig. Den Salat ließ er durchgehen, denn geschult durch lange Jahre des Verheiratetseins erkannte er ziemlich genau den Punkt, ab dem mit einer reifen Weibsperson alles verscherzt war. „Bringen Sie mir noch bitte vorneweg ein Helles.", reagierte er gerade noch geistesgegenwärtig.

Die Kellnerin hatte schon längst wieder auf professionellen Gleichmut umgeschaltet. „Ein kleines? Oder eine Halbe?" Vilsmayr überlegte kurz, unter Einbeziehung der aktuellen Fakten. „Na. A Maß." Wann, überlegte er kurz, hatte er zuletzt tagsüber UND unter der Woche eine Maß Bier getrunken?

Das Bier stand fünf Minuten später vor ihm. Eine junge Servicekraft, eine brünette junge Frau mit aufgesteckten kunstvollen Zöpfen, hatte den Literkrug vorsichtig vor ihn auf den Tisch gestellt. Wie es den Anschein hatte, war es für sie eine gewisse körperliche Strapaze gewesen. Hübsch sah sie aus in dem einheitlichen Trachtenkleid mit der altrosa Schürze. Bloß schade, dass ihre Unterarme mit irgendwelchen Tätowierungen verhunzt waren. Der alte Tandler, dachte Emmeran Vilsmayr wehmütig und nahm einen kräftigen ersten Schluck, hätte so etwas bei seinem Personal unter keinen Umständen geduldet. Aber, und wer konnte es schon mit Bestimmtheit wissen, vielleicht waren solche illustrierten Biermadln auf der Wiesn seit kurzem der letzte Schrei? Auf alle Fälle war das Bier wirklich frisch gezapft und herrlich kühl. Und ... war heute nicht ein schöner Tag?

Keine zehn Minuten später brachte Monika den Kalbsnierenbraten, dessen zwei ausgesucht schöne große Scheiben von der leichten bräunlichen Soße glänzten, flankiert von den beiden symmetrisch drapierten Knödeln ... fast schon ein erotisches Tableau. Der Kopfsalat, der auf seinem wirklich kleinen Tellerchen daneben grün vor

Neid hinmickerte, störte dieses sinnliche Szenario kein bisschen. Dazu noch der Duft, der Vilsmayr leise in der Nase kitzelte...

Eine Bratenscheibe, einen Knödel und die Hälfte der Biermaß später blickte er auf seine Uhr - und stellte erstaunt fest, dass erst eine gute halbe Stunde vergangen war. Er wollte sich gerade ein weiteres Stück vom Braten einverleiben, als er aus den Augenwinkeln gewahrte, dass sich eine hochgewachsene Gestalt mit schnellen Schritten auf ihn zubewegte, ohne zu fragen den zweiten Stuhl am Tisch fortzog und ihm gegenüber Platz nahm. Als ob dies nicht schon eine sakrische Unverfrorenheit dargestellt hätte, legte dieser dreiste Eindringling statt eines Grußes auch noch einen schmalen Aktendeckel neben seinen Maßkrug.

Vilsmayr hob endlich seinen Blick, doch bevor er lospoltern wollte, erkannte er, dass es sich um den Polizeipräsidenten handelte. Wolfgang Motzhardt. Ein Augsburger, und darum gewiss nicht sein Freund. Er schluckte den Bratenbissen nur halb zerkaut hinunter, traute sich aber nicht, mit Bier nachzuspülen.

Denn der Blick, den Motzhardt in diesem Augenblick aus zusammengekniffenen Augen auf das große - und leider schon halbleere - Bierseidel warf, war alles andere als wohlwollend. „Grüß Gott, Herr Motzhardt!", nuschelte Vilsmayr.

„Grüß Gott, Herr Vilsmayr. Sieht nach einer ausgiebigen Mittagspause aus, wie?"

„Immer nur dienstags, Herr Polizeipräsident! Sind Sie vielleicht auch hungrig, nach der langen Anfahrt aus München?...", startete Emmeran Vilsmayr einen schwächlichen Beschwichtigungsversuch.

„Danke, nein.", erwiderte Motzhardt schmallippig und legte die Fingerspitzen seiner linken Hand auf den Aktendeckel, der in einem blassen Orange gehalten war. „Was zu trinken?", kartete Vilsmyar nach. Aber das klang schon weitaus kleinlauter. Denn auf dem Aktendeckel stand der Vermerk „Vertraulich" und in dessen Mitte, wo er nun alle Blicke auf sich ziehen musste, der Name „Scheidegger". Vilsmayrs Herz war da schon längst an seinem Hosenboden angekommen. Er räusperte sich hilflos.

Der Scheidegger Toni. Jesusmaria, was war er, der gerade einmal zwanzigjährige Polizeischüler Emmeran Vilsmayr, froh - ach was, überglücklich gewesen, als nach drei Monaten der endlosen Demütigung endlich einer in seine Klasse kam, der ebenso klein und schmächtig war wie er. Der Scheidegger Toni, den man wegen seiner Trichterbrust bei der Bundeswehr nicht genommen hatte, der aber - dank elterlicher Beziehungen, wie man damals munkelte - vom Polizeiarzt als unbedingt diensttauglich angesehen worden war.

Der Scheidegger Toni und der Vilsmayr Emmeran hatten einander gesucht und gefunden. Einer war des anderen Schutz und Bollwerk. Wenn nur der Toni nicht alleweil so ein loses Maul gehabt und sich immer wieder um Kopf und Kragen geredet hätte. Wie ein kleiner Kläffer von Hund, der sich einbildet, mit Dobermännern und Rottweilern mithalten zu können.

„Was haben Sie sich bei dieser Aussage gedacht, Vilsmayr?“, fragte Motzhardt mit gesenkter Stimme und bohrendem Blick. „Bei dieser UNAUFGEFORDERTEN Aussage?“

Vilsmayr blickte den übrigen Knödel an, als könnte dieser als Souffleuse fungieren. „Der Herr Scheidegger ist ein integrer Kollege, Herr Polizeipräsident. Kein unsauberer Umgang. Keine Gewaltanwendung, wo nicht nötig. Ist nicht bestechlich...“, murmelte er und schickte Motzhardt einen waidwunden Blick hinüber.

Der rollte mit den Augen. „Ja, ja, steht alles in seiner Personalakte. Es ist nur so, Herr Vilsmayr, und das müssen auch Beamte Ihrer Generation kapieren, und zwar ganz schnell und vollständig... es ist nur so, dass sich die Zeiten geändert haben und ein ganz anderer Wind weht... und das, was sich ihr Busenfreund Scheidegger da erlaubt hat, geht eben nicht mehr als Stammtischwitz durch...“

„Sondern?...“, wandte Vilsmayr ein. „Sondern als rassistische und frauenfeindliche Äußerung im Dienst gegenüber einer Schutzbefohlenen. Vor mehreren Zeugen.“, belehrte ihn der Polizeipräsident. „Ein gefundenes Fressen für die Presse und sämtliche legalen oder illegalen Medien, die ohnehin die Ansicht vertreten, die deutsche

Polizei sei flächendeckend von rechtspolitischem Gedankengut unterwandert!"

„Der Toni hat das nicht so gemeint.", bekräftigte Vilsmayr. Aus den Augenwinkeln erkannte er, dass die Schaumkrone auf seinem Restbier mittlerweile verschwunden war.

Scheidegger hatte eine Handvoll Polizeirekruten zum Reaktionstraining abgeholt. Unter den Schülern befand sich eine junge Frau, dunkelhäutig, wahrscheinlich afrikanischer Herkunft. Ein fesches Dirndl. Der Toni hatte ihr zugenickt und gemeint, dass sie beim Nachttraining ihren weiblichen Nachteil („Ihr Madln seids ja leider fast alle nachtblind") durch die Tatsache, dank ihrer 'schwarzen Haut bei Dunkelheit perfekt getarnt' zu sein, fast wieder wettmachen würde. Die Rekrutin hatte böse dreingeschaut - und weiter nichts gesagt. Den Toni anschwärzen und hintenrum verpetzen, das hatte sie sich später dann aber doch getraut. Der war aus allen Wolken gefallen - und direkt auf ihn zugegangen.

„Die wollen mich wegen Rassismus am Arsch kriegen! Emmeran - bin ich ein Rassist?", wehklagte er. „Ganz gewiss nicht, Toni. Was für ein ausgeschamtes Weibsstück! Die nehmen heute bei der Polizei jeden, der daherläuft - und so danken die es unsereinem."

Emmeran Vilsmayr erschien am folgenden Tag spontan und ohne Vorladung bei der Dienstaufsicht und gab in der anhängigen Angelegenheit die Zeugenaussage zu Protokoll, dass der Polizeihauptkommissar erstens das N-Wort nicht benutzt hatte und dass es zweitens wissenschaftlich erwiesen sei, dass über 70 Prozent der Frauen bei Dunkelheit Probleme mit ihrem Sehvermögen hatten. Also die Mehrheit.

~~

„Das war jetzt die vorletzte.", verkündete Ivo Golob und versuchte, sich an Vicky vorbei auf die Terrasse seiner Wohnung in der Mondseer Straße in Braunau zu schleichen. Die Gerichtsärztin erwischte ihn am Bündchen seines ausgeleierten Vereins-Sweatshirts. „Wo willst hin?", wollte sie beiläufig wissen.

Golob murmelte etwas von „Frischer Luft" und machte Befreiungsversuche, die Ludovika Zrenner verdächtig energisch vorkamen, zusätzlich zu der Tatsache, dass sich eben das mächtigste Gewitter in diesem Jahr über dem Innviertel ergoss. Sie schüttelte nur den Kopf. „Auch wenn du dich beim Rauchen maximal beeilst und für den Tschick statt sieben nur vier Minuten brauchst - du wirst trotzdem nass bis auf die Unterhosen!", versuchte sie, Golob von seinem unheiligen Vorhaben abzubringen.

Natürlich wurmte es ihn zum wiederholten Mal, dass er diese Wette gewonnen hatte. Gewonnen, ha! So ein typisches Gezocke zum Jahreswechsel nach dem Schema: „Wenn X eintritt, dann gelobe ich Y..." Plempert und hirnrissig, und es gab noch nicht einmal eine sogenannte win-win-Situation: „Wenn ich VOR meinem Geburtstag die Rückversetzung nach Wien bekomme, dann höre ich mit dem Rauchen auf!"

Seine Freundin hatte Recht - das Mistzeug war nicht nur eine Droge, es war eine regelrechte Guillotine für die wichtigsten Organsysteme. Er erinnerte sich sogar einen Moment an den rasselnden Husten seines Hausherrn, damals, als er ein fünfjähriger Bub gewesen war und bei seiner Mutter im fünften Stock einer Mietskaserne in Favoriten gelebt hatte, bis er volljährig war und gemustert wurde. Damals, als achtzehnjähriger Bursche und aktiver Handballer, rannte er die sechs Stockwerke hinauf, gleich zwei Stufen auf einmal nehmend und geriet so gut wie gar nicht außer Atem. Jetzt keuchte er ab der dritten Etage... Sie hatte Recht, und das zuzugeben UND umzusetzen, das stak wie ein gigantischer Stachel im Fleisch seines männlichen Selbstverständnisses.

Das Gewitter machte Anstalten, in Richtung Mondsee weiter zu ziehen. Dort würde es sich an den Bergen verfangen und elementar austoben. Womit seine Chancen sehr gut standen, nicht bis auf die Unterwäsche durchnässt zu werden. Verstohlen tastete er nach dem zerknautschten Päckchen in seiner Gesäßtasche.

In diesem Moment klingelte es an der Wohnungstüre. „Ich geh schon!", rief Vicky pflichteifrigst aus, froh darüber, aus der lästigen Hocke zu kommen. Jetzt oder nie! Golob machte einen fröhlich entschlossenen Satz auf die Terrassentüre zu, deren Scheibe von abertausenden Regentropfen übersät war.

„Ivo, ist für dich! Ein Einschreiben. Du musst quittieren.", rief ihm Vicky nach.

Mist!

Vor der Türe stand ein dunkles triefendes Individuum, das so nass und vermummt war, dass Golob nicht erkennen konnte, ob es sich um Weiblein oder Männlein handelte. Das Triefende streckte ihm ein Lesegerät mit einem Stick entgegen. „Bitte da unten rechts unterschreiben, Herr Oberleutnant!". Jetzt erkannte er an der Stimme Frau Zaggerl, die Zustellerin. „Grüß Gott, Frau Zaggerl! Warum haben Sie bei diesem Wetter nicht einfach abgewartet, bis Sie das Einschreiben…" - er drehte das erstaunlich wenig durchnässte Kuvert im Standardformat kurz um, um nach dem Absender zu sehen. Das Schreiben stammte aus Wien, doch die Tinte war so verlaufen, dass er weder einen Familien- noch einen Straßennamen erkennen konnte -, "bis Sie das Einschreiben ausgeliefert haben?"

Frau Zaggerl brummte, was wohl so etwas wie einen Widerspruch bedeutete. „Ich muss Einschreiben bis 16 Uhr aushändigen. Und jetzt ist zehn vor vier."

Vicky mischte sich ein: „Ihr letzter dienstlicher Gang heute, Frau Zaggerl?" Die Triefende nickte, Vicky fuhr fort: „Mögen Sie vielleicht einen heißen Tee?"

„Bitte keine Umstände!", rief Frau Zaggerl aus, aber Vicky war schon im Inneren der Wohnung verschwunden. Derweil versuchte Golob, mit seinen großen und dicken Fingern den Umschlag zu öffnen, was ihm nach etlichen Anläufen auch gelang. Er fischte etwas heraus, das wie ein Billett aussah. Dahinter steckte eine Postkarte älteren Datums mit einer Aufnahme des Klosters Melk. Die Rückseite war dicht und klein beschrieben, die Handschrift schlecht leserlich und ihm nicht vertraut.

Vicky erschien mit einer großen Henkeltasse, aus der es gemütlich dampfte. „Bitte schön und wohl bekomms." Dankbar nahm die Zustellerin den Becher entgegen und nahm einen genüsslichen Zug. Vermutlich hätte sie in diesem Moment auch einen Aufguss aus Brennnesseln oder Tomatenkraut dankbar entgegengenommen.

Golob inspizierte das längliche Billet, das leicht glänzte und auf gutes, stabiles Papier gedruckt war. Er hatte Recht behalten - eine Eintrittskarte für eine Vorstellung des Rigoletto bei den Bregenzer Festspielen in zehn Tagen... Oper, Herrjeh! Hatte Vicky das etwa bestellt? Er versuchte, die Postkarte zu entziffern.

Frau Zaggerl hatte sich den Tee zügig einverleibt und gab Vicky dankbar die Tasse zurück. Erst dann spähte sie an Dr. Zrenner und Ivo Golob vorbei durch die Diele in das kahle Wohnzimmer. „Ziehen Sie etwa aus, Herr Oberleutnant?" „Ja, Frau Zaggerl, man hat mich nach Wien zurückbeordert.", erteilte er Auskunft.

„Ach, wie schade. Aber ... na ja, was ist Braunau schon im Vergleich zu Wien." Sie schniefte leise; ob wegen der rasch abgestürzten Temperaturen oder vor Wehmut, darüber ließ sie Golob und Dr. Zrenner im Unklaren. „Ich werde Braunau in bleibender Erinnerung bewahren.", machte der Oberleutnant einen halbherzigen Tröstungsversuch.

„Na dann! Behüt' Sie Gott!" Frau Zaggerl deutete ein Winken an und troff den Hausflur zurück zur Eingangstüre. In diesem Moment bellte Petzi, die Rattlerhündin des Vermieters im Obergeschoss, los. Dr. Zrenner schloss rasch die Wohnungstüre, damit das schneidende Gekläff, das gelegentlich kurz von irritiertem Aufjaulen unterbrochen wurde, etwas gedämpft wurde. Das mochte jetzt gut und gerne eine halbe Stunde so anhalten.

Vicky grinste: „Das gehört wohl zu den Sachen, die du an Braunau gewiss nicht vermissen wirst."

Er grinste zurück: „Wohl wahr. Wobei das Viecherl alt wird - vor einem halben Jahr hat's schon losgebellt, wenn jemand geläutet hat. Jetzt kläfft sie erst, wenn der Besucher geht..." Er zog Dr. Zrenner an sich und drückte ihr einen Kuss auf den Scheitel. Das tat er gerne, denn die Pathologin war um einiges kleiner als er. Sie erduldete es mit einem kurzen Brummen.

Nachdem dies geschehen war, wandte sich Golob wieder dem mysteriösen Einschreiben zu. Wie er die Postkarte auch drehte und wendete, vor die Augen oder weit vor sein Gesicht hielt, es gelang ihm nicht, das Geschriebene zu entziffern.

„Du brauchst möglicherweise eine Lesebrille, Ivo!", konstatierte Dr. Zrenner. „Dann lies halt du!", gab er leicht gekränkt zurück

Dr. Zrenner nahm ihm die Postkarte aus der Hand, schüttelte kurz den Kopf und murmelte etwas von „Kindergartentante" ehe sie sich um die Entzifferung des Textes bemühte. Nach nur wenigen Augenblicken ließ sie die Karte abrupt sinken und schaute Golob mit einem so seltsamen Ausdruck an, dass er kurz das Gefühl hatte, sein Herzschlag würde aussetzen.

Für ein paar Sekundenbruchteile, die sich zu dehnen schienen wie das Warten auf einen verspäteten Regionalzug, geschah nichts.

Dann sprach Vicky die Worte: „Es ist von Piroska." Sie hielt sich die Hand vor den Mund. „Und, Herrgottnocheins, jetzt setz dir halt meine Brille auf und lies selber!"

Ivo Golob widersprach nicht, noch nicht einmal in Gedanken. Draußen hatte sich das Gewitter zügig entfernt und durch die immer noch offenstehende Terrassentüre wehte ein Hauch, der fast unangenehm kühl war.

Piroska. Natürlich. Die meist abwesende, ansonsten schweigsame Frau seines Freundes und Mentors Sandor Fekete. Pensionist, ehedem Generalmajor der Österreichischen Bundeskriminalpolizei, mit dessen Hilfe er einen in Österreich und Deutschland agierenden geisteskranken Massenmörder hatte überführen können. Der sich, nachdem sich der Seegang gelegt hatte, für eine rasche Rehabilitation seines Schützlings eingesetzt - und vor allem für eine diskrete Rückbeorderung nach Wien gesorgt hatte. Beförderung nach Antritt seiner neuen Stelle. Der sein Pensionistendasein genoss wie keiner, was nicht nur das Herauf- und Herunterkochen umfangreicher

Rezeptbücher bedeutete. Das letzte Vierteljahr hatte sich Fekete freilich rar gemacht. Er wolle zur Kur nach Héviz, schließlich würde auch er alt...

Nun konfrontierte ihn seine Frau Piroska mit einer anderen Wahrheit. Sozusagen mit der wahren Wahrheit. Sie schrieb, man hätte bei ihrem Mann vor einem halben Jahr Bauspeicheldrüsenkrebs diagnostiziert. Eine Operation hatte er abgelehnt, wegen seiner Leibesfülle. Die Chemotherapie vor einem Quartal hätte ihm hart zugesetzt, der Tumor sei weitergewachsen. Man hätte ihm notfallmäßig einen Stent... Morphinpflaster ... Das medizinische Bulletin verstand er nicht und lehnte es ab, sich dafür interessieren zu müssen. Er hatte es bereits in der vierten oder fünften eng beschriebenen Zeile erfasst, dass ihm etwas Erschütterndes mitgeteilt werden sollte. Piroskas Schrift hatte, wenn man es denn so bezeichnen konnte, immer wieder gestockt, den Fluss verloren. Ihre Nachricht war ihr alles andere als leicht von der Feder gegangen. Sein Freund und Mentor Sandor würde nicht mehr allzu lange am Leben sein.

Golob übersprang Schmerzmittelpumpen und Palliativdienst... Denn der Kern, der ihn und nur ihn anging, zu dem kam Piroska zum Schluss. Es sei Sandors innigster Wunsch, dass ihn Ivo Golob zu dieser Vorstellung auf der Bregenzer Seebühne begleiten möge. „A kis barátóm....“, murmelte er.

Dr. Zrenner blickte ihn von unten mit der antrainierten Gefasstheit einer Ärztin an. „Wirst du fahren?“

Langsam und vorsichtig, als hätte man ihm ein schwächliches Neugeborenes in seine großen Hände gelegt, steckte er die Opernkarte und den Brief von Piroska in den Umschlag zurück. „Selbstverständlich. Gleich nachher ruf ich die Piroska an, das Organisatorische regeln.“ Ivo Golob machte eine abwehrende Bewegung und begab sich zielstrebig auf die Terrasse.

Der Aktendeckel, den Motzhardt so unhöflich direkt neben Vilsmayrs Mittagsmahl gelegt hatte, enthielt einen fast komplett ausgefüllten und bereits von Motzhardt unterschriebenen Urlaubsantrag.

Der Polizeipräsident, der dann doch seinem inneren Schweinehund nachgegeben und sich ein kleines stilles Wasser bestellt hatte, stieß mit dem Zeigefinger auf jene Zeile hinab, in der die Dauer des Urlaubs festgelegt wurde, und blickte Vilsmayr gnadenlos an. „Ab heute. Keine Diskussion. Das heißt, Sie verschwinden vom Radar der Presse, Medien, ach was, von der gesamten Öffentlichkeit. Keine wie auch immer gearteten Verlautbarungen über diese Sache. Sie können es nur schlimmer machen. Nicht nur, weil ich Sie ziemlich gut kenne, Vilsmayr. Sondern weil die Zeiten anders geworden sind...“

Ohne einen Einwand abzuwarten, setzte der Polizeipräsident das aktuelle Datum in die Sparte „Urlaubsbeginn“ und blickte Vilsmayr wieder durchdringend an. „Das mit den Verlautbarungen gegenüber Dritten gilt auch für Ihren engsten Familien- und Freundeskreis. Wer auch immer - Frau, Kinder, Schafkopfpartner, Hund, Katze - auf diese Angelegenheit angesprochen wird, ist zum Stillschweigen verdonnert. Zuwiderhandlungen“ - hier bediente sich Motzhardt sogar des juristischen Fachausdrucks - „fallen auf Sie zurück. Ohne Ausnahme.“

Die Spitze seines Kugelschreibers schwebte über dem Feld „Urlaubsende“. „Sechs Wochen ab heute.“, beschloss er und trug ein Datum Ende Juli ein. Motzhardt sicherte seine Kugelschreibermine und trank sein Wasser in einem Zug aus. Immerhin besaß er so viel Stil, das geleerte Glas nicht auf die Tischplatte zu knallen. „Ihr Urlaubsbudget lassen Sie meine Sorge sein. Es könnte sich sogar so entwickeln, dass ich Ihren Urlaub verlängern muss. Aber das ist Zukunftsmusik.“

Er erhob sich und schloss korrekt einen Knopf seines Sakkos. Seine Miene überflog eine leichte Anmutung von Freundlichkeit.

„Vilsmayr, wir verstehen uns. Und überhaupt - warum fahren Sie mit Ihrer Frau nicht ein wenig fort? Innerhalb von Deutschland, versteht sich. Vielleicht kommen Sie dabei auf andere Gedanken." Motzhardt verließ die Gaststube zügigen Schritts.

Es dauerte eine Weile, bis Emmeran Vilsmayr aus seiner Schockstarre erwachte. Seine Blicke wanderten zwischen dem für seine Unterlagen bestimmten Exemplar des Urlaubsantrags und seiner restlichen Mahlzeit umher. Reflektorisch schnitt er ein Stück Kalbsnierenbraten ab, tunkte es kurz in die Soße und steckte es in den Mund. Es war kalt geworden und fühlte sich an wie ein Stück Schwammtuch. Es schmeckte genauso nach nichts.

Vilsmayr winkte Monika heran. „Ich möchte zahlen!"

An diesem schönen sonnigen Tag trug er nur einen leichten Trachtenjanker aus Leinen, doch sogar in dieser Sommerjacke schwitze er nach wenigen Schritten über den Kapellplatz wie ein gebrühtes Schwein.

Die Zeiten hatten sich geändert... ja mei. Taten sie dies nicht immer und überall? Einer seiner beiden Buben lebte mit einer Frau zusammen, mit der er nicht verheiratet war. Die beiden hatten zwei Töchter. Ahne Emmerenz hätte über solchen gschlamperten Verhältnissen die Hände über dem Kopf zusammengeschlagen und irgendwas gezetert von „der Sünden fürchten". Schwul sein war kein Straftatbestand mehr, sondern fast schick. Und in irgendeiner Behörde, dem Landratsamt in Mühldorf, glaubte er sich zu erinnern, gab es seit einem Jahr keinen Damen- und Herrenabtritt mehr, sondern eine „Toilette für alle". In Mühldorf, wohlgemerkt...

Ja, Zeiten ändern sich. Er konnte nur nicht verstehen, warum einem grundanständigen Polizeibeamten wie dem Scheidegger Toni aus einem kleinen harmlosen Witz einen Strick zum Erhängen drehen wollte. Erneut stieg Wut in ihm hoch. Himmelherrgottsakrament!! Anscheinend durfte man GAR NICHTS mehr sagen. Deutschland als humorfreie, weil politisch korrekte Zone... Deshalb war er ja dem Toni beigesprungen. Die sollte sich nicht so anstellen, diese kleine überzwerche Rekrutin...

Sein jüngerer Sohn war eine Zeitlang zu Beginn seines Fachhochschulstudiums mit einem Mädchen aus Ghana zusammen gewesen. Luitgard hatte sich schnell mit Ambre angefreundet. Er selbst hatte seinem Sohn allerdings zu verstehen gegeben, dass er sein „schwarzes Gschpusi" besser nicht mehr mit nachhause bringen sollte. Ins christkatholische Altötting. Nicht einmal ein halbes Jahr darauf hatte Ambre seinen Buben verlassen. Die Ahne Emmerenz hätte das mit Sicherheit gebilligt...

Er befand sich auf der Höhe der Wallfahrtskapelle, und reflektorisch schickte er sich an, sie über die Außengalerie zum umrunden. Gegen den Uhrzeigersinn. So hatte er es schon als Bub gehalten, wenn er Trost, Ermunterung oder eine Eingebung von einem höheren Ort brauchte.

An diesem Tag war in dem Umgang wenig los, die Leute hatten bei dem schönen Wetter anderes zu tun als Votivtafeln aufzuhängen und Kerzen anzuzünden. Eine einzige Frau, deutlich jünger als er, steckte vor einem Täfelchen, das sie gerade aufgehängt hatte, eine Friedhofskerze an und ging zum Gebet auf die Knie. Vilsmayr schüttelte unmerklich den Kopf. Auf der Tafel erkannte er die Zeichnung eines Wickelkinds im Steckkissen und darunter die Bitte an die Mutter Gottes „Maria hilf!". Offensichtlich erhoffte sich die junge Frau Abhilfe wegen eines bisher unerfüllten Kinderwunsches. Aber dafür zündete man kein Ewiges Licht an. Ein Ewiges Licht gehörte auf ein Grab. Ja, die Zeiten änderten sich - und mittlerweile gab es wohl nicht wenige an sich gläubige Katholiken, die sich mit der kirchlichen Etikette nicht mehr auskannten. Oder denen so etwas egal war. Die dafür aber laut rumkrakeelten wegen Mobbing...

Vilsmayr hatte nun sowohl Lust als auch Hoffnung auf göttliche Inspiration verloren. Von oben gab es in dieser Angelegenheit offensichtlich keinen Aviso. Pflichtschuldig vollendete er seine Runde und bekreuzigte sich beim Verlassen der Galerie. Die Zeiten änderten sich - aber das Böse, das Böse blieb sich und der Menschheit irgendwie treu. Es war immer und überall - und dadurch seine zuverlässige Konstante. Dumm nur, dass ihm daraus kein Trost erwachsen wollte.

Seinen ersten Schrecken, der ihn trotz gewisser Vorwarnung auf dem Bahnsteig in Bregenz überrollt hatte, hatte Golob noch relativ gut überspielen können. Verarbeiten konnte er ihn jedoch nicht so recht, und so vermied er es krampfhaft, Sandor Fekete anzuschauen, wenn sie sich miteinander unterhielten. Am Steuer - Ivo Golob war mit dem eigenen Wagen von Braunau nach Bregenz gefahren - war das nicht weiter schwer, denn er musste sich intensiv auf den Verkehr in der Vorarlberger Landeshauptstadt konzentrieren.

Golob hatte sich sogar, wie um sich von seiner vorahnenden Angst abzulenken, sowohl mit der Handlung der Oper Rigoletto als auch mit der aktuellen Inszenierung von Stölzl vertraut gemacht.

„Ivo, kis barátóm, du bist still. Sehr still.", kam es vom Beifahrersitz. Golob blickte krampfhaft geradeaus, denn zwanzig Meter vor ihm schlingerte ein älterer Mercedes unruhig zwischen zwei Fahrspuren hin und her, respektive der Fahrer beanspruchte einfach alle beide. Was daran liegen mochte, dass ein aufgeblasenes grünes Schlauchboot aufs Dach des Kfz gebunden war.

„Entschuldige, Sandor! Hier fahren verdammt viele Idioten rum... und wir wollen doch rechtzeitig bei der Seebühne sein." Golob seufzte.

„Es fahren ÜBERALL IMMER Idioten herum. ", erwiderte Fekete. Und seufzte ebenfalls. „Aber wir haben noch eine gute Stunde Zeit."

In diesem Moment entschied sich der Mercedesfahrer für die rechte Fahrspur. Golob reagierte blitzschnell, trat aufs Gaspedal und zog zügig am Schlauchboottransporter vorbei. Etwas blitzte am rechten Fahrbahnrand rot auf... „Scheiße!", fluchte Golob leise vor sich hin.

Fekete kicherte. „Der grüne Zeppelin war dazwischen. Heidi Klum würde jetzt zu dir sagen: Schätzchen, für Dich gibts leider kein Foto..."

Ivo Golob versuchte, auf die nunmehr freie vierspurige Straße vor sich zu achten. Und war mit großer Anstrengung bemüht, nicht laut loszulachen.

„Nicht jeder hat es verdient, auf so teuren UND hässlichen Fotos drauf zu sein.", kartete Fekete nach. Wenn er genau hinhörte, meinte Golob, einer leichten Atemlosigkeit bei seinem Mentoren gewahr zu werden. „Nur gut", fuhr dieser fort, „dass jetzt keiner mehr einen Schnappschuss von mir machen möchte..."

Im selben Moment entdeckte Golob eine ziemlich schäbig wirkende Pizzabude am rechten Straßenrand mit dem Fähnchen „Eis" neben der Eingangstüre. Ein typischer Laden für Trucker kurz vor einer Landesgrenze. Er stieg aufs Bremspedal und zog seinen Wagen eilig und darum nachlässig in eine der Parkbuchten beim Eingang.

„Hab ich was Falsches gesagt, kis barátom?", wollte Fekete irritiert wissen. Doch Ivo Golob antwortete nicht, stellte den Motor ab, stieg aus, öffnete die Autotür auf der Beifahrerseite und bedeutete Fekete mit hingehaltener Hand, dass er ihm beim Aussteigen behilflich sein wollte. Sein Blick war jetzt direkt und fest. „Du hast nichts Falsches gesagt, Sandor. Ich bin ein Depp. Und jetzt trinken wir einen Kaffee!", erwiderte Golob und zog mit einer einzigen Bewegung den bemitleidenswert dünnen Fekete vom Beifahrersitz. „Aber nur, wenn ich ein Eis kriege!", schmunzelte Fekete.

In diesem Moment fuhr der überladene Mercedes mit dem froschgrünen Zeppelin auf dem Dach hinter ihnen vorbei.

Sandor Fekete, so Ivo Golobs Einschätzung, hatte seit ihrem letzten Treffen sein Körpergewicht um 40 Prozent reduziert. Irgendjemand hatte seine Kleidung mehr oder weniger geschickt enger genäht. Was jedoch auch der fähigste Änderungsschneider nicht im mindesten günstig beeinflussen konnte war, dass Fekete mittlerweile auch die eigene Haut um 40 Prozent zu groß bemessen war.

„Jetzt hast mich lang genug angeschaut, kis barátóm.", konstatierte Fekete und winkte dem erleichtert wirkenden Padrone zwecks Ehrlichmachung. Er legte einen Fünf-Euro-Schein auf den Tisch und erhob sich mit ziemlichem Kraftaufwand, ohne auf Wechselgeld zu warten. „Schöner werde ich nicht werden, weder bis morgen noch bis in einem Monat." Er ging langsam an Golob vorbei in Richtung

Ausgang. „Aber danke für die Kaffeepause. Hat gutgetan. Und war lieb gemeint."

Golob beeilte sich aufzustehen um Fekete zu begleiten. Viele Worte hatten sie nicht gewechselt - aber die richtigen Einschätzungen und Antworten gegeben. Genau dafür war Freundschaft da.

~~

Vorsichtig drehte Vilsmayr seinen Hausschlüssel im Schloss um. „Luitgard?", rief er. Doch es wartete keine Antwort auf ihn. Das verebbende Rauschen im Wasserkasten der Toilette indes verriet ihm, dass sich jemand - höchstwahrscheinlich seine Frau Gemahlin - im Hause befinden musste. Die Zustellerin der Deutschen Post AG jedenfalls pflegte bei ihnen daheim nicht aufs Klo zu gehen.

„Luitgard??"

Er gestattete es sich, seine Stimme ein wenig zu erheben. Gleichzeitig hörte er die aufgeregte Stimme seiner Frau aus der Küche, aus der weder Braten- noch sonstiger Essensduft in seine Nasenlöcher drang. Langsam schlich er sich in Richtung Küchentüre, die dank bernsteinfarbener Riffelverglasung Licht und Umrisse durchließ. Er sah Luitgards kleine Silhouette unruhig hin- und herwandern. „Bruder Euphrasius... wann haben Sie das letzte Mal mit ihm gesprochen?"

Vilsmayr runzelte die Stirn, verhielt sich aber ansonsten ruhig. Hatte Luitgard wieder Muttikummer wegen einem der Buben und benötigte deshalb geistlichen Beistand? Egal, was auch immer, er mochte sie diesbezüglich nicht bloßstellen. Stattdessen begab er sich auf Zehenspitzen zurück zur Haustüre, öffnete sie ein wenig und warf sie mit Schwung zurück ins Schloss. Den solchermaßen erzeugten Knall fand er wirklich beeindruckend. Wahrscheinlich fertigte Luitgard gerade den Bruder Euphrasius mit den Worten ab: „Ich muss jetzt Schluss machen, mein Mann ist gerade heimgekommen. A bisserl früh... Danke und pfüat Eahna!"

Vilsmayr stürmte denn auch nicht sofort in die Küche, sondern hängte seinen Leinenjanker auf, stellte wie sonst auch seine Aktentasche neben dem Garderobenspiegel ab und wusch sich die Hände.

Als er das Esszimmer betrat, gewahrte er, dass die Küchentüre jetzt offenstand und Luitgard drinnen werkelte. „Hallo mein Schatz! Du bist heut aber früh dran!", plapperte sie. Ihr hektisches Sprechtempo und ihre leicht erhöhte Tonlage verrieten ihm, dass er entweder ungelegen erschienen war oder aber sie ein Mordstrumm Sorge auf der Seele hatte. Wahrscheinlich beides.

„Ich koch uns gerade einen Kaffee. Magst? Leider hab ich keine Kaffeestückerl da. Aber Plätzchen - von der Reni..." Sie klapperte weiter mit Tassen und Löffeln.

Vilsmayr begab sich zu seiner Frau in ihre gemütliche Küche. Für Luitgard war dieser Raum eindeutig das Herzstück des ganzen Hauses. Sie war eine passionierte und begnadete Köchin, zumindest was die traditionelle Bayerische Küche anging.

In diesem Moment bekam Vilsmayr zum zweiten Mal an diesem Tag ein richtig schlechtes Gewissen. Das erste hatte ihm Motzhardt beschert. Das zweite und jetzige... Er trat auf seine Frau zu und nahm sie richtig fest in den Arm. Luitgard quietschte vor Überraschung auf, genoss aber die handfeste Zärtlichkeit. Rasch drückte er ihr einen Kuss auf die Wange. „Kaffee is guat!", erwiderte er. „Und tut mir leid, ich hätt doch Kaffeestückerln auf dem Heimweg besorgen können, ich Depp! Gibt's jetzt halt die Plätzchen von der Reni..."

Luitgard machte sich lachend los. „Emmeran, ist doch gut. Sei bitte so nett und bring schon mal das Geschirr ins Esszimmer..."

Vilsmayr tat wie geheißen. Sein väterliches Haus besaß, da es noch zu Zeiten des „Kini" gebaut worden war, ein veritables Erkerzimmer, in welchem, seit er sich erinnern konnte, der Kaffee serviert wurde. Er deckte den kleinen runden Tisch ein. Luitgard kam mit der Kaffeekanne, setzte sich Vilsmayr gegenüber und schenkte aus. Eine Weile geschah nichts, keiner redete - erst jetzt breitete sich die befürchtete Spannung zwischen ihnen aus.

Natürlich war es Luitgard, die das ein wenig unheilschwangere

Schweigen brach. „Als dann, wer von uns beiden fängt an? Vielleicht einmal du, Emmeran?"

~~

Zu seiner eigenen Überraschung gefiel Golob die Operndarbietung. Musikalisch erkannte sogar er ein paar „Gassenhauer". Und das Bühnenbild erinnerte ihn an einen überdimensionalen Spielwarenladen - mit dem riesigen beweglichen Kopf, der nicht mehr grün war wie auf den letzten Aufnahmen, sondern ein Clownsgesicht trug. Abseits stand etwas, das wie ein haushoher Fesselballon aussah, eine gelbe Montgolfière. Dahin stieg zum Singen besonders gerne Gilda, die eifersüchtig bewachte Tochter des Rigoletto, die sehr schöne Koloraturen sang. Schade, fand Golob in diesem Moment, dass sie am Ende durch eine Verwechslung ihr Leben lassen musste, versehentlich erstochen vom eigenen Vater... der zumindest für den Umstand des Personenaustauschs so gar nichts konnte. Warum nur konnte man nicht den elenden Sparafucile in den Sack stecken? Oder Maddalena, dieses Flittchen?...

Und schon war die erste Pause fällig, anständig lauter Beifall brandete auf und die Besucher verließen ihre Plätze in Richtung Catering.

Offensichtlich war für Golob und Fekete ein Tisch mit zwei Stühlen reserviert worden, der elegant eingedeckt war. Golob sah sich unsicher um, obwohl der Tisch eine eindeutige Reservierung auf ihrer beider Namen auswies.

„Nun setz dich schon, Ivo!", forderte Fekete den Jüngeren auf. „Glaubst du, ich mag eine Stunde lang rumstehen? So viel Halt gibt kein Sektglas dieser Welt..." Eilfertig zog Golob einen Stuhl zurück und half Fekete sich niederzulassen, ehe auch er Platz nahm.

Sofort erschien wie aus dem Nichts eine junge Servicekraft, adrett in Schwarz mit langer weißer Kellnerschürze und blonder Pferdeschwanzfrisur. Sie trug eine Magnumflasche Sekt in der Hand.

„Guten Abend, die Herren, schön, dass Sie da sind! Darf es ein Gläschen Sekt sein? Spezialabfüllung vom Weißburgunder von

Schlumberger.", grüßte sie freundlich, und ihre Beflissenheit, vorgetragen mit einer hohen Zwitscherstimme, klang sogar ehrlich. Fekete vollführte eine einladende Handbewegung und wartete, bis die Kellnerin auch vom Wasser ausgeschenkt hatte.

„Was hat die Küche denn an warmen Kleinigkeiten zu bieten?", wollte er wissen. Golob musste leicht grinsen - inwieweit auch immer Feketes Appetit nun krankheitsbedingt noch vorhanden war - die ästhetisch in der Tischmitte arrangierten Schnittchen waren zu zierlich und für zwei erwachsene Männer schlichtweg zu wenige. Also musste nach solch geschmäcklerischen Hors d`Oevres hoffentlich noch etwas folgen.

„Zum einen Buchweizenblini mit Beluga- und Forellenkaviar und Schmand. Crevettenspieße mit Zwergauberginen, in Ouzo flambiert, und als vegetarisches Angebot kleine Mangold-Feta-Quiches mit einem Salatbouquet.", wurde ihm gehorsam Auskunft erteilt.

Sandor Fekete nickte beifällig: „Schön, schön! Bitte bringen Sie uns eine Kombination. Und ich möchte dazu einen Grünen Veltliner - welchen hätten's denn da?"

„Ein Federspiel Jahrgang 2018 von Frischengruber aus Rossatz.", kam es prompt zurück. „Führen Sie auch halbe Flaschen?" „Selbstverständlich." „Dann bitte ich darum."

„Und der Herr?", wandte sich die Kellnerin an Golob. Der musste nicht lange nachdenken. „Bitte ein kleines Pils." „Sehr wohl." Die sympathische junge Dame entfernte sich. Keiner der beiden schaute ihr hinterher - demzufolge eine perfekte Servicekraft.

„Du kennst mich...", meinte Golob, auf seine Bierbestellung anspielend. Fekete zuckte die Achseln und erhob seine Flute. „Darauf, dass es uns nie schlechter gehen möge als heute!", hob er an und führte sein Glas zum Mund.

Trotzdem erwiderte Golob: „Ich danke dir, Sandor, für diesen schönen Abend, und diese exquisite Einladung!"

Fekete wies mit dem Kinn auf die Canapées. „Nun lang schon zu, ich kann's ja schon selber fühlen, dass dir der Magen zwischen den Knien hängt. Aber das Schnitterl da mit dem Lachs - des lass bitte mir!“, meinte er - und -zack- hatte er seine Hand schon danach ausgestreckt. Genüsslich biss er in das kleine Brotstück und schloss einen Moment die Augen.

Nachdem Fekete ausgekaut und noch einen Schluck Wasser genommen hatte, gab er eine Erklärung ab. „Weißt, kis barátóm, meine Piroska hat sich bei schlauen Internetdoktoren belesen und daher die Information bezogen, dass Fett Gift für die Bauchspeicheldrüse ist. Alkohol natürlich auch. Also kein Lachs mehr, keine Leberpastete, kein Schlagobers, kein Marillenschnaps, kein … ach zum Teufel, kein gar nichts mehr, was einem auf Erden noch Freuden bereiten kann. Und da oben“, Fekete wies diskret mit dem Zeigefinger himmelwärts, „da oben gibts nur noch Manna. Kein Mensch weiß, wie Manna schmeckt. Vermutlich wie der Zwieback bei der Armee. Und was die andere Richtung angeht:“, jetzt senkte er seinen Blick zu Boden, „Wahrscheinlich Nulldiät auf Dauer.“ Er seufzte und hob wieder seine Flute zum Mund.

Golob hatte schon das zweite Canapée so diskret es ging verdrückt und wischte sich einen Krümel Ziegencamembert aus dem Mundwinkel.

Fekete spielte mit dem Stiel seines Sektglases. So wie er da vor ihm saß, leicht zusammengesunken in einem Anzug, der zwar behelfsmäßig enger genäht, aber immer noch viel zu groß war, erinnerte ihn sein Mentor an eine Schildkröte, deren Hals mit den tiefen Längsfalten und der papierdünnen Haut aus einem viel zu großen Panzer - in diesem Fall aus dem geschätzt um 5 Nummern zu weiten Hemdkragen - ragte. Der Eindruck eines uralten Reptils wurde dadurch noch verstärkt, dass Feketes blaugraue Augen, deren Weißes nun auch noch ins Gelbliche spielten, tief in ihren Höhlen lagen. Wären da nicht Feketes lebhafte Mimik und sein ungebrochener Humor gewesen, wäre er, Ivo Golob, höchstwahrscheinlich unter einem dringlichen Aufwand aufgestanden - um auf der Toilette hemmungslos in Tränen auszubrechen. Postmortalen Verfall hatte er seinem Beruf gedankt allzu oft sehen müssen, und er fand ihn abstoßend. Doch auf das Verfallen und Dahinwelken VOR dem Tod konnte er sich ebenso wenig einlassen. Erst recht nicht bei einem wirklich guten Freund.

Fekete ließ sich ein Brötchen mit Miniaturspiegelei schmecken. „Meine Piri, kvedenc! Ich glaub, es kommt mich schwerer an, sie zurücklassen zu müssen, als sie, am Ende übrig zu bleiben. Seit dem letzten Krieg ist das wohl das Los der Frauen und sie kommen damit ganz gut zurecht. Je nachdem. Piri besucht jetzt wenigstens zweimal in der Woche einen ungarischen Priester... der wollte uns auch daheim besuchen, um mich ... ja, was... um mir das Paradies in Aussicht zu stellen.“

In diesem Moment entdeckte Golob in der Peripherie die Servicekraft mit einem großen Tablett auf sie zu halten, für ihn die letzte Chance, das letzte Canapée wegzuputzen. Blauschimmelkäse mit schwarzem Sesam. Fekete bekam seinen Wachauer Veltliner und Golob sein Pils, wobei er mit freudiger Überraschung feststellte, dass es keine der untauglichen österreichischen Marken war, sondern Allgäuer Brauhaus aus Kempten.

Fekete ließ sowohl seine Blicke als auch seine Nasenöffnungen über dem lieblich dampfenden Inhalt der Platte schweifen. „Also“, fuhr er fort, „hab ich es so arrangiert, dass Piri immer dann ihren Kuttenbrunzer besucht, wenn ich zur Chemo muss. Und so sind alle zufrieden: Die Katholische Kirche, die Spitalsverwaltung und die Pharmaindustrie. Soll uns keiner nachsagen, wir wären nicht kooperativ! Jó édvágyat!“ Und er packte sich gleich zwei Crevettenspieße auf eines der beiden absurd kleinen Tellerchen, die mitgeliefert worden waren.

~~

„Der Scheidegger Toni...“ Luitgard schüttelte ihren Kopf und blickte auf die Hälfte des Plätzchens, von dem sie eben abgebissen hatte und das sie noch zierlich zwischen Daumen und Zeigefinger hielt. Dann seufzte sie und legte den Rest auf ihre Untertasse. Mit der freien Hand griff sie nach Vilsmayrs Linker, die dieser nicht zurückzog. „Kennst du den Spruch ‚Das Gegenteil von gut gemacht ist nicht schlecht gemacht, sondern gut gemeint'?", setzte sie hinzu.

„So ungefähr.", erwiderte er leise. „In diesem Sinn hat der Toni ja auch diese Bemerkung gemacht. Weil er gesehen hat, dass diese jung Schw… Rekrutin schon sakrisch nervös war. Wollt er halt witzig sein, damit sie sich entkrampft… Und was is draus worden? Ein echter Krampf!" Vilsmayr spürte, dass sich Wasser in seinen Lidwinkeln ansammelte. Schnell drehte er sich zur Seite, zog blitzschnell sein Taschentuch heraus und schnäuzte sich ausgiebig.

Luitgard stand diskret auf, um Plätzchen auf dem noch zu dreiviertel vollen Teller nachzufüllen. Mit dem pratzvollen Teller in der Hand stellte sie sich jedoch hinter ihn und setzte sich nicht etwa. Sie legte ihre freie Hand auf seine Schulter und streichelte sacht darüber.

„Du bist ein guter Mensch, Emmeran Xaver Vilsmayr der Jüngere.", stellte sie in einem Ton fest, der so ruhig war wie ihre Berührung. „Etwas anderes, als dass du versucht hättest, deinem Freund beizuspringen, hätte ich von dir auch nicht erwartet. Und jetzt hast du Angst vor dem Fluch der guten Tat…". Sie setzte sich ihm nicht gegenüber, sondern zog ihren Stuhl über Eck. Der Blick aus ihren großen rehbraunen Augen war tief. Einen kurzen, süßen Moment dachte er an das junge Dirndl, dem er versehentlich im Festzelt nach dem Prinzregent Luitpold - Schießen einen Bierseidel über das Gewand gekippt hatte. Anno 1977 war das gewesen. Oder 1978? Richtig waidwund hatte sie ihn angeschaut… und ihm war nichts besseres eingefallen, als „Entschuldigens scho…" zu stammeln und ihr zur Wiedergutmachung seinen neuen Gamsbart anzubieten, welchen er als Dritter beim Juniorenschießens gewonnen hatte. Mit einem ebenso gestammelten „Dank schön!" hatte sie die Trophäe entgegengenommen und sie so unschlüssig in ihrer zarten kleinen Hand hin und her gedreht wie eine Kommunionskerze, die ihr nicht gehörte.

Der Gamsbart und das klassische Dirndl mit dem blauweiß kleinkarierten Oberteil, dem schwarzen Röcki und der hellblauen Vorschürze zerfuhren vor seinem inneren Auge wie ein Streubild aus buntem Sand.

Er räusperte sich. „Der Fluch hat mich schon eingeholt. Sechs Wochen Zwangsurlaub - mit Option auf Verlängerung. Ein Maulkorb, der auch meiner Familie und meinen Freunden angepasst wurde." Dann blickte er auf. Der Blick seiner Frau war immer noch braun, aber klar, nicht mehr scheu und verletzt wie vor gut vierzig Jahren.

„Luitgard, damit es dir klar ist - wenn da irgendwer von einer Zeitung oder einem Fernsehsender oder von so einem ... so einem Dings wie diesem Facebook an der Tür klingelt und will was wissen zu dem Vorfall... ", druckste er.

„Dann", antwortete seine Frau, „dann bin i stad wie eine Tote. Und die Buben ruf ich gleich nachher an, um ihnen genau das anzuschaffen." Als wäre ihr Beschluss der selbstverständlichste auf der Welt und darum absolut indiskutabel, lüftete sie den Porzellandeckel der Kaffeekanne und linste hinein. „Fast leer. Magst noch welchen?" Sie blickte in sein Gesicht, das eine unschlüssige bis verdutzte Miene aufgezogen hatte. „Oder doch lieber einen Bärwurz?"

~~

Sandor Fekete hatte Golobs Angebot, sich bei ihm während der Promenade unterhaken zu dürfen, dankend angenommen. Und so gingen sie langsam auf der rechten Seite der Zuschauertribüne am Uferweg entlang. Es hatte zu dämmern begonnen und war überraschend schnell kühl geworden, weshalb sich die meisten Zuschauer während der langen Pause wieder ins Innere des Festspielhauses zurückgezogen hatten.

Eben dies hatte auch Golob vorgeschlagen, doch Fekete hatte abgelehnt. „Ich will dir was zeigen Ivo. Weißt du, ich kenne den Bühnentechniker, der, wenn du so willst, diesen Clownskopf technisch erst machbar... du wirst sehen. Ganz, wie man sagt, 'Old school'. Simple Mechanik und Hydraulik, weil die elektronische Steuerung unter Wasser immer wieder störanfällig... aber schauen wir uns das ruhig näher an."

Bisher waren Golob nur die zusammengebündelten Kabelschlangen, die kurz über der Oberfläche des mittlerweile bleigrauen Bodensees herumschwebten, aufgefallen. Doch wenn er genauer hinsah und wegen der Dämmerung - und von mir aus auch wegen Alterssichtigkeit gepaart mit Lichtschwäche im Frühstadium - die Augen leicht zusammenkniff, entdeckte er Seilzüge aus daumendicken Stahlkabeln, die unter dem Bühnenboden gebündelt und in andere Richtungen geleitet wurden.

Fekete dirigierte seinen Begleiter an die Kaimauer. „Jetzt", erklärte er voll kindlicher Vorfreude, „jetzt wirds richtig spannend! Im nächsten Akt kriegt dieser Kasperlkopf eine ganz andere, richtig gruselige Bedeutung. Und - er kann mehr Bewegungen vollführen als sich von links nach rechts zu drehen"

Wie abgesprochen schlossen und öffneten sich die Augendeckel des Riesenkopfes. Und er änderte seine Farbe: von Bunt zu einem fahlen Grünspangrün. „Du siehst, der Kopf besteht aus Lamellen.", erklärte Fekete. „Und die kann man um 180 Grad kippen. Aus vierfarbbunt wird grün. Hokuspokus fidibus..." Er kicherte wie ein Schulbub, der seinem Lehrer Senf unter die Türklinke geschmiert hatte... „Und jetzt kommt noch, dass er nickt."

In der Tat vollführte der Grünkopf einen sehr angedeuteten Knicks, aus dem er sich nicht mehr erheben mochte. „Ja wie,", zweifelte Golob, „ist das jetzt etwa alles? Ehrlich - wenn ich in einen Animationsfilm von 1995 gehe, ist da mehr dahinter..."

Fekete ging darauf nicht weiter ein. „Der hat Probleme mit der Mechanik...", meinte er fassungslos. „Ja, ja, die gute alte, unfehlbare Steinzeitmechanik...", spöttelte Golob und beobachtete das angespannte, zentimeterweise Hin- und Hergeruckele des Riesenkopfs nachgerade schadenfroh. Aufgeregte Rufe unter den Bühnenarbeitern zeugten allerdings von anscheinend ernsthafteren Hemmnissen.

Fekete brummelte ungehalten vor sich hin. „Typischer Vorführeffekt..." Er schnaubte: „Lass uns gehen, kis barátóm!"

„Ah geh, naa net! Jetzt fangt der Spaß doch erst an!", widersprach

Golob, der beobachtete, wie gleich zwei motorisierte Seilwinden eilig auf das kleine technische Zwischendeck gebracht wurden.

„Bitte...", gab Fekete nach, freilich nicht ohne den Nörgler „Aber mir wird jetzt kalt!" nachzuschieben.

Nicht dass Ivo Golob ein schadenfroher Mensch gewesen wäre. Aber dieses im Prinzip sinnlose Gekabble zwischen Sandor und ihm war doch exakt das Momentum, das sich sein todgeweihter Freund für einen einzigen, möglicherweise letzten gemeinsamen Abend in einem sehr, sehr schwarzen Winkel seiner Seele gewünscht hatte.

Karabiner wurden angeschnallt, die Seilwinden wurden unter aufgeregtem Zurufen vorsichtig in Bewegung gesetzt. Golob hatte keine Bau- oder Ingenieurserfahrung; trotzdem entging es ihm nicht, dass es nach kurzer Bemühung erneut zu einem Stillstand kam. Die verankernden Stahlseile liefen teilweise ins Wasser hinunter, wahrscheinlich den enormen Hebelwirkungen geschuldet, mutmaßte Golob, der sich auf sein rudimentäres Wissen im Bereich mechanischer Physik berief.

Dort schien es wirklich erhebliche Probleme zu geben, denn man hatte eilends mehrere 1000W - Scheinwerfer herbeigebracht. „Die sollen hinmachen!", knirschte Fekete. „Es geht in einer Viertelstunde weiter."

~~

„Und das ärgert dich jetzt, Emmeran?", wollte Luitgard wissen, während sie sich noch ein Reni-Plätzchen einverleibte. Vilsmayr schnaubte leise und zuckte mit den Achseln.

WAS ihn wirklich ärgerte war der Umstand, dass Motzhardt Vilsmayrs Rolle in der Geschichte so maßlos hochspielte. Als ob ER diesen hirnlosen Spruch getan hätte und nicht der Scheidegger Toni. „Ja. Nein. Mich schabt, dass der Motzhardt mir gezielt am Zeug flicken will.", grollte er.

Luitgard, die sich erhoben hatte, gab ihm einen Kuss auf die Wange.

„Glaub mir, des legt sich. Und überhaupts - du hast jetzt Urlaub, bei vollem Gehalt. Für sechs Wochen mindestens...“, frohlockte sie.

Vilsmayr erhob sich ebenfalls; der Kaffee wollte hinaus. „Ja mei, schon. Aber ich, ich kann nix tun!“, verfiel er wieder ins Lamentieren. Luitgard, die bereits unterwegs in Richtung Küche war, rief ihm über die Schulter zu: „An Schmarrn, Emmeran. Die Pergola muss neu gestrichen werden. Und das Dachl gerichtet. Ich könnt dir wirklich genug anschaffen...“

Er kam ihr langsam hinterher. „Ja, freilich. Arbeiten könnt ihr Weiberleut genug verteilen...“, maulte er. Und erst, als sie bereits wieder in ihrem Sanktuarium, der Küche, werkelte, fiel es ihm wieder ein: „Und was ist jetzt mit deiner Sache?“

~~

In diesem Moment kippte der Kopf um fast neunzig Grad nach hinten, gerade wie bei jemandem, der die Milchstraße betrachten will. „Gehört das auch zur Inszenierung?“, wollte Golob wissen.

Doch Fekete ging nicht darauf ein, sondern starrte wie gebannt auf das, was im selben Moment von einer der Seilwinden eilig aus den dunklen Fluten des Obersees und die frische Luft befördert wurde. Die aufgeregten Rufe der Bühnenarbeiter schwollen zu blankem Entsetzen an.

In der Ferne konnte Golob noch sehr gut sehen, vor allem dank der gleißenden Ausleuchtung. Was er da mittlerweile auf dem Zwischendeck erkannte, war ein grauer Klotz. Eines der Bühnenmechanikseile - vermutlich das, was den Zug des Requisitenkopfs beim Nicken auffangen sollte - hatte sich ganz fest um etwas verwickelt, was auf einer Seite aus dem Kloben herausragte.

„Jesusmariaundjosef...“, entfleuchte es Fekete.

Golob rieb sich die Augen und blinzelte, um ja scharf sehen zu können. „Sag jetzt bloß nicht, Sandor, dass das AUCH zum Rigoletto gehört...“

Wenn es Ivo Golob richtig interpretierte, ragten aus einer Seite des Klotzes ein Paar Unterschenkel heraus. Darin hatte sich das Stahlseil offensichtlich verfangen.

Der obere Teil des Körpers - Golog vermutete, dass es sich um einen menschlichen handelte, denn einem Tier legte kaum jemand einen Satz Betonschuhe an - fehlte. Derweil steckte das, was sich normalerweise weiter unten anschloss, nämlich Knöchel und Füße, vermutlich im Klotz. Aus den Rufen waren Schreckensrufe geworden, die wiederum planloses Hin- und Herrennen mit sich brachten.

Golob packte seinen Mentor sanft am Ellenbogen. „Komm, Sandor, lass uns gehen. Wir sind heute nicht im Dienst!" Doch Fekete machte sich los und funkelte seinen Begleiter an: „Őrült vagy? Spinnst du? Jetzt fängt der Spaß doch erst an!"

~~

Vilsmayr zog wortlos den Kontoauszug aus seiner Gesäßtasche, den er vorhin auf dem Heimweg bei der Bankfiliale ausgehändigt bekommen hatte.

Respektive, der Automat, an dem er seine Auszüge ansonsten ausdruckte, hatte nur eine Summierung ausgegeben mit dem Kommentar: „Letzter Auszug in der 23. Woche gedruckt. Seither keine weiteren Kontobewegungen.", worüber er sich sehr gewundert hatte. Es war Monatsmitte, alle wesentlichen Daueraufträge waren abgebucht, sein nächstes Gehalt erwartete er erst in 10 Tagen.

Da er sich zu regulären Verkehrszeiten in der Filiale befand, begab er sich an den nächsten freien Schalter und bat um einen Zweitauszug der letzten 10 Arbeitstage. Welcher ihm ohne weitere Nachfragen ausgehändigt wurde.

Die Überraschung fand er erst auf der letzten Seite: Eine Überweisung von 2500 Euro an einen Himmelswiese - Verlag, Stichwort „Kochbuch Großmutter Christl". Er hatte keine Großmutter dieses Namens, Luitgard aber sehr wohl. Und er hatte auch keine zweieinhalbtausend an einen Verlag Soundso überwiesen. Auch das würde Luitgard zu verantworten haben. Ob das nun mit ihrer nervösen Telefonitis zu tun hatte, darauf konnte er sich freilich keinen Reim machen; aber eine eigenmächtige Überweisung eines vierstelligen Betrags ... dazu würde sie sich äußern müssen.

„Kannst du mir erklären, Luitgard, warum du zweieinhalbtausend für ein Kochbuch ausgibst? Von unserem gemeinsamen Konto? Ohne das mit mir abzusprechen?", brüllte er. Er hatte die ehrliche Absicht gehegt, weder unfreundlich noch wie ein Inquisitor zu klingen, aber seine plötzlich aufwallende Wut machte dies zunichte. „Was fällt dir eigentlich ein, Weib?

Luitgard zuckte zusammen und schaute ertappt drein.

„Ich meine", setzte er voll Zorn nach, „wenn mir das nicht heute aufgefallen wäre, dann doch spätestens am Monatsletzten. Oder hältst du mich für einen Deppen?"

Luitgards Gesicht war vor Scham dunkelrot geworden. „Es hätt schon da sein sollen...", stammelte sie. „Am Monatsanfang hätt's schon da sein sollen... aber immer wieder ist was dazwischengekommen."

Vilsmayr sagte ein paar Augenblicke gar nichts. An seiner Schläfe pochte eine Ader, seine Augen blitzten. Als von ihr nichts weiter kam, setzte er nach: „Mit 'Es' meinst Du wohl das Kochbuch, gell? Mit den Rezepten deiner Großmutter, der Neureiter Christl?"

Erleichtert nickte sie, ihr Gesicht verlor allmählich seine ungesunde Farbe. Dennoch blieb sie nach wie vor stumm.

Der Erste Kriminalhauptkommissar kannte ein derartiges Verhalten nur zu gut. So verhielten sich wirklich viele, die einer Straftat verdächtig waren, und denen man ihr Vergehen quasi auf den Kopf zusagte. Vielleicht gab der Vernehmende als nächstes ja eine Fehleinschätzung von sich - und man war der Sicherheit des Unverdächtigseins wieder einen entscheidenden Schritt näher...

„Du wolltest also, dass die wirklich guten Rezepte von deiner Großmutter nicht verloren gehen?", fuhr er fort, um einen verbindlicheren Ton bemüht. Was ihm nicht sehr überzeugend gelingen wollte.

Luitgard nickte rasch und beifällig: „Das ist doch eine feine Sache! Kochbücher verkaufen sich immer, und Regionalküche ist doch stark im Trend, wie man so schön sagt. Ich weiß doch, wie du ihr Brezengröstl magst, und dass man das in keinem Gasthaus mehr kriegt…" Sie eilte in die Küche und kehrte mit einer speckigen schwarzen Kladde zurück, deren Seiten von den Küchendünsten über die Jahrzehnte gewellt waren. Die Seite, die sie zufällig aufschlug, war bedeckt von antiken Fettspritzern und klitzeklein in Sütterlin niedergeschriebenen Rezepturen. Gelegentlich standen Randbemerkungen in einer anderen, großzügigeren Schrift daneben. „Schau hier: Ihre Ochsenbrust in Preißelbeer-Kren-Soße. Das Haschee aus Beuscherl nach Jägerart…" Nunmehr trat wieder Röte in ihr Gesicht - aber es war eine kreisrunde, freudeglänzende Röte, die sich ausschließlich auf ihren Wangen ausbreitete.

Vilsmayr lief bei der bloßen Erwähnung des „Beuscherls auf Jägerart" das Wasser im Mund zusammen. Er schüttelte sich. „Trotzdem - du hättest mich fragen sollen. Von dem Geld hätten wir sehr gut in Kitzbühel Urlaub machen können - und zwar zweimal."

Luitgard verschränkte ihre Arme vor der Brust. „Was willst denn du in Kitzbühel, Emmeran? Wo es dir doch schon in Bad Kohlgrub zu mondän ist!"

Er ignorierte ihre Spitze, streckte die Hand nach dem Küchenwälzer aus und berührte fast ehrfürchtig die aufgeschlagene Seite. „Nach meinem Verständnis würde das hier jeder bayerische Verlag, der etwas auf sich hält, herausbringen wollen und können."

Auch Luitgard schwieg, wobei sie ihr Schweigen nach wenigen Augenblicken brach. „Naa. Ganz so ist's nicht! Ich hab schon rumtelefoniert bei den Verlagen, die ich so von meinen Kochbüchern her kenn. Kein Interesse. Das muss was Abgefahrenes sein, am besten von so einem schwulen Koch aus Israel, der nur vegetarisch kocht…" Vilsmayr schüttelte energisch den Kopf.

Luitgard fuhr fort: „Oder es hieß, dass sich die jüngeren Leute zwar sehr mit ihrer Ernährung befassen, aber eben leider ganz anders. Vegan oder ohne Gluten. Oder sie laden sich ihre Rezepte gleich im Internet runter..." Sie seufzte. Vilsmayr nickte. „Schon frustrierend, gell? Aber wie ich dich kenne, gibst du nicht so schnell auf?"

Luitgard zuckte die Achseln. „Ich war drauf und dran. Ich hätte es sein lassen, wenn mir nicht zufällig eine Dame aus der Seniorinnengymnastik von ihrer Schwiegertochter erzählt hätte, die ein energetisches Buch in einem Kleinverlag rausgegeben hat und das seither läuft wie geschnitten Brot."

Der Erste Kriminalhauptkommissar stand auf und wanderte ein wenig im Erkerzimmer auf und ab. So wie er es in seinem Büro immer zu tun pflegte, wenn seine Gedankenkreise sich verknoteten. Er blieb stehen. „Ist das der gleiche Verlag?", wollte er wissen.

Seine Frau sah ihn zunächst verständnislos an, ehe sie seine Folgerung begriff. „Nein, freilich nicht. Ich habe nur gewusst, dass ich es doch so auch versuchen könnte." Sie knibbelte an ihrem Schürzenbändel. „Aber dann wollte ich es wirklich richtig machen. Ich bin nicht so gut im Schreiben, das weißt du doch, Emmeran. Das hab ich doch erst noch lernen müssen... und hier in Altötting wollte ich nicht, da hätte mich jemand kennen können. Mir ist schon klar, dass du das nicht verstehst. Ist ja auch nicht schlimm. Der Klausi hat mir beim Recherchieren im Internet geholfen - ob es irgendwo so Fernkurse gibt. Und davon gibt's Dutzende, also auch mit Kamera... oder Video..."

„Des nennt man 'online'.", wurde sie von Vilsmayr belehrt. Sie blickte ihn beleidigt an: „Siegst es, ich bin a damischs Hascherl. Schon klar, dass solche Kurse blutnötig sind für mich..."

Ihr Mann beeilte sich, hinter sie zu treten und seine Arme um ihre Schultern zu legen. „Lernen ist für jeden nötig. Und auch Kochbücher von der Neureiter Christl schreiben sich nicht von alleine so gut, dass sie auch von Saupreußen gelesen und vor allem verstanden werden können. Entschuldige schon, der damische Hirsch, das bin wohl ich!" Um seine Rede zu verdeutlichen, drückte er ihr einen zarten Kuss auf den Scheitel. „Und an was für einem Kurs hast du teilgenommen?"

„An einem mit richtiger Videoschaltung. Mit sechs anderen Teilnehmern. Jedes Mal eine andere Aufgabe, die anderen und ich haben unsere Texte hinschicken müssen als E-Mail. Der Klausi hat mir gezeigt, wie das geht...“

Vilsmayr strich sich übers Kinn. „Darf ich des Diplom denn sehen?“, begehrte er zu wissen. „Freili!“ Luitgard sprang beflissen auf und machte sich, wo auch sonst als in der Küche, zu schaffen. Wenn ich jemals, kam es Vilsmayr dabei in den Sinn, nach irgendwelchen Indizien oder Corpora delicti im Zusammenhang mit Luitgard suchen müsste, dann in unserer Küche...

Luitgard kehrte mit einem nicht eben bemerkenswerten Blatt Papier zurück, das sie in eine Plastikhülle mit gelochtem Rand gesteckt hatte. „Hier, schau, Emmeran!“

Er musterte das lieblos gestaltete Diplom, auf dem sogar der Vorname seiner Frau falsch geschrieben war: Liutgart statt Luitgard. Oder der Diplomaussteller beharrte aus welchen Gründen auch immer auf der althochdeutschen Version. „Liutgart Vilsmayr hat vom 12. März bis zum 19. Mai 2019 erfolgreich am online-Seminar ‘Creative Writing’ teilgenommen. Die Kursgebühren von -“ aha, jetzt kam der Diplomiermeister zu dem, was ihm möglicherweise wichtiger war als Lerninhalte - „Euro 500,- wurden beglichen. Gezeichnet - Thomas Stephan, Nördlingen, den....“ „Sauber.“, meinte er tonlos.

„Die fünfhundert Euro waren von meinem Sparbuch.“, erklärte Luitgard beflissen.

‘Aber die zweitausendfünfhundert, die hast du dir dafür ohne mich zu fragen abgezweigt.’, - diese Erwiderung wäre ihm zu jeder anderen Zeit über die Lippen gekommen. Warum jetzt nicht? Flog da plötzlich ein unsichtbarer Engel der Güte durchs Zimmer? Nein. Vilsmayr war gedanklich nur einen Schritt weiter. „Handelt es sich bei ‘Thomas Stephan’ zufällig auch um deinen Verleger? Der nicht liefert?“

Luitgard schlug sich die Finger ihrer rechten Hand vor den Mund. „Wie kommst darauf, Emmeran?“, murmelte sie.

Er hielt ihr das noble Diplom in seiner PET-Folie unter die Nase, mit einem seiner dicklichen Finger auf eine kleingedruckte Unterzeile zeigend. „Weil da steht 'Himmelswiese-Verlag - Nördlingen. HRN 12006401525 Sitz Donauwörth'. Eine offizielle Geschäftsadresse."

Sie warf ihm von unten so eine Art Dackelblick zu. Eigentlich ihre allerausgeschamteste Waffe, wenn sie etwas Ungeheuerliches bei ihm durchsetzen wollte. „Umsonst bist du nicht Erster Kriminalhauptkommissar!", stellte sie fest. Er räusperte sich nur, bevor er sich endlich wieder setzte.

„Also", hob Luitgard an und schien nach Worten zu ringen, „das handhaben größere Verlage so, die richtigen Gewinn machen. Kleine Verlage, so hat es mir der Herr Stephan erklärt, also für die ist es zunächst einmal ein Risiko, ein Buch von jemandem herauszubringen, der überhaupt nicht bekannt ist. Oder das Buch ist nichts Neues - so wie mein Kochbuch. Und das Buch muss lektoriert werden..."

„Lektoriert - so was wie überarbeitet?", hakte Vilsmayr nach.

„Nicht so ganz. Überarbeiten muss es der Autor. Wenn der Lektor, in meinem Fall die Lektorin, grobe Fehler findet. Oder der Schreibstil ist schlimm. Das Lektorat kostet auch Geld, denn ein kleiner Verlag kann sich's nicht leisten, eigens Lektoren anzustellen. Das, so hat's mir der Thomas Stephan aufgesteckt, geht dann auf Stundenhonorar...."

„... was sich bei so etwas Hochintellektuellem wie einem bayerischen Kochbuch dann schon einmal locker auf zweieinhalbtausend belaufen dürfte? Erzähl bitte keinen Schmarrn!", ereiferte sich Vilsmayr.

„Na, nicht bloß Lektorat. Da kommen noch der Satz, das Layout, die Gestaltung vom Cover und den Klappentexten, der Druck, der Vertrieb...Und den Druckauftrag, den hat er irgendwelchen Slowenen oder Polen wieder entziehen müssen. Jetzt will er das Kochbuch in der Slowakei drucken lassen. Das ist nämlich billiger...", zählte Luitgard auf, bis Vilsmayr eine abwehrende Handbewegung machte.

„Das, Haserl, sind alles ganz normale Schritte in der Entwicklung. Wenn ein Fabrikant bei jemandem die Lizenz für ein neuartiges Produkt kauft, dann produziert er alles, aber auch alles, auf eigenes Risiko. Der Lizenzgeber ist bei der gesamten Finanzierung außen vor. Und beim Risiko, dass sich des Glump nicht verkauft, auch.", erklärte er.

Luitgard starrte ihn mit weit aufgerissenen Augen an. Und mit ebensolchem Mund. „Jetzt, wo du's sagst..." Sie drückte ihre Hand auf die Augen und schüttelte sich leicht. Schluchzte sie wirklich leise - oder bildete er sich das am nur Ende ein? „Was bin ich bloß für eine damische Kuh!", hauchte sie. „Und was hab ich jetzt davon? Noch nicht mal meine 20 Autorenexemplare, die im Vertrag stehen..."

Vilsmayr war bemüht, sich so vorsichtig auszudrücken wie ihm möglich war. „Wenn ich es richtig berechnet habe, hast du für jedes Exemplar von 'Großmutter Christls Bayerisches Kochbuch' diesem sauberen Herrn Stephan zehn Euro und fünfzig Cent bezahlt. Ohne bisher die Ware zu Gesicht bekommen zu haben..."

Mittlerweile liefen die Tränen über Luitgards Gesicht hinab. Ohne lange nachzurechnen, korrigierte sie: „Zwanzig Euro. Und fünfzig Cent..."

Kopfschüttelnd kommentierte Vilsmayr: „Weißt du Haserl, wie ein Jurist das nennt, wenn jemand bezahlte Ware ohne nachweisbaren Grund oder das Einwirken höherer Gewalt nicht vertragsgemäß liefert?" Luitgard schluckte. „Betrug?", erwiderte sie zögernd. „Genau. Betrug. Und Betrug wird, wenn er zur Anzeige gebracht und nachgewiesen wird, dann auch strafrechtlich verfolgt."

Wie immer, wenn sie sich in einem momentan unlösbaren Dilemma befand, kaute Luitgard auf dem Nagel ihres linken Daumens herum. Dann sprang sie abrupt auf. „Ich hol des Geld wieder! Ich schwör's bei Großmutter Christls Grab und Gebeinen!", stieß sie hervor.

Vilsmayr erschrak fast vor der wütenden Entschlossenheit seiner 159cm großen Ehefrau. Dann erhob er sich ebenfalls. „Und ich, ich helf dir dabei! Diesen Urlaub, den ich nicht gewollt habe, den werde ich sinnvoll ausnutzen!"

~~

„Schade", meinte Golob, „jetzt werde ich nicht erfahren, wie das mit Rigoletto, Gilda und dem Herzog von Mantua ausgeht." Er saß neben Fekete und einem der Bühnenarbeiter auf einer Parkbank an der Seepromenade auf dem Festspielgelände.

Sie warteten alle drei auf ihre Vernehmung durch die Bregenzer Polizei. Der Bühnenarbeiter, ein Schrank von einem Mann, wirkte mehr als angespannt. Ihm stand das Grauen des soeben Erblickten wie ins Angesicht gemeißelt. Fekete hatte vorhin ganz behutsam versucht, ihm wenigstens die Angst vor der Vernehmung zu nehmen. Doch er konnte noch nicht einmal im Ansatz zu dem offensichtlich unter Schock stehenden Mann durchdringen. „Wenn Du dich nicht vorab informiert hast, kis barátóm,", meinte Fekete trocken, „dann hast du jetzt auch nichts verpasst. Gut geht es jedenfalls nicht aus." Den letzten Satz sprach er mit merklich gesenkter Stimme. „Schade, dass wir heute hier nichts mehr dargeboten kriegen. Ein paar Gassenhauer fehlen noch. Zum Beispiel 'La donna e mobile'... " Fekete pfiff ein paar Takte dieser sattsam geschundenen Opernarie vor sich hin.

Doch Golob achtete nun ebenso wenig auf ihn wie der schockstarre Bühnenarbeiter. Fekete, der sich jetzt endgültig wie ein unfreiwilliger Mitspieler bei einem Stück des Absurden Theaters vorkam, zuckte nur die Achseln.

In diesem Moment stieß ihn sein ehemaliger Schützling an. „Fix Laudon, Sandor! Siehst du das auch?", flüsterte er - und deutete auf eine Gruppe von Kollegen - Wachtmeister, Spurensicherer und Fotografen - die jemanden konzentriert umringten. „Ja, was denn?" „Schau doch hin - die roten Haare. Die affige Frisur..." Golob stöhnte, als ob ihn wandernde Darmgase quälten.

Fekete sagte zunächst nichts, sondern zog sein Opernglas aus der

Innentasche seines Jacketts und hielt auf die Gruppe jenseits der Wasserfläche. Er blies seine Backen auf und stieß die Luft geräuschvoll aus. „Ja, du hast recht.“, meinte er und bot sein Glas Golob an.

Der lehnte mit einer ärgerlichen Bewegung ab und barg sein Gesicht in seinen großen Händen. „Warum“, jammerte er, „warum habe ich vorhin nicht darauf bestanden, dass wir uns stanta pede verdrücken?“ Fekete klopfte ihm mit seiner wesentlich kleineren Hand auf die Schulter. „Trage es mit Fassung, trage es wie ein Mann. Und können kann sie dir eh nix...“

In diesem Moment trat ein uniformierter Beamter auf den Vorarbeiter zu, von dem Golob befürchtete, er werde bestimmt gleich kollabieren, und nahm ihn zur Befragung mit.

„Träum weiter...“, brummte Golob, als ihm jemand auf die Schulter tippte. Er fuhr herum - und blickte in ein herzförmiges Gesicht mit grauen, leicht schräg stehenden Augen, das von brandroten Haaren umrahmt war. Die Haare wirkten wie ein kurz vor der Explosion stehendes Vogelnest. Was zum dazu getragenen anthrazitfarbenen Kostüm mit Bleistiftrock und hellgrauer Streifenbluse überhaupt nicht passte.

„So sieht man sich wieder, Ivo!“, traf ihn eine Stimme, die eigentlich in angenehmer Altlage timbriert war. Hätte da nicht ein kindlich aufgeregtes Hüpfen in Quartintervallen mitgeschwungen. Allein diese überzogene Sprachmelodie erzeugte in Golob durchweg negative Gegenschwingungen... Fekete stupste ihn so diskret es ging in die Seite.

„Ja, unverhofft kommt schon mal oft.“, erwiderte er; es sollte gelangweilt oder sogar auf coole Weise unbeteiligt klingen, aber es kam initial dann doch ein leichtes Krächzen heraus.

„Hast du dich denn nicht gefragt, wo ich abgeblieben bin und was ich jetzt so treibe?“, bohrte die rothaarige Kriminalbeamtin nach. Selbstredend trug sie zu ihrem Businesskostüm passende High Heels, mit deren Absätzen sie ein nervöses, hochfrequentes Staccato trommelte.

'Jeden freien Augenblick, bei Tag und Nacht, liebe Berengere...',

kam es Golob als ätzende Replik in den Sinn. Da er sein Gegenüber
jedoch besser kannte, als ihm lieb war, riss er sich zusammen. „Das
hat sich doch jetzt geklärt.", meinte er nur und blickte sie mit einer
Spur Treuherzigkeit an. Fekete, der scheinbar unbeteiligt dabei saß
und definitiv nicht gemeint war, grunzte leise. Und beifällig.

„Dann lass uns mal rübergehen in mein provisorisches Büro. Und
du berichtest mir, was du gesehen hast. Schön der Reihe nach!" Sie
machte eine auffordernde Bewegung mit ihrem Eichhörnchenkinn.
„Wie sich's gehört", nuschelte er und trottete ihr hinterher, wobei sie
auf ihren 10cm - Absätzen vorneweg stakte wie ein Stelzvogel. Was sie
in diesem Moment nicht zu sehen bekam, dem stoisch sitzen gebliebenen Fekete jedoch sehr wohl ins Auge sprang, war Golobs rechte
Hand mit dem ausgestreckten Mittelfinger hinter seinem Kreuz.

~~

Vilsmayr richtete in seinem häuslichen Arbeitszimmer für die SoKo
„Himmelswiese" das ein, was er gewöhnlich als „Gefechtsstand" bezeichnete. Irgendwie war das, was er jetzt zu tun und zu organisieren
beabsichtigte, eine jahrelang eingeschliffene und bewährte Routine.
Und doch irritierend neu. Das Neue war nicht die geänderte Kulisse
- er hatte sich schon unzählige Male selbstredend auch am häuslichen Schreibtisch mit zum Teil verschlungenen Kriminalfällen
beschäftigt. Gerne auch an Wochenenden und Feiertagen.

Neu, und darum schwer einzuschätzen, waren Luitgards Rolle und
ihre Kompetenzen. Diese hatten sich bisher auf Rücksichtnahme
sowie auf die Lieferung von belegten Semmeln und Kaffeenach-
schub beschränkt. Ebenso wie ein seltenes „Schatz, der Sonntags-
braten und die Knödel werden kalt!".

Nun aber verkörperte seine Gattin ganz andere Rollen. Sie war erstens: Auftraggeberin. Und alleine da konnte die Maus keinen Faden
abbeißen. Zweitens: Arbeitskollegin. Gut war dieserhalb, dass sie
seine überlegene Kompetenz unzweifelhaft anerkannte. In die Mitte
einer Pinnwand heftete er ein DIN-A4-Blatt mit dem Umriss eines

Gesichts, in das er 'Thomas Stephan' schrieb. „Das", erklärte er Luitgard, „wäre normalerweise bei einem Verbrechen das 'Opfer'..."

„Hoffentlich nicht!", fiel ihm Luitgard ins Wort. „Ja, schaun mer mal... Jetzt ist er wohl eher der 'Hauptverdächtige'. Oder so ähnlich." Vilsmayr heftete zunächst nur ein kleineres Blatt daneben, auf dem er 'Luitgard' notierte. „Du bist die Geschädigte.", erklärte er, bevor er sich korrigierte: „EINE Geschädigte" „Eine?", wollte seine Frau irritiert wissen.

Vilsmayr nickte. „Ich bin mir ziemlich sicher, dass du nicht die einzige bist, bei der er diese Masche angewendet hat. "

Weitere kleinere Zettel wurden neben den mit Luitgards Namen geheftet. „Und vielleicht fallen Dir in diesem Zusammenhang ein paar Namen ein. Andere Teilnehmer am Online - Kurs. Zum Beispiel.", führte er aus. Luitgart nickte - eher ergeben als motiviert.

„Und auch ich werde Hausaufgaben erledigen müssen. Ich schaue mir diesen Himmelswiese-Verlag einmal genauer an." „Wie meinst du das denn, Emmeran?" Luitgard schien wirklich wenig Ahnung von Ermittlungsarbeit zu haben, dachte Vilsmayr frustriert - zum überhaupt ersten Mal im Zusammenhang mit seiner Frau. Andererseits kannte er sie als, ja wie? Gerissen, hartnäckig, verschwiegen und fokussiert. Keine schlechten Eigenschaften für einen effizienten Ermittler.

„Kunden, Bankverbindungen, Bonität, Schulden, Außenstände. Das ganze wirtschaftliche Gelump...", führte er aus. „Feinde?", schlug Luitgard vor. „Ein Verlag hat keine Feinde. Konkurrenten eventuell. Wenn Feinde, dann persönliche von Stephan. Aber dein Vorschlag ist durchaus sinnvoll, Luitgard.", räumte er ein.

Das Grinsen, das sich über ihr Gesicht von rechts nach links spannte, sprach irgendwie Bände.

~~

Provisorisches Büro. Provisorisches Büro von Berengere Patinter. Provisorisches Büro von Berengere Patinter - am Arsch... Solche verdrießlichen Gedanken schossen Ivo Golob durch sein mittlerweile ein wenig desorientiertes Gehirn, als seine Kollegin im Funktionstrakt des Festspielgebäudes vor ihm eine Türe - doppelflügelig! - öffnete und ihn mit einer um einen Tick zu großspurigen Geste aufforderte, doch bitte einzutreten.

Er hatte schon Intendanz - Büros gesehen, und zwar an der Staatsoper zu Wien und am Landestheater zu Salzburg, und bedurfte keiner weiteren Aufklärung um zu begreifen, dass dieses ca. 40m2 große Büroappartement mit eigener Nasszelle, polierten Betonwänden, signierten Schwarzweißfotografien an den Wänden und skandinavischen Designermöbeln unter der Arbeitswoche und tagsüber dem Intendanten der Bregenzer Festspiele zur Verfügung stand. Nach der Jausenstation für die Caterer sah dieses Ambiente jedenfalls nicht aus. Seine - nun leider Kollegin -, bot ihm eine Sitzgelegenheit an, nämlich einen der beiden Besucherstühle vor dem schicken Schreibtisch aus gewachster Eiche, den sie mit aufgesetzt katzenhafter Geschmeidigkeit zu umrunden trachtete.

Trachtete, wohl gemerkt. Denn leider verfing sich einer ihrer Stilettoabsätze in der langflorigen Auslegware, sie knickte kurz ein und hatte gewisse Mühe sich zu fangen. Selbstredend gab Golob sich den Anschein, davon überhaupt nichts mitbekommen zu haben, wähnte sich von diesem Moment an aber im Besitz des Oberwassers. Patinter ließ sich betont langsam auf dem spacigen Chefsessel nieder - und sah sich doch tatsächlich für einen Moment nach so etwas wie einer Klingel oder einem Haustelefon um, wohl um Erfrischungen zu ordern.

„Da wären wir also, Ivo!", flötete sie. „Ich habe immer gewusst, dass das Schicksal dich mir wieder über den Weg führen wird." Nun, da die moralische Instanz Fekete durch Abwesenheit glänzte, ließ sich Golob eine halbherzig gemeinte Antwort nicht nehmen. „Wo du doch so brav bitte bitte zum Universum gesagt hast." Jetzt, fand er, wäre eine sexy Intendanzassistentin, die ein Tablett mit

Einspännern hereinbalanciert, schon perfekt. Oder von mir aus ein sexy Intendanzassistent, männlich. Als Trostpickerl für die Dame...

„Lass den Schmäh!", fauchte sie. „Ich wollte nur charmant sein," wiegelte er ab. „Wenn das deiner Meinung nach für die Wahrheitsfindung nicht dienlich ist, dann fang doch bitt schön mit deiner gezielten Befragung an. Ich garantiere dir, dass meine Antworten gewissenhaft, notwendig ausführlich und belastbar sein werden. Können wir uns darauf einigen, Frau Leutnant Patinter?"

„Oberleutnant, bitte schön. Gut, Ivo Golob. Du hast heute die Aufführung des 'Rigoletto' besucht. Augenscheinlich in Begleitung. In wessen, wenn ich fragen darf?" „Generalmajor a.D. und Kommerzienrat Sandor Fekete von der Kriminalpolizei Wien.", gab er gelangweilt zurück.

„Pardon, Ivo, das verfallene Manderl neben dir ist Fekete? Hab ihn irgendwie nicht erkannt...", grinste Patinter, wobei sie einen Fingernagel ihrer linken Hand betrachtete. „Fekete ist ein todkranker Mann. Ich erbitte mir ihm gegenüber bei seiner anschließenden - und hoffentlich nicht ausufernden - Befragung den angebrachten Respekt. Dass ich ihn zu einem Opernabend begleite, war einer seiner dringlichsten Wünsche, bevor er..."

„Wie überaus rührend! Aber durchaus im Rahmen des Realistischen, so sentimental, wie du nun einmal bist." Sie erhob sich halb, ihre langfingrigen Hände auf die Schreibtischkante stützend. „Und nun erzähle mir, und zwar nach der Reihenfolge, wann, wie und warum du ausgerechnet in der Pause über die Uferpromenade flaniert bist. Und was du dabei beobachtet hast."

Nun war es an Golob, seine unmanikürten Fingernägel zu bewundern und sich danach noch ein wenig zwischen den Backenzähnen zu bohren. „Der Lachs war ein wenig faserig, entschuldigen Sie bitte, Frau Oberleutnant. Also - die Hälfte der Pausenzeit - was bei den Bregenzer Festspielen eine lange Pause ist, nämlich eine Stunde - die Hälfte waren wir drinnen und haben eine kleine Jause zu uns genommen. Diese nette junge Kellnerin mit dem blonden Pferdeschwanz kann das bestätigen. Danach wollte sich Sandor eine kurze Zeit die Beine vertreten - und mir den Mechanismus für den Clownskopf aus der Nähe ... also, eben so nahe wie es für Besucher möglich ist... zeigen. Der Herr Generalmajor kennt nämlich den Bühnenmechaniker... Und dann kam etwas ins Spiel, was anfänglich als 'Vorführeffekt' durchgegangen wäre: Der Umstellmechanismus hat geklemmt. Und spätestens in einer halben Stunde hätte es funktionieren müssen - aber frag mich bitte nicht, WAS hätte funktionieren müssen. Bei den Bühnenarbeitern brach schon Hektik aus, man holte Motorwinden und Zusatzscheinwerfer... und nach etwa zehn Minuten, wo es geklemmt hat, kippte das Mordstrumm von Kopf nach hinten, und eine der Motorwinden zog einen Klotz aus dem Bodensee... etwa SO groß...“ - Golob zeigte ein Stück von ungefähr 50 mal 40cm an - „...da stak oben an der breiten Fläche etwas drin, das hat für mich zuerst wie vier Spieße mit Lumpen dran oder Stecken oder Orgelpfeifen ausgesehen. Und darum hatte sich ein Stahlseil gewickelt. Daran hat es geklemmt, meine ich.“ Golob schnaufte tief, denn eben hatte er einige lange Minuten geredet, ohne genug Luft zu holen.

Patinter kniff ihre grauen Drachenaugen zusammen. „Das war alles?“, zweifelte sie. Golob legte seine Stirne in Falten. „Nein, meiner Seel! Die Bühnenarbeiter fingen an wie deppert zu schreien und durcheinander zu laufen. Ich habe dann doch genauer hingeschaut - und die vier Stelzen in dem Betonklotz... die haben für mich ausgeschaut wie Knochen. Mit etwas vergammeltem Fleisch dran.“

„So, haben sie...“ „Ja, haben sie.“, beharrte er. Dass Fekete sehr schnell sein Opernglas herausgezogen hatte, rieb er ihr jetzt einmal nicht unter die Nase. Das war Feketes Ding - und er würde es weidlich ausschlachten.

„War das alles?“, wollte Patinter ungläubig wissen. „Ja.“, erwiderte Golob gemütlich und erhob sich. „Kann ich meine Aussage vielleicht gleich heute unterschreiben? Ich muss morgen früh wieder pünktlich meinen Dienst antreten.“

Patinter machte eine fast hilflose Bewegung. „Ich muss erst alle Aussagen auf dem Tisch haben. Du siehst doch..." Golob hielt im Gehen inne. „Ich sehe... nichts. Keine Notizen, kein laufendes Aufzeichnungsgerät. Noch nicht einmal einen Protokollanten. Lernen Sie doch erstmal, wie man Zeugenaussagen ordnungsgemäß und verwertbar dokumentiert, Frau Oberleutnant, bevor Sie sich in erster Linie der Akquirierung von - wie Sie es zu nennen pflegen - 'provisorischen Büroräumen' widmen. Wobei ich schon einräumen muss, dass Sie sich sehr stylisch in diesem Ambiente ausmachen. Servus!" Sprachs und schlenderte hinaus.

„Du wirst von mir hören, Ivo Golob!", eiferte sie ihm hinterher.

~~

„Sind das jetzt wirklich alle, die du kennst?", insistierte Vilsmayr. „Ich glaub schon.", erwiderte Luitgard. Es klang resigniert mit einem Hauch von Ungeduld.

„Und was ist mit diesem Euphrasius mit dem du heute Mittag telefoniert hast?", hakte er nach. „Ich dachte, den hast Du auf der Rechnung? Dir kann man es wirklich nur schwer recht machen." Luitgard zog eine etwas gekränkte Schnute. Was wiederum Vilsmayr bewog, ihr einen Arm um die Schulter zu legen und sie liebevoll zu drücken. „Schau, Schatzi, ich mag ja derzeit zwangsbeurlaubt sein von der Arbeit, aber wenn du wieder zu deinem Geld oder deinem Recht kommen willst, dann musst du mir vertrauen. Und dir dessen schon bewusst sein, dass ich ein Profi bin - und natürlich wie einer vorgehe. Soll heißen, dass dir in den nächsten Wochen schon das eine oder andere komisch ankommen wird, was ich so sage und tue und von dir will. Bitte nimm das dann nicht persönlich, aber frage um Himmels Willen nach, wenn du es nicht verstehst. Da soll kein Groll zwischen uns entstehen!", erklärte er ihr.

Luitgard schniefte. „Ich weiß, du meinst es nur gut. Und ich bin bloß eine naive Hausfrau..." Er tätschelte ihre Schulter. „Das bist du weiß Gott nicht. Du bist die Frau meines Lebens - und wer die Frau meines Lebens betrügt und derbleckt, der kriegts mit mir zu tun!" Er trat er einen Schritt von der Pinnwand zurück.

„Alles in allem nicht schlecht. Euphrasius mit eingeschlossen, kennst du sechs Leute, die mit dir zumindest durch diese Online-Schreibwerkstatt Kontakt hatten. Und darum auch Kontakt mit Thomas Stephan. Oder vielleicht noch haben. Das ist doch schon mal was, Schatzi."

Luitgard rieb ihre Nasenspitze, wie immer, wenn sie konzentriert nachdachte. „Was kommt als Nächstes? Wollen wir Kontakt zu denen aufnehmen?", schlug sie vor.

„Noch nicht. Deine Aufgabe ist es, im Internet Informationen über diese Leute einzusammeln. Ob sie schon Bücher veröffentlich haben. Interviews gegeben haben. Ob Lesungen stattgefunden haben. Ob es etwas Öffentliches zu ihrer Person, ihrem Leben gibt.", erwiderte er. Sie blickte ihn erschrocken an, doch er lächelte. „Glaubst es mir - des ist gar net so schwer. Und ihre E-Mail-Adressen, die haben wir ja schon."

„Und, Emmeran, was wirst du währenddessen tun?", wollte sie wissen. Vilsmayr blickte auf die Pinnwand, als stünde dort bereits eine ausgefeilte Taktik. Und tatsächlich hatte er in diesem Moment eine Eingebung. „Ich kenne da einen, der mich zur Welt der Verlage informieren kann. Und es sollte mit dem Teufel zugehen, wenn er nicht auch dahin gute Kontakte hätte..."

„Jessasmariaundjosef!", entfuhr es Luitgard in diesem Moment. „Kontakte - natürlich! Ich habe eine von denen persönlich kennen gelernt. Na ja, ist vielleicht übertrieben, ich war auf einer Lesung." „Ja, sauber!", freute sich Vilsmayr. „Eine Autorenkollegin. Ein schöner Einstieg. Du wirst sehen. Und wer ist also unsere erste Kandidatin?"

Luitgard deutete auf einen Namen. „Dr. Irmhild Teufer.", las Vilsmayr. „Und - was fällt dir zu dieser Frau Dr. Teufer ein?" „Wir haben sie in der Schreibwerkstatt nur Irmi geheißen. Eine ganz Nette ist die. Wenn einer von uns einen Durchhänger gehabt hat, dann hat sie ihn mit ein paar Worten richtig getröstet. Mir ist auch gleich wieder eingefallen, wie die ausschaut und wie ihre Stimme klingt."

„Das ist doch echt gut! Und wenn du jetzt noch mehr über sie rauskriegst, dann können wir einen Schlachtplan aufsetzen, wie wir vorgehen müssen.", nickte Vilsmayr beifällig. „Gleich heute Abend?", wollte Luitgard mit gewisser Aufregung in der Stimme wissen. „Na.", widersprach Vilsmayr. „Heut Abend geh ich schafkopfen."

„Ah geh! I muss hackeln - und du spielst Karten!" Luitgard war merklich vor den Kopf gestoßen. „Keine Angst - das gehört zu diesem Projekt!"

Doch Luitgard blieb skeptisch. „Ihr Mannsbilder mit euren Ausflüchten!"

~~

Als Fekete von seiner Befragung durch Oberleutnant Patinter zurückkehrte, war es schon längst dunkel. Golob wartete tatenlos auf der Bank, hatte aber immerhin daran gedacht, in ihrem Hotel in Bregenz anzurufen, um ihre Verspätung anzukündigen.

Vermutlich war jetzt auch niemand mehr im Festspielhaus da, um ihnen ihre Mäntel auszuhändigen. Das i-Tüpfelchen auf einem gänzlich aus dem Ruder gelaufenen Abend, der vorzeitig und leichtsinnigerweise fest unter der Kategorie 'schön' verbucht worden war.

Golob erhob sich und ging auf den Generalleutnant a.D. zu, der erschöpft wirkte. „Buta téhen!", schimpfte Fekete leise und machte ein Gesicht, als hätte er in eine verschimmelte Zitrone beißen müssen.

Golob bot ihm seinen Arm an, bei dem sich Fekete dankbar einhakte. „Kann es sein, Sandor, dass du mit den Befragungsmethoden von Oberleutnant Patinter nicht ganz einverstanden warst?", hakte er nach. Fekete schnaubte: „Ein verbohrtes Menschenstück. Irgendwie ist es in ihrem Schädel festgetackert, dass wir nicht nur zufällig Zeugen geworden sind. Wir sollen uns für weitere Befragungen zur Verfügung halten...und Bregenz vorläufig nicht verlassen."

Golob blieb abrupt stehen. „Ja, ist die denn deppert?" - „Glaub schon." Fekete klopfte auf seine Brusttasche. „Drum habe ich eben noch mit Major Ebenzierl telefoniert..."

„Mit meinem künftigen Chef?" - „Ja, mit deinem künftigen Chef. Er wird hochoffiziell darauf bestehen, dass du in drei Tagen wie geplant deinen ersten Arbeitstag in Wien anzutreten hast. Und was mich angeht - für mich bürgen genügend Primarärzte. Buta téhen... die muss früher aufstehen. Und die Allgemeinen Dienstvorschriften vielleicht auch einmal durchlesen."

Sie strebten dem Festspielhaus zu, bei dem tatsächlich noch einige Fenster erleuchtet waren. Eines interessierte Golob dann doch: „Sandor - die Allgemeinen Dienstvorschriften...hast du die jemals durchgelesen?" Fekete schüttelte den Kopf. „Nein. Nur den Teil, den ich geholfen habe aufzusetzen. Das hat dann aber auch schon gereicht!"

Lachend hielten sie auf das Gebäude zu. Sie hatten Glück - ein übermüdeter und immer noch unter leichtem Schock stehender junger Angestellter übergab ihnen ihre Mäntel, die die beiden letzten an der Garderobe waren.

~~

Bis zum Abendbrot hatte Luitgard Vilsmayr etliches an Informationen über ihre Schriftstellerkollegin Dr. Irmhild Teufer in Erfahrung gebracht, alles fein säuberlich auf einem einzelnen Blatt zusammengetragen und übersichtlich gestaltet. Stolz legte sie das Ergebnis ihrer Recherche ihrem Mann vor, der mit zufriedenem Nicken darüber ging.

„Sie hat ja schon zwei Bücher herausgegeben.", stellte er fest. „Vor sechs Jahren 'Du bist nicht alleine - Trost und Kraft für pflegende Angehörige von Demenzkranken'. Allerdings bei einem anderen Verlag, nicht bei Himmelswiese. Bei dem ist von ihr dann letztes Jahr 'Krebs annehmen' erschienen." Er schüttelte seinen Kopf. „Was für ein Schmarrn!" Im selben Moment allerdings zuckte er zusammen und blickte Luitgard schuldbewusst an, weil er bestimmt etwas Abfälliges gesagt hatte. Aber seine Frau zuckte nur mit den Schultern. „Wie gesagt, ich war bei einer Lesung mit ihr, da war dieses Buch eben erschienen. Es hat mich nicht so angesprochen, aber ich bin wegen der Irmi hingegangen", meinte sie.

Nach der Brotzeit schlüpfte Vilsmayr wieder in seinen Leinenjanker und brach auf zum Andechser im Schex, wo er seit mindestens zwanzig Jahren schafkopfte. „Es könnte später werden," warnte er Luitgard vor, stülpte sich seine Ledermütze auf seine lichte Frisur und verließ das Haus. Zuvor hatte er sich freilich vergewissert, dass ein bestimmter Mitspieler sein Kommen verbindlich zugesagt hatte.

Tatsächlich wartete, zusammen mit drei anderen Kumpeln, Dr. Josef Zwacknagl schon am Kartentisch. Man hatte sich schon ein wenig warmgespielt und mit einigen Halben für lindernde Kühlung gesorgt.

Vilsmayr klopfte mit den Fingerknöcheln auf die dicke Tischplatte, grüßte in die Runde, wurde zurückgegrüßt und hockte sich auf seinen angestammten Platz. „Wer gibt?" - „Immer die Sau, die quiekt."

Dr. Josef Zwacknagl, in engeren Kreisen auch der Zehne-Seppi genannt, war trotz langjähriger Erfahrung beim Schafkopf leider kein besonders ausgebuffter Spieler. Zehne-Seppi darum, weil er vor gut fünfundzwanzig Jahren bei einem Schützenfest morgens um zehn Uhr schon dermaßen betrunken gewesen war, dass er, der eigentlich als guter Schütze bekannt war, bei sämtlichen Schießübungen eine Fahrkarte gezogen hatte. Man konnte mit ihm als Partner kaum vom Gegnerpaar die Schellensau herauszwicken. Und zu fortgeschrittener Stunde verrechnete er sich schon mal gerne beim Ansagen, da er mit dem Geist meist bei irgendeiner lustigen Anekdote war, die er unbedingt zum Besten geben wollte. Das Erfreuliche beim Zehne-Seppi war: Diese Schmankerln waren nicht alt und von einem ellenlangen Bart zugewuchert. Es war fast immer eine Premiere.

Seit drei Jahren war er in Rente, aber gelegentlich schrieb er einen

Gastbeitrag oder veröffentlichte wenigstens einen geharnischten Leserbrief beim Alt-Neuöttinger Anzeiger, dem er vormals als Chefredakteur vorgestanden war. Ihn gedachte Vilsmayr nach Ende des Schafkopfens ein wenig zum Thema „Verlagswesen in Deutschland" zu befragen.

Dazu durfte der Zehne-Seppi erstens nicht zu besoffen sein und zweitens musste er zur dauerhaften Hebung seiner Laune öfter mit von der Gewinnerpartie sein als üblich. Also legte es Vilsmayr geradezu darauf an, mit dem Zehne-Seppi verpartnert zu werden. Die drei anderen Spieler, die Vilsmayr ansonsten als scharfen Hund kannten, der ausgesprochen ungern verlor, warfen sich immer wieder verständnislose Blicke zu, nachdem sich der anfänglich darauf angesprochene Vilsmayr diesbezügliche Kommentare verbeten hatte.

Es war schon ein hartes Stück Arbeit, Zehne-Seppis farbentechnische Missgriffe wiederholt auszuwetzen. Einmal schanzte er ihm sogar ein Null-Solo zu, das Seppi um ein Haar vergeigte.

Um halb zehn hatten die anderen keine Lust mehr auf die neue spielerische Kauzigkeit von Vilsmayr, gratulierten Dr. Zwacknagl zu seinem „guten Lauf", zahlten ihre Zeche und verabschiedeten sich.

Vilsmayr bestellte nur zwei helle Halbe und freute sich an Seppis Strahlen. Nicht, dass dieser sonst ein Griesgram gewesen wäre. Er prostete dem ehemaligen Chefredakteur zu, nahm einen ordentliches Schluck Andechser Helles (das er persönlich ein wenig zu leicht fand) und hieb seinem Freund sachte auf die Schulter. „Dich hat die Glücksfee heut ja richtiggehend abgebusselt!", rief er.

Zwacknagl strahlte heller als ein Christbaum. „Der heutige Tag, der kriegt von mir ein goldenes Sternchen. Für immer und ewig!"

Vilsmayr starrte in sein Bierseidel hinein, als suche er dort drin die Lösung für ein verzwicktes Problem. „Seppi, und was machst, wenn dich eine andere Art von ... na, Göttin oder Fee küsst? Oder wie sagts ihr Schreiberlinge - eine Muse?" Zwacknagl blickte ihn verständnislos an. Dann grinste er und deutete mit dem Zeigefinger auf ihn, als wollte er ihn wiederholt anstupsen. „Du meinst... eine kreative Eingebung? Oder eine Inspiration?"

Vilsmayr wackelte mit dem Kopf. „Ich mein, ihr Journalisten, ihr könnts doch super schreiben. Was machst du, wenn du ein richtiges Buch fertiggeschrieben hast?" Nach einem Schluck Bier kicherte Zwacknagl: „Du hast mich durchschaut, Emmeran. Meine Romanbiografie über Ludwig II.," - der Zehner-Seppi war ein ausgemachter Kini-Fan - „die ist fast fertig. Also suche ich mir einen Verlag."

„Kann des ein jeder, ich meine jemand mit einem ... wie sagts ihr ... Manuskript?", wollte Vilsmayr mit ungläubigem Anschein wissen. „Aber sicher. Die Künste sind frei."

„Und - ist des schwer?" Zwacknagl schnaubte einen Lacher. „Schwer? Verdammt schwer! Wenn du nicht prominent bist, wie zum Beispiel ein Politiker, der seine Biografie mehr oder weniger selbst geschrieben hat, hast du einen steinigen Weg vor dir. Kennst du die Regionalkrimis von Alois Krafft, die im Ammergau spielen?"

„Hab davon gehört."

„Krafft hat sein erstes Manuskript sage und schreibe einhundertsechzig Verlagen anbieten müssen, bis einer sich nach über zwei Jahren dann auf ihn eingelassen hat...", erklärte Zwacknagl. „Und dann gibt es noch seriöse Verlage. Und leider auch unseriöse."

„Himmel!", entfuhr es Vilsmayr und Seppi fuhr fort. „Früher war das noch mühsamer. Der Autor, oder auch die Autorin, musste das Manuskript zigmal ausdrucken, binden, mit einem Exposé und einem Anschreiben versehen, auf die Post bringen, Porto bezahlen. Heute schickt man das alles als Anhang zu einer E-Mail. Was mittlerweile auch den talentlosesten Schreiber richtiggehend einlädt, seinen geistigen Dünnpfiff bei jedem erdenklichen Verlag abzuladen. Achtzigtausend Neuerscheinungen hatten wir letztes Jahr auf dem deutschsprachigen Büchermarkt - die Anzahl der abgelehnten Manuskripte dürfte das Hundertfache erreichen. Vorsichtig geschätzt."

Vilsmayr winkte nach der Bedienung, denn ihrer beider Bier drohte zur Neige zu gehen. „Und wie viele Verlage gibt es in Deutschland?", wollte er wissen, nachdem der Nachschub an Flüssigem vor ihnen gelandet war.

Zwacknagl zuckte die Achseln. „So zweieinhalb- bis dreitausend.

Genau weiß ich das nicht." Er versuchte, Vilsmayr zu fixieren. „Suchst du einen, Emmeran?"

Da Angriff bekanntermaßen schon immer die beste Verteidigung war, nickte Vilsmayr. „Also, die Luitgard, die hat eine Rezeptsammlung von ihrer Großmutter. Fast schon ausgestorbene Gerichte. Das muss nix Großartiges werden... aber vielleicht, dass unsere Enkeltöchter etwas Bleibendes in die Hand bekommen können, was sie mit der Heimat verbindet...", spielte er den Verlegenen.

Der Zehne-Seppi nickte verständnisinnig. „Passt schon...", meinte er, zog einen Kugelschreiber aus seiner Hemdenbrusttasche und notierte etwas auf einem Bierdeckel. „Pirmin Moser. Wir waren zusammen Volontäre in Rosenheim. Der Watzmann-Verlag gehört ihm. Sag ihm einen schönen Gruß von mir! Watzmann ist übrigens ein seriöser Verlag."

Vilsmayr hatte, was er wollte, zahlte seinen und Seppis Deckel und begab sich vergnügt auf den Heimweg.

~~

Dr. Ludovika Zrenner gab sich ziemlich reserviert, als Ivo am Abend darauf nach Braunau zurückkehrte, ohne wie verabredet mit ihr gesprochen zu haben. Wortlos zeigte sie ihm das Display ihres Mobiltelefons, auf dem 12 Anrufe durch sie an seine Rufnummer unbeantwortet geblieben waren.

Er entwand ihr sanft das Handy und schloss sie so innig in seine riesengroße Umarmung, dass ihre kleine Person fast verschlungen wurde... „Vicky, magst du mir glauben, dass mir auf einmal drei Gespenster erschienen sind?"

Auf alle möglichen Ausreden hatte sie sich moralisch eingestellt - Funkloch, mit Fekete versumpft, in den Bodensee gefallen - aber „Drei Gespenster?"... Golob war Leutnant bei der österreichischen Kriminalpolizei, er war mutig und besaß einen scharfen Verstand. Aber Phantasie und Kreativität - und die gehörten nun einmal zum überzeugenden Schwindeln jeglichen Ausprägungsgrads dazu - über die verfügte er nicht. Sie beschloss daher, ihn ernst zu nehmen und anzuhören. „Was um Himmels Willen ist dir passiert, Ivo?“ Sie setzte sich auf ihr Sofa und zog ihn neben sich. „Willst du vorneweg was trinken? Ich hätte einen Whiskey da...“

„Der wär jetzt nicht schlecht...“, gab er zu. Dr. Zrenner stand rasch wieder auf und füllte an ihrer provisorischen Hausbar zwei Gläser gut daumenbreit mit der bernsteinfarbenen Flüssigkeit. Eines reichte sie Golob, ehe sie sich setzte. Er nahm wortlos einen kleinen Schluck und fuhr sich zerstreut über sein Kinn mit dem blauschwarzen Schatten. Fix Laudon, er hatte heute Morgen schlichtweg vergessen sich zu rasieren...

„Drei Gespenster...“, wiederholte sie. „Du schaust wirklich müde aus, Ivo.“

Er antwortete erst, nachdem der Single Malt ein weiteres Mal seine Brandspur durch seine Kehle gelegt hatte. Dann ließ er sich auf ihren besorgten Blick ein.

„Gespenst Nummer eins: Sandor. Er ist - gewichtsmäßig - nur noch die Hälfte von früher. Heute Morgen hat er mir gesagt, dass er diesen Herbst wohl nicht überleben wird und dass er sich ab August in ein Hospiz zurückziehen will - weil Piroska mit alldem nicht klarkommt.“, fing er an. Vicky nickte nur.

„Eigentlich wollte er sich mit diesem Ausflug von mir verabschieden. Aber...“ Golob stockte. Dr. Zrenner ergänzte behutsam sein Reden: „Aber dann hat vermutlich Gespenst Nummer zwei dazwischen gefunkt.“

Er ließ den Rücken seines Zeigefingers über die zarte Haut ihrer Wange gleiten. „Korrekt. Gespenst Nummer zwei... Du erinnerst dich an unser Wiedersehen vor anderthalb Jahren?“

Sie nickte. „Wie könnte ich das vergessen? Ein grausig kalter Januarnachmittag an der Salzach. Ich war schon vor Ort, wegen der seltsamsten Wasserleiche, die ich je gesehen habe.“

Eine Weile sagte er nichts, blickte sie nur mit unergründlicher Müdigkeit und ebensolchem Überdruss an. Ludovika erschrak und schlug sich die Hand vor den Mund. „Ivo! Du willst damit doch hoffentlich nicht sagen, dass da schon wieder ein Toter im Wasser war!"

Mit einem gequälten Lächeln leerte er seinen restlichen Single Malt auf einen Zug. „Kein Toter. Also, kein kompletter Toter. Sondern ein Paar Unterschenkel, eingemauert in einen Zementblock..." Und wieder erschienen die beiden dadaistischen Orgelpfeifenpaare in seiner Vorstellung. Er hatte nicht widerstehen können - und sich Feketes Opernglas geliehen, um dieses Grauen aus dem See für einen Moment betrachten zu können.

Die Hotelbesitzerin hatte ihm am anderen Tag wie beiläufig berichtet, dass es an dieser Stelle des Obersees sehr viele Aale gäbe... Aale, so hatte er darauf recherchiert, seien „begeisterte Aasfresser" - und könnten gerade die muskelhaltigen Extremitäten innerhalb weniger Tage zu einem gewissen Grad skelettieren. Fast wie Piranhas. Seit diesem Morgen waren bestimmt mehrere Polizeitaucher in der Tiefe unterwegs, um nach weiteren mehr oder weniger abgenagten Teilen dieser Leiche zu suchen.

Ludovika streichelte ihm über den Kopf mit den dicken krausen Haaren. „Damit hast nicht gerechnet, was? Einfach schrecklich..."

„Tja, Spatzl, schlimmer geht immer. Die kriminalpolizeiliche Ermittlung wird von einer Ex von mir geleitet... 'Ex' ist einerseits übertrieben. Andererseits..."

Dr. Zrenner blickte ihn fragend, nicht wertend an. „Es klingt für mich so, als ob das Wiedersehen deinerseits nicht auf der Wunschliste stand...?" Er lächelte schmal. „Ganz sicher nicht. Glaubst du mir eventuell, wenn ich dir Stein und Bein schwöre, dass diese Kollegin einen an der Waffel hat, was Männer angeht?"

„Wenn es keine patriarchalisch getriggerte Machoausrede wie 'Immer reagiert sie so über' ist - dann ja.", ermunterte sie ihn - und tätschelte seine Hand. „Sie ist eine Stalkerin...", murmelte er.

„Ah ja? Und wie zeigt sie das?", wollte Ludovika wissen.

„Zahllose SMS, E-Mails. In Wien ist sie damals auch öfter vor meiner Wohnung aufgetaucht. Sie hat sich selbst Blumen geschickt - und behauptet, sie wären von mir...", erklärte er.

„Na ja, jetzt lebt und arbeitet sie in Bregenz. Und du in Kürze gut 600 Kilometer entfernt von ihr. Halb Mitteleuropa liegt dann zwischen euch!“, versuchte Dr. Zrenner ihn zu beschwichtigen.

„Schauen wir mal, ob sie das abschreckt. Oder beflügelt. Auf alle Fälle hat sie immer noch dieselbe schwere Meise. Davor wollte ich dich warnen, Vicky. Ich schwöre, dass ich sie keinesfalls anstacheln werde. Sie soll beim Teufel bleiben!“, ereiferte er sich. Sie schlang ihre Arme um ihn. „Ist ja gut, Ivo! Du hast recht, sie ist das dritte Gespenst. Aber eben nur ein Gespenst...“ Sie unterbrach sich und sog mit zusammengezogenen Augenbrauen Luft durch die Nase. „Himmelsakra! Die Lasagne...!“ Und stürzte in Richtung Küche.

Golob prüfte reflektorisch die Luft und fand, dass es noch nicht brenzlig roch. Andererseits - verfügten Frauen nicht über eine deutlich feinere Nase? Ludovika kehrte mit erleichtertem Gesichtsausdruck zurück - und einer feuerfesten Form, in der es schmurgelte und der ein appetitlicher Geruch entströmte. Die mit Käse bestreute Oberfläche war an lediglich wenigen Stellen bereits dunkelbraun. „Gerettet!“ strahlte die Frau Doktor. „Sei so gut, Ivo, decke für uns auf dem Couchtisch auf!“

„Warum denn dort?“, wollte Golob wissen, tummelte sich aber ohne Widerrede. Die galt nämlich nicht, wenn Ludovika etwas zubereitet hatte. Sie folgte ihm mit der Lasagne und einer dicken Korkplatte unter dem Arm auf dem Fuß. „Gleich kommen die Nachrichten.“, meinte sie. „Es sollte mich wundern, wenn das Fernsehen mit eurem Leichenfund nicht jetzt schon an die Öffentlichkeit geht.“ Sie stellte die Lasagne ab und verteilte zwei ordentliche Portionen auf die Teller, während Golob ORF1 einschaltete.

Schweigend pusteten beide auf die noch viel zu heiße Pasta und starrten auf den Bildschirm. Ein Gipfeltreffen des US-amerikanischen Außenministers mit einem Ölminister aus den Emiraten. Hamiltons x-ter Formel 1 - Sieg in dieser Rennsaison. Dann: „Nach einem spektakulären Leichenfund gestern am Rand der Bregenzer Festspiele haben Taucher weitere Leichenteile geborgen...“ Die

Leichenteile wurden nicht gezeigt, nur Polizeitaucher beim Auftauchen. Und danach eine Nahaufnahme von Berengere Patinter, deren Gesicht nervös zuckte, während sie damit beschäftigt war, ihr immer wieder vor die Augen gewehte Haarsträhnen zu bändigen. Ihr Name wurde am unteren Bildschirmrand eingeblendet. „Die Polizei kann zum gegenwärtigen Zeitpunkt noch nicht viel sagen. Weder zur Identität des - oder der Toten, noch zum Todeszeitpunkt...“, spulte sie fast hektisch ab. „Es könnte sich um eine Vergeltungstat handeln, denn die Unterschenkel des Leichnams waren in einen Zementblock eingegossen worden. Daher ist die Polizei - landesweit und nicht nur in Vorarlberg - auf sachdienliche Hinweise aus der Bevölkerung angewiesen...“ Danach gab es noch Spielergebnisse aus der Ersten Fußballliga. Dr. Zrenner schaltete den Fernsehapparat aus und fand, dass die Lasagne nunmehr Esstemperatur hatte.

„Vergeltungstat...“, meinte sie zwischen zwei Bissen Lasagne. „Streckt die immer gleich derart ihren Kopf aus dem Fenster? Seit wann gibt es in Vorarlberg eine Mafia!“

Golob probierte ebenfalls. Allerdings - warum hatte seine Herzallerliebste eine vegetarische Lasagne zubereitet? Na ja, das war jetzt zwar ein Speisetrend, aber immerhin hatte sie reichlich Käse darübergestreut. Egal, die Lasagne schmeckte nicht übel. „Also, mafiöse Strukturen, das heißt organisiertes Verbrechen, gibt es überall, wo auch der Kapitalismus gut gedeiht...“, gab er zu bedenken. „Danke“, erwiderte Ludovika spitz, „das weiß ich auch. Dass ihr Kerle uns auch immer gleich die Welt miterklären müsst!“

Er seufzte. „Und dass ihr Frauen unsereinem gerne mitten in einem Satz ins Wort fallen müsst! Ich meinte nur, dass diese Art der Exekution eine Spezialität der Sizilianischen Mafia - und ihrer amerikanischen Ableger ist. Sie hat etwas zu bedeuten.“, führte er mit aufgesetzter Sanftmütigkeit aus.

„Und was hat das zu bedeuten?“, wollte sie, nunmehr ebenfalls ruhiger, wissen. „Vicky, das weiß ich leider nicht. Aber vielleicht weiß es irgendwer, der diese Meldung auch gesehen hat.“

~~

Offengestanden - weder der Name Pirmin Moser noch der Watzmann-Verlag sagten Emmeran Vilsmayr überhaupt etwas. Etwa dreitausend Verlage existierten im deutschsprachigen Raum und von denen konnte er gerade einmal zehn, zwanzig große Namen hersagen. Außerdem gab es unter diesen dreitausend sicher etliche, die ganz besondere Spezialgebiete bedienten. Wanderführer, Spirituelles, Religiöses, Psychologische Lebenshilfe, Kinderbücher, Liederbücher... und eben auch Kochbücher.

Morgen gleich nach dem Frühstück würde er versuchen, mit diesem Herrn Moser Kontakt aufzunehmen, einfach, um zunächst den Stallgeruch des Verlagswesens zu wittern. Und um sich ganz unverbindlich die wesentlichen Unterschiede zwischen einem sogenannten „seriösen" und einem sogenannten „weniger seriösen" Verlag aus berufenem Mund erklären zu lassen.

Zu seiner nicht geringen Überraschung war Luitgard daheim noch nicht zu Bett gegangen, wie sonst an den Tagen, an denen er zum Stammtisch oder zum Kartenspielen weg gegangen war. Die Fenster des Esszimmers waren voll erleuchtet. Also wurde er erwartet. Er bemühte sich überhaupt nicht, geräuschlos in sein Haus zu gelangen. Zumal seine Frau ihm bereits in der Diele entgegenkam.

Trotz seines leichten Bierdunsts küsste sie ihn freudig ab. „Was hast herausgefunden?", wollte sie wissen. Lachend wehrte er ab. „Jetzt, heute? Erstmal Theorie... Und du, Gardi?"

Sie war dabei, ihn förmlich ins Wohnzimmer zu ziehen, als sie kurz stutzte. Gardi... So hatte er sie nicht mehr genannt, seit die Buben in die Schule gekommen waren. Hatten sie etwa um Geld gespielt - und er hatte haushoch gewonnen?

„Ich? Na ja, erst mal hab ich ein bisschen in den beiden Büchern von Frau Dr. Teufer gelesen..." Sie vollführte eine kleine, charmante Bewegung, die Vilsmayrs Aufmerksamkeit darauf lenkte, dass sie kleine Schälchen mit Knabberkram auf den Couchtisch gestellt hatte. „Magst du ein Bier, Emmeran?", wollte Luitgard wissen, während

Vilsmayr nach den Miniaturbrezeln schielte. War heute irgendwas? Sein Namenstag? Hatte Luitgard im Lotto gespielt und gewonnen? Sonst bot sie ihm niemals noch ein Bier an, wenn er frisch aus dem Wirtshaus kam...

„Ja, gerne. Ein kleines aber nur." Er setzte sich und schob sich eine Handvoll Brezelchen in den Mund. Kohlenhydrate sollen bekanntlich beim scharfen Nachdenken helfen. Luitgard kehrte mit zwei 0,3er-Fläschchen und zwei kleinen Pilsgläsern zurück. Sie auch...? Des Wunderns gab es heute Abend wohl kein Ende.

„Also", hob er an, „das mit den Verlagen, das ist eine komplexe Geschichte. Ich mein, wie viele Tausend Bücher haben du und ich in unserem Leben schon in der Hand gehabt und wohl auch gelesen? Aber wie werden die hergestellt? Und verkauft? Und woher kriegt ein Verlag gute Manuskripte?" Er nahm einen Schluck Bier. „Der Seppi hat mir erzählt, dass allein im vergangenen Jahr im deutschsprachigen Raum über achtzigtausend neue Buchtitel erschienen sind...."

Luitgard nickte. „Darüber hat uns der Thomas im Online-Kurs auch aufgeklärt. Dass es so was wie ein 6er im Lotto sei, für sein Buch auf Anhieb einen Verlag zu finden. Vor allem, wenn man keinen Namen und kein Netzwerk hat. So hat er's genannt." Sie genehmigte sich ein einzelnes Schoko-Erdnüsschen.

Vilsmayr rieb sich das Kinn. „Damit hat er leider recht gehabt. Und euch wahrscheinlich die rosarote Brille von der Nase gerupft..." Luitgards Hand schwebte erneut über den Nüsschen, zog sich aber wieder zurück. „Ja, das hat er gleich zu Anfang gesagt. Und uns darüber aufgeklärt, woran's in den meisten Fällen scheitert. Nämlich an drei Dingen: An Geduld, an Hartnäckigkeit und an Dreistigkeit."

„Ah geh?! Und was ist mit: Talent, gute Story, flüssiger Stil?", zweifelte Vilsmayr.

„Ja, das seien dann die 'Drei Sekundärtugenden'. An denen sollten wir im Kurs arbeiten. Und bei den 'Drei Haupttugenden', da würde er uns auch irgendwie auf die Sprünge helfen können."

Vilsmayr leerte sein Bierglas und goss sich den Rest seiner Flasche ein. „Klingt, als ob er sehr von sich überzeugt gewesen wär.", stellte er fest. „Habt ihr das nicht irgendwann angezweifelt?" Luitgard schaute ihn irritiert an. „Aber da gab's zu keinem Zeitpunkt irgendwas zu bezweifeln, Emmeran! Er hat uns wirklich motiviert, ist auf jeden eingegangen. Und ob du es glaubst oder nicht - am Ende des Kurses hat er jedem von uns angeboten, sein aktuelles Buch unter Vertrag zu nehmen."

„Und du, die langjährige Frau eines Kriminalhauptkommissars, hast zu keinem Moment gedacht, dass das eventuell so etwas wie Bauernfängerei sein könnte?"

Erneut schüttelte seine Frau den Kopf. „Er hat uns doch einige der Bücher aus seinem Verlag gezeigt. Die gibt's wirklich!"

„Dann wird's wohl stimmen. Ich selber hab vom Zehne-Seppi die private Handynummer von einem befreundeten Verleger. Den darf ich anrufen, um überhaupt erstmal so etwas wie eine Ahnung vom Verlagswesen zu kriegen. Ohne die, fürchte ich, kann ich dir nicht viel weiterhelfen. So wie man ohne Füße nicht gehen kann. Morgen telefoniere ich dann gleich mit diesem Pirmin Moser.", versprach er. „Und was hat du herausgekriegt bei der Lektüre von der Frau Doktor?"

Luitgard schüttelte den Kopf. „Mei, des könnt i net. Die hat sich wirklich Mordstrumm harte Brocken von Themen rausgesucht. Demenz bei Familienangehörigen. Und jetzt Krebserkrankungen...", meinte sie nachdenklich.

„Ja, Komödienstadl ist was anderes.", flocht Vilsmayr ein. „Welche von ihrer Betroffenheitsliteratur ist denn jetzt bei 'Himmelswiese' erschienen?", wollte er wissen.

Seine Frau kniff wieder ihre Lippen zusammen, wie sie es immer tat, wenn er irgendetwas sagte, was ihrer Meinung nach unpassend oder taktlos war. „Frau Doktor Teufer schreibt ganz wunderbar. Sehr offen, spart nichts aus, aber es ist immer etwas dabei, was einen auffängt oder tröstet..."

Vilsmayr probierte jetzt so ein blassrosa Viereck, das verdächtig

leicht war und nach einem ihm kaum bekannten Gewürz roch.
„Wenn man meint, so etwas lesen zu müssen...Herrschaftszeiten,
was is denn des?" - „Ein kohlenhydratfreier Linsenchip.", klärte ihn
Luitgard auf.

Er schüttelte den Kopf - und schob rasch ein paar Brezelchen
hinterher. „Von mir aus brauchst du des Glump nicht mehr kaufen.
Früher hätt mer des an die Säu verfüttert!" Mit bösen Blicken starrte
er das Schälchen mit den Linsenchips an.

„Herrjeh, Emmeran, beim Essen und Trinken haben wir jetzt
andere Zeiten!", versuchte sie ihn zu beschwichtigen. „Mir haben
überhaupts andere Zeiten. Deshalb hab ich ja auch sechs Wochen
Zwangsurlaub. Mindestens...", fuhr er fort. Am liebsten hätte er diese
Linsenchips, in denen sich nach seiner aktuellen Überzeugung das
pure Böse - das bekanntlich immer und überall war - konzentrierte,
zu den Küchenabfällen gegeben.

„Willst du denn nicht wissen, was ich herausgekriegt hab?", versuchte Luitgard ihn zu beschwichtigen. „Na schön! Was hast herausgefunden?"

„In dem Kurs war auch eine Frau, die hat angefangen, astrologi-
sche Ratgeber zu schreiben. Sie hatte sich mit einem russischen
Namen vorgestellt - und mit russischem Akzent geredet. Der alles
andere als echt war.", hob Luitgard an.

„Woher weißt du, wie ein echter russischer Akzent klingt?", wollte
er einwenden.

Luitgard überhörte seine Spitze. „Der Ferdi hat mir vorhin ein
wenig geholfen mit dem Internet. Diese Olga Zwezdova heißt in
Wirklichkeit Helga Stern..."

„...wie passend!" Vilsmayr grinste. „Wahrscheinlich kommt sie aus
Straubing..."

Seine Frau schüttelte den Kopf. „Na. Aus Neu-Ulm." „Noch
schlimmer.", fand Vilsmayr. „Aber gut zu wissen - falls man ihr etwas
tiefer auf den Zahn fühlen müsste."

~~

Golob, der sich seit zwei Wochen wieder in Wien befand, fing seltsamerweise die Decke an auf den Kopf zu fallen.

Bis auf weiteres hatte er bei seinem Bruder Janez unterkommen können, ohne drängendes zeitliches Limit. Kleine Wohnungen, praktisch und einigermaßen zentrumsnah, waren derzeit nur unter der Hand zu bekommen - und das obwohl die Bundeshauptstadt schon seit hundert Jahren eine sehr bürgernahe Wohnungspolitik betrieb. Aber diejenigen, die sich dieses löbliche Regelwerk ausgedacht hatten, hatten damals keinerlei Visionen von Migrantenströmen aus Nahund Mittelost sowie von einer Krankheit namens AirBnB gehabt.

Daher das Asyl ohne Zeitlimit bei seinem Bruder. Janez Golob war Golfprofi, und darin war er offenbar so gut, dass er sich einen Original Midcentury-Bungalow mit modernem Skulpturenpark im Vorgarten leisten konnte - und zwar im beneidenswert ruhigen Sievering. Da der jüngere der beiden Brüder während der Sommermonate oft wochenlang auf Auswärtsturnieren spielte und nur gelegentlich nachhause kam weil ihm Socken und Zahncreme ausgegangen waren, bot es sich an, dass Ivo solange das Haus hütete.

Was seine eigenen vier Wände anging, da setzte der Herr Leutnant der Wiener Kriminalpolizei auf seine eigene Geduld, die Zeitläufte und etwas, was er „glückliche Fügung" nannte - und was keinesfalls beschworen oder beschrien werden durfte. Diesbezüglich war er entspannt - und sparte ordentliches Geld.

Auch mit seiner neuen Arbeitssituation kam er ganz gut zurecht. Seiner Inspektion in der Favoritenstraße, die sich nicht mit Gewaltverbrechen oder gar Tötungsdelikten befasste, was ihm ganz lieb war, stand ein Oberleutnant vor, der Vinzenz Ebenzierl hieß. Dieser betete offensichtlich jeden Morgen einen Spezialheiligen um Dienst nach Vorschrift ohne besondere Vorkommnisse an, und widmete unverhohlen einen großen Teil seiner Anwesenheit der Arbeit für den Ersten Josefstädter Kurzhaardackelverein e.V. Von dergestalt kompetenter und engagierter Seite drohte somit kein Ungemach.

Man hatte ihn in ein Doppelbüro einquartiert. Seine Zimmergenossin Leutnant Berninger trug den ungewöhnlichen Vornahmen Tove, nach dessen Bedeutung Golob noch nicht gefragt hatte. So weit waren sie noch nicht... Tove war auskömmlich und strukturiert - in gänzlich unprätentiöser Form -, und hielt auf eine freundliche Art und Weise Distanz, ohne überheblich oder gleichgültig zu wirken. Er hatte sie am Telefon sogar ein paar Mal lachen hören; also verfügte sie über Humor. Sie mochte sechs bis acht Jahre jünger als er sein, war schlank, und zwar auf eine fitte, nicht etwa auf eine heruntergehungerte Art und Weise, und trug ihr kurzes braunes Haar mit diesen altmodischen schmalen Haarspangen straff an den Kopf gesteckt. Sie benutzte Lippenstift (immer dasselbe, leicht ins Violette spielende Weinrot), aber kein Parfum. Noch ein paar Wochen weiter, vielleicht sogar mit einem gemeinsam bearbeiteten Fall, und er würde sie mal auf ein Bier einladen. Oder zu einem Heurigen. Rein aus kollegialer Solidarität und menschlicher Neugier, verstand sich.

Zu tun gab es während seiner ersten Arbeitswoche erschreckend wenig. Ein paar Touristen waren bestohlen worden. Außerdem hatte es eine Prügelei unter serbischen Zuhältern wegen einer ukrainischen Sexarbeiterin gegeben.

Deshalb hatte er Zeit, sich mehrmals am Tag bei der Kriminalpolizei in Bregenz einzuloggen; Oberleutnant Patinter hatte ihm schon vor fünf Tagen in einer superdringlichen Mail die Zugangsdaten zukommen lassen. Wohl in der Hoffnung, dass er ihr mit einem Dankesschreiben auf Büttenpapier ein selbstverfasstes Liebessonett schicken würde. Träum weiter, Berengere...

Dafür waren die Polizeitaucher fleißig und fündig gewesen. Ein Unterarm war geborgen worden, leider ohne dazugehörige Hand. Dafür mit einer kompletten Armbanduhr. Golob mochte sich die Aufnahme des herren- und körperlosen Arms lieber nicht anschauen. Dafür die Bilder von der Uhr. Eine Herrenarmbanduhr mit hellbraunem Lederarmband. Das Gehäuse war abgerundet viereckig und bestand aus einer matten, goldfarbigen Metalllegierung, die einen gewissen Eisenanteil enthalten musste, denn sie war leicht angerostet. Das gleichfarbige Zifferblatt mit den weißen Zahlen war wegen eingedrungenem Bodenseewasser zum Teil unleserlich, da abgelöst. Auf der Rückseite war 'GUB Glashütte' eingepunzt. Glashütte? Golob runzelte die Stirne. Soweit er dank seines uhrennärrischen Bruders wusste, war „Glashütte“ eine deutsche Edelmarke - und zwar am obersten Ende der Preisskala. War hier ein Obermafioso hingerichtet worden? Er machte mit seiner Handykamera einen Screenshot, den er später Janez schicken wollte.

Auf alle Fälle war seine Neugier geweckt - auch wenn dieser Fall nicht mehr sein Fall war. Damit konnte er sich wenigstens von der Dienstödnis am Tag ablenken.

Was Ivo Golob allerdings weitaus mehr zusetzte, war die abendliche Langeweile. Sogar wenn er Nachtdienst hatte, aber noch viel mehr an Feierabenden und Wochenenden. Die beiden Kollegen aus der alten Mordkommission, mit denen er gerne abgehangen hatte oder zum Handball gegangen war? Fehlanzeige. Einer war nach Villach versetzt worden - aus familiären Gründen, wie es hieß. Der andere war seit exakt einem Jahr Papa und hatte obendrein Elternzeit genommen. Einmal hatte er sich mit ihm getroffen - an seinem Lieblings-Würstlstand. Was sich als weise und vorausschauend erwiesen hatte. Das Kind, in einer Art Kängurubeutel um die Brust getragen, hatte abwechselnd geschrien und nach hektischer Fütterung mit ökologischem Kräutertee gebrochen, nur um danach wieder zu schreien.

Der stolze Papa, der mittlerweile einen verfilzten Vollbart und Jogahosen trug, war - so schwer dies physikalisch bei dem Beutelarrangement auch schien - permanent um das offensichtlich nicht zu beruhigende Bankert gekreist, von dem Golob später nicht einmal mehr Namen und Geschlecht wusste, und im Stehen unausgesetzt wie ein Basketball auf und ab gehüpft. Das sollte wohl ein sanftes Wiegen sein, damit das Gör aufhörte zu brüllen. Seinem Ex-Kollegen - und damit wohl auch Ex-Freund, konnte er während dieser nervenaufreibenden Aktion kaum konzentriert zuhören. Ivo vertagte sich „auf später dann mal“, löschte noch im Gehen die

Nummer dieses Zauselpapas aus seinem Handyspeicher und begab sich zutiefst desillusioniert in seine Stammkneipe in Favoriten, die „Blaue Drau".

An Wochenende kam es gar noch übler. Außer Janez hatte er keine Verwandten mehr in Wien. Blieb noch sein alter Handballverein in der Josefstadt. Dort fühlte er sich willkommen und angenommen. Genau zwei Abende lang.

Hinter dem Tresen des Gemeinschafts- und Versammlungsraums stand immer noch die Theres, die Golob noch kleiner und noch breiter als vor vier Jahren vorkam. Sie freute sich ehrlich, ihn wiederzusehen, gab ihm ein Bier, eine Gulaschsuppe und ein Scherzerl Brot aus, plauderte eine Weile und vertröstete ihn auf den nächsten Abend. Da, versprach sie ihm, würde der Gumpi um diese Zeit vorbeischauen.

Gumpi war Theres' bessere Hälfte, und Haus- und Zeugmeister des Josefstädter Arbeiterhandballvereins. Die gute Seele, die Informationsbörse und der Erzähler der plempertsten Graf Bobby - Witze, die Golob je gehört hatte.

Unverkennbar, wie er am Abend darauf in den Versammlungsraum geschlurft kam wie immer, die Hände in den Taschen der altmodischen dunkelgrünen Trainingshose, dieselben drei fadenförmigen Haarsträhnen über die Platte seines Querschädels drapiert, das gleiche schiefe zahnlückige Grinsen im Gesicht.

„Bist deppert, Ivo, dass du herkummst?", brüllte er ihm entgegen. „Hier is nix mehr los...!"

Eine Stunde später war sich auch Golob dessen bedrückender Weise sicher. 'Alte Herren II' und 'Alte Herren III' spielten nicht mehr. Die beiden Mannschaften hatten sich mangels Mannstärke zum letzten Jahresende aufgelöst. Mittelfristig hatte sich der Verein - zum ersten Mal in seiner Geschichte - darauf eingelassen, eine Damenmannschaft zu etablieren, deren Trainer es sich nicht hatte nehmen lassen, mit etwa einem Drittel der Mädels, wie man so schön auf Wienerisch sagte, zu pudern. Auch das war ein vereinstechnischer Reinfall.

„Trainiert ihr noch Jugend?“, wollte Golob wissen. Er wollte einfach nicht lockerlassen. Gumpi holte ein Blechschächtelchen aus seiner Trainingsjacke, klappte es auf und bot Golob einen Krummen Hund an. Der lehnte ab.

„Ja, schon...“, meinte Gumpi, nachdem er sich den seltsam deformierten Zigarillo angesteckt hatte. Golobs Blick streifte zufällig das Rauchverbotsschild, das an der Wand neben dem Schnapskabinett hing. Egal. Gumpis Antwort war nämlich verdächtig zögerlich gekommen. „Zwei Jugendmannschaften. Eine C und eine D.“

„Des klingt doch positiv.“, erwiderte Golob, als ob er sich selbst anfeuern wollte. „Ich mein nur, braucht ihr noch einen Trainer, so zum Einspringen?“

Gumpi paffte eine dicke bläuliche Wolke, die erbärmlich stank. „Können wir immer brauchen.“ Golob jubilierte. Innerlich UND verhalten. Doch Gumpi blickte ihn durch die Zigarrenqualmschwaden mit höchstem Bedauern an. „Kennst dich aus mit Sonderpädagogik? Oder mit Behindertensport?“

„Gumpi, hälst du mich zum Besten?“, zweifelte Golob. Doch der Vereinshausmeister schüttelte den Kopf. Er nahm noch einen Zug, dann begann er zu erzählen. „Ivo, der Grund und Boden vom Verein und die Gebäude, wo draufstehen, die waren nur gepachtet von der Stadt Wien für hundert Jahr. Heuer ist die Pacht ausgelaufen. Die Kommune braucht Geld - also hat sie alles an einen russischen Investor verkauft...“

„Na...“, stammelte Golob. „Und was wird... mit hundert Jahren Handball?“ Er musste sich durch die Lidwinkel wischen, um einschießende Tränen wegzudrücken.

Der Hausmeister legte ihm eine Hand auf die Schulter. „So ganz deppert sind die vom Sportdezernat net. Wann ein Verein regulär Behindertensport anbietet - dazu sagt man heutzutag 'inklusiv' - dann darf er seine Einrichtungen auch nach so einem Verkauf für weitere zwanzig Jahre nützen. Oder waren's nur zehne?“ Er schüttelte leicht den Kopf.

Golob ebenfalls, nur deutlicher. Er hatte nichts gegen Sportmöglichkeiten für Menschen mit Behinderung einzuwenden und auch nichts dagegen, dass sein angestammter Verein dies nun anbot. Aber die Mischung aus Immobiliengier und politischen Finten, die verursachte ihm das dringende Gefühl, sich gleich erbrechen zu müssen.

„Davon versteh i nix.", stellte er fest. „Also nix für ungut!" Gumpi nickte und paffte. „Schau dir des Training halt amal an, wenn du Langeweile hast."

Ivo erhob sich und streckte sein großes breites Kreuz. „Man wird sehen. Ich mach mich jetzt amal ehrlich..."

„Du zahlst hier nix, Golob!", protestierte Gumpi. „Du bist hier immer gern gesehen!"

Langsam verließ Golob den Gemeinschafts- und Versammlungsraum. Aus dem Augenwinkel registrierte er die große Schauvitrine mit Wimpeln, Pokalen und Plaketten. Daneben hing eine Fotostrecke. Er wusste auswendig, wo jene Schwarzweis-Aufnahme hing, auf der er als jüngster Rückraumspieler der österreichischen Nationalmannschaft abgebildet war. Ein etwa ein Meter und fünfundneunzig Zentimeter großer sechzehnjähriger Lulatsch mit Handschuhgröße 11...

Gumpis Worte hatten sein wehes Herz für ein paar Sekunden in Wärme eingehüllt. Der Rest, den er eben hatte erfahren müssen, der war freilich dürftig. Er winkte seinem alten Zeugwart über die Schulter zum Abschied zu, ohne sich umzudrehen.

Gerade, als Golob das heruntergekommene Vereinsheim verlassen hatte, meldete ein personalisierter Signalton, dass Janez ihm eine Nachricht geschickt hatte.

~~

Der Direktionsassistent hatte Emmeran und Luitgard Vilsmayr in einen Raum gebeten, der dem Inhaber des Watzmann-Verlags als Arbeits- und Empfangszimmer zugleich diente, und sich höflich nach Getränkewünschen erkundigt.

Doch Emmeran Vilsmayr stand just in diesem Moment nicht der Sinn nach so etwas Niedrigem wie Kaffee, Tee oder Mineralwasser. Fassungslos stand er vor einer Panoramascheibe, die die gesamte Südfront dieses Zimmer vereinnahmte - und somit vor der Bergwelt des Berchtesgadener Lands, die sich im Sonnenschein dieses Frühsommertags vor ihm ausbreitete. „Herrschaftssechser...“, entfuhr es ihm.

„Bitte?“, wollte der schlanke junge Mann wissen, der eine randlose Brille mit runden Gläsern à la John Lennon und eine Skinny Jeans trug.

„Zweimal Kaffee, Milch und Zucker.“, bestellte Luitgard. Ihre pragmatische Art ließ sie hier einen gut und frisch zubereiteten Bohnenkaffee vermuten. Dass man von hier einen absolut unverbauten Blick auf das Massiv des Watzmanns hatte, regte sie eher nicht auf.

Erneut wurde die Türe geöffnet, und ein trat der Verlagsinhaber. Ein hagerer Mann Mitte sechzig, mit vollem, leicht welligem und schlohweißem Haarschopf über einem Paar wacher stahlblauer Augen, gesellte sich zu ihnen und stellte sich mit den Worten vor: „Ich bin Pirmin Moser. Willkommen beim Watzmann-Verlag, Herr Hauptkommissar Vilsmayr!“

Vilsmayr, den die Begrüßungsformel zu seinem Bedauern aus seiner Bergbetrachtung gerissen hatte, räusperte sich kurz. „Herr Vilsmayr genügt. Danke für die prompte Einladung, Herr Moser.“ Und dann entfuhr es ihm wie eine Salve nach Ladehemmung: „Was für ein grandioses Panorama!“

Pirmin Moser lächelte nachsichtig. „Ich habe jeden Tag meine Freude daran. Und meine Lektion Demut: Ich habe nichts dazu beigetragen.“

Der Vorstandsassistent lieferte die Erfrischungsgetränke mit einem Barwagen an: Kaffee für die Vilsmayrs und eine schlichte, asiatisch wirkende Kanne für den Verleger. Der großzügige Vorstandsraum war zurückhaltend eingerichtet - ein Schreibtisch aus naturbelassenem Holz, auf dem sich zwei Aktenstapel, ein Rechner und ein

Écritoire aus Leder befanden, dahinter ein funktionaler Hochlehner. Rund um den Glastisch standen ein historistisches Sofa im Neorokokostil mit rotem Samtbezug und drei Le Corbusier-Sessel aus schwarzem Leder.

„Ich soll Ihnen ausrichten, Herr Moser, dass sich Dr. Gmelin bereits im Haus befindet, allerdings erst in etwa zehn Minuten zu Ihnen stoßen wird. Haben Sie sonst noch Wünsche?", fragte der Assistent.

„Danke Thorben, das ist alles. Und stellen Sie bitte in der nächsten Stunde keine Gespräche durch, ja?", ordnete Moser an, der mit der Chomargan-Kaffeekanne auf Luitgard zielte. „Darf ich Ihnen einschenken, Frau Vilsmayr? Und nehmen Sie doch um Himmels Willen Platz! Sie natürlich auch, Herr Vilsmayr."

„Ja, für einen Kaffee wäre ich jetzt sehr verbunden.", dankte Luitgard und sah sich kurz und kritisch um. Diese klapperigen Sessel mit der schwarzen Lederbespannung - da würde sie sich höchstwahrscheinlich eher schwertun, daraus einigermaßen zügig aufzustehen... Luitgard setzte sich auf eine Ecke des rotsamtenen Sofas, die Beine an den Knöcheln züchtig überkreuzt. Sodann dankte sie Pirmin Moser für den Kaffee. Vilsmayr fand einmal mehr, dass seine Gardi zwar keine Philosophieprofessorin oder Astronautin war - aber man konnte sich mit ihr auch bei studierten Leuten ohne Peinlichkeit blicken lassen. Auch er nahm seinen Kaffee in Empfang und setzte sich selbstredend neben seine Frau. Pirmin Moser nahm über Eck Platz. Neben Luitgard.

„Zunächst einmal danke, Frau Vilsmayr, dass Sie uns sowohl ihren Vertrag mit Herrn Stephan als auch das Exposé haben zukommen lassen. Um es kurz zu machen: Sie sind bedauerlicherweise an ein schwarzes Schaf im Verlagswesen geraten.", erläuterte Moser, der sich zuvor ein wenig Tee in eine lächerlich kleine irdene Tasse gegossen hatte.

„Wie dürfen wir das verstehen?", stutzte Vilsmayr.

Pirmin Moser jedoch adressierte seine Einlassungen weiterhin an Luitgard. „Ein seriöser Verlag, Frau Vilsmayr, übernimmt ab Inverlagnahme sämtliche Prozeduren und deren damit verbundenen

Kosten, um das Manuskript marktreif zu machen. Lektorat, Korrektorat, Gestaltung von Cover, Buchrückseite, Klappen inklusive Titelei, Künstlerfoto, Autorenvita. Dazu kommen Layout und Satz. Es folgen Druck, Marketingmaßnahmen und Vertrieb."

Luitgard verschluckte sich leicht an ihrem Kaffee. „Das ist eine Menge, Herr Moser."

„Nun, dafür hat die Autorin oder der Autor ja auch die Rechte am Manuskript abgetreten. Was ziemlich weitreichend sein kann - Stichwort 'Filmrechte'...", erklärte Moser. Luitgard kräuselte ihre Stirn. „Also, wenn ich es recht verstehe: bei Ihnen zahlt kein Autor für Korrigieren oder Drucken?" Sie blickte Moser gebannt an. Der nippte an seinem Tee. „In keinem Fall, Frau Vilsmayr. Ist die Autorin oder der Autor einem größeren Leserkreis bekannt, wird in der Regel sogar ein Vorschuss bezahlt. Tantiemen gibt es nämlich immer erst nach Abschluss eines Geschäftsjahrs."

„Ach so...", meinte Luitgard kleinlaut.

„Und wer", schaltete sich Emmeran Vilsmayr ein, der den Kaffee im Übrigen viel zu schwach fand, „... und wer ist Doktor Gmelin?"

„Das ist...", hob Moser an.

In diesem Moment stob die Türe auf, und hereinstürmte, quasi im Sauseschritt, eine Dame in einem schlicht geschnittenen Leinenkleid - in Froschgrün. Dazu trug sie flaches Schuhwerk, das aus meterlangen schwarzen Lederschnüren bestand, die sich bis zum Ende der Wadenmuskulatur kreuzweise um die sehnigen Unterschenkel der Besucherin wanden. Am oberen Ende des exorbitanten Grüns schlackerte eine lange Kette aus gleichlaufenden Tahitiperlen, und darüber folgte ein langer Schwanenhals mit einem ebenmäßig geformten Schädel und einer Frisur à la Titus in Salz und Pfeffer.

„Das ist Dr. Ulrike Gmelin, unsere Hausjustiziarin. Die, wenn ich mir die Bemerkung erlauben darf, liebe Ulrike, zu den besten Experten für Medienvertragsrecht in Deutschland gehört.", stellte Moser die Anwältin galant vor. „Herr Kriminalhauptkommissar Vilsmayr und seine Ehefrau. Kaffee, meine Liebe?"

Dr. Gmelin ruckelte sich in einem der Le Corbusier-Sessel zurecht. Sie machte sich darin so elegant aus wie eine Gazelle, die sich über ein geringfügiges Hindernis hinwegsetzte.

„Immer wieder gerne, Pirmin.", erwiderte sie. Ihre Stimme klang fest; Vilsmayr stellt sich in diesem Moment vor, dass diese Stimme auch den großen Sitzungssaal am Mühldorfer Amtsgericht mühelos würde füllen können.

Moser erhob sich, nachdem er Dr. Gmelin versorgt hatte, trat an seinen Schreibtisch und zog ein Schriftstück aus einem oben liegenden Aktenordner, das er der Anwältin mit den Worten überreichte: „Nur als substantielle Gedankenstütze, meine Liebe. Ich weiß, dass du das nicht nötig hast."

Wann kommst du jetzt endlich amal zu Sache, du überkandidelter Affe?, grollte Vilsmayr innerlich. Er hasste solches Geplänkel zutiefst, das seiner Meinung nach nur der Zurschaustellung von intellektueller Überlegenheit über so ein Hausfrauenhascherl wie Luitgard diente.

Zu seiner Freude ignorierte Dr. Gmelin den ihr angereichten Blättersatz - und wandte sich direkt an Luitgard. „Ich hätte gerne etwas mehr Zeit, um Ihnen das alles auseinanderzusetzen, Frau Vilsmayr. Aber ich will es in Kürze versuchen. Sie sind, muss ich leider konstatieren, einem klassischen 'Druckkostenzuschussverleger' auf den Leim gegangen.", erklärte sie ruhig - und wandte sich kurz zu Moser um: „Pirmin, wenn es dein zuckersüßer Assistent war, der diesen Kaffee gekocht hat: Der ist so schwach, aus dem könnte man ein Schlafmittel herstellen!"

„Ist des so?", fragte Luitgard zaghaft. „Ich meine, den 'Himmelswiese-Verlag'?"

Dr. Gmelin schob ihre Kaffeetasse beiseite. „Ohne Abstriche. Es gibt eine offizielle Schwarze Liste dieser Art Verlage, die ist jedem übers Internet zugänglich. Diese Verleger kassieren für Dienstleistungen, die normalerweise verlagsseitig angesiedelt sind. Damit bestreiten sie ihren Lebensunterhalt - nicht etwa mit dem Erlös aus dem Verkauf der Bücher. Bei einigen wenigen geht diese Usance von Jahr zu Jahr auf, die Bücher werden gedruckt und die Autoren erhalten neben ihren Buchexemplaren noch so etwas wie ein Honorar. Jedoch, was die Mehrheit solcher Verlage angeht, da kassiert der Verleger einmal, vielleicht auch ein zweites und drittes Mal - wegen ‘Problemen mit der Druckerei’. Oder mit ‘den Zulieferern’. Das Buch indes, das wird nie erscheinen...“

Luitgard hielt ihre Kaffeetasse in der Hand, reglos, ohne diese auch nur einen Zentimeter in Richtung Mund zu bewegen. „Ist das nicht ... Betrug?“

Dr. Gmelin erhob sich und stand wie ein froschgrüner Leuchtturm vor Luitgard. „Moralisch gesehen ja. Vertragsrechtlich gesehen leider nein. Warum? Weil Sie in Ihrem Vertrag - der übrigens ein typischer Knebelvertrag für Autoren ist - zugestimmt haben, dass ‘Nichtausführung wegen technischer, administrativer und marktbedingter Auswirkungen nicht einklagbar’ ist.... Danke für den Kaffee und deine Zeit Pirmin...“ Sie wollte sich zum gehen wenden...

Luitgard aber war aufgesprungen - und hielt sie an einem Ärmel fest.

„Frau Doktor!“, sprach sie mit fester Stimme. „Wann ich Sie recht verstanden habe, war ich zu naiv, um den Vertrag richtig zu verstehen. Aber ich bin nun einmal hier um herauszufinden, ob ich ÜBERHAUPT was unternehmen kann um mein Buch herauszubringen. Oder wenigstens mein Geld von diesem Thomas Stephan zurückzukriegen!“ Ihr Augen funkelten wie Kohlestücke.

Dr. Gmelin machte keinerlei Anstalten, um sie abzuwehren. „Jede Staatsanwaltschaft in diesem Land würde eine solche Klage abwehren. Tut mir leid.“ Sie ließ ihren Blick zu Emmeran Vilsmayr, dessen Finger sich in die ebenfalls mit rotem Samtstoff bespannte Armlehne des Sofas krallten, hinüberschweifen.

„Aber da Klappern bekanntlich ein nicht unwesentlicher Teil jeglichen Handwerks ist: Warum treten Sie nicht zusammen mit ihrem Mann vor diesen windigen Verleger hin - und lassen kurz durchblicken, dass ihr Mann ein höherer Kriminalbeamter ist? So ein Auftritt soll schon öfter Wunder gewirkt haben.“

Sie nickte freundlich. „Ich wünsche Ihnen viel Glück! Und lassen Sie es mich bitte wissen, wie es verlaufen ist. Danke, Primin, für deinen geschmacklosen Kaffee. Ich finde alleine hinaus…"

Es war Luitgard Vilsmayr, die Pirmin Moser mit einem ehrlichen Ausdruck des Bedauerns ansah. Um die Mundwinkel des Verlegers zuckte es.

„Es tut mir leid, Herr Moser - offenbar habe ich mit meiner naiven Art die Frau Doktor Gmelin ein bisschen überstrapaziert. Mei, diese Karrierefrauen stehen schon arg unter Stress…", murmelte sie. In diesem Moment spürte sie, wie Emmeran nach ihrer Hand griff und diese sachte streichelte.

Pirmin Moser blickte nun ebenso verwirrt zurück. „Es trifft sie keinerlei Schuld, Frau Vilsmayr. Ulrike konnte schon immer schroff sein. Und ich kann damit umgehen. Ihr wird es bis in spätestens einer Stunde leidtun und ich habe eine Einladung zu einem teuren Abendessen sicher." Er lächelte Luitgard begütigend an. „Vergessen Sie bitte einfach den Abgang von Dr. Gmelin. Aber erinnern Sie sich bitte unbedingt an ihre Ratschläge. Ulrike ist eine brillante Anwältin - und lebenserfahren obendrein. Sie hat für mich nicht nur einzelne Kühe vom Eis geschoben, sondern ganze Herden."

Luitgard nickte: " Ja, ja, Herr Moser - es gibt zwei hässliche Dinge: Erinnern und Vergessen. Und es gibt zwei schöne Dinge: Erinnern und Vergessen."

Da brach der Verleger in ein Gelächter aus, das man vor dem sonnenbeschienenen Panorama des Watzmanns durchaus als homerisch bezeichnen konnte.

~~

Ivo Golobs Ennui, soweit kam er selbst beim 5. Viertel Wein beim Heurigen, seine Ennui oder Disparatheit fußte zum einen auf einer gewissen Entwurzelung und Unbehaustheit, nachdem er fast vier Jahre von seiner Heimatstadt Wien getrennt gewesen war - und es ihm diverse ungünstige Entwicklungen nicht eben leicht machten, wieder anzukommen. Er kannte hier noch nicht einmal mehr einen einzigen Menschen, mit dem er sich besaufen konnte. Was dem Wiener Herzen bekanntlich weh tut.

Um sich des anderen Aspekts für seine Einsamkeit klar zu werden, bedurfte es weitaus mehr Muts und Selbstkritik. Warum nur ließ ihn Ludovika am ausgestreckten Arm verhungern? Er musste sich eingestehen, dass er sich so viel stärker nach ihr sehnte, nach ihren spitzen Bemerkungen, die doch nicht weh taten, nach den festen Berührungen ihrer kleinen, warmen Hände, nach dem leisen Blubbern, das ihre Lippen verursachten, wenn sie auf dem Rücken liegend fest schlief.

„Du wirst schaun, Vicky, wir finden eine Lösung.“; hatte er sie abgespeist. „Und ich kenne da schon ein paar Leuterln, die noch ganz andere Fernbeziehungen geführt haben. Alles wird gut - und ich hab dich doch lieb!“

Die Berggasse 19 war nicht einmal sehr weit von dem Heurigenlokal entfernt. Der Doktor, der dort vor hundert Jahren seine Praxis gehabt hatte, hätte das beängstigende Unbestimmte bei ihm schnell und zielsicher diagnostiziert...

Ein paar Tränen fielen in sein Weinglas, als ihm der Kopf schwer auf die Brust sank. Und jäh entschlossen zückte er sein Handy, tippte auf Ludovika Zrenners gespeicherte Nummer, lauschte dem Frei-Zeichen und wartete... wartete... war es denn etwa schon zu spät in der Nacht? Das Display zeigte 22:24 an. Nicht zu spät... vielleicht hatte sie ja gerade einen Notfall, einen weiteren Leichenfund...?

„Ivo.“, hörte er wie durch einen akustischen Nebel ihre leicht verwaschene Stimme. „Warum rufst du mich nachts um halber elf an?“

„Weil du mir fehlst, kvedenc...“, nuschelte er.

Jetzt klang ihre Stimme streng und unnachgiebig. „Ivo, du bist besoffen! Ist irgendwas passiert?“ Seine Stimme kippte ins Weinerliche: „Du fehlst mir - und i war a solcher Esel!“

Sie schwieg eine Weile. „Da ist was Wahres dran, Ivo! Weißt was

- wir telefonieren morgen Abend, und zwar nüchtern! Ich versprech's dir, dass ich dich anruf!" Sie schwieg erneut. „Du hast recht, Ivo - wir müssen reden. Aber nicht so. Und jetzt sei vernünftig, zahl deine Zeche und ruf dir ein Taxi, ja?"

Er lauschte eine Weile und nickte schwer dazu. „Jawohl, Frau Primärärztin! Hab ich dir schon gesagt, dass du mir fehlst?"

Nach einer sehr kurzen Pause lachte sie verhalten. „Passt schon. Du fehlst mir auch, du Bleampel. Als dann, mach kein Schmäh, schlaf dich gut aus - und bis morgen Abend!" Sie beendete das Gespräch von sich aus; Golob starrte mit schwankendem Oberkörper noch eine kurze Weile das Display an wie einen Zauberspiegel, der in einem Märchen Glück, Liebesfreuden und ein gemeinsames Zusammenleben bis an ein seliges Ende versprochen hatte.

Er schob das noch halbvolle Weinglas von sich und trompetete durch das Lokal: „Ober!! Zahlen!!" In diesem Moment kam eine weitere Nachricht von seinem Bruder auf sein Handy; Golob fiel ein, dass er vor lauter Weltschmerz die erste vom Nachmittag noch gar nicht geöffnet hatte. Mit unsicheren Fingern tappte er über das Display.

Nachricht Nummer eins: „Glashütte kenne ich. Uhren ab 5T€. Das Design kenne ich nicht. Eher old school. Ich bleibe dran, melde mich wieder. J."

Golob stieß auf, ihm war zunehmend übel, und seine großen dicken Finger benötigten mehr Zeit zum Zielen, um Nachricht Nummer 2 zu öffnen. „GUB Glashütte. DDR-Uhr, Baujahr 1969 bis 1976. Sehr robust. Sammlerwert aber nicht mehr als 200€..."

Die Buchstaben verschwammen vor seinen Augen. Gab es etwa Ossis bei der Mafia? Oder war das ein Doppelagent der Stasi?... Jetzt war ihm richtig schlecht.

~~

Nach diesem denk- und merkwürdigen Zusammentreffen auf der Führungsetage des Watzmann-Verlags waren sich Emmeran und

Luitgard Vilsmayr einig, dass jenes dringend sacken gelassen und diskutiert werden musste. Sie fuhren hinüber ins Gasthaus Sonneck, bekamen einen Platz mit guter Sicht auf das Watzmannmassiv und bestellten sich Bier und eine Brotzeit.

Sie vesperten eine Weile, machten Bemerkungen über das prachtvolle Bergpanorama, über einzelne Gäste - und dann erst redeten sie über das eben Erlebte.

„Luitgard - des ist eine Welt für sich.“, stellte Vilsmayr fest. „Ich hab's ja geahnt. Aber des macht mich jetzt richtig fertig.“ Zur Bekräftigung seines Eingeständnisses der Überforderung und Überfremdung trank er seinen Bierseidel zur Hälfte leer. Er würde mit Essen nachlegen, beschloss er. Schließlich war er der Fahrer.

Luitgard spießte ein Gürkchen auf. „Ja mei, Emmeran, du hast recht. Und überhaupts - was will ich armes Würsterl in dieser... „, sie vollführte eine Geste der Hilflosigkeit,“... also, bei diesen wichtigen und schlauen Menschen?“

Mit einem Klirren ließ Vilsmayr sein Besteck neben sein Jausenbrettl fallen. „Du bist eine anständige Bayerin, die das Herz auf dem rechten Fleck hat. Und du hast auch gewisse Rechte als Autorin. Und die, die fordern wir jetzt ein!“ Energisch säbelte er sich ein Stück Luftgetrocknete herunter.

„Danke, Emmeran!“, rief Luitgard aus. „Ich hab immer gewusst, dass du mein Schutz und mein Beistand bist!“ Darauf aßen beide wieder schweigend für mindestens fünf Minuten weiter.

„Was also wollen wir jetzt tun, Emmeran?“, wollte Frau Vilsmayr wissen.

Er kaute auf einem Stück Käse. „Sag du es. Es ist dein Buch, Schatzi.“, ermunterte er sie. Luitgard strich Leberwurst auf ein hartes Brezenärmchen. Dann holte sie tief Luft: „Wir fahren zu Herrn Stephan. Und stellen ihn zur Rede.“, beschloss sie. In ihrem Ton schwang eine Härte mit, gegen die rostfreier Stahl wie Zuckerwatte wirkte.

Vilsmayr schmunzelte. „So - und nicht anders. Der soll sich warm anziehn, dieser Saupreuß!“

Luitgard blickte ihren Mann über den Rand ihres Bierseidels an und kicherte. „Dieser Saupreuß hat seinen Verlag aber in Nördlingen." Sie schwieg eine Weile, um die Bedeutung ihrer Worte sacken zu lassen. „Ich weiß", setzte sie hinzu, „dass uns leider nichts erspart bleibt."

~~

Anderntags hatte es Golob gerade einmal mit Hängen, Würgen und entsetzlichem Schädelbrummen ins Polizeihauptquartier geschafft. Fix Laudon, er war schließlich keine zweiundzwanzig mehr, sondern leider doppelt so alt... und einsame Besäufnisse waren so ziemlich das Sinnloseste, was man sich als Freizeitgestaltung vorstellen konnte.

Eigentlich hatte er vorgehabt, sich nach einer Viertelstunde-Akten- und E-Mail-Studium für ein dringend nötiges kurzes Schläfchen abzusetzen. Jedoch wurde ihm bereits vor dem Eingang aufgelauert. Ein junger Mann, der aufgrund seiner breiten Hüften, die ebenso speckig waren wie seine mausbraunen Haare, eher kaum attraktiv wirkte, stellte sich ihm mit einem Lächeln in den Weg, welches gewinnend wirken sollte. Sein Mundgeruch stand dieser Charmeoffensive allerdings stark im Weg.

Der Mundgeruch hielt Golob, der sich sicher war, in diesem Augenblick ebenso ungünstig auszudünsten, sein Handy unter die Nase, welches offensichtlich eine Audioaufzeichnung generieren sollte. „Grüß Gott, Herr Leutnant Golob. Mein Name ist Michael Hawlitschek von der Kronen-Zeitung. Herr Leutnant Golob, Sie waren vor wenigen Tagen Augenzeuge, als man bisher nicht identifizierte Leichenteile aus dem Bodensee bei der Bregenzer Seebühne geborgen hat..."

„Ach du Scheiße...", entfuhr es Golob.

„Das schneiden wir besser mal heraus, Herr Leutnant.", säuselte Hawlitschek. Er trug Sneakers, die kurz vor dem Verfall standen und möglicherweise B-Alarm auslösen konnten. Was ohne Abstriche ganz hervorragend zur Unappetitlichkeit der Gesamtperson passte. „Die Öffentlichkeit hat ein Recht auf die Wahrheit, Herr Leutnant. Würden Sie den Lesern bitte ganz genau schildern, was da neben der Seebühne aus dem Bodensee gefischt worden ist?"

Golob atmete vorsichtshalber durch den Mund ein. Dass man eine solche Pestbeule zwecks Interviewens auf gesunde Menschen losließ... „Einen Zementblock, aus dem oben zwei Stelzen herausgeragt haben. Mein Kollege hatte sein Opernglas dabei...", hob er kryptisch an.

„Aha! Und warum?", wollte Hawlitschek wissen.

„Weil mir eine Opernvorstellung bsucht haben.", meinte Golob langmütig. Eine so profunde Auskunft war er der Leserschaft dieses Hausmeisterblatts irgendwo schuldig.

„Wie schätzen Sie es ein, Herr Golob, dass unserer Redaktion mittlerweile ein Bekennerschreiben der Russischen Mafia zugegangen ist, überschrieben mit ‚Smert spionam'?", hakte der Reporter nach.

‚Tod den Spionen' also. Russisch ist dem Slowenischen nicht ganz unähnlich. Aber das behielt Golob lieber für sich. „Es tut mir leid, Herr Hawlitschek, aber ich bin weder befugt, mich zum Verlauf der Aufklärung zu äußern, noch öffentliche Statements zu Bekennerschreiben abzugeben. Bitte wenden Sie sich an unsere Pressestelle. Einen schönen Tag noch!", gab Golob schmallippig zurück - und versetzte der Eingangstüre endlich einen Schubs, um sie zu öffnen.

Russische Mafia. Soweit kam es noch. Andererseits war eine DDR-Uhr im Bodensee aufgetaucht, die gut und gerne vierzig Jahre alt war... Er brauchte jetzt eher einen Kaffee als ein Nachhol-Nickerchen.

Doch keine drei Minuten, nachdem er sich mit seinem dampfenden Kaffeebecher wieder indianergleich an seinen Schreibtisch geschlichen hatte, tauchte Leutnant Berninger neben ihm auf, hieb ihm freundschaftlich auf die Schulter und lud ein noch schmales Dossier auf seiner Tischplatte ab.

„In fünf Minuten, Herr Kollege. Illegal abgestellter Kühllaster auf dem Parkplatz am Süßengerner Kreuz A8/S2, direkt beim Golfplatz.“

Der Abstellplatz befand sich mithin auf Wiener Stadtgebiet - und damit in der Zuständigkeit der Wiener Polizei. Golob seufzte. Illegal abgestellter Müll - das schien überhaupt das Hauptthema seines Dezernats zu sein. Er blickte Berninger von unten an, als hätte er Zahnschmerzen.

„So schlimm, die letzte Nacht?“, wollte sie wissen und deutete ein Lächeln an, das auf ihn einen freundlich billigenden Eindruck machte. „Keinesfalls!“, bekundete er mit fürchterlich fester Stimme.

„Wenn S‘ meinen...“, erwiderte sie achselzuckend - und ließ ihn seinen Kaffee austrinken. „Freilich, mein ich, dass besser ich fahr.“

Berningers Dienstfahrzeug war ein 3er BMW, tiefer gelegt und mit Sportsitzen. Golob wurde schon übel, als er sich auf den Beifahrersitz faltete und seine bis zu seiner Brust hochgezogenen Knie mit beiden Händen umklammerte. „Wir können losfahren...“, murmelte er. Sie wies mit dem Kinn auf den Sicherheitsgurt, der noch funktionslos am Seitenholm neben der Sitzlehne ruhte. „Anschnallen, bitteschön.“

„Ach so... entschuldigen S’, Frau Kollegin.“ Golob, der Schlimmes ahnte, ließ seine Blicke über den Beifahrerraum schweifen. Wohin konnte er sich auf die Schnelle übergeben, wenn die Kollegin, der er das ohne weiteres zutraute, ordentlich Gas geben würde? Wortlos reichte ihm Berninger eine Plastiktüte. „Bereit?“

Golob nickt gottergeben. Manche Sünden strafte der Herr eben erst mit gewisser Verzögerung...

~~

Luitgard hatte es selbst vorgeschlagen. Da schon eine Woche von Emmerans Urlaub verstrichen war, würde es eventuell eine Zeitersparnis darstellen, quasi auf dem Weg nach Nördlingen die „Astrofrau“ Helga Stern in Neu-Ulm aufzusuchen.

Vilsmayr fand das praktisch, zumal es seine Nerven schonen würde.

Überhaupt hatte er sich mit seiner Frau ein paar Strategien zurechtgelegt, bei wem sie auf welche Art und Weise auftreten könnten.

Zum Beispiel konnte sie bei jemandem, von dem sie nur eine Auskunft benötigten, aber nicht weiter in Erinnerung bleiben wollten, folgendermaßen auftreten: Luitgard würde sich als Teilnehmerin beim selben Schreibkurs in Erinnerung bringen, Emmeran sei „bloß ihr Chauffeur, weil sie noch nie einen Führerschein besessen hätte"... Luitgards freundliches, unbedarftes Auftreten konnte schon die eine oder andere Information entlocken, nicht bloß eine Einladung zu einem Kräutertee mit Keksen.

Sollte sich das Gegenüber als misstrauisch bis verstockt erweisen, würde Emmeran in seiner Funktion als Kriminalbeamter mit dem Zaunpfahl wirken.

Luitgard war begeistert. Und aufgeregt. „Nennt man das nicht 'Guter Bulle - böser Bulle'?", wollte sie wissen. „Ja.", bestätigte Vilsmayr. „Ganz klassisch. Funktioniert aber nur bei Partnerkollegen, die sehr gut eingespielt sind." Luitgard kicherte. „Oder bei langjährigen Ehepaaren." Da, fand Vilsmayr, war unbedingt etwas dran. Etwas, was er bis vor kurzem als selbstverständlich und nicht weiter bemerkenswert betrachtet hatte.

Der Besuch bei Helga Stern alias Olga Zwezdova im Haldeweg in Neu-Ulm - Pfuhl hatte sich als folkloristisch unterhaltsam erwiesen, zumindest was Frau Sterns näselnd schwäbisches Geplappere und ihr esoterisches Standard-Equipment (Tisch mit schwarzer Nickisamtdecke in einem abgedunkelten Raum, Kabbalasymbole in Quick-Klix-Rahmen sowie ein Spiel kaum abgegriffener Tarotkarten) betraf. Frau Stern hatte ihrer „lieben Schriftstellerkollegin" aus Verlegenheit eine Cola-Jim Beam aus der Dose und Butterkekse von Lidl angeboten. Der Einfachheit halber verzichtete sie auf so etwas wie ein slawisches Sprachkolorit.

Höflich, wie Luitgard nun einmal war, nahm sie dieses unwiderstehliche Angebot an. Emmeran blieb stumm - und sah sich in der Dachstockwohnung um. Es war hier nicht unbedingt sauber - und duftete obendrein nach einer häufig frequentierten Katzentoilette. Er beschloss für sich, hier kein Getränk zu sich zu nehmen und auch nicht nach einer Möglichkeit zu fragen, sich die Hände zu waschen.

Stattdessen blieb er als stummer Beobachter auf dem dunkelvioletten Velourssofa mit Katzenhaarbeflockung sitzen. Die Quelle der Haare versuchte nach spätestens fünf Minuten des Ausharrens seinen Schoß mit penetrantem Maunzen für sich zu reklamieren. Vilsmayr blieb standhaft, fauchte den mindestens sieben Kilo schweren grau getigerten Kater an und verpasste ihm, als nach wie vor niemand von ihm Notiz nahm, einen Fingerpetzer auf die Nase. Der Kater floh auf ein innen verspiegeltes Sideboard, von wo aus er ihn böse anfunkelte. Er sollte recht behalten - Luitgard gab nach einer guten Viertelstunde das Signal zum Aufbruch, verabschiedete sich von Frau Stern mit vielfachem Dankeschön für die Gastfreundschaft und der Aussicht auf weiteres Verbundensein.

Erst als sie das dreistöckige Haus verlassen hatten und auf dem Weg durch die eingezäunten Miniaturbeete standen, holten beide ausgiebig und befreiend Luft.

„Dein Eindruck, mein lieber Mann?", war alles, was Luitgard wissen wollte. „Begehbares Katzenklo.", war alles, was Vilsmayr beizutragen hatte.

„Freilich!", kicherte Luitgard. „Jeder hat das Recht, sich in seinem Leben so einzurichten wie er will. Und wenn der Radius vom eigenen Horizont fast Null ist, dann ist das ...."

„Ein Standpunkt?", schlug Emmeran Vilsmayr ein.

„In etwa." Luitgard rieb sich ihr Kinn. „Das eben war wirklich nutzlos. Frau Stern weiß so gut wie gar nichts, was das Himmelswiese-Verlagsgeschäft angeht. Im Ernst - die hat's noch nicht einmal kapiert, was für einen - entschuldige! - unsauberen Vertrag sie da unterschrieben hat. Was denkst du, Emmeran?"

Vilsmayr zupfte sich ein Büschel Katzenhaare von der Hose. „Ihr Kater weiß mehr. Und hat mehr im Hirnkastel." Luitgard sah sich um. „Lass uns fahren. Hier ist es wirklich trostlos. Hoffentlich schauts in Nördlingen besser aus."

~~

Vom Golfclub Süßenbrunn erahnte man am Breitenleer Autobahnkreuz nicht viel. Nur eine baumhohe Hecke, die im Sinne defensiver Landschaftsarchitektur die Blicke ordinärer Menschen außen vorhielt. Direkt hinter dem Autobahnkreuz in Richtung Stadtzentrum gab es einen Nothaltestreifen. Der war wichtig für havarierte Lkws. Offiziell.

Inoffiziell standen dort jeden Morgen Wanderarbeiter aus Ungarn oder der Slowakei, die ihre Dienste zahlungswilligen Wiener Subunternehmern zur Verfügung stellten. An Wochenenden und Feiertagen, an denen Lkws ohne Sondergenehmigung nicht weiterfahren durften, boten dort fliegende Kleinstunternehmer im Verpflegungs- und Begattungsgewerbe ihre Dienstleistungen an, um bei den Truckern eine gewisse Wertschöpfung zu generieren...

Als die drei zivilen Wagen der Wiener Kriminalpolizei dort Halt machten, was anfänglich überaus zufällig wirkte, war es Dienstagvormittag um halb zehn, und der teils asphaltierte, teils nur aus festgefahrenem Sand bestehende Nothaltestreifen war leer.

Bis auf einen verlassenen weißen Anhänger à 20 Tonnen mit der Aufschrift „Dragostea Frigo Shipping".

Golob schälte sich vom Beifahrersitz, froh wieder echten, festen Boden unter seinen dematerialisierten Füßen zu haben. Berninger warf ihm einen spöttischen Bick zu, zog ihre schwarze Bikerjacke zurecht und trat zielsicher zu den federführenden Kollegen aus den beiden anderen Fahrzeugen.

„Du speist jetzt nicht!!", befahl sich Golob. Sein Blick fiel auf ein gebrauchtes Kondom, das auf einem Büschel Inkarnatklee drapiert war und in der Morgensonne kryptisch schillerte. „Im Ernst - du kotzt..." Im selben Moment ergoss sich sein Morgenkaffee im Schwall - und vervollkommnete dieses Potpourri fleischlicher Schwäche. Erleichtert wischte er sich den Mund ab, steckte seine verräterisch parfümierten Hände in die Taschen seiner Jeans und stapfte - immerhin nun trittsicherer - auf die Gruppe von Kollegen zu.

Einer von ihnen hatte sich immerhin ein Herz gefasst - und untersuchte mit spitzen Fingern das Siegel, mit dem das Schloss an der Rückseite verplombt war.

„Die Zugmaschine ist weg.", konstatierte einer. Sehr schlau, fand Golob. Leutnant Tove Berninger, seine Schreibtischkollegin, sagte dazu ebenfalls nichts. Sie ging zu ihrem Wagen zurück, holte etwas aus der Beifahrertüre und hielt damit auf den Anhänger zu.

Golob kniff seine übermüdeten Augen zusammen. Konnte es sein, dass sie da etwas in der Hand hatte, das normalerweise ein Arzt benützte? Ein Stethoskop? Die anderen Polizeibeamten beachteten sie weiterhin nicht, sondern standen herum und unterhielten sich.

Zielsicher hielt sich Golob an seine Kollegin. Er wies mit dem Kinn auf das Untersuchungsinstrument. „Hat sich bewährt, was?" Leutnant Berninger steckte sich die Oliven in die Gehörgänge und nickte dazu. „Und wie! Einfach, ungefährlich, aussagekräftig!" Sie drückte die Membran an die Außenhaut des Anhängers. Golob verhielt sich instinktiv still.

„Da drin herrscht Ruhe.", meinte Berninger nach wenigen Augenblicken. „Ist des jetzt gut - oder schlecht?", wollte Golob wissen, wohl ahnend, warum seine Kollegin so handelte.

Sie zuckte die Achseln. „Entweder da drin sind nur tiefgefrorene Krabben. Oder.... stinken wird's auf alle Fälle, wenn wir den Anhänger öffnen.", meinte sie scheinbar ungerührt und pflückte sich die Hörer aus den Ohren.

Oder... Golob wurde es augenblicklich erneut erdenschlecht. Viel Kaffee förderte sein Magen-Darm-Trakt nicht mehr an die Luft. Dafür noch reichlich galligen Magensaft. 'Was hab ich mich wieder mal blamiert!', klagte er sich gedanklich an. 'Super Einsatz, Herr Leutnant Golob!'

~~

Von Neu-Ulm brauchte es nur noch eine knappe Autostunde nach Nördlingen. Vilsmayr, der wirklich froh gewesen war über den wenig ersprießlichen und dito lohnenden Zwischenstopp in Neu-Ulm, hatte ausgerechnet, dass die zweite Etappe des Tages nur eine gute Stunde Fahrt dauern würde. Die erste Etappe hatte ihn neben zwei Staus und viel Nervenkraft gut dreieinhalb Stunden gekostet. Hinzu kam, dass es Luitgard bei einem Tempo von mehr als 130km/h schlecht wurde. Das war natürlich psychosomatisch, zu diesem Schluss war Vilsmayr schon vor Jahrzehnten gekommen. Schließlich gab es auf deutschen Autobahnen weder enge Kurven noch abrupte Gefälle. Seine Frau gab das offenbar deshalb vor, um eine vollkommen sinnfreie Kontrolle über sein Verhalten zu erlangen...

Sie passierten eine der merkwürdigsten Erhebungen in Deutschland, die Vilsmayr je zu Gesicht bekommen hatte: Den Berg Ipf bei Bopfingen - und fanden sich in der merkwürdig flachen Landschaft des Nördlinger Rieses wieder.

Als Grundschüler hatte Emmeran Vilsmayr im Heimatkundeunterricht erfahren, dass dort zu Ende der Kreidezeit ein Meteorit von der Größe einer Doppelgarage eingeschlagen war und unter Hinterlassung eines Kraters von etwa dreißig Kilometern Durchmesser eine Schneise von Tod und Verwüstung hinterlassen hatte. Und, wie er kurz darauf persönlich erfahren sollte, einen wirklich merkwürdigen Menschenschlag, der sich da in einer ehemals reichsfreien Stadt eingeigelt hatte.

Man konnte die Stadt schon von Baden-Württemberg aus sehen. Erstens, weil die Topografie wirklich flach war und zweitens, weil sich Nördlingen genau 5 Kilometer hinter der Landesgrenze befand. Weithin grüßte der Turm der Stadtkirche, der sehr hoch aufragte, oben jedoch nur ein nahezu plattes Häubchen statt einer weiter aufragenden gotischen Spitze besaß.

Das Navi brachte das Ehepaar Vilsmayr zunächst in die Augsburger Straße zum Hotel 'Goldener Schlüssel'. Ausnahmsweise hatte der sonst so sparsame Emmeran auf mindestens einer Übernachtung vor Ort bestanden. Schließlich konnte man nie wissen, wie kompliziert sich die Recherche gestalten würde. Der Goldene Schlüssel war sauber, einfach und gemütlich eingerichtet ohne irgendwelches Designer-Charivari und die Speisekarte las sich anregend.

Nachdem das Zimmer bezogen war, ließ sich Vilsmayr vom Besitzer höchstselbst einen faltbaren Stadtplan mit Tourismushinweisen aushändigen. Der freundliche, höchstens vierzig Jahre alte Mann mit kurzen blonden Haaren und strahlend blauen Augen deutete auf der Karte auf einen Punkt. „S' Auto brauchet Se hier in Nerle net...", begann er. „Alles isch zu Fuß zum Erreiche."

„Nerle?", fragte Vilsmayr ungläubig. Allein dieser wirklich merkwürdige Dialekt...

„Ach so!", lachte der Wirt. „Mir saget 'Nerle', net 'Nördlingen'. Also - des isch des Reimlinger Tor. Da könnet Se auf die Stadtmauer nauf - und einmal im Ring rumlaufe. Zweianhalb Kilometer. Ohne Unterbrechung..."

Luitgard blickte mit höchstem Interesse erst auf die Karte, dann zu ihrem Mann. Vilsmayr schüttelte den Kopf. „Na, heut nicht. Erst die Arbeit..." Dann wandte er sich wieder an den Hotelbesitzer: „Können Sie mir auf der Karte zeigen, wo hier die Polizeiinspektion ist?" Der Wirt erschrak richtiggehend. „Um Himmels Willa! Isch ebbes passiert?"

Doch Vilsmayr schüttelte nur stumm seinen Kopf - und der Wirt machte auf der Karte einen Kringel um einen Häuserblock in der Innenstadt. „Emmer gradaus, durchs Reimlinger Tor. Fuffzehn Minute von do." Vilsmayr bedankte sich, steckte die Karte in die Innentasche seines Jacketts und verließ mit Luitgard das Gasthaus.

Das mächtige Stadttor, genannt das Reimlinger, wirkte wirklich einschüchternd, doch eingerahmt von der gepflegt renovierten

Mauer, den daran gelehnten Häuschen und den davor blühenden Lindenbäumen, bildete es aus der Nähe ein richtiges Idyll.

Luitgard blieb kurz stehen und legte den Kopf in den Nacken. „Die Mauer geht wirklich komplett um die Innenstadt herum...“, bemerkte sie mit einem deutlich bittenden Unterton. „Ich weiß.“, meinte Vilsmayr. „Wenn morgen Zeit ist...“

Doch Luitgard, die auf Reisen bisher immer eine anspruchs- und widerspruchslose Begleiterin gewesen war, war zum Weitergehen in diesem Moment nicht zu bewegen. „Was, Emmeran“, wollte sie wissen, „was wollen wir hier bei der Polizeiinspektion?“ Er seufzte. „Zeit und Fragerei sparen. Damits du morgen Zeit hast für die Nördlinger Stadtmauer.“ „Ach so.“, gab sich Luitgard zufrieden.

Die Polizeiinspektion Nördlingen lag nur gute zweihundert Meter nach dem Reimlinger Tor in der gleichnamigen Straße. Obwohl es ein schöner Sommertag war, waren anders als im Wallfahrtsort Altötting in der Altstadt kaum Fußgänger unterwegs, sah man von kleinen Grüppchen von Schulkindern auf dem Heimweg ab.

Auch in der Polizeiinspektion herrschte alles andere als Hochbetrieb. Vilsmayr sog reflektorisch Luft ein. Sie roch - nach Polizei. Hier, fand er, war die Zeit irgendwie stehen geblieben. Es gab keinen Schalter mit Panzerglasscheibe, sondern einen Tresen mit einer hochklappbaren Platte, durch die die Beamten zu ihren Arbeitsplätzen gelangen konnten. An den Wänden hingen die üblichen Hinweise zur Aufklärung der Bevölkerung und die ebenso üblichen Fahndungsplakate. Irgendwo summte ein Faxgerät, und ein Telefon klingelte hinter einer verschlossenen Türe. Ansonsten war keine Menschenseele zu sehen oder zu hören.

Luitgard entdeckte eine Rezeptionsglocke auf dem Tresen - wie in einem Hotel. Sie wies ihren Mann darauf hin - selbst und spontan zu klingeln, kam ihr in dieser Situation nicht in den Sinn. Vilsmayr tat wie geheißen, als wäre es das Selbstverständlichste auf der Welt. Allerdings brauchte es noch gut zwei Minuten des Gewährens, bis sich im Hintergrund eine Türe öffnete.

Heraus trat ein Beamter in Uniform, der sich mit freundlichem

Gesicht seinen beiden Besuchern zuwandte. Vilsmayr schätzte den Mann auf Mitte vierzig. Sein hoher Wuchs mit den breiten Schultern und dem freundlichen offenen Gesicht mit kantigem Kiefer und großen blauen Augen kam ihm seltsam vertraut vor. „PHM M. Hauff" stand auf seinem Namensschild.

„Grüß Gott, die Herrschaften. Kann ich irgendwie behilflich sein?", wollte er wissen. Auch sein Tonfall war überaus freundlich.

Dies war nun Emmeran Vilsmayrs Auftritt. Er griff in die Innentasche seines Sommerjankers und zückte seinen Dienstausweis, den er Polizeihauptwachtmeister Hauff unter die Nase hielt. „Grüß Gott. Emmeran Vilsmayr. Erster Polizeihauptinspektor, Kripo Mühldorf in Oberbayern. Ich brauch eine Auskunft zu Anschrift und Aufenthalt einer bestimmten Person, die zumindest hier in Nördlingen ihre Firmenadresse hat."

Hauff prallte kurz zurück. „Herr Hauptinspektor...Vilsmayr. Selbstverständlich."

Dann klappte er die Brücke des Tresens nach oben und vollführte eine einladende Geste, die er kurz mit einem Blick auf Luitgard unterbrach. „Die Dame...?", wollte er wissen. Vilsmayr sah sich kurz um. Außer ihnen befand sich nach wie vor niemand im Raum. „Es handelt sich um einen Betrugsverdacht. Die Dame...", meinte er mit einem neutralen Blick auf Luitgard, „ist die mutmaßlich Geschädigte."

„Ach so. Scho gschickt, wenn mer seine Zeugen dabeihat." Hauff schien einverstanden und wies den beiden den Weg zur nächsten Türe auf der linken Seite. „Machet Se sich's bitte bequem! Kaffee, Tee, oder Sprudel?"

„Danke - Sprudel!", erwiderte Luitgard wie aus der Pistole geschossen, ohne Vilsmayrs Antwort abzuwarten. Er setzte sich auf einen der schlecht gepolsterten Besucherstühle gegenüber von Hauffs Schreibtisch.

„Zwei Minütle."

Vilsmayr sah sich um. Eine aufgeräumte und gut gelüftete Dienststube. Einsatz- und Dienstpläne mit Steckkarten an der einen Wand.

Daneben ein Kalender im Posterformat - und einer mit Blumenfotografien von der Rieser RaiBa. Die Aktenberge auf Hauffs Schreibtisch waren übersichtlich hoch. Und der Rechner war eingeschaltet, wie das Brummen des Ventilators im Laufwerk verriet, der Bildschirm jedoch dunkel.

„So einen netten Beamten hab' ich noch nie erlebt...", flüsterte Luitgard.

Hauff kehrte mit einem Tablett zurück, als wäre er Kellner in einem Biergarten. „Sodele.", konstatierte er. „Einmal der Kaffee, mit Milch und Zucker. Bedienet Se sich bitte selber, Herr Hauptkommissar. Und hier das Sprudelwasser. Proscht." Mit freundlichem Nicken stellte er die Wasserflasche und ein sauberes Glas vor Luitgard, bevor er sich seine Kaffeetasse schnappte und hinter seinem Schreibtisch Platz nahm."

„Jetzet zu Ihrer Anfrage..."

Da platzte es aus Vilsmayr heraus. „Entschuldigens - was sprechens denn hier für einen Dialekt. Bayerisch is des net, Fränkisch aa net, und richtigs Schwäbisch klingt anders, find i."

PHM Hauff, der gerade diskret seinen Kaffee anpustete, stutzte. „Doch, schon Schwäbisch. So schwätzet alle in Nerle. Aber warum, des kann ich Ihnen net genau sagen." Er zuckte ratlos die Achseln - und aktivierte seinen Rechner. „Also - wen oder was suchet Sie?" Seine Finger schwebten über der Tastatur.

„Einen Himmelswiese Verlag. Der muss hier in Nördlingen registriert sein.", gab Vilsmayr Auskunft

Eine Weile ratterten die Tasten unter PHM Hauffs Anschlägen. „Ja.", teilte er kurz darauf mit. Eingetragen im Handelsregister in Nördlingen vor dreizehn Jahren. „Allerdings befindet sich kein Firmensitz hier in der Stadt..."

„Ach...", machte Luitgard enttäuscht. Hauff warf ihr einen tröstenden Blick zu. „Hat nichts zu sagen. Das isch, wie mir scheint, so a 'One-Man-Show'." Er blickte zu Vilsmayr hinüber. „Wie heißt der Inhaber? Oder die Inhaberin?"

„Thomas Stephan. Stephan der Nachname, Thomas der Vorname", erwiderte Vilsmayr.

Die Tasten klapperten erneut und ein befriedigtes breites Lächeln glitt über Hauffs an sich schon offene Züge. Er drehte den Bildschirm zu seinen Besuchern.

„Sodele, da hätt mer ihn. Thomas Stephan, geboren am 12.März 1977, wohnhaft Grabenweg 17a, in Wallerstein.", meinte er zufrieden.

„Wallerstein...", hauchte Luitgard resigniert. Doch Hauff schüttelte begütigend den Kopf. „Net mal a Viertelstündle mit dem Auto Richtung Dinkelsbühl. Wartet Se eben...", bot er an, wechselte auf dem Rechner zu Google Maps und druckte einen Wege- und Lageplan aus.

Doch Vilsmayr zögerte, die Ausdrucke einzustecken. Mit einem listigen Lächeln blickte er Hauff an. „Sie san mir a hilfsbereiter Mensch, Herr Polizeihauptmeister."

Der nickte, wenn auch ein wenig ratlos. Dann begriff er. „Ach so - natürlich! Der Herr Stephan ist polizeilicherseits ein unbescholtener Mensch. Es liegt nichts gegen ihn vor." „Ja, danke sehr. Aber was ich auch noch wissen möchte: Wo kann man hier eine Brotzeit kriegen, bevor wir nach Wallerstein fahren?", wollte Vilsmayr wissen.

Jetzt grinste Hauff richtig breit. „Gescheit essen - oder bloß vespern? Beim Metzger Schlecht in der Schrannengasse gibts a super Bratwurst im Weckle. "

Luitgard mischte sich ein. „Jetzt bloß a Kleinigkeit. Später, des schaun mer mal..."

Hauff kratzte sich im Genick. „Also, gehet Se noch weiter die Reimlinger Straße, dann nach zwanzig Meter halb rechts..."

Wortlos zog Vilsmayr seinen Touristenstadtplan aus dem Janker und schob ihn Hauff hin. Der warf einen Blick darauf, der sich noch weiter erhellte. „Ach so - Sie sind bei meinem Vetter einquartiert. Ja, wenn das soo ist..."

Das Gespräch auf der Nördlinger Polizeiinspektion hatte sich dann doch noch etwas in die Länge gezogen - wegen touristischkulinarischer Tipps. Da es Montag war, hatte Hauff geraten, im Goldenen Schlüssel zu Abend zu essen, weil alle anderen „gescheiten“ Speiselokale mit heimischer Kost montags ihren Ruhetag hätten… „…allerdings hat der Biergarten vom Fürstlich Wallersteinschen Brauhaus auch montags auf.“ Mit einem prüfenden Blick auf Vilsmayrs eher untersetzte Gestalt empfahl er sodann: „Je nachdem, wie viel Zeit bleibt: Nehmet Se doch besser gleich a Taxi…“

Vilsmayr nickte, bedankte sich und faltete den mit zahlreichen weiteren handschriftlichen Ringeln und Pfeilen beschriebenen Stadtplan sorgfältig zusammen, eher er sich dankbar vom freundlichen PHM Hauff verabschiedete.

Empfohlene Gaststätten: Kleibls Restaurant am Daniel und das Sixenbräu-Stüble in der Bergerstraße. Unbedingt das Renaissance-Rathaus besuchen und auf den Turm der St. Georgs-Kirche, den Daniel, steigen, auf dem noch ganzjährig ein Türmer seinen Dienst versah. Das Ries-Museum besuchen, dort wäre ihrerzeit die Crew von Apollo 11 vor der Mondlandung zu Gast gewesen. Und das Bayerische Eisenbahnmuseum… Zur Touristen-Information musste er nun nicht mehr.

Sie betraten über die Schaffergasse die Schrannengasse und ließen links die Chorseite der Stadtkirche und den Kriegsbrunnen liegen. Um den Brunnen herum hatte ein Blumenhändler seine Töpfe und Sträuße aufgestellt und so duftete es in der historischen Gasse herrlich an Päonien und Freilandrosen.

Dieser liebliche Duft wurde freilich etwa zwanzig Meter weiter vom deftigen Aroma nach Gebratenem abgelöst - vor dem Metzgerladen war ein Grillrost aufgebaut, und darauf brutzelte eine junge Verkäuferin bereits lieblich gebräunte Bratwürste. Vilsmayr, ganz Metzgerskind, wurde magisch davon angezogen. Erst als er kräftig in die knackige Bratwurst gebissen und den frisch hausgemachten Senf geschmeckt hatte, fiel ihm ein, dass er seit einer Honigsemmel am Morgen und zwei Butterkeksen in der unappetitlichen Wohnung von dieser Frau Stein nichts weiter zu sich genommen hatte.

Er brachte Luitgard, die versonnen vor der Auslage des Gärtners stehen geblieben war und andächtig den Duft der Sommerblumen einsog, eine Bratwurst im Brötchen mit und entschuldigte sich, dass seine schon zur Hälfte verdrückt war.

„Ist recht, Emmeran. Ich setz mich jetzt ein wenig auf des Bankerl da und du vertrittst dir die Beine, bis du deine Wurst gegessen hast.“, verkündete sie. Sie war eine langsame, fast zögerliche Esserin, Vilsmayr dagegen einer, der von Gier getrieben war. Auch war das müßige Sitzen auf Parkbänkchen nicht seine Sache.

Er nickte. „Passt schon. In zehn Minuten hol ich dich wieder ab.“, versprach er und schlenderte, von seiner Bratwurst beißend, an der Nordseite der Stadtkirche entlang.

Als er auf der Höhe des Hauptportals ankam, waren sowohl Wurst als auch Semmel bereits in seinem Magen und Vilsmayr erlitt einen Anflug von schlechtem Gewissen. Das mit dem hastigen Hineinschlingen war eine ganz üble Angewohnheit, spätestens seit seiner Schulzeit. Abbitte leisten und ein wenig Reumut zeigen wäre jetzt nicht übel, fand er, und da das Haus Gottes nahe war und seine Tore offenstanden, konnte es nicht schaden, dort hinein und drinnen ein wenig in sich zu gehen.

Schon am Eingang wehte ihm der kühle Hauch entgegen, der in den gotischen Kirchen mit hohem Mittelschiff zu herrschen pflegte. Würdevolle Stille umfing ihn; nur oben am Spieltisch der Orgel, so meinte er, zog jemand an den Registern und überprüfte die Mechanik der Spielwerke.

Vilsmayr machte eine instinktive Bewegung rechts neben dem Portal nach unten. Und griff ins Leere. Da, wo sonst ein Gefäß für Weihwasser zu sein pflegte, hing nichts.

In diesem Moment begann der Orgelspieler, ein Choralvorspiel zu üben. „Wer nur den lieben Gott lässt walten...“

Mit einem gepressten „Herrschaftssechser“, für das er sich nicht entschuldigend bekreuzigte, stob er fast hinaus ins Helle.

Luitgard, die gerade einmal die Hälfte ihrer Bratwurst verspeist hatte, blickte fragend zu ihm auf.

Vilsmayr zog eine Grimasse, als wäre seine Wurst tranig oder knorpelig gewesen. „Die san hier wüstgläubig!", entfuhr es ihm.

~~

Nachdem Leutnant Berninger die Membran ihres Stethoskops von der Ladetüre des Anhängers genommen hatte, erkannte Golob erst, dass sie die ganze Zeit über mit dem Einsatzleiter Sichtkontakt gehalten hatte. Der nickte und gab den Befehl: „Entplomben und öffnen!" Das dünne Stahlseil mit dem Zollsiegel war leicht aufzuschneiden - doch dann traute sich von den anwesenden Polizeibeamten keiner so recht, den Hebel zum Öffnen der hinteren Türen umzulegen.

„Feige Bande...", zischte Berninger und holte aus ihrem BMW eine große Taschenlampe. Dann legte sie, nachdem sie Latexhandschuhe übergezogen hatte, den Hebel nach unten und öffnete die Klappe gerade soweit, um hineinleuchten zu können. Golob hätte beschwören können, dass sie lediglich beim Aufziehen der Türe kurz stockte, sich aber sonst nichts anmerken ließ. Sie spähte weiter hinein in das Innere des Aufliegers, aus dem kein Laut drang. Mittlerweile war der Einsatzleiter zu ihr getreten, der ihr über die Schulter spähte.

„Blutsauerei!", rief er gedämpft aus - und erteilte umgehend Aufträge. „Berger und Navratil - Einsatzwagen bestellen. Hier muss alles abgeschirmt werden. Schnell! Nagy - Sie rufen die SpuSi. Kronstädter - Sie rufen die Rettung. Code 4017." Dann erst fixierte er Golob. „Sie sind?"

„Leutnant Golob."

„Aha ja, DER Golob. Der bei allen Leichenfunden in den letzten beiden Jahren an der Grenze mit einem Cold Case dabei war... Sie sind hier der Längste - also steigen Sie mit Berninger in den Auflieger. Erst einmal nix anfassen, nur Lagebericht. Klar?", ordnete der Einsatzleiter an. Golob hatte seinen Namen und Dienstgrad noch nicht einmal mitbekommen, er fand nur, dass der nicht viel kleinere

Mann mit seinem muskulösen Körperbau und den kurzgeschorenen Haaren so bedrohlich wirkte wie eine Actionfigur aus einem Comic.

Golob nickte, der Einsatzleiter ebenfalls – und zog aus einer Tasche seiner schusssicheren Weste ein Paar Vinylhandschuhe, die der Größe von Golobs Pratzen entsprachen, und reichte sie ihm wortlos. Berninger hatte diese blauen Einmal-Überschuhe dabei.

Zusammen öffneten sie einen Flügel der Hintertüre soweit, dass beide einsteigen konnten. Sofort drang ihnen ein eisiger Hauch und ein beißender Gestank entgegen - eine Mischung aus Schweiß, Exkrementen, Erbrochenem - und Tod. Golob schüttelte sich und bildete mit seinen Händen eine Räuberleiter, damit Berninger, die keine sechzig Kilo wiegen mochte, einsteigen konnte. Für ihn selbst war es kein Problem, sich hochzuziehen. Mit ihm stürmte, angelockt durch die Aromen organischen Verfalls, eine Schwadron Fliegen mit in den Anhänger.

Seine Grundfläche mochte etwas mehr als 20m2 betragen. Auf dieser lagen, soweit es Golob und Berninger überschauen konnten, mindestens dreißig Menschen - zusammengekauert, aneinandergeklammert, über- und untereinander. Die meisten waren Männer, die der Kleidung nach aus dem Mittleren Osten stammen könnten. Alle waren reglos, alle waren still.

Einen stupste er vorsichtig mit der Fußspitze an, wohl in der Hoffnung auf eine Reaktion. Doch der Angestupste zeigte nicht nur keine Regung, er war starr wie ein Stück gefrorenes Fleisch. Golob widersetzte sich für einige wenige Sekunden dem Befehl, nichts hier drinnen zu berühren, und umfasste den Fußknöchel des erstarrten Mannes. Seine instinktive Ahnung, dass es mehr als Leichenstarre war, hatte ihn nicht betrogen - der Körper war extrem unterkühlt.

„Genug gesehen für einen Zwischenbericht.", stellte Berninger fest und setzte sich auf die Ladekante. Doch Golob hielt inne und lauschte konzentriert in diese Atmosphäre des Todes. „Ich hab was gehört…", wandte er ein.

Berninger richtete sich wieder auf. „Also gut, dann schauen wir nach.", erwiderte sie. Keine Spur von Protest, Einwand oder Unlust. Auch sie schloss die Augen, um ihrem Gehörsinn die Oberhand zu verschaffen. „Sie haben recht, Golob. Rechts hinten in der Ecke."

Sie verschafften sich Zugang zu der entlegenen Ecke – wobei sie es später beide nicht vermochten zu rekonstruieren, wie sie in dieser Situation Angst und Ekel soweit beiseiteschieben hatten können, um über die besudelten und reglosen Körper hinweg zu klettern.

Dort lagen drei, vier Körper nicht nur im Todeskampf verknäult, sondern seltsam übereinandergeschichtet. Von dort drangen dumpfe, nicht näher definierbare - und trotzdem panische Geräusche.

„Einer von denen lebt noch...", mutmaßte Berninger und klemmte sich ihre Stableuchte unter den linken Arm. „Jetzt müssen wir's anpacken, in Gottes Namen."

Was Gott mit alldem hier zu tun haben mochte, darüber spekulierte Golob lieber nicht. Höchstwahrscheinlich war da wieder eine Schlepperbande am Werk gewesen. Vermutlich war der 'Abnehmer' des ganzen Menschenfleisches nicht wie verabredet zur Stelle gewesen und der Fahrer hatte nach einer gewissen Wartezeit den Auflieger einfach abgekoppelt, um nachhause zu fahren. Nach Rumänien, Mazedonien oder Bulgarien. Und hatte möglicherweise noch nicht einmal gewusst, woraus die Kühlware, mit der er auch am Sonntag hatte fahren dürfen, überhaupt bestand.

Der oberste halbgefrorene Tote - daran bestand nun kein Zweifel mehr - war ein Mann, ungefähr dreißig Jahre alt. Darunter befand sich ein älterer Mann, etwa sechzig, mit weißem Vollbart, besser genährt als der obenauf. Auch tot. Darunter eine Frau, nicht viel jünger, fast schon füllig, eine Art Stola aus leuchtend rosaroter Kunstfaser über ihrem noch vollen Haar. Sie mochte die Ehefrau des auf ihr Liegenden gewesen sein, denn ihre Hände waren so ineinander verkrallt, dass es erheblicher Mühe bedurfte, sie voneinander zu lösen.

Darunter herrschte Leben. Vermutlich das einzige, das letzte in dieser Todeskammer: Ein Junge, nicht groß und zaundürr und offensichtlich noch nicht in der Pubertät, lag zusammengerollt wie eine schlafende Katze und am ganzen Körper zitternd, in der Ecke.

„Pscht…", redete Golob auf einmal leise und mit ruhiger Stimme auf ihn ein. „Don't worry, boy!" Das Kind machte eine abwehrende Handbewegung und bedeckte sein Gesicht.

Leutnant Berninger drückte ihm ihre Lampe in die Hand. „Ich such was, eine Decke, eine Jacke…" Sie entfernte sich, Golob hörte im Hintergrund, dass sie nach draußen rief: „Da drin gibts einen Überlebenden, ein Kind…"

„Don't worry…", murmelte Golob und strich dem Jungen eine Haarsträhne aus seinem Gesicht, das sich eisig anfühlte.

„Moody…", flüsterte der Junge, mit den Zähnen klappernd. „Moody…"

„Moody… is this your name?", versuchte Golob, mit dem Kind in Kontakt zu bleiben, das offensichtlich wenigstens ein paar Brocken Englisch beherrschte.

Der Junge nickte mit Mühe und begann zu husten. „Dada…", röchelte er. Und „Dadi…" Offenbar drängte es ihn zu wissen, wo seine Eltern waren. Oder eher Großeltern, dem Alter der beiden Toten nach zu schätzen, unter denen er die zurückliegenden Stunden überlebt hatte, weil sie ihm einen Rest Wärme gespendet hatten.

Berninger kehrte mit etwas zurück, das ein Filzmantel sein mochte. „Hier.", meinte sie. „Ich hör schon die Rettung!" Sie deckte den Jungen vorsichtig zu.

„Moody…", fragte Golob leise. „Now I will try to bring you outside… you are safe… do you understand?" Er fasste dem Jungen behutsam unter die Schulter und die Hüfte und hob ihn an. Das ging so mühelos wie bei einer Tiefkühllanguste. Und so ähnlich fühlte es sich auch an. Er trug ihn über das Schlachtfeld im Inneren an die Ladekante. Dort nahmen ihn zwei Rettungsassistenten in Empfang. „Er heißt Moody!", rief Golob ihnen hinterher. Immerhin war der Sichtschutz bereits aufgebaut - und selbstredend hatten sich schon längst zahlreiche Neugierige davor versammelt. Er konnte sogar das eine oder andere Blitzlicht erkennen. „Geschmeiß!“, murmelte er voller Verachtung.

Berninger trat neben ihn - und hielt ihm eine angebrochene Softbox Zigarette hin. „Tschick?“, wollte sie wissen.

Er machte eine abwehrende Handbewegung. „Hab's mir vor drei Jahren abgewöhnt...“ Sie grinste ihn wissend an. „Ich auch. Vor fünf, haltaus, sechs Jahren. Das hier ist meine Notfallpackung. Schmeckt bestimmt gräuslich...“

„Dann her damit!“, beschloss Golob. Ein prima Kerl, die neue Kollegin. Sie gab ihm Feuer, er zog tief durch. In der Tat - das Kraut war trocken wie Zunder und schmeckte streng. Also war es allein das Ritual, das zählte.

~~

Das Taxi, das Vilsmayr und seine Frau nach einem kurzen Fußmarsch durch das Löpsinger Tor vor dem Bahnhof bestiegen hatten und das sie ins nur sieben Kilometer entfernte Wallerstein gebracht hatte, kostete den Hauptkommissar gerade einmal acht Euro. Hocherfreut machte er daher aus, dass sich der Fahrer in zwei Stunden wieder an der Stelle einfinden sollte, wo er sie soeben abgesetzt hatte: Bei der barocken Pestsäule. Zur Sicherheit hatte Vilsmayr auch noch die Rufnummer des Fahrers gespeichert.

Wallerstein war ein kurioses Dörfchen. Zum einen war es klein und hatte keine zweitausend Einwohner. Zum anderen atmete es trotzdem den Duft einer hochadeligen Präsenz - alles schien wie aus einem stilistischen Guss, und das Areal des Fürstlichen Schlosses - „Wallerstein-Wallerstein“, wie der auskunftsfreudige Fahrer ihnen die Ver- und Entflechtung der Fürstlich Wallersteinschen Ganerben-Gemeinschaft zu erklären versucht hatte - war irgendwo von überall sichtbar. Hinter der aus Gemäuer und Hecken bestehenden Einfriedung lugte manchmal der langgestreckte Gebäudekomplex aus dem frühen 18. Jahrhundert hervor, überschattet von den über 200-jährigen Platanen, Linden und Eichen. Der Rest von

Wallerstein bestand zu einem weiteren Viertel aus dem Areal der Fürstlichen Brauerei; dem sich Vilsmayr nach hoffentlich schnell getaner Arbeit zuwenden würde. Der Rest waren saubere und gepflegte Häuschen.

Von der Hauptstraße, hier Löpsingerstraße geheißen, führte fast auf der Höhe der Pestsäule der Grabenweg fort. Die ihm katasterisch zugeordneten Gebäude lagen teilweise zurück und waren nur über geschotterte Stichwege zu erreichen.

Bis auf das Gebäude Grabenweg 17a mitsamt dem umgebenden Grundstück. Das Häuschen besaß ein mittlerweile zersplittertes Kleid aus hellgrauen Eternitplatten. Unter dem Trauf einer nur noch rudimentär vorhandenen Dachrinne stand ein halbvolles Kunststofffass, dessen Grundfarbe vor dreißig Jahren blau gewesen sein durfte. Das Innere dürfte ein vorbildliches Biotop für das Überleben von vom Aussterben bedrohter Stechmückenarten abgegeben haben. Das verhockte Häuschen wurde von einer geschlossenen Unkrauthalde umwuchert. Grillen zirpten in der üppig gedeihenden wilden Gerste, die zwischen den Lochpflastersteinen im Hof beinahe so dicht spross wie auf einem kultivierten Acker.

Eingefriedet wurde das Anwesen von einem Staketenzaun, der mehr Zwischenräume als Latten aufwies. Leise quietschend schwang das Gartentor im sanften Sommerwind; die Frage, ob es Schwierigkeiten geben könnte, Zutritt zum Grundstück zu erhalten, erübrigte sich damit.

Trotzdem ging Vilsmayr mutig voran, obwohl es nicht ganz ausgeschlossen, dass aus irgendeiner Ecke ein beherzter Hofhund hervorschießen könnte. Er machte ein paar vorsichtige Schritte und rief höflich „Hallo“, aber Haus und Garten lagen ebenso still wie verwahrlost da.

Ein paar tapfere Schritte. Zwei Grundstücke weiter schlug ein Hund an. Ansonsten herrschte bis auf die Grillen Ruhe. Luitgard folgte ihrem Mann, der jetzt auf die Haustüre zuschritt. Auf dem

Weg dorthin lag eine umgekippte Zinkgießkanne, über die Vilsmayr hinwegschritt.

Die kleinen schmalen Fenster im Erdgeschoss waren alle geschlossen; Vilsmayr schaute nach oben, ob dort eventuell eines offenstand. Für ihn als Polizist ein untrügliches Zeichen dafür, dass ein Haus nicht absichtlich leer stand. Denn kein anständiger Deutscher ließ Fenster gekippt - und fuhr dann auf unbestimmte Zeit fort. Sämtliche Fenster waren geschlossen bis auf das Fenster bei einer der beiden Dachgauben zum Hof, das in Lüftungsstellung stand.

Neben der Haustüre stand eine Gartenbank aus weißem Kunststoff, über deren Lehnen Lappen zum Trocknen hingen. Dort hingen sie anscheinend schon ziemlich lange, denn ihr Stoff und die nur ungenügend ausgewaschenen Flecken waren ausgeblichen.

Vilsmayr drückte auf den vor längerer Zeit mit silbernem Panzerband notdürftig reparierten Klingelknopf unter dem Türschild. Der Bewohner hatte es nicht für nötig gehalten, dieses einladend oder gar leserlich zu gestalten; schief, mit schwarzem Filzstift und unregelmäßigen Abständen zwischen den Druckbuchstaben stand da „Stephan". Mehr nicht. Noch nicht einmal „Himmelswiese-Verlag". Immerhin, die Klingel funktionierte, im Hausinneren erklang ein schnarrender und ordinärer Ton. Niemand reagierte.

Vilsmayr klingelte erneut, mit demselben Resultat. Er klopfte an die Riffelglasscheibe, deren Dichtung über die Jahrzehnte dahingeschrumpft war, so laut schepperte es. "Hallo?" rief er, einen Trichter mit seinen Händen auf der Eingangstüre formend. Nichts - außer Stille.

„Ich schau mich mal hinterm Haus um.", bot sich Luitgard an. Vilsmayr nickte. „Ist gut. Aber sei vorsichtig."

„Natürlich." Luitgard bahnte sich einen Weg an einer alten Landmaschine vorbei, die früher einmal zum Hecheln irgendwelcher Faserpflanzen gedient haben mochte, und einem Stapel mit zerbrochenen eingefassten Glasscheiben - die traurigen Relikte eines Gewächshauses. In einer anderen Ecke des Grundstücks befand sich, gänzlich zugewuchert von Efeu, ein Geräteschuppen.

Als Vilsmayr nach der Türe suchte, fand er diese mit einem relativ neuen Vorhängeschloss abgeschlossen vor, das noch keinen Rost angesetzt hatte. Er bahnte sich vorsichtig einen Weg durch das hüfthohe Unkraut, das rings um das Schopf wucherte, in der Hoffnung, ein Fenster zu finden, das ihm einen Blick ins Innere gewährte. In der Tat fand er ein Fensterchen, nicht breiter als 35cm - aber dieses war von innen mit blickdichter Folie beklebt. Also machte er sich auf den Rückweg, wobei er reflektorisch versuchte, keine zu breite Spur zu hinterlassen.

Emmeran Vilsmayr rief und klopfte erneut am Haus, hatte aber jegliche Hoffnung auf unerwarteten Einlass schon längst dahinfahren lassen. Luitgard kam nach zwei Minuten zurück, ebenso unverrichteter Dinge, wie es schien. „Eines“, hob sie an, „ist schon seltsam: Auf dem Küchentisch liegt eine Zeitung, und darauf Kartoffelschalen. Das Kneifchen liegt daneben.“

„Was ist daran komisch? So machts du es doch auch.“, wunderte sich Vilsmayr.

„Ja, aber ich räum die Schalen auf den Kompost, sobald das Essen kocht. Diese Schalen da in der Küche sind ganz vertrocknet.“

„Ja mei, ich weiß ja net, in welcher Zeit Kartoffelschalen ganz verhutzeln, eine Woche, zwei Wochen...“, erwiderte Vilsmayr ratlos.

„Die da herinnen, die sind nur noch ganz kleine Schnurpserln.“
„Hmm.“, machte Vilsmayr - und nun bückte er sich, um durch den Briefschlitz zu spähen. Er richtete sich irritiert wieder auf. „Auf dem Hausflur liegt die Post der letzten zehn Tage. Mindestens.“, sprach er.

„Da stimmt was nicht, Emmeran.“, meinte Luitgard nachdenklich.
„Freilich.“ Vilsmayr blickte auf seine Uhr. „Das Taxi kommt in genau zwei Stunden wieder.“, meinte er. „Wir sollten uns ein wenig im Ort umschauen. Außerdem hab ich Durst.“

~~

Die Sicherungs- und Aufräumarbeiten während der sich anschließenden Stunden rannen an Golob vorbei wie ein schlechter Film aus den 70er Jahren. Vor der Absperrung schwoll die Menschenmenge an, vereinzelt drangen so idiotische Rufe durch wie „Die Öffentlichkeit hat ein Recht, informiert zu werden!" Einem einzelnen Reporter, der für eine Agentur mit push-news arbeitete, war es gelungen, sich durch die Absperrung zu fädeln. Es gelang ihm noch, einen Blick auf die Leichensäcke zu erhaschen, doch bevor er seine Handykamera aktivieren konnte, wurde er bereits von zwei Uniformierten abgedrängt.

38 tote Menschen hatten Polizeibeamte, Rettungskräfte und die ersten anrückenden Tatortreiniger aus dem Auflieger geborgen. Darunter befanden sich 29 Männer zwischen gerade einmal volljährig bis zu dem einzelnen älteren Mann, den Golob von dem Jungen heruntergewälzt hatte. Außerdem 8 Frauen inklusive die „Dadi", nach der Moody gefragt hatte. Und ein weiterer Junge, vielleicht zwei Jahre älter. Keiner hatte Papiere bei sich gehabt oder irgendetwas, woran man ihn identifizieren konnte. Wie es typisch war für Menschenmaterial, das illegal und diskret von einem verpönten Land in ein ersehntes transportiert werden sollte. Dafür hatten diese Toten eine Menge Geld ausgeben müssen, meist ihre gesamten Ersparnisse, oft sogar Kredite, die mitwissende Verwandte zuvor aufgenommen hatten. Dafür hatten sie es in Kauf genommen, nicht anders als Schlachtvieh über hunderte von Kilometern zusammengepfercht zu werden, ohne Essen, Trinken oder eine Möglichkeit, sich zu erleichtern, dafür aber bei Temperaturen wenig über dem Gefrierpunkt.

Ein Technikexperte enterte das Innere des Aufliegers, machte erneut Aufnahmen, führte Messungen durch - und verlangte nach einer Leiter, um aufs Dach steigen zu können.

Für den Abtransport der Leichensäcke sorgte die Armee mit sechs großen geländegängigen Lastern. Golob war froh, diese nicht mehr sehen zu müssen.

Dafür rollte ein Kastenwagen des THW Wien an, um die Beschäftigten vor Ort mit Wasser, Kaffee und belegten Brötchen zu versorgen. Die Temperaturen näherten sich bedenklich der 30°C - Marke.

Ivo Golob näherte sich dem Einsatzleiter, der permanent von irgendwelchen Kollegen angesprochen wurde, und der unerschütterlich blieb. „Wohin haben sie den Buben gebracht, Herr Oberleutnant?" Der nickte nur und deutete auf einen anderen Beamten. „Nagy weiß es. Wissen sie etwa mehr über den armen Burschen?"

Golob schüttelte den Kopf. „Nix. Außer dass die beiden älteren Leute wohl seine Großeltern gewesen sein könnten." Der Einsatzleiter schnaubte nur leise. „Könnten..." In diesem Moment nahm ihn der Technikexperte in Beschlag. „Nach meinen Berechnungen, Herr Oberleutnant, waren die Menschen da drin über mindestens vier Stunden Temperaturen von etwa minus zehn Grad ausgesetzt. Dazu Sauerstoffmangel über dieselbe Zeit. Was ein merkwürdiger Effekt ist - die Unterkühlung verlangsamt quasi die Folgen von zu wenig O2. Hab ich so noch nie erlebt..."

„Aha.", meinte der Einsatzleiter." Und wie geht das zusammen ohne Speisung durch eine Lichtmaschine oder Autobatterie: Temperaturen wie in einem Kühlhaus, aber keine Lüftung?"

„Deshalb", trumpfte der Techniker auf, „hab ich vorhin ja die Leiter haben wollen. Und siehe da - auf das Dach sind zwei große Solarzellen montiert, an die die Kühlaggregate direkt angeschlossen sind. Das heißt - an so einem sonnigen Tag wie heute wird das Innere weiter gekühlt, bis es Nacht ist. Lüftung - nada. Sagen wir, der Hänger ist da gestern Abend abgestellt worden. Sonnenuntergang war um halber zehne. Die Kühlung hat vielleicht bis zum eins in der Nacht noch funktioniert. Aber Frischluft gabs schon Stunden vorher keine mehr.", erklärte der Techniker.

„Aha.", sagte der Einsatzleiter ein weiteres Mal. „Und daraus dürfen wir schließen, dass man in diesem Hänger ursprünglich Fleisch, Fisch, Milchprodukte und anderes verderbliche Zeug transportiert hat - und auf einen gewissen Stromausfall schon irgendwie vorbereitet war."

„Exakt. Toten Schweinehälften ist ein Mangel an Sauerstoff ziemlich wurscht, aber Wärme ist gar net gut." Er nickte beifällig zu seiner eigenen Gedankenschärfe.

„Danke. Ihren Bericht habe ich morgen früh im E-Mail-Account, ja?"

Der Techniker trollte sich. Dass solche Umstände für lebende Menschen erst recht nicht förderlich waren, schien den Mann nicht weiter zu bedrücken.

Der Einsatzleiter winkte einen weiteren Beamten zu sich. „Nagy! Der neue Kollege hier - wie war gleich Ihr Name?", wollte er wissen.

„Ivo Golob."

„Gut. Der Kollege Golob hat den Buben gefunden - und möchte jetzt wissen, in welches Spital er gebracht wurde."

„Mariahilf. Die haben eine Abteilung für unterkühlte Bergopfer."

„Danke, Nagy."

Der Einsatzleiter wandte sich wieder an Golob. „Sie sind doch der, der eine Zeitlang in Braunau gebrummt hat?", wollte er wissen. Golob nickte.

„Ihr erster richtiger Einsatz heute - seitdem?"

Golob nickte wiederum. Ihm wurde eine Hand hingestreckt. „Tut mir leid, Herr Golob. Ich bin Oberleutnant Vogl." Erst jetzt verriet sein weicher Singsang den Kärntner. „Normalerweise werden neue - oder alt-neue Kollegen schon anders willkommen geheißen. Wir holen das nach - versprochen." Mit einem festen Nicken bekräftigte Vogl seine Rede.

Dann blickte er auf seine Uhr, pfiff durch zwei Finger und hob einen Arm. Sofort wurde ihm uneingeschränkte Aufmerksamkeit zuteil. „So, Leuterln! Der Vormittag war hart. Die Ermittler dürfen jetzt amal heimfahrn und sich frischmachen. Ich schick in einer guten Stunde eine Rundmail mit den Namen derer, die in der Task Force ‚A8' sein werden inklusive Aufgabenverteilung. Diejenigen Ermittler, die nicht dabei sein werden, legen mir bis morgen früh ihren Bericht vor. SpuSi und Tatortreiniger - ihr macht weiter bis ihr fertig seid. Den Hänger danach wieder versiegeln. Vielen Dank für die gute Arbeit - und erholt euch gut!"

Mit leisem Durcheinandergemurmel zerstreute sich die Menge.

Berninger trat neben Golob. „Wär schön, wenn wir miteinander dabei wären...“, meinte sie nachdenklich. „Vor fast zwei Jahren hatten wir einen ähnlichen Fall mit einem Laster voller Toten auf der A1.“, setzte sie hinzu. „Ich hab davon gehört.“, erwiderte Golob. „Hat man damals überhaupt irgendjemanden überführen können?“

Sie schüttelte den Kopf. „Nur den Fahrer. Ein armer Hund aus Georgien. Der hat nicht gewusst, was er da durch halb Europa gefahren hat. Der hatte nur eine Bezahlung in Aussicht, von der er und seine Familie hätten ein halbes Jahr lang leben können. So läuft das immer mit diesen Drecks-Schleppern. Und so wirds auch jetzt und weiter laufen.“

~~

Auf dem Rückweg zur Hauptstraße von Wallerstein überprüfte Vilsmayr noch unauffällig, von welchem Haus in der Nachbarschaft der 17a man einen einigermaßen guten Blick auf Thomas Stephans Haus und Hof hatte. Vielleicht war es ja von Belang und es konnte nicht schaden, dies schon einmal im Vorfeld zu eruieren.

Sodann orientierten sie sich an Hauffs Ausdrucken und fanden die Zufahrt zur Fürstlich Wallersteinschen Brauerei ohne große Probleme - sah man einmal davon ab, dass es bergauf ging. Eine Rarität im Ries - Vilsmayr schnaufte trotzdem, bis er den kuriosen Gebäudekomplex erreichte. Eine Häuserzeile war ringförmig um das innere Areal gebaut - und von der übrigen Bebauung sowohl durch einen Graben als auch durch eine Zugbrücke getrennt. Er vermutete, dass hier früher eine Burg gestanden haben könnte, und dass an deren Stelle irgendwann nach dem 30jäjrigen Krieg die fürstliche Familie Unterkünfte für ihre Bediensteten hatte errichten lassen.

Auch hinter dem Einfahrtstor sah es bemerkenswert aus: In der Mitte erhob sich eine kleine Bergkuppe, die tatsächlich mit einem Wäldchen bewachsen war. Rechterhand und hangabwärts gelegen schloss sich die Brauerei mit Abfüllanlage und Malzspeicher an, linkerhand ein altes, zweigeschossiges Haus mit mächtigem Dach, auf dem viele kleine Schleppgauben saßen. Dies mochte in alten Zeiten die Darre gewesen sein.

Erst als sie dieses Gebäude umrundet hatten, erkannten sie, dass dort in heutigen Zeiten kein Malz mehr geröstet, sondern dessen Endprodukt ausgeschenkt wurde. Große Kastanien und hübsche rote Schirme spendeten Schatten und luden zum Verweilen und zur Erfrischung ein.

„Ja, sauber!" freute sich Vilsmayr, blickte sich um, und setzte sich, da nirgendwo eine Bedienung zu sehen war. Schließlich waren auch noch eine halbe Handvoll anderer Gäste da.

Nach fünf Minuten erschien eine Frau Ende vierzig, die in der linken Hand drei Bierseidel trug und auf dem rechten Arm zwei große Teller mit einem Berg von Salat balancierte. Sie nickte Vilsmayr kurz zu, ehe sie zuerst die Bestellungen servierte. Dann trat sie an den Tisch der beiden Vilsmayrs.

„Grüß Gott, die Herrschaften. Wartet Sie scho lang?", wollte sie wissen. Ihr seltsames Schwäbisch deutete darauf hin, dass sie ebenfalls aus dieser Gegend stammen musste.

„Na, passt schon.", beruhigte Vilsmayr sie, die eben den Tisch vor ihnen abwischte. Von einem Nachbartisch griff sie zwei in Plastik gebundene Speisekarten und überreichte sie den beiden. „Darfs schon mal was zu trinken sein?", erkundigte sie sich. „Haben Sie ein dunkles Bier?", wollte Vilsmayr wissen.

„Freilich. Nulldrei oder Nullfünf?" „Schon ein großes.", fand Vilsmayr. Luitgard bestellte sich einen kleinen Russ. Bis die Getränke kamen, studierten beide die Speisenkarte. Das Angebot an Gerichten war eindeutig schwäbisch geprägt.

Emmeran Vilsmayr begutachtete gewissenhaft den Schaum auf seinem dunklen Bier, pustete ihn leicht an, um seine Stabilität zu testen, und nahm einen ersten Schluck. „Sauber!", fand er - und ließ den kritischen ersten Schluck nicht alleine stehen.

Als dann auch noch ihr Essen vor ihnen stand, sprach Luitgard die Kellnerin an: „Sagen Sie einmal, Sie sind doch von hier?" „Ja, direkt aus Wallerstein.", gab die Gefragte Auskunft. Sie schien momentan nicht viel zu tun zu haben und konnte sich eine kurze Unterhaltung mit einem Gast erlauben.

„Im Grabenweg wohnt doch so ein Verleger?", setzte Luitgard nach, und als die Kellnerin sie irritiert ansah, schob sie noch schnell hinterher: „Wissen Sie, ich bin Autorin - und ich wollte die Freiexemplare meines Kochbuchs direkt bei ihm abholen. Das spart doch Zeit und teures Porto. Ich hab vor einem Vierteljahr mit ihm diesen Termin ausgemacht - und jetzt scheint er überhaupt nicht da zu sein. Kennen Sie ihn vielleicht?"

Die Bedienung blickte nach oben und zog ihre Stirne nachdenklich kraus. „Ich, weiß, dass da ein Mann im Grabenweg wohnt, bei dem gelegentlich jemand vorbeikommt, um große Kisten zu liefern oder abzuholen. Da sollten dann wohl Bücher drin sein, wenn er Verleger ist..." Sie schüttelte den Kopf. „Aber ob der jetzt verreist ist oder ähnliches, das kann ich Ihnen leider nicht sagen..." Sie riss einen Zettel von ihrem Kellnerblock ab und schrieb eine Adresse auf. „Aber eine Freundin von mir, mit der ich im Kirchenchor singe, die wohnt da im Grabenweg. Vielleicht kann die Ihnen ja weiterhelfen."

Luitgard nickte angetan. „Damit haben Sie mir schon sehr weitergeholfen. Vielen Dank!" „Keine Ursache! Darfs vielleicht noch ein Dunkles sein, der Herr?"

Ehe Vilsmayr jedoch die Order für ein zweites Bier platzieren konnte, trat ihm Luitgard auf die Fußspitze. Sie schüttelte energisch den Kopf. „Lieber nicht. Wir sollten schon zuschauen, dass wir in einer halben Stunde zu unserem Taxi kommen..."

„Ich kann Ihnen das Taxi aber auch gerne hier auf den Wallersteiner Berg bestellen.", schlug die Bedienung vor, die augenscheinlich den Getränkeumsatz ankurbeln wollte. „Besten Dank, aber nein. Wir brauchen ein bisschen Bewegung, haben heute zu lange gesessen.", wehrte Luitgard ab. Die Kellnerin entfernte sich mit einem undurchdringlichen Lächeln.

~~

Eine knappe Stunde später fand sich Golob wieder im Polizeirevier ein. Leutnant Berninger war auch schon da und aß an ihrem Schreibtisch einen bunten Salat aus einer Klarsichtbox. Als sie ihn erblickte, kaute sie eilig leer und wischte sich den Mund ab, ehe sie ihn ansprach. „Na, gehts wieder?", wollte sie wissen.

Er nickte, erfreut darüber, dass sich doch tatsächlich ein Mensch, mit dem er zusammenarbeitete, für sein Befinden interessierte. „Ganz gut - nach einer heißen Dusche, zwei Kaffee und einem Kipferl."

Berninger wies mit dem Kinn auf sein Telefon. „Dein Apparat hat in der letzten Viertelstunde dreimal geläutet.", meinte sie. Golob wollte eben die Anruferliste überprüfen, als sein Rechner mit einem Klingelton eine eingehende E-Mail ankündigte. Dasselbe geschah auch an Berningers PC. „Das wird die angekündigte Mail von Vogl sein.", meinte sie.

Er setzte sich an den Schreibtisch, aktivierte den Bildschirm und öffnete seinen E-Mail-Account. „Richtig. Ich bin dabei. Erste Sitzung der Task Force 'A8' heute um 15.00Uhr." Berninger reckte ihren Daumen hoch. „Ich auch!"

In diesem Moment klingelte Golobs Telefon - fast wie befürchtet. Die Nummer des Anrufers auf dem Display hatte keine Wiener Vorwahl. Er nahm ab. „Polizeiinspektion 4. Bezirk, hier Leutnant Golob?"

Am anderen Ende atmete jemand ein paar Mal hektisch. „Ivo, ich bin's, die Berengere..."

Golob nahm den Hörer vom Ohr, hielt die Sprechmuschel zu und murmelte: „Scheiße! Die hat mir grad noch gefehlt..." Dann nahm er, ohne etwas zu sagen, den Hörer wieder ans Ohr und linste zu Berninger hinüber, die mit irgendeiner Aufgabe am Rechner beschäftigt war.

„...wo du doch dabei warst, als man den Block mit den beiden Unterschenkeln...." Er hielt den Hörer wieder zu. „Bla bla bla...", machte er und wandte sich an seine Kollegin. „Kriegst du manchmal

108

auch Anrufe von solchen Nervbratzen?" Unwillkürlich hatte er Berninger geduzt.

„Leider ja.", gab sie zu, ohne ihren Blick vom Bildschirm zu wenden.

„Ivo! Hörst du mir überhaupt zu?..."

Er seufzte leise. „Gibts es irgendetwas Neues, was wichtig ist? Ich hab zu tun." Nun war sein Ton wesentlich schroffer. „Ich dachte, du wärst mir dankbar, wenn ich dich auf dem Laufenden halte.", erwiderte sie verschnupft - und kokett zugleich. „Man hat den Schädel mit Unterkiefer und den Torso gefunden."

„Das freut mich für dich ganz narrisch, Berengere. Und nochmals: Es ist DEINE Angelegenheit, nicht meine. Und jetzt lass mich bitte meiner Arbeit nachgehen!"

„Na gut, mein Lieber!", erwiderte sie schnippisch. „Nicht jede meint es so gut mit dir wie ich. Ich rufe später wieder an."

Mit einem gar nicht so leisen Fluch warf Golob den Hörer aufs Telefon zurück. „Mistbiene!", grollte er. Sie hatte ihm die erste solide Freude bei der Arbeit in Wien, nämlich in eine wichtige Task Force berufen worden zu sein, gründlich verdorben.

Langsam dreht sich Berninger mit ihrem Bürostuhl herum. „Habe ich da eben den pathetischen Namen 'Berengere' vernommen?", fragte sie. Dass ihre Mundwinkel zu einem leichten Grinsen verzogen waren, war nicht zu übersehen. „Kennst du sie etwa?", erschrak Golob.

„Flüchtig, von irgendeinem Fall. Ist immer wie ein Bond-Girl vom MI6 rumgelaufen, echt affig. Außerdem hatte sie es auf irgendeinen bedauernswerten Kollegen im 10. Bezirk dermaßen abgesehen, dass es bei der Polizei in ganz Wien die Runde gemacht hat...", erinnerte sie sich.

Golob nickte und schluckte. Also hatte Patinter nicht nur sich bei der Wiener Polizei blamiert, sondern auch noch ihn zum Affen gemacht. Es nützte nichts. Er musste offen sein. „Der bedauernswerte Kollege war ich.", gab er zu.

Tove Berninger schlug sich die Hände vor den Mund. „Herrjeh! Wenn ich das geahnt hätte!"

„Du hast doch eben nichts Schlimmes gesagt...", beschwichtigte er - und blieb beim „Du". „Na ja... aber meinen Teil schon gedacht."

Golob machte ein wegwischende Handbewegung - und berichtete vom Vorfall bei der Bregenzer Seebühne.

„Interessant ist der Fall ja schon", meinte Berninger, die beim Zuhören immer wieder diskret an einem Niednagel ihres Kleinfingers gekaut hatte. „Ich persönlich würde mich da up to date halten..."

„Schon. Aber...", wandte er ein, doch Berninger schaute erschrocken auf die Digitaluhr an der Wand.

„Himmeleins - in dreißig Minuten kommt die Task Force zusammen, und wir haben noch keinen Bericht! Jetzt aber dalli, Ivo!", fiel ihm Berninger ins Wort und winkte ihn zu sich. „Wir verfassen ihn zusammen, der Vogl akzeptiert das. Willst du sehen, was ich mir dafür eingerichtet hab?"

Golob freute sich kurz, dass Berninger sein „Du" akzeptiert hatte, und war neugierig, weil sie sich ein Headset aufsetzte. „Ich hab mir für so etwas ein Spracherkennungsprogramm eingerichtet. Hat mich ein halbes Jahr Training gekostet, aber jetzt funktioniert's einwandfrei. Ich brauch nie länger als zehn Minuten für ein Protokoll - egal ob Sitzung oder vom Tatort."

„Leiwand!" - das fand Golob auch.

~~

„Di Spacca" stand auf dem Klingelschild neben der Haustüre aus weißem Eichenholzimitat im Grabenweg 13. Vom Vorgarten konnte man leider nur einen Teil des Hauses 17a sehen, weil sich das Haus Nr. 15 dazwischen drängte.

Die Frau, die öffnete, war mit Gewissheit die Hausherrin - und sah so überhaupt nicht italienisch aus. Sie war hübsch rundlich und besaß ein bemerkenswert faltenfreies Gesicht mit immer noch feiner Haut, veilchenblauen Augen und einem Kopf voll echter hellblonder Locken. Sie öffnete die Türe ein wenig weiter, denn es war Luitgard, die geklingelt hatte und beim Öffnen der Türe zwei Schritte zurückgetreten war.

Da die Vilsmayrs keinen 'Wachturm' oder andere Traktate hochhielten, schienen sie der Frau offenbar seriös genug, um auf ihr etwaiges Anliegen einzugehen.

„Frau Di Spacca? Grüß Gott, mein Name ist Luitgard Vilsmayr.", hob Luitgard an. „Das hier ist mein Mann Emmeran. Ich bin Kochbuchautorin - und wollte heute mein gedrucktes Buch beim Herrn Stephan abholen. Wir waren verabredet. Aber er scheint nicht da zu sein. Und geht auch nicht ans Telefon. Wissen Sie vielleicht etwas, was mir weiterhelfen könnte? Oft bittet man ja Nachbarn, die Blumen zu gießen. Oder sich um die Katze zu kümmern…"

„Mamaaa!", rief die anklagende Stimme eines jungen Mädchens im Hintergrund. „Hast du mein schwarzes Benetton-Top schon gewaschen?"

Noch hatte Frau Di Spacca ihr Wort nicht an Luitgard richten können. Sie seufzte und drehte sich um. „Es ist gewaschen UND gebügelt und hängt im Hauswirtschaftsraum! Wie versprochen!" Mit einem weiteren Seufzer wandte sie sich wieder ihren Besuchern zu. „Das kann schon sein, dass er wieder mal nicht hier ist. Aber genau kann ich Ihnen das nicht sagen, Frau … Filzmeier?"

„Aber vielleicht wissen Sie, ob sonst noch jemand bei ihm lebt. Oder ob jemand anderes in der Nachbarschaft einen Schlüssel hat?", hakte Luitgard nach. Frau Di Spacca schüttelte den Kopf. „Der lebt da ganz alleine, ist oft weg und hat so gut wie keinen Besuch. Einmal im Monat kommt da aber…"

„Mamaaa - mein korallfarbener Nagellack ist eingetrocknet!! Ich nehm mir welchen von dir!", blökte es erneut von drinnen.

„Giulietta, Schätzle, dann zeig mir bitte vorher, welchen du nehmen willst, ja?" Als sich Frau Di Spacca erneut Luitgard zuwandte, hatten sich ihre Wangen mit peinlicher Röte bezogen.

Luitgard nickte verständnisvoll - und hakte ein: „Kinder in der Pubertät… ein Grauß könnens sein. Aber das geht irgendwann vorbei."

Frau Di Spacca verdrehte die Augen: „Sie ist jetzt fast achtzehn - und hat seit ihrem nicht eben berühmten Realschulabschluss schon die dritte Ausbildung abgebrochen. Zuletzt Textilfachverkäuferin - in so einer netten Boutique in Donauwörth. Sie fands 'stinklangweilig'. Dabei isch des Mädle wirklich net blöd... Also, einmal im Monat kommt ein Lieferwagen zu ihm, lädt irgendwelche Kisten ein und aus und fährt nach einer Stunde wieder weg...“

Eine schlanke, elegant geformte Hand, die an einem makellos gebräunten, ebenso schlanken Unterarm saß, schob sich an der fülligen Schulter von Di Spacca vorbei. Am Handgelenk klimperte ein schickes Bettelarmband. Ein kleines Glasfläschchen mit scharlachrotem Inhalt wurde präsentiert. „Ich nehm den da...“

„Isch recht... Also einmal im Monat kommt ein Lieferwagen zum Herrn Stephan...“

Da wurde die Türe weiter geöffnet - und gab den Blick frei auf das vermeintliche Pubertier. Vilsmayr, der nun wirklich zu keinem Zeitpunkt wie narrisch hinter den Weibsleuten hergewesen war, verschlug es schier die Sprache. Neben Di Spacca stand offenbar die anspruchsvolle Giulietta. Sie war gut über mittelgroß, hatte atemberaubend lange Beine, eine Taille von allenfalls 60cm Umfang, straffe, hochsitzende Brüste, einen langen Schwanenhals - und das symmetrischste Gesicht, in das er je geblickt hatte. Ihr über schulterlanges Haar war blond - aber nicht käsig wie das der Mutter, sondern golden, und schimmerte wie eine frisch polierte Trompete. Die Veilchenaugen hatte sie von der Mutter, der Mund war voll und rosig - nur die Nase etwas zu lang und etwas zu spitz.

„Tag.“, meinte Giulietta. Immerhin, ein Restbestand an anerzogener Höflichkeit. „Der Lieferwagen fährt jeden zweiten Dienstag im Monat zur 17a. Er ist weiß und hat das Länderkennzeichen 'PL'. Zuletzt, also vor zwei Wochen, war aber ein anderer Lieferwagen da - da stand 'Kanaldienst Dietterle' drauf. Aufs Kennzeichen habe ich nicht geachtet. Weggefahren ist er erst nach zehn Uhr abends.“

„Danke, junge Dame...“ stammelte Vilsmayr voller Verblüffung.

„Und auch Danke, Frau Di Spacca. Sie haben uns beide sehr geholfen!"

Er wollte sich zum Gehen wenden, so wie auch die Haustüre geschlossen wurde, als er auf dem Absatz kehrt machte. „Entschuldigen's, Fräulein di Spacca!"

Deren Mutter öffnete die Türe noch einmal; dass ihr Langmut nunmehr etwas strapaziert war, sah man ihren Zügen an.

„Ich meine das Fräulein Tochter... Haben Sie sich einmal überlegt, zur Polizei zu gehen?"

Giulietta zog ein irritiertes Gesicht und blickte ihre Mutter fragend an. „Wegen dem Nachbarn jetzt?"

„Nein - von Berufs wegen. Für eine Ausbildung.", erwiderte Vilsmayr. Und führte aus: „Die Polizei in Bayern bildet momentan mit einem gewissen Schwerpunkt junge Frauen aus. Sie sind intelligent - und haben eine ausgezeichnete Beobachtungsgabe. Und außerdem", setzte er hinzu, „erkennt ein guter Bulle einen anderen guten Bullen auf hundert Meter Entfernung. Denken S' drüber nach! Und pfüat Ihnen!"

„Unglaublich...", murmelte er, während er neben Luitgard den Grabenweg zur Löpsinger Straße zurückging. Vor der Pestsäule wartete bereits ihr Taxi.

~~

Die erste Sitzung der neuen Task Force 'A8' war kurz und konzentriert gewesen. Immerhin gab es bereits ein Resultat, was den Anhänger anging: Er war, wie Berninger richtig vermutet hatte, durch eine rumänische Spedition in Mazedonien zugelassen worden. Allerdings waren die Solarpaneele auf dem Dach offenbar nicht in Osteuropa nachgerüstet worden und waren in dieser Form in der gesamten EU nicht zulässig - außer in Litauen. Daher sei es durchaus sinnvoll, auch das Baltikum in die Nachforschungen einzubeziehen.

Gegen Ende des Meetings hatte Golob Vogl gefragt, ob er bei

113

der Vernehmung des Jungen, der von der SoKo nun auch „Moody" genannt wurde, mitwirken dürfe. „Wir sollten dem Bürscherl aber noch ein paar Tage Zeit lassen. Viel gesprochen hätte er noch nicht - und man müsste auch erst noch herausfinden, in welcher Sprache.

Zum Schluss wurden noch Überlegungen bezüglich einer ersten Pressemeldung angestellt. Dies sei wichtig, um wilden Gerüchten zuvorzukommen. Und Gottseidank sei bei der Bergung noch kein Team von einem Fernsehsender vor Ort gewesen.

Golob und Berninger begaben sich zurück zu ihrem Büro.

„Kann es sein, dass du dich für den Kleinen verantwortlich fühlst?", wollte Leutnant Berninger wissen. Golob nickte.

„Hast du selber Kinder, Ivo?" Er verneinte. „Und du, Tove?"

Jetzt schüttelte sie den Kopf. „Aber ich kann es durchaus nachfühlen, dass ein schutzloses Kind jeden Menschen dauern kann, der kein Psychopath ist."

„Danke fürs Kompliment. Mir gehts in der Tat besser damit, dass ich bald etwas für Moody werd tun können." Sie betraten ihr Büro und Berninger koppelte ihr Tablet wieder an.

Währenddessen warf Golob, ohne es richtig zu wollen, einen neuerlichen Blick auf seine Anruferliste. „Schon wieder!", stöhnte er.

Berninger merkte auf. „Berengere?" Er nickte. „Du musst dir das nicht bieten lassen, Ivo.", hob sie an.

Golob gab seinem Telefonapparat einen wütenden Schubs. Er landete mit einem kläglichen Scheppern auf dem Boden. „Tja, wem sagst du das! Ich hab es vor sechs Jahren natürlich überhaupt nicht versucht, sie mir vom Hals zu halten..."

Leutnant Berninger hob sein Telefon auf, entwirrte die Schnur und stellte es auf seinen Platz zurück. „Schnauf erst mal durch.", empfahl sie. „Vor sechs Jahren gab es schließlich auch noch keine polizeiinterne Obfrau."

„Eine ... polizeiinterne Obfrau?", fragte Golob ratlos.

„Eine Anlaufstelle, an die sich jede Wiener Polizistin, jeder Wiener Polizist wenden kann, auf Wunsch sogar anonym, wenn er oder sie belästigt oder sonst wie diskriminiert wird.", erklärte sie.

„Ach was. Das ist doch nur für Frauen. Die sind doch immer die armen Opfer!“ Doch Berninger schüttelte energisch den Kopf. „Das ist für alle.“

~~

Im Goldenen Schlüssel erwartete sie eine Überraschung: Polizeihauptwachtmeister Hauff stand neben der Rezeption - diesmal in Zivil und in Gummistiefeln, Cargohose und Anglerweste. Neben ihm auf dem Boden standen zwei große Plastikeimer. Augenscheinlich wartete er auf jemanden.

Als er Vilsmayr und Luitgard bemerkte, grüßte er sie erfreut. „Und - wie war ihr Ausflug nach Wallerstein? Erfolgreich?“, wollte er wissen.

„Zum Teil. Daheim war er nicht, der Herr Stephan. Und überhaupts scheint er recht oft tagelang weg zu sein.“, gab Luitgard Auskunft.

„Ich würd Ihnen ja gern helfen, aber...“ In diesem Moment wurde die Doppelschwingtüre zur Küche aufgestoßen, und der Hotelbesitzer, der offenbar auch der Küchenchef war, erschien.

„Grüß Gott, Helme!“, rief Hauff. „Wie versprochen - dein Anteil am heutigen Fang.“

Der Hotelbesitzer, der mit seinem wirklichen Vornamen vermutlich Helmut heißen mochte, kam um den Rezeptionstresen herum, klopfte Hauff auf die Schulter und spähte in die beiden Eimer.

Jetzt, wo die beiden Männer direkt beieinanderstanden, war eine gewisse Familienähnlichkeit nicht zu verleugnen. „Ah, Döbel!“, rief der Wirt aus. „Die verspachteln wir schön für uns. Des isch nix für die Gäste. Die wollen nur Forelle, Zander oder Lachs, oder an Weihnachten einen Karpfen.

Luitgards Neugierde war geweckt, auch sie spähte diskret in die Eimer. Darin mochten sich ungefähr sechs Kilo Fische befinden. „Im Kochbuch meiner Großmutter Christl gibt es ein Rezept, speziell für Döbel. Der hat sehr viele Gräten - aber wenn man ihn beim

Filettieren besonders schneidet, dann werden die Gräten beim Dünsten weich und fallen außer..."

Der Wirt blickte sie zunächst irritiert, dann interessiert an. „Wisset Se vielleicht, wie des geht?", fragte er Luitgard direkt.

„Freili kann i des!"

„Gleich nachher?" Der Hotelbesitzer wirkte nun ganz aufgeregt. Luitgard nickte. „Dann lade ich Sie und Ihren Mann auch zum Fischessen sein." Er packte die beiden Eimer und marschierte in Richtung Küche, wobei er über seine Schulter fragte: „In einer halben Stunde, gell?"

„Weib", moserte Vilsmayr, nachdem der Hotelbesitzer in der Küche verschwunden war, „bist du narrisch? Stellst dich in eine Hotelküche... na, net!"

Hauff lachte leise. „Und seien Sie darauf gefasst, dass er Ihnen die Getränke nachher trotzdem berechnet. Schließlich hat er Sie zum FischESSEN eingeladen. Er ist - wie die meisten Gastwirte - ein rechter Entenklemmer." Dann tippte er sich an die Schläfe. „Also, ade bis nachher."

Küchenbrigaden aßen entweder in der Zeit zwischen Mittagstisch und Abendessen - oder spät in der Nacht. Hier war anscheinend die frühe Variante üblich, weshalb Luitgard schon um halb fünf in der Küche verschwand.

Vilsmayr beschloss, im Gastraum einen gemütlichen Platz zu suchen, die gegenwärtige Ruhe zu genießen und über einem kleinen Bier das Revue passieren zu lassen, was sie bisher in Erfahrung gebracht hatten. Eines wusste er zu diesem Zeitpunkt bereits: Dass es hier im Ries ein wirklich gutes Bier gab.

~~

Es juckte Golob dann doch noch zu mächtig, kurz bevor er seinen Rechner herunterfuhr und Feierabend machte, im Intranet nach dem Leichenfund bei der Seebühne zu suchen. Während seiner Ausbildung waren er und die anderen Polizeischüler ermutigt worden, sich über diesen Medienkanal auf dem Laufenden zu halten. „Mafiamethoden in Bregenz". „Der See gibt seine Toten nur nach und nach frei" usw. usw. Schöne Aufmacher, die den Redakteuren der Hausmeisterblattln da jedes Mal einfielen - die Presseseiten waren manchmal kaum auszuhalten.

Das hier war schon informativer, da polizeiintern. „Am 12. Juli: Bergung eines Torsos, fortgeschritten durch Fischfraß skelettiert. Typisierung: Männlich, kaukasisch, geschätzt 45 Jahre alt, Größe zwischen 1,75 und 1,79m."

Ob dieser Mann wohl noch gelebt hatte, als man seine Füße in Zement eingegossen hatte? Oder sogar, als er - wahrscheinlich heimlich mitten in der Nacht - im Wasser bei der Seebühne versenkt worden war?

Nächste Meldung: „Am 14. Juli: Schädel mit Unterkiefer anhängend geborgen. Multiple Frakturen der Kalotte, stumpfe Gewalt. Zahnstatus: Erhalten. Skalp erhalten. Haartypus Fitzpatrick III, hellbrünett, Haarlänge 7cm am Scheitelpunkt. Beginnender androgenetischer Haarausfall an Hinterkopf und Schläfen. Orthopantogramm erstellt, an Bundeszahnärztekammer zur Fahndung ausgegeben." Also hatte jemand auf den Kopf des Manns eingeprügelt.

Nächste Meldung: „Am 15. Juli: Teile der rechten Hand gefunden. Am 4. Finger steckt Ring, 555er Weißgold, keine Gravur auf Innenseite. Granulierungsdekor obere Hälfte mit Wellenmuster."

Golob minimierte den Intranetordner und suchte eine Tiefenseekarte vom österreichischen Teil des Bodensees. Was er dank seines Halbwissens aus der Sekundarstufe befürchtet hatte, bewahrheitete sich hier: Bei Begrenz erreichte der Bodensee bei weitem nicht seine Maximaltiefe von gut 250m. Die lag in dessen Mitte zwischen Friedrichshafen auf der Deutschen und Romanshorn auf der Schweizer Seite. Das, was den Tauchern ihre Sucharbeit allerdings erschwerte, war das rasche Abfallen der Küste unter Wasser. Was bedeutete, dass einzelne, von den Raubfischen bearbeitete Körperteile, dank ihres Gewichts rasch den Schelf hinab zu kullern drohten. Immerhin, ein Schädel in entsprechendem Zustand war geborgen worden.

Er musste nur noch zu den beiden Unterschenkeln und dem Torso passen...

Golob schloss die beiden Ordner und fuhr seinen Rechner herunter. Eigentlich ging ihn das Ganze nichts weiter an. Andererseits verspürte er ein großes Verlangen, sich nach Feketes Befinden zu erkundigen.

~~

Eine gute Stunde, nachdem Luitgard in der Hotelküche verschwunden war, tauchte zunächst PHM Hauff wieder auf. Artig fragte er Vilsmayr, ob er sich zu ihm gesellen dürfte. Er müsse etwas mit ihm klären, bevor die anderen - und vor allem der gebratene Fisch - zu ihnen stoßen würden.

„Es verhält sich so, Herr Vilsmayr, dass der Verleger Ihrer Frau Gemahlin doch ein gefragterer Mann zu sein scheint, als ich heute Morgen gedacht hab. Zwischen Anfang April und Ende Juni hat man sich bei uns tatsächlich schon einmal nach seiner Anschrift erkundigt. Und das waren keine Lieferdienstfahrer wie UPS oder Hermes, sondern eine Privatperson. Wenigstens seinen Namen haben wir. Falls es Sie interessiert..." Hauff war im Begriff, Vilsmayr einen Notizzettel über die Tischplatte zuzuschieben, als eine der Kellnerinnen an ihren Tisch trat, um sich nach Getränkewünschen zu erkundigen. Leider hätte die Küche noch zu...

Hauff bedeckte den zusammengefalteten Zettel mit einer Hohlhand und verlangte ein großes Apfelschorle. Vilsmayr bestellte ein Radler klein. Als die Frau wieder verschwunden war, schob Hauff den Zettel zu Vilsmayr hinüber, der ihn ohne zu zögern annahm, unter der Tischplatte auseinanderfaltete und überflog. „Ah, da schau her!", war alles, was ihm dazu einfiel.

„Bekannt?", wollte Hauff wissen. „Ja."

Die Kellnerin brachte die Getränke und deckte an ihrem Tisch auf, inklusive Fischbesteck. Aus der Küche kam der Hotelbesitzer, der sich eine frische Schürze angezogen hatte und stolz eine große

Chromarganplatte mit knusprigen Bratkartoffeln und den köstlich duftenden, goldbraun gebratenen Döbelfilets vor sich hertrug. Luitgard Vilsmayr folgte ihm ebenso erhobenen Hauptes, ein triumphales Lächeln um den Mund, eine große Schüssel mit bereits angemachtem Kopfsalat in den Händen.

„Sodele!", rief der Hotelbesitzer aus. „Ich schwörs euch, liebe Leut: Ihr werdet von Gräten nichts merken! Lasst's euch schmecken!"

„Wo ham S' die Fisch nomal her?", wollte er von Hauff wissen.

Der spülte seinen Happen mit Apfelschorle hinunter. „Aus der Eger, gleich hinter Pflaumloch." „Was", empörte sich der Hotelbesitzer, „du hast im Württembergischen gefischt?"

„Laut Google Maps noch in Bayern..." Alle lachten - denn den Fischen war dieser Umstand ebenso egal wie denen, die sie nun bis zur letzten Flosse verzehrten.

Während abgetragen wurde, wollte der Hotelbesitzer wissen: „Sind Sie in der Sache mit dem Verleger denn schon weitergekommen?" Er blickte Vilsmayr auffordernd an. „Ich mein, vielleicht möchten Sie Ihren Aufenthalt doch noch um ein paar Nächte verlängern."

Vilsmayr tupfte sich den Mund ab und tätschelte Luitgards Hand. „Gut hast du gekocht!"

„Jaaa - in so einer Profiküchen... ach, Spatzl, lass uns doch einen Tag länger bleiben!", bettelte sie. „ich hab das Gefühl, dass wir noch schlauer werden könnten..."

„Schaun mer mal. Da gibt's tatsächlich ein paar Kuriositäten. Der Herr Stephan scheint mir net der Einsiedlerkrebs zu sein, wie wir geglaubt haben."

Der Hotelbesitzer winkte die Bedienung heran. „So - eine Runde Verdauerle aufs Haus!" In diesem Moment stupste Hauff den ihm gegenübersitzenden Vilsmayr unter dem Tisch an und zwinkerte.

„Ja", fuhr der Hauswirt fort, „mir ist vorhin eingefallen, dass es in diesem Frühling hier schon einmal eine Übernachtung gab - und nach Thomas Stephan gefragt wurde. Ich hatte bisher nur keine Zeit, das Buchungssytem zu checken." Er erhob sich, um die Runde kurz zu verlassen.

Während sich die ersten Gäste fürs reguläre Abendessen einfanden, wurden kleine Schnapsgläser vor ihnen auf den Tisch gestellt, die eine durchsichtige, karamellbraune Flüssigkeit enthielten.

„Aha, Rieser Tropfen!“, freute sich Hauff. „Ein heimischer Kräuterbitter, wird nur hier gebraut vom Vitzthum.“

Vilsmayr schnupperte an dem Getränk, bevor er vorsichtig nippte. „Mei, so bitter ist der net! Viel besser als ein Bärwurz. Kann man den hier irgendwo kaufen?“

Zugleich hielt ihm Luitgard Hauffs Notizzettel unter die Nase. „Glaubst du mir jetzt, dass es richtig ist, wann mir ein bisserl länger hierbleiben würden?“

Der Hotelbesitzer kehrte von der Rezeption zurück und setzte sich. „So also, Sie haben schon Bekanntschaft mit dem Rieser Tropfen gemacht? Und, schmeckt er Ihnen?“

„Ja,“, gab Luitgard zu, die ihre Abneigung gegen so bitteres Zeug überwunden und probiert hatte. „Das ist schon was Feines!“

„Also“, hob der Hauswirt an, „eine Buchung hatten wir in der Karwoche. Ein Paar in einem Doppelzimmer drüben im Gästehaus. Verschiedene Namen, beide aus Landsberg.“ Auch er zog einen Zettel aus der Bruttasche seines Kochkittels.

Vilsmayr und Luitgard warfen erst einen Blick darauf - und danach einen beinahe schon entsetzten Blick einander zu. „Des gibts doch nicht!“, entfuhr es Luitgard. Und Vilsmayr wandte sich zum Hotelbesitzer: „Wann's passt, bleiben wir zwei weitere Nächte!“

~~

Die Task Force ‘A8’ hatte wieder getagt. Sämtliche erwachsenen Toten hatten identifiziert werden können, denn sie hatten ihre Ausweispapiere, Pässe oder wenigstens ihre Geburtsurkunden in die Säume ihrer Oberbekleidung eingenäht. Im Saum der Weste des älteren Mannes, den der Junge Moody mit „Dada“ gemeint haben konnte, hatten sie auch die Geburtsurkunde des Jungen gefunden. Alle stammten aus der afghanischen Provinz Herat.

„Das", hatte Vogl befunden, „ist eine Praxis, die nicht oft geübt wird. Illegale Einwanderer aus dem Nahen oder Mittleren Osten haben oft gar nichts dabei - und behaupten dann gegenüber den Einwanderungsbehörden, dass ihnen ihre Papiere unterwegs 'gestohlen' worden seien. Besonders jüngere Geflüchtete Ü18 behaupten dann gerne, sie seien höchstens 16."

„Die Transportroute ist damit klar", ergänzte Navratil seinen Bericht. „Über den Iran, dann über Anatolien bis Trabzon ans Schwarze Meer. Der Küstenschiffsverkehr in Richtung osteuropäische Schwarzmeerstaaten ist schon mal recht durchlässig - gegen entsprechende Bezahlung..."

„Der Herr Erdoğan wird dich wegen Majestätsbeleidigung drankriegen, Burli, wann du weiter behauptest, seine WaPo sei korrupt!", blökte Nagy dazwischen. Alle lachten.

„Nagy, meinen Sie, das dient der Wahrheitsfindung?", wollte Vogl wissen - der trotzdem grinste. „Was, zum Beispiel, haben Sie herausgefunden, mein lieber Nagy?"

Nagy, ein mittelalter Beamter mit einem schwarzen Haarschopf, der wucherte wie Unkraut, machte sein Tablet startklar. „Der Hänger ist in Moldawien zugelassen. Übrigens schon der vierte, den wir hier bei Wien aufbringen. Eine Strohfirma in Leova gleich hinter der rumänischen Grenze. Ein einziger Büroraum mit drei Rechnern und einem Manderl drin. Die Hänger werden an Spediteure in ganz Rumänien vermietet, die schwerpunktmäßig nach Österreich und dann weiter nach Deutschland fahren.", berichtete er. „Ich habe gleich an den üblichen Grenzstationen Rumänien/Ungarn und Ungarn/Österreich, die für den Schwerlasttransitverkehr offen sind, nachgehakt. Die Fahrstrecke konnten wir lückenlos ermitteln."

„Sauber!", meinte Vogl. „Und?"

„Der Auflieger wurde am 10. Juli in Constantia aufgenommen. Erster Grenzübergang am 10.7. nachmittags um 16:34h Nadlac - Nagylak. Zweiter Grenzübertritt am 11.7. um 1:44 h Hegyeshalom - Nickelsdorf."

„Und das Zollsiegel aus Constantia war unversehrt?"

„Intakt, laut Kontrolle.“

„Gibt es irgendeine Information, die Frachtpapiere betreffend?“

Nagy mit seiner schwarzen Sauerkrautfrisur scrollte auf seinem Tablet. „Fangfrischer Fisch aus dem Donaudelta. Darunter 520 kg Stör.“

Vogl nickte. „Dann können Sie uns bestimmt etwas zum Bestimmungsort sagen?“

Nagy scrollte weiter. „Da haben wir ihn. Eine Firma Krenek in Mühldorf. Muss irgendwo in Oberbayern sein.“

Vogl blickte in die Runde. „Kennt jemand diesen Ort?“, wollte er wissen.

Golob hob die Hand. „Ja, ich. Ich war sogar schon einmal dort.“

„Dann nehmen Sie bitte Kontakt mit den dortigen Kollegen auf. Die möchten sich bitte bei dieser Firma ... Krenek umhorchen.“

~~

„Ihnen ist klar, Herr Vilsmayr, dass ich keinen Hausdurchsuchungsbefehl habe.“, meinte Hauff, seinen Streifenwagen lenkend, mit Seitenblick auf den Kriminalhauptkommissar.

„Vollkommen klar - so klar, wie dass es gestern Ihre Idee war, sich nochmal im Grabenweg in Wallerstein umzuschauen.“, konterte Vilsmayr. Noch klarer war ihm - und davon hatte der Nördlinger Polizeihauptmachtmeister nun zufällig keinen Schimmer, dass er nicht mit Ermittlungen in diesem Fall in Verbindung gebracht werden durfte. Sollte es denn überhaupt zu Ermittlungen kommen...

Hauff hatte den Fakt, dass vollkommen vertrocknete Kartoffelschalen in der sonst relativ gut aufgeräumten Küche herumlagen, zunächst nicht besonders aufregend gefunden. „Sie hätten meine Junggesellenbude mal sehen sollen...“, wiegelte er ab.

„Ja,“, hatte Luitgard eingewandt, „aber Gras und Unkraut sind überall weit hochgeschossen - und besonders viel geregnet hats in letzter Zeit nicht.“

Hauff hatte sich dann doch ein kleines Wallersteiner Helles bestellt, in dessen Schaum er ein, zwei Minuten hineinphilosophiert hatte. „O.K.“, meinte er. „Ich gebe zu, dass da irgendwas oberfaul ist. Nennen wir es Bulleninstinkt. Fahren wir morgen nochmal dorthin - wobei ich Sie, liebe Frau Vilsmayr, bitten muss, hier in Nördlingen zu bleiben.“

„Net traurig sein, Gardi!“, wagte Vilsmayr einen halbherzigen Trostversuch, weil seine Frau schmale Augen bekam. „Das ist jetzt eine Polizeiliche Angelegenheit. Schau, hier in Nördlingen gibts so viel, was du dir morgen Vormittag anschauen kannst. Zum Mittagessen bin ich wieder zurück. Spätestens...“

Nun saß er neben Hauff in dessen Streifenwagen, einem nicht ganz neuen VW Passat. Eben waren sie von der Löpsinger Straße in Wallerstein in den Grabenweg abgebogen. Auf Höhe von Haus Nr. 13 glaubte Vilsmayr, dass sich eine Gardine bewegt hatte. Frau di Spacca war nach seinem Dafürhalten auch die allerletzte, die dank seiner Fragen nicht immens neugierig geworden wäre, was ihren Nachbarn im übernächsten Haus betraf.

Hauff stellte seinen Wagen ab, öffnete das Gartentor und betrat den mit Unkraut zugewucherten Hof. „Wirklich einladend...“, fand er. Vilsmayr gesellte sich zu ihm. Irgendwo zeterte eine Amsel im Gebüsch, als wollte sie ihm recht geben.

Zunächst klingelte der Polizeihauptwachtmeister, und als erwartungsgemäß nicht geöffnet wurde, klopfte er an der Türe und rief laut: „Hier ist die Polizei Nördlingen! Herr Stephan, wenn Sie zuhause sind, dann öffnen Sie bitte!“ Es geschah - nichts. Hauff und Vilsmayr umrundeten gegenläufig das Häuschen und trafen sich auf der Rückseite. Hauff spähte nach oben und entdeckte, wie Vilsmayr bereits gestern, das gekippte Fenster.

„Wie gesagt, ich habe keinen Hausdurchsuchungsbefehl...“, wiederholte er sich, während sie zur Haustüre zurückkehrten. Erst da entdeckte Vilsmayr den Nachschlüssel in Hauffs Hand.

„Pssst!“, machte der, steckte den Nachschlüssel ins Schloss, fummelte ein wenig, und die Türe sprang auf. Hauff stieß mit dem Fuß auf. „Hier, ein Paar Handschuhe. Und Überschuhe." Mit diesen Worten überreichte er Vilsmayr die Einmalausrüstung. „Haben Sie ein Handy mit Kamera dabei?" Vilsmayr nickte. „Sehr gut, Herr Vilsmayr. Halten Sie es bitte bereit."

Unwillkürlich, während er sich Über- und Handschuhe überstreifte, sog Vilsmayr etwas Luft ein - und war erleichtert: Das befürchtete Verwesungsaroma war nicht wahrnehmbar. Dafür war der Mief von abgestandenem Zigarettenrauch so dicht, dass man sogar mit einem stumpfen Messer Würfelchen daraus hätte schneiden können.

Das Häuschen war klein, besaß vielleicht eine Gesamtfläche von 80m2, und hatte im Erdgeschoss neben dem Flur eine Toilette, eine Küche und eine Stube. Dort war es überall vollgestellt und unordentlich, aber nichts deutete auf einen Einbruch oder gar einen Kampf hin. Nur ein kleiner Pappkarton im Flur lag umgestoßen da; um ihn herum waren Werbeprospekte auf dem Boden ausgebreitet. Vilsmayr bückte sich automatisch, steckte einen der Flyer in seine Jackentasche, ohne ihn überflogen zu haben, und folgte Hauff in die Küche.

Dort stank es in der Tat - und zwar nach Bioabfällen, die seit mindestens einem halben Monat vor sich hin verrotteten. Ein kleines Geschwader Fliegen zog mit begeistertem Brummen seine Runden.

Hauff griff nach einem Kochlöffel und lüftete mit ihm den Deckel eines gelben Plastikeimers neben der Spüle. Ihm entstob das Zehnfache an Fliegen, und der Gestank nach verfallenem Salat, fauligen Zwiebelschalen und welkem Radieschenkraut verbreitete sich in einer wahrhaft atemberaubenden Geschwindigkeit.

„Gut vierzehn Tage dürfte der Eimer nicht mehr geleert worden sein.", konstatierte er. Dann öffnete er den Kühlschrank, dessen karger Inhalt - zwei angebrochene Großpackungen Naturjoghurt, ein Block Gouda von einem Discounter, ein halbes Vollkornbrot und Gläschen mit Fruchtaufstrich, Hummus sowie ein Glas mit Sauerteig - zum Teil von grünlichem Schimmel überzogen war. Offenbar schien der Herr des Hauses Vegetarier zu sein, denn verdorbene Fleisch- und Wurstwaren gab es keine.

Vilsmayr wandte sich dem Küchenarbeitstisch zu - das was er durchs Fenster als verschrumpelte Kartoffelschalen identifiziert hatte, waren in der Tat Kartoffelschalen. Er nickte zufrieden mit sich selbst, und musste sich im nächsten Augenblick vor jähem Ekel schütteln: Neben den Kartoffelabfällen stand ein halbvolles Glas Bier. Dessen Inhalt war trüb, die Oberfläche bedeckte eine geschlossene Schimmelschicht. Nicht viel erprießlicher war eine danebenstehende, leicht angerostete Konservendose, deren Etikett „Gemüseravioli" verhieß. Doch stattdessen war sie fast bis zum Rand mit Zigarettenkippen vollgestopft.

„Da ist jemand beim Kochen gestört worden.", fand auch Hauff. „Und wie's ausschaut deshalb weggelaufen und nicht wieder heimgekommen.", ergänzte Vilsmayr. Er machte trotzdem Aufnahmen von diesen Trouvaillen.

In der guten Stube prägten eine weitere Kippenurne sowie Stapel von Büchern des Himmelswiese-Verlags, Stapel von Kartons und Stapel von eingereichten Manuskripten, gespickt mit lustigen neonfarbigen Papierfähnchen, das innenarchitektonische Konzept. Ein aufgeklapptes Laptop stand auf dem zugepackten Schreibtisch, bereits mit einer deutlichen Staubschicht bedeckt.

Hauff berührte dessen Corpus. „Kalt.", meinte er zu Vilsmayr.

Auch die Toilette war nicht bemerkenswert, außer dass der Wasserhahn leicht tropfte.

„Dann wollen wir mal oben schauen.", beschloss Hauff und ging Vilsmayr über die enge Treppe voran.

Im Obergeschoss mit seinen allgegenwärtigen Dachschrägen war es trotz des gekippten Fensters wesentlich stickiger. Sie nahmen sich das Bad vor, das ausgesprochen spartanisch ausgestattet war. Der Duschvorhang mochte, seinem schrillen Muster nach, noch aus den 80er Jahren stammen, und hing altersstarr aber schimmelfrei, gezogen durch einen Haltegriff, vor der mit Kalkstreifen überzogenen Badewanne. Eine Flasche Haarshampoo Typ 'Normales Haar' von einem süddeutschen Discounter, daneben eine Flasche Duschgel gleicher Herkunft. Um das Waschbecken waren die gerade notwendigsten Hygiene- und Toilettenartikel verteilt; der luxuriöseste Gegenstand war eine fast vollständig aufgebrauchte Flasche Aftershave von H. Boss. Im Treteimer unter dem Waschbecken lagen ein paar zerknüllte, aber ausgetrocknete Papiertaschentücher und lange Fäden von gebrauchter Zahnseide. Einen Aschenbecher gab es nicht, aber Sengflecken auf dem Waschbeckenrand verrieten dem geübten Auge, dass hier wiederholt Zigaretten ausgedrückt und liegen gelassen worden waren.

„Pottsau! Wellness geht anders.", stellte Vilsmayr fest. Im Bad also nichts Verdächtiges, nur ernüchternde Frugalität. „Was ist, schaun mer uns sein Schlafgemach auch noch an?"

Hauff nickte. Der schmale und kurze Flur im Obergeschoss stand ebenfalls voll mit teilweise eingestaubten Kartons, die die beiden Polizeibeamten jedoch nicht öffneten. Und im Schlafzimmer von Herrn Stephan bot sich ihnen ein ähnliches, ziemlich deprimierendes Bild - Berge mit Aktenordnern und Schriftsätzen neben und vor dem Bett, schlampig aufgerissene Kartons, eine einsame Bettstatt mit fadenscheinigen, aber sauberen Frotteebezügen - und als Krönung dieser Trostlosigkeit ein beinahe mumifizierter Kaktus auf der Fensterbank. Dieser stand in einem Übertopf aus Keramik, gestaltet in Design und Farbpalette aus der Hölle der 70er.

Auch hier war es stickig, aber trotz der drangvollen Enge deutete nichts auf ein Eindringen hin.

Hauff öffnete den Kleiderschrank, der nichts weiter als eine dicke und eine dünne Jacke, vier Hosen, drei Pullover mit Kapuze, einen Stapel T-Shirts und je eine Plastikbox mit Unterhosen und mit Socken enthielt. Auf dem Ablagebrett über den Kleiderfächern lag noch ein altes Plaid mit einem Muster, das Orientteppichen nachempfunden war.

Hauff schloss den Schrank wieder. „Eine goldene Nase hat er mit seiner Verlegerei nicht verdient. Soviel ist klar", stellte er ernüchtert fest. „Haben Sie die Küche fotografiert?", wollte er noch wissen.

„Hab ich.", antwortete Vilsmayr, der Hauff geflissentlich aus dem

Schlafzimmer nach draußen folgte. Auf dem Flur stieß er sich an einem Karton; neugierig, wie er nun einmal war, klappte er eine der Laschen auf und spähte hinein. Drin waren einzeln in durchsichtige PET-Hüllen eingeschweißte Bücher gestapelt. „Briefe an mein Sternenkind".

Ohne nachzudenken nahm er ein Exemplar mit, das er in seinem Janker versteckte.

Hauff sah sich noch einmal um und rieb sich sein markantes Kinn. „Das alles hier ist nicht ganz sauber...", stellte er fest und wandte sich an Vilsmayr. „Haben Sie noch eine Idee?"

„Ich? Na, net...", nuschelte er. „Na gut.", meinte Hauff, während er die Haustüre wieder versperrte. „Aber ich habe da ein ganz mieses Gefühl..."

Vilsmayr presste mit plötzlichem schlechtem Gewissen das schmale, gottseidank biegbare Buch gegen seine Flanke. „Ich auch.", gab er zu, bevor er sich brav auf den Beifahrersitz des Passat setzte und sich anschnallte. Hauff blickte ihn auf einmal so durchdringend an, dass ihm der Schweiß auf die Stirne trat, und er drauf und dran war, ein Geständnis abzugeben.

„Sie müssen mir gleich helfen, bitte!", sprach Hauff ernst, während er den Wagen auf dem Grabenweg wendete. „Es ist in dieser Sache sehr wichtig - und es betrifft Ihre Frau..." Vilsmayr schnaubte erleichtert. „Luitgard ist ein vernünftiges Weibsbild!", sicherte er dem Polizeihauptwachtmeister von Nördlingen zu.

~~

Luitgard, das vernünftige Weibsbild, wartete bereits auf der Restaurationsterrasse des Goldenen Schlüssels auf ihren Ehemann.

Ganz ruhig saß sie da, aber ihr sphinxhaftes Lächeln und ihr leicht schläfriger Blick ließen in Vilsmayr einen zunächst vagen, dann aber sicheren Verdacht aufsteigen. Er sah sich rasch um, ob ihm Hauff etwa schon auf dem Fuße folgte. Was zu seiner Erleichterung jedoch nicht der Fall war.

127

„Hallo Schatzi!", flötete Luitgard. „Warst erfolgreich?" Er neigte sich rasch zu ihr hinab, um den Begrüßungskuss in Empfang zu nehmen. Und er hatte richtig vermutet - seine Ehefrau hatte eine leichte Alkoholfahne. Was zuletzt nach dem Familienessen anlässlich der Firmung ihres jüngeren Sohnes der Fall gewesen war. Soweit ihm bekannt.

„Alles gut.", antwortete er mit gedämpfter Stimme. „Hast du einen schönen Vormittag gehabt?" Immer noch leicht blöde lächelnd, nickte sie. „Ich war im Laden der Brennerei Vitzthum. Hab für uns vier Flaschen Rieser Tropfen gekauft. Und noch die Liköre probiert... der aus Mandarine ist schon lecker. Also auch ein paar kleine Flaschen..." Ihre Zunge war wirklich schon augenfällig schwer.

„Schatzi,", meinte er sanft, „weißt was - geh doch schon aufs Zimmer... wir legen uns a bisserl hin... Und heute Nachmittag steigen wir auf den Daniel!", schlug er vor.

Lammfromm nickte Luitgard, erhob sich bedächtig - und stapfte mit ebenden bedächtigen Schritten, wie sie typisch für jemanden waren, der angetrunken und an Alkohol nicht gewöhnt war, an ihm vorbei. „Hast du den Schlüssel?", rief Vilsmayr ihr nach - sie hob nur ihren Arm und ließ den Zimmerschlüssel in ihrer Linken klimpern.

Vilsmayr setzte sich auf ihren Platz, zog das unrechtmäßig erworbene Buch aus seiner Jackentasche und riss die dünne Schutzfolie aus Kunststoff ab, die er rasch und diskret in seine Hosentasche schob, ehe er die Rückseite des Buchs mit dem Klappentext überflog. Keine Sekunde zu früh.

Hauff betrat mit einem Pilotenkoffer die Restaurationsterrasse. „Ist Ihre Frau zufällig auch hier? Können wir das gleich hier erledigen?" Er ließ die beiden Schlösser des schwarzen Koffers aufschnappen und zog ein Formblatt heraus.

„Vermisstenanzeige", so lautete die Überschrift.

Vilsmayr schüttelte den Kopf und zuckte die Achseln. „Tut mir leid, Herr Hauff, aber sie hat sich eben hingelegt. Ihr ist nicht gut. Vielleicht kann ich Ihnen ja soweit behilflich sein? Und wir bringen das Formular dann ausgefüllt heute Nachmittag zu Ihnen?", gab er sich verlegen. „Wird schon passen.", meinte Hauff. Vilsmayr stieß in diesem Moment gegen etwas unter dem Tisch, was ein leises Klirren von sich gab. Doch Hauff hatte zu seinem Glück nicht darauf geachtet.

~~

Für den Monat Juli war es in Wien so ungewöhnlich stark bewölkt und dunkel, dass Golob morgens beim Betreten des Büros das Deckenlicht hatte einschalten müssen. Etwas, was er überhaupt nicht mochte, und was sich während der drei im Innviertel verbrachten elendigen Winter auch nicht gebessert hatte, war bei Tag mit Kunstlicht arbeiten zu müssen. Davon bekam er regelmäßig anhaltende schlechte Laune.

Als er seinen Rechner hochfuhr, trudelte Leutnant Berninger ein. An diesem Morgen machte auch sie einen merklich unausgeschlafenen Eindruck, ihre sonst ordentlich glattgezogene Frisur war zerknautscht, und weil sie glaubte, dass ihr Kollege nicht zu ihr herüberschaute, gähnte sie zwar ohne Laut, aber herzhaft.

„Dreckswetter...", nuschelte sie, pfefferte ihnen Rucksack neben den Schreibtisch und ließ sich auf ihren Drehstuhl plumpsen. Ihre schicke Kleidung - schwarze engsitzende Stretchhose zu einer Bluse aus leuchtend rotem, glänzendem Material, wollte so gar nicht zu ihrem muffeligen Auftritt passen.

„Guten Morgen!", erwiderte Golob. „Soll ich uns einen Kaffee holen?", schlug er vor.

Berninger fuhr herum. Auf einem ihrer Augendeckel glaubte er noch einen Streifen Lidschatten zu sehen. Ohne ihre Antwort abzuwarten, stand er auf und begab sich in Richtung Kaffeeautomat. Seine Kollegin hatte letzte Nacht eindeutig nicht zuhause geschlafen - und bedurfte jetzt dringend einer koffeinhaltigen Stärkung.

Als er mit zwei Braunen zurückkehrte, hatte sie ihre Haarfrisur notdürftig mit etwas Hahnenwasser an den Kopf gestriegelt. Mit

129

einem dankbaren Nicken nahm sie ihren Kaffee entgegen, pustete ihn an und wies mit dem Daumen auf ihren Bildschirm.

„Wir haben die Personalien des Fahrers...“, meinte sie. „Ich meine, dass ich die politische Richtung in Ungarn absolut blödsinnig finde, aber sie führen jetzt wenigstens beim Warenverkehr ordentliche Grenzkontrollen durch. In Nagylak haben sich die Beamten die Personalien des Fahrers geben lassen. In Rumänien und auf unserer Seite: Fehlanzeige!“

„Mhm.“, machte er. „Wie ich's vermutet habe - eine arme Sau von weiter aus dem Osten. Ist er zur Fahndung ausgeschrieben?“ Berninger nickte. „Vermutlich hat dieses arme Würstl wirklich geglaubt, dass er Fisch quer durch Europa kutschiert.“, spekulierte sie. „Vielleicht weiß er aber auch mehr...“

In diesem Moment klingelte Golobs Telefon. Er hob ab, meldete sich, hörte eine kurze Weile zu und wollte dann wissen: „Das ist schön! Vielen Dank, dass Sie mich gleich informiert haben. Wann kann ich kommen?“

Nachdem er aufgelegt hatte, ging trotz des düsteren Wetters etwas über seine Gesichtszüge, das den vermissten Sonnenaufgang leicht hätte ersetzen können. „Das war das Maria-Hilf-Spital. Der Bub ist wach, stabil - und ich darf ihn gleich besuchen!“, strahlte er Berninger an.

Die ließ sich von seiner Freude anstecken. „Na dann nix wie hin, Herr Leutnant. Ich kümmere mich solange mal um diese Import-Export-Firma in Mühldorf. Du kannst ja später damit weitermachen.“, schlug sie vor.

Golob fuhr mit der Straßenbahn, weil der Autoverkehr an diesem Morgen wieder einmal höllisch war, und er nur einmal umsteigen musste. Trotzdem musste er gute zehn Minuten auf den Anschluss warten. Neben der Haltestelle befand sich ein Trafik, bei dessen Anblick es Golob siedend heiß einfiel, dass er kein Geschenk für Moody hatte. Wo sich Kinder, die im Spital bleiben mussten, doch so sehr über Besuch MIT Geschenk freuten. Zuerst griff er nach einem Donald-Duck-Taschenbuch, denn der cholerische Erpel war weltweit bekannt, sogar im Mittleren Osten. Aber da fiel ihm ein, dass der Junge höchstwahrscheinlich keine lateinische Schrift lesen konnte, geschweige denn dass er Deutsch verstand. Also entschied er sich gerade noch rechtzeitig für eine Riesenpackung Bubblegum, bevor seine Tram angerollt kam.

Im Spital verwies ihn die Pförtnerin zur Kinderstation. Dort eingetroffen und irgendwie irritiert vom optischen Eindruck - verstreute Rollbretter, Malwände, Clownsfiguren auf den Zimmertüren - fragte er die nächstbeste Mitarbeiterin nach dem Jungen Moody.

Die leicht gestresst wirkende Frau um die Dreißig, die eine grüne OP-Hose und ein dazu passendes Oberteil trug, entpuppte sich als eine der Stationsärztinnen. „Sie wollen zu dem afghanischen Jungen?", fragte sie irritiert. „Sind Sie von der Presse? Dann muss ich Sie leider bitten, von Interview und Aufnahmen abzusehen..."

Golob zückte seine Dienstmarke. „Ihre Oberärztin hat mich vor etwa einer Stunde angerufen, dass ich zu ihm kann.", klärte er sie auf. „Ich bin übrigens der, der ihn in dem Anhänger unter dem Leichenberg gefunden hat."

Ihr Gesichtsausdruck wirkte auf diese Bemerkung hin wesentlich zugewandter. „Er verdankt Ihnen sein Leben, schätze ich. Vielleicht hätte er es noch eine Stunde länger ausgehalten, wer weiß."

„Wie geht es ihm überhaupt?"

„Er hat großes Glück gehabt - kein Schaden an den inneren Organen, keiner am Gehirn, bis auf eine leichte retrograde Amnesie. Ein paar Frostbeulen an den Beinen, aber soweit keine schlimmen Erfrierungen. Er ist noch arg müde und kann sich nicht lange konzentrieren. Also beschränken Sie sich auf maximal eine Viertelstunde, ja?"

Golob nickte. Den Kaugummi verschwieg er der Doktorin wohl besser.

„Gerade ist eine Dolmetscherin bei ihm.", erwähnte die Stationsärztin weiter, als ihr Tracer schrill nach ihrer Präsenz verlangte. „Und ja - er weiß noch nicht, dass seine Großeltern... Sie wissen schon..." Sie suchte in ihren Kasacktaschen nach ihrem Diensthandy.

„Wenn er keine zu ausgeprägte Amnesie hat", wollte Golob noch wissen, „dann wird er mir ja erzählen können, was er gesehen hat."

Die Stationsärztin tippte eine vielstellige Telefonnummer ein, sah aber kurz und irritiert zu ihm hoch. „Wohl kaum.", meinte sie und meldete sich am Telefon. „Zimmer 3.52 liegt er.", rief sie ihm schon ihm Gehen zu.

Achselzuckend suchte Golob das Krankenzimmer mit der Nummer 3.52, auf dessen Türe ein besonders runder Clown gemalt war. Warum, räsonierte er einen Moment lang, bevor er klopfte, warum glauben alle Erwachsenen, dass alle Kinder Clowns mögen? Er hatte als kleiner Bub Clowns so deppert gefunden, dass er sie am liebsten abgewatscht hätte, alle miteinander.

Dann trat er ein. Moody lag ausgestreckt auf dem Rücken, die Decke brav bis zur Brust hochgezogen. In eine Armbeuge tropfte eine Infusion, die an einen Injektionsautomaten angeschlossen war. Hinter seinem Bett saß eine junge Frau, die einen leuchtend smaragdgrünen Anzug aus langer Hose und langärmeliger Tunika trug. Um ihren Kopf hatte sie locker ein dünnes Tuch aus einem blassrosaroten Stoff gelegt, das viel von ihren festen glatten schwarzen Haaren sehen ließ.

Dass Moodys Haare ebenfalls schwarz waren, das wusste er noch, und dass er ziemlich dünn war auch.

Die junge Frau - offensichtlich die Übersetzerin - sprach leise zu ihm, unterbrach aber ihre Rede und blickte zu Golob hin.

Auch Moody wandte seinen Kopf in Richtung Türe. Und mit einem Mal verstand Golob, warum die Stationsärztin so seltsam sarkastisch auf seine hoffnungsvolle Äußerung „Dann wird mir der Junge ja erzählen können, was er gesehen hat." reagiert hatte. Moodys große Augen mit den langen Wimpern und den tiefdunkelbraunen Iriden hatten in der Mitte einen milchig weißen Punkt, wo bei anderen die Pupillen saßen. Offenbar litt er an fortgeschrittenem Grauem Star. Er war blind...

Emmeran Vilsmayr ließ seine Frau ihren leichten, aber ungewohnten Schwips ausschlafen. Kurz hatte er nach ihr geschaut und nebenbei den Karton mit den Likörflaschen diskret aufs Zimmer gebracht; Luitgard hatte sich in ihren Kleidern aufs unaufgedeckte Bett gelegt, gegen ihre Gewohnheit lang ausgestreckt und war offensichtlich sofort eingeschlafen. Sie schnarchte sogar leise...

Ihr kleiner Rausch war einfach herzig... Luitgard gehörte zu der aussterbenden Gattung von Frauen, die Laster wie Alkohol trinken, Tabak rauchen und laute Musik hören für verworfen und unangemessen hielten. Umso reizvoller waren irgendwelche Aussetzer, die ihnen alle Jubeljahre fast mehr widerfuhren, als dass sie es je darauf anlegen würden.

Er füllte ein Zahnputzglas mit Wasser und stellte es ihr zusammen mit einer Tablette Aspirin auf ihr Nachtkästchen. Mehr konnte er im Moment nicht für sie tun - und der PHWM Hauff hatte erst um 17 Uhr Dienstschluss.

Auf Zehenspitzen schlich er sich aus dem Hotelzimmer, meldete sich unten an der Rezeption, dass er gerne ein Kännchen Kaffee und ein großes Wasser auf der Restaurationsterrasse serviert haben würde, und nahm Platz.

Bis Kaffee und Wasser kamen, hatte er auf einem Blatt Papier notiert, was er überhaupt über Thomas Stephan wusste. Und wer sich in der letzten Zeit auffällig hier in Nördlingen / Wallerstein für Thomas Stephan interessiert hatte. Und was Luitgard bisher über ihn und die gemeinsamen Kontakte zusammengetragen hatte.

„Thomas Stephan. Geboren am 12. 3. 1977. Geburtsort? Frühere Wohnorte? Familienstand? Gibt es Kinder/nähere Verwandte?" Ihm war bewusst, dass diese Fragen bei der Polizei in Nördlingen anhängig sein würden, sobald Luitgard ihren Verleger als vermisst gemeldet haben würde.

Bisher hatte er nur einen gewissen Eindruck über seine Wohnsituation erhalten und sehr indirekt auch darüber, wie seine Verlagsgeschäfte liefen. Offenbar mies - es sei denn er gehörte zu der berühmten Handvoll schrulliger Milliardäre in Deutschland, die es vorzogen, wie ein Hartz-IV-Empfänger herumzulaufen.

Er notierte weiter: „Kredite, Schuldner außerhalb Banken?" Diese Erkenntnisse wären für Luitgards - und damit auch seine- Belange gewiss hilfreicher. „Insolvenzantrag?" Diese Idee kringelte er ein. Mit einem Mal hatte er die Eingebung, dass er über irgendeinen Kanal, den er noch würde bahnen müssen, Auskunft über Thomas Stephan bei der Schufa einholen musste. Die hiesige Polizei mochte sich erst einmal über das Aufspüren des Verlegers kümmern. Es waren die Feinheiten am Rande, denen er sich schnellstmöglich widmen musste.

Vilsmayr zog die beiden Notizzettel aus der linken Tasche seines Jankers, die er gestern Abend dorthin gesteckt hatte. Auf dem einen stand mit Hauffs Schrift „E. Steinbeiß". Auf dem anderen hatte er selbst notiert „B. und S. Wertheim, Landsberg a.L.". Das war das Pärchen, das im April hier für eine Nacht im Goldenen Schlüssel abgestiegen war und Thomas Stephan hatte besuchen wollen. Er übertrug beides auf das große Blatt. Und setzte darunter „Bruder Euphrasius".

Irgendwie war der Kaffee zu schnell ausgetrunken und das geschmacklose Wasser wollte nicht an ihn. Er hatte keinen sinnvollen Plan, wie er sich die Zeit bis zum Erscheinen von Luitgard vertreiben sollte, als ihm einfiel, dass er in der Kate des Verlegers ein originalverpacktes Buch hatte mitgehen lassen. Es steckte noch in der Innentasche seines geräumigen Jankers.

Er zog das Buch, das ein längliches Format, aber gewiss keine hundert Seiten hatte, hervor. Der Einband war selbst für ein Taschenbuch ungewöhnlich weich, und bereits beim ersten Aufschlagen stießen dessen Kanten leicht ab. Keine gute Qualität; das fiel sogar ihm als Nicht-Bibliophilem auf. Die Farbe war Violett, und zwar ein ziemlich kitschiger, leicht ins Magenta spielender Ton. Der Titel, der Verlag und der Name der Autorin waren in leicht geschwungener

Schrift in Schwarz gedruckt, was den Eindruck des Kitschigen weiter verstärkte. Den Gipfel bildeten jedoch viele kleine, in Silber aufgedruckte Sternchen, die in der Mitte der Umschlagsseite ein Babygesicht formierten. „Suzanka Barth: Briefe an mein Sternenkind".

Vilsmayr dreht das Buch um. Der Klappentext begann mit einem Zitat: „Mein geliebtes Kind! Du warst ein gemeinsamer Gedanke, der in meiner Liebe reifte. Du wolltest - warum auch immer - nicht von dieser Welt sein. Ich vermisse dich. Ich wüsste zu gerne, wo du jetzt bist." Daran schloss sich an: „Suzanka Barth verarbeitet in ihren Briefen an ihr „Sternenkind" ihre Fehlgeburten und möchte verwaisten Eltern helfen, ihrer Trauer Stimme und Sprache zu verleihen. Sie lebt heute in glücklicher und kinderloser Beziehung in Bayern."

In diesem Moment hätte Emmeran Vilsmayr gerne ein großes Helles gehabt. Da aber keine Bedienung in Rufweite war, fing er doch noch an zu lesen. Er blickte erst wieder auf, als Luitgard vor ihm stand. Frische Bluse, frisches Haarstyling - und ein leicht verlegenes Lächeln.

~~

Golob verließ Moody, wie mit der Stationsärztin ausgemacht, nach einer Viertelstunde. Zuerst ließ er ihn durch die Übersetzerin wissen, dass er von der österreichischen Polizei wäre - und den Jungen in dem Anhänger vor zwei Tagen gefunden hätte. Moody lächelte schwach. „It is you...", erwiderte er stockend. Seine Stimme war schwach und etwas kratzig. „Thank you... god bless you!"

Die junge Dolmetscherin, die ihr Namensschild als Sakina Bilal auswies, gab dann ein paar grundsätzliche Fragen von Golob an Moody weiter. Allgemeines - Alter, Elternhaus, Geschwister, Schulbesuch. Woher er käme. Ob er wüsste, woher die vielen anderen Leute gekommen waren.

Moody hieß mit vollem Namen Mahmood Khan. Ein geläufiger Name in Afghanistan. Er war zehn Jahre alt und stammte aus der

135

Provinz Herat. Die anderen in dem „big van", so hatte er den Anhänger bezeichnete, wahrscheinlich auch - der Sprache nach. Die Schule hatte er nur zwei Jahre besuchen können, danach wäre es nicht mehr gegangen, weil er sein Augenlicht verloren hatte. Flussblindheit.

Golob fragte ihn, ob er dieser Tage wiederkommen dürfe, Moody lächelt ihn an und drückte den Beutel mit den Kaugummis an sich. Bitte, ja. Nachdem er sich mit einem Streicheln über Moodys Kopf verabschiedet hatte, überreichte er Sakina Bilal seine Karte und bat sie, sich noch heute Nachmittag bei ihm in seinem Büro zu melden. Telefonisch würde reichen.

In der Tram versuchte er, Ludovika zu erreichen, aber wie befürchtet nahm sie das Gespräch nicht an. Er versuchte es wieder und wieder, aufgewühlt und zu keiner vernünftigen Überlegung fähig, ließ er eine Anschlusstram sausen.

Endlich nahm sie ab. Und Golobs Herz quoll über.

~~

Am späten Nachmittag befanden sich Emmeran Vilsmayr und Luitgard auf dem Rückweg nach Altötting. Luitgard hatte bei der Nördlinger Polizei eine Vermisstenanzeige für Thomas Stephan aufgegeben, und in die Spalte „Verhältnis zur vermissten Person" hatte sie „Geschäftspartner" eingetragen. Dann war sie zusammen mit ihrem Mann auf den Daniel gestiegen, langsam, ihrer noch geschwächten Verfassung Rechnung tragend, hatte den Panoramablick über das Ries genossen und dem gelangweilten Türmer - einem der letzten in Deutschland - einen Satz Postkarten und zwei Schnapsgläser mit Nördlinger Motiv abgekauft.

Auf der A8 bat Luitgard ihren Mann, doch bitte nicht so schnell zu fahren, ihr sei vom Magen her noch ein wenig blümerant. Überhaupt war sie still - und blickte mehr zum Fenster hinaus, als in Kontakt mit ihrem Mann zu sein.

„Und wenn er nächste Woche wieder zuhause auftaucht? Einfach so?", gab sie kurz vor München zu bedenken.

„Tja,“, erwiderte Vilsmayr, „aus eigener Berufserfahrung kann ich dir verraten, dass so etwas vorkommt. Manche melden sich ein Jahr später von irgendeiner griechischen Insel, weil ihnen das Geld ausgegangen ist. Andere findet man nur als Leiche auf. Wiederum andere gar nicht mehr.“ „Schrecklich!“; fand Luitgard.

„Schon.“, erwiderte Vilsmayr und setzte seinen Blinker, weil er einen Mittelspurschleicher überholen wollte. „Das alles ändert aber nichts daran, dass er dir die Erfüllung deines Vertrags schuldet. Wenn er wieder auftaucht.“

Kaum zu glauben - am Steuer des mit 100km/h dahinkriechenden Opel Astra saß ein junger Mann... Junge Männer am Steuer waren wohl auch nicht mehr das, was sie früher einmal waren. Oder sie fuhren illegale Autorennen.

Luitgard sagte eine Weile wieder nichts. Dann - und das konnte Vilsmayr förmlich spüren - wandte sie ihm ihr Gesicht zu. „Danke, Emmeran!“, sagte sie einfach.

Er lachte leise. „Ich hab dir's versprochen - und das war erst der Anfang! Von so einer Zecke lassen wir uns nicht derblecken!“

In diesem Moment starteten gerade vor ihm zwei LKWs mit Anhänger ein Elefantenrennen mit Überholmanöver im Zeitlupentempo. „Herrschaftszeiten!“, fluchte Vilsmayr. Gerade noch rechtzeitig konnte er hinter dem LKW mit litauischer Nummer abbremsen, denn ein Wechsel auf die äußere Spur war nicht mehr möglich.

Mit zusammengekniffenen Augen musterte er den Anhänger. „Geh, Gardi, sei so gut - und wähl auf meinem Handy die Nummer von der Autobahnpolizei von der A8. Die ist gespeichert. Gib denen den Autobahnkilometer und das Kennzeichen von diesem Hutsimpel da vorne durch. Erhebliche Mängel bei der technischen Ausstattung, Verdacht auf Überladung.“ Er nickte befriedigt, während seine Frau wählte. „So, Bürscherl, des hast jetzt davon!“, meinte er und setzte endgültig zum Überholen an.

~~

Es war kurz nach 22 Uhr, als Golob Dr. Zrenner am Hauptbahnhof abholte. Sie hatte darauf bestanden, ihn in seiner aufgewühlten Stimmung nicht alleine zu lassen. Dies war das Resultat ihres einstündigen Telefonats am Vormittag gewesen. Golob hegte den Verdacht, dass es auch Ludovikas schlechtes Gewissen war, was sie in diesem Punkt hatte stur erscheinen lassen. Es war das erste Mal, dass sie ihn in Wien nach seiner Versetzung besuchte.

Wie dem auch sei - es war der Zweck, der die Mittel heiligte. Ludovika hatte vor Wien einen gewissen Horror und war deshalb froh, nicht bei Tageslicht eingetroffen zu sein, sodass sie das „Gewurschtel" wenigstens ein paar Stunden lang nicht bei Tag sehen musste. Er fand, dass sie abgenommen hatte, und dass er sich deshalb schon ein wenig Sorgen mache. Ob es ihr wirklich gut ginge...

„Pass auf, der Rollerfahrer!", warnte sie ihn. Auf seine Frage ging sie zunächst nicht ein.

Golob hatte sein Gästezimmer für Vicky geräumt, in das er ihre Tasche und einen Satz Handtücher brachte. Seine eigenen Bettsachen hatte er auf Janez' Schlafstätte gelegt; sein Bruder würde es ihm schon nachsehen. Vielleicht aber auch nicht. Weil er ihn in diesem Fall wahrscheinlich für einen Deppen hielt, der nicht im selben Bett wie seine Herzallerliebste zu schlafen gedachte.

Doch Janez war weit weg, bei einer Turniertour durch die Arabischen Emirate. Ludovika richtete sich im Gästezimmer ein und nutzte die Zeit auch, um sich ein wenig zu restaurieren.

Golob hatte sich in die Küche verzogen, zwei Flaschen kaltes Bier geöffnet und auf den Tresen beim Herd gestellt. Er hatte Erdäpfelsalat auf zwei Tellern angerichtet und sich der Mühe, auf jede Portion dekorativ ein Blättchen Petersilie zu packen, nicht gescheut. Jetzt stand er am Herd und gab sich der Beobachtung der Rindswürste beim Ziehen im heißen Wasser hin. Am liebsten hätte er ihnen erzählt, wie viel heute passiert war. Nein, nicht nur Moody. Er hatte auch noch eine Überraschung für Ludovika im Köcher.

138

Dass sie die Küche betreten hatte, war ihm völlig entgangen, so intensiv hatte er an die Rindswürstln hinsinniert. Erst als sie neben ihm stand, und ihre kleine, trotz des häufigen Desinfizierens weiche Hand auf seine legte, zuckte er zusammen.

„So sehr in Gedanken?", fragte sie sanft. Er nickte. Und schüttelte sich unmerklich, als wollte er etwas von sich werfen.

„Wie viele Würstln magst du?", wollte er wissen, bevor er seinen Blick über ihre kleine Gestalt hinabgleiten - und ihr keine Chance zum Antworten ließ. „Zwei.", konstatierte er. „Du hast abgenommen. Finde ich nicht gut!" Dr. Zrenner seufzte, ergab sich in ihr wursttechnisches Schicksal und folgte Golob ins Wohnzimmer.

Still und konzentriert lauschte sie Golobs Bericht, was er am Nachmittag von Sakina Bilal, der amtlichen Übersetzerin, noch über Moody erfahren hatte. Unterdessen leerte sie ihren Teller inklusive der zweiten Rindswurst, während Golob in seiner Abendjause allenfalls herumstocherte.

Moody, so erfuhr Vicky, wäre von Verwandten zu seinen Großeltern vom Dorf Nuqra in die Provinzhauptstadt Herat gebracht worden, weil seine eigenen Eltern und die beiden größeren Schwestern aus unbekannten Gründen von den Taliban verschleppt worden seien. Das sei jetzt zwei Jahre her, und weil er da schon völlig erblindet war, wollten sich die Taliban wohl nicht mit diesem nutzlosen kleinen Kerl belasten. Zunächst hätten die Großeltern, die gemeinsam eine Apotheke in Herat betrieben hatten, alles daran gesetzt, dass ihr Enkelsohn von einem Arzt einer europäischen Blindenmission operiert werden würde. Am Fluss Hari Rud gäbe es viele Kinder, die sich mit der Flussblindheit infizierten. Doch die Pläne zerschlugen sich, weil die Taliban erneut die Kontrolle gewonnen und den Großeltern das Betreiben der Apotheke verboten hätten.

Deutschland, von wo sich ein weitläufiger Bekannter über verschlungene Wege gemeldet hätte, sei ihre letzte Chance gewesen. Und so hätten sie sich von vielen Leuten, Verwandten, Freunden und sogar ehemaligen Kunden Geld geliehen für die Einschleusung. Wer die Mittelsmänner waren, und wie hoch das Schleppgeld gewesen wäre, das hätte er nicht in Erfahrung gebracht, beschloss Golob. Und starrte auf seinen noch fast vollen Teller.

Er seufzte. „Und dann hatte ich den wirklich ganz abscheulichen Gedanken, ob es nicht besser gewesen wäre, wenn Moody auch... aber nur ganz kurze Zeit." Er seufzte erneut und stocherte in seinem Erdäpfelsalat herum. „Moody weiß immer noch nicht, dass er jetzt auch keine Großeltern mehr hat. Dass er ganz alleine ist..."

Vicky schob ihren - leeren - Teller von sich und nahm einen Schluck Bier. „Jeder, der das Privileg hat zu überleben, der zählt auch.", befand sie. Und schwieg eine Weile wie ihr Freund. „Du willst ihm unbedingt helfen. Stimmt's?" Sie ließ Golob Zeit, sich endlich seinem Abendessen zuzuwenden. Dabei beobachtete sie ihn.

Als er fertig war mit Essen, nahm sie die beiden Teller und brachte sie zurück in die Küche. „Magst du noch ein Bier?", rief sie von draußen. „Nur, wenn du auch noch eines trinkst."

„Passt schon." Vicky kehrte mit den Zweitbieren zurück. „Du machst dir wirkliche Sorgen um den Buben, stimmt's?", wollte sie wissen. Sie blickte ihn aus ihren klaren grünen Augen mit einer Offenheit und einer Wärme an, dass er das Gefühl hatte, sein Herz wollte zu ihr hinüberfließen. Das war Vicky, wie sie leibte und lebte. Sie hörte zu, und zwar richtig zu, und brachte seinen Gedankenwust auf den wirklichen Punkt. Ohne ihn bewerten oder belehren zu wollen. Sie war die Echokammer seines Geistes.

Golob nickte. „Vicky, und genau das, das drückt mir die Luft ab. Verstehst du? Ich bin ein Bulle. Er ist Zeuge eines unmenschlichen Verbrechens - aber eben nur Zeuge." Er schüttelte sich. „Bin ich jetzt deppert, oder was?"

Sie blickte ihn immer noch wortlos an. Erst jetzt fiel ihm auf, dass sie ihre Haare nicht mehr mit Henna färbte, sondern mit normaler chemischer Haarfarbe. Ein freundlicher, rötlicher Braunton. 'Du Bleampel!', schalt er sich. 'So etwas hätte dir doch sofort ins Auge springen müssen... und dann gleich ein Kompliment hinterher.' „Sieht leiwand aus, deine Frisur mit der neuen Farbe!", beeilte er sich festzustellen.

Dr. Zrenner lächelte schwächlich. „Verbindlichsten Dank! Ivo, nach allem, was ich von dir weiß, erinnert dich das Bürscherl an die Geschichte deiner Familie. An deine Großmutter, um genau zu sein...“, hob sie behutsam an.

Golob zog seine Schultern hoch und runzelte seine Stirn. Wovon sich Vicky nicht aus der Ruhe bringen ließ. „Du hast mir doch erzählt, wie deine Großmutter deinen Großvater kennengelernt hat, im Nachkriegswien. Sie - eine ausgebombte Waise ohne Familie, ohne Geld, ohne Unterkunft. Er ein Staffsergeant der US Army. Und als Afroamerikaner nicht eben das, was man in der gerade gewesenen Ostmark voller Stolz seiner Familie als künftigen Schwiegersohn präsentiert hätte...“

Er blies die Backen auf. „Ein Schmäh! Was hat meine Großmutter mit dem armen Moody zu schaffen!“

„Genau“ Mit dem ‘armen Moody’...Irgendwo wiederholt sich die Geschichte immer. Bloß, dass du jetzt Schuldgefühle hast...“, erwiderte sie, und fing seinen ablehnenden Blick auf. „Du wolltest meine Einschätzung, Ivo. Und vielleicht auch bestätigt oder wenigstens beruhigt werden. Hier hast du sie. Lass sie einfach sacken, schlaf eine Nacht darüber.“

„Schuldgefühle...“, grunzte Ivo. „Soll ich mich jetzt am End’ für eine Familienaufstellung anmelden?“ Dr. Zrenner erhob sich. „Lass uns jetzt mal schlafen gehen, Ivo. Und morgen darfst du mir deine Überraschung präsentieren.“, schlug sie pragmatisch vor.

~~

Vilsmayr und Luitgard hatten noch einen kleinen Abendspaziergang durch ihr Wohnviertel gemacht, bevor Luitgard sich hingelegt hatte. Es war erst halb acht, aber sie vertrug lange Autofahrten noch nie gut, und ihr Restalkohol mochte ihr auch noch zu schaffen machen.

Er verspürte Hunger, aber der Kühlschrank gab nichts Brauchbares her - dank der Planung einer umsichtigen Hausfrau, was mehrtägige Abwesenheit anbelangte. Also rief er den Zehne-Seppi, Dr.

Josef Zwacknagl, an, dem er ohnehin noch für den Kontakt mit dem Verleger Moser in Berchtesgaden danken wollte. Sie verabredeten sich in einer halben Stunde in bewährter Manier beim Andechser im Schex.

Vilsmayr begab sich wie immer zu Fuß zum Andechser und spähte kurz gen Himmel, der sich mit dunklen Wolken zuzuziehen begann. Das prophezeite Gewitter schien sich anzukündigen. Vilsmayr beeilte sich nunmehr, denn er wollte so lange es ging draußen sitzen.

Dr. Zwacknagl wartete unter einer großen Akazie auf ihn. Die erste Maß schmeckte ihm bereits. Er zog den Stuhl rechts von ihm zur Seite, damit Vilsmayr sich setzen konnte, und winkte der Bedienung. Erst dann begrüßte er seinen Freund. „Grüß dich, Emmeran. Gesund und heil von deiner Rundreise zurück?"

Die Kellnerin trat an ihren Tisch und begrüßte den neuen Gast. Vilsmayr bestellte sich auch eine Maß Helles. „Mögen die Herren auch was essen?" Beide nickten.

Dr. Zwacknagl legte den Kopf in den Nacken und vollführte eine Geste der Bedenklichkeit. „Es wird nachher noch was runterkommen.", stellte er fest.

„Dafür brauchst kein Prophet zu sein!", neckte ihn Vilsmayr, und wurde wieder ernst. Schließlich stand noch kein Bier vor ihm. „Ja, also, die Rundreise. Wird sicher nicht die letzte gewesen sein in der nächsten Zeit. Hab doch einiges herausgefunden - und darüber möcht ich mit dir reden..."

Gottseidank - sein Bier kam! Die Kellnerin legte noch zwei Speisekarten dazu. „Das hier geht übrigens alles auf mich.", setzte er hinzu. Dr. Zwacknagl blickte Vilsmayr irritiert an, war sein Freund doch als ziemlich knauserig verschrien. „Danke.", erwiderte er.

„Nein", meinte Vilsmayr, „ich habe zu danken. Das ist eine hochkomplexe Materie. Kein Wunder, dass sich die Gardi da drin verheddert hat." Er prostete dem Zehne-Seppi zu. „Danke erst einmal für den Kontakt mit Pirmin Moser. Der hat mir eine Schnellbleiche verpasst, so gut es in seiner knappen Zeit ging." Er blätterte ein wenig in der Speisekarte und entschied sich für eine Bauernsülze mit Bratkartoffeln und Zwiebelvinaigrette.

Dr. Zwacknagl entschied sich der Einfachheit - und um in seinem Freund keine Reue wegen zu hoher Unkosten aufkommen zu lassen - für das selbe.

Als die Kellnerin die Essensbestellung aufnahm, bat er jedoch darum, die Bratkartoffeln wegzulassen und stattdessen einen Salat mitzuliefern. Sie entfernte sich, Dr. Zwacknagl sah ihr kurz nach und setzte eine Miene des Bedauerns auf, während er auf seinen Bauch klopfte. „Ich muss aufpassen, sagt mein Hausarzt.“

„Ah so. Mir san halt keine zwanzge mehr.“, stimmte Vilsmayr ihm zu. „Bei dem Herrn Moser ist übrigens noch seine Hausanwältin aufgetaucht, eine Frau Dr. Gmelin. Die hat mir den Rat gegeben, in einem solchen Fall den Vertragspartner, also den säumigen Verleger, auf Nichterfüllung und Betrug zu verklagen. Ansonsten war diese Dame doch sehr speziell...“

Der Zahne-Seppi lachte kurz. „Ich weiß. Wenn du ihr beim ersten Zusammentreffen nicht gleich einen Tausender Vorschuss aufs Beratungshonorar auf den Tisch des Hauses legst, behandelt sich dich wie etwas sehr Ekelerregendes.“ Vilsmayr schnaubte. „So in etwa. Woher kennst du die denn?“

„Oh, ich hatte noch etwas bei ihr gut. Mir verdankt sie eine positive Gegendarstellung in der Presse. In einem Plagiatsfall um einen nicht näher zu bezeichnenden Politiker stand sie leider auf der falschen Seite... ich hatte mir daher erlaubt, sie zu deinem Meeting mit Pirmin Moser dazu zu zitieren. She was not amused, was she?“

„Geh mir fort mit dem gräulichen Englisch! Jedenfalls hat sie Gardi und mir diesen sehr handfesten Ratschlag gegeben. Und wenn möglich, sollten wir mit dem Verleger persönlich reden, damit er weiß, was ihm eventuell blühen könnte, wenn er nicht spurt.“, führte Vilsmayr aus.

Die Sulzen kamen und verlangten nach einer weiteren Bierbestellung.

Dr. Zwacknagl sah den großen Blätterberg neben seiner Sülze verdrießlich an und murmelte: „Wer gern grasen will, der soll als Kuh auf die Alm... ach so - also ein persönliches Gespräch mit dem Verleger suchen. Habt ihr das in Angriff genommen?"

Vilsmayr äugte die knusprigen Bratkartoffeln, zwischen denen sich Speckwürfelchen und Röstzwiebeln versteckten, verliebt an. „Na ja, ich hatte mit der Gardi überlegt, dass wir uns zuerst mal mit denen austauschen, die auch in dem ominösen Online-Schreibkurs von Stephan im vergangenen Jahr waren. Raushören, wie weit deren Buchprojekte sind. Ob es auch solche oder andere Schwierigkeiten gibt wie bei ihrem Kochbuch. Wie diese Schwierigkeiten gelöst worden sind." Er schnitt ein Stück Bauernsülze ab und steckte es sich in den Mund. Sie war etwas fad.

Der Zehne-Seppi versuchte, seinen Salatberg zu bändigen. „Gute Idee. Bringt weniger Stress als gleich die Keule à la Gmelin auszupacken. Hat es was gebracht?"

„Nicht so recht. Drum sind wir vor drei Tagen ja nach Nördlingen gefahren. Da ist nämlich der Himmelswiese-Verlag registriert. Und haben - mit Polizeihilfe - herausgefunden, wo er wohnt, der Thomas Stephan."

„Und dann?" Der Himmel hatte sich nun ganz zugezogen, in Richtung Traunstein ließ er ein noch leises und entferntes Grollen hören. Noch war kein Wind aufgekommen.

„Nix. Er war an allen drei Tagen nicht daheim. Auch die Nachbarn wissen nichts über ihn. Er scheint wie von der Erde verschluckt zu sein.", berichtete Vilsmayr. Die polizeilichen Sondertouren inklusive der Hausdurchsuchung ließ er gegenüber einem Mann der Presse besser unerwähnt. Allerdings setzte er hinzu: „Die Gardi hat ihn als vermisst gemeldet. Jetzt darf die Polizei ihn suchen."

Dr. Zwacknagl hatte seinen Salat tapfer niedergerungen, um sich zur Belohnung seiner Sülze zuwenden zu können. Als er sie gekostet hatte, stutzte er. „Die ist aber arg fad.", beschwerte er sich.

„Alles nicht so einfach!", seufzte Vilsmayr. „Mir fällt im Moment alles Mögliche dazu ein - und dann wieder nichts. Als ob ich mich im Kreis drehe. Oder dieser damische Stephan derbleckt uns." Auf beiden Tellern war jetzt noch ein ziemlich großes Stück Sülze übrig. „Also machen wir hier und jetzt ein Brainstorming!", verkündete Dr. Zwacknagl. Vermutlich hatte das viele Chlorophyll ihn inspiriert.

„Schon wieder so ein denglisches Gelump! Stattdessen sollten wir unser Hirnkastel anstrengen - vielleicht kommt ja was dabei raus!", protestierte Vilsmayr. „Auf alle Fälle lass ich der Küche ausrichten, dass bei diesem Metzger besser keine Sulz mehr gekauft werden sollte. Die schmeckt nach nichts."

Er winkte nach der Kellnerin. „Bitte zahlen!" Und nachdem er seine Beschwerde bezüglich der Ungenießbarkeit der Sülze vorgetragen hatte, gab es immerhin noch einen Obstler aufs Haus.

Danach gingen die beiden Freunde nebeneinander her, die Arme auf dem Rücken verschränkt - und ausgesprochen ziellos.

„Ich habe noch Hunger.", verkündete Vilsmayr. Zwei Maß Bier und ein Obstler gegen eine nicht allzu große Portion Bratkartoffeln und eine Achtel Scheibe Sülze - das war unausgewogen. Dem Zehne-Seppi dürfte es auch nicht besser gehen, schloss er.

„Ich auch." Sie befanden sich an einer Straßenkreuzung am Rand der Altstadt. An einer Ecke hatte ein Lokal geöffnet, dessen Tische im Außenbereich wegen des herannahenden Gewitters bereits aufgestuhlt waren. 'Taverna Kostas' leuchteten blaue Lettern auf einem weißen Neon-Wirtshausschild. 'Andechser' stand darunter.

„Magst du Griechisch?", wollte Dr. Zwacknagl wissen.

„Ist das nicht was mit viel Knoblauch und Olivenöl?", zweifelte Vilsmayr. „Wenn es gut gemacht ist - ja.", räumte der Zehne-Seppi ein - und hatte schon einen Fuß auf der ersten Treppenstufe.

Drinnen war es einfach eingerichtet - mit Wirthausmöbeln aus den 70er Jahren, einem blankgewienerten Tresen, Plastikblumen auf den Fensterbänken und gerahmten Postern von griechischen Touristenattraktionen, die Vilsmayr noch nie besucht hatte. Es roch ausgesprochen appetitlich nach Schmorfleisch und die Gaststube war blitzsauber. Leise dudelte aus einer Ecke Musik, die ein wenig melancholisch klang und auf Instrumenten gespielt wurde, die Vilsmayr für Mandolinen hielt. Später setzte eine Frauenstimme ein, die arg jammerte.

Hinter dem Tresen, an dem vorschriftsmäßig die 'Gesetze zum Schutz der Jugend in der Öffentlichkeit' aushingen, machte sich ein junger Mann zu schaffen, der unten - vermutlich bei den Bierfässern - herumwerkelte. Trotzdem hatte er die Eintretenden registriert.

„Jassas! Ich bin gleich bei Ihnen!". Er besaß eindeutig einen bayerischen Akzent.

Was Vilsmayr beruhigte und dazu veranlasste, einen Tisch auszusuchen und Platz zu nehmen. Da stand der junge Mann auch schon mit zwei Speisekarten vor ihnen. Er war zwar dunkelhaarig und leicht gebräunt mit deutlichem Bartschatten über Kinn und Wangen, aber so groß und breit wie ein Ochse. Er trug ein kurzärmeliges Poloshirt, das seine muskelbepackten Arme sehen ließ, die obendrein tätowiert waren. Vilsmayr glaubte, über dem linken Bizeps die Athener Akropolis zu erkennen. Er deutete darauf: „Machen Sie damit Werbung für Ihre Gastwirtschaft?"

Der Kellner - oder war es der Inhaber oder ein Verwandter? - blickte verdutzt an sich herab und lachte. „Nicht wirklich. Aber gute Idee! Möchten Sie nur etwas trinken oder auch essen?"

Vilsmayr bestellte sich nur eine Hefeweiße, Seppi ein kleines Helles - und fragte nach Tagesspezialitäten.

„Sie können selbstverständlich alles haben, was auf der Karte steht. Heute gibt es zusätzlich frische Moussaka und Kalbsleberspieße mit Kritharaki - Nudelreis. Die Leber kaufen wir hier bei der Metzgerei Vilsmayr. Gestern geschlachtet - heute bei Kostas auf dem Grill."

Aha, von meinem Bruder!, dachte Vilsmayr hocherfreut. Dieser Kostas kaufte beim richtigen Fachgeschäft ein. Und bestellte sich kurz entschlossen den Kalbsleberspieß.

Dr. Zwacknagl entschied sich hingegen für Moussaka.

„Aber jetzt", fügte Vilsmayr hinzu, „zahlt jeder seine Sachen selbst."

„Was anderes hätte mich auch gewundert.", brummelte der Zehne-Seppi.

„So, die Herren, hier kommen schon mal Ihre Getränke!“ Schwungvoll stellte der junge Mann mit den bebilderten Oberarmen ihre Biergläser ab - und zwei beschlagene Stamperl mit einer klaren Flüssigkeit dazu. „Und zwei Ouzo aufs Haus.“

„Anisschnaps.“, verriet Dr. Zacknagl leise dem Griechischer-Küche-Neuling Vilsmayr. „Ich weiß, was Usu ist.“, schnappte Vilsmayr beleidigt zurück.

„Jammas!“, meinte der junge Mann und setzte im Gehen hinzu :“Das Essen braucht noch eine Viertelstunde.“

„Mei, bist du schnell eingeschnappt!“, schimpfte Dr. Zwacknagl. „Bloß weil du anfänglich nicht hier herein wolltest...“

Um diese unerquickliche Diskussion zu beenden, kippte Vilsmayr seinen Usu hinunter, griff in die linke Tasche seines Jankers und zog das Blatt heraus, auf dem er schon in Nördlingen erste Gedanken sortiert hatte. Dabei befand sich auch der Werbeflyer für Schreibkurse des Himmelswiese-Verlags, den er in Wallerstein zufällig mit eingesteckt hatte.

Dr. Zwacknagl machte seinem Schnaps ebenfalls ein Ende, wischte sich den Mund ab und deutete neugierig auf Vilsmayrs Niederschrift. „Ich habe vorhin nachgedacht über das, was dich möglicherweise umtreiben könnte.“, drückte er vorsichtig aus. „Der römische Philosoph Seneca hat zu solchen Dilemmata gemeint: ‘Wer nicht weiß, in welchen Hafen er will, für den weht kein richtiger Wind’. Also - was willst du bei diesem Verleger erreichen? Ist es das selbe, was Luitgard auch will?“

Vilsmayr sah ihn eindringlich an. Der Zehne-Seppi war ein lausiger Kartenspieler, aber ein guter Freund, ein hervorragender Zeitungsmann - und ein messerscharfer Denker. Bevor er ihm antwortete, musste er sich erst einmal mit einem Schluck Weißbier firmen. „Bis vorgestern, Seppi, wollten die Luitgard und ich dasselbe: Diesen Stephan aus seinem Versteck jagen, ihn mit seinen Versäumnissen konfrontieren - und wenn nötig, ein bisserl Druck machen. Du weißt schon, so von wegen Erster Polizeiinspektor. Da knickt so mancher ein...“

„Oh ja.", bestätigte Dr. Zwacknagl. „Was ist also passiert, dass du so vom Kurs abgewichen bist?" Vilsmayr stieß Luft aus. „Ich habe den starken Verdacht, dass dieser unsaubere Verleger ausgerissen ist wie Schafleder. Hat alles zuhause stehen und liegen lassen. So wie es ausschaut" - er deutete auf zwei Namen auf seinem Notizblatt, die er vorhin mit Filzstift unterstrichen hatte - „ist ihm vor uns schon jemand ganz empfindlich auf den Pelz gerückt.

„Und wo exakt siehst du darin nun das Problem?"

„Dass er untergetaucht ist - und wir ihm mit legalen Mitteln vorläufig nicht beikommen können.", meinte Vilsmayr grämlich. Seine ganze diffuse Verstimmtheit, unter der er schon seit heute Morgen litt, hatte sich dank Dr. Zwacknagl in dieser Befürchtung zugespitzt. Zugleich behielt er das alternative Szenario für sich: Dass Thomas Stephan zu diesem Zeitpunkt gar nicht mehr am Leben sein könnte.

Der Zehner-Seppi interessierte sich plötzlich nicht mehr für Vilsmayrs Niederschrieb. Er zupfte den Flyer heraus, der halb darunter herauslugte, und überflog ihn.

„Das ist es! Ich hab's!", rief er triumphierend aus. „Mit dieser Art Kurse für Kreatives Schreiben ködern Zuschusskosten-Verleger in der Regel ihre Autoren. Es ist ihnen dabei völlig egal, wie talentiert, einfallsreich oder wortgewandt diese ahnungslosen Leute sind – meistens sind sie es nicht, sie haben nur den Drang, ihre Entäußerungen publiziert zu sehen. 'Damit etwas von mir bleibt' – oder so. Die Kursteilnehmer werden im Verlauf richtig umschmeichelt und über den grünen Klee gelobt – und bekommen am Ende dann das Angebot über eine Inverlagnahme. Kaum einer von den Möchtegern-Schreibern überlegt sich das lange, oder recherchiert sogar. Und dann fängt das Spielchen an mit den vertraglich vereinbarten Zuschüssen für die Drucklegung und mit allerhand Ausreden für die Verzögerung des Drucks. Das kennt ihr ja...." Nun blickte er Vilsmayr durchdringend an. „Wieviel hat Luitgard an Stephan gezahlt?"

Vilsmayr sah sich um - das Lokal war bis auf sie beide immer noch leer. Trotzdem senkte er seine Stimme: „Viereinhalbtausend Euro für das Kochbuch. Fünfhundert für den Kurs.“

„Sauber! Und wie viele hatten diesen Kurs“, er klopfte auf den Prospekt, „sonst noch belegt?“ - „Sechs.“ - „Und wie viele außer Luitgard haben mit dem Himmelswiese-Verlag einen Vertrag abgeschlossen?“ - „Alle, soweit ich weiß.“, erwiderte Vilsmayr.

„Dann hat dieser Windhund mindestens dreißigtausend Euro abgesahnt. Plus Kursgebühren. Für ein bisschen Blabla und ein paar Unterschriften. Von Leuten, die meinen, sich damit ihren Lebenswunsch, ein Schriftsteller zu werden, erfüllt zu haben.“ Dr. Zwacknagl dachte kurz nach. „Und diese sechs werden mit Sicherheit nicht die einzigen sein, die Thomas Stephan geködert, vertraglich geknebelt und ausgenommen hat.“

Das, fand Vilsmayr, war schon extrem ernüchternd. Und schien außerdem so ausweglos wie noch nie zuvor. „Was schlägst du jetzt vor, Seppi, was ich tun soll?“, fragte er seinen Freund verzagt. „Ich meine, wenn es weitaus mehr als sechs Opfer sind - und das erscheint mir logisch - dann schaffen Luitgard und ich es im Leben nicht, an alle heranzukommen. Geschweige denn, dass wir herausfinden, wer alles das Unterteil vom Eisberg ist.“

Dr. Zwacknagl lachte wegen dieses Vergleichs und warf einen genaueren Blick auf den Flyer. „Du machst weiter wie vorher - diese anderen fünf Kursteilnehmer ein bisschen befragen. Und ich, ich gebe diesen Wisch da an eine Investigativjournalistin in Rosenheim. Die wird sich zum nächsten Kurs von Stephan anmelden. Er wird irgendwann Geld brauchen - und Online-Kurse kann man überall abhalten, wo es WLAN gibt.“

„Das würdest du für mich tun?“, fragte Vilsmayr ungläubig? Er hatte schon von Investigativjournalisten gehört, die ganz ungeheure Blutsauerein aufgedeckt hatten - und besaß einen Heidenrespekt vor denen. In diesem Moment wurde ein großes Tablett zu Ihnen gebracht, von dem es köstlich duftete. „Einmal Moussaka, einmal Leberspieß. Kalí órexi!“

Am nächsten Tag hatte Golob Spätdienst. Was ihm im Hinblick auf seinen Besuch mehr als lieb war.

Ludovika liebte Croissants und Butterhörnchen zum Frühstück; also schlich er sich um sieben Uhr auf Zehenspitzen aus dem Gästezimmer, wo sie geschlafen hatten. Zwei Stationen mit der Linie 10 in Richtung Favoriten Zentrum und er fiel dem besten Bäcker des 10. Bezirks glatt vor die Ladentüre. Dabei hatte er Glück, quasi die letzten Exemplare der gewünschten Backwaren überhaupt noch zu bekommen. Und ließ noch zwei ofenwarme Mandelkipferl draufpacken.

Der Nieselregen, der ihn vorhin empfangen hatte, hatte sich zu dichteren Tropfen intensiviert; Golob war froh, seine Bäckertüte trocken ins Innere der Tram bringen zu können. Er blickte aus dem Fenster, als der Triebwagen losfuhr, und das herunterrinnende Regenwasser nahm zusehends schräge Verläufe an. Golob stieg bei jeder unwillkürlichen Bewegung der Bäckerduft in die Nase. Jetzt noch ein Kaffee dazu... aber er musste sich noch gedulden.

Es gelang ihm, sich lautlos wie ein Schwarzfußindianer ins Haus seines Bruders zurück zu schleichen. Drinnen herrschte noch friedliche Stille ... fast wie Grabesruhe. Golob packte die Hörnchen in einen kleinen Korb, den er vorher mit einer weißen Serviette ausgelegt hatte, nahm als erstes die Butter aus dem Kühlschrank, wollte den Tisch decken - und besann sich eines Besseren.

Erst den Kaffee aufbrühen, dann alles auf ein Tablett packen und vorsichtig ins Gästezimmer damit schleichen. ER hatte auch nicht vergessen, das Radio in der Küche lauter zu drehen, damit man die gerade eingespielte Haydn - Sinfonie auch noch im hinteren Haustrakt hören konnte.

Ludovika lag noch tief schlafend im Bett. Golob hielt ihr eine halbvolle Tasse mit dampfendem Kaffee unter die Nase. Zumindest ihr Körper oberhalb der Schultern reagierte auf diesen Reiz - ihr Hals streckte sich, ihre Nasenflügel bebten und sogen die Luft mit raschen

Stößen sein. DAS, grinste Golob in sich hinein, das funktionierte in Europa bei jedem Erwachsenen.

„Guten Morgen, Sonnenschein!", flötete er. Eines ihrer Augenlider hob sich. „Ich glaub nicht, dass die Sonne scheint.", brummte eine Bassstimme in der Tiefe ihres Brustkorbs. „Die haben heut für Niederösterreich und Wien für den ganzen Tag Regen vorhergesagt..."

„Hier,", fuhr Golob unbeirrt fort, „gibt's statt Regen erst einmal Kaffee und frische Kipferln."

„Das muss ich wohl mögen...", ächzte sie, strampelte die Decke fort und richtete sich auf, bevor sich ihr zweites Auge öffnete. Golob hauchte ihr einen Kuss auf die Stirn, ihren morgendlichen leichten Mundgeruch liebevoll ignorierend.

Vicky, die nur ihre Unterwäsche trug, schwang sich aus dem Bett und eilte ins Bad. Er sah ihr nachdenklich nach. Jetzt, wo sie nur sehr wenig am Leib trug, konnte er deutlich erkennen, dass sie seit dem letzten Mal, als sie in Braunau zusammen gewesen waren, mindestens 15 Kilo abgenommen haben musste. Sie war doch Ärztin - und musste darauf reagieren... und sich ihre Gedanken machen. Er seufzte traurig, schlug die Bettdecke zurück und stellte das Tablett in die Mitte der Matratze.

Ohne es zu beabsichtigen, musste er an den ausgemergelten Sandor Fekete denken. Von dem er seit Bregenz nichts mehr gehört hatte. Verabredungsgemäß zwar, aber...

Dr. Zrenner kehrte aus dem Bad zurück, hatte sich notdürftig frisiert - und einen von Janez' flauschigen Bademänteln übergezogen. „Wir haben Mitte Juli", meinte Golob gezwungen heiter. „Warum ziehst du dieses Monstrum an? Ich kann ja gar nichts von dir sehen!"

„Mir ist IMMER kalt, bevor ich den ersten Kaffee getrunken hab.", wiegelte sie ab und ließ sich neben Golob aufs Bett plumpsen. „Mhh - Butterkipferl, Croissants. Und frische Himbeermarmelade. Und Honig!" Sie strahlte ihn selig an. „ich bin im Paradies... also zwick mich schnell, damit ich aufwach, bevor's wieder grau wird..."

Erst fünf Minuten später war sie bereit, Golob mit den gestrigen

Gesprächen zu konfrontieren. „Was ist denn jetzt mit deiner Überraschung, Ivo?" Er biss erst noch von seinem Croissant ab, von dem der Honig troff. „Also, du hast doch ganz bestimmt im Fernsehen und im Internet davon mitbekommen, dass schon wieder in der Region um Wien ein Laster - es war diesmal freilich der Anhänger - an einer Autobahnausfahrt abgestellt wurde, in dem sich zig illegal Eingereiste befunden haben. Tot, allesamt..."

Vicky wischte sich den Mund ab. „Ja, das habe ich. Und hoffentlich ist das nicht deine Überraschung!"

Er schüttelte den Kopf und streichelte ihre Schulter, über die der Träger ihres Leibchens nach unten gerutscht war. „Um Himmels Willen, na, net!", rief er aus. "Ich muss mich mit gewissen Aspekten dieses Teils befassen, aber das weißt du ja. Eine Spur, die die Drahtzieher angeht, führt nach Deutschland, und zwar nach Mühldorf."

Sie runzelte die Stirne. „Mühldorf? Ah, geh!"

Golob leckte sich etwas Honig von den Fingerspitzen. „Wann ich's doch sag. Es kann gut sein, dass ich wegen der Ermittlungen dahin muss. Und dann bietet es sich doch an, dass ich, rein zufällig, bei dir vorbeischaue, und vielleicht auch für zwei, drei Nächte unterkomme."

Mit der Reaktion, die Dr. Ludovika Zrenner daraufhin zeigte, hatte er im Leben nicht gerechnet.

~~

„So, sind wir endlich auch auf den Beinen?", stichelte Luitgard, als Emmeran Vilsmayr am nächsten Morgen in die Küche schlurfte und sich wie ein Sack Bohnenkerne auf die Eckbank plumpsen ließ. Wobei der Begriff „Morgen" weit zu fassen war, gemäß seinem Befinden. Gefühlt war es für ihn halb sieben. Doch auf der Uhr über dem Herd wiesen die Zeiger unnachgiebig 10:10Uhr aus.

Netterweise war für ihn eingedeckt wie jeden Morgen. Luitgard schob ihm eine Tasse Kaffee hin, bevor sie eine Portion Rührei mit Speck auf seinen Teller schaufelte. Waidwund blickte er zu ihr hoch

- hatte sie ihm doch zum ersten Mal seit langen Jahren wieder sein allheilendes Katerfrühstück aufgetischt.

„Danke.", nuschelte er und roch immer noch geistesabwesend an seinem Kaffee.

„Da bin ich einmal unpässlich", meinte sie, „und der Herr Erste Polizeiinspektor nutzt das aus - und geht auf Zechtour."

Vilsmayr sagte nichts. Gegen seine übliche gewohnheitsmäßige Vorsicht nahm er einen Schluck Kaffee und war bereit, es hinzunehmen, sich die Schnauze jämmerlich zu verbrühen. Indes - der Kaffee war allenfalls noch lauwarm. War dieser Kelch doch an ihm vorbei gegangen!

„Du stinkst gottserbärmlich nach Knoblauch.", maulte Luitgard.

Erstaunlich war, dass ihn keine Kopfschmerzen plagten. Und ganz allmählich rekonstruierte sich der Verlauf des gestrigen Abends wieder vor seinen Augen.

„Der Zehne-Seppi und ich mussten uns gestern vor dem Gewitter retten und sind in einem griechischen Restaurant gerade mal so vor dem Wolkenbruch gelandet.", erzählte er. Immerhin roch das Rührei so appetitlich, dass sich sein Magen nicht umdrehen wollte.

Ihre Gesichtszüge wurden eine Spur milder. „So, so, beim Griechen? Bei welchem denn?"

„Taverna Kostas. In der Burghauser Straße. Übrigens - das ist der einzige Grieche in Altötting. Was soll das also?" Wenn Vilsmayr etwas nicht leiden konnte, dann war es kleingeistiges In die Mangel – Genommen werden. „Daher mein Knobi-Mundgeruch. Und da war ich mit dem Zehne-Seppi. Kannst ihn ruhig anrufen. Wir haben uns stundenlang den Kopf darüber zerbrochen, was wir jetzt wegen deinem Verleger überhaupt noch anstellen können.", platzte es aus ihm heraus. In diesem Moment fing sein Schädel endlich an zu schmerzen.

„Ist ja gut...", murmelte Luitgard beschwichtigend. Sie stand da wie jemand, dessen Strategie mit Bausch und Bogen fehlgeschlagen war. Vilsmayr kippte seinen lauen Kaffee hinunter, nuschelte noch etwas von „Magenweh" und schlurfte ins Badezimmer, um Aspirin zu suchen.

Der Rest des gestrigen Abends hatte einen unerwarteten Verlauf genommen, von dem sich die beiden gestandenen Mannbilder niemals hätte träumen lassen. Nachdem sie aufgegessen und jeder noch ein kleines Bier bestellt hatten, begann sich die Taverna rasch zu füllen. Die vielen Gäste waren gut aufgelegt und laut. Griechisch war von nun an die vorherrschende Sprache.

Wie es schien, hatte irgendein Oberhaupt von einer der in Altötting ansässigen griechischen Familien irgendetwas zu feiern und zeigte sich überaus großzügig. Was bedeutete, dass der Wirt - es handelte sich bei dem Träger der Akropolis auf dem Oberarm tatsächlich um den Inhaber - mit dem Ausschenken kaum mehr nachkam.

Immer wieder erschien aus der Küche eine kleine, schon leicht ergraute Frau, die Platten um Platten mit gebratenem Fisch, Gemüse, gegrilltem Fleisch, Fladenbrot und Olivenschalen schleppte. Der Ähnlichkeit nach eine weibliche Verwandte von Kostas.

Vilsmayr und Dr. Zwacknagl bemühten sich vergeblich, ihren Wunsch nach Bezahlen durchzusetzen, dabei dröhnte ihnen vor lauter Feierradau schon längst der Schädel. Sie wollten schon aufstehen und unter Hinterlassung ihrer Anschrift gehen, als der Festochse ihrer gewahr wurde. „Bleibt hier - und feiert mit uns!", forderte er sie auf.

Was sich zumindest Dr. Zwacknagl, der als jüngerer Mann ein rechter Partyhengst gewesen war, nicht zweimal sagen ließ. Vilsmayr zögerte noch. Essen mochte er nicht mehr, aber was den Durst anging...

Zumal der ältere Mann, denn alle Jorgo nannten, jeden einzelnen hier freizuhalten schien. Das sollte sich ein Sparfuchs, wie er selbst nun einmal einer war, nicht entgehen lassen. Denn Reue über verpasste gute Gelegenheiten hält auf alle Fälle länger an als ein Anfall von Lederallergie. Bier, Rotwein, Metaxa und Obstler flossen in Strömen. Und dann tanzten die Männer.

Irgendwann, in einem lichten Moment, gelang es Vilsmayr, ein Taxi herzubestellen. Das Kuriose an dieser Feierei - „Simposion" hatte es Jorgo genannt - war, dass Vilsmayr und der Zehne-Seppi den Grund dafür nicht im mindesten erfahren hatten.

Während er nach Einnahme seiner Kopfwehtablette noch eine Weile zur Entspannung und Sammlung ergebnisfrei auf dem Klo saß, fragte er sich, ob es bei Kostas am Ende vielleicht noch eine Rauferei gegeben haben könnte. In seiner Jugend war so etwas nämlich der krönende Abschluss gewesen.

Und darüber hinaus wäre es ausgesprochen nützlich, wenn irgendwie an die übrigen Vertragspartner von diesem Hundling Stephan heranzukommen wäre. Aber Privatverträge dieser Art wurden nirgendwo registriert, weder im Handelsregister noch beim Finanzamt noch sonst wo.

Bei der Eingabe „Finanzamt" fuhr Vilsmayr hoch und wollte hastig in sein Arbeitszimmer gehen, fiel dabei aber über seine immer noch heruntergelassene Schlafanzughose und knallte mit dem Schädel gegen den Wäscheschrank. Das tat höllisch weh; Vilsmayr tastete, nachdem er sich aufgerappelt und seine Beinkleider wieder arrangiert hatte, nach seinem Scheitel. Gottseidank, kein Blut... aber eine Mordstrumm Beule. Er betrachtete sich voll tiefstem Selbstmitleid im Spiegel: ein richtiges Hörndl saß ihm da mitten auf seiner Glatze.

Durch den Krach im Bad wurde Luitgard angelockt. Natürlich war ihr Mienenspiel zunächst von Schrecken und Besorgnis geprägt. Doch als sie die Schädelverzierung ihres Ehemanns erblickte, wurde daraus gehässiges Kichern.

„Was musst du alter Esel auch noch auf Sauftour gehen! Selber schuld!", ätzte sie. „Wer den Schaden hat, spottet jeder Beschreibung!"

„Gardi,", meinte Vilsmayr ganz ruhig, während er vorsichtig die Beule abtastete, „geh, sei so lieb - und schreib auf unsere Pinnwand 'Finanzamt Donauwörth' und 'Verlagsprogramm'. Ich erklär's dir nachher, wann ich mich angezogen hab."

Eine Viertelstunde später war das Ehepaar in seinem „Gefechtsstand", wie Vilsmayr ihre Arbeitsecke nannte. Luitgard hatte eine
Riesenkanne Kaffee gekocht, ihrem Mann ein Kühlpad auf den
Kopf gepackt und ihm eine Skimütze darüber gezogen. Das sah
lächerlich aus, tat aber, wie Vilsmayr zugeben musste, wirklich gut.

„Finanzamt Donauwörth.", hob er an. „Die Welt mag dich oder
mich vergessen, aber wer uns niemals vergisst, ist die Finanzbe-
hörde. Jeder mündige Bürger muss hierzulande einmal im Jahr eine
Steuererklärung abgeben, sofern er nicht angestellt ist. Thomas Stephan lebt im Landkreis Donauwörth - und dort ist er auch steuer-
lich veranlagt. Das heißt, ich gebe diesen Tipp an den Kollegen
Hauff weiter für eine Anfrage von Amts wegen. Damit wissen wir
recht bald, wie Stephans Einkommensverhältnisse sind." Der Mann
lebt auf Hartz-IV-Niveau. Eine ganz arme Wurst. Es sei denn, er
hat alles auf den Caymans versteckt...

„Und das Verlagsprogramm - hast du überhaupt einmal gecheckt,
welche Bücher er gegenwärtig anzubieten hat?"

„Freilich.", erwiderte Luitgard - und klang beinahe eingeschnappt.
Sie zog aus einem Regal einen Ordner, der auf dem Rücken die
Aufschrift „Himmelswiese" trug - und von Vilsmayr bisher noch
nicht einmal entdeckt worden war. Luitgard zog eine kopierte Seite
aus einer Prospekthülle, die wie ein Flyer zusammengefaltet war. Sie
strich das Blatt Papier glatt und übergab es Vilsmayr.

Das Programm sah aus, als hätte es ein Dilettant selbst auf dem
Computer zusammengestellt. Von einer professionellen Druckerei
durfte man Besseres erwarten.

„Himmelswiese Verlag - Die besten Geschichten schreibt das
Leben" Darunter wurden zehn Buchtitel aufgeführt, die Vilsmayr
allesamt unbekannt waren. Er und Luitgard studierten die Liste.

„Das ist schon ein Kessel Buntes.", meinte Vilsmayr. „Ein Buch
mit Meditationen für Kinder... tss, womit manche ihre Zeit totschlagen... ein Kochbuch... da würde deines schon gut dazu passen...
ach warte, da steht 'vegan'... naa, besser net."

Luitgard deutete auf einen Titel weiter unten: „Da schau her, das da hat mir die Annamirl einmal empfohlen. 'Entspannung mit Klangschalen'..." Sie schaute jetzt ein wenig verschämt drein. Ihre Versuche, sich mit Klangschalenbehandlungen ein wenig Abwechslung zu verschaffen, waren daran gescheitert, dass es in Oberbayern genügend solcher Behandler gab und sie selbst es versäumt hatte, sich aus marketingtechnischen Gründen einen exotischeren Touch zu verpassen. Immerhin, hatte Vilsmayr versucht seine Frau über ihren Misserfolg hinwegzutrösten, sei sie sich am Ende selber treu geblieben. Statt so eine Schafscheiße zu inszenieren.

„Ich hab's aber nicht gelesen.", beeilte sie sich zu sagen. Vilsmayr tätschelte ihr sanft die Wange. „Das wär doch nur Vergeudung von Geld und Zeit gewesen." Er rieb sich die Wange.

„Wir werden erst einmal die Buchtitel an sich überprüfen. Hast du da eine Idee, Gardi?"

Sie strahlte jetzt vor Tatendrang: „Das geht am besten über Amazon. Da gibst du den Titel ein und kriegst eine allgemeine Beschreibung und die Lieferzeit genannt. Manchmal kann man auch ins Buch schauen - also die ersten Seiten direkt lesen. Und für Titel, die schon mehrfach bestellt wurden, gibt es Rezensionen von Lesern. Die sind manchmal recht witzig und hilfreich. Ich mach mich gleich daran."

„Prima, Schatzi. Um die Autoren kümmer ich mich", pflichtete er ihr bei. Respektive, es würde sich jemand bei seiner Polizeiinspektion darum kümmern. Er war zwar im Urlaub - aber immer noch der Chef. Und auf zwei, drei seiner Mitarbeiter konnte er sich in jedem Fall und mit aller Diskretion verlassen. Er heftete den Verlagsprospekt an die Pinwand. Und den mittlerweile etwas zerknautschten Flyer für Schreibkurse direkt daneben.

Luitgard betrachtete die beiden Neuzugänge und lächelte profitlich. „Wies ausschaut, ist der Seppi eine echte Hilfe.", stellte sie fest. „Trotzdem schlage ich vor, dass die nächste Lagebesprechung besser hier bei uns stattfindet. Schließlich sollte ich auch aus erster Hand informiert werden, gell?"

Vilsmayr seufzte - aber Einwände wären in diesem Moment fehl am Platz gewesen. Die Beule auf seinem Haupt pochte zustimmend.

~~

Ludovika Zrenner entglitten bei dieser Ankündigung von Ivo Golob die Gesichtszüge. Allerdings anders, als Golob er es sich erhofft hatte: Nicht freudig, sondern erst zutiefst erschrocken und dann ebenso tief betreten.

Er wich angesichts dieser Reaktion physisch und seelisch um Armeslänge zurück. Hatte er etwas Grundfalsches gesagt? Ganz besonders Frauen gegenüber ließ er es manchmal ein wenig an Einfühlungsvermögen und bedingungsloser Herzlichkeit mangeln, was ihm schon harte Kritik und Zurückweisung eingebracht hatte.

„Was ist mit dir?", fragte er zögerlich.

Doch sie hielt sich die Hand vor den Mund, kniff ihre Augenlider zusammen und schüttelte kurz und energisch ihren Kopf.

„Hab ich was Falsches gesagt? Dann tuts mir ehrlich leid... aber bitte kläre mich auf!", flehte er sie an, fassungslos beobachtend, dass Tränen zwischen ihren Wimpern hervorquollen.

Ihm blieb nichts anderes übrig als sie in die Arme zu schließen und ihr wortlos seine Wärme zu spenden, während sie von Schluchzern durchgeschüttelt wurde. Golob fand ein zwar unbenutztes, aber trotzdem nicht mehr ganz sauberes Taschentuch in seiner Hosentasche und tupfte damit behutsam Vickys Wangen trocken. Dann nötigte er sie sanft, einen großen Schluck Kaffee zu trinken.

Ihr Weinkampf hatte aufgehört, offensichtlich beruhigte sie seine Zuwendung. Sie wandte ihm ihr nassgeweintes Gesicht zu und atmete tief durch.

„Du kannst nicht bei mir übernachten, Ivo." Bevor er einen Einwand machen konnte, fuhr sie fort: „Das liegt nicht an dir... oh Gott, ich weiß gar nicht, wo ich anfangen soll... ich muss bis Ende der Woche aus meiner Wohnung draußen sein. Der Vermieter hat mir fristlos gekündigt."

Golob zog ungläubig seine Stirn kraus. So etwas geschah für gewöhnlich nur, wenn vom Mieter eine Bedrohung ausging. Oder er die Wohnung zu illegalen Zwecken nutzte - aber seine Ludovika unterhielt dort ja wohl kaum einen Privatpuff oder ein Cracklabor. Er reichte ihr nochmal den Kaffeebecher. „Was ist passiert?“, wollte er wissen.

„Ich bin schon die zweite Monatsmiete im Rückstand gewesen.“, erklärte sie tonlos.

Er war schlichtweg fassungslos. „Aber du beziehst doch ein gutes Gehalt, Vicky?“

Sie blickte ihn fast verbittert an: „... das seit mehr als einem Vierteljahr gepfändet wird. Der Exekutor geht bei mir ein und aus.“ Golob dämmerte etwas. Kurz bevor er aus Braunau weggezogen war, hatten bei Vicky plötzlich einige Möbel gefehlt, die sogar sein ungeschultes Auge für wertvoll gehalten hatte. Zum Beispiel ein antiker chinesischer Hochzeitsschrank. Ein Biedermeiersekretär aus Birnholz. Ihr Klavier. Und er, dieser Trottel, hatte sie nicht darauf angesprochen. Er hatte nur „Wien, Wien, nur du allein“ im Kopf gehabt.

Er hielt sie bei den Schultern fest und zwang sie, seinem Blick nicht auszuweichen. „Du hast also Schulden. Seit wann - und wie hoch?

Vielleicht waren sein Blick und sein Tonfall etwas zu streng gewesen, denn sie biss sich auf die Lippen und drohte erneut in Tränen auszubrechen. Sie hob abwehrend ihre Hände, als sie ausrief: „Glaub mir, ich habe nichts verzockt oder sonst wie verprasst. Ich hab nur nicht aufgepasst, als ich das Erbe meines Vaters hätte ablehnen können!“

Dass es irgendwo in Oberösterreich einen Vicky-Vater gegeben hatte, einen nickeligen verwitweten Endachtziger, der jeden Kontakt zu seinem einzigen Kind abgebrochen und ohne große Flurschäden an Trauer bei seiner Tochter zu hinterlassen kurz vor dem letzten Weihnachtsfest vom Ableben Gebrauch gemacht hatte, das war ihm bekannt. Er hatte damals geglaubt, dass nach der Bestattung, zu der er aus dienstlichen Gründen Ludovika nicht hatte begleiten können, und der Auflösung seines Haushalts alles soweit ausgestanden wäre. Vicky hatte über diesen Mann auch kein weiteres Wort verloren.

„Nach dem Tod von der Mutter hat er wohl mit Wetten angefangen. Erst hat er das Haus beliehen mit beiden Hypotheken. Danach, ja, was soll ich sagen? Kannst du dir eine seriöse Bank vorstellen, die einem 85jährigen Kauz einen Konsumentenkredit gibt, und das auch noch ohne Sicherheiten? Also hat er sich seine Moneten bei diversen Kredithaien besorgt. Die Höhe der Gesamtschulden waren dem Notar nicht bekannt, dem Kreditschutzverband natürlich auch nicht. 'So schlimm wirds am Ende nicht sein', hab ich mir eingeredet - und vier Tage nach Ablauf der Einredefrist standen dann zwei bullige Typen vor meiner Wohnungstüre und hielten mir vier - jawohl vier! - rechtsgültige Kreditverträge unter die Nase. Die hatte mein Vater allesamt im Jahr vor seinem Tod unterzeichnet. Bei vollem Bewusstsein. Dement war er nun einmal nicht...“ Nunmehr purzelten die Worte nur so aus ihr heraus.

„Wieviel?“, war alles, was Golob, der glaubte, sich in einem schlechten Film zu befinden, wissen wollte.

Vicky seufzte: „Hundertfünfzigtausend...“

Golob pfiff leise durch die Zähne. Dann stand er kurzentschlossen auf, packte ihre Hand und zog sie hoch. „Komm mit!“, forderte er sie auf.

Sie blickte ihn zweifelnd an und warf anschließend einen ebenso zweifelnden Blick durchs Fenster. „Da hinaus? Es ist verhangen und neblig, Luftfeuchtigkeit 90%, und wir haben vielleicht 15°C. Im Juli...“

„Ja, ich weiß, und daran können wir nichts ändern. Aber wir brauchen jetzt einen Tapetenwechsel. Und Bewegung.“, ordnete er an. Dr. Zrenner machte sich kurz im Bad frisch und zog sich Jeans, Kapuzenpullover und Sneakers an. Wenn man die Augen zukniff, dachte Golob, könnte man sie bei der schmalen Figur und den Klamotten fast für eine Fünfundzwanzigjährige halten, Gott bewahre!

„Und wo solls jetzt hingehen?“

„An einen Ort, zu dem trüb und neblig passt, wo niemand mit dir redet - und du trotzdem Antworten bekommst."

„Bin schon jetzt saumäßig gespannt.", gab sie zurück.

~~

Nun saß er schon seit zweieinhalb Stunden in der unfallchirurgischen Ambulanz des Innklinikums und wartete darauf, dass man seinen - zugebenermaßen - schmerzenden Schädel röntgte. Luitgard hatte wegen der Größe der Beule darauf bestanden, und um des lieben Ehefriedens Willen hatte er nachgegeben. Wahrscheinlich wollte sie ihn nur für ein paar Stunden los sein, weil sie seinen Knoblauchodem nicht leiden konnte und das Haus gründlich durchlüften wollte, dachte er grimmig bei sich.

Vor einer guten Stunde war er von einem gestressten jungen Assistenzarzt untersucht und befragt worden, hatte offenbar alles zu dessen Zufriedenheit beantworten können und sollte nun zwecks finaler Beurteilung noch Bilder von seinem knöchernen Schädel bekommen.

Wären da nur nicht die anderen mitwartenden Patienten, die ihm zusehends auf die Nerven gingen. Rechts von ihm auf der Wartebank saß eine Mittvierzigerin, die Mutter eines vierzehnjährigen Buben, der eine große Schramme auf dem Knie hatte, sonst nichts weiter. Sie sprang jede vorbeieilende Fachkraft an und insistierte darauf, dass bei ihrem nach ihrer Meinung nach schwerverletzten Sohn SOFORT ein MRT vom betroffenen Knie gemacht wurde, das dann SOFORT von einem Oberarzt angesehen werden musste. Sie seien nämlich privat versichert.

Nach einer halben Stunde Theater wurde es ihm zu viel. Und er sprach die Helikoptermutti direkt an, indem er seine Kappe lüftete und ihr seine Beule zeigte. „Ihr Bub hat bloß einen Kratzer, glaubens mir, ich bin mit vier Brüdern aufgewachsen. Und ich - ich hab möglicherweise eine Schädelfraktur und warte seit einer Stunde aufs Röntgen. Also seien S' in Dreiteufelsnamen jetzt amal stad!"

Daraufhin ergriff die Dramaqueen sofort die Chance eines neuen Feindbilds - und drohte an, ihn, diesen unverschämten Kerl, bei der Polizei anzuzeigen.

Vilsmayr sagte nichts, zog seinen Dienstausweis aus seiner Jankertasche und hielt ihn der Frau unter die Nase. „Gell, heut ist Ihr Glückstag?", setzte er noch hinzu. Daraufhin trat endlich Funkstille ein. Und Vilsmayr wurde zum Röntgen aufgerufen.

Wie er vermutet hatte, war sein Hirnkastel völlig intakt. Trotzdem erhielt er zum Ambulanzbrief noch die Anweisung, sich bei Bewusstseinseintrübung, Sprachstörungen oder unerträglichen Kopfschmerzen innerhalb der nächsten 72 Stunden umgehend notfallmäßig hier wieder vorzustellen.

Er bedankte sich und der Ambulanzpfleger überreichte ihm den Briefumschlag. Dabei fiel Vilsmayrs Blick auf ein kleines Sparschweinderl aus Porzellan, das da irgendwie traurig auf dem mit Unterlagen vollgepackten Schreibtisch stand. Nach kurzem Zögern zückte er seine Brieftasche, holte einen Zehner hervor, faltete ihn klein und steckte ihn in den Rückenschlitz des Schweins. „Ihr macht auch eine Drecksarbeit - und des bei Tag UND bei der Nacht.", stellte er fest.

„Vergelt's Gott!", wurde ihm beschieden.

Ein Nachbar hatte ihn hergefahren, denn Luitgard hatte ihm verboten, sich selbst ans Steuer zu setzen. Nun überlegte er, ob er in eines der vor der Klinik wartenden Taxen steigen oder vielleicht doch die anderthalb Kilometer zu Fuß nachhause gehen sollte. Froh, dem Ambulanzchaos entronnen und wieder an der frischen Luft zu sein, wählte er letztere Option. Er konnte seinen Heimweg auch so wählen, dass er einen Zwischenstopp beim Café Märkelstetter einlegen und sich ein Stück der traumhaften Himbeerbaisertorte genehmigen sollte - eingedenk des armen Zehne-Seppis und seines Cholesterinspiegels. Mit dem er ohnehin noch einmal telefonieren wollte, ohne das Luitgard dabei war.

Das war also beschlossene Sache. Vilsmayr machte es sich bei

Märkelstetter gemütlich mit einem Kännchen Kaffee und der besagten Tortenspezialität, von der er tatsächlich das letzte Stück erwischt hatte.

Zuerst rief er PHWM Hauff in Nördlingen an und erkundigte sich nach der aktuellen Lage. Hauff berichtete, dass er einen Hausdurchsuchungsbefehl für Stephans Grundstück im Eilverfahren beantragt hätte, der ihm in spätestens zwei Tagen vorliegen sollte. Ansonsten sei es ruhig - und Stephan hatte sich mittlerweile immer noch nicht blicken lassen. Vilsmayr teilte ihm im Gegenzug seine Idee mit einer behördlichen Anfrage an die Finanzdirektion in Donauwörth mit, für die sich Hauff freundlich bedankte.

Vilsmayr beendete das Gespräch, verzehrte das Tortenstück zur Hälfte und dachte nach. Sowohl seine jahrzehntelange Erfahrung bei der Kriminalpolizei als auch sein Instinkt sagten ihm, dass dies keine einfache Angelegenheit wäre, sondern etwas ganz Vertracktes.

Dann wählte er Dr. Zwacknagls Nummer - und musste es ordentlich lange läuten lassen. Schließlich meldete sich jemand mit einem müden, dünnen Stimmchen am anderen Ende der Leitung: „Hier Zwacknagl...“

„Ja, grüß dich, Seppi! Kannst schon auf sein?“, rief Vilsmayr, während er am Kaffee nippte.

„Wenn's sein muss...“ Ein tiefes Stöhnen erklang. „Herrschaftszeiten, hab ich ein Sodbrennen! Grad Feuer spucken könnt ich.“

„Nimm halt eine Pantoprazol.“, schlug Vilsmayr vor. Sein Missgeschick mit der Schädelprellung ließ er besser unerwähnt. „Ich hab schon zwei davon genommen. Und einen Esslöffel Bullrich-Salz.“, jammerte Seppi.

„Ja, ja“, pflichtete Vilsmayr ihm bei, „wir sind halt keine fünfundzwanzig mehr. Was aber nicht heißt, dass wir uns jeden Tag so benehmen müssten, als wären wir schon eingesargt...“ Der letzte Happen Torte verschwand gerade in seinem Mund. „Du, Seppi, meinst, du könntest in der Sache deiner Investigativ-Dings-Dame noch etwas anschaffen?“

„Wenn's sein muss...“ - „Du wiederholst dich, Seppi. Ich habe eine aktuelle Liste mit dem Verlagsprogramm vom Himmelswiese. Könnte die Dame etwas über die Verträge der Autoren herausfinden? Und über die Bücher?" Dr. Zwacknagl schwieg eine Weile. 'Der wird doch hoffentlich nicht umgekippt sein!', fürchtete Vilsmayr, doch dann meldete sein Freund sich wieder. „Du meinst die Vertragsbedingungen? Und was die Bücher angeht: Auflagenstärke und Anzahl? Und du meinst, das hilft?"

„Seppi, Ermittlungsarbeit ist am Anfang immer zäh und umständlich, und man stochert sehr, sehr lange im Nebel. Und plötzlich findet man wie ein blindes Huhn ein Korn. Und wenn die Frau so gut ist wie du sagst...", bettelte Vilsmayr. Er musste vor sich eingestehen, dass er seinen Freund zu hundert Prozent auf dem falschen Fuß erwischt hatte, aber was sollte es.

„Seppi, ich muss Schluss machen. Schlaf dich aus. Wir telefonieren...", schloss Vilsmayr; und bildete sich ein, noch etwas leise und genuschelt gehört zu haben wie „Du kannst mich mal kreuzweise...."

~~

„Ist das dein Ernst, Ivo - DA willst du mit mir hin?", zweifelte Dr. Zrenner, als beide die Straßenbahn verlassen hatten - und auf dem Stationsschild „Zentralfriedhof" stand.

Er nickte und nahm sie bei der Hand. Sie schüttelte den Kopf, ließ sich aber führen. „Ihr Wiener seid schon komische Vögel.", meinte sie.

Kein Mensch war auf der Hauptallee unterwegs, und zwischen den Wipfeln der hundert Jahre alten Bäume hing der Nebel wie Isoliermaterial auf einer Baustelle. Es fehlten noch krächzende Krähen... eine Elster musste es auch tun.

Was haben die Leute vor gut 100 Jahren noch in ihre Grabstätten investiert. Urnenhäuser, die aussahen wie der Parthenon in Miniaturformat. Segnende Engel. Klassizistische Häuschen für die Ewigen Lichter. Ein Vermögen hatten die wohlhabenden Wiener Familien da hineingesteckt, wohl nicht nur um des Trauerns und Gedenkens

Willen, sondern um anderen Friedhofsbesuchern zu zeigen, dass sie Geld, Macht und Einfluss besaßen. So ganz gleich macht der Tod die Menschen nun auch wieder nicht.

Weiter hinten wurden die Gräber kleiner, schlichter und moderner. Golob, der unterwegs an einem Trafik einen in Plastik eingepackten Strauß mit Nelken und Chrysanthemen gekauft hatte, steuerte auf eine Grabparzelle neueren Datums zu, und blieb vor einem Grab stehen, auf dem ein roher, unpolierter Stein stand, an dem Bronzelettern angebracht waren. Das Grab war mit niedrigem Granit eingefasst und vollständig mit Kotoneaster bewachsen. Das Ewige Licht flackerte unruhig, es wirkte, als ob es in den nächsten Tagen erlöschen wollte.

„Therese McDuff geb. Andlfinger Geb. 12.02.1927 Gest. 14.04. 2009" stand auf dem Grabstein.

„Deine Großmutter?", wollte Vicky wissen. Golob nickte. „Die hat wirklich viel gesehen und mitgemacht. Hat nie gejammert und nie aufgegeben. War ganz auf sich gestellt mit meiner Mutter, denn der Sergeant McDuff ist im Koreakrieg gefallen. Für den Rest ihrer Verwandtschaft war sie keine Soldatenwitwe, sondern nur 'Die Negerhurn'....", erzählte er.

Doch Dr. Zrenner ließ ein verärgertes Schnauben hören. „Ja, ich weiß, andere Leute haben's auch schwer, meistens noch viel schwerer als man selbst, und wenn man sich nur am Riemen reißt, dann wirds schon wieder...", maulte sie.

Golob wandte sich ihr zu. „Darum gehts doch gar nicht, ehrlich! Die Probleme von Oma Theres sind begraben, so wie sie selbst. Was im Hier und Jetzt vor uns steht, sind DEINE Probleme. Um die müssen wir uns kümmern. Hier und jetzt." Er wischte ihr etwas Kondenswasser von der Stirn. „Immer wenn ich hierherkomme, habe ich Schwierigkeiten, für die mir keine Lösungen einfallen, weil ich sie immer nur aus meiner Warte betrachte. Und hier kann ich mir konkret vorstellen, was Oma Theres an meiner Stelle machen oder mir zumindest raten würde."

Vicky schob mit der Fußspitze ein paar Kieselsteine hin und her. „Und das funktioniert?", zweifelte sie.

„Fast immer. Und wenn es einmal nicht funktioniert hat, dann war es eben unlösbar. Oder hat sich von selbst aufgelöst." Er wickelte den Blumenstrauß aus der Zellophanhülle und holte eine dunkelgrüne Plastikvase mit Dorn am Fuß hinter dem Grabstein hervor. „Ich hol grad etwas Wasser, bin gleich wieder da."

Dr. Zrenner schloss die Augen und versuchte, ihre zusammengeballten Hände zu entspannen. Sie stand vor dem Grab einer einfachen Frau, die ihr Leben lang hatte kämpfen müssen. So wie sie - oder auch eben nicht. Sie war keine Warenlegerin im Akkord. Sie war Ärztin und Doktor der Medizin. Konnte es sein, dass sich darin eine Lösung verbarg?

Golob kehrte mit der bestückten Vase zurück, die er zwischen den Kotoneaster in den Boden steckte. Er hatte auch ein neues Ewigen Licht besorgt. Ludovika erschrak - und blickte auf ihre Uhr. Sie hatte länger als eine halbe Stunde alleine vor diesem Grab verbracht. Er legte ihr den Arm um die Seite, sie ihren Kopf auf seine Schulter. „Und, wie gehts dir jetzt?", wollte er wissen.

„Danke, besser. Und ich sehe etwas klarer.", antwortete sie. „Na siehst. Und jetzt suchen wir uns ein nettes, ruhiges Kaffeehaus!"

~~

Gut gelaunt traf Vilsmayr wieder zuhause ein. Es war mittlerweile später Nachmittag. „Das hat aber gedauert!", bemerkte Luitgard und hielt ihr Gesicht recht nahe vor seines. „Schnauf mich einmal an!", verlangte sie. Er tat wie geheißen. „Nur Kaffee." bemerkte er. „Den Knobi hab ich in der Unfallchirurgie gelassen, wo er bis jetzt die Luft verbessert..." Er versuchte ein Grinsen, aber sein Schädel tat immer noch weh.

„Dass dir das Lachen in so einer Situation nicht vergeht!", meinte sie spitz.

Er reichte ihr den Ambulanzbrief. „Kein Schädelbruch. Nur Prellung. Und ich soll mich schonen.", setzte er hinzu. „Na gut.", lenkte sie ein.

Der Erholungsbedürftige setzte sich vor den Fernseher, irgendeine Vorabendserie würde ihm schon unterkommen. Doch schon nach zehn Minuten vor der Flimmerkiste wurde sein Kopfweh schlimmer. Frustriert stellte er den Apparat ab. Luitgard hatte sich in die Küche zurückgezogen, wo sie den Geräuschen nach Gemüse putzte. Herrjeh, also heute Abend Gemüseeintopf...

Und womit sollte er sich bis dahin, wann man ihm einen Suppenteller voll weichgekochter Kohlrabi, Kartoffelschnitze, Mohrrüben und Knollensellerie in Brühe vorsetzen würde, die Zeit vertreiben?

Recherche am Computer fiel ebenfalls aus gesundheitlichen Gründen aus. Blieb noch die gute alte Lektüre... Vorsichtig klopfte er an die Küchentüre. „Schatzi,", flötete er Luitgard an, „du hast doch einen ... wie sagt man... Auszug aus dem Manuskript von dieser Frau Doktor Teufer... 'Mein Krebs und ich' oder so... kann ich den mal lesen?"

Luitgard wischte ihre Hände an ihrer Schürze ab und brachte ihm einen Plastikordner, in dem ein mitteldickes Blätterbündel abgeheftet war. „Bitte schön, die ersten vierzig Seiten. Das ist jetzt eigentlich die endgültige Fassung."

Vilsmayr wog es in den Händen. „Sie hat auch einen Vertrag, die Dr. Teufer?" Luitgard nickte. „So wie ich. Und so wie ich wartet sie darauf, dass es erscheint."

„So.", machte Vilsmayr. „Hast du mit ihr darüber geredet?"

„Ja, hab ich. Sie wartet seit einem knappen halben Jahr, dass sich was tut, ich seit drei Monaten. Und jetzt lass mich bitte kochen." Fast unsanft schloss sie die Türe vor seiner Nase.

'Jetzt ein Bier zu dieser leichten Lektüre...', gelüstete es Vilsmayr, als er auch schon an die Worte des Ambulanzarztes denken musste, Alkohol während der nächsten drei Tage tunlichst zu vermeiden.

„Die beste Krankheit taugt nichts!", maulte er vor sich hin, dachte aber auch nicht daran, sich stattdessen ein Wasser zu holen. Selbst Schuld, wenn ich jetzt austrocknen muss!

Vilsmayr hatte allen Ernstes angenommen, dass „Krebs annehmen" so eine Art Trostpflasterschmonzette mit Gebeten ans Universum oder Ermutigungen, dieses Los als „Teil seiner selbst" zu akzeptieren sei - damit es sich am Ende leichter abtreten lies.

Abermals hatte er sich getäuscht, wie schon beim Sternenkindbuch von Suzanka Barth.

Hier tischte eine Medizinerin, also eine Frau vom Fach, zunächst einmal nüchtern harte Zahlen aus seriösen Krebsregistern auf. Sie betonte die Wichtigkeit von Vorsorgeuntersuchungen und nannte Ross und Reiter, wenn es darum ging, Unseriöses unter dieser Flagge zu benennen. Und gab einen groben Überblick über innovative Behandlungsformen. Und dies war erst das Vorwort.

Vilsmayr hatte das Gefühl, auch als Nicht-Betroffener da einen guten Leitfaden in die Hand bekommen zu haben, der sich ausschließlich an Patienten wandte. Nicht übel, fand Vilsmayr. Nur, wenn dieser Schluri Stephan weiter damit so herumtrödelte, wäre es bald veraltet - und damit keinem mehr nütze.

Weil noch Zeit war, warf ein einen weiteren Blick ins „Sternenkind". Mittlerweile wusste er, dass es sich bei einem „Sternenkind" um ein fehl- oder totgeborenes Kind handelte. Früher ein gottgegebener Schicksalsschlag, wofür man die glücklose Mutter zwar bedauert, sie nach kurzer Zeit aber dazu angehalten hatte, gefälligst wieder zur Realität zurückzukehren. Solches und ähnliches hatten die Ärzte auf der Gynäkologie damals zu Luitgard gesagt, als sie während der vier ersten Ehejahre einen Früh- und einen Spätabort erlitten hatte. Sie möge in Gottes Namen dankbar sein, „das" überlebt zu haben – und wurde angehalten für die jungen Seelen ihrer Kinder zu beten. Die seien jetzt schon im Himmel beim Jesuskind.... Er, Emmeran Vilsmayr, hatte die Abende danach im Wirtshaus vor etlichen Maßen Bier verbracht und die anschließenden Nächte ebenso alleine im kalten Ehebett. Das, hatte seine eigene Mutter, gesegnet mit fünf Buben und einer Tochter, dazu gesagt, sei das Los der Weibersleut. Immerhin müsse unsereiner kaum mehr je im Kindbett sterben. Und noch eine Generation früher hatte es bei den Landwirten geheißen: „Gaulverrecken - Bauernschrecken. Weibersterben - kein Verderben."

Ohne es mit Absicht heraufbeschworen zu haben, kamen ihm die Worte des Polizeipräsidenten Motzhardt in den Sinn, auch wenn der Zusammenhang ein anderer war: „Die Zeiten haben sich geändert, Vilsmayr." Es gab keine Negerlein mehr. Dafür Sternenkinder.

~~

Golob und Dr. Zrenner hatten Glück: Ein eher bescheidenes Kaffeehaus in Favoriten hatte schon am Vormittag geöffnet Und empfing sie mit Röst- und Backaromen, die sogar einen auf Krawall gebürsteten Bullterrier sanftmütig gestimmt hätten. Wie üblich, war die Auslage an Kuchen und Torten noch bis Mittag leer, aber Semmeln, Kipferln und süße Stückchen lagen bereits appetitlich aus. Außerdem wurde „Frische hausgemache Himbeer- und Marillenkonfitüre" ausgelobt. Also ein zweites Frühstück...mit Milchkaffee.

Eine Weile ließen die beiden es sich schweigend schmecken und es kamen und gingen, bis auf einen einzelnen Zeitunglesenden alten Mann an einem Ecktisch, noch einige wenige Gäste. Der war schon da gewesen. Golob empfand es als wohltuend, dass es wirklich ruhig war im Café. Dann hob Ludovika von sich aus an. „Danke, Ivo, dass du mich dorthin geführt hast. Mir ist klar geworden, dass die Lösung meines Problems in mir selbst liegt. Wo auch sonst.", fügte sie hinzu.

„Natürlich, Liebling. Wo auch sonst.", pflichtete er ihr bei. Sie nickte - und wirkte ungeheuer gelöst. „Schließlich kann ich etwas, was die ganzen Notare und Finanzrechtler nicht können."

Golob hatte ein kleines Problem, sich bei der Wahl des Aufstrichs seines zweiten Kipferls zu entscheiden: Marillenkonfitüre oder Honig?.. „Ich bin gespannt... ich meine, falls du schon eine Idee hast...", erwiderte er. Honig. Eindeutig Honig.

Dr. Zrenner winkte nach zwei weiteren Kaffees. „Ich habe das Recht, die Krankenakte meines Vaters anzufordern. Was die Banker nicht können - und sicher auch den Teufel tun werden.", hob sie an.

169

Golob schwieg und blickte ihr gespannt in die Augen.

„Und ich meine, ich bin Ärztin, ich kann diese Akte nicht nur studieren - sondern auch verstehen. Und vielleicht finde ich bei einem weit über 80 Jahre alten Mann belastbare Hinweise, dass er ... na ja... geistig nicht mehr ganz auf der Höhe gewesen sein könnte. Und genau da kann man einhaken, was die Vertragsabschlüsse angeht.“, verkündete sie. Golob pfiff leise. „Siehst du! Das ist eine einzigartige Lösung. Auf die hast nur du kommen können, du kluge Frau Doktor!“ Das klang beileibe nicht spöttisch, sondern anerkennend.

In diesem Moment meldete sich sein Mobiltelefon - mit dem ihm sattsam verhassten Klingelton von Leutnant Patinter. Golob erschrak zutiefst, fingerte das Telefon aus seiner Jackentasche, wollte den Anruf wegdrücken - und aktivierte mit seinen großen und vor Schreck feinmotorisch fahrigen Fingern neben „Annehmen“ ausgerechnet auch noch 'Lautsprecher'.

„Hallo lieber Ivo!“, zirpte Patinters hochgespannte Stimme. „Du hast dich ja mal lange nicht mehr gemeldet. Willst du gelten, mach dich selten...haha!“

Dr. Zrenner hatte zum Zeichen dessen, dass sich keiner im Moment mucksen sollte, ihren Zeigefinger auf ihre Lippen gelegt.

„Was machst du denn, mein Lieber?“, zwitscherte Patinter. Golobs Mund verzog sich zu einem breiten Grinsen. „Ich? Ich war am Zentralfriedhof.“

„Aber geh! Mitten am helllichten Tag?“, kokettierte sie mit gespieltem Protest.

„Sollt ich mich vielleicht des nachts am Friedhof herumtreiben?“, konterte er.

Darauf fiel ihr nichts ein, denn es herrschten einige Sekunden verdutzten Schweigens. Anzunehmen, dass Leutnant Patinter nun aber klein beigeben würde, wäre ein gedanklicher Fehler gewesen. „Ah so, ja. Und - willst du gar nicht wissen, was ich gemacht und geleistet habe seit unserem letzten Gespräch?“

'Du warst jeden Tag am Häusl, Gacka machen.', dachte Golob

grimmig. Womit er höchstwahrscheinlich nicht falsch gelegen hätte. Natürlich würde sie ihm sogleich brühwarm Anderes, Bedeutenderes unter die Nase halten.

„Stell dir vor, die Gerichtsmedizin in Bregenz hat es geschafft, die Füße von deiner" - Deiner! - „Bodenseeleiche aus dem Zement zu befreien. Man weiß jetzt eindeutig, dass es ein Mann war. Nicht mehr ganz jung, so Mitte vierzig, und pumperlgesund. Ich hab dir alle Anhänge per E-Mail geschickt."

„Hat man das nicht schon am Schädel feststellen können?", erwiderte er wider besseres Wissen. Pantinter kicherte erneut voller mädchenhafter Anwandlungen. „Es sind ja nicht alle so schlau wie du..."

Golob rollte mit den Augen und blickte zu Dr. Zrenner hinüber, die ein gespielt ernstes Gesicht aufgesetzt hatte.

„Ja, also, vielen Dank, Frau Kollegin, dass Sie mich stets und ungefragt in diesem Fall auf dem Laufenden halten. Ich...", versuchte er sich loszueisen.

Doch sie fiel ihm ins Wort: „Ich hab dir noch gar nicht gesagt, Ivo, dass ich in den nächsten Tagen wegen dieser Sache für ein paar Tage nach Wien reisen muss. Da könnten wir uns doch treffen. Außerdienstlich. Ich freu...."

Ludovika nahm dem in keiner Weise protestierenden Golob sein Handy aus den Fingern.

„Guten Tag, Frau Leutnant Patinter! Das ist ja tüchtige Arbeit. Finde ich sehr interessant. Wissen Sie, ich bin Pathologin und als Primärärztin bestellte Gerichtsmedizinerin im Innviertel...und außerdem Ivos Lebensgefährtin.", sprach sie ruhig ins Telefon. Golob fing bereist lautlos zu glucksen an.

Am anderen Ende herrschte Schweigen der enervierten Qualität.

Vicky fuhr fort. „Gehn S', das alles interessiert mich ganz brennend. Warum gehen wir, sobald Sie in Wien sind, nichts abends mal zu dritt essen? Und können uns in Ruhe unterhalten?"

Deutlich war zu hören, dass Patinter das Telefonat ohne weitere

Aktionen beendet hatte. Dr. Zrenner reichte Golob mit einer übertrieben galanten Geste sein Mobiltelefon zurück.

„War mir ein Vergnügen, Spatzl. Die solltest du los sein. Und wenn nicht, ich kenne da zwei exzellente forensische Psychiater, die auch die Polizei betreuen."

Als sie auf dem Heimweg nebeneinander in der Tram saßen, fingen beide, als sie einander unverwandt anschauten, zu kichern an. „Ich denk, wir sind jetzt quitt!", meinte Ludovika.

„Ja. Quitt und auf Augenhöhe."

~~

Der Zehne-Seppi hatte Neuigkeiten. Respektive seine journalistische Spürnase hatte Diverses zum Thema „Der Himmelswiese-Verlag und dessen Inhaber" herausgefunden.

Erst wollte er allen Ernstes ein neuerliches Treffen zu dritt in Kostas' Taverne vorschlagen. Vilsmayr widersprach diesem Ansinnen vehement. Erstens würde ihm Luitgard, sollte sie als gleichberechtigte Beteiligte erneut um- und übergangen werden, gehörig den Kopf zurechtsetzen. Zweitens bedeutete diese andauernde Wirtshausgeherei dann doch ... na ja, eine vermeidbare Geldausgabe.

Er bestand also auf einem Treffen in seinem Hause und köderte Dr. Zwacknagl mit Luitgards Grießkirschenkuchen. Wer dazu, trumpfte er am Telefon noch auf, nein sagen konnte, wäre schon ein selten damischer Hirsch. Also fügte sich Dr. Josef Zwacknagl in sein Schicksal.

Anderntags klingelte es wie verabredet um kurz vor drei Uhr nachmittags brav bei Vilsmayr an der Türe.

Draußen stand der Seppi, der ganz neumodern zu seinem grauen Strickjanker eine Jeanshose trug. Vermutlich, um dem jungen Weibsbild zu imponieren. So schloss Vilsmayr, ohne bis dahin Dr. Zwacknagls Begleitung anzuschauen.

Dieser stellte vor: „Grüß dich, Emmeran. Das ist Margit Zwissler.

Margit, das ist der Erste Kriminalinspektor Emmeran Vilsmayr. Sozusagen der spiritus rector."

Noch auf den Stufen des Eingangs streckte Margit Zwissler Vilsmayr die Hand hin. Die etwas größer, langfingriger und kräftiger war als die seine. Ein junges Weibsbild von etwa dreißig mochte sie ja sein. Freilich aber eine von der Art, die sein Großvater, der noch Rösser gehabt hatte, als „Tausend-Taler-Pferd" bezeichnet hätte. Groß und breit gewachsen, kräftig, vor Gesundheit strotzend und mit ruhiger Ausstrahlung. „Grüß Gott, Herr Vilsmayr. Freut mich - und danke für die Einladung. Sie trug gleichfalls Jeans, und dazu ein Sweatshirt in gedeckter Farbe und mit einem Brandnamen. Man hätte sie für eine Hundestaffelführerin halten können. Oder für eine moderne Bäuerin.

Inzwischen hatte sich Luitgard neben Vilsmayr gedrängelt, lächelte den Gästen nett zu und bat sie ins Haus: „Kommts herein, der Kaffee ist schon fertig!"

Frau Zwissler sah kurz auf ihre Uhr. „Ich mag nicht unhöflich sein, aber in zwei Stunden muss ich Sie wieder verlassen. Aber bis dahin werden wir uns ausgetauscht haben." Sie folgte Luitgard und Vilsmayr ins Hausinnere. Luitgard hatte im Arbeitszimmer aufgedeckt und zwei weitere Stühle dazugestellt. Und nachdem Artigkeiten ausgetauscht und die erste Portion Kaffee und Kuchen unter Beifallsbekundungen verzehrt worden waren, wollte Luitgard von Frau Zwissler zunächst einmal wissen, bei welcher Zeitung sie angestellt wäre, oder ob sie frei für sich arbeiten würde.

Margit Zwissler lächelte über ihr flächiges Gesicht, überreichte Luitgard eine Visitenkarte und bemerkte, dass sie eine halbe feste Stelle beim Donaukurier hätte - und sonst frei arbeiten würde. „Da gehts mir besser als den meisten Journalisten - aber was die freie Arbeit anginge, da müsste man schon permanent am Ball bleiben."

„Untertreibe jetzt bloß nicht. Sie hat in der vergangenen Legislaturperiode zwei Bestechungsskandale um Landtagsabgeordnete aufgeklärt. Ganz alleine, in nicht einmal zwei Monaten.", meinte Dr.

Zwacknagl. „Und ohne irgendwen zwecks Informationsfluss bestechen zu müssen." Vilsmayr meinte, sich dunkel an dergleichen erinnern zu können.

Zwissler packte ein in einer roten Nadelfilzhülle steckendes Tablet aus und fuhr es hoch. Sie blickte kurz in die erwartungsvollen Gesichter des Ehepaars Vilsmayr. Luitgard hatte sogar ihre Hände zu Fäusten geballt in den Schoß gelegt.

„Darf ich anfangen?", bat sie um Erlaubnis. Luitgard nickte.

„Also", hob Margit Zwissler an, „die Personalien kennen Sie schon, nicht wahr? Thomas Stephan ist geschieden, und zwar seit 15 Jahren, keine Kinder, kein Kontakt zur Exfrau, die wieder geheiratet hat und mittlerweile in Karlsruhe lebt. Er selbst ist in Berlin-Ost, genauer in Treptow, geboren, wo seine Stiefmutter bis heute lebt. Sein Vater und seine leibliche Mutter sind beide mittlerweile verstorben. Stephan hat von 1997 bis 2002 an der Humboldt-Universität Germanistik, Publizistik und Literaturwissenschaften studiert. Ein Auslandssemester in Zürich, für mehr hat sein BaFöG nicht gereicht. Nach seinem Abschluss hatte er jede Menge Arbeitsplätze, zum Teil befristete, bei Verlagen und Fachzeitschriften, und zwischen drin hat er als freier Lektor gejobbt. Auf einem solchen Arbeitsplatz - bei einer Fachzeitschrift für Architektur - hat er seine spätere Frau kennengelernt. Wie gesagt, Heirat 2004, Scheidung schon zwei Jahre darauf, und es gibt keine Kinder aus dieser kurzen Ehe.", berichtete sie. „Im Jahr darauf hätte er eine gute Chance gehabt, aus einer Krankheitsvertretung heraus zum Ressortchef beim Aufbau-Verlag aufsteigen zu können, weil er ein ausgewiesener Lyrik-Experte ist..."

„Lyrik?", fragte Dr. Zwacknagl, und es klang ehrlich entsetzt. „Mit allem Möglichen habe ich gerechnet, aber mit...Lyrik?" Zwissler nickte. „Es gibt alle möglichen Experten. Warum nicht auch für Dichtkunst."

„Na gut,", schaltete sich Vilsmayr ein, „aber so wie's ausschaut, wurde er eben NICHT Ressortchef. Sondern?"

„Literaturagent. Besonders viele Manuskripte hat er nicht bei den

Verlagen unterbekommen - was übrigens bei 90% der Literaturagenten der Fall ist. Das hat nicht mit deren mangelnder Kompetenz und Verkaufstalent zu tun, sondern schlichtweg mit der Überflutung des Buchmarkts mit Manuskripten. Darum hatte er dazu noch ein zweites Standbein: Schreibkurse veranstalten. Das braucht zwar ein wenig Werbung, wenn auch keine groß angelegten Kampagnen. Irgendwelche zur Literatur Berufenen finden sich immer - und ab dann spielt Mundpropaganda eine nicht zu unterschätzende Rolle. Außerdem ist es mit kaum nennenswerten Unkosten verbunden. Ein Laptop mit Drucker und der Nebenraum in einem Literaturcafé. Wovon es in Berlin genügend gibt.“

„Ich kann mir den armen Poeten so richtig vorstellen“, grinste der Zehne-Seppi. "Mittags gibt's einen Toast mit Leberwurst, abends Spaghetti mit Ketchup. Und natürlich hatte er spätestens als Student auch den Drang verspürt, selbst die Musen zu vergewaltigen.“, setzte er voll Sarkasmus hinzu.

„Gibts denn ein Buch von ihm?“, wollte Luitgard wissen. Margit Zwissler öffnete eine Datei und hielt Luitgard das Tablet hin. „Natürlich. Ich habe in der Nationalbibliothek zu Frankfurt recherchiert. Zwei Lyrikbände, einen von 1999, einen von 2003. Vergriffen, Verlag nicht mehr existent.“

„Sic transit gloria mundi...“, murmelte Dr. Zwacknagl. „Luitgard, meinst du, ich könnte noch ein Stückerl von deinem wunderbaren Kirschkuchen...?“ Und schon lag der Kuchen auf seinem Teller.

„Sie auch, Frau Zwissler?“, wollte Luitgard wissen. „Herzlich gerne! Scheint mir ein traditionelles Rezept zu sein.“ Luitgard nickte eifrig. „Von meiner Großmutter Christl. Ihre fast vergessenen. Rezepte möchte ich gerne bei Thomas Stephan herausbringen, aber irgendwie ist da der Wurm drin. Und mein Verleger ist verschwunden.“ Sie straffte sich - und blickte Margit Zwissler mit der festen Hoffnung einer Mutter an, bei deren Sprössling genauso „irgendwie“ die Versetzung gefährdet ist. „Und deshalb,“, fuhr sie fort, bevor ihr Mann auch nur den Mund öffnen und sich wichtigmachen konnte, „wollen wir wissen, ob es dafür einen triftigen Grund gibt.“

Zwissler nickte verständnisvoll.

„Meine Frau hat fast fünftausend Euro in den Druck des Kochbuchs gesteckt.", ließ es sich Vilsmayr nicht nehmen, doch noch eine Erklärung obendrauf zu setzen.

„Verstehe.", meinte Zwissler und teilte sich einen ordentlichen Bissen Kuchen ab. „Freilich kann ich Ihnen, zumindest heute, keinen triftigen Grund dafür nennen, warum sich Thomas Stephan - möglicherweise! - mit dem Ziel Unbekannt abgesetzt haben könnte. Er muss keine Unterhaltszahlungen leisten. Er hat keine Schufa-Einträge. Er hat, soweit ich ermitteln konnte, ein einziges Girokonto bei der RaiBa Nördlinger Ries. Welches seit den letzten 8 Jahren absolut ausgeglichen ist. Keine auffälligen schwarzen und ebensolchen roten Zahlen. Darauf laufen die Zahlungen von seinen Vertragsautoren, wie zum Beispiel von Ihnen, Frau Vilsmayr, und es gehen die laufenden Kosten per Dauerauftrag ab, die bei Thomas Stephan ziemlich niedrig ausfallen. Die höchsten Posten an Abgängen gehen an Druckereien, die meist in Osteuropa sitzen. Maximal einmal pro Monat. Keine teuren Hobbies, keine hohen Überweisungen für Luxusgüter. Ich stelle Ihnen die Auszüge selbstredend zur Verfügung, Frau Vilsmayr."

Vilsmayr blies seine Backen frustriert auf - hatte ihn diese Journalistin doch einfach übergangen! „Und was ist mit dem Haus? In Wallerstein?"

„Sein Eigentum. Seit 15 Jahren. Schulden- und Hypothekenfrei. Vor 15 Jahren hat er übrigens auch den Himmelswiese-Verlag gegründet.", berichtete Zwissler weiter.

„Aber warum, in drei Teufels Namen, zieht einer ohne große Not weg von Berlin - wo sogar schon immer, mit Verlaub, der Bär gesteppt hat, auch bei den Medien?", zweifelte Dr. Zwacknagl. „Und zieht an den Sterz der Welt, nämlich ins Nördlinger Ries?"

Zwissler vertilgte den Rest ihres Kuchenstücks. „Das einzige Argument, das aktuell einleuchtend ist: Kostenersparnis. Das Haus mitsamt Grundstück und dem Geräteschuppen darauf, hat Stephan vor fünfzehn Jahren gerade einmal 32.000 Euro gekostet. Das hat er übrigens ohne Finanzierung und auf eine Rate bezahlt. Es ist damit von Anfang an alles schuldenfrei gewesen.“

„Ist das normal?“, fragte Vilsmayr.

Margit Zwissler zuckte mit ihren breiten Schultern. „Daran ist nichts Außergewöhnliches. Außergewöhnlich ist - und zwar mit Vorbehalt - dass Stephans Kontokorrent immer ausgeglichen ist. Wo seine Verlagsgeschäfte augenscheinlich doch eher schleppend verlaufen. Aber da bleibe ich dran.“, meinte sie und klang richtig munter. „Solche Ausgeglichenheit entspricht nach meiner Erfahrung nur bei alten Witwen der Wahrheit. Bei Selbständigen - zu denen auch der schäbige Thomas Stephan zählt - kann das auch Fassade sein.“

Luitgard lauschte ihr mit offenem Mund. Dass es aber auch angehen konnte, dass ein wildfremder Mensch das Leben eines anderen, ebenso wildfremden Menschen in gerade einmal zwei Tagen ausforschen konnte...der Wahnsinn!

Vilsmayr nippte an seinem Kaffee - kalt, wie er feststellen musste. „Das“, meinte er und räusperte sich verlegen, weil er nicht gerne fremde Leute lobte, schon gar nicht vor Familienmitgliedern und Freunden, „ist schon unglaublich viel, Frau Zwissler. Und ich bin sicher, Sie finden noch mehr heraus.“

„Ich habe noch mehr herausgefunden, Herr Vilsmayr.“, erwiderte sie unaufgeregt. „Nämlich über die Bücher und die Autoren aus dem Hause Himmelswiese. Über diejenigen im Verlagsprogramm und jene, die resultierend aus dem letzten Schreibkurs vertraglich an den Verlag gebunden sind. Ich kann Ihnen sagen - so etwas Seltsames habe ich noch bei keinem anderen Verlag gesehen.“

~~

Am selben Nachmittag wollte Golob wieder zu Moody ins Spital fahren; Vicky hatte sich ausbedungen, ihn zu begleiten und wollte ihn von der Arbeit abholen.

Zuvor hatte er aber noch ein wichtiges Telefonat zu erledigen, auf das er sich irgendwie freute. Die Durchwahl vom Ersten Polizeihauptkommissar Emmeran Vilsmayr hatte er tatsächlich noch gespeichert und gleich nach dem zweiten Klingeln wurde abgenommen. Er hatte die Stimme von Vilsmayrs persönlicher Assistentin Frau Praxl erwartet, doch es erklang eine Männerstimme, die ihm durchaus ebenso vertraut war.

„Kriminalpolizei Mühldorf. Sie sprechen mit Inspektor Pichetseder."

Golob zögerte verwirrt. „Leutnant Golob, Polizeiinspektion im 10. Bezirk Wien... Grüß Gott, mit wem spreche ich bitte?", stammelte er fast. Pichetseder... Pichetseder... Pichetseder ist doch eine Frau?

„Ivo, bist du's?", kam es vom anderen Ende.

„Ja, Ivo Golob..." Er schnaufte verwirrt.

Das Lachen, das aus seinem Mikrofon drang, klang herzhaft. „Mensch, Ivo! Schade, dass ich dein dummes Gesicht gerade nicht sehen kann! Ich bin's, der Erol!"

Golob hielt das Mobiltelefon weg von seinem Gesicht und schüttelte sich. „Hauptkommissar Erol... Gümüş?", stammelte er.

„Ja mei, i bin's, freili!", strahlte der bayerische Kollege geradezu in die Leitung.

Ivo Golob hatte seine Fassung wiedergewonnen. „Mit dir scheint ja einiges geschehen zu sein, Erol. Du bist befördert worden - noch nachträglich meine Gratulation! Und du hast deinen Nachnamen... ja was, geändert? Bist du am Ende verheiratet?" Golob grinste ins Telefon hinein.

„Ja, die Kollegin Kreszentia, du weißt schon, unsere Top-Hackerin, die hat ein Erbarmen mit mir gehabt - mit einem bayerischen Namen wirst du bei der bayerischen Polizei irgendwie ernster genommen. Und außerdem hat mich dieser Schritt um eine Riesenhochzeit mit 600 Leuterln herumgebracht - mit dieser türkischen Musik. Gräuslich!" Pichetseder, geborener Gümüş, wurde wieder ernst. „Was also liegt an, wo können wir in Bayern den Wienern helfen?" Und schwenkte wieder auf heiter: „Am Ende nicht wieder eine Leiche in einem Grenzfluss?"

„Nein. Achtunddreißig in einem Kühllaster an einem Autobahnzubringerknoten."

Pichetseder schwieg eine Weile. „Übel. Es kam sogar hier in den acht Uhr - Nachrichten."

„Um es kurz zu machen - nicht, dass ich nicht gerne mit dir plaudere, Erol - die ungarischen Grenzbeamten haben sich die Frachtpapiere ein wenig gründlicher angesehen. Empfänger der Ladung Fisch aus dem Schwarzmeer ist demnach eine bei euch in Mühldorf ansässige Import-Export-Firma namens Gebr. Krenek KG. Das müsste überprüft werden."

„Klar, machen wir. Schick uns eine Anfrage um Amtshilfe. Und die entsprechenden Unterlagen an meine Mail-Adresse.", sagte Inspektor Pichetseder zu.

„Müsste das nicht offiziell über euren Hauptkommissar Vilsmayr laufen?", wunderte sich Golob. „Der Herr Vilsmayr ist noch für etwa vier Wochen im Urlaub."

„So lange?"

„Darüber reden wir gerne ein anderes Mal, Ivo. Schick mir die Anfrage und die Unterlagen, ich vertrete Vilsmayr. Also, pfüat dich, Ivo!"

„Ja, mach ich gerne. Servus, Erol. Und Grüße an die Frau Gemahlin."

Golob beendete da Gespräch. Der Erol. Der war ein wirklich verrückter Hund... für mehr Überraschungen gut, als sich lediglich als Leberkässemmeln verzehrender Türke zu entpuppen, der am liebsten bayerischer war als jeder Bayer. Jetzt hatte er sich wenigstens einen landestypischen Familiennamen erheiratet.

~~

„Um es so knapp wie möglich zu machen", erklärte Zwissler, einen Blick auf die leidige Zeigerstellung ihrer Armbanduhr werfend,

„zehn Bücher stehen im aktuellen Verlagsprogramm von Herrn Stephan, sechs Autoren aus dem letzten Kurs für Kreatives Schreiben hat er zudem unter Vertrag genommen. Von weiteren Verträgen weiß ich nichts. Wenn Sie wünschen recherchiere ich auch das...“

Vilsmayr winkte ab. „Im Moment kein Bedarf, schaun mer mal. Sie meinen also, Frau Zwissler, dass Ihnen da etwas Bestimmtes aufgefallen ist bei diesem Portfolio?“

„Eine Art, wie soll ich sagen - Muster? Systematik? Präferenz?“ Vilsmayr lehnte sich zurück. „Da bin ich aber neugierig. Schießen S’ bitte los!“

„Zuerst das Verlagsprogramm... dabei muss ich sagen, dass sich meine Recherche über die beiden Buchgroßhandelsfirmen sowie den Versandhandel erstreckt hat. Also dann: „Vegan und low carb - kreative Rezepte für den Alltag“ - Restexemplare erhältlich. Keine Neuauflage geplant. „Der regenbogenbunte Glücksdrache - Meditationen für Kinder“ - Nur noch 3 Exemplare erhältlich bei Amazon. „Die Wanderapothekerin - Historischer Roman aus der Reformationszeit“ - nur noch antiquarisch erhältlich... „Liebe gegen das Vergessen. Wie Angehörige mit Demenz leben können“ - nur vorbestellbar...“ verlas sie

„Einen Moment“, gebot Vilsmayr Einhalt und zog seine Metaplanwand näher heran. „Ich möchte das gleich sortieren. Es gibt vermutlich zwei Kategorien: - „Nicht mehr erhältlich“ und „Noch nicht erhältlich?“, schloss er und zückte einen dicken Filzstift.

Zwissler verlas die Titel nochmals, Vilsmayr notierte. „Sie können weitermachen. Wenn ich richtig gezählt hab, ist das jetzt die Hälfte des Verlagsprogramms.“

„Stimmt. Weiter geht’s darin mit „Zappelphilipp und Heulsuse. Ein Leitfaden für Eltern von Kindern mit ADHS und ADS“ - momentan noch nicht lieferbar. Dann kommt „Nachtschatten und Silbermond - ein Vampirroman“ - vergriffen. Danach „Die Schwarze Barke. Trauerarbeit für Kleingruppen, Familien und Paare“ - noch nicht lieferbar. „Fesselnde Liebe. Leitfaden für BDSM“...“

„Moment!", rief Vilsmayr. „Das muss bestimmt auch vorbestellt werden - mit langer Wartezeit."

Zwissler lachte und schüttelte den Kopf. „Da haben Sie sich mal getäuscht, Herr Vilsmayr. Dieses Œvre liegt auch nur noch in einem kleinen Restbestand vor. Zu guter Letzt noch „Wir häkeln unser Totemtier - spirituelle Amirugumis". Nun, was schätzen Sie?

Vilsmayr genoss dieses kleine Spielchen. „Nur noch 1 Exemplar bei Amazon erhältlich?"

Zwissler reckte ihren Daumen hoch. „Kommen wir zu Ihren Autorenkollegen und -innen, Frau Vilsmayr. Sie haben ein Kochbuch verfasst?"

Luitgard nickte.

„Jetzt", meinte Frau Zwissler „wird die Lage dürftig und unübersichtlich, und zwar auf einmal. „Du bist Gottes schönster Gedanke" von Bruder Euphrasius Stein. Nur noch 10 Exemplare auf Lager. Keine Neuauflage geplant. Erschienen im Januar dieses Jahres. Haben Sie es, Herr Vilsmayr?"

„Suzanka Barth: „Briefe an mein Sternenkind" - wird vorerst nicht geliefert."

„Das glaube ich - das Zeug steht noch kistenweise in Stephans Haus herum. Und von alleine fliegt es nicht zu den Buchhändlern.", setzte Vilsmayr hinzu. Und: „Was ist mit den Krebsgeschichten von Frau Dr. Teufel?"

„Krebs annehmen - von Dr. Teufer. Mit „R" am Ende. Erscheint nach meiner Information nicht vor Ende nächsten Jahres. Weiter geht es: Von Kai Wüsthoff „Die Frauen von Gumbinnen. Eine ostpreußische Familiensaga. Vier Bände. Band eins nur noch antiquarisch erhältlich, Bände zwei bis vier noch nicht erschienen. Und dann hätten wir noch „Skagholm. Ein schwedischer Krimi". Davon können noch ganze 12 Stück geordert werden. Der Autor heißt Björn Ole Werdin..."

„... der mit Sicherheit KEIN Schwede ist.", mutmaßte Dr. Zwacknagl, der bisher nur zugehört hatte. Und kicherte.

Luitgard hakte nach: „Und was ist mit dem Astrologiebuch von Olga Zwezdova. Oder auch Helga Stern?“

Zwissler schüttelte den Kopf. „Da haben meine Nachforschungen gar nichts ergeben.“

Vilsmayr setzte mit einem energischen Handschlag den Deckel auf seinen Filzschreiber. „Ist auch besser so, glauben Sie’s mir.“ Er zog die Metaplanwand näher an die anderen heran. „Und - wem fällt etwas auf? So ganz rein zufällig?“

Dr. Zwacknagl spitzte die Lippen. „Das, was man Belletristik nennt, Koch- und Bastelbücher, und dieses Schmuddelzeug - die sind in kleinen Mengen erhältlich. Oder waren es bis vor Kurzem. Hingegen scheint die ‘Ratgeberliteratur’, so möchte ich es mal umreißen, nur projektiert.“, meinte er. „Aber warum, um Himmels Willen?“

Vilsmayr setzte sich wieder und bediente sich mit Kaffee. „Seppi, danke für deine rasche Einschätzung. Warum das so ist...?“ Er zuckte die Achseln.

Luitgard setzte hinzu: „Emmeran, hast du nicht ein Exemplar von Sternenkind dabei? Und gesagt, dass es im Haus von Stephan noch viel mehr davon gibt? Da stimmt wirklich etwas nicht.“

„Jedenfalls - vielen Dank, Frau Zwissler. Das war saubere Arbeit. Schade, dass Sie nicht bei der Polizei sind.“, bedankte sich Vilsmayr.

Frau Zwissler packte ihr Tablett ein und erhob sich zum Gehen, hielt aber noch einmal inne, mit einem Blick auf Luitgard. „Da gibt es noch etwas - zur Biografie des Autoren Bruder Euphrasius Stein. Der lebt seit 2016 als Novize im Passionistenkloster in Schwarzenfeld in der Oberpfalz. Sein bürgerlicher Name ist Euphrasius Steinbeiß, früher Gemeindepfarrer im Kreis Hof. 2013 wurde er von der zuständigen Diözese in den vorgezogenen Ruhestand versetzt. Missbrauch von Firmkindern über mehr als fünfzehn Jahre. Das war aber nicht der Grund für seine Pensionierung - der Grund war, weil er von sich aus auf seine Opfer und deren Familien zugegangen ist und um Entschuldigung gebeten hat. Und solche Alleingänge goutiert kein Bischof in Deutschland...“

Diesmal war es Vilsmayr, der sich vor Entsetzen die Hände vor den Mund schlug. „Jesusmariund...", war alles, was er dazu sagen konnte. Margit Zwissler nickte. „Ich werde bestimmt noch mehr in Erfahrung bringen und es Sie wissen lassen. Wenn Sie Ideen für Richtungen haben, in denen ich nachforschen soll, lassen Sie es mich bitte wissen. Mein Kärtchen haben Sie ja. Und vielen Dank für den Kaffee und den leckeren Kuchen."

Dr. Zwacknagl stand auf. „Ich bringe Sie zur Türe, Margit." Und verschwand mit der Journalistin aus dem Büro.

Vilsmayr ließ sich auf seinen Stuhl plumpsen. „Herrschaftszeiten! Des muss man jetzt erst einmal sortieren!", rief er aus. „Bruder Euphrasius...", murmelte Luitgard. Ihre Züge waren ziemlich blass geworden. „Und ich habe geglaubt, dass der ein wirklich anständiger, ein guter Mensch..." Sie atmete tief ein.

„Mir scheint, dass wir diesem spätberufenen Klosterbruder einmal einen Besuch abstatten sollten.", meinte Vilsmayr mit einem unbestimmten Seitenblick auf seine Frau. ER hatte schließlich diesem Bruder, mit dem seine Frau neulich so hektisch telefoniert hatte, irgendwie nicht über den Weg getraut. Das hatte ihm sein Bauchgefühl nämlich angeschafft.

Dr. Zwacknagl kehrte zurück. „Und?", fragte er erwartungsfroh und stolz. „Hab ich euch etwa zu viel versprochen?"

„Sicher nicht.", erwiderte Vilsmayr mit dem Blick auf seine Liste. „Aber jetzt sei mal ganz ehrlich, Seppi - für Gotteslohn leistet doch kein Mensch solche Arbeit!"

Der Zehne-Seppi linste tatsächlich nach einem der übrig gebliebenen Kuchenstückchen. „Na ja", meinte er, „ich hab immer noch einen ganz guten Draht zum Herausgeber der NZZ. In der Schweiz haben die großen Tageszeitungen anders als im Rest der Welt feste Stellen für Investigativjournalisten. Eine gute Argumentationshilfe. Und die Gehälter dort sind hoch. Das dürfte Margit zusätzlich motivieren."

Er widerstand der Versuchung durch den Kuchen und fokussierte seinen Blick nun auch auf die Metaplanwand. „Da ist irgendein punctum saltans versteckt." Immer, wenn er meinte anderen demonstrieren zu müssen, dass und wie er seine grauen Zellen in Anspruch nahm, warf er mit Latein um sich. „Und es wird ein Zufall sein, dass er sich enthüllt. Bleibt darum bitte aufmerksam. Und unerschrocken. Audaces fortuna iuvat!"

„Seppi?", unterbrach Vilsmayr seinen sinnierenden Freund.

„Ja?"

„Du bist ein Depp! Aber ein blitzgescheiter."

~~

Eben hatte Golob die offizielle Anfrage um grenzüberschreitende Amtshilfe nach Mühldorf am Inn gefaxt. Pichetseder hatte er danach ein Informationpaket der 'SoKo A8' mit Bildmaterial per E-Mail geschickt.

Eigentlich wollte er die einzige noch ungeöffnete Mail nicht anschauen. Denn die stammte von Berengere Patinter. Je nun. Sie hatte sich ungebeten Mühe gemacht. Und vielleicht war das der ideale Weg, um mit dieser neurotischen Rothaarigen zu einem Abschluss zu finden. Und mit seinem Ausflug nach Bregenz und dessen unerwartetem Ausgang...

Die Aufnahmen von den aus dem Zement gemeißelten Unterschenkeln wirkten einfach grotesk. Pieter Breughel hätte sich unter Zuhilfenahme eines Tees aus Bilsenkraut und Rosa Rettichrüblingen eventuell so etwas ausdenken können. Aus zwei eingeschrumpelten Füßen, die Zement und Blutleere hellgrau gefärbt hatten, ragten paarweise die Röhrenkochen, die von Aas fressenden Fischen zum Teil abgenagt und blankgelegt waren. Da das Fleisch der Füße ausgetrocknet war, schienen die Zehennägel gewachsen zu sein. Sie waren schwärzlich verfärbt, teilweise gesplittert und erinnerten ihn an Zubehör für gruselige Karnevalskostüme. Das Ganze war aus vier verschiedenen Blickwinkeln aufgenommen. Und dann war da noch eine Fotografie von einer Art Werbezettel, die in einer transparenten Plastikhülle stak. Zerknittert, teilweise mit Zement verklumpt. Ein paar Worte waren noch einigermaßen leserlich. Der Farbdruck war verwaschen durch die ehemalige Feuchtigkeit des frisch angemachten Zements.

„Schön ist was anderes…", brummte er und schloss diese E-Mail unbeantwortet. Warum war es nur sein besonderes Schicksal, solche merkwürdigen Souvenirs von den Grenzgewässern Österreichs mitzunehmen?

Er fuhr seinen Rechner herunter Unten musste Ludovika schon seit mindestens einer Viertelstunde auf ihn warten. Rasch ging er auf sie zu und begrüßte sie mit einem Kuss. „Servus, Spatzerl. Wartest du schon lange?"

Dr. Zrenner schüttelte den Kopf. „Macht nichts. Außerdem ist es immer interessant und lehrreich zuzuschauen, was da für ein Volk bei euch ein- und ausmarschiert…" Er grinste: „Ja - den Gottlosen die Hefe!" Er hakte sie unter auf dem Weg zur Straßenbahn.

Draußen sauste das immer noch regenfeuchte Wien vorbei - doch im Westen schien der Himmel nun heller und die Wolkendecke dünner. Golob zückte sein Mobiltelefon und öffnete die entsprechenden Dateien. „Willst du einmal sehen, was mir Leutnant Patinter als Abschiedsgruß vorhin geschickt hat? Dir als Pathologin kann ich es glaub ich zumuten?" Er zeigte ihr die beiden Zementfüße mit den Zombiekrallen.

„Krass!", meinte sie. „Gehört hab ich schon davon, aber gesehen hab ich das noch nie. Je nun, ich arbeite ja auch nicht in Palermo oder in New York. Und jetzt kannst es weggeben." Golob schloss die Dateien. „Na, mag ich auch nicht mehr haben. Obwohl - man trifft sich im Leben immer zweimal…" Er schüttelte sich.

Ludovika strich ihm über die Wange. „Das gilt nicht für Füße ohne Besitzer." Er steckte sein Handy weg. „Ludovika, was meinst du - was könnten wir denn einem blinden zehnjährigen Buben ins Krankenhaus mitbringen?"

Sie dachte kurz nach. „Ein kleines Kuscheltier."

Kurz vor dem Spital fanden sie einen Laden für Kinderkleidung,

Zubehör und Spielsachen. Davon das meiste für Babys und Klein-kinder. Die Inhaberin strahlte Golob und Dr. Zrenner an, wahr-scheinlich hielt sie sie für werdende Eltern oder Angehörige, die im Spital das neueste Familienmitglied begrüßen wollten.

Golob entdeckte endlich auf einem Regal in einem Nebenraum ein Spieltier, das nicht auf den ersten Blick als erstrangig biss- und sabberfest ausgewiesen war - einen etwa 30 Zentimeter großen Plüschtiger. Der allerdings türkisblau-kaffeebraun-gestreift war. Fünfunddreißig Euro sollte er kosten... aber immerhin war es ein Tiger und kein gehäkelter Ameisenbär.

Sie bezahlten, Vicky steckte den Gestreiften in ihren Shopper, und sie begaben sich Hand in Hand zur Kinderstation. Eben wollte Golob klopfen, als die Türe aufging und ein Arzt heraustrat und schier mit ihm zusammenprallte.

„Grüß Gott!", sagte Golob verdutzt.

„Sind Sie vom Jugendamt?", wollte der Arzt wissen. Wieder ein-mal musste Golob seinen Dienstausweis zücken, der gründlich studiert wurde. „Ah ja. Meine Kollegin hat mich darüber informiert. Sie haben Glück, dass er noch nicht entlassen wurde.", meinte er.

„Entlassen?", fragte Golob entsetzt. „Er ist soweit wiederherge-stellt, dass er nicht mehr stationär behandelt werden muss. Das Jugendamt ist eingeschaltet. Die organisieren seinen weiteren Ver-bleib...", klärte der Arzt sie auf. Er schien in ebensolcher Eile zu sein wie seine jüngere Kollegin vor ein paar Tagen.

„Aber - Sie können doch nicht...", protestierte er. „Herr Leutnant, das hier ist ein Spital, keine Auffangstätte für unbegleitete jugend-liche Flüchtlinge.", klärte der Arzt ihn auf. „Wenn Sie ihm jetzt ein paar Fragen stellen wollen: Die Übersetzerin ist bei ihm." Er wandte sich, mit dem typischen Blick auf die Armbanduhr, bereits zum Gehen. „Übrigens weiß er das mit seinen Großeltern jetzt..." Und hastete davon.

„So ein aufgeblasener Saftsack!", knirschte Golob. Vicky klopfte ihm auf die Schulter. „Der meints nicht bös. Und ich glaube, dass du als Polizist dir vielleicht ganz gut vorstellen kannst, womit ein

Spitalsarzt den lieben langen Tag konfrontiert wird. Wenn er da nur einen Teil an sich heranlässt, ist er in einem Jahr ein seelisches Wrack. Spätestens. Und jetzt gehen wir da hinein! Wir müssen noch einen türkisen Tiger loswerden."

Neben Moodys Bett saß wie beim letzten Mal Sakina. Sie lächelte Golob an und informierte Moody über dessen Eintreffen.

Der Junge wirkte nun wesentlich stabiler. Er richtete sich im Bett auf und lachte Golob breit an. „Hallo Ivo!"

Golob nahm seine Hand und schüttelte sie herzlich. „Ich habe eine liebe Freundin mitgebracht - Vicky. Sie ist auch Doktorin." Sakina übersetzte, Vicky setzte hinzu: „Schön, dass ich dich auch kennenlernen darf, Moody. Und hier will noch jemand zu dir..." Sie holte den Plüschtiger aus ihrer Tasche und gab ihn behutsam dem Jungen in die Hände.

Der betastete das Spielzeug ausgiebig und strahlte: „Jeddah!"

Sakina schaltete sich ein: „Das heißt 'Tiger' auf Deutsch."

„Tiger.", wiederholte Moody. „Danke, Ivo!"

Golob wandte sich an die Dolmetscherin. „Ich würde Moody gerne ein paar Fragen stellen. Ist er dafür bereit?" Sakina nickte. „Ja. Ich habe ihm erklärt, dass die Polizei in Österreich gut ist. Dass man ihr vertrauen kann."

Er blickte sie kurz und nachdenklich an. „Wer hat Sie eigentlich hierher geschickt, Frau Bilal? Das Jugendamt?" Sie schüttelte ihren Kopf. „Nein. Weißer Ring. Der wird Moody auch zu einer Familie hier bringen."

Golob nickte. „Gut, dass es so etwas gibt. Sind wir nun bereit?" Er setzte sich zu Moody aufs Bett, der unwillkürlich den Plüschtiger an sich drückte. „Moody, es tut mir sehr, sehr leid wegen deiner Großeltern!", begann er ernst. „Aber du bist hier in Sicherheit. Und die Menschen, die sich um dich kümmern, sind gute Menschen. Du bist nicht alleine."

Er wartete ab, bis Frau Bilal zu Ende übersetzt hatte. Moody nickte stumm.

Golob fuhr fort: „Kannst du mir erzählen, wie ihr aus Afghanistan herausgekommen seid? Wie die weitere Reise verlaufen ist?" Wieder wartete er die Übersetzung ab.

Doch zu ihrer aller Überraschung antwortete Moody mit lückenhaften und kurzen, aber verständlichen Sätzen auf Englisch: „Dada and Dadi and me. Together other people in vans to Iran. At night."

Golob, Vicky und Sakina sahen einander bass erstaunt an. Sakina fragte den Jungen etwas - vermutlich, woher er denn Englisch könne. Und Golob fielen wieder die wenigen englischen Worte ein, die Moody im Anhänger gesprochen hatte. Doch dieses Mal antwortete er auf Urdu. Es war eine ausgiebige Antwort.

Sakina stockte fast der Atem. Dann holte sie tief Luft. „Seine Großeltern besaßen eine Apotheke in Herat. Er war bei ihnen, weil seine Eltern ein blindes Kind nicht bei der Landwirtschaft brauchen können. Auch wenn er ein Junge war. Oft sind amerikanische Soldaten in die Apotheke gekommen. Sie waren immer nett zu ihm. Von ihnen hat er es gelernt." Sie schwieg eine Weile.

Moody setzte ein kurzes Lächeln auf. „Sir! Yes, Sir!"

Golobs Pulsschlag stockte für einen Moment, Sakina fuhr fort. „Über die Grenze zwischen Iran und Irak dann zu Fuß, nachts. Moody musste von einem Mann, Tahir, getragen werden. Viele Kilometer. Dann wieder auf Transportlastern, aber in frischer Luft. Manchmal hat die Polizei sie gestoppt, einmal Militär. Aber sie durften weiter."

Golob seufzte und sagte vor sich hin: „Die wurden geschmiert, was denn sonst. Was die Schleuserprämien ordentlich in die Höhe treibt."

„Ein Mann ist unterwegs gestorben, einfach morgens tot dagelegen. Dann haben sie eine große Stadt am Meer in der Türkei erreicht, Trabzon. Von dort auf ein kleines Schiff. Hat nach Fisch gestunken. Fünf Tage auf dem Meer. Dann neue große Stadt. Und dort in den Anhänger."

„Oh Gott!", murmelte Ludovika. Auch Golob schüttelte seinen Kopf. „Fragen Sie Moody bitte, ob ihm seine Großeltern denn erzählt haben, wohin sie mit ihm fortgehen wollten." Er wollte sich vergewissern, dass Moody bei seiner Aussage von vor drei Tagen blieb. Oder ob irgendetwas anderes aus seinem Gedächtnis ans Tageslicht gekrochen kam.

Moody antwortete auf Frau Bilals Frage: „Deutschland."

„Frau Bilal, bis zur Einschiffung in Trabzon hat Moody so einigermaßen gewusst, wo sie sich befanden. Und wie verhält es sich mit 'der großen Stadt hinter dem Meer?"

Nach der Übersetzung und Moodys Antwort schüttelte Sakina bedauernd den Kopf. „Da waren andere Männer. Haben nicht geredet mit ihnen, haben sie nur in den Laster geschoben."

„Haben sie sonst irgendetwas gesagt? Wenigstens den Namen einer Stadt in Deutschland erwähnt?"

Moody schwieg eine Weile auf Sakinas Frage hin und schloss die Augen. Vermutlich war ihm alles zu viel. Golob schämte sich, das Kind offensichtlich zu stark drangsaliert zu haben. Er legte seine große Hand auf dessen mageren Unterarm. „Tut mir leid, Moody! Lass einfach gut sein. Und wir gehen jetzt wohl besser."

In diesem Moment antwortete Moody klar und deutlich. Nur dass ihn nun niemand im Raum verstand. „Parçati-le la Viena. Nu trebuie să vă mai faceţi griji."

Golob prallte zurück. Hatte er nicht eben klar „Viena" vernommen? Wien?

„In welcher Sprache spricht er? Eine andere als Urdu?", stammelte Golob und blickte Sakina ungläubig an. Die zuckte die Achseln. „Nicht Urdu. Auch nicht Dani, Paschtun oder Farsi. Ich kann das nicht übersetzen."

„Kann Moody das übersetzen? Oder hat er einen Teil davon verstanden?, fragte er atemlos.

Frau Bilal und Moody unterhielten sich eine Weile. Golob erkannte gegen Ende ihres Dialogs lediglich das Wort „Dadi", also Großmutter.

„Einer der beiden Männer, die sie in den Laster geschoben haben, hat das zu dem anderen gesagt. Er weiß nicht, was es heißt. Er hat manchmal längere Sätze von den Amerikanern nachgesprochen, auch wenn er sie nur einmal gehört hat. Hat sie im Gedächtnis behalten und wiederholen können. Seine Großmutter hat einmal über ihn gesagt, dass Allah von ihm seine Augen verlangt und ihm dafür eine goldene Zunge gegeben hätte."

Golob legte sein Handy vor Moody aufs Bett.

„Frau Bilal, ich möchte eine Aufnahme von diesem Satz machen. Ist Moody dafür bereit?"

~~

Sehr zu ihrem Missfallen musste sich Luitgard anderntags erneut ins Auto neben ihren Mann setzen. Und zu ihrem noch größeren Unwillen, sagte das Navi, dass die Fahrt von Altötting nach Schwarzenfeld in der Oberpfalz doppelt so lange wie nach Nördlingen dauern sollte - und dann noch ein Großteil auf der Landstraße. Ihr war deshalb schon beim Einsteigen schlecht.

„Dann fahr halt du!", stichelte Vilsmayr. Dabei wusste er genau, dass seiner Frau Selberfahren, noch dazu auf langen Strecken, noch verhasster war.

Daraufhin war Luitgard glatt eingeschnappt, presste die Tasche mit der Jause gegen ihren Schoß und schwieg beharrlich. Und nahm fürchterliche Rache: Bereits kurz vor Vilsbiburg musste sie zum ersten Mal auf die Toilette. Zwei Tankstellen, die Vilsmayr murrend ansteuerte, hatten keine solche für Reisende. Also musste er ins Stadtzentrum...

Eine halbe Stunde später in Neufahr schon wieder...

Vilsmayr fluchte - und fuhr seine Frau nach Vollzug richtiggehend an: „Du hast heut Morgen eine gotteinzige kleine Tasse Kaffee getrunken. Deine Nieren müssten jetzt allmählich auf Sparmodus gehen. So - und bis Weiden verkneifst du dir's ab jetzt!"

Luitgard war überhaupt gegen diese neuerliche Dienstreise, bloß um noch jemanden zu befragen. Erstens hätte der Seppi jetzt ja diese tüchtige Journalistin aufgetan. Und zweitens ließe sie auf den Bruder Euphrasius nichts kommen. Er sei ein guter Mensch. Punktum. Was er früher an Sünden begangen hätte, hatte er vor Gott und den Menschen bereut. Warum könne er, Emmeran, ihm denn nicht bei allen Nothelfern und den übrigen Heiligen seine Ruhe lassen.

Vilsmayr schloss erst einen Überholvorgang - Trecker mit Strohballen - ab. Dann wandte er sich Luitgard zu. „Tja, dann sag doch bitte hier und gleich, ob ich mit all dem hier aufhören soll, ja?" Luitgards Schmollerei gepaart mit ihrer Unsicherheit bei Entschlüssen konnte auch den gutmütigsten Menschen in den Wahnsinn treiben. Es fehlte nicht viel, und er wäre vor lauter Ärger auf die Bremse getreten. Dabei war er eben erst vor dem Traktor mit Anhänger wieder eingeschert.

Die Landschaft war langweilig und zersiedelt, und kurz vor Regensburg, als sie auf die A93 Richtung Hof einbogen, fing es auch noch an zu nieseln. Außerdem regte sich jetzt ausgerechnet bei Vilsmayr ein menschliches Bedürfnis. Luitgard schwieg noch immer. Sie konnte schon ein bockiges Weibsbild sein.

„Also gut.", meinte er und steuerte den nächsten Parkplatz mit Toilettenhäuschen an. „Jetzt muss eben ich amal aufs Häusl, außerdem hab ich Hunger!", verkündete er.

Als er zurückkehrte, hatte ihm Luitgard ein Vesperbrot mit Rotwurst ausgepackt und eine Stahltasse Milchkaffee eingeschenkt. „Ja, gut.", sprach sie. „Aber ich werde zu reden und zu fragen anfangen. Und WEHE, du erwähnst seine Vergangenheit auch nur mit einem Wort!"

Vilsmayr, der gerade mit großem Appetit in sein Brot gebissen hatte, nickte demütig. Länger hätte er beides nicht ausgehalten: diese Zwischeneiszeit und seine leichte Unterzuckerung. „Magst du jetzt einmal fahren?", schlug er seiner Frau vor. Sie nickte. „Ich probier's jetzt halt."

Schon lange vor Weiden wurde die Landschaft waldiger, einsamer, grüner, und zwei Holzlaster stellten Luitgard vor eine ziemliche Herausforderung, die sie letztendlich mit zusammengebissenen Zähnen meisterte.

Nach dreieinhalb Stunden Fahrt war das Passionistenkloster erreicht. Vilsmayr hatte beileibe nicht eine Anlage wie Ettal oder Andechs erwartet - aber dieses Kloster war, um es nüchtern aber herzlos auszudrücken, ziemlich mickrig. Der Konvent lag in einem zweistöckigen Torhaus, das Kirchlein dahinter war klein und bescheiden. Ein Gästehaus schloss den Komplex auf der einen, ein Wirtschafts- und Seminargebäude auf der anderen ab. Hier wurde der sogenannte Erste Evangelische Rat wirklich beherzigt: die Armut.

Luitgard stellte den Wagen auf dem Parkplatz ab und sie suchten und fanden den Pförtner. Tatsächlich tat einer der Ordensbrüder, der schwarzes Habit und Tonsur trug, Türdienst. Er begrüßte die beiden von weither angereisten Gäste freundlich und wies ihnen den Weg zum Zimmer von Bruder Euphrasius, der im Gästehaus untergebracht war. Allerdings würden sich die Herrschaften noch etwas gedulden müssen, denn gleich würde es zur Terz läuten, an der auch der Besuchte teilnehmen würde. Und mit einem freundlichen Nicken bekundete der Bruder Pförtner, dass auch Gäste selbstredend dazu eingeladen seien.

Vilsmayr, der zwar einen Teil seiner Schulzeit in einem von Jesuiten geleiteten Internat verbracht hatte und ein der Kirche verbundener Katholik war, hatte schon als Kind dieser regelmäßigen Unterbrechung von ersprießlicherem Tun, wie Karten Spielen mit seinen Schulfreunden, relativ wenig abgewinnen können. Er lehnte ebenso freundlich mit der Begründung ab, dass er und seine Frau bis jetzt fast vier Stunden im Auto gesessen hätten - und sich nun dringend die Beine vertreten müssten. Der Bruder Pförtner zeigte Verständnis. Was blieb ihm auch anderes übrig.

Immerhin beherbergte das Kloster eine kleinere christliche Bildungsstätte - und demzufolge gab er außer frei zugänglichen sanitären Räumen auch Automaten für Snacks und Getränke. Ihre Thermoskanne war nämlich leergetrunken. Und passend dazu läutete ein Kirchenglöcklein zur Terz.

Vilsmayr löste eine Tüte Gummibärchen aus, die satte 3 Euro

kostete, und schlenderte mit Luitgard durch die Anlage. Es gab hier keine architektonischen Besonderheiten, keine künstlerische Ausschmückung bis auf die abgetretenen Epitaphe im Kreuzgang. Alles war, wie es sich für ein Kloster gehörte, sauber und aufgeräumt, aber auch von einer bescheidenen Schlichtheit, die eher zu Protestanten gepasst hätte.

Eine halbe Stunde später suchten sie Bruder Euphrasius Stein auf. Er befand sich auf seinem Zimmer - und zeigte sich über die Maßen erstaunt, Luitgard leibhaftig vor sich stehen zu sehen. Sie stellte ihren Gatten vor und die beiden Männer tauschten einen Händedruck.

Vilsmayr hatte sich Euphrasius Steinbeiß (irgendwie gefiel ihm sein bürgerlicher Nachname besser als der Künstlername „Stein") vollkommen anders vorgestellt. Ein von Gram und Reue zerknirschtes Männlein mit schlechter Haut, Magenfalten und Dackelblick. Doch vor ihm stand ein Mann, der so groß und so breit war, dass er mit seiner Gestalt ein normal großes Fenster abdunkeln konnte. Sein Haupthaar war voll und fast weiß, ebenso wie sein gestutzter Vollbart. Tonsur trug er nicht, auch kein Habit.

Der Händedruck, den ihm dieser fromme Rübezahl gegeben hatte, war so vorsichtig, dass er nicht wirklich schmerzte.

„Setzt euch doch bitte!" Aus seinem Mund klang das Du nicht im mindesten anbiedernd oder nassforsch. Er rückte seine beiden einzigen Stühle, einfache Modelle aus Holz mit Flickenkissen, zurecht und setzte sich auf sein Bett, auf dem er zuvor ein Plaid ausgebreitet hatte, stand aber sofort wieder auf.

„Entschuldigt, ich bin einfach noch ein wenig perplex. Ich vergaß, euch etwas zu trinken anzubieten. Leider kann ich nur Wasser oder Tee zur Auswahl stellen. Wobei der Kräutertee aus dem Klostergarten wirklich gut ist. Nicht zu viel Minze dabei." Er trat an ein kleines Sideboard, auf dem ein Wasserkocher, zwei Kaffeehumpen und drei kleine Vorratsdosen aus Blech standen.

„Dann probiere ich sehr gerne deinen Tee.", beschloss Luitgard. Vilsmayr, der einen kurzen aber strengen Blick seiner Frau auf sich spürte, schloss sich an. Schlimmer geht immer, dachte er bei sich, während es im Wasserkocher bereits blubberte. Zum Beispiel Früchtetee.

Bruder Euphrasius goss das kochende Wasser auf. „Fünf Minuten sollte er schon ziehen. Wenn einer von Euch Zucker mag - den muss ich aus der Gästekantine holen." Vilsmayr hob die Hand. „Für mich bitte schon - wenn's keine Umstände macht."

„Durchaus nicht.", beeilte sich Bruder Euphrasius zu bekunden. „Ich bin in fünf Minuten wieder da." Sprach er und verließ seine Gäste.

„Warum Zucker, Emmeran?", fragte Luitgard irritiert. „Damit ich mich ein bisschen umschauen kann.", erwiderte er, verließ seinen Sitzplatz und spähte erst ins das kleine Bücherbord. „Du behalte bitte die Zeit im Auge - und die Türe."

„Soll ich auch noch pfeifen, wenn ich merke, dass er zurückkommt?!", fragte Luitgard spitz. Mittlerweile hatte er sich den kleinen Sekretär vorgenommen, auf dem Euphrasius' zugeklapptes Laptop und drei Aktenordner standen. Lose Papiere lagen keine herum. Auf dem Rücken eines Ordners stand „Verlag". In diesem blätterte Vilsmayr herum - und wurde fündig. Zwei Rechnungen - eine über „Lektorat" zu 1.500 Euro, eine über „Druckkosten" zu 2.000 Euro. Und natürlich den Vertrag über die Inverlagnahme seines Buches. Vilsmayr schaffte es gerade, die für ihn interessanten Seiten mit dem Handy abzufotografieren und den Ordner wieder wie zuvor hinzustellen, als die festen Schritte von Euphrasius den Flur erhallen ließen.

„Das meiste wird er auf dem Rechner haben...", konnte Vilsmayr gerade noch feststellen, als ihr Gastgeber auch schon eintrat. Er legte ein paar Würfelzuckerpäckchen auf den Tisch vor Vilsmayr, goss den Tee ab und stellte die dampfenden Becher vor Vilsmayr und Luitgard.

„Vergelt's Gott.", murmelte Vilsmayr. „Segen's Gott.", antwortete Bruder Euphrasius, bevor er sich auf sein Bett setzte und dann seiner Neugier nachgab.

„Was verschafft mir denn die Ehre, dass ihr diesen wirklich weiten Weg nach Schwarzenfeld auf euch genommen habt?"

Luitgard nippte an ihrem Tee. Sie hatte keine Probleme mit heißen Flüssigkeiten. Der Tee war wirklich nicht übel. Sie schmeckte Zitronenmelisse heraus. Also etwas für den Abend, nicht für den Morgen zum Munterwerden. „Ja", begann sie, „ich mache mir jetzt wirkliche Sorgen um den Herrn Stephan. Er ist seit Wochen wie vom Erdboden verschwunden. Erst heißt es, dass ich mein Buch ganz bestimmt Anfang Juli kriegen werde, zumindest die zugesicherten 25 Autorenexemplare. Dann hat er gesagt, dass er die Druckerei hat wechseln müssen, die davor hätte sein Layout zerschossen... Und mit einem solchen Betrieb könne er nicht zusammenarbeiten. Wie ist es bei dir, Euphrasius?"

Er strich sich seinen Bart. „Keinen Deut anders. Seit der letzten Woche im Juni ist Funkstille seinerseits eingekehrt. Immerhin - ich habe wenigstens zehn Autorenexemplare bekommen."

Dies war das erste Mal, dass sich Vilsmayr in die Unterhaltung einmischte. Zuvor hatte er, um quasi seinen guten Willen zu unterstreichen, vom Tee versucht. Und fand, dass er richtig daran getan hatte, diesen ordentlich zu süßen. „Wie viele sind dir zugesichert worden?", wollte er wissen.

„Dreißig.", entgegnete Euphrasius ohne lange überlegen zu müssen. „Auf die restlichen 20 kann ich wohl ewig warten." Es klang beiläufig, doch er wippte dabei kurz und hektisch mit dem rechten Knie.

Vilsmayr war das nicht entgangen. „Warum bist du so sicher, Bruder Euphrasius? Dir müsste es doch in Fleisch und Blut stehen, dass zu den drei Grundhaltungen der Christen die Hoffnung gehört. Neben Glauben und Liebe."

Luitgard warf ihm einen scharfen Blick zu, Vilsmayr nahm noch einen Schluck Tee, wobei er während des Trinkens den ältlichen Passionistennovizen nicht aus den Augen ließ. Er fuhr trotz der nonverbalen Ermahnung seiner Frau fort. „Zumindest indirekt habe ich mitbekommen, dass du ein Leidensgenosse meiner Frau bist. Und anderer Mitautoren. Oder hast du mittlerweile andere Informationen, was dein Buch angeht? Konkretere?"

Jetzt atmete Luitgard scharf aus. Mochte ihr Mann, den offensichtlich der Hafer soeben mächtig gestochen hatte, gerade noch die Kurve gekriegt haben. Andererseits stellte er auf der Grundlage seiner immensen Berufserfahrung und dessen, was man Polizeiinstinkt nannte, immer die richtigen Fragen. Mit dem richtigen Effekt.

Euphrasius Knie zitterte mit höherer Frequenz. Was auch für unbedarftere Beobachter als Vilsmayr auffällig gewesen sein dürfte. Rasch, wie um seiner Körperanspannung Herr zu werden, stand er auf und holte den Ordner mit der Aufschrift „Verlag" vom Schreibtisch, blätterte ein wenig und hielt Vilsmayr die entsprechende Seite seines Autorenvertrags unter die Nase.

„Hier steht: '...stehen dem Autoren nach Drucklegung 30 Freiexemplare zu...'.", erklärte er. Vilsmayr nickte, Euphrasius stellte den Ordner zurück, blieb aber stehen. Sollte das nun heißen, dass die Audienz beendet war?

„Das habe ich ja auch nicht angezweifelt, Bruder Euphrasius. Sag einmal, wer hat diesen Vertrag denn aufgesetzt? Ein Anwalt? Oder der Herr Verleger?", wollte Vilsmayr wissen.

„Da fragst du mich was. Herr Stephan hatte mir versichert, dies sei ein sogenannter 'Standardvertrag'. Da gibt es wohl Musterentwürfe.", entgegnete er. Er machte keine Miene, sich wieder zu setzen. Seine hochaufragende, breite Gestalt durfte bei Menschen, die man leicht einschüchtern konnte - wie etwa Minderjährigen - durchaus ihren Effekt nicht verfehlen.

„Ich mein nur", entgegnete Vilsmayr, der seinerseits nun auch einen Eindruck vermitteln wollte, nämlich den, in Frieden gekommen zu sein, „dass die Fristsetzung 'nach Erscheinen' ein wenig ... schwammig ist. Zumindest für mich."

Nochmals wiegelte Euphrasius ab. „Vielleicht. Ich selber - und damit möchte ich auf meine Äußerung von vorhin, dass ich auf meine fehlenden Autorenexemplare wohl ewig warten kann – zurückkommen, ich selber habe damit abgeschlossen."

Vilsmayr machte ein abermaliges Friedensangebot durch einen

weiteren Schluck Tee. Irgendwie mussten Löwenzahn, Zaunwinde und Giersch in der Mischung sein...

Luitgard faltete ihre Hände gar fromm im Schoss. „Es ist doch schön, wenn jemand in Frieden mit etwas abschließen kann.", warf sie ein. Ihr Mann ließ sich davon nicht beeindrucken. „Seid ihr, also du und Thomas Stephan euch je persönlich begegnet?", wollte er wissen.

Bruder Euphrasius zuckte zurück. „Ich?... Nein, niemals. Und soweit ich weiß, werden solche Verlagsgeschäfte oft lediglich per Post abgeschlossen. Oder E-Mail.", erklärte er, und warf einen Blick auf sein Laptop. „Ohne das hier wäre ich in dieser Einöde absolut aufgeschmissen."

„Wie ist der Empfang - in dieser Einöde?", interessierte sich Vilsmayr unverfänglich.

„Ich habe neben meinem Router einen Amplifyer stehen. Der Empfang ist Eins A, aber das Netz ist hier auf dem Land langsam. Sehr langsam."

Vilsmayr merkte aus den Augenwinkeln, dass das Gespräch seiner Frau mittlerweile zu weit ging. Oder in eine falsche Richtung. Luitgard stand auf, strich ihr Kleid und ihre dünne Strickjacke glatt und meinte: „Planst du schon etwas Neues, Bruder Euphrasius?" Das klang nach einem ziemlich aufgesetzten Ablenkungsversuch.

Bruder Euphrasius ließ sich darauf ein. „Der Vertrag mit Stephan läuft nicht mehr lange. Und unserem Prior gefällt mein Buch. Er hat mir den Rat gegeben, das Manuskript einzuschicken. Es gibt genügend seriöse katholische Verlage. Der Prior meint auch, dass es sich sicher gut verkaufen würde..."

So viel zu den Drei Evangelischen Räten Demut, Armut und Keuschheit... Vilsmayr schnaubte unwillkürlich und täuschte rasch ein unterdrücktes Niesen vor.

„Jedenfalls danken wir dir für die Zeit, die du dir für uns genommen hast, Bruder Euphrasius.", bekundete Luitgard. „Vor allem, weil wir doch unangemeldet bei dir hereingeplatzt sind."

Auch Vilsmayr erhob sich. Seine Frau war es gewesen, die die Audienz beendet hatte.

Bruder Euphrasius schütteltes sein massiges Haupt mit der grauen Künstlermähne. „Gäste sind im Haus des Herrn immer willkommen." Er wandte sich seinem Bücherbord zu und holte ein schmales Bändchen herunter, das er aufschlug und in das er ein paar Worte schrieb. "Luitgard, es ist mir ein Bedürfnis, dir mein Büchlein zu verehren. Du bist so ein herzensguter, positiver Mensch."

Luitgard bedankte sich überschwänglich und ließ das Buch in ihre geräumige Handtasche gleiten. „Und danke für den Tee.", setzte sie hinzu.

„Ihr könnt welchen im Klosterladen kaufen.", erwiderte Bruder Euphrasius. „Und nun geht mit Gott!"

Luitgard hatte den spartanisch möblierten Raum schon verlassen, als sich Vilsmayr noch einmal in der Türe umdrehte und die Hand hob. „Ich hätte da noch eine Frage an dich, Bruder Euphrasius..." Doch Luitgard zupfte ihn am Janker.

„Ja?", fragte Euphrasius, und in diesem Ja schwang nun unverhohlene Nervosität mit.

Vilsmayr jedoch schloss eine erhobene Hand zu einer lockeren Faust und ließ diese sinken. „Hat sich erübrigt, Bruder Euphrasius. Und vielen Dank. Pfüat Ihnen!"

Luitgard strebte schon dem Ausgang zu.

Draußen ging sie mit ihren kurzen, energischen Schritten für einige Momente schweigend neben Emmeran her. „Mein Lieber,", meinte sie, als sie den Torbogen durchschritten, „dein Benehmen war sehr knapp an der Schädelkante entlang".

Vilsmayr stieß seine Hände in die Hosentaschen. „Mag sein. Hat aber eine gewisse Wirkung nicht verfehlt. Und überhaupt, Gardi, das war bisher unser allerbestes Teamwork. Du guter Bulle, ich böser..."

„Ja, böser. Dir hat er sein Buch nämlich nicht gewidmet."

„Mag sein. Doch das geht dem Vilsmayr Emmeran Xaver am Arsch vorbei. Aber ich brauche, sobald wir daheim sind, nochmal deinen Verlagsvertrag. Und die E-Mail-Adresse von Bruder Euphrasius.“ Er blieb abrupt stehen. „Was ist jetzt, sollen wir noch etwas von diesem Tee kaufen?“

~~

Golob und Ludovika stiegen im Knotenpunkt Vöcklabruck, wo Dr. Zrenner ihren Wagen abgestellt hatte, aus dem ICE von Wien nach Salzburg. Es musste während der vergangenen Stunden hier im Innviertel permanent geregnet haben, aber nun hatte es aufgehört, und durch die ein oder andere Lücke in den Wolken sandte die Sonne vorsichtige Strahlen, als wären diese Kundschafter.

Golob atmete tief durch, als er ihr Gepäck in den Kofferraum lud. Die frische Luft dieser Gegend, fand er, hatte im Vergleich zu den Wiener Abgasen durchaus etwas für sich. Doch stattdessen sagte er: „Endlich einmal kein Schnürlregen hierzuland!“

Vicky setzte sich hinters Steuer, während Golob noch ein Telefonat führte. Er hatte zusammen mit ihr in den beiden vergangenen Tagen etliche wichtige Schritte erledigt.

Erstens seine Handytonaufnahme mit dem rätselhaften fremdländischen Satz von Moody den Kollegen von der Soko A8 vorgespielt. Nagy hatte sofort erkannt, dass es sich um Rumänisch handelte, und ein eilends herbeigerufener Dolmetscher bestätigte zuerst, dass der Sprecher zwar kein Rumäne sei, aber dennoch deutlich verständliche und grammatikalisch korrekte Sätze gesprochen hätte. Die Übersetzung lautete: „Stell sie einfach in Wien ab. Um den Rest musst du dich nicht mehr kümmern.“

Oberleutnant Vogl musste nicht lange überlegen. „Hier besteht der dringende Verdacht auf Vertuschung einer internationalen Straftat - Menschenhandel. Ich werde mit Interpol Kontakt aufnehmen. Und Sie, Golob, reisen so schnell wie möglich nach Oberbayern, in dieses Mühldorf. Haben Sie schon mit einem dortigen Kollegen gesprochen?“

„Ja, habe ich. Die Kripo in Mühldorf hat alle relevanten Unterlagen. Mein Kontakt ist Inspektor Pichetseder."

„Gut. Halten Sie uns auf dem Laufenden. Und schicken Sie Bilder!"

Jetzt aber ging es zunächst um die Räumung von Ludovikas Wohnung in Braunau. Sie selbst konnte auf unbestimmte Zeit bei einer Kollegin bleiben, die drüben im deutschen Simbach wohnte, und deren Tochter ein Jahr mit einer Freiwilligenorganisation in Bolivien lebte. Sie würde ihre nötigsten Kleider und Gegenstände dorthin mitnehmen können - aber wohin mit dem Rest?

Zusammenpacken und einlagern war die einzige Lösung. Vicky mietete via Internet einen Container an. Und Golob konnte eine Handvoll ehemaliger Handballkameraden aus Simbach dazu bewegen, beim Leerräumen und Möbelpacken mit anzugreifen - für eine Jause.

So verbrachten die beiden eine letzte Nacht in ihrer schon ziemlich leeren Wohnung. Sogar das Bett war schon abgeschlagen, und sie nächtigten auf der Matratze auf dem Boden. Vicky hatte ein Paar Weingläser, zwei Flaschen Burgenländer Blaufränkisch und viele Kerzen zurückbehalten, mit denen sie versuchte, der deprimierenden Leere etwas entrückende Romantik zu verleihen. Was nur zum Teil erfolgreich war.

Keinem der beiden stand der Sinn nach Leidenschaft, aber es war ein gutes Gefühl, sich im Arm zu halten und die Haut des anderen zu spüren. Der Rotwein tat ein Übriges und verhalf beiden nach nicht einmal zwei Stunden zur nötigen Bettschwere.

Anderntags erschienen noch einmal Golobs Handballkumpels, packten den Rest in einen Kastenwagen und verabschiedeten sich. Golob lud von Ludovika zwei Koffer, zwei weitere Umzugskisten, ein Bord- und ein Beautycase in ihren Wagen. Sie sah sich noch einmal um zu dem Mehrfamilienhaus, in dem sie zwanzig Jahre gelebt hatte. Die letzten zehn Jahre davon alleine.

Golob legte ihr den Arm um die Schulter und dirigierte sie sanft zum Wagen. „Du erlaubst, dass jetzt ich fahre.", meinte er. Sie nickte und wischte sich die feuchten Augen trocken.

Drüben in Simbach stellte Golob zu seiner Erleichterung fest, dass Rosi mit ihrem Ehemann in einem hübschen Einfamilienhaus älteren Datums lebte - inmitten eines gepflegten Gartens mit Rosenbüschen vor der Türe. Rosi eilte ihnen entgegen und nahm ihre Kollegin lange in den Arm, während Golob auslud und die schweren Kisten und Koffer ins Haus brachte.

Erst danach begrüßte die Hausherrin Vickys Begleiter.

Golob nahm Vicky zum Abschied noch einmal auf die Seite. „Mein Liebes, auch wenn es jetzt nicht danach ausschaut - das ist kein Scheitern, kein Ende, sondern ein Anfang und eine neue Chance. Sobald du einen Plan gefasst hast, wird es weitergehen."

Ihre Nase war vom leisen Weinen gerötet, was ihrem Gesicht etwas Kindliches verlieh. Sie versuchte zu lächeln. Dann nickte sie. „Ich habe schon einen Plan. Ich lasse mir sämtliche Krankenunterlagen meines Vaters schicken. Da müsste etwas gehen. Und Rosi kennt in Linz einen sehr guten Anwalt, der auf solche Fälle spezialisiert ist."

Spielerisch verwuschelte er ihr kurzes Haar. „Servus, Schatzerl! Ich lass von mir hören, wenn es Neues von der Schlepperbande gibt." Er küsste sie innig.

„Ivo, ich danke dir! Und pass bitte auf dich auf."

~~

Emmeran Vilsmayr hatte sein Verhalten gegenüber Bruder Euphrasius nicht weiter erklärt, und Luitgard hatte ihm diesbezüglich keine weiteren Vorwürfe gemacht. Sie war auf dem Heimweg nach Regenburg sogar eingenickt und Vilsmayr musste sich auf den zunehmenden nachmittäglichen Straßenverkehr konzentrieren.

Zuhause gab es abends nur eine Nudelsuppe, weil Luitgard nicht viel Zeit zum Kochen geblieben war. Als die Suppenteller abgetragen waren, meinte Vilsmayr zu seiner Frau: „Lass uns kurz über das nachdenken, was wir heute erfahren haben. Gehen wir rüber in den Gefechtstand."

Er setzte sich an den Beistelltisch vor den mittlerweile gut vollgeschriebenen und mit angepinnten Zetteln bestückten Metaplanwänden. Auf dem Tisch lag das mittlerweile, trotz nicht allzu intensivem Lesen schon ziemlich gebraucht wirkende, Sternenkinder-Buch, dessen kitschfarbenes Cover ihm, ob er es nun leiden mochte oder nicht, sofort ins Auge stach. „Auch unangenehm auffallen ist auffallen...", murmelte er. Der Prospekt für die Online-Schreibwerkstatt wies übrigens denselben Lilaton auf - und setzte mit einem alarmierenden Apfelgrün noch eines obendrauf. „Wer weiß, vielleicht war der Herr Verleger ja am Ende farbenblind.", dachte er bei sich. Und erschrak vor sich selbst - er hatte den Vermissten bereits in der Vergangenheit angesiedelt.

„Gardi,", rief er nach draußen, „sei doch bitte so gut und bringe auch das Buch mit, das dir der Klosterbruder heute geschenkt hat. Und auch das Krebsbuch von Dr. Teufel."

Seine Frau kam zunächst einmal mit dem Bier. „Die heißt Teufer. Wie oft muss ich dir das denn sagen?" Sie drehte noch einmal um, um den gewünschten Rest zu holen.

Da lagen also die drei Bücher vor ihnen. „Briefe an mein Sternenkind". „Krebs annehmen". „Du bist Gottes schönster Gedanke". Dieses Buch nahm Vilsmayr zuerst in die Hand. Das Cover wirkte ziemlich einfallslos - ein farblich verfremdeter und blasser Sonnenuntergang. Als Vilsmayr das Buch umdrehte, bemerkte er, dass das Kartonagenpapier des Einbands genauso weich und verletzlich war wie das des Sternenkinds.

Auf der Rückseite prangte unten sogar ein Künstlerfoto von Bruder Euphrasius, das einigermaßen professionell wirkte. Darüber eine kurze Inhaltsbeschreibung und eine Autorenkurzvita. „Bruder Euphrasius Stein war bis 2013 Gemeindepfarrer. Seit mehreren Jahren lebt er zurückgezogen im Kloster Schwarzenberg in der Oberpfalz." Sehr ergiebig.

Aus Neugierde drehte er das Sternenkinderbuch auch um. Die Aufmachung war sehr ähnlich - ein wenig Information über Inhalt und Autorin, darunter ein Bild von Suzanka Barth. Eine Frau Mitte Dreißig mit kantigen, verschlossenen Gesichtszügen.

In diesem Moment stutzte Vilsmayr, verglich die Buchrückseiten und drehte das etwas hochwertiger hergestellte Buch von Dr. Teufer ebenfalls um.

„Was hast du?", fragte Luitgard verwirrt.

Vilsmayr legte seine Zeigefingerspitze auf eine lange Zahl, die am Fuß der Rückseite von Bruder Euphrasius' Buch in kleinen Lettern abgedruckt war. „Warum tragen die Bücher von den beiden anderen Autorinnen nicht so eine Zahl? Die fehlt.", stellte er fest.

Luitgard nickte. „Das stimmt. Keine Zahl. Wart mal…" Sie suchte im Wohnzimmer etwas zusammen und hatte vier Bücher bei ihrer Rückkehr dabei. „Schau, die haben alle so eine Zahl. Und jede ist anders." Vilsmayr begann zu zählen. „Jedes Mal 13 Stellen. Weißt du vielleicht, was das bedeutet?"

„Tut mir leid, Emmeran. Vielleicht weiß der Seppi ja was. Jetzt ist halb acht, du kannst ihn sicher noch erreichen."

Dr. Zwacknagl ging denn auch umgehend an sein Mobiltelefon. „Seppi, tut mir leid, dass ich störe - aber was hat es mit dieser 13stelligen Zahl auf sich, die unten auf einer Buchrückseite steht?"

„Das? Das ist die ISBN - Internationale Standardbuchnummer. Jedes Buch trägt eine andere, und die letzten Ziffern stellen einen Code dar. Taschenbuch, Hardcover und so weiter.", erklärte Dr. Zwacknagl

„Und wozu braucht's das?", wollte Vilsmayr wissen, der sein Telefon auf Freisprechen umgestellt hatte. „Na, für den Buchhandel. Mit diesem Code werden Bücher bestellt und systematisch bei Buchgroßhändlern eingelagert. Das klappt ausgezeichnet - oder hast du einmal einen Wanderführer bestellt - und versehentlich einen Liebesroman dafür bekommen?"

Es war Luitgard, die jetzt lachte und sich einmischte. „Seppi, wir haben hier zwei Bücher OHNE diese ISBN. Gibts das auch?", wollte sie wissen.

„Ja, sicher. Es gibt Druckereien, die auch Bücher für rein exklusive Leserkreise drucken, nicht für den Handel. Jahrbücher, oder Biografien in kleinster Stückzahl oder als Präsent. Die kannst du weder im Buchladen noch bei einem Versandhandel bestellen. Vielleicht findet man in einem Antiquariat das einer oder andere. Übrigens tragen ältere Bücher keine ISBN, also solche, die vor Ende der 60er Jahre gedruckt wurden.

„Seppi," sagte Vilsmayr, „ich danke dir, mach's gut!" - „Ihr auch." Dr. Zwacknagl legte auf.

Nachdenklich blickten Vilsmayr und Luitgard erst die Buchrückseiten und dann einander an. „Hast du eine Idee, warum das so ist?", fragte Vilsmayr ratlos.

Luitgard schüttelte den Kopf. „Also ob 'Krebs annehmen' und 'Sternenkind' nicht für den Handel bestimmt sind. Aber... ich mein... wenn ich als Autor mein Manuskript an einen Verlag gebe, dann will ich doch nicht nur, dass es gedruckt wird. Sondern auch gekauft - und zwar von möglichst vielen Leuten."

„Das sehe ich auch so.", erwiderte Vilsmayr. „Das muss schon seinen Grund haben. Werden wir auch noch rauskriegen." Luitgard gähnte verhalten. „Aber nicht mehr heute. Ich für meinen Teil leg mich jetzt schlafen. Sei bitte nachher leise, wenn du ins Schlafzimmer kommst. Gute Nacht!", ermahnte sie ihren Mann.

„Gute Nacht.", antwortete er zerstreut und blickte wieder auf die kleine Buchauswahl. Um sich aus dieser Grübelschleife zu reißen - Vilsmayr kannte sich und wusste, dass so etwas nur schlechten Schlaf nach sich zog -, griff er nochmals zum Telefon.

Er wählte eine Mobilfunknummer aus seinem Speicher. „Pichetseder?", meldete sich eine weibliche Stimme. „Ja, grüß Sie, Frau Pichetseder. Hier Emmeran Vilsmayr. Ich hoffe, ich störe Sie nicht?", rief er fröhlich ins Telefon.

„Hallo, Herr Inspektor! Nein, keinesfalls. Erol und ich haben schon zu Abend gegessen. Wie geht es Ihnen? Und warum rufen Sie mich aus dem Urlaub an?", wollte sie wissen.

„Mir gehts gut. Ich unterstütze gerade meine Frau dabei, ein Kochbuch herauszubringen. Wir sind deshalb mit anderen Autoren in Kontakt. Und einer von denen, wie soll ich's sagen? Der scheint mir nicht ganz sauber."

„Hm. Soll ich mich mal dahinterklemmen?", schlug sie vor. Vilsmayr seufzte beglückt. „Sie sind die Beste! Und auf jeden Fall immer diskret. Es dreht sich um einen Passionistennovizen mit Ordensnamen Bruder Euphrasius Stein..."

„Ein junger Mann, der den Ruf des Herrn gehört hat?", fragte Pichetseder mit mildem Spott in der Stimme. „Nein, ein alter ehemaliger Gemeindepfarrer aus dem Kreis Hof, der hässlichen Dreck am Stecken und sich auf seine angejahrten Tage in ein Kloster in der Oberpfalz verkrümelt hat.

„Gut. Ich brauche seine E-Mail-Adresse, dann kann ich ihm einen Trojaner schicken - und habe Zugriff auf seinen Rechner."

„Die schicke ich Ihnen morgen per SMS."

„Gut. Sie sagen, er war Priester im Kreis Hof? Dann dürfte er eine Mail vom Erzbischöflichen Ordinariat zu Bamberg sicher nicht ignorieren." Sie lachte leise.

„Sie sind mir ein Fuchs, Pichetseder! Und nochmals vielen herzlichen Dank. Schlafen Sie gut!" Vilsmayr trank sein Bier aus. Nun war er blitzwach - und vom Jagdfieber gepackt. Erst einmal aber musste ein zweites Bier her.

Und er griff ein drittes Mal zum Telefon. Dieses Mal meldete sich die Journalistenfreundin von Dr. Zwacknagl. „Margit Zwissler, hallo?"

„Grüß Sie, Frau Zwissler. Hier Inspektor Vilsmayr. Störe ich, rufe ich zu spät an?"

„Keinesfalls. Haben Sie etwas für mich? Brauchen Sie etwas von mir? Bin ganz Ohr!". Die Frau verschwendete offensichtlich keine Zeit für höfliche Phrasen oder Smalltalk.

„Danke schön. Möglicherweise habe ich beides. Wir waren heute bei Bruder Euphrasius, dem freundlichen ewigen Novizen - danke für seine Kurzbiografie vorab. Er lebt da in diesem Passionisten-kloster in einer kargen Zelle, hat es gleichmütig hingenommen, dass der Verleger mit seinem Buch nicht aus dem Quark kommt - und redet gleichzeitig davon, es dieses Mal einem seriösen katholischen Verlag anzubieten. Dort hätte es deutlich bessere Verkaufschancen. Sein Prior hat diese Einschätzung übrigens geteilt.", referierte Vilsmayr.

Zwissler hörte zu. „Das scheint mir normales unternehmerisches Denken zu sein. Darf auch ein Autor. Warum kommt Ihnen das denn suspekt vor, Herr Vilsmayr?"

„Weil er als Klosterbruder Armut gelobt hat. Wozu braucht der Honorar, womöglich von einem Bestseller, wo doch der Orden für ihn sorgt? Hat er irgendwo unsaubere Schulden? Unterhaltszahlun-gen? Ich habe ihm eine vage Frage in diese Richtung gestellt - und er wurde nervös wie ein Schulbub, den man beim Rauchen auf der Toilette erwischt hat.", wandte Vilsmayr ein.

„Nun gut, Herr Vilsmayr, Sie sind der Kriminalbeamte und haben den gewissen Riecher. Was wollen Sie von mir?" - „Jetzt gerade nichts. Außer dem, worum ich Sie eben gebeten habe."

„Das lässt sich einrichten. Wir bleiben in Kontakt. Gute Nacht, Herr Vilsmayr."

Nachdem er sein letztes Telefonat beendet hatte, wanderte er ein paarmal um den Beistelltisch herum und starrte die drei Bücher an, als wären diese keltische Orakelsteine. Noch immer keine Einge-bung. Dann eben nicht.

Er fuhr seinen Rechner hoch und gab die Buchtitel der beiden noch nicht betrachteten Autoren aus Luitgards Kurs ein. „Kai Wüst-hoff - Frauen aus Gumbinnen. Teil 1 - Der Frühling". Ein hübsches Herrenhaus, wie man sie aus Deutschlands Nordosten kannte, zierte das Cover. Darunter auf einer saftig grünen Koppel eine Schimmels-tute mit einem munter um sie herumspringenden Fohlen... Natür-lich verfügte dieser Titel über eine ISBN, er wurde schließlich zum Verkauf angeboten.

Vilsmayr überflog den Buchrücken „Familiensaga aus Masuren...

umspannt den Zeitraum 1890 bis 1955... wechselvolle Geschichte von Land und Menschen...der Autor lebt im Großraum München...“ Man konnte sogar einen virtuellen Blick ins Buch werfen. Die ersten vier Seiten Text schaffte er. Die Zielgruppe war eindeutig weiblich und musste über einen Hang zu Liebesdramen verfügen. Allein die Namen der Protagonisten! Beowulf. Euphrosyne. Teut. Katinka, die kaschubische Haushälterin. Notger, der Forstverwalter...

Luitgard hatte eine Zeitlang einen Lesezirkel besucht, in dem sich ausschließlich Frauen trafen. Unter denen hatten nicht wenige so geartete Bücher als Lesevorschlag unterbreitet. Derartiger Schmalz wurde, und da biss die Maus keinen Faden ab, verlegt, verkauft, verschenkt und gelesen.

Vilsmayr schüttelte sich, schloss diese Seite und widmete sich „Skagholm“ von Björn Ole Werdín. Diesmal ein schwarz-weißes, mit Photoshop nachgedunkeltes Bild einer Schäreninsel mit einer einsamen Hütte darauf. Nachträglich hatte der Bearbeiter noch Nebelschwaden um dieses wenig einladende Szenario wabern lassen. „Ein neuer Bezirksarzt kommt ins abgelegene Skagholm in Mittelschweden. Er findet keinen Anschluss zu den Einheimischen, unter denen eine seltsame Gemütskrankheit grassiert. Und die auffällige Sterblichkeit Frauen mittleren Alters lässt ihm keine Ruhe. Dr. Nejström stellt auf eigene Faust Ermittlungen an, denn die zuständige Polizei zeigt kein Interesse an den toten Frauen.“ Natürlich. Immer werden vorzugsweise Frauen umgebracht, vor allem mittleren Alters, vor allem wenn es sinnlos erscheint. Das kannte er leider. Und immer ist die Polizei desinteressiert, und in Skandinavien sowieso alkoholabhängig oder unter Antidepressiva. „... klassischer düsterer skandinavischer Krimi...“ Garantiert ebenso humorfrei wie der Rest dieses Genres.

Und natürlich trug auch dieses Schauderwerk eine ISBN. Dafür fehlten Angaben über den Autoren. Der, wie Vilsmayr schon einmal vermutet hatte, auch bestimmt kein Schwede war. Sondern möglicherweise Psychotherapeut an einer Landesklinik. Das zweite Bier war ausgetrunken. Ein paar Fragen schienen sich zu klären - und warfen neue Fragen auf. Das bedeutete, dass es weiterging, wenn auch die Richtung nach wie vor unklar war. Nur eines verursachte ihm ein wenig ein schlechtes Gewissen: Es war der Name Euphrasius Steinbeiß, der auf dem Zettel stand, den ihm der Kollege Hauff im Goldenen Schlüssel in Nördlingen zugesteckt hatte. Aber wenn er es genauer betrachtete, dann war das weder Vertuschung noch Unterschlagung von Indizien. Es war, ansatzweise, nur eine eigene Spur, die er da verfolgte. Eine sehr dünne Spur.

~~

Golob wartete in der Halle der Mühldorfer Polizei, bis Erol Gümüs neuerdings: Pichetseder ihn abholen kam. Er musste sich diesbezüglich schleunigst umstellen. Ansonsten sah es hier aus wie immer - und typisch nach Polizeizweckgebäude.

Es dauerte, nachdem er sich bei einem, an der Pforte hinter einer Panzerglasscheibe diensttuenden Kollegen, angemeldet hatte, keine fünf Minuten, bis er Erol hinter einer Glastüre über einen langgestreckten Gang auf ihn zueilen sah. Der bayerische Kollege öffnete die Tür mit einer Codekarte.

„Jessas, der Herr Leutnant Golob. Direkt aus Wien?" rief Pichetseder aus. Der zum Hauptkommissar Beförderte sah um kein Härchen anders aus als vor anderthalb Jahren. Wobei er keine Härchen mehr besaß, denn sein Schädel war wie gehabt kahlrasiert. Er packte Golobs rechte Hand mit beiden Händen und schüttelte sie kräftig.

„Nicht direkt. Zwischenstopp in Braunau." Golob befreite sich aus der Handklammer. „Ah ja - alte Kollegen besuchen?"

Nein, die wollte Golob um nichts in der Welt wiedersehen. Aber das ging den netten Bayern eigentlich nichts an. Also nickte er zögerlich. „So in etwa."

„Gehen wir nach oben, in unsere Abteilung! Da gibts Kaffee, und wir besprechen das weitere Vorgehen.", forderte Erol ihn auf.

Erst gingen sie an Kommissar Aumüllers offenstehender Türe

vorbei. Der saß am Schreibtisch, offensichtlich über einer Akte, und nickte nur zerstreut, als die beiden Männer vorbeigingen.

Anders bei Kommissar Kreszentia Pichetseders Büro. Sie schien schon zu warten - und hatte drei Kaffeebecher mit Zubehör aufgestellt. Als sie sich strahlend von ihrem Schreibtisch erhob, erkannte Golob, dass sich unter ihrem Oberteil ein kleines Bäuchlein abzeichnete. Sie begrüßte den Wiener Kollegen freudig.

„Erst einmal nachträglich herzlichen Glückwunsch zu eurer Hochzeit!", meinte Golob. „Und fleißig wart ihr auch noch..."

„Es können sich schließlich nicht nur die Schlechten fortpflanzen, was, Zenzerl?" Erol Pichetseder schenkte Kaffee aus. „Du sollst nicht Zenzerl zu mir sagen.", wies sie ihn zurecht. „Mini soll diesen hässlichen Namen niemals zu hören kriegen!"

Zur Entschuldigung drückte er ihr einen Kuss auf die Wange. Sie akzeptierte. „So, und jetzt muss ich euch leider rauswerfen. Der Vilsi hat mir was angeschafft. Ganz nach meinem Geschmack...", grinste sie. „So, hackst du schon wieder durchs Netz? Und warum kann der alte Grantler noch nicht einmal im Urlaub Urlaub machen?" widersprach Pichetseder.

„Geht jetzt. Schleicht euch!", warf die Pichetsederin die beiden Männer hinaus.

In Erols Büro sah es wie stets aus - ein Bombenangriff war ein Zen-Garten gegen seine Unordnung. Trotzdem fand der Bayer bei seinen Mails sofort die richtige und öffnete den angehängten Ordner.

„Eine ganz grässliche Sache, Ivo. Im Übrigen - hat sich etwas ähnliches bei euch nicht schon einmal vor ein paar Jahren ereignet?", meinte Erol ernst.

Ivo leerte seinen Kaffeebecher. „Ja, auf der A1. Übrigens - das passiert leider mit schöner Regelmäßigkeit bei uns im Osten. Die Fahrer der Schleuserbanden wollen nur eines - die ungarische Grenze hinter sich lassen. Spätestens in Wien haben sie keinen Bock mehr, oder sind schlichtweg erledigt. Und schließlich ist ihre menschliche Fracht ja dort, wo sie hinwill: im goldenen Westen. München - Wien - eh wurscht.", setzte er hinzu.

Hauptkommissar Pichetseder suchte eine andere Datei. „Wir haben die Gebrüder Krenek auf die Schnelle durchleuchtet. Ihr Laden hier in Mühldorf ist nur eine Zweigniederlassung. Wahrscheinlich ein Büro mit zwei Hanseln drin, einem Rechner, einem Fax und einem Telefon. Bisher liegt nichts gegen sie hier in Deutschland an. Die Firmeninhaber - die Brüder Antonin und Leon Krenek leben in Bratislava am Firmenhauptsitz. "

„Weiß ich alles, aber trotzdem danke. Bin jetzt sehr gespannt auf den Lokaltermin.", erwiderte Golob. „Ich begleite dich natürlich. Dann darfst du mal wieder in einem Streifenfahrzeug der deutschen Polizei mitfahren." Erol grinste und holte eine schwere Bikerjacke aus schwarzem Leder aus seinem Spind. „Das wolltest du doch schon lange mal wieder."

Die offizielle Adresse der Niederlassung der Gebr. Krenek KG lag in einer Stichstraße, die von der Robert-Bosch-Straße im Mühldorfer Gewerbegebiet abging. Entbehren schon Gewerbegebiete eindeutig jeglicher städteplanerischen Idylle oder Raffinesse - die Stichstraße, die das Navi im Polizeifahrzeug als „nur zum Teil befahrbar" auswies, war nach maximal 50m geschottert und besaß keine Straßenbeleuchtung mehr.

Ganz am Ende stand eine Baracke. Ein Lager mit Laderampen, LKW-Stellplätze, eben alles, was man für den laufenden Betrieb in der Import-Export-Branche benötigte, war schlichtweg nicht vorhanden. Immerhin - es gab ein Firmenschild und einen Briefkasten.

Pichetseder lenkte den Passat auf den gleichfalls geschotterten Hof, auf dem das Unkraut kniehoch wuchs. „Viel Besuch kriegen die hier wohl nicht.", meinte er und öffnete die Wagentüre. Auch hinter den Barackenfenstern zeichnete sich nichts ab, was auf einen Bürobetrieb hindeuten konnte. Zwei Fenster waren sogar mit Milchglasfolie von innen beklebt.

Als Pichetseder aussteigen wollte, erscholl plötzlich wütendes Hundegebell. Der Stimmlage nach musste es sich um ein großes Tier handeln. „Na dann viel Spaß!", meinte er und schwang sich aus dem

Wagen. Golob folgte ihm zur Eingangstüre. Der Hund hatte sich mittlerweile in regelrechten Furor gesteigert.

Beim Eingang der Baracke stand ein Haufen Hausratsmüll - verbogene Edelstahlfachböden für ein Regal, Glasscheiben, eine alte Gasflasche und ein Plastikcontainer mit verrostetem Werkzeug, leeren Farbspraydosen und Malerpinseln.

Im Briefkastenschlitz steckten mindestens acht in einander gequetschte Ausgaben des Neu-Altöttinger Wochenblatts.

Die beiden lauschten. Außer dem wütenden Hundegebell und dem fernen Kreischen eines Fliesenschneiders war nichts zu hören. Da es keine Klingel gab, klopfte Pichetseder mehrmals laut gegen die Industrieglastüre.

In diesem Moment schoss von hinten ein dunkelgrauer Schatten auf ihn zu und riss ihn zu Boden.

Irgendwie war es dem Hofhund gelungen, sich loszumachen, um seiner eigentlichen Aufgabe nachzukommen - dem Schutz des Reviers des Alphatiers. Mit einem kehligen Knurren, das nichts Unterwürfiges verriet, hatte sich der Hund in den linken Unterarm Pichetseders verbissen und zerrte besessen an ihm. Pichetseder versuchte, nach ihm zu treten. Was die Aggression des angreifenden Tieres noch anheizte. „Drecksvieh! Lass aus!", schimpfte Pichetseder. Es gelang ihm noch nicht einmal im Ansatz, in eine aufrechte Position zu kommen.

Golob erinnerte sich blitzartig an diverse Urlaube während seiner Kindheit in Slowenien bei seinem Onkel France. France hatte es ihm direkt einmal an einem der damals dort noch häufigen streunenden Hunde demonstriert. Er hatte seinen Spazierstock gepackt, ein langes, knotiges Ding aus Eichenholz, und damit dem Streuner einmal gegen die Nase geschlagen. Der ließ sofort das Hosenbein des Onkels los und stob davon.

In der Werkzeugkiste stak unter anderem ein 36er Gabelschlüssel, ein schweres Ding, mit dem man die Radmuttern von Nutzfahrzeugen lösen konnte.

Den packte er, zielte auf die Hundeschnauze und schlug einmal zu. Nicht zu fest, wie er sich selbst befohlen hatte. Schließlich wollte er weder den Unterarm seines Kollegen noch den Oberkiefer des Angreifers zertrümmern.

Es hatte funktioniert, der Hund ließ los, jaulte schmerzhaft auf und rannte zurück hinter die Baracke, von woher er höchstwahrscheinlich gekommen war. Golob half seinem Kollegen auf. Pichetseders Hose war verschmutzt, das Leder seines rechten Jackenärmels war an mehreren Stellen etwas aufgerissen.

Pichetseder dankte Golob: „Schon wieder ein sauberer Treffer! Seit wann spielen Handballer Tennis?" Er grinste verlegen, um seinen Schrecken zu überspielen, und schlüpfte aus seiner Bikerjacke. Die Haut seines Unterarms war unverletzt.

Golob atmete heftig aus. „Glück gehabt!" Der Bayer klopfte die Jacke aus, zog sie wieder über und tätschelte das Leder. „Die hat mir schon bei zwei Motorradunfällen die allerbesten Dienste geleistet." Er blickte an der Baracke hoch. „Hier arbeitet niemand, soviel steht fest. Also brauchen wir einen Hausdurchsuchungsbefehl.". Und wandte sich zum Gehen.

Golob, der immer noch den riesigen Schraubenschlüssel in der einen Hand hatte, hielt Pichetseder mit der anderen fest. „Halt. Zuerst müssen wir nach dem Tier sehen. Vielleicht habe ich es ja ernsthaft verletzt."

Pichetseder schnaubte. „Sollen wir uns jetzt ernsthaft zerfleischen lassen?"

Golob schüttelte den Kopf: „Der wird uns nichts mehr tun. Ich habe ihn vermöbelt, also bin ich der Ranghöhere. Allerdings wird er, da er ja frei herumlaufen kann, mit dem nächsten Besucher wesentlich unfreundlicher verfahren." Er bewegte sich vorsichtig um die Seite der Baracke herum. Dort war es mäuschenstill.

„Du hast doch nur ein schlechtes Gewissen, Ivo!", maulte Pichetseder. „Und wenn schon. Wenn man Gefahren abwenden kann, muss man das tun.", widersprach Golob. Pichetseder folgte ihm schlussendlich.

Der Anblick, der sich den beiden Polizisten hinter der Baracke bot, war erschütternd.

Der große graue Hund hatte sich in etwas zurückgezogen, das man nur mit großzügiger Auslegung als Zwinger bezeichnen konnte. Metallene Gerüststangen waren zu einem zwei Meter hohen Verschlag zusammengeschraubt worden, in den eine Bautüre eingelassen war. Die Seitenwände waren aus Maschendraht eingeflickt worden. Die Grundfläche dürfte 6m2 nicht überschreiten. Einen Unterstand hatte das Tier nicht. In einer Ecke stand der verrostete Boden eines großen Blechkanisters, der als Fressnapf dienen mochte, denn in ihm stanken zwei bis auf die Substanz abgenagte Rindsknochen vor sich hin, für die sich nur noch die zahllosen Fliegen interessierten. An einer oberen Eckverbindung war ein höchstens 4 Meter langes Kletterseil angebracht, dessen freies Ende auf dem Boden lag. Mochte sein, dass dieses als Leine gedient haben sollte, und dass der Hund sich davon längst befreit hatte.

Der lag in der anderen hinteren Ecke, winselte und versuchte, mit seiner enormen Zunge seine leicht blutende Nase abzulecken. Dass er überhaupt ein Platz zum Liegen gefunden hatte, wunderte die beiden Männer: Der Zementboden des Zwingers war bedeckt von Kot. Kein Wunder, dass es hier so bestialisch stank.

Der Hund bemerkte, dass jetzt er es war, der unangemeldeten Besuch bekommen hatte, und versuchte, sich noch weiter in die Ecke zurückzuziehen. Golob, der immer noch seinen Schraubenschlüssel parat hielt, ließ diesen sinken. „Siehst du, der kuscht jetzt.“

Pichetseder hielt sich die Nase zu. „Ach du Scheiße!“ war alles, was er dazu sagen mochte. Golob rüttelte an der Zwingertüre. Die war abgeschlossen. Also suchte er nach einer Stelle im Maschendrahtzaun, durch die der Hund hatte entweichen können. In einer Ecke war der Drahtzaun tatsächlich nicht mehr fixiert. Daran hängende kleine Büschel von Hundehaaren bestätigten seine Vermutung.

„Und was machen wir jetzt?“, wollte Pichetseder wissen. „Draht suchen, das Zaungeflecht wieder fixieren. Damit der Kerl nicht mehr auskommt.“, meinte Golob und machte sich auf die Suche.

„Der wird doch sicher Hunger haben. Und Durst...", sinnierte Pichetseder. Golob kehrte mit einem langen Stück Draht zurück. „Eins nach dem anderen. Jetzt reparieren wir erst einmal diesen Hundepalast."

„Und dann fahren wir zu dem Imbiss weiter unten in der Boschstraße. Schaschlik Spieß mit Pommes für uns, mindestens drei Fleischpflanzerln für den Wuff. Als Wiedergutmachung. Und dann rufen wir die Feuerwehr. Die sind für solche traurigen Fälle zunächst zuständig. Wahrscheinlich bringen sie einen Hundeführer mit zur Unterstützung.", schlug Pichetseder vor.

„Gute Idee."

Sie kehrten wieder zum Eingang der Baracke zurück, Golob entsorgte den Schraubenschlüssel und machte ein paar Fotos von dem ganzen Ensemble einschließlich Hundezwinger.

Auch Pichteseder wars zufrieden. „Das gibt doch mal eine freundliche Schlagzeile: 'Polizei rettet gefangenen Hund'." Er musste lachen. Und Golob setzte grimmig hinzu: „Selbst wenn es schwierig wird, den Kreneks Menschenhandel nachzuweisen - wegen Tierquälerei kriegen wir sie schon mal dran!"

~~

Luitgard war auf den Markt gegangen und Vilsmayr versuchte immer noch, alles, was er am Vortag selbst erlebt oder in Erfahrung gebracht hatte, gedanklich zusammenzufügen. Vergebens.

Erstens drängte sich immer wieder der Gedanke dazwischen, dass Thomas Stephan nicht mehr unter ihnen weile dürfte. Entweder hielt er sich weit entfernt, womöglich gar nicht mehr in Europa auf. Oder er war schlichtweg tot. Gegen den ersten Gedanken sprach allein, dass der Mann wirklich verarmt zu sein schien. Gegen den zweiten Gedanken sprach - nichts. Aber ... und es drängten sich ihm die vier Großen Ws der Kriminalistik auf. Wer? Wann? Wie? Warum? Vor allem Warum...

Es nutzte nichts, sein Kopf tat ihm vom vielen Denken schon

weh. So griff Emmeran Vilsmayr zum ultimativen Mittel: Er zerrte im ehelichen Schlafzimmer seinen sehr selten bewegten Heimtrainer aus der Ecke, zog sich eine Jogginghose an, öffnete das Fester und stieg auf, um seine mentalen Blockaden weg zu strampeln. Eigentlich half das immer. Das Dumme war nur: Er musste mindestens eine Stunde auf diesem Marterinstrument sitzen, dabei schnaufen wie eine Dampflok und schwitzen wie ein zuschanden gerittenes Ross. Zuviel unschöner Aufwand, und dabei hatte er noch nicht einmal mitgerechnet, wie rot sein Kopf nach alledem aussah. Also fristete das Trainingsgerät die meiste Zeit des Jahres in seiner Schlafzimmerecke. Gelegentlich fungierte es sogar als Kleiderablage.

Die erste Erkenntnis, die ihm bereits nach 10 Minuten moderaten Strampelns kam, war, dass er, sollte es sich tatsächlich um ein Gewaltverbrechen handeln, einfach mehr Geduld haben musste. Den Frauenmörder von der Salzach hatte man im vergangenen Jahr auch erst nach Wochen erwischt - und davor hatte er ein paar Jahre lang unentdeckt in Wien seine Opfer gemeuchelt. Also: Geduld

Zweite Erkenntnis, bereits sieben Minuten später: Dass er insgeheim vermutete, dass der Verleger bereits tot war, war eine Theorie, die sich ihm einfach früher aufdrängte als seiner Frau, weil er eben beruflich damit zu tun hatte. Eigentlich ein Denkfehler, den man „Bias" nannte. Stephan Thomas konnte genauso gut längst in einem indischen Ashram die Fußböden schrubben und sich spirituell erweitern. Dazu musste man kein wohlhabender Mensch sein. Also: keine voreiligen Schlüsse.

Dritte Erkenntnis, leider erst nach weiteren 15 Minuten: Es fehlten ihm immer noch viel zu viele Details, Hinweise, Querverweise. Frau Zwissler hatte sich noch nicht gemeldet. Frau Pichetseder hatte sich noch nicht gemeldet. Und mit drei Autoren aus Luitgards Kurs hatte er auch noch nicht gesprochen. Also: Noch mehr Geduld. Und nicht nachlassen.

Sein Schnitt war gar nicht schlecht, fand Vilsmayr, obwohl ihm der Schweiß in Strömen am Körper hinabrann.

Vierte Erkenntnis nach insgesamt 42 Minuten: Er hatte seinen letzten Joker völlig vergessen. Das Gästepaar, das im April in Nörd-lingen ebenfalls im Goldenen Schlüssel abgestiegen war und nach Thomas Stephan gefragt hatte. Also:...

In diesem Moment läutete jemand.

„Herrschafts...!", fluchte Vilsmayr, der vor Schreck aus dem Tritt geraten war und das entglittene Pedal gegen die Schienbeinvorder-kante bekam. Was höllisch weh tat.

Luitgard konnte es nicht sein, die hatte immer einen Schlüssel dabei. Strom und Wasser würden erst im Herbst abgelesen werden. DHL oder ein anderer Paketzusteller? Er hatte nichts bestellt. Er stolperte vom Heimtrainer, fischte im Bad nach einem Handtuch, um sich den Schweiß abzuwischen (Erkenntnis Nummer 5: nächstes Mal Handtuch gleich um den Hals legen!) und brüllte durchs ganze Haus: „Ich! Komme! Gleich! Moment!!".

Es läutete ein zweites Mal, aber da war er schon an der Türe und riss sie auf.

Draußen stand die vielleicht größte Überraschung der letzten Tage: Ivo Golob, der Kriminalbeamte aus Braunau. Vilsmayr fiel der Un-terkiefer herunter.

~~

Frisch geduscht und salonfähig angezogen widmete sich Vilsmayr eine Viertelstunde später seinem Überraschungsgast. Der hatte es sich mittlerweile im Wohnzimmer bequem gemacht, seine langen Beine unter dem Couchtisch ausgestreckt, und beschäftigte sich mit seinem Handy.

„Was magst du trinken, Ivo?", rief Vilsmayr aus der Küche. Er per-sönlich fand, dass er sich jetzt ein Weißbier verdient habe. „Viel-leicht ein Weißbier?"

„Ich sag nicht nein.", meinte Golob. Schließlich hatte er seine Dienstpflichten einschließlich des Rapports nach Wien für heute erledigt. Und so eine köstliche Bierspezialität war in Österreich leider nur selten zu finden.

Vilsmayr brachte zwei gefüllte Bierpokale, jeweils mit einer appetitlichen Krone weißen Schaums bedeckt, und stellte sie auf den Tisch - freilich nicht ohne vorhin Bierfilze ausgelegt zu haben. „Was zum Knabbern dazu?" Golob schüttelte den Kopf. Vilsmayr blieb stehen und stierte in eine Klappe in der Schrankwand. „Ich habe gerade eine gute Stunde" - na ja! - „auf dem Heimtrainer gehockt. Jetzt brauch ich was Süßes!" Er fand eine angebrochene Tüte Lakritzkonfekt. Das mochte zum Weißbier gehen.

Mampfend ließ er sich nieder. „Wie gehts denn in Braunau? Und was verschafft mir die Ehre?" Er erhob sein Glas. „Einstweilen: Prost!"

Golob erwiderte das Zutrinken. Köstlich, wie das zischte. Er stellte den Bierpokal wieder ab. „Ich bin im März wieder nach Wien zurückversetzt worden. Und hier bin ich eigentlich im Rahmen von Ermittlungen gegen eine Firmenniederlassung. Verdacht auf organisierte Flüchtlingsschleuserei, und zwar im großen Stil. Und weil ich für heute nichts mehr zu tun hab, dachte ich mir: besuchst mal den lieben Emmeran."

„Also keine Frauenleichen in einem Fluss?", grinste Vilsmayr und schob sich drei weitere Lakritzen in den Mund.

Golob schüttelte den Kopf. „In Mühldorf war ich vorher auch schon. Ich arbeite mit dem Erol zusammen...."

„... der jetzt Pichetseder heißt.", fiel ihm Vilsmayr schnippisch ins Wort.

„Na ja, die Zeiten ändern sich.", meinte Golob begütigend. „Das ändert ja wohl nichts an dem Menschen an sich. Also, der Erol meinte vorhin, ich sollte zusehen, ob ich dich daheim antreffe. Du seist auf Urlaub und würdest dich anscheinend ziemlich langweilen. Sagt seine Frau." Vilsmayr nahm noch einen Schluck Bier. „Was halt Ehefrauen so zu sagen pflegen..."

Golob zog seine Knie an, was bei dem kurzen Abstand zwischen Sessel und Wohnzimmertisch nicht so einfach war. „Dass ihr in Deutschland so viel Urlaub habt, ist doch schön. Sechs Wochen, sagt Erol. Am Stück gar."

Vilsmayr seufzte und räusperte sich. „Von oben angeordnet. Man will mich vorübergehend aus der Schusslinie bringen - vor allem wegen der Presse."

Golob rieb sich die Nase. „Au weia. Das klingt... irgendwie ungut. Sagt man dir was nach?"

„Ich bin nur einem Freund bei der Polizei beigesprungen. Den hat eine beleidigte Polizeischülerin bei der Dienstaufsicht angezeigt. Wegen Rassismus..." Er schüttelte sich. „Man kanns auch übertreiben. Vor vierzig Jahren gabs bei der bayerischen Polizei noch keine einzige Frau, und eine solche erst recht nicht..." Dann erst erinnerte er sich, dass der Großvater seines Gegenübers ja auch ein Schwarzer gewesen war. Ein amerikanischer Soldat. Es war wirklich zum Auswachsen!

„Ja, es ziehen andere Zeiten herauf. Oder wir stecken schon mittendrin," relativierte Golob die Angelegenheit, bevor in Vilsmayr zu viel Schamgefühl aufkam. Einer musste ja schließlich der Feinfühligere sein.

Irgendwie beschlich Vilsmayr das Gefühl, dass er etwas wieder gut machen musste. Ein zweites Weißbier vielleicht? In diesem Moment erinnerte er sich an die Sporttasche, die sein Gast neben der Garderobe abgestellt hatte. „Gedenkst du, länger zu bleiben, Ivo?"

„Mindestens noch eine Nacht. Ich muss mir heute noch eine Pension suchen."

Vilsmayr machte eine abwehrende Handbewegung. „Kommt nicht in Frage! Wir haben ein schönes Gästezimmer. Und natürlich gibt es morgens ein ausgiebiges Frühstück."

„Danke für die Einladung. Eine Sorge weniger!", gab Golob nach.

Vilsmayr rieb sich die Hände. „Wir könnten gleich nachher in den Biergarten gehen. Das Wetter ist gottseidank wieder anständiger."

„Gerne. Da werde ich mich für deine Gastfreundschaft revanchieren. Aber vorher zeigst du mir bitte, womit du dir im Urlaub die Langeweile vertreibst. Erol hat da irgendetwas dunkel angedeutet."

Wenn Golob gewusst hätte, dass er sich selbst damit um den

wünschenswerten Besuch des Biergartens gebracht hatte, hätte er
seine Neugierde eventuell gezügelt. Oder vielleicht auch nicht.

~~

Luitgard pflegte nicht vor 15.00 Uhr vom Marktbesuch zurückzukehren. Denn eigentlich war dieser nur die Ouvertüre zum Cafébe-
such, wo sie sich nach getätigten Einkäufen mit zwei weiteren Freun-
dinnen für gewöhnlich zu einem Mittagsimbiss traf.

Als sie in ihre Straße einbog, erschrak sie ganz gewaltig wegen des
Aufgebots an Polizeiautos, die alle Parkmöglichkeiten in der Nähe
ihres Hauses belegten.

Drinnen stolperte sie als erstes über eine dunkelblaue Sporttasche
neben der Garderobe. Ein uniformierter Beamter hatte es eilig, nach
draußen zu kommen, und drückte die Hausherrin mit einem hastig
gemurmelten „Entschuldigung" gegen den Türrahmen. Aufgeregte
Stimmen drangen aus den Wohnräumen zu ihr. Sie, als Frau eines
Kriminalinspektors, bekam es nunmehr mit der Angst zu tun. „Emmeran?", rief sie.

Ihr Mann beeilte sich zu ihr durchzudringen. Die Freude der Erleichterung währte ihrerseits nur kurz. Denn in diesem Moment
trugen weitere uniformierte Beamte die Metaplanwände aus ihrem
„Gefechtsstand" aus dem Haus.

„Emmeran, was hat das alles zu bedeuten?", fragte sie, und ihr
Tonfall driftete ins Ungemütliche. Vilsmayr sah sich kurz um, packte
sie am Oberarm und zog sie nicht eben sanft in die Küche. Dort
wartete Ivo Golob. Die Kaffeemaschine brodelte, und auf der Spüle
stapelten sich die benutzten Tassen.

„Luitgard, das ist Oberinspektor Golob von der Kripo in Wien.
Du erinnerst dich vielleicht an die Frauenleiche in der Salzach? Letztes Jahr?", begann er. Sie nickte und grüßte ihren Gast unsicher.

„Inspektor Golob hat schon wieder eine ... wie soll ich's sagen...
Leiche im Wasser gefunden." Luitgard erschrak. „Etwa hier, am
Inn?"

Golob war es, der den Kopf schüttelte. „Nein, das war in Bregenz, bei der Seebühne.“

Luitgard befürchtete, nicht nur den Überblick, sondern ihren Verstand gleich mit zu verlieren. „Bregenz liegt am Bodensee. In Vorarlberg. Und deshalb räumt hier unsere Polizei UNSER Wohnzimmer aus?“

Vilsmayr tat spontan das Beste, was ein Mann in solchen Momenten tun konnte: Er nahm seine Frau in die Arme und strich ihr über den Kopf. „Gardi, in unserem Leben spielen verrückte Zufälle ab und zu eine entscheidende Rolle...“, murmelte er und trat einen halben Schritt zurück, um ihr tief in die Augen zu schauen. „Ich dürfte, was diese Sache angeht, ab sofort überhaupt nicht mehr mit dir reden. Denn du hast ab sofort Zeugenstatus.“ Luitgard schlug sich die Hände vor den Mund. „Ich hab doch gar nichts gesehen.“, flüsterte sie.

Vilsmayr wandte sich an Golob: „Zeig ihr bitte diese eine Aufnahme. Du weißt schon...“

Eine Weile fingerte Golob auf seinem Handy herum. Dann präsentierte er Luitgard die Aufnahme des mit einzementierten Stückes Papier in seiner PET-Hülle. „Kommt Ihnen das eventuell bekannt vor?“

Eine Weile betrachtete Luitgard die Aufnahme, zoomte sich einige Details sogar heran. Dann wandte sie sich ihrem Mann zu: „Das ist doch der Flyer für Stephans Schreibkurse!“

„Bist du sicher, Gardi?“, vergewisserte sich Vilsmayr. „Absolut! Diese Farbkombination schon einmal...“

Golob schloss die Datei, Vilsmayr fuhr fort: „Gardi, so leid es mir - und Golob sicher auch - tut, aber dein Verleger ist höchstwahrscheinlich nicht mehr am Leben. Und darüber hinaus unschön umgebracht worden.“ Luitgard wollte gar nicht aufhören, ihren Kopf zu schütteln. „In was sind wir da nur hineingeraten!“, jammerte sie.

Vilsmayr nickte Golob zu. „Ivo geht jetzt mit dir nach oben. Nimm dir etwas zu trinken mit, eine Flasche Sprudel zum Beispiel. Leg dich ein bisserl hin. Sieh zu, dass du ein wenig zur Ruhe kommst.“

Golob nahm eine Flasche Mineralwasser mit übergestülptem Glas in eine Hand und legte die andere der stocksteifen Frau Vilsmayr um die Schulter.

„Schau zu, dass ihr ohne Aufsehen nach oben kommt. Sie braucht jetzt Ruhe - und kein Verhör durch den schneidigen Aumüller“, rief Vilsmayr ihm nach. Den Schrecken, der seiner Frau in den Knochen stak, konnte er bestens nachvollziehen. Es war derselbe, der vorhin zuerst von Ivo Golob und dann von im Besitz ergriffen hatte, als Ivo Golob gemeint hatte, den angepinnten Kursprospekt „neulich irgendwo gesehen zu haben“...

~~

Das Einsatzkommando hatte sich zurückgezogen, und Luitgard, die zunächst von Fragen verschont geblieben war, hatte ein pflanzliches Beruhigungsmittel genommen und schlief tatsächlich. Golob, der das dringende Bedürfnis verspürte, sich die Beine vertreten zu müssen, wollte erst in einer Stunde wieder da sein.

Endlich alleine! Vilsmayr setzte sich in einen bequemen Lehnstuhl auf der Terrasse. Einzelne Sonnenstrahlen fielen durch das Blätterdach des Walnussbaums, der vor ihrem Schlafzimmerfenster wuchs. Er hing voll mit taubeneigroßen, glänzend grünen Nüssen.

Vilsmayr atmete tief durch, schloss seine Augen und spürte der relativen Stille nach. Irgendwo oberhalb der Pergola zeterte ein Rotschwänzchen. Ein paar fliegende Insekten brummten um ihn herum. Eine Fahrradklingel ertönte vor dem Haus. Unbestimmte Geräusche, die kamen und für ihn ohne Bedeutung wieder fortzogen.

Er wusste, dass es die Sache am heutigen Tag für ihn noch nicht zu Ende war. Die nächste unliebsame Störung oder Zumutung würde kommen. Aber bis dahin gehörte die Zeit nur ihm

Irgendwann musste er, weil er sich diese Entspannung gestattet hatte, eingenickt sein - und schreckte auf, weil sein weit genug von ihm entfernt auf dem Gartentisch liegendes Handy klingelte. Er öffnete ein Auge, reckte sich kurz und griff nach dem Gerät. „So, seid ihr wieder alle auf dem Posten, ihr Lackel?", brummte er, drückte seine Schultern durch, dass es knackte, und meldete sich kurz angebunden mit: „Vilsmayr." Doch der, mit dessen Anruf er fest gerechnet hatte, war nicht am anderen Ende.

„Hallo Herr Vilsmayr. Hier spricht Margit Zwissler. Störe ich - oder haben Sie ein paar Minuten Zeit. Und etwas zum Schreiben zur Hand, wenn Sie mögen?"

Vilsmayr stand auf und ging zurück ins Haus, wo er sich an seinen Schreibtisch setzte. „Ich höre, Frau Zwissler." In diesem Moment kam ihm die Eingebung, ihr zum gegenwärtigen Zeitpunkt noch nichts von der krassen Wendung der Dinge zu verraten - und dass die Ermittlungsarbeit jetzt bei der Polizei lag. Je länger unvoreingenommen diese Journalistin blieb, desto weniger würde man auch ihm etwas am Zeug flicken können, sollten irgendwelche Ungereimtheiten aufblitzen. Er räusperte sich, um seine Fassung wiederzugewinnen.

„Auf der to do - Liste standen noch drei Autoren aus dem Kursus Ihrer Frau, mit denen Sie noch keinen Kontakt aufnehmen konnten. Ich habe ihre Anschriften ermittelt - und die Klarnamen von denen, die ein Pseudonym verwenden. Also, kanns losgehen?"

„Es kann sofort losgehen." Vilsmayr war gespannt. Und betete darum, dass er nicht nach Aschaffenburg, Coburg oder Lindau würde reisen müssen

„Kai Wüsthoff - Sperberweg 20, Oberschleißheim". Hätte schlimmer kommen können, wenn es zu seiner Schmonzette hätte passen sollen. „Bitte weiter?"

„Die beiden letzten verbliebenen Autoren arbeiten unter Pseudonym. Und - jetzt halten Sie sich bitte fest - sie sind ein Ehepaar. Björn Ole Werdín heißt in Wirklichkeit Bertram Wertheim. Und seine Frau Suzanka Barth arbeitet seit zehn Jahren als Model und wird auch unter diesem Namen gebucht. Sie heißt Susanne Möller, hat den Namen ihres Mannes nicht angenommen. Sie leben zusammen in Landsberg am Lech, Wiesenring 9."

Vilsmayr hörte eine ganze Geröllhalde von seinem Herzen plumpsen. „Frau Zwissler, ich danke Ihnen. Wenn Sie wüssten, wie sie mit weitergeholfen haben!", rief er aus.

„Aber immer gerne! Und nicht vergessen - wenn Sie etwas für mich haben, lassen Sie es mich bitte wissen, Herr Vilsmayr."

In diesem Moment signalisierte ihm sein Telefon, dass noch jemand versuchte, ihn zu erreichen. Darum beendete er das Gespräch und nahm das andere gerade noch rechtzeitig an.

Immer noch war nicht der in der Leitung, dessen Anruf er befürchtete - und von dem er wusste, dass er ihn unter allen Umständen erreichen wollte.

„Herr Vilsmayr, hier spricht Frau Pichetseder. Was zum Kuckuck ist bei Ihnen passiert?", sprach sie leise.

„Bei mir? Eigentlich gar nix. Nur hat der Herr Kollege Golob, vormals in Braunau, wieder einmal einen Toten in einem grenznahen Gewässer gefunden. Diesmal allerding in Stücken... und überhaupt - warum flüstern Sie?" Er war direkt erleichtert, dass Kreszentia Pichetseder die Anruferin war.

„Ich bin in der Teeküche. Da mich hier noch niemand eingeweiht hat, bin ich noch nicht an einen Dienstauftrag gebunden. Ich habe etwas herausgefunden, Herr Vilsmayr. Ich schicke es Ihnen in den nächsten Minuten an Ihre private Mail-Adresse, wenn Sie mir die verraten."

Vilsmayr beantwortete ihre Frage und setzte neugierig hinzu: „Um was handelt sich's denn, wenn Sie so verschwörerisch tun?"

„Ich kann hier jetzt nicht reden. Kochen Sie sich einen Kaffee, und dann lesen Sie selbst." In diesem Moment hörte es Vilsmayr über sich im Schlafzimmer rumoren. Luitgard war offenbar aufgestanden. Und Kaffeekochen war jetzt eine prima Idee.

~~

Golob musste zu Fuß bis in die Innenstadt gehen, um seinen Kopf frei genug für diesen Riesenballen an Fakten zu bekommen. Sein

Gastgeber hatte unbestritten recht, dass er, Ivo Golob, seltsame Leichenfunde an sich zog, die ihrerseits internationale Verwicklungen mit sich bringen konnten.

Unterwegs rief er bei Erol Pichetseder an, was nun mit dem Hund los sei. Der sei ins Tierheim gekommen und gleich tierärztlich behandelt worden. Golob ließ sich die Anschrift des Tierasyls geben, weil er sich verpflichtet fühlte, wenigstens für die Tierarztrechnung aufzukommen.

Bei einem Floristen ließ er einen schönen großen Sommerstrauß für Luitgard Vilsmayr zusammenstellen. Heute musste er auch wirklich überall wieder für gutes Wetter sorgen. Und vielleicht war es sogar besser, wenn er bei seiner Rückkehr seine Sporttasche wieder an sich nahm und sich nach einer Pension umsah.

Da er von Emmeran einen Haustürschlüssel bekommen hatte, musste er nicht läuten. Drinnen traf er freilich niemanden an, hörte aber Stimmen draußen auf der Terrasse. Das Ehepaar saß beim Nachmittagskaffee. Für einen Moment sah es so aus, als hätte bisher nichts und niemand ihren Frieden gestört.

Golob überreichte der Hausherrin den Blumenstrauß, den sie erst nicht so recht annehmen wollte, sich dann aber deutlich über diese Geste freute. „Mögen Sie auch noch einen Kaffee, Herr Golob?“

„Gerne, wenn's keine Umstände macht.“

„Aber nicht doch. Ich wollte eh frischen aufsetzen. Und Ihren wunderschönen Strauß muss ich gleich versorgen.“ Sie huschte in die Küche wie ein kleines Nagetier.

Vilsmayr schickte sich an aufzustehen. „Ich muss auch mal ... kurz wohin.“ Und war auch verschwunden.

Golob zog sich einen hochlehnigen Gartenstuhl heran, auf dem schon ein Polster lag. Es tat gut, nach dem vielen Gehen die Beine ausstrecken zu können. Und dass es dem von ihm geprügelten Hund nicht allzu schlecht ging, beruhigte ihn sogar. Manchmal musste man sich eben mit Kleinigkeiten begnügen, um den Kopf hochhalten zu können. Aus der Küche, deren Fenster hinter ihm lag, klang

Geschirrklappern und ein wenig Schlagermusik aus dem Radio. Golob schloss die Augen.

Für wie lange wusste er nicht, denn Vilsmayr setzte sich mit einer fahrigen Bewegung an den Tisch. Er wirkte aufgewühlt, starrte vor sich hin und spannte seine Kiefermuskulatur an. „Was ist los?", wollte Golob beunruhigt wissen.

Vilsmayr schob ihm einen DIN A4-Zettel über den Tisch. „Lies das! Und sag um Himmels Willen nichts davon zu Luitgard!"

Diese trat eben mit einem Tablett auf die Terrasse. Golob faltete das Blatt schnell zusammen und steckte es in die Brusttasche seines Poloshirts. Luitgard, die ihm gerade Kaffee einschenkte, hatte anscheinend nichts bemerkt. Er ließ sich ein paar Minuten Zeit, versuchte den Kaffee im Hause Vilsmayr, der gut genießbar war, und entschuldigte sich eben.

Auf der Toilette entfaltete er den Zettel und überflog den Text. Es war eine ausgedruckte E-Mail, adressiert an Emmeran Vilsmayr, abgesandt von Kreszentia Pichetseder. Und zwar nicht von ihrem Polizeiaccount. Golob glaubte sich zu erinnern, dass die IT-Spezialistin stets einen privaten Rechner am Arbeitsplatz stehen hatte, der separat vom Intranet arbeitete.

„Trojaner von E. Steinbeiß akzeptiert, Zugang zu Browser und Festplatte uneingeschränkt möglich. Im Browserverlauf innerhalb der letzten 12 Monate mehr als 200-mal indizierte Seiten mit Kinderpornografie aufgerufen. Dateien downgeloadet auf Festplatte, mindestens 100MB. Bitte Anweisung, wie weiter verfahren. Gruß K.P."

Golob ließ das Blatt sinken - und drückte reflektorisch, nachdem er sich vom zugeklappten Toilettensitz erhoben hatte, auf den Spülknopf. Was war denn das nun schon wieder? Hatte es möglicherweise mit dem Verleger zu tun? Er faltete das Blatt wieder zusammen, bevor er es einsteckte, und kehrte auf die Terrasse zurück.

Den fragenden Blick, den er von Vilsmayr aufgefangen hatte, noch bevor er sich setzte, beantwortete er ebenso stumm.

In diesem Moment klingelte Vilsmayrs Telefon abermals. Auf dem

Display stand gnadenlos „Motzhardt“. Endlich... Er stand auf, um festen Boden unter seine Füße zu bekommen und ging beiseite in den Garten hinein. Neben einer Sommerasterstaude, um die herum zwei Kohlweißlinge Fangen spielten, nahm er das Gespräch an.

„Vilsmayr hier.“

„Motzhardt auch hier. Wie geht es Ihnen in ihrem Urlaub, Herr Vilsmayr?“

„Nun ja, viel zu tun. Sie wissen ja, wenn man zuhause ist, darf man die Füße nicht unter dem Tisch ausstrecken. Die Frau schafft einem immer irgendwas an...“, plänkelte Vilsmayr.

Motzhardt schnaubte: „Dass Sie zuhause viel zu tun haben, hat sich doch glatt bis München herumgesprochen.“

„Also, Herr Polizeipräsident, ich unterstütze nur meine Frau bei einem vertraglichen Problem mit ihrem Verleger...“, begann Vilsmayr.

Doch Motzhardt schnitt ihm das Wort ab: „...den Ihre Frau dann vor einer Woche in Nördlingen als vermisst gemeldet hat!“

„Bitte um Pardon, aber dieser Verleger lebt alleine, hat keine Freunde, wurde seit Wochen von keinem Nachbarn mehr gesehen, und hat ebenso lange keinen Kontakt mehr mit seinen Autoren aufgenommen. Von denen einige ganz dringend auf die Veröffentlichung ihrer Bücher warten. Irgendwer MUSS ihn doch schließlich als vermisst melden. Ich konnte es nicht, denn die Vertragspartnerin von Herrn Stephan ist nun einmal meine Frau. Sie hat in ihr Buch - ein Kochbuch mit bayerischen Schmankerln übrigens - fast fünftausend Euro investiert!“

In der Leitung war es kurz still, was Vilsmayr als gutes Zeichen wertete. Dann erwiderte Motzhardt: „Zahlt der Verleger nicht normalerweise dem Autor etwas?“

„Ja, so verhält es sich, wenn es sich um einen seriösen Verlag handelt. Das ist ein wenig kompliziert...“

„Dann können wir uns, was das betrifft, also darauf einigen, dass Sie Ihre Frau nur unterstützend nach Nördlingen begleitet haben, und sie dort eine bürgerliche Sorgfaltspflicht erfüllt hat?", rekapitulierte Motzhardt, der längst nicht mehr so aufgebracht klang. Und einen Sekundenbruchteil darauf wieder Anlauf nahm und Luft holte. „Und dann erscheint ein österreichischer Kriminalbeamter einfach so aus dem Nichts bei Ihnen und meint, dass er stichhaltige Hinweise darauf hat, dass es sich bei einem Leichenfund von ihm - in Bregenz! - möglicherweise um den verschollenen Verleger Ihrer Frau handeln könnte. Vilsmayr! Das ist doch haarsträubend!!"

Vilsmayr schluckte. Dann gab er seinem Polizeipräsidenten recht: „Herr Polizeipräsident, das würde auch für mich haarsträubend klingen. Aber glaubens mir bitte - das hab ich mir so nicht ausgesucht. Und erst recht nicht zusammengeschustert. Wenn sich das bewahrheiten sollte - dann ist es ein Riesenzufall. Ach was - ein Jahrhundertzufall."

Motzhardt meinte: „Für mich klingt es nach einem schlechten Film. Scheint ja Ihre Spezialität zu sein. Und weil Sie, wie es scheint, mächtig scharf drauf sind: Bitte schön, Sie treten am nächsten Montag wieder zum Dienst an. Und bis dahin, kann ich Ihnen nur raten: Suchen Sie sich einen Anwalt und beauftragen ihn oder sie damit, sich um die Verlagsangelegenheit Ihrer Frau zu kümmern." Vilsmayr schluckte: „Danke für Ihr Vertrauen, Herr Motzhardt."

„Nichts zu danken. Und noch einen schönen Tag!" Er beendete das Gespräch. Vilsmayr wischte sich den geschlossenen Schweißfilm von Glatze und Stirne. Dann wandte er sich seiner Frau zu. „Was gibts heut Abend denn zu essen, Spatzerl?" Luitgard erschrak: „Heiligemuttergottes - ich hab alles für einen Pichelsteiner Eintopf gekauft - und vergessen, ihn aufzusetzen! Wisst ihr beiden was? Ich hab eh keinen Hunger, da könnt ihr beiden doch in der Stadt eine Brotzeit nehmen."

„Das", fand Vilsmayr mit einem Seitenblick auf Golob, „ist doch eine gute Idee." Und dachte bei sich: 'Wahrscheinlich braucht sie heute Abend mindestens zwei ungestörte Stunden, um mit ihrer damischen Schwester, der Annamirl, zu telefonieren und sich über das Chaos zu beklagen, das ich ihr ins Haus getragen habe. Und diesen Österreicher noch dazu.'

~~

Warum er für das Abendessen die Taverna Kostas ausgewählt hatte, dessen war er sich nicht bewusst. Vermutlich, weil er dort keinen der Ur-Altöttinger treffen und darum angesprochen werden konnte. Ansonsten war das Essen dort frisch und preisgünstig, er musste nur zusehen, dass er nichts mit zuviel Knoblauch zu sich nahm.

Während Ivo Golob unter der Dusche gestanden hatte, hatte er das - hoffentlich - letzte Telefonat des Tages geführt: mit Margit Zwissler. Dass er „etwas" für sie hätte. Etwas aus sicherer Quelle, passend zu einer Problematik, die seit längerem ein großes Presseecho hätte. Eine Trüffel für Trüffelschweine, sozusagen.

Sie akzeptierte die Schriftform der Informationen und schlug ein kurzes Treffen an einem öffentlichen Ort vor, eventuell sogar eine Weiterleitung über einen toten Briefkasten, falls Vilsmayr ein Maximum an Diskretion wünschte.

Dann also der tote Briefkasten, da Vilsmayr Golob im Schlepptau hatte. Der nun wirklich nichts davon wissen musste, dass sein bayerischer Kollege lieber durch eine Journalistin ermitteln ließ als durch die Exekutivorgane.

Kostas begrüßte Vilsmayr freudig - und zeigte sich noch freudiger, als er sah, dass jener wieder einen neuen Gast angeschleppt hatte. Zwei Uso aufs Haus...

Als Kostas die Getränkewünsche entgegennahm, wollte Vilsmayr allen Ernstes wissen, ob es hier „was ohne Knobi gäbe". Seine Frau sei da sehr empfindlich... Kostas lachte. „Da fällt mir Choriatiki ein, der Bauernsalat... Wartet mal, ich habe einen frischen Chtapodi - Polyp. Der kann auch ohne Knoblauch auf den Grill. Nur Olivenöl, Zitrone und Salz. Und Brot dazu. Wäre der was?"

Vilsmayr orderte also die Empfehlung des Wirts. Golob musste grinsen: „Zwei Polypen essen einen Polypen... leiwand!"

„Ich geh mir mal eben die Hände waschen.", verkündete Vilsmayr. Auf dem Flur versteckte er den Zettel mit Kreszentia Pichetseders E-Mail, ging auf die Toilette, schickte Margit Zwissler eine SMS - und wusch sich wie versprochen die Hände.

Die beiden Männer waren schon beim ersten Bier und einer Portion Taramosalata mit Weißbrot „auf Haus", als Vilsmayr hinter sich an der Kneipentüre eine kräftige Frauenstimme vernahm „Guten Abend, ich ziehe mir hier nur eine Schachtel Camel!" Und war wieder verschwunden. Die mit Margit Zwissler vereinbarte Rückmeldung, dass sie den Brief gefunden hatte. Hätte sie Marlboro holen wollen, wäre der Zettel nicht auffindbar gewesen. Und er hätte einen neuen Anlauf nehmen müssen. Und peinlich wäre es obendrein gewesen.

Der Polyp, der wunderbar zart gewesen, jedoch leider, wenn auch moderat, doch mit Knoblauch gewürzt gewesen war, war bereits verspeist, das zweite Bier war beinahe zur Neige gegangen, als eine SMS von Frau Zwissler kam.

„Hammer! Bin schon dran. Danke - MZ" Wenigstens ein Mensch war heute zufrieden.

~~

„Du hast doch selber mitgekriegt, wie mich der Polizeipräsident angehalten hat, dass ich die Angelegenheit wegen dir und dem Herrn Stephan irgendwie bis zum Wochenende in die richtigen Bahnen leiten soll.", ereiferte sich Vilsmayr am nächsten Tag beim Frühstück. Er hatte seiner Frau mitgeteilt, dass er bis spätestens Samstag noch mit ihr gemeinsam einmal nach Landsberg und nach Oberschleißheim müsste. Wegen ihrer Kurskollegen. Das sei keine Polizeisache, sondern private Angelegenheit. Denn ab kommenden Montag müsste er dann doch wieder in Mühldorf antreten. Zwar hatte sich Luitgard an diesem Morgen nicht über Knoblauchgeruch beschwert, aber sie sah es partout nicht ein, warum sie schon wieder stundenlang über die bayerischen Autobahnen kutschieren müsse...

Vilsmayr probierte es auf eine andere Tour. „Schau, Spatzerl, wann du als Kurskameradin, ja überhaupts als Frau von Anfang an mit dabei bist, dann vertrauen uns die Autoren doch sofort. Sie kennen deinen Namen. Sie haben die gleichen Sorgen, den gleichen Ärger mit diesem Stephan...“ Er versuchte, sie in den Arm zu nehmen.

„Vielleicht ist der ja wirklich schon tot!“, wandte sie ein - und sog prüfend Luft ein, schüttelte jedoch den Kopf. „Einen Moment hab ich doch tatsächlich geglaubt, dass du schon wieder Knoblauch gegessen hast...“

„Siehst du, nicht einmal das hab ich. So brav bin ich! Ich schlag vor, dass wir übermorgen, also am Freitag, gleich in der Früh nach Landsberg fahren zu diesem Ehepaar Wertheim und Barth, und wenn auf dem Rückweg über den Münchener Nordring noch genug Zeit ist, dann besuchen wir auch noch den Herrn Wüsthoff in Oberschleißheim. Und damit sollte es gut sein.“

Luitgard blickte ihn nur mit strichförmig zusammengekniffenen Lippen an. „Und was ist mit Ivo Golob? Wie lange bleibt der noch hier?“, wollte sie wissen, während sie eine Semmel mit Sesam aufsäbelte, als wäre diese eine Kokosnuss.

„Der? Der packt sein Zeug nach dem Frühstück zusammen und geht mit Gott. Stört er dich?“, erwiderte Vilsmayr.

Luitgards Blick fiel auf den großen Sommerblumenstrauß, der während der Mahlzeit auf der Kredenz stand. „Nicht im mindesten. Außer dass er seine klatschnassen Handtücher auf dem Badezimmerboden liegen lässt.“ Sie schmierte erst Butter, dann frisch eingekochte Himbeermarmelade auf beide Brötchenhälften.

„Ja ja,“, meinte Vilsmayr und beschloss, seine nächste Semmel mit Kochkäse zu sich zu nehmen. „Dem fehlt eindeutig die Hand einer Frau!“

In diesem Moment trat Golob ins Speisezimmer. Er schien frisch geduscht zu sein, trug aber noch zum T-Shirt seine Pyjamahose, und hatte seine krausen nassen Haare an den Schädel gestriegelt.

„Guten Morgen!“, rief er aufgeräumt und sah sich auf dem Tisch um, wo wohl für ihn eingedeckt war. „Ich habe wunderbar geschlafen. Es ist so ruhig hier, ganz im Gegensatz zu Wien."

Luitgard schob ihm den Korb mit Brötchen hin. „Zu schade, dass Sie bald wieder in die Großstadt zurückkehren müssen.", meinte sie.

Täuschte sich Vilsmayr - oder schwang da tatsächlich ein ironischer Unterton in der Stimme seiner Frau mit? Das war eigentlich so gar nicht ihre Art.

~~

Am darauf folgenden Mittag saß Golob im ICE nach Wien, in den er in Passau gestiegen war. Seine Anreise hatte er frühmorgens in Simbach unterbrochen, um Ludovika noch kurz zu treffen. Ihre Freundin Rosi war noch nicht vom Nachtdienst mit anschließender Frühvisite zurück, weshalb noch Gelegenheit für einen schnellen Kaffee in der Küche war.

Ludovika war bereits gerichtet und angezogen, ihre ihr mittlerweile zu weite Kleidung ließ sie ein wenig formlos und verloren zugleich erscheinen. Sie interpretierte seinen irritierten Blick bei der Begrüßung durchaus richtig. „Rosi geht mit mir in der Mittagspause in einen Second-Hand-Shop.", meinte sie. „So kann ich bei allem Sparzwang dann doch nicht herumlaufen." Golob küsste sie auf die Stirn. „Du bist immer schön! Auch in Lumpen aus dem Rot-Kreuz-Spendensack..."

Sie holte zwei Fruchtjoghurt aus dem Kühlschrank. „Ein wenig sollten wir beiden heute Morgen schon noch essen. Welchen magst du lieber - Kirsch oder Blaubeere?"

„Himbeere.", meinte Golob. Beide mussten lachen.

„Ich habe mit dem Anwalt in Linz telefoniert und meine Lage geschildert. Er meinte, dass man durchaus die Geschäftsfähigkeit von einem betagten Kreditnehmer unter die Lupe nehmen sollte. Mein Fall sei alles andere als chancenlos. Ich dürfte nur eines nicht: Den Kopf in den Sand stecken und zu früh aufgeben. Und vielleicht müsste man wirklich akribisch in den Details wühlen. Also vom

231

Hölzchen aufs Stöckchen springen." Sie seufzte. „Das kann dauern…"

Golob legte seine linke Hand auf ihre. „Geduld bringt öfter Rosen als man denkt. Zumindest verhält es sich bei der Polizeiarbeit so."

Sie nickte. „Das war schon eine Art Schock für mich, was es mit der Bodenseeleiche aus Bregenz auf sich haben könnte." Sie hatten gestern Nacht noch lange telefoniert, nachdem Golob Vilsmayr gegen 22 Uhr nahezu zum Bezahlen und Verlassen der Taverna Kostas hatte nötigen müssen. „Der 'Kommissar Zufall' scheint mit ein real existierender Kollege zu sein."

Golob kratzte sich hinter dem Ohr. „Wenn Berengere Patinter nicht so eine neurotische Henne wäre und mich nicht permanent mit neuen Fakten zu diesem Fall zugebombt hätte… es hätte noch Monate, ach was, ein bis zwei Jahre gedauert, bis die Kollegen soweit vorgedrungen wären." Er löffelte seinen Joghurt - Kirsche - aus. „Aber glaube ja nicht, dass ich dieser Kuh dankbar bin."

„Keinesfalls würde ich eine solche Haltung von dir verlangen.", pflichtete sie ihm bei. Und fuhr fort: „Dein anderer Fall, der mit den toten Flüchtlingen, der scheint wohl schon klarer."

„Viel klarer. Die sogenannte Zweigstelle der Gebrüder Krenek KG in Mühldorf ist kein Warenumschlagplatz mit Lager und Logistikzentrale. Das ist eine verrottete Baracke, die irgendein Strohmann alle zwei Monate besucht, um den Briefkasten zu leeren.", erklärte er.

„Aber mit einem Wachhund.", setzte Vicky hinzu. Golob wurde nachdenklich. „Ja, mit einem Wachhund. Wie es dem jetzt wohl geht? Ich habe ihm schier die Schnauze zertrümmert." Er blickte auf seine Uhr. „Spatzerl, ich muss los. Mein Zug geht in vierzig Minuten. Wenn ich den nicht kriege, ist mein Anschluss in Passau kaputt. Ich melde mich, wenn ich wieder in Wien bin."

Er drückte ihr einen festen Kuss auf die linke Wange, schlüpfte in seine Jacke und griff nach seiner Tasche. Dass Ludovika nach seiner letzten Bemerkung ein ziemlich nachdenkliches Gesicht aufgesetzt hatte, war ihm freilich entgangen.

~~

Vilsmayr hatte Luitgard beim Frühstück, nachdem sich Golob verabschiedet hatte, glücklicherweise doch noch davon überzeugen können, gleich im Anschluss nach Oberschleißheim aufzubrechen und Kai Wüsthoff zu besuchen. Und hinterher möglicherweise auch noch das Paar Wertheim und Barth in Landsberg am Lech. Oder umgekehrt, je nach Verkehrslage. Da es erst Donnerstag sei, so argumentierte Vilsmayr, würde kein dichter Wochenendverkehr auf den Autobahnen herrschen, insbesondere auf dem Münchener Nordring.

Erstaunlicherweise fiel Luitgards Widerstand im Vergleich zum Vortag wesentlich schwächer aus. „Na gut.", meinte sie. „Unter einer Bedingung: Wir werden unterwegs zu Mittag essen, und zwar in einem richtigen Gasthaus, nicht in einem Imbiss. Und wenn nötig, gehen wir auch noch Kaffee trinken. Ich habe es nämlich satt, für deine Exkursionen andauernd Brotzeiten mitschleppen zu müssen, du Geizkragen. Dein Benzin tankst du schließlich auch auf Polizeikosten..."

Dagegen mochte und konnte Vilsmayr nun weiter nichts einwenden. Luitgard nahm nur zwei Flaschen Sprudelwasser medium mit. Und stellte damit klar, dass Ausreden seinerseits, was die Verpflegung unterwegs anging, gar nicht erst geäußert werden mussten.

Der Himmel war an diesem Vormittag mehr heiter als wolkig, die Autobahn war trocken und bis auf die üblichen LKWs frei. Vilsmayr beschloss, dann doch zuerst in Oberschleißheim anzulaufen und unangemeldet bei Kai Wüsthoff anzuklopfen. Luitgard hatte herausgefunden, dass er der Inhaber einer Werbeagentur in München-Giesing mit bundesweit mehreren Büros und demzufolge äußerst erfolgreich war. Sich telefonisch an der Privatadresse zu avisieren war höchstwahrscheinlich ebenso erfolgversprechend wie nach dem Zufallsprinzip vorzugehen.

In Oberschleißheim mussten erst der fast gigantische Schlosspark und danach das, dank der Nähe zu München verkehrstechnisch sogar am Mittag fast zusammenbrechende Stadtzentrum, umfahren werden, ehe ihre Fahrt in einem Ortsteil neueren Entstehungsdatums endete. Darüber hinaus mit wirklich gehobener Bebauung. Mit umgebenden großzügigen Gärten, die zusammengelegt die Hälfte des Schlossparks ausmachen durften.

Vilsmayr spähte nach links und rechts und zeigte sich beeindruckt. „Hier also versteckt sich ein Teil der Münchener Großkopferten. Wahrscheinlich die, die sich nicht so gerne im Promizelt auf der Wiesn sehen lassen."

Die Nummer 20 entpuppte sich, was weder Vilsmayr noch seine Frau überraschte, als hypermoderner Glas- und Betonkasten auf Stelzen inmitten einer fernöstlich angehauchten Gartenanlage. „Bestimmt gibt's da einen Teich mit Kois.", sinnierte Luitgard, die sichtlich beeindruckt war.

„Mit was?", fragte Vilsmayr leicht genervt, weil in dieser Straße keine Parkplätze ausgewiesen waren. Das nannte man „Defensive Straßenplanung". Was so viel bedeutete wie: Die, die hier nicht wohnen, sollen gefälligst fortbleiben." Resigniert stellte er seinen Wagen auf einen mit Schotter bedeckten Streifen zwischen zwei jungen Ahornbäumen ab und legte ein Schild mit „Polizeieinsatz" hinter die Windschutzscheibe. Manchmal schrien die Verhältnisse geradezu danach, seine Privilegien auszunutzen.

„Japanische bunte Karpfen.", erklärte seine Frau. „Ach so." Vilsmayr vermutete, dass diese Art Karpfen möglicherweise nicht für den Verzehr bestimmt waren.

Das leicht abschüssige Grundstück war mit einer grau verputzten Stützmauer eingefriedet, in der sich auch die Eingangstüre neben einem breiten Zufahrtstor befand. Eine Klingel, aber kein Name. Die, die hier nicht wohnen, sollen gefälligst fortbleiben...

„Sprich du!", forderte Vilsmayr seine Frau auf. Er konnte darauf wetten, dass sich hinter dem blinden schwarzen Glasfleck oberhalb des Klingelschilds, wo bei Leuten wie Vilsmayr „Vilsmayr" stehen würde, eine Kamera befand. Sicherheitshalber trat er beiseite, um nicht sofort gesehen zu werden.

Luitgard klingelte. „Ja?“, fragte eine frische Stimme, die nach einem jungen Mann klang.

„Grüß Gott! Ich bin Luitgard Vilsmayr. Ich bin Autorin und kenne den Herrn Wüsthoff aus einem Kurs. Er ist beim selben Verlag wie ich, der Herr Wüsthoff. Ich bitte darum, wegen Problemen mit unserem Verleger mit Herrn Wüsthoff sprechen zu dürfen. Nur ganz kurz.“ sagte sie ihr Sprüchlein auf.

Sie ist schon raffiniert, meine Gardi, dachte Vilsmayr anerkennend. In den wenigen Sätzen, mit denen sie ihr Anliegen geschildert hatte, hatte sie den Adressaten gleich dreimal beim Namen genannt.

„Einen Moment, bitte.“

„Er scheint zuhause zu sein.“, stellte Luitgard flüsternd fest.

„Warum flüsterst du? Außer mir hört dich hier doch keiner.“, entgegnete Vilsmayr. Dieses Phänomen war ihm schon öfter bei Observationen aufgefallen.

„Und wenn doch?“, wollte sie das letzte Wort behalten.

In diesem Moment meldete sich der junge Mann wieder. „Kommen Sie bitte herauf.“ Der Weg von der Pforte - so nannte man das wohl - bis zum Wohnhaus war länger als vom Haupteingang der Mühldorfer Polizei bis in Vilsmayrs Büro. Es mussten einige kurze Treppenabsätze überwunden werden, die jeweils von extravagant Gartenlaternen beleuchtet wurden. Bei Tage, wohlgemerkt.

Die drei Meter hohe Eingangstüre, zweiflügelig, stand leicht angelehnt offen. Vilsmayr hielt sie seiner Frau auf. Drinnen sah es aus wie im Privatunterschlupf eines Oberschurken aus einem James Bond - Film. Sichtbetonböden, belegt mit schwarz und senfgelb eingefärbten Rinderhäuten. Durchgehende indirekte Beleuchtung an den Deckenkanten. Statt eines Stützpfeilers wurde der immense Raum, der sich hinter der Türe verbarg, optisch von einer drei Meter breiten Zwischenwand - auch aus Beton - geteilt. Und in die war ein Warmwassermeeresaquarium eingelassen. In dem sich die passenden Bewohner tummelten. An der Wand gegenüber dem Eingang hing ein großformatiges Gemälde - auf dem nur Wolken abgebildet waren. Unter diesem stand der junge Mann, der sie eingelassen hatte, und vollführte eine einladende Geste tiefer in den Raum hinein.

Luitgard lächelte ihn schüchtern an, mächtig beeindruckt vom ganzen Ambiente. „Grüß Gott, Herr Wüsthoff! Das ist sehr nett, dass wir so unangemeldet hier bei Ihnen hereinschauen dürfen. Das ist mein Mann Emmeran...", meinte sie leicht verlegen.

Der junge Mann, der auffallend hübsch war, angefangen von seiner angenehmen Körpergröße und seiner sportlichen Figur, die er mit seinem enganliegenden langärmeligen Oberteil in leuchtendem Violett und seiner Skinnyjeans eher betonte als verbarg, bis zu seinem schmalen ebenmäßigen Gesicht. Er schüttelte lächelnd den Kopf mit seinen kurzen, weißblond gefärbten Haaren, die akkurat gescheitelt und frisch getrimmt waren. Dabei entblößte er schneeweiße gerade Zähne, die mit seinen grünen Augen um die Wette leuchteten.

„Bedaure. Ich bin Gregory. Der Privatassistent von Herrn Wüsthoff.", stellte er richtig.

Bevor Luitgard die Entschuldigung, die ihr auf der Zunge lag, adressieren konnte, ertönte eine deutlich dunklere Stimme über ihren Köpfen: „Gefällt Ihnen mein Richter, Frau Vilshofer?"

Ihr und der Kopf ihres Mannes fuhren nach oben. Ein Stockwerk über ihnen stand auf den obersten Stufen einer freitragenden Treppe derjenige, bei dem es sich offensichtlich um den Herrn des Hauses handeln musste. Und der jetzt die Treppe hinabging.

Hinabschritt wie ein Filmstar wäre der zutreffende Ausdruck gewesen. Kai Wüsthoff war auch gekleidet und aufgemacht wie einer - schwarze Samthose und ein schwarzgrundiger Hausmantel mit aufgedruckten schreiend bunten Gesichtern, die sich beim Näherkommen als Frauenkopf mit Schlangen anstatt einer Haarfrisur entpuppten. Sein kurzes dunkles Haar war mit einem Pfund Gel an seinen Schädel geklebt, und am rechten Ringfinger trug er einen Siegelring von der Größe einer Espressountertasse. Seine Gesichtshaut war glatt und gleichmäßig gebräunt, seine Zähne erinnerten farbentechnisch ebenso an Sanitärkeramik wie die von Gregory. Den glamourösen Gesamteindruck störte allerdings seine lichte Kürze von geschätzt einem Meter und fünfundsechzig Zentimetern. Aber schließlich war Größe nicht das, was unterm Strich zählte...

Nun stand er vor ihnen - eine Hand breit größer als Luitgard, eine gute Handbreit kleiner als Vilsmayr, und verströmte einen dezenten Duft nach ... ja wonach eigentlich? 4711 Original Kölnisch Wasser war es jedenfalls nicht. Er nahm Luitgards hingestreckte Hand entgegen - und deutete zu ihrer Überraschung einen Handkuss an.

Sie war nun zwiefach verwirrt. „Ich dachte, der nette junge Mann ist Ihr Privatassistent?“

Wüsthoff, der mit Vilsmayr nur ein freundliches Kopfnicken ausgetauscht hatte, lächelte glatt. „Ich hatte eigentlich auf das Gemälde beim Eingang angespielt. Gerhard Richter. Aus seiner Wolkenphase.“

„Ja.“, beeilte sich Luitgard zu erwidern, weil sie nicht wie eine dumme Dorfliesel dastehen wollte. „Den finde ich auch sehr schön.“ Und mit einem eifrigen Lächeln schaute sie sich um.

„Aber setzen wir uns doch!“, schlug Wüsthoff vor. „Ich finde, dass es eine wirklich charmante Überraschung ist, dass ich endlich jemanden aus unserem Kurs persönlich kennen lerne. Eigeninitiative ist etwas, was ich übrigens sehr schätze.“ Er wies auf eine Sitzlandschaft in einer tiefergelegten Bodennische, in die, von der mindestens fünf Meter hohen Decke, ein Kamin aus poliertem Edelstahl herabhing, der wie ein kleines Ufo aussah. In dieser Grube stand eine Sitzlandschaft, auf der eine sechsköpfige Familie hätte übernachten können, und die mit silbrig eingefärbtem Zebrafell bezogen war. Ein immenser cremefarbener Flokati, den Luitgard unter dem Aspekt der Reinhaltung sehr unpraktisch fand, bedeckte den Boden. Aber vermutlich war das Reinigen dieser Räumlichkeiten nicht das Hauptanliegen von Herrn Wüsthoff.

Wie aus dem Nichts hergebeamt stand Gregory neben ihm. „Kai, soll ich Iolanta irgendwelche Wünsche ausrichten? Ich muss gleich zum Hatha-Yoga.“

„Ja, schick sie bitte her. Und dir viel Spaß! Entspann dich!“, rief er ihm nach.

Sie wechselten in die Grube.

Vilsmayr betastete diskret das mattsilberne Zebrafell bevor er sich niederließ - und stellte erstaunt fest, dass es sich um eine Art Samt handelte. Unsicher setzte sich Luitgard neben ihn. Dass sie ihre Handtasche in ihren Schoss drückte, war für ihn ein höchst verräterisches Zeichen: Sie war kurz davor, zu verstummen. Eben wollte Vilsmayr ihr beispringen und das Wort ergreifen, als eine kleine Frau mittleren Alters mit stumpfem mittelaschbraunem Haar neben dem Hausbesitzer auftauchte - genauso lautlos wie vorhin der Privatassistent.

„Iolanta, können Sie uns bitte eine kleine Erfrischung und ein paar Häppchen richten?", fragte Wüsthoff.

„Sehr wohl, Herr Wüsthoff."- Ihre Stimme hatte einen leicht osteuropäischen Akzent. Das war an dieser Frau das einzig Bemerkenswerte.

Wüsthoff wandte sich wieder an seine Besucher: „Was würden Sie gerne trinken - Kaffee, Tee, Wasser, frisch gepressten Fruchtsaft? Oder ein Gläschen Champagner? Für mich auf alle Fälle Wasser UND Champagner!"

„Kaffee, bitte.", wünschte Vilsmayr. Und Luitgard setzte hinzu: „Ich hätte gerne den Champagner, ich bin ja nicht der Chauffeur." Vilsmayr blickte seine Frau von der Seite an, als hätte sie ihm soeben eröffnet, ab der kommenden Woche einen Kurs in Raubtierdressur anzufangen.

„Und die Kleinigkeit zu essen? Iolanta macht wundervolle Blini, die sind mit Lachs und Belugakaviar ein Gedicht. Wir haben auch immer frische Weißwürste im Haus..." - bei deren Erwähnung sich Vilsmayrs mittlerweile leicht überdrüssige Miene schlagartig erhellte - „... meine japanischen Geschäftspartner fahren geradezu darauf ab. Ja, das ist eine gute Idee! Iolanta - bringen Sie uns der Einfachheit halber beides. Und hintennach etwas Obst." - „Sehr wohl" Iolanta trollte sich in ihren Wirkungsbereich.

„Sie haben wirklich Glück, dass Sie mich heute antreffen. Morgen früh wäre ich für eine Woche dienstlich verreist gewesen. Vereinigte

Emirate. Also, meine Liebe - Sie haben das Bedürfnis, Schwierigkeiten mit mir zu besprechen, die unseren Verlag angehen?"

Luitgard nickte. „Verhält es sich bei Ihnen auch so, dass..." - sie stockte für einen Sekundenbruchteil - „...dass Herr Stephan anscheinend nicht mehr zu erreichen ist? Seit etlichen Wochen?" Sie stellte nun ihre Handtasche rechts neben ihren Füßen ab.

Wüsthoff rollte mit den Augen und trommelte mit den Fingern auf die silbersamtene Sofalehne. „Ja. Der Mann ist absolut katastrophal!", murrte er.

Luitgard sah ihn offen und direkt an. „Ich mache mir Sorgen um ihn.", war alles, was sie daraufhin erwiderte

'Wie hinterhältig und ausgefuchst!', fand Vilsmayr bewundernd. Man muss schon mit der richtigen Intensität auf einen Busch klopfen, damit die Schlange herauskommt.

„Die mache ich mir, ehrlichgesagt, nicht.", erwiderte Wüsthoff. „Ich weiß darüber hinaus nicht, welche seiner Eigenschaften die anderen unterbietet - sein Mangel an Körperpflege, seine Inkompetenz oder seine Selbstüberschätzung."

In diesem Moment rollte Iolanta einen Barwagen mit Getränken heran. „Danke, Iolanta. Wir bedienen uns selbst." Wüsthoff widmete sich zunächst den Getränkewünschen seiner Gäste.

Dann fuhr er fort. „Was ich an der Sache katastrophal finde, sind das Geschäftsgebaren und die generelle Inkompetenz dieses Mannes. Und ich ärgere mich über mich selbst. Sonst lasse ich mich gewiss nicht derart einnehmen..." - zur Bekräftigung sah er sich in seinen Räumlichkeiten um - „...aber wie es aussieht, hat Thomas Stephan es verstanden, mich gegen Ende des Kurses schlichtweg um den Finger zu wickeln. Wie Ihnen unschwer entgangen sein dürfte, ist eine gewisse Eitelkeit - oder besser Prestigedenken - eine meiner kleinen Schwächen. Und die hat dieser Halunke richtig erkannt und ausgenützt."

„Jeder aus unserem Kurs hat am Ende einen Vertrag mit ihm abgeschlossen.", erwiderte Luitgard.

Wüsthoff stutzte. „Auch diese, pardon, etwas gewöhnliche Person mit ihrem Astrobuch?“

„Auch die. Herr Wüsthoff, darf ich Sie noch etwas fragen?“, forschte Luitgard weiter. Sie hatte das Champagnerglas schon zur Hälfte geleert.

Wüsthoff vollführte eine einladende Handbewegung. „Nur zu! Vor einer Autorenkollegin habe ich keine Geheimnisse, was unseren gemeinsamen Verlag angeht.“

„Mussten Sie ihm auch etwas bezahlen - für Lektorat, Satz, Layout, Druck und so weiter?“

Wüsthoff warf seinen Kopf in den Nacken und lachte laut. „Aber ja doch, meine Liebe! Letztendlich achttausend Euro. Für den ersten Band. Ich war einfach leichtsinnig, weil er mich, entschuldigen Sie, so geschickt bei den Eiern gepackt hatte. Hinterher ist man immer schlauer. Ich hatte mich dann doch an einen Literaturagenten gewandt, nachdem nach meinen zehn Autorenexemplaren nichts weiter kam, und der Großhandel von ihm einfach nicht beliefert wurde. So etwas nennt man Lehrgeld, glaube ich.“

Erstmals mischte sich Vilsmayr ein. „Ja, wollen Sie ihr Geld denn nicht zurückhaben?“

Wüsthoff blickte ihn an wie einen, der beharrlich behauptete, die Erde besäße Scheibenform. Und schüttelte sein gegeltes Haupt. „Nicht in erster Linie. Nein, eigentlich gar nicht. Ich kann es vor Steuern als Verlust verbuchen. Es ging mir schlichtweg darum, einen Jugendtraum zu erfüllen. Außerdem hat mir mein Therapeut dringend geraten, meine kreative Seite produktiver auszuleben. Mein Agent meinte dann auch, dass ich einfach die Vertragslaufzeit von drei Jahren aussitzen und an den Folgebänden weiterarbeiten solle. Ja, einfach aussitzen. Hatte ein großer dicker Bundeskanzler auch so gehalten.“

Obwohl sein Kaffee vorzüglich war, neidete Vilsmayr den beiden anderen ihr alkoholisches Getränk. Er sah sich ostentativ um. Und stellte seinem Gastgeber eine weitere Frage: „Herr Wüsthoff, alles in allem sind Sie im Gegensatz zu Thomas Stephan ein Mann, der auf Stil, Auftreten und eine gewisse gepflegte Ausstrahlung großen Wert legt, dass es sich dem Bewusstsein jedes anderen Menschen aufdrängt, der mit Ihnen zu tun hat. Warum also schließen Sie mit einem so offensichtlichen Versager dann einen Vertrag? Statt sich rechtzeitig nach einer Alternative umzusehen?"

Kai Wüsthoff besah erst seine Fingernägel, dann lächelte er Vilsmayr an. „Gott, er hat mir irgendwo auch leidgetan."

„Danke.", meinte Vilsmayr. „Mehr möchten wir gar nicht wissen."

In diesem Moment rollte Iolanta einen noch größeren und gut bestückten Servierwagen herbei.

~~

Golob lag auf dem Rücken und nur mit seinen Boxershorts bekleidet auf Janez' Bett, auf dem Nachtkasten neben sich ein fast leergetrunkenes Glas Rotwein. Er telefonierte wie versprochen mit Dr. Zrenner und war seit Tagen endlich wieder gelöster Stimmung.

„Ach, noch eines - Berengere hat mir noch ein letztes Update aus Bregenz geschickt. Es müssen noch ein paar Abgleiche gemacht werden. Zum Beispiel die DNA von diesem Verleger mit der von den Leichenresten aus dem Bodensee. Es dürfte nach Vorliegen der Proben aber noch zehn bis vierzehn Tage dauern, bis alles nach Deutschland überstellt wird. Falls die DNA übereinstimmt.", berichtete er.

„Das ist schon ein gigantischer Fortschritt, dass man unser Genom entschlüsselt hat.", erwiderte Ludovika, und in ihrer Stimme schwang Wissenschaftlerstolz mit. „Du sagst es. Verbrechen lohnen sich jetzt weniger denn je!" Golob grinste und genehmigte sich einen Schluck Chianti. „Ich hätte jetzt übrigens eine Frage an dich, als Fachfrau. Die Gerichtsmedizin hat festgestellt, dass irgendjemand mit ziemlicher Kraft mehrfach auf den Brustkasten des Toten vom Bodensee eingestochen hat. Wozu, denkst du, macht man so etwas - die Zementschuhe reichen doch völlig aus?"

„Das macht man, damit die Luft aus den Lungen entweichen kann

- und der Thorax nicht nach oben treibt. Profis - und ich denke, das waren welche in diesem Fall - wickeln auch noch Stacheldraht um den Bauch. Wegen der Fäulnisgase in den Därmen.", erklärte Dr. Zrenner. Golob schüttelte sich. „Ich stelle doch immer wieder fest, dass dein Berufszweig wenig Schöngeistiges zu bieten hat."

„Und was machen deine Verbrecher, die Schleuser und Menschenhändler?", wollte sie wissen.

„Dieser Fall scheint wenigstens glockenklar zu sein. Wir sind gerade dabei, uns in die EDV dieser Firma einzuhacken, damit wir genügend Beweise beieinanderhaben. Jedenfalls ist unser Generalmajor in Wien sehr zufrieden mit dem Verlauf. Und die Presse hält sich mit irgendwelchen Schmähungen zurück." Er schwieg eine Weile. „Der Moody ist heute entlassen worden. Der Weiße Ring hat ihn bei einer Pflegefamilie in Baden untergebracht. Ich darf ihn nach Voranmeldung besuchen, sooft ich mag. Schließlich ist er ja auch mein Zeuge."

Ludovika sagte eine Weile nichts.

„Vicky?", fragte Golob irritiert ins Handymikrofon. „Ja, Ivo... ich hab nachgedacht...", erwiderte sie vorsichtig.

Der Satz „Ich hab nachgedacht" aus dem Mund einer Frau, adressiert an einen Mann, enthielt ebenso viele Brandbeschleuniger wie „Wir müssen reden".

„Ja?", fragte Golob verunsichert zurück.

„Schau - erst Moody. Dann dieser Hofhund. In letzter Zeit hast du, wie soll ich's sagen ... so eine Art Neigung zu Geschöpfen, die ganz beschissen dran und wehrlos sind. Du fühlst dich nicht nur verantwortlich - du reißt die Verantwortung geradezu an dich.", begann sie. Golob war verärgert. „Was soll das heißen? Willst du mir unterstellen, dass ich so ein deppertes Helfersyndrom entwickelt habe?"

„Es wirkt zumindest auf mich so. Du bist schon ein Mann mit dem Herzen auf dem rechten Fleck. Dem etwas fehlt. Aber das ist nicht ein Bub aus Afghanistan mit grauem Star. Neulich, im Spital, hätte nicht viel gefehlt, und ich hätte gedacht, du willst ihn adoptieren." rechtfertigte Vicky ihre Äußerungen.

„Er hat hier niemanden, Vicky!! Versetze dich doch bitte in seine Lage. Das solltest du als Frau doch können!", stichelte er.

„So, sollte ich? Warum sollte sich jede x-beliebige Frau in die Lage eines fremdländischen Kindes mit Sehbehinderung versetzen können? Nur weil sie eine Frau ist? Das muss kein Mensch - außer einem Traumatherapeuten und einem Ophthalmologen. Und genau solche Profis werden sich um Moody kümmern, und dazu noch Opferhilfe, Sozialarbeiter vom Jugendamt und und und. Du überschätzt dich und deine Kompetenzen und deine Verpflichtungen ihm gegenüber maßlos. Du bist Ermittler bei der Wiener Kripo, er ist ein Zeuge. Mehr ist da nicht.", ereiferte sie sich.

„Warum, meine Liebe, wäschst du mir gerade so den Kopf?" Golob war einfach fassungslos.

„Ich würde ihn dir nicht waschen müssen, wenn du mir vor ein paar Minuten richtig zugehört hättest!", konterte sie. „Ach ja? Immer sind es wir Männer und unser Unvermögen, 'richtig zuhören' zu können, wenn eine Diskussion nicht nach eurem Gusto verläuft..." Golob war drauf und dran, das Gespräch zu beenden.

Sie atmete hörbar. „Bleib bitte bei dieser Sache. Auf Allgemeinplätze auszuweichen macht keinen froh."

Er atmete durch und seinen Zorn fort. „Also - an welcher Stelle habe ich nicht richtig zugehört?"

„Ich habe gesagt, dass dir etwas fehlt. Etwas ganz Wichtiges. Und das ist nicht ein bissiger und verwahrloster Riesenköter aus einem verwahrlosten Hof.", erklärte sie. „Dir fehlt Nähe. Und Verbundenheit. Mit jemandem auf Augenhöhe. Nicht mit einem Geschöpf, das keine Daumen hat. Oder mit jemandem, der sich in der Welt nicht orientieren kann..." sagte sie. Ihre Stimme war gegen Ende ihrer Rede merklich leiser geworden.

Er schluckte - und hätte in diesem Moment gerne ein volles Rotweinglas zur Hand gehabt. „Du meinst dich. Stimmt's, Ludovika?"

Golob erwartete ein ironisches Ausweichmanöver. Stattdessen antwortete sie nur: „Ja, Ivo. Damit meine ich mich."

~~

Von Oberschleißheim war es über die A96 nur ein Katzensprung nach Landsberg am Lech - und die Strecke vorbei am Starnberger- und Ammersee landschaftlich wunderschön.

Luitgard genoss nun die Autofahrt, wobei die unverhoffte Champagnerverkostung einiges dazu beigetragen haben mochte.

„Mei", schwärmte sie, in einem solchen Haus war ich noch nie. Ich dachte, so was gibts nur im Film. Wie beim Rudolf Mooshammer..."

„Ja - und ein genauso warmer Bruder ist dieser Wüsthoff auch. Privatassistent, ha! Dass ich nicht lache. Der könnte glatt sein Sohn sein, dieser Lustknabe!"

Luitgard warf ihm einen scheelen Blick zu. „Das is ja wohl egal, ich meine, das ist ja wohl nicht mehr illegal. Überhaupt - die dritte Frau von deinem Vorgänger, die war locker dreißig Jahre jünger als er..."

„Das ist ja wohl etwas anderes!", widersprach Vilsmayr. „Ist es gar nicht.", blaffte Luitgard zurück. Der wenige Alkohol hatte ihre Zunge und ihren Widerspruchsgeist gelockert. „Außerdem hast du das Mittagessen eingespart."

„Ich hoffe doch, dass du bis Landsberg wieder einigermaßen nüchtern bist.", setzte Vilsmayr dagegen. „Und jetzt lass mich fahren!" Luitgard streckte ihm die Zunge heraus. Und schwieg.

Nach einer Weile - der Ammersee lag gerade hinter ihnen - sagte sie: „Er wars nicht." - „Wer war was nicht?" - „Der Herr Wüsthoff. Er hat Stephan nicht umgebracht. Er hat kein Motiv."

„Das, meine Liebe, ist beides in keiner Weise bewiesen - erstens, ob Herr Stephan überhaupt der Tote aus dem Bodensee ist, und zweitens, dass Herr Wüsthoff KEIN Mörder ist.", erwiderte Vilsmayr spitzfindig.

„Du magst ihn nicht."

Glücklicherweise erreichten sie während dieser kleinen Auseinandersetzung Landsberg am Lech und ließen sich vom Navi in den Wiesenring leiten.

Dieses Mal waren sie in ein typisches Neubaugebiet des neuen Jahrtausends geraten, ein „Tränental", wie Vilsmayr einmal derartige Wohngegenden bezeichnet hatte. Tränental deshalb, weil auf schuhschachtelgroße Parzellen einheitlich gestaltete zweigeschossige Wohnhäuschen gepfercht wurden, um die man inklusive einer Fertiggarage gerade einmal mit angehaltenem Atem herumgehen konnte. Die einheitlich grau oder weiß waren und ein dunkelgraues oder rotes Ziegeldach besaßen. Und einen hässlichen Steingarten davor. Hauptsache, ein Eigenheim - auch wenn dieses so dicht am Nachbarn stand, dass man in der Stille der Nacht denselben in seinem Bett furzen hören konnte.

So fuhren denn vor diesen Hasenstallhäusern Dreiräder, Laufräder, Roller und die berühmten Bobbycars herum, und das Straßenpflaster in dieser „Bitte Schritttempo fahren - Zone" war von etlichen kleinen Künstlern mit Straßenkreidestilleben verziert worden.

Nicht so die Straße vor dem Haus Nr. 9, das im Übrigen ebenso nichtssagend und hässlich war wie die benachbarten. Vor Nr. 9 stand ein tiefer gelegter Manta A GT/E in Schneeweiß mit schwarzen Rallyestreifen, dessen Motorhaube offenstand, und über dessen Motor ein Mann gebeugt war. Vilsmayr stellte seinen Wagen dahinter ab.

„Jetzt lass du mich reden.", wies er Luitgard an. Er stieg aus, Luitgard ebenso; sie blieb allerdings unsicher auf dem Weg im Vorgarten stehen. Der war ebenso gestaltet wie die vor den anderen Eigenheimen - bis auf einen riesigen Terracottatopf, in dem eine enorme Kugelkaktee wuchs. Was ebenso einladend wirkte wie das namenlose Klingelschild bei Wüsthoff. Die Haustüre, erkannte Luitgard, stand ein wenig offen.

Vilsmayr schlenderte, die Hände in den Hosentaschen, auf den Mantabesitzer zu, der dabei war, bei seinem Liebhaberstück eine

Reparatur vorzunehmen, denn neben ihm auf dem Boden stand ein Werkzeugkasten.

„Genau so einen hatte ich auch mal. War mein zweites Auto, nach einem Kadett B.", rief er gut gelaunt aus.

Der Mantabesitzer richtete sich auf. Ein drahtiger, breitschultriger Mann Mitte dreißig, dessen Kopf von der gebückten Haltung noch ein wenig rot angelaufen war. Sein mittelbraunes Haar war an den Schläfen kurz rasiert, auf dem Scheitel trug er es länger. Ein kurz gestutzter Vollbart und bis zu den Handgelenken tätowierte Arme ergänzten seinen derzeit bei vielen jungen Männern angesagten Knackilook. Misstrauisch blickte er Vilsmayr an, der mit seinem Landhausanzug keinen größeren Kontrast hätte verkörpern können. Dabei blitzten zwei kleine Edelstahlringe, die seitlich durch seine linke Augenbraue gezogen waren, in der Sonne.

„Haben Sie ihn noch?", wollte er wissen. Vilsmayr versuchte sich an einem wehmütigen Lächeln. „Leider nein. Ein Kumpel hat ihn zu Schrott gefahren. 1975 war das.", erwiderte er.

Der bärtige Tätowierte stütze sich mit beiden Händen an der Karosserie ab. „Es fahren einfach zu viele Idioten rum...“

„... und täglich werden sie mehr. Baujahr 1971?", wollte Vilsmayr wissen. „Doppelvergaser?", setzte er hinzu. Der Mann nickte. Vilsmayr auch. „Bei denen ist die Einstellung vom Zündzeitpunkt ein wenig knifflig.“

Jetzt begann der Jüngere zu staunen. „Haben Sie das selbst gemacht bei Ihrem Wagen?“

„Klar.", meinte Vilsmayr und entdeckte aus den Augenwinkeln, dass oben in der Werkzeugkiste ein Satz neuer Zündkerzen lag. „Der Vater von meinem Kumpel, dem Bruchpiloten, der hatte eine Kfz-Werkstatt. Der hat uns jungen Burschen nur einmal zeigen müssen, wie man mit der Stroboskoplampe umgeht.“

Der Jüngere setzte eine durchaus respektvolle Miene auf. „Das ist das Schöne am Manta - alles mechanisch, und man kann es leicht selber reparieren. Heute sind aber nur die Zündkerzen dran mit Auswechseln.“

Vilsmayr beugte sich über den Werkzeugkasten und reichte dem anderen ungefragt den Kerzenschlüssel. Der trat misstrauisch einen Schritt zurück, ehe er Vilsmayr das Werkzeug aus der Hand nahm. Erst dann fand er seine Sprache wieder. „Ich habe Sie noch nie hier im Wiesenring gesehen. Ich hoffe nur, dass Sie kein Vertreter sind!“

„Na, net. Ich bin bloß Rentner - und Chauffeur für meine Frau.“ Vilsmayr wies mit dem Kopf auf Luitgard, die immer noch unschlüssig auf dem gepflasterten Weg durch den Vorgarten stand.

In diesem Moment wurde die Haustüre geöffnet, und heraus trat eine Frau.

Vor der Luitgard im ersten Moment zurückschreckte. Ihr Alter war schwer zu schätzen - irgendetwas in den Dreißigern. Ihre Größe auch: zwischen einem Meter fünfundsiebzig und einem Meter achtzig. Sie trug Jeansshorts mit ausgefranstem Saum, die ihre atemberaubend langen, schlanken und sehnigen Beine sehen ließen. An den Füßen trug sie silbrige Adiletten, aus denen vorne ihre schwarz lackierten Zehennägel lugten. Den Oberkörper bekleidete ein überweites Top aus einem eher dicken Stoff, dass so kurz war, dass Taille und ein Teil des Oberbauchs zu sehen waren. Um ihren Hals hatte sie mehrfach einen langen, schmalen Schal aus einem dünnen ecrufarbenen Material gewickelt. Ihr langes glattes schwarzes Haar trug sie mit einem Pony und offen, darunter blitzten ein Paar Silberkreolen in Übergröße hervor.

Die allermeisten anderen Frauen hätten in einem solchen Aufzug billig bis nuttig ausgesehen - sie nicht. Sie trug ein Grübchen in ihrem Kinn, das gemessen an ihrer Körpergröße nicht so niedlich oder spitzig war wie bei anderen Frauen, sondern fest und an den Kieferwinkeln leicht kantig. Sie hatte hohe Wangenknochen, was ihr zusammen mit ihren leicht schräg stehenden olivgrünen Augen etwas Katzenhaftes verlieh.

Das musste Suzanka Barth, mit bürgerlichem Namen Susanne Möller, sein, die Autorin des Sternenkinder-Buchs. Und im Gegensatz zu ihrem nur an seinem Kfz interessierten Mann fiel ihr Blick sofort auf Luitgard.

„Bertram, es könnte sein, dass wir Besuch bekommen?", rief sie aus. Ihre rauchige Stimme passte zu ihrer Erscheinung; dass sie angeblich immer noch modelte, war mehr als wahrscheinlich.

„Wie?", war alles, was der Zündkerzen wechselnde Ehemann dazu zu sagen hatte.

„Kann ich Ihnen irgendwie helfen?", wollte Frau Barth von Luitgard wissen. Die schaltete blitzschnell auf die Taktik der Vorwärtsverteidigung um - und ging mit einem entwaffnenden Lächeln und einer ausgestreckten rechten Hand auf Frau Barth zu. „Grüß Gott, ich bin Luitgard Vilsmayr. Vielleicht kommt Ihnen mein Name aus dem Schreibkurs von Thomas Stephan bekannt vor. Entschuldigen Sie bitte, dass ich so unangemeldet hier hereinschneie - und wenn es Ihnen ungelegen ist, dann gehen wir gleich wieder..."

Frau Barth ließ die angebotene Hand für eine Sekunde in der Luft stehen, ehe sie diese ergriff und kurz schüttelte. „Doch, natürlich. Sie sind die Dame mit dem bayerischen Kochbuch, stimmt's?"

„Ja, ja, die bin ich.", pflichtete Luitgard ihr bei. Frau Barth machte nach wie vor keine Miene, ihre Besucherin ins Haus zu bitten. „Und wie kann ich Ihnen denn jetzt behilflich sein?". In Suzanka Barths Stimme schwang unverhohlener Argwohn mit.

Luitgard zupfte ihre Blusenmanschetten zurecht. „Es ist eigentlich wegen meines Buchs. So wie es aussieht, wird es trotz Vertrag mit Herrn Stephan vorläufig nicht herauskommen. Und da hab ich mir gedacht - hörst dich mal ein bisschen bei den anderen vom Kurs um."

Frau Barth rollte ein wenig mit den Augen und blickte nach schräg links oben. „Dann sitzen zumindest wir beiden im selben Boot. Kommen Sie doch ins Haus. Ich hab allerdings um sechzehn Uhr ein Casting, aber auf einen Tee reicht es."

Sie winkte Luitgard ins Haus, die hinter ihrem Rücken Vilsmayr ein Zeichen gab, welches er als „Draußen bleiben" verstand.

Das Innere des Hauses war absoluter Mainstream, nichts Extravagantes. Es herrschte eine angenehm bewohnte Unordnung und roch ganz leicht nach Zigarettenrauch. In der Diele hingen zwei gerahmte Poster von Schwarz-Weiß-Fotografien amerikanischer Wolkenkratzer. Außer Herrn Wertheim und Frau Barth schien kein weiteres Lebewesen dieses Haus zu bevölkern. Keine Kinder, keine Haustiere. Bis Luitgard in einer Art Aquarium in einer Wohnzimmerecke, das zwar Grünzeug, aber kein Wasser enthielt, eine Schlange entdeckte.

Sie schrie erschrocken auf und prallte zurück.

„Das ist Caligula. Eine Baumschlange. Völlig ungiftig. Er gehört Bertram." erklärte Frau Barth. „Ich hoffe, er hat sie nicht zu sehr erschreckt." Luitgard schluckte. „Ich glaube nicht, dass ich mich an ihn gewöhnen könnte."

Frau Barth lachte leise. „Keine Angst, er bleibt in seinem Terrarium. Und machen Sie es sich doch bitte bequem." Sie wies auf das schwarze Ledersofa. „Mögen Sie lieber schwarzen oder Kräutertee?"

„Schwarzen bitte. Mit Zucker.", erwiderte Luitgard kleinlaut. Frau Barth verschwand in Richtung Küche und Luitgard setzte sich, Caligula nicht aus den Augen lassend, in eine Sofaecke. Hier war es ihr nicht geheuer...

~~

Vilsmayer sah Wertheim beim Zündkerzenwechseln zu und führte sein Benzingespräch weiter.

„Wie siehts bei Ihnen eigentlich mit Ersatzteilen aus? Die Wasserpumpe zum Beispiel? Immer eine Schwachstelle bei einem Opel...", wollte er wissen. Wertheim wechselte die letzte Kerze. „Karosserieteile sind kein Problem.", meinte er. „Es sei denn, man will die extra breiteren Kotflügel. Sind mir aber zu prollig. Ich mag ihn klassisch schlank."

„Ja, da bin ich auch ein Purist.", gab Vilsmayr zu.

Wertheim warf die letzte alte Zündkerze zu den anderen in die Kiste und wischte sich die ölverschmierten Finger an einem alten Lappen ab, den er sich vorne im Hosenbund stecken hatte. Es war offensichtlich, dass er sein schmuckes schwarzes Motörhead-Shirt nicht beschmutzen wollte. „Sie haben mir noch gar nicht verraten, was Sie hierherbringt. Schreiben Sie vielleicht für ein Oldtimer-Magazin?“

„Ich? Na, net. Meine Frau, die schreibt. Ich bin bloß Chauffeur.“

„Die kleine Frau, die mit Suzanka eben ins Haus gegangen ist?“

„Exakt. Die beiden sind, wenn man so sagen darf, Autoren-Kolleginnen - und beim selben Verlag. Meiner Frau kommt das schon seltsam vor, dass der Herr Verleger trotz seiner Beteuerungen ihr Buch einfach nicht herausbringt. Herrschaftszeiten, das ist doch bloß ein Kochbuch!“ Er blickte Wertheim so ratlos es ihm möglich war an. „Sie haben doch selber - das weiß ich freilich bloß von meiner Frau - Sie haben doch selber einen Krimi geschrieben. Es tut mir leid, dass ich den noch nicht gelesen habe...“

Wertheim blickte Vilsmayr nun seinerseits verwirrt, dann jedoch abweisend an. „War nur ein Versuch, mit dem Krimi. Eine erste Auflage von 50 Exemplaren. Es sollten mehr werden.“

Vilsmayr trat näher auf Wertheim zu. „Also, ich mein, aber das erzählen wir den Frauen lieber nicht, dass der Verleger gar nichts macht... Und stiften gegangen ist. Mit dem ganzen Gerstl.“

Wertheim wandte sich ab und suchte sein Werkzeug zusammen. „Mag sein. Geht mir aber am Arsch lang. Ich such mir einen neuen.“ Er griff nach seiner Werkzeugkiste und wollte sich auf den Weg zur Garage machen, als er innehielt. „Woher haben Sie eigentlich unsere Namen? Und unsere Anschrift?“ Er kniff die Augen zusammen.

Vilsmayr hob abwehrend die Hände. „Das müssen Sie meine Frau fragen. Ich bin nur der Chauffeur.“ Der Mantabesitzer setzte einen unbestimmten Blick auf, ging zur Garage und öffnete das Tor. Darin stand kein anderes Auto. Wahrscheinlich gehörte diese gute Stube dem Gestreiften.

‘Um Haaresbreite hätte ich mich festnageln lassen!’, schalt sich Vilsmayr. ‘Holzauge, bleib wachsam! Und zur Abwechslung wird der Spieß jetzt umgedreht’: „Wann haben Sie denn den Herrn Stephan kennengelernt?“

Wertheim schüttelte den Kopf. „Sie meinen persönlich? Gar nicht. Das macht man heute doch alles online - ein Manuskript ist auch nur eine Word-Datei, und Verträge kann man per E-Mail schicken, gegenlesen, unterzeichnen und als Scan zurückschicken. Das spart viel Zeit...“

'... und das waren jetzt wirklich viele Worte für einen Muffel wie dich!', dachte Emmeran, ehe er süßlich grinste: „Dann hat man die für seinen GTE übrig.“

An dieser Stelle der Unterhaltung begab sich Wertheim ins Haus zurück. Und ließ Vilsmayr ohne Worte stehen. Geschweige denn, dass er ihn hereinbat.

~~

Suzanka Barth hatte sich Luitgard gegenüber auf einen Zweisitzer gesetzt und hielt ihre Teetasse graziös fest. Ihre langen gebräunten Beine hatte sie elegant übergeschlagen. 'Beneidenswert!', dachte Luitgard. 'Keine einzige Krampfader, keine Besenreißer, keine Zellulite. Dafür aber eine angeblich ungiftige Schlange.'

„Nun erzählen Sie mir mal, Frau Vilsmayr, was Sie da für Probleme wegen Ihres Buchs mit dem Himmelswiese-Verlag haben.“, wollte Frau Barth wissen.

'Luitgard, jetzt musst du aufpassen!', schoss es Frau Vilsmayr durch den Kopf. 'Für drei Sachen, die du erfährst, darfst du eine preisgeben - und zwar eine unwichtige.“ Eine alte Polizistenregel, die sie von Emmeran früh gelernt - und immer wieder nutzbringend angewandt hatte.

„Ich habe doch das Kochbuch meiner Großmutter überarbeitet und will es herausgeben. Im Vertrag mit Herrn Stephan steht: 'Wird voraussichtlich Anfang des zweiten Quartals erscheinen.' Und 'Der Autorin stehen vorab 20 Freiexemplare zu'. Und was ist?“ Sie bemühte sich empört zu klingen. „Jetzt stehen wir im dritten Quartal. Und ich habe kein einziges Autorenexemplar!“

Suzanka Barth stellte ihre Teetasse ab und holte sich eine Zigarette aus einem Teakholzkästchen, ehe sie innehielt und ihrer Besucherin auch etwas zu rauchen anbot. Luitgard lehnte höflich ab. Frau Barth steckte sich ihre Zigarette seufzend an. „Ich kann dieses Laster einfach nicht loswerden.", klopfte sie sich imaginär an die Brust. „Fast alle Models rauchen... Ich hoffe, es stört Sie nicht?"

Luitgard schüttelte den Kopf und versuchte, das Gespräch in eine für sie erhellendere Richtung zu lenken. „Ich dachte, Sie sind eigentlich Autorin?"

„Autor respektive Autorin ist man erst, wenn das erste Buch von einem erschienen ist. Aber ich habe Sie unterbrochen..." Sie fixierte Luitgard durch den ausgestoßenen Rauch hindurch. „Was haben Sie also vor, in der Sache zu unternehmen?"

„Na ja, ich glaube, dass ich ihn mit meiner Drangsaliererei dann doch verprellt habe. Künstler sind doch sensibel - und wahrscheinlich bin ich einfältiges Lieschen Müller ihm so sehr auf die Nerven gegangen, dass er nicht mehr mit mir reden mag.", jammerte Luitgard gespielt. „Ich kann mir gut vorstellen, dass SIE da viel geschickter mit ihm umgehen können. Eine elegante und selbstsichere Frau wie Sie..."

Suzanka Barth zog an ihrer Zigarette. „Danke. Sie haben eine hohe Meinung von mir. Aber überschätzen Sie mich bitte nicht - auch ich habe bisher von meinem Buch weder etwas gehört noch etwas gesehen. Und zu einem persönlichen Gespräch mit ihm bin ich auch noch nicht vorgedrungen. Ich finde Ihre Idee und Ihre Initiative, es einmal auf anderem Weg zu versuchen, schon gut - aber ich kann Ihnen da leider nicht weiterhelfen."

Luitgard trank weiter ihren Tee, der etwas dünn und zu süß war. „Wissen Sie, Frau Barth, Sie haben damals im Kurs erzählt, wie sehr ihnen das Thema über Kinder, die ihre Eltern nie kennen lernen und umgekehrt, am Herzen liegt. Ich erinnere mich auch noch gut an die Leseproben - sie haben wirklich einen schönen Schreibstil. Und können sich gut ausdrücken." Ihre Stimme wurde leiser. „Sie können damit sicher viele Eltern erreichen und Trost spenden."

Frau Barth beugte sich vor, um ihre Zigarette in einem schwarz gefärbten Travertinaschenbecher auszudrücken, wobei sie ihren Schal mit einer anmutigen Bewegung festhielt. Beinahe neidvoll folgte Luitgard ihr mit ihren Blicken.

„Es war mir ein großes Bedürfnis, meine Gedanken und Gefühle zu diesem sensiblen Thema zu Papier zu bringen.", meinte sie. Und lächelte. „Liebe Frau Vilsmayr, ich bin sicher, dass sich dieses Verlagsproblem bald in Wohlgefallen auflösen wird. Sollte sich etwas ergeben, wobei ich Sie unterstützen kann, dann lassen Sie es mich bitte wissen. Wir sollten auf alle Fälle in Verbindung bleiben."

In diesem Moment stand Bertram Wertheim im Wohnzimmer und sagte zu seiner Frau: „Suze, du solltest allmählich los zu deinem Casting." Und an Luitgard gewandt meinte er nur: „Ihr Mann wartet draußen auf sie."

Damit war die Audienz offensichtlich beendet. Luitgard trank ihren Tee aus, erhob sich und dankte Frau Barth. Zu Wertheim meinte sie: „Sie brauchen sich nicht zu bemühen - ich finde alleine hinaus!" Er jedoch hielt sie mit einer Hand an der Schulter fest. „Woher," fragte er mit fast drohendem Tonfall, „haben Sie eigentlich unsere Anschrift?"

Luitgard machte sich los. Natürlich hatte seine ölverschmierte Pranke hässliche schwärzliche Flecken auf ihrer hellen Bluse hinterlassen. „Ja, erinnern Sie sich denn nicht mehr? Herr Stephan hat eine Adressliste ganz am Anfang in den Chat gestellt..." Sie schüttelte den Kopf. „Einen schönen Tag noch - und viel Erfolg beim Casting!" Und verließ diese nur bedingt gastliche Stätte.

Draußen stand sich Vilsmayr die Beine in den Bauch. „Komm!", war alles, was er zu ihr sagte, bevor sie ins Auto stiegen.

~~

Am nächsten Tag äußerte Golob eine Bitte an seine Kollegin Berninger, die sie mehr als verblüffte. Er selbst wirkte etwas übernächtigt, versicherte jedoch, ausreichend geschlafen zu haben.

„Du willst was?", staunte sie. „Dass ich in Zukunft die Vernehmungen von diesem afghanischen Buben durchführe?" Er nickte. „Es wäre mir ganz recht. Die Sache, und auch das Kind ... es geht mir zu nahe. Ich persönlich habe nichts gegen Moody...", setzte er eilig hinzu.

Sie ordnete einen Papierstapel in einen Stehsammler. „Das möchte ich dir auch gar nicht unterstellen. Du wirst deine Gründe haben. Und die habe ich nicht zu hinterfragen. Das geht also klar." Sie nickte bekräftigend. „Übrigens hat der Vogl uns alle um halb zehn einbestellt." Golob sah auf seine Uhr. „Das reicht noch für einen Kaffee. Ich bring dir einen mit.", bot er an. „Danke.", meinte Berninger.

Als er gerade die Türe hinter sich zu ziehen wollte, rief sie ihm nach: „Du bist übrigens der mit Abstand netteste Zimmergenosse seit langem!"

Nach dem Kaffee blieb Golob noch etwas Zeit, sich über den neuesten Stand in Bregenz zu informieren. Die Taucher hatten weitere von den Aalen bearbeitete Knochen geborgen, wobei sich Golob fragte, wofür dieser Aufwand überhaupt noch getrieben wurde. Viel wichtiger war es doch, genetisches Material von diesem vermissten Verleger zu gewinnen, um es mit dem Toten aus Bregenz vergleichen zu können. Im Zweifelsfall musste Patinter wissen, was sie tat und wozu. Ihn jedoch trieb vielmehr noch eine andere Frage um: Warum hatten der oder die Täter mit den Füßen des Toten einen Prospekt für einen Schreibkurs mit einzementiert - und das Gesamtpaket dann im österreichischen Teil des Bodensees versenkt? Einen eindeutigeren Hinweis auf die Identität des Toten als diesen Prospekt konnte es seiner Ansicht nach gar nicht geben. Und er war mit großer Wahrscheinlichkeit deutscher Staatsbürger. Ob er etwas mit Bregenz zu schaffen hatte? 'Ivo Golob, das ist nicht DEIN Fall!', ermahnte er sich, um seine Aufmerksamkeit nicht zu verschwenden. 'Dieser Fall gehört in die Zuständigkeit von Frau Patinter. Und möglicherweise demnächst in die von deutschen Kripokollegen.' Er schloss die Dateien, aktivierte seinen Bildschirmschoner und nickte Berninger zu, dass es Zeit war, sich zur angesetzten Besprechung zu begeben.

Die entwickelte sich als zäh und langweilig - die übliche routinemäßige Bestandsaufnahme von gesicherten Spuren, handfesten Beweisen und dokumentierten Zusammenhängen.

'Wie makaber, ach was, fast deprimierend - achtunddreißig Tote mit einer bedrückenden Vergangenheit - und ein einziger Überlebender hütet möglicherweise ein Geheimnis, das wir jetzt lösen müssen...', dachte Golob. 'Und wir konstatieren hier, dass ein altes, an der Ladekante festgeklebtes Kaugummi das Beweisstück Nr. 205 ist. Beweisstück wofür? Dass einer von diesen Drecksäuen Kaugummi gekaut hat...?'

Fast wäre er eingenickt, als das Handy eines Kollegen klingelte. Es war das von Navratil, der artig fragte, ob er das Gespräch annehmen dürfe. Vogl nickte. Navratil lauschte - und dankte.

„Gute Nachrichten!", rief er in die Runde. „Die ungarischen Grenzbeamten führen momentan verschärfte Kontrollen durch. Sie haben Ioan Stelea festgesetzt, müssen ihn aber nach 24 Stunden wieder auf freien Fuß setzen...“

„Das war doch der Fahrer? Ich werde sofort einen Überstellungsantrag nach Budapest absetzen. Was das Vorgehen gegen Schleuserei angeht, sind die Ungern sehr beflissen und kooperativ. Gut, liebe Leut, geht wieder an die Arbeit. Es sei denn, jemand hat noch etwas beizutragen.", ordnete Oberleutnant Vogl an.

Golob wartete noch einen Moment, bis die anderen gegangen waren. Vogl, der die Bilder der Beweisaufnahme abhängte und einsammelt, wurde seiner gewahr. „Was gibts denn, Herr Golob?“

„Herr Oberleutnant, es geht um den Jungen. Mahmood.“

„Ja? Sie kümmern sich doch um ihn als Zeugen?“

„Er wird in ein paar Tagen in eine Asylfamilie vom Weißen Ring verlegt werden. Die Audiodatei haben wir übersetzen lassen.“

Vogl nickte abermals. „Ja. Wir wissen, dass er etwas Rumänisches nachgesprochen hat, übrigens fast akzentfrei: 'Setz sie einfach in Wien ab. Du musst dich nicht mehr darum kümmern.' Gute Arbeit,

Golob! Machen Sie weiter so. Der Bub ist jetzt wichtiger denn je. Er muss noch ein paarmal befragt werden. Denn erst, wenn er bei dieser Aussage bleibt - und keine Widersprüche aufkommen, ist das eine belastbare Aussage."

Golob war mit einem Mal verunsichert. „Es ist nur so, Herr Oberleutnant - es handelt sich hier um ein zutiefst traumatisiertes Kind.", setzte er an. Vogl wandte sich zum Gehen. „Das ist mir so klar wie Ihnen. Gibt es da etwas, was zusätzlich berücksichtigt werden müsste?"

Golob geriet nun fast ins Stocken. „Es waren ausnahmslos Männer, die ihm und den anderen das angetan haben. Er zeigt sich bei mir wesentlich - reservierter als gegenüber Frauen. Alleine schon, was er Frau Bilal, der Übersetzerin, erzählt hat..." Vogl blieb stehen und blickte Golob kritisch an. „Fahren Sie fort. Der Bub, ist, wie gesagt, unser einziger Zeuge. Haben Sie einen zielführenden Vorschlag zu machen?"

„Ja, Herr Oberleutnant.", rief Golob erleichtert aus. „Frau Berninger würde sich ab jetzt gerne um Mahmood kümmern. Und es ist ratsam, eine Traumaspezialistin für Kinder mit einzubeziehen. Ich habe mich ein wenig belesen: Kinder reagieren zum Teil ganz anders als Erwachsene auf solch immensen Stress. Sie spalten wichtige Erinnerungen in weitaus größerem Maß ab und verschieben sie sozusagen ins Unterbewusstsein. Und die da herauszukitzeln, das schafft nur ein Profi"

„Gut.", lenkte Vogl ein. „Dass Frau Berninger übernimmt, geht in Ordnung. Wegen einer konsiliarischen Traumatherapeutin muss ich allerdings mit Ebenzierl reden. Sollte aber kein Problem sein." Dann allerdings musterte er Golob abermals mit fragendem Blick. „Und was steckt wirklich hinter ihrem Rückzieher?"

Golob hielt dem Blick aus den wachen, von seinen etwas überstehenden Augenbrauen überschatteten, blaugrauen Augen stand. „Der Herr Generalleutnant a.D. Fekete und ich waren vor ein paar Wochen Zeugen dessen, wie man bei der Seebühne in Bregenz ein Paar in einen Zementblock eingelassene Männerwaden aus dem

Bodensee gefischt hat...", hob er an. „Ach, sieh mal einer an! Sie waren das also. Scheint sich ja zu einem Hobby von Ihnen zu entwickeln: Dramatische Wasserleichen an der Grenze.", ulkte Vogl.

Golob verzog sein Gesicht; zum Helden eines eher geschmacklosen running gags zu werden, das hatte ihm gerade noch gefehlt. „Ja, und bei meiner Dienstreise nach Bayern hat es der Zufall so gewollt, dass eines der Beweisstücke aus den Zementschuhen ein heißer Hinweis auf einen in Deutschland vermissten Verleger sein könnte."

Vogl pfiff leise. „Hat man nicht alle Tage. Ich verstehe, dass so ein Fall ihre Zeitressourcen ein wenig knapp werden lässt. Also schön." Er blickte auf seine Uhr. „Dann schicke ich eben den Auslieferungsantrag nach Ungarn. Und schaue zu, dass ich Ebenzierl noch vor dem Mittagsmahl erwische - wegen der Traumatherapeutin."

Erleichtert kehrte Golob in sein Büro zurück. Ein kleines schlechtes Gewissen hatte er schon wegen Moody. Aber das war in Ordnung. Allerdings würde er es sich dann doch nicht nehmen lassen, sich von dem Jungen zu verabschieden.

~~

Luitgard hatte auf einer Kaffeepause bestanden, und so unterbrach Vilsmayr die Rückfahrt in Prien am See. Ein wenig Spazierengehen auf der Uferpromenade würde gewiss nicht schaden, gab er zu.

Die Fahrt bis dahin war einsilbig verlaufen. Keinem von beiden war nach dem seltsamen letzten Besuch nach einer Unterhaltung zumute.

Wegen des schönen Wetters und des nahenden Wochenendes herrschte bereits reger Fährbetrieb nach Herrenchiemsee und entsprechend voll war der groß angelegte Parkplatz. Doch auf der Terrasse vom Café Schiller gab es noch einen freien Tisch.

Vilsmayr gönnte sich ein kleines Weißbier, Hunger hatte er keinen. Wenigstens Luitgard konnte sich zum Kaffee für ein Stück der tagesfrischen Kirschtorte erwärmen.

„Das waren alles komische Vögel heute.", konstatierte sie. Vilsmayr tupfte sich den Schweiß von der Stirn. „Bisher waren alle deine Kurskollegen komische Vögel, mit Verlaub. Auch diese gschlamperte Frau Stein. Und erst recht dein Bruder Euphrasius. Der hat was zu verbergen...", brummte er.

„Das ist nicht MEIN Bruder Euphrasius!", bemerkte sie spitz, ließ aber weitere Diskussionen sein, denn sie hatte ein gutes Gespür dafür entwickelt, wann man ihren Mann nicht weiter reizen durfte. „Aber", setzte sie weitaus vorsichtiger hinzu, „diese Leute da heute, vor allem dieses Paar in Landsberg... so was von unhöflich, dieser Mann. Kein Wunder, dass der so grausame Kriminalromane schreibt!"

Vilsmayr rieb sich das Kinn und blinzelte kurz in die Sonne. „Was hast du bei der Frau - Barth oder auch Möller - herausbekommen?"

„Ehrlich gesagt - leider nicht viel. Sie hat beteuert, dass ihr das Schreiben der 'Briefe an mein Sternenkind' sehr viel bedeutet hat und dass sie hofft, damit vielen Betroffenen irgendwie helfen zu können. Leider ließen auch ihre Autorenexemplare auf sich warten."

„Hat sie irgendetwas über Stephan erzählt? Hat sie ihn irgendwann persönlich getroffen?"

Bier, Cappuccino und Kirschtorte trafen ein.

„Nein, hat sie nicht."

„Der geheimnisvolle Thomas S. 'Kein Autor hat ihn je gesehen'!", konstatierte Vilsmayr und leerte seinen kleinen Weizenbierpokal mit einem Zug bis zur Hälfte. „Ja", meinte Luitgard kläglich, „jetzt haben wir uns so angestrengt - und was ist dabei herausgekommen?"

„Gräm dich nicht gar zu sehr, Gardi. Wir haben geschafft, was wir schaffen konnten. Ab Montag ist dies alles Polizeisache." Er schwieg eine Weile. „Aber ich will dir nichts vormachen. Höchstwahrscheinlich wirst du dir einen anderen Verleger für Großmutter Christls Kochbuch suchen müssen."

Luitgard pikste ihr Tortenstück an. „So ist das Leben. Oftmals geht eine Türe zu - und es geht keine andere dafür auf."

Vilsmayr war gelinde gesagt erleichtert, dass seine Frau ein Mensch war, der sich nicht in unlösbare Probleme verbiss, sondern der wusste, ab wann man loslassen musste. Diese Haltung hatte sie ihm eindeutig voraus. Andernfalls wäre er aber auch kein guter Kriminalbeamter gewesen.

Außerdem hatte er noch eine ganz bestimmte Aufgabe vor sich. Und noch eine Rechnung offen. Die nun wirklich unter seinen Fingerspitzen zu brennen begann. Nur gut, dass er sich ab dem kommenden Montag wieder in Amt und Würden befand - und ganz andere Geschütze auffahren konnte.

Er tätschelte Luitgards Hand. Alles in allem hatte sie sich mehr als wacker geschlagen - und in einigen kritischen Situationen ein wirklich sensibles Händchen besessen. „Sei nicht gar so traurig, Gardi! Wir haben jetzt noch drei Tage Zeit. Sollen wir vielleicht noch irgendwo hinfahren, wo es schön ist?“, schlug er begütigend vor.

Eigentlich rechnete er fest damit, dass sie sagen würde: „Vielen Dank - aber wir sind jetzt durch ganz Bayern gefahren. Machen wir es uns doch zuhause nett!“

Doch Luitgard Vilsmayr erwiderte: „Fein! Lass uns nach Kitzbühel fahren!“

~~

Golob wartete auf einem unbequemen Kunststoffstuhl auf dem Korridor der Kinderabteilung vor Moodys Zimmer, bis Tove Berninger, Sakina Bilal und die Traumatherapeutin das Krankenzimmer verlassen haben würden.

Es war ihm ganz recht, dass der Junge ab morgen nicht mehr in diesem Spital sein würde. Denn bisher hatten sich die Medien zwar sehr für den Anhänger voller Toter interessiert, aber über den überlebenden Jungen war aufgrund eines Abkommens nichts berichtet worden. Und darum hatte er seiner Kollegin auch eingeschärft, dass sein Abschiedsbesuch bei Moody reine Privatsache sei - und keinen im Dezernat etwas anginge.

So etwas ging stets nur ein paar Tage gut. Solche für die Öffentlichkeit interessanten Nebengeschichten, die auch noch gut für Schlagzeilen waren, sickerten aber so zuverlässig durch wie das Amen nach einem Vaterunser.

Ausgerechnet an diesem Morgen hatte es einen kurzen Report in der Kronenzeitung gegeben. Zwar ohne Foto und auch nicht auf Seite eins, aber mit einer dick unterstrichenen Schlagzeile: „Todesfahrt im LWK: Blinder Junge einziger Überlebender.“ Und darunter die etwas kleinere Unterschlagzeile: „Zehnjähriger Bub noch im Spital, aber außer Lebensgefahr“. Natürlich - ein Hausmeisterblattl.

Golob lehnte sich mit dem Kopf gegen die Wand und schloss die Augen, weil er die dümmlichen Clownsfiguren nicht mehr sehen mochte. Eltern, die ihre kleinen Patienten besuchten, gingen an ihm eher gemächlich vorbei, das Pflegepersonal war in größerer Eile. Von rechts näherte sich eine Aushilfskraft mit einem Wägelchen voller frischer Bettsachen, von links ein Vehikel mit Putzzubehör.

Schließlich bekam er aus einem halb geöffneten Auge mit, wie Berninger mit den beiden anderen Frauen Moodys Zimmer verließ. Er hatte sich ausbedungen, den Abschied „unter Männern“ auch unter vier Augen zu begehen. Auch wenn eines der beiden Augenpaare nicht sehend war. Außerdem hatte er das Gefühl, dass er sich eben noch sammeln musste.

Zwei Pflegekräfte auf ihrem eiligen Weg von A nach B stolperten fast über seine langen Beine, die er zum Zweck einer schnellen Entspannung kurz ausgestreckt hatte. Allerdings fanden die beiden jungen Frauen einen ganz anderen Grund, sich zu mokieren. „Jetzt schau bloß - die Putzkolonne ist schon wieder unterwegs. Die waren doch erst wie immer während der Übergabe da. Und zwei Stunden darauf schon wieder...!“, nörgelte die eine. „Dauernd rutscht man auf den nassen Böden aus, weil man's eilig hat.“

„Ja, der ganze Schmäh bloß, weil die Zeitung dauernd über die Legionellen im Rudolfsspital schreibt...“

Golob blinzelte, zog seine Beine an sich und streckte sich dezent. Eigentlich war diese gesteigerte Hygiene löblich...

Der verlassene Putzwagen stand in der Nähe von Moodys Krankenzimmer. Und eine Putzkraft war weit und breit nicht zu sehen… Innerhalb von Sekundenbruchteilen sorgten Golobs Stresshormone dafür, dass sich die Haare auf seinen Armen und in seinem Nacken sträubten und sich seine Muskulatur anspannte. Er schoss von seinem Stuhl hoch hinüber zur Türe von Zimmer 3.52, riss sie auf und stürzte hinein.

Vor Moodys Bett stand ein baumlanger Mann, dessen Putzoverall ihm an Armen und Beinen viel zu kurz war, und der ein Kissen auf Moodys Kopf drückte. Der Junge ruderte verzweifelt mit Armen und Beinen. Normalerweise hätte er keine Chance gehabt.

Golob stürzte sich auf den falschen Putzmann, riss seinen rechten Arm hoch, zog ihn mit einem einzigen Schwung weg vom Bett und zu Boden, wobei er ihm den Arm so weit auf den Rücken drehte, dass er es in der Schulter knacken hörte. Der Mann wimmerte vor Schmerzen auf, blieb aber auf dem Boden liegen, ohne sich zu rühren.

Aus einem Augenwinkel realisierte Golob, dass Moody sich das Kissen vom Gesicht gezogen hatte und nach Luft rang.

„Moody!", rief er. „It's me, Ivo. Call for emergency!", keuchte Golob, der dem Mann, dessen Gesicht abgewandt war, ein Knie ins Kreuz gedrückt hatte.

Der Junge tastete nach dem Klingelknopf. In diesem Moment flog die Zimmertüre auf, und herein stürzten zwei Golob nicht bekannte Polizeibeamte in Zivil. Beide hatten ihre Pistolen gezückt.

„Are you well, boy?", wollte Golob wissen. Er packte den zu Boden gedrückten Mann mit der freien Hand am Schopf und drehte sein Gesicht nach oben, damit er besser Luft bekam. Er hatte diesen Kerl noch nie gesehen, ihm aber mit großer Wahrscheinlichkeit die rechte Schulter ausgekugelt. Wie gut, dass sie sich bereits in einem Spital befanden.

Erst dann wandte er sich an seine Kollegen, die jetzt ihre Waffen auf ihn richteten. „Ihr seid ja von der ganz schnellen Truppe, liebe Kollegen!", meinte er vorwurfsvoll. „Jetzt helft mir mal mit dem da!"

Zwei Dinge hatte Vilsmayr am vorigen Freitag noch in die Wege leiten können, bevor er mit Luitgard übers Wochenende nach Kitzbühel fahren musste: Er hatte seiner Assistentin Frau Praxl - Sekretärin sagte man nicht mehr - das Ende seines Urlaubs avisiert und um die Organisation einer Konferenz im Fall „Bregenz" gebeten, inklusive Videoschaltung zur Polizei in Nördlingen. Und zweitens war es ihm gelungen, Polizeihauptwachtmeister Hauff zu sprechen, damit dieser eine Hausdurchsuchung bei Thomas Stephan erwirkte. Mit Spurensicherung.

Urlaub war ja etwas Schönes und Gutes, aber wieder am Drücker zu sitzen und dafür zu sorgen, dass sich die Dinge vor- und nicht andauernd seitwärts bewegten, das hatte schon etwas für sich.

Im Anschluss lud er das kleine Reisegepäck für Wochenendtrips in den Wagen. Auf diesen Kurzurlaub hätte er ohne Not verzichten können - aber dieser war nun nicht Krimhilds, sondern Luitgards Rache. Andererseits hätte er ihr vor drei Wochen, als er ihr heftige Vorhaltungen wegen unabgesprochener Überweisungen gemacht hatte, als verloren gegangenes Reiseziel auch den Wörthersee oder noch weiter entfernte Destinationen nennen können. In die Oberpfalz zu diesem heuchlerischen Klosterbruder war die Fahrt weiter gewesen.

Wider Erwarten war es ein entspanntes und sonniges Wochenende geworden. Aber erst nachdem er und Luitgard sich das gegenseitige Versprechen abgenommen hatten, den Verleger Thomas Stephan mit keiner Silbe zu erwähnen. Und die anderen Autoren natürlich auch nicht.

Solchermaßen erholt, ließ er sich am nächsten Montagmorgen von Afra Praxl zunächst einen Milchkaffee bringen und setzte sich selbst auf den neuesten Stand. Die Kommissare Rinderknecht und Weihwadl, die nicht nur er für die nicht eben fähigsten Ermittler hielt, waren in einer Einbruchserie tatsächlich weitergekommen. In Marktl waren Blüten in Umlauf gebracht worden, wie in den Wochen vorher schon in Passau. Vilsmayr vermutete, dass deren Herkunft sehr wahrscheinlich in Tschechien liegen musste.

Sodann war es Zeit für die erste Besprechung und Sichtung im Fall „Bregenz", der zunächst kommissarisch in Mühldorf anhängig wurde, bis die Identität des Toten aus dem Bodensee endgültig geklärt werden konnte.

Die üblichen Kollegen hatten sich versammelt - das Ehepaar Pichetseder, Hauptkommissar Aumüller, den wohl schreckliche Zahnschmerzen plagten, sowie Rinderknecht und Weihwadl. Und per Video zugeschaltet wurde Michael Hauff aus Nördlingen. Vilsmayr war nicht unerfreut, den sympathischen Blondschopf wiederzusehen.

Nach einer kurzen Vorstellungsrunde brachte man sich gegenseitig auf den neuesten Stand. Hauff versprach, sich gleich am selben Nachmittag zusammen mit einem Kollegen nochmals auf dem Grundstück von Stephan in Wallerstein umzuschauen und die Nachbarn zu befragen. Leider hätte er noch keine Antwort von der Staatsanwaltschaft in Donauwörth, er rechne aber in den beiden kommenden Tagen damit.

„Gut, Herr Hauff. Im Haus Nr. 13 wohnt übrigens eine sehr aufmerksame junge Zeugin - Giulia di Spacca. Die passt gut auf und hat ein präzises Gedächtnis. Außerdem langweilt sie sich bei ihrer dümmlichen Mutti zu Tode. Von ihr weiß ich, dass einmal jeden Monat, und zwar an jedem zweiten Dienstag, ein geschlossener weißer Lieferwagen bei Stephan vorgefahren ist. Und seitdem einmal ein Handwerkerfahrzeug mit der Aufschrift „Kanaldienst Dietterle". Vielleicht ist ihr noch was aufgefallen. Mit anderen Nachbarn gab es keinen Kontakt."

„Gut, Giulia di Spacca. Sonst noch etwas, das im Moment wichtig ist?"

„Ja, da wäre noch etwas, für den Hausbesuch. Im Haus eines Verlegers finden Sie bestimmt abgepackte Bücher..." Vilsmayr und Hauff wussten natürlich, dass diese in Stephans Räuberhöhle kistenweise lagerten - aber es wäre unklug, sich vor den Mühldorfer

Kollegen zu viel Blöße zu geben. „Vielleicht können Sie überprüfen, welche von denen auf der Rückseite eine ISBN tragen, so einen 13stelligen Zahlencode.“, fuhr Vilsmayr fort.

„Wir werden darauf achten.“

„Aber was wir jetzt am allerdringendsten brauchen, ist brauchbares genetisches Material aus Stephans Haus. Wir verlassen uns da auf Sie, Hauff. Viel Erfolg!“, beschloss Vilsmayr die Videoschaltung.

„Der Kollege macht einen patenten Eindruck.“, fand Erol Pichetseder. „Ich glaub, mit dem kann man gut zusammenarbeiten.“

„Und wie gehen wir hier ab sofort vor? Und wie teilen Sie uns ein?“, fragte Aumüller. Sein Gesicht war fahl, sein Mienenspiel gequält.

„Sie, Aumüller, kriegen von mir die Aufgabe, sofort zum Zahnarzt zu gehen. Starke Schmerzen lenken bekanntlich vom Denken ab. Die meisten hier jedenfalls...“, meinte er mit einem kurzen Seitenblick zum Duo Weihwadl/Rinderknecht, die wie immer zu unsensibel waren für derartige Spitzen.

„Frau Pichetseder, Sie kriegen nachher von mir eine Liste mit den Autoren aus dem letzten Schreibkurs sowie eine Bücherliste des Verlags. Finden Sie ALLES über ALLE Autoren heraus - Geburtsdatum, Steuernummer, Schuhgröße, Vorstrafen, Schufa-Einträge und Strafmandate. Sie wissen schon, wie ich's haben will.“

„Geht klar, Chef!“ Frau Pichetseder gehörte zu den Frauen, die durch die Schwangerschaft unbedingt gewannen. War sie früher blass und wegen ihrer Hagerkeit zu durchsichtig und scharfkantig gewesen, so hatte sie jetzt blühende Wangen und gerade so viel zugenommen um deutlich gesünder als sonst zu wirken.

„Und Sie, Hauptkommissar Pichetseder, machen sich auf die Suche nach der Familie von Thomas Stephan. Bitte vorläufig nur Recherche, keine Kontaktaufnahme. Vielleicht finden Sie auch etwas über eventuelle Freunde und Geschäftspartner. Behandelnde Ärzte und Zahnärzte. Alles, was uns und der Forensik helfen könnte.“, meinte Vilsmayr. Herrschaftszeiten, endlich war er wieder in seinem Element.

„Auch über eventuelle Feinde?“, setzte Pichetseder hinzu.

Vilsmayr wies mit dem Kopf auf die Listen und Zettel aus seinem Heimbüro, die jetzt an der weißen Metaplanwand im Besprechungsraum hingen. „Da hätten wir jede Menge…“ Und er erklärte dem Team mit knappen, informativen Worten die Masche eines Druckkostenzuschussverlags. Und dass vor dieser selbst die Frau eines Ersten Polizeihauptkommissars nicht gefeit sei.

~~

In Janez Golobs spektakulärem Vorgarten gab es auch einen sehr kleinen Teich, der mit einer Fontäne ausgestattet war. Dort war es schön zu sitzen an einem lauen Sommerabend wie diesem. Ivo Golob hatte einen bequemen Gartenlehnstuhl aufgestellt, sah der kleinen Fontäne beim Sprudeln zu und lauschte den spitzen Schreien, die die weit über ihm dahinflitzenden Schwalben ausstießen. Ein kleines Bier - leider kein bayerisches - vervollkommnete seine Feierabendentspannung.

Sein Handy, bei dem er den Lautsprecher freigeschaltet hatte, lag auf einer Armlehne, während er mit Ludovika telefonierte wie jeden Abend, seit sie jenes ernsthafte Gespräch mit ihm geführt hatte.

Sogar am Telefon konnte man den Schrecken nachvollziehen, in den er sie durch seinen Tagesrapport versetzt hatte. „Meiner Seele!“, seufzte sie. „Nicht auszudenken, wenn du weiter so streng mit dir geblieben wärst - und dem armen Buben dann doch nicht Adieu gesagt hättest…so einen Hänfling mit dem Kopfkissen zu ersticken, dafür brauchts nicht viel… Und der Auftragsmörder wäre danach sofort spurlos verschwunden!“ Sie schluckte. „Wie kann man nur!“

Golob trank einen Schluck aus der Flasche. „Aus Sicht der Drahtzieher, die wohl erst heute Morgen dank der Kronenzeitung vom Überleben eines einzigen Zeugen erfahren haben, musste er so schnell wie möglich beseitigt werden. Und leider ist kein Spital ein Hochsicherheitstrakt. Mit einer entsprechenden Tarnung kommt jeder leicht rein - und ebenso leicht raus. Aber ab jetzt genießt Moody Polizeischutz. Natürlich auch bei seiner Gastfamilie."

„Das ist das zweite Mal, dass du ihm das Leben gerettet hast.", stellte Vicky fest. „Eine noble Angewohnheit." Sie schwieg eine Weile. „Und außerdem hast du den Killer festgenagelt!", lobte sie ihn.

Golob hüstelte: „Es ließ sich nicht umgehen, dass ich ihm die rechte Schulter ausgekugelt habe. Die ist jetzt wieder eingerenkt, und dieses Frettchen trägt nicht nur den Arm in der Schlinge, sondern jault wegen 'Polizeigewalt' herum. Übrigens ist er kein ganz Unbekannter. Schuldeneintreiben für 'Inkasso Moskau', säumige Kleindealer vermöbeln, und mit Zuhälterei hat er's auch schon versucht."

„Nennt man das nicht 'Nothilfe'?", fiel ihm Ludovika ans Wort.

„Das schon - aber pro forma muss ich sicher eine Anhörung über mich ergehen lassen. Dabei kann ich von Glück reden, dass dieses Arschloch keiner migrantischen Minderheit angehört...so einer mit einem entsprechenden Anwalt neben sich und der Presse im Rücken - Prost Mahlzeit!", ereiferte sich Golob. „Alles in allem heute: Glück gehabt." Er genehmigte sich einen weiteren Schluck. „Und wie ist die Lage bei dir?"

„Ich bin wirklich froh, dass ich vorläufig bei Rosi wohne. Alleine wärs für mich wirklich herb. Und ich danke dir, dass du für mich da bist." Sie schwieg eine Weile. „Vatis Hausarzt hat mir seine Krankenakte geschickt. Bin drübergeflogen. Außer orthopädischen Leiden, gegen die er eher leichte Schmerzmittel genommen hat, einer Schilddrüsenunterfunktion, seiner an Taubheit grenzenden Schwerhörigkeit und dem leichten Schlaf des Alters hat ihm nicht viel gefehlt, was zu meinen Gunsten sprechen würde. Noch nicht einmal die Verdachtsdiagnose 'Altersdemenz'..." Ludovika legte eine Pause ein. „Aber ich verspreche dir, nicht vorschnell aufzugeben.

„Wann ist dein Vater gestorben?", wollte Golob wissen.

„Vor gut vier Monaten."

„Und der Haushalt ist sicher fast genauso lange aufgelöst.", schloss Golob. „Schließlich musste das Häusl schnellstens unter den Hammer."

„Ja, genauso hat es sich verhalten.“

Golob dachte eine Weile nach. „Was ist mit dem Hausrat? Steht der noch irgendwo kistenweise verpackt herum?“

„Ich habe nur ein paar Fotoalben behalten. Und ein Aquarell vom Mondsee. Alles andere war wertloser Plunder…“, sagte sie leise. „Aber du hast ihn doch durchgesehen? Ist dir dabei irgendetwas Merkwürdiges untergekommen?“, beharrte Golob.

„Also horch einmal, Ivo! Was soll das werden? Ein Verhör?“, entgegnete sie mit scharfem Ton. „Vicky, ich will dir nur helfen. Und womöglich bringen dich da mein Bullenverstand und meine Bullen- methoden weiter.“, versuchte er sie zu beschwichtigen. Seine alte Untugend - anderen seine Denkweise überzustülpen und deshalb noch Begeisterung erwarten. Ivo Golob, du Trottel!

Ludovika atmete ein paar Mal hörbar ein und aus. „O.k.“, meinte sie merklich leiser. „Ich lasse mich jetzt also darauf ein.“

„Denke jetzt mal an seine Lebensmittel - und da meine ich keine abgelaufene Margarine oder Marillenmarmelade von 1987. Die Ge- tränke…“, regte er sie an.

„Ah, ich ahne, was du meinst…. nur Fruchtnektar im Tetrapack, ganz billiges Zeug, Mineralwasser, Instantkaffee. Und eine halb ein- getrocknete Flasche mit Kroatzbeerlikör. Kein weiterer Alkohol. Er hat in den letzten fünfzehn Jahren so gut wie nichts mehr getrun- ken.“, rekapitulierte sie. „Und früher?“

„Hm, nur zu Familienfesten, oder wann Kirchweih war, oder Weihnachten. Ich kann mich nun wirklich nicht daran erinnern, dass er je angetrunken war.“

„Das scheidet also aus - und kann leider für eine verminderte Zu- rechnungsfähigkeit nicht herhalten. Lass mich bitte einen Moment nachdenken…“. Golob war fast enttäuscht, dass seine brillante Idee ins Leere gelaufen war. Er strengte sein Gedächtnis an und versuchte, sich an Details aus dem Forensikunterricht zu erinnern. Was macht abhängig? Was benebelt? Was führt zu beidem?

Alkohol? Nein. Drogen? Außer der Droge Glücksspiel, nota bene. Auch nicht. Zrenner senior, oder wie sein Familienname auch immer gelautet haben mochte, war schließlich kein uralter Rockstar gewesen, der zwar dem Kokain abgeschworen hatte, aber immer noch gerne an einer Bong zog. Um besser schlafen zu können.... UM BESSER SCHLAFEN ZU KÖNNEN??

„Vicky, was hast du vorher über die Leiden deines Vaters erzählt? Arthrose, Schilddrüsenunterfunktion? Schlechter Schlaf?", fragte er hastig. „Alles korrekt? Worauf willst du hinaus?"

„Alte Leute horten gerne alle möglichen und unmöglichen Sachen. Auch Medikamente. Die hast du doch sicher auch entsorgt?"

„Ja, habe ich. Abgelaufene Rheumasalben braucht doch wirklich keiner."

„Waren da starke Schmerzmittel darunter? Psychopillen? Schlafmittel?"

„Definitiv nicht - die hätte ich gesondert weggebracht.... aber warte... da war ein fast leeres Schächtelchen von einem frei verkäuflichen Schlafmittel. Kein Kräuterzeug, sondern eigentlich ein Mittel gegen Allergien. Das aber so müde macht, dass man davon einschläft. Die Substanz heißt Cetirizin. Als Schlafmittel ist es als 'Hogar Night' im Handel. Wenn man eine ganze Schachtel davon auf einmal einnimmt, ist man übrigens so gut wie tot. Man bekommt es nicht mehr aus dem Körper heraus. Das ist eine beliebte Methode für Selbstmord, im Übrigen."

„Ein Ansatzpunkt, Schatz! Und wie wirkt es, wenn man es überdosiert, aber sich nicht gleich damit vergiftet?", wollte Golob wissen. „Kommt auf die Menge an. Und auf die Konstitution des Patienten. Im Falle einer Überdosierung wird es dem Patienten ziemlich übel. Und je nachdem ist er schon einmal mindestens bis zum Mittag ziemlich benommen und verlangsamt.", sann Dr. Zrenner nach. „Jedenfalls- von seinem Hausarzt hat er darüber kein Rezept bekommen."

„Du sagst, dass es ohnehin rezeptfrei ist, dieses Hogar. Wo kann man es kaufen? In Drogeriemärkten? Oder in der Apotheke?"

„Nur in der Apotheke... Ivo, Schatz, mir fallen auch ohne Cetirizin schier die Augen zu. Ich bitte darum, mich zurückziehen zu dürfen. Danke für deine Ideen! Und nun schlaf gut, mein Held!", sagte sie langsam. „Schlaf du auch gut. Du wirst einen Ausweg finden, da bin ich mir ganz sicher. Gute Nacht - und Busserl!" Er hauchte einen Luftkuss in Richtung Handymikrophon. Ludovika beendete das Gespräch.

'Hoffentlich', dachte Golob, 'fängt sie nicht auch an, solche Sachen zu schlucken! Sie ist beileibe nicht mehr so belastbar wie früher. '

~~

Die nächste Konferenzrunde mit Zuschaltung der Nördlinger Polizei fand erst am nächsten Donnerstag statt - sobald erste Resultate der Hausdurchsuchung in Wallerstein vorliegen würden.

Vilsmayr stieß auf dem Weg in den Besprechungsraum auf Erol Pichetseder, der dieses ihm eigene, sehr spezielle Lächeln aufgesetzt hatte, als er seinen Vorgesetzten begrüßte. „Aha, Sie scheinen was zu wissen, Pichetseder!", schloss Vilsmayr aus dem profitlichen Mienenspiel des Hauptkommissars.

„Ja - und zwar was Stephans wirklich engere Verwandtschaft angeht. Er war nur kurz verheiratet, hat keine Kinder, und seine leiblichen Eltern sind vor mehr als zehn Jahren gestorben. Aber es gibt noch eine zehn Jahre jüngere Halbschwester. Die lebt noch in Berlin. Und seine Stiefmutter auch.", berichtete Pichetseder.

Vilsmayr bemühte sich, mit ihm Schritt zu halten. „Und was machen die beiden?"

„Die Stiefmutter ist sehr krank und fast immer bettlägerig. Sie wird zuhause von Pflegekräften versorgt und die Tochter schaut natürlich regelmäßig nach ihr."

„Die Tochter?"

„Keiko Stephan. Die scheint mir eine wirklich interessante Peron zu sein...“

„Ja, das denke ich mir irgendwie auch - ist Keiko nicht ein japanischer Name?", stutzte Vilsmayr. Andererseits war in Berlin - ganz im Gegensatz zu Altötting - nahezu alles möglich.

„Ihre Mutter stammt aus Osaka. Hatte ich das nicht erwähnt?"

269

korrigierte Pichetseder sein Versäumnis. Vilsmayr lachte: „Nach meiner Einschätzung scheint zumindest das nicht relevant zu sein - wenigstens für den Moment. Und - was macht diese Keiko so?"

„Lebt zusammen mit einem eher erfolglosen Künstler, den sie offensichtlich durchfüttert, am Prenzlauer Berg in einer Penthouse-Wohnung. Keine gemeinsamen Kinder - wobei der Partner aushäusig ein paar herumgestreut hat."

Vilsmayr verdrehte die Augen. „Ein Ausbund an christlicher Tugend, wie mir scheint. Und womit ernährt die Keiko ihn, wo er doch seine Bilder nicht gut an den Mann bringt?

Pichetseder hielt Vilsmayr die Tür zum Besprechungsraum auf. „Der Mann ist Performancekünstler. Und Frau Stephan leitet als Geschäftsführerin eine Abteilung im Bundesverband Deutscher Stiftungen."

Sie betraten hintereinander das Besprechungszimmer - wo die übrigen schon auf sie warteten. Vilsmayr warf einen kurzen skeptischen Blick auf den Platz, an dem Aumüller üblicherweise saß. Der Hauptkommissar war anwesend - und wirkte befreit von jeglichem Schmerz.

„Grüß Gott alle miteinander. Jetzt wollen wir schauen, was wir alles schon herausgebracht haben...", eröffnete Vilsmayr die Sitzung.

Kommissar Weihwadl, dessen abstehende Ohren wie immer rot aufleuchteten, wenn er sich über etwas aufregte, meldete sich. Seine Ohren glühten in diesem Moment wie die Nase von Rentier Rudolf - was übrigens sein Spitzname im Kollegenkreis war. „Bitte, Herr Weihwadl!", ermunterte Vilsmayr ihn.

„Das Haus mitsamt dem Grundstück in Wallerstein gehört ihm seit er ins Nördlinger Ries gezogen ist. Es ist seit acht Jahren schuldenfrei. Der aktuelle Verkehrswert beträgt laut Grundbuchamt immerhin 65.000 Euro.", berichtete Weihwadl voll des hektischen Stolzes.

Vilsmayr nickte ihm lobend zu: „Wie haben Sie das nur geschafft, Herr Weihwadl - innerhalb von drei Tagen einen Bescheid vom Grundbuchamt zu bekommen?"

Weihwadl öffnete seinen Mund für eine Antwort - wahrscheinlich wollte er wieder eine seiner umständlichen Geschichten erzählen, wie etwa, dass er und irgendein Aktenschlepper im selben Männergesangsverein singen würden, er, Weihwadl, im Tenor 2, der Sangesbruder im Bass 1 - doch Rinderknecht kam ihm zuvor. „Außerdem begleicht er die laufenden Kosten für seinen Besitz regelmäßig - Grundsteuer, Abwasserabgaben, Strom, Abfuhr, Versicherungen. Und es ist keine Hypothek drauf.“

„Prima. Das ist ziemlich aufschlussreich.“ Ganz so verarmt, wie der erste Eindruck in seiner Behausung ihm vermittelt hatte, konnte Stephan dann doch nicht sein. Eine Immobilie zu halten, dafür musste man liquide sein. Ob die Druckkostenzuschüsse von geschätzten zehn, zwölf Autoren pro Jahr und die Online-Schreibkurse so viel abwarfen, das musste noch durchkalkuliert werden. Und solange man bei Thomas Stephan davon ausgehen musste, dass er noch am Leben war, und ferner nichts gegen ihn vorlag, so lange erhielt auch die Polizei keinen Einblick in seine Kontobewegungen.

Vilsmayr ließ Pichetseder von Stephans Familienverhältnissen referieren.

In diesem Moment meldete ein Knacksen in der Konferenzspinne einen eingehenden Anruf und der Beamer öffnete den Videoanruf. Schon eine praktische Sache, im Gegensatz zu früher. Das Bild zeigte den Oberkörper von Polizeihauptwachtmeister Hauff. Wind zerzauste seine Haare. Vilsmayr erkannte im Hintergrund das zugewucherte Grundstück in Wallerstein. Weißgekleidete Figuren stapften darin herum.

„Grüß Gott nach Mühldorf!“, meldete Hauff. „Wir sind seit zwei Stunden vor Ort - und es wird wohl noch mindestens bis Dienstschluss dauern.“

„Grüß Gott, Herr Hauff! Dann erzählen Sie mal...“, spielte Vilsmayr den Neugierigen. Wobei er wirklich darauf spekulierte, dass es auch für ihn Neues geben mochte.

„Das Haus steht leer, nach Staub und dem Zustand des Haushaltsmülls zu schließen seit mindestens vier Wochen.“, fing Hauff an. „Lässt irgendetwas darauf schließen, dass Herr Stephan verreist sein könnte? Zum Beispiel, dass jemand regelmäßig für ihn den Briefkasten leert und Blumen gießt?"

„Wir glauben eher, dass er beim Kochen unterbrochen wurde - ein Haufen zundertrockener Schalen vom Kartoffelschälen. Und ein halbvolles angeschimmeltes Bier...". Bisher also nichts Bahnbrechendes.

„Pfui Teifl!", rief er seiner Rolle entsprechend trotzdem aus.

„Überall liegen ... wie nennt man die jetzt... ah ja: Manuskripte herum. Und Kisten voll mit Büchern, zum Teil in Folie eingeschweißt. Also druckfrisch. Bis jetzt haben wir dreiundachtzig Kisten im Haus gezählt. Aktenordner auch jede Menge. Und einen Rechner mit externer Festplatte, sowie ein Laptop."

„Dürfen Sie das sicherstellen?"

„Negativ, Herr Vilsmayr. Dafür haben wir noch kein grünes Licht von der Staatsanwaltschaft. Wir dürfen nur fotografieren, in Augenschein nehmen, katalogisieren - und zusehen, dass wir genetisches Material sicherstellen. Wir haben jede Menge Haare aus den Ausgüssen im Bad. Und seine Zahnbürste. Laut Rückmeldung aus der Gerichtsmedizin reicht das völlig aus. Sodele - und jetzt will ich dabei sein, wenn wir das Schopf aufbrechen." berichtete Hauff und blickte sich über die Schulter um.

„Das was?"

„Den Geräteschuppen. Ich halte Sie auf dem Laufenden."

„Vielen Dank, Herr Hauff!", erwiderte Vilsmayr. Er war ein wenig enttäuscht - andererseits gab es in Wallerstein wohl noch so viel zu tun, dass noch nicht aller Tage Abend war.

„Ach, noch eins, Herr Vislmayr: Diese Giulia di Spacca, die ist schon ein wiefes Mädle. Als sie unser Aufgebot mitbekommen hat, ist sie sofort auf mich zugegangen und hat berichtet, dass der weiße Lieferwagen vor zwei Tagen wieder da war - und nach einer halben Stunde wieder weggefahren ist. Sie hat sogar das Kennzeichen notiert!"

Jetzt strahlte Vilsmayr über sein Gesicht. Seine Menschenkenntnis hatte ihn wieder einmal alles andere als getäuscht.

„Ja, das ist ja super! Kümmern Sie sich darum, Herr Hauff?“

„Das braucht leider etwas Zeit. Der weiße Lieferwagen ist in Polen zugelassen“

~~

Golob und Vogl saßen hinter der Fensterscheibe, auf deren Rückseite sich im Vernehmungsraum ein Spiegel befand. Zwischen ihnen stand eine Videokamera, die das Verhör aufzeichnete.

Der Mann, der Mahmood vor zwei Tagen im Spital mit einem Kissen hatte ersticken wollen, saß in dem kleinen, fensterlosen, mittelgrau gestrichenen Raum an einem Stahltisch, an den er mit der rechten Hand mit einer Handschelle fixiert war. Seine Sitzgelegenheit war ein ebenfalls stählerner Hocker mit runder Sitzfläche und nur einem am Fußboden festgeschraubten Fuß. Den Overall der Reinigungsfirma trug er nicht mehr, nur eine etwas speckige Jeans, ein T-Shirt mit dem Aufdruck „Hard Rock Café Budapest“, das unter den Achseln Schweißränder hatte, sowie an den Füßen schmuddelige Sneakers. Zeit, oder vielmehr Gelegenheit für Rasur und Haarewaschen hatte er augenscheinlich seit seiner Verhaftung keine gehabt. Seinen rechten Arm trug er in einem Tragetuchverband.

Nicht dass Golob diesen Anblick genoss, oder dass dieser ihm sogar einen inneren Vorbeimarsch verschaffte. Es war nur das erste Mal, dass er den Killer eingehend betrachten konnte. Der Mann war Ende dreißig, baumlang und von einer ungemütlichen, fast bösartigen Hagerkeit. Sein mittelbraunes Haar war fettig und aus der Stirn gekämmt. Am bemerkenswertesten fand Golob seine Nase: Deren Spitze wirkte wie ein langgezogener Rettich, in den ebenso längliche Nasenlöser eingelassen waren. Für einen Karikaturisten ein gefundenes Fressen. Nun puhlte er sich mit der freien linken Hand ungeniert zwischen den Zähnen und besah seine Fundstücke eingehend.

So undezent benahmen sich kurz vor einem Verhör durch einen Beamten nur Menschen, für die Konflikte mit dem Gesetz zum täglichen Brot gehörten.

„Wahrscheinlich furzt er jetzt gleich auch noch.", bemerkte Golob.

Vogl stieß bekräftigend Luft durch die Nase. „Wahrscheinlich. Wobei - das wäre egal. Da drinnen stinkt's eh." Die beiden Beamten schwiegen wieder.

„Haben Sie sein Vorstrafenregister mal durchgelesen?", wollte Vogl wissen.

„Vom Schani Pumbacher? Ist schon beeindruckend - allerdings hat er noch keinen hamdraht.", bemerkte Golob.

Der in der Verhörzelle angekettete Johann Pumbacher furzte in diesem Moment laut und vernehmlich. „Schade, dass wir nicht gewettet haben.", bedauerte Golob.

In diesem Moment betrat Leutnant Berninger den Raum. Golob hätte schwören können, dass sie bei einem derartigen aromatechnischen Overkill in diesem Moment zurückprallen würde, doch sie hielt stand, blinzelte nur einmal kurz, legte einen umfänglichen Aktendeckel vor Pumbacher auf den Designertisch und setzte sich. Ihr stand übrigens ein bequemer Drehstuhl mit Lehne und Armstützen zur Verfügung.

„Guten Morgen, Herr Pumbacher. Ich bin Leutnant Berninger, von der Kriminalpolizei im 10. Bezirk. Und ich gehe davon aus, dass man Sie nicht nur über Ihre Rechte aufgeklärt hat, sondern auch darüber, weshalb man Sie festgesetzt hat.", hob sie an.

Für einen Moment fuhr Golob ein kalter Schauder über den Rücken, so schneidend klang Berningers Stimme. War das dieselbe freundliche, unaufdringliche Kollegin, mit der er sein Büro teilte?

Sein irritierter Blick mochte von Vogl aufgefangen worden sein. „Ich wollte, ich könnte diese Trottel nur halb so gut vernehmen wie sie.", meinte der. Und sein neidvoller Ton klang ehrlich.

Statt die förmliche Begrüßung zu erwidern - warum freilich sollte er auch - fasste sich Pumbacher mit todtraurigem Dackelblick mit seiner freien Linken an seine rechte Schulter. „Ihr Kollege, der hat mir die Schulter ausgerenkt. Des tut fein mörderisch weh! Wahrscheinlich wird die Schulter steif bleiben!" jammerte er.

Berninger warf für einen Sekundenbruchteil einen Seitenblick auf die Demonstration seines Leidens. „Das, Herr Pumbacher, wird die Zeit weisen. Und ist nicht Gegenstand der gegenwärtigen Fragestunde." Sie blätterte ein wenig in seiner Akte. „Dann schauen wir mal, was Ihr Lebenslauf alles hergibt.... Johannes Pumbacher, geboren am 20.8.1983 in Wien. Daselbst gemeldet. Sekundarschule abgebrochen in der neunten Klasse. Keine Ausbildung. Bis zum 20. Geburtstag Gelegenheitsjobs - Krematorium, Abdecker. Bis dahin schon viermal in Polizeigewahrsam wegen Kneipenschlägereien, erfolglosem Taschendiebstahl - Ihr Glück! - und ... oha, das haben wir selten - dem Versuch, einem Zuhälter die Tagessore seiner Pferdchen abspenstig zu machen. Ein bissl deppert sind Sie also auch noch!"

„Meine Schulter tut weh!", jaulte Pumbacher nochmals und scharte mit seinen Quanten unter dem Tisch.

„Der wird jetzt schon nervös.", konstatierte Golob. „Hab ich mir von Anfang an gedacht.", meinte Vogl.

Berninger blätterte die Akte nun mit dem Daumen durch wie ein Black Jack-Dealer ein neues Spiel Karten - blitzschnell. „Insgesamt durften Sie viereinhalb Jahre in unseren schönen Wiener Justizvollzugsanstalten verbringen - die beiden letzten Jahre ohne Bewährung. Die wirds dieses Mal auch nicht geben - auch wenn Sie mit nur einem funktionierenden Arm einfahren. Wo möchten Sie denn gerne eingebuchtet werden? Josefstadt? Simmering? Oder lieber in Favoriten? Da ist die Küche am fadesten, müssen Sie wissen..."

Berninger blätterte und schmökerte eine Weile in Pumbachers Akte und würdigte den Untersuchungshäftling keines Blickes.

„Und was ist überhaupt mit einem Haftprüfungstermin für mich?", fuhr Pumbacher auf. „Gehn'S! Bei einem offensichtlichen Mordversuch?", war alles, was Sie dazu zu sagen hatte.

„Ich bin ja auch gar nicht haftfähig - mit meiner verletzten Schulter!", lamentierte er unverdrossen. „Doch. Sind Sie. Nehmen Sie eben die linke Hand, um sich einen von der Palme zu wedeln. Machen die meisten Männer sowieso..."

Golob und Vogl starrten einander perplex an.

Berninger starrte nun auch. „Es geht freilich auch anders, Herr Pumbacher.", fuhr sie in einem wesentlich wärmeren Ton fort. „Schaun'S - dass Sie einem wirklich wehrlosen und darüber hinaus blinden Kind etwas haben antun wollen, das liegt auf der Hand. Und dass auf Mordversuch mindestens zehn Jahre Knast stehen, wissen Sie doch auch, erfahren, wie Sie sind. Es können aber leicht weniger Jahre werden. Vielleicht nur drei... Sofern Sie sich ab sofort kooperativ zeigen und uns verraten, wer Sie beauftragt hat. Und wann."

Also ob seine Antwort sie nicht interessieren würde, stand sie auf und trat vor den Spiegel. „Wir könnten zwei Kaffee brauchen. Mit Milch und Zucker.", gab sie den Auftrag.

„Für mich nur Zucker!", blökte Pumbacher.

„Na als dann, geht doch!", murmelte Vogl.

„Also?", fragte Berninger aufmunternd.

„I hab einen Anruf kriegt. Am selben Morgen, wie ich... also vorgestern.", nuschelte Pumbacher.

„Und um welche Uhrzeit?"

„Mittag."

„Ein Name?"

„Kein Name. Die Stimme hat ganz langsam gesprochen und tief geklungen."

„Was hat Ihnen diese langsame und tiefe Stimme angeschafft?"

„Ich sollte im Maria-Hilf-Spital im Keller einen bestimmten Putzwagen nehmen, aber nicht vor drei Uhr am Nachmittag, und damit auf die Kinderstation fahren. Zimmer 3.52. Und schnell machen mit dem Buben."

Eine kurze Unterbrechung entstand, weil ein Beamter in Uniform zwei Plastikbecher mit Kaffee brachte.

„Warum einen bestimmten Putzwagen?"

„Da war das Geld drin. In einer Bohnerwachsdose. Tausend Euro
vorneweg. Später sollte ich nochmal zweitausend kriegen."

„Jetzt wissen wir doch immerhin, was ein Kinderleben wert ist -
dreitausend Euro.", meinte Golob tonlos.

„Bei dem Anruf - ist Ihnen da irgendwas aufgefallen?", setzte Ber-
inger nach.

Pumbacher kratzte sich in seinen fettigen Nackenhaaren und überlegte. Dann merkte er auf. „Ja - da waren so komische Geräusche im
Hintergrund. So wie tiefe Gongs, Hammerschläge oder etwas Großes aus Metall. Und ein großes Tier, das mehrfach gebrüllt hat. Kein
Löwe. So etwas hab ich sonst noch nie gehört."

„Sehr schön, Herr Pumbacher." Leutnant Berninger stand auf
und holte aus ihrer Gesäßtasche ein Mobiltelefon mit deutlichen
Gebrauchsspuren, das in einem Plastikbeutel mit Zip-Verschluss
steckte. „Das haben wir bei Ihnen bei der Verhaftung sichergestellt,
Herr Pumbacher. Gehört das Ihnen?"

„Scheiße! Ja! Das hab ich gesucht! Mein Handy!" Pumbacher
wollte aufspringen, doch die Handschelle hinderte ihn nicht nur
daran, sondern erinnerte ihn auch an seine Schulterverletzung.

„Sobald Sie aus der Untersuchungshaft entlassen sind, werden Sie
es selbstverständlich wiederbekommen." Sie steckte den Beutel wieder ein. „Ich danke einstweilen für das Gespräch, Herr Pumbacher.
Auf bald dann..." Berninger klopfte an die Türe, um herausgelassen
zu werden.

Zehn Sekunden später stand sie im Beobachtungsraum bei Golob
und Vogl. „Leute - der hat gestunken wie ein nasser Fuchs! Bitte legt
das nächste Verhör in einen Raum mit Klimaanlage."

~~

Auch nachdem er sein Büro verlassen hatte und sich zu seinem
Auto in der Tiefgarage begab, kreisten Vilsmayrs Gedanken unauf-
hörlich um das, was in den drei vergangenen Tagen im Fall Thomas

Stephan an Informationen und Neuigkeiten zusammengetragen worden war.

Seine Gedankengänge waren so konfus und unlogisch, dass er das Treppenhaus versehentlich erst auf der Parkebene 2 statt 1 verließ. Es bedurfte eines wirklichen Innehaltens, um sich dessen bewusst zu werden und die Orientierung wiederzugewinnen. Vilsmayr stapfte wieder um ein Stockwerk nach oben. Diesmal fand er seinen Wagen auf Anhieb.

Und dazu die Einsicht, dass aus einem anfänglich wohl auch im Wortsinn kleinlichen Zwist zwischen Autor und Verleger, zwischen Urheber und Vermarkter, etwas geworden war, das sich als weitaus mehr als eine Affäre erweisen könnte.

Er musste sich schleunigst aus der Rolle des unterstützenden Ehemanns lösen, der zufällig ein Profi in Sachen Wahrheitsfindung war. Und sich ebenso schnell wieder in seiner Professionalität einfinden. Sonst würde er das Gefühl nicht rechtzeitig los, dass die sich immer weiter ziehenden Kreise in diesem Fall allzu bald über seinem Kopf zusammenschlagen würden.

Er öffnete seinen Wagen, schubste seine Aktentasche auf den Nebensitz und stieg ein.

Vorbei die beschaulichen Fahrten mit Luitgard an seiner Seite, vom Wallfahrtsstädtchen Altötting ins Nördlinger Ries, in die Oberpfalz oder an den Lech. Gut, Luitgard hatte ihre Erfolgserlebnisse bekommen - und sich nebenbei erstaunlich raffiniert angestellt. Aber was war herausgekommen in den vergangenen drei Wochen? Sie hatten ein paar zum Teil mehr als seltsame Vögel kennengelernt, von denen ein gewisser Teil nicht eben lupenrein sauber war. Aber eine Lösung, die war nicht in Sicht. Diese zur Demut gemahnende Einsicht war Vilsmayr gekommen, als Hauff ihm vom polnischen Kennzeichen des ominösen wiederkehrenden weißen Lieferwagens erzählt hatte.

Er legte seinen Sicherheitsgurt an, startete und steuerte das Fahrzeug aus der Tiefgarage. Aber kaum, dass er die Schranke an der

Ausfahrt passiert hatte, meldete sich sein Diensthandy. Vilsmayr nahm das Gespräch am Display des Bordcomputers an.

Es war der Polizeihauptwachtmeister Hauff aus Nördlingen. „Grüß Gott, Herr Vilsmayr! Störe ich?", hob Hauff an.

„Sie stören mich nie. Was gibt es denn so Dringendes?", wollte Vilsmayr wissen und fädelte sich in den Feierabendverkehr ein.

„Zum einen: Die Aussage von der jungen Di Spacca stimmt. Auf dem Grundstück von Stephan haben wir frische Reifenspuren gefunden. Richtig schöne Abdrücke vor dem Geräteschuppen - dank des Regens am Vortag. Übrigens - auf Thomas Stephan ist kein KfZ zugelassen. Also ein fremdes Fahrzeug, das seit Stephans Verschwinden somit mindestens noch einmal im Grabenweg war."

„Das ist seltsam - Publikumsverkehr, obwohl der Hausherr abgängig ist? Was mögen die gewollt haben? Oder vielmehr gesucht?", räsonierte Vilsmayr, während er im Mühldorfer Stadtverkehr höllisch auf einen Rechtsüberholer Acht geben musste.

„Das kann ich Ihnen verraten, Herr Vilsmayr. Wir haben das Vorhängeschloss am Schopf ohne Probleme öffnen können... Was soll ich Ihnen sagen? Im Haus haben wir insgesamt 85 Kisten mit Büchern und Prospekten gefunden. Eine Menge Holz... Im Schopf haben wir einhundertsechsundsechzig Kisten gefunden - à 20 Bücher. Sie waren wie Holzlose geordnet, also stapelweise nach Titel. Und so wie es ausschaut, hat der letzte Besuch - ob jetzt aus Polen oder nicht, ist momentan egal - vier dieser ‘Bücherlose’ halbiert. Geschätzt sind dreißig Kisten abtransportiert worden. Macht 600 Bücher. Die Schleif- und Fußspuren auf dem Lehmboden sind eindeutig.", berichtete Hauff.

Mittlerweile hatte Vilsmayr die Innenstadt hinter sich gebracht und ordnete sich in Richtung Alt- und Neuötting ein. „Für mich klingt das jetzt schon so, also ob der Herr Stephan mit einigen Titeln doch im größeren Stil gehandelt hat. Was aber den Tatsachen widerspricht, respektive den Informationen, die wir über die Lieferbarkeit eines großen Teils seiner Produktpalette haben. Das ist schon sehr mysteriös.", meinte er.

„Wir werden uns auch darum kümmern müssen.", pflichtete
Hauff ihm bei. „Weshalb ich Sie aber eigentlich anrufe: Man hat
weiter hinten im Schuppen auf dem Boden und auf einem der
Werktische feines graues Pulver gefunden. Ich meine, es wäre so
etwas wie Gips. Und weiter vorne, direkt hinter dem Tor, ein paar
Flecken, die wie eingetrocknetes Blut aussehen, sowie drei Haar-
büschel. Ich wollte es nur rechtzeitig erwähnen, dass Proben von
alldem bereits auf dem Weg nach Augsburg in die Gerichtsmedizin
sind. So - und ich mache jetzt Feierabend. Die gewünschte Bestands-
liste der vorhandenen Bücher kriegen Sie, aber es wird wahrscheinlich bis kommende Woche dauern."

„Ist gut - und vielen Dank!" Vilsmayr beendete das Gespräch.
Haarbälger und Spuren von Blut und Zement im Geräteschuppen...
Er bekam für ein paar Momente Magenschmerzen. Sein Gefühl der
Überforderung und Ratlosigkeit, das ihn vorhin beinahe gelähmt
hatte, offenbarte möglicherweise einen realen Hintergrund.

Die Datschiburger würden für die DNA-Analyse eine Woche benötigen. Dann würde sich der Abgleich mit der DNA der Bodenseeleiche aus Bregenz anschließen. Das ging dank eines speziellen
EDV-Programms wesentlich schneller.

Und bis dahin, das war er mittlerweile einigen Menschen mehr als
nur seiner Frau schuldig, würde er, solange er kommissarisch noch
verantwortlich war, so weitergraben, wie es sein Gespür und seine
Erfahrung ihm vorgaben. Als er seinen Wagen in die Garagenein-
fahrt fuhr, verschwendete er nicht wie sonst auch nur den aller-
kleinsten Gedanken ans Abendessen. Er verspürte noch nicht einmal Hunger.

„Gardi?", fragte er beim Eintreten, ein wenig irritiert darüber, wie
still es im Haus war. Normalerweise würden hinter der Küchentüre
die üblichen Kochgeräusche und Radiomusik zu hören sein.
„Gardi?", wiederholte er. 'Ist's jetzt spazieren gegangen?', fragte er
sich verunsichert.

Doch seine Frau saß am - übrigens ungedeckten – Esstisch über die Tageszeitung gebeugt und schien fast reglos. Vor sich hatte sie ein halbvolles Stamperl mit Rieser Tropfen stehen.

Er trat zu ihr. „Gardi, was ist denn los mit dir?“ Luitgard schreckte hoch. Und schüttelte sich. Ihr Gesichtsausdruck verriet, dass sie vor kurzem einem Gespenst oder ähnlichem begegnet war.

„Emmeran...“, sagte sie leise. „Es tut mir leid... also... ich kann's nicht verstehen. Einfach nicht verstehen...“ Sie schniefte leise, Vilsmayr zog ein trockenes Taschentuch aus seinem Hosensack und reichte es ihr.

„Was, um Himmels Willen, ist passiert?“, fragte er sie, einen Moment befürchtend, soeben zu streng mit seiner Frau umgegangen zu sein.

Sie schob ihm einen Teil der Zeitung, den überregionalen, hin und deutete mit dem Finger auf eine Schlagzeile. „Lies halt...“ Erneut schüttelte sie heftig den Kopf. „Wie... wie abscheulich!“

Vilsmayr las die Schlagzeile. „Manchmal kommt Reue zu spät. Kinderpornografie im Besitz eines katholischen Geistlichen“. Nicht besonders fett gedruckt, aber durch Unterstreichung hervorgehoben. Der anschließende Artikel stammte aus der Feder von Margit Zwissler. Und den Inhalt, den kannte Vilsmayr bereits. Zumindest sinngemäß.

Vilsmayr tat so, als würde er den gesamten Beitrag studieren. Dann faltete er die Zeitung zusammen und legte sie beiseite. Er legte seine Linke in Luitgards Nacken, um sie behutsam zu streicheln. Und sagte zunächst nichts.

Sie war es, die mit Vorwürfen anfing. Und zwar gegen sich selbst. „Ich war in der Oberpfalz noch böse mit dir, weil du Euphrasius“ - sie mied nunmehr den 'Bruder' - „so hart angepackt hast.“ Und schnäuzte sich in Vilsmayrs Taschentuch. „Du hattest den richtigen Riecher, Emmeran!“

Er drückte ihr einen sanften Kuss auf den Scheitel. „Berufserfahrung, Spatzi. Schlichtweg Berufserfahrung. Jetzt hast du es einmal selber mitbekommen.“

Sie erhob sich und legte die übrigen Zeitungsblätter mit energischen Bewegungen zusammen. „Da sagst du etwas Wahres! Und ich damisches Kuhkalb werde mich da nicht weiter einmischen!“ Sie pfefferte die unschuldige Tageszeitung in den Ständer zu ihren verflossenen Vorgängerinnen. „Und jetzt werde ich die Brotzeit vorbereiten.“

Luitgard marschierte mit kurzen, geschäftigen Schritten in ihr Sanktuarium, die Küche. Und Vilsmayr wusste auf dem Boden einer weiteren Erfahrung, dieses Mal einer ehelichen, dass man Luitgard jetzt besser nicht ansprechen sollte. Noch nicht einmal auf das, was sie auf der kalten Platte anzurichten gedachte.

Er griff zu dem Schnapsgläschen und ließ den Rest Rieser Tropfen über seine Zunge rinnen. Nachschenken konnte nicht schaden... Er war ein gläubiger Christ. Dass Gottvater weise, gütig und der Schöpfer aller Dinge war, die auf und über der Erde existierten und von ihm aus auch darunter, war für ihn unanfechtbar. Und dass Jesu Vision von der Vergebung aller Sünden und einem Ewigen Leben in Liebe und Frieden ein ebensolcher ewiger Maßstab war wie dessen Mission - der Tod am Kreuz stellvertretend für die sündige Welt - wurde von ihm ebenso wenig bezweifelt. Aber ob er, der römisch-katholisch getaufte Emmeran Xaver Vilsmayr, vormals Jesuitenzögling und bis zur Firmung auch Messdiener, ob er in diesem Verein, der sich anmaßte, die geistigen Interessen von fast drei Milliarden Menschen in der Nachfolge Jesu getreu der Schrift zu vertreten, sich noch richtig aufgehoben fühlen durfte, daran zweifelte er zum ersten Mal.

~~

Das Entsperren von Pumbachers Handy erwies sich als nicht weiter schwer. Golobs Annahme, dass dessen landläufig beschränkter Besitzer die PIN nachträglich geändert hatte, um die Kapazität seines Gedächtnisses nicht mit solch unnötigen Daten zu überfrachten, hatte sich beim zweiten Versuch erfreulicherweise bewahrheitet.

„1234" war ein Fehlschlag. Also der Countdown „9876". Treffer - versenkt! Die Bedeutung des Schutzes der eigenen dürftigen Daten hatte sich in gewissen Kreisen anscheinend längst nicht herumgesprochen, geschweige denn durchgesetzt.

Zunächst prüfte Golob die Anrufsliste vom Tag, an dem Pumbacher den Auftrag, Mahmood zu liquidieren, erhalten hatte. Eine Nummer nach der anderen - es waren derer nur fünf - rief er mit Pumbachers Telefon an.

Bei der einzigen Festnetznummer auf dieser Liste handelte es sich um eine Sparkassenfiliale. Pumbachers Kundenberaterin bat noch einmal freundlich, aber mit einen unüberhörbar warnenden Unterton um zügigen Ausgleich seines seit Wochen überzogenen Dispositionskredits. Golob nuschelte nur: „Alsbald." und beendete das Gespräch. Die freundliche Bankerin hatte kurz nach elf Uhr versucht, Pumbacher zu erreichen. Der hatte dieses Gespräch jedoch wohlweislich nicht angenommen.

Eine weitere Mobilnummer war offensichtlich die Hotline einer Liebesdienerin mit slawischem Akzent. „Wo du warst, Herzchen? Swetlana hat auf dich gewartet bis neun Uhr!". Wieder eine leicht vorwurfsvolle Tonart. Allerdings war Swetlanas Anruf als letzter am Tag eingegangen, nämlich gegen 20.15 Uhr.

Ein weiterer Anrufer, der gleichfalls Handybenutzer war, hatte Pumbacher gegen halb sechs daran erinnert, dass man sich um sieben in einem Glas-Bier-Geschäft mit dem Namen „Zur Ungarischen Post" verabredet hätte.

Bei einem weiteren Mobilanschluss, dessen Inhaber Pumbacher gleich nach der Sparkasse angerufen hatte, meldete sich momentan niemand. Golob nahm sich vor, es später noch einmal zu versuchen.

Blieb der letzte, für ihn spannendste Anruf um 11.58 Uhr. Golob pflegte sich das Beste immer für den Schluss aufzusparen. Er wählte. Es klingelte. Einmal, zweimal, dreimal...

„Hallo?", fragte Golob und versuchte, Pumbachers wirklich ordinäres Hernalserisch einigermaßen zu imitieren.

Keine Antwort. Im Hintergrund kläffte hektisch ein kleinerer

Hund, es klang fast wie eine Maschinenpistole. Dann klickte es in der Leitung. Eine maschinell eingefärbte, sehr tiefe und sehr langsame Stimme sprach: „Sie sollen nicht anrufen, verstanden? Das restliche Geld wird wie vereinbart übergeben...“

Der nervöse Hund im Raum war verstummt. Stattdessen hustete ein Löwe dreimal hintereinander. Vielleicht war es auch ein Tiger.

Golob beendete auch dieses Gespräch. Er hatte mit dem Auftraggeber gesprochen... aber die Rufnummer würde ihm bestimmt nichts nützen. Höchstwahrscheinlich gehörte die zu einem Prepaid - Anschluss. Waldi-Talk oder ähnliches. Von Halunken, untreuen Ehemännern und anderem Gelichter immer wieder gerne genutzt.

Golob raufte sich die Haare und blickte das vor ihm auf dem Schreibtisch liegende Handy an. Aus dem soeben erfahrenen konnte er getrost zwei Schlüsse ziehen: Der Auftraggeber wusste noch nicht, dass sein Auftrag von Pumbacher nicht erfüllt worden war. Und der zweite war: Der Auftraggeber besaß einen kleinen nervösen Hund. Und eine Großkatze mit Asthma.

Er blickte fragend zu Leutnant Berninger hinüber, die seinen Bemühungen anscheinend zusehends aufmerksamer gefolgt war.

„Der letzte auf deiner Anrufliste, das war dieser Dreckskerl.“, stellte sie fest.

Golob verschränkte seine Arme hinter dem Nacken und starrte die abgehängte Decke an. Am Rand einer Dämmplatte befand sich ein älterer Wasserfleck... „Das ist mir auch klar, Tove...“, murmelte er.

Sie erhob sich von ihrem Platz und stellte sich neben ihn, das reichliche Gebrauchsspuren tragende Handy von Schani Pumbacher ebenso fixierend wie er es tat. Dann räusperte sie sich. „Er hat den Vocoder mit ein paar Sekunden Verzögerung dazwischengeschaltet.“, bemerkte sie. Es sollte beiläufig klingen, doch es schwang ein gewisser triumphaler Unterton mit, den Frauen in einer von Männern dominierten Arbeitssphäre gerne auflegen, wenn sie einen Beitrag zu leisten haben.

„Meinst du? Und was ist überhaupt ein Vocoder?“

„Das ist ein Stimmwandler. Es gibt verschiedene Typen. Wird gerne in der elektronischen Musik eingesetzt, beim Techno zum Beispiel.", erklärte sie. Golob schien ihr einen Moment nicht richtig zuzuhören. „Darum also hat sich ein nervöser Rattler in einen hustenden Löwen verwandelt..."

Berninger blickte ihn an, als hätte er irgendein starkes Kraut geraucht. Dann begriff sie. „Ja freilich - dieses Nebengeräusch! Pumbacher hat ja auch etwas von einem 'großen Tier' erzählt!"

„Alles schön und gut.", seufzte Golob. „Wir haben ja durchaus ausgefuchste IT-Menschen bei der Polizei. Aber DAS rauszukriegen, dafür bräuchten wir eher Mister Q aus den James Bond - Filmen..."

Berninger setzte auf einmal ein verschmitztes Gesicht auf. „Den können wir uns sparen. DJamie sollte das hinbekommen..."

In diesem Moment meldete sich erneut ein Anrufer - auf Golobs Mobiltelefon. Ohne aufs Display zu sehen, meldete er sich. „Ivo Golob hier?"

Der Anrufer war eine Frau, allerdings nicht Ludovika, wie Golob zunächst angenommen hatte. Die Stimme klang älter, schleppender - und stark eingefärbt.

„Fekete Piroska. Haat, Herr Golob, Sandor ist von uns gegangen, heute Morgen. Trauerfeierlichkeiten nächste Woche, aber kommt noch Karte..."

Golobs eigene, persönliche Welt hörte in diesem Augenblick auf sich zu drehen. „Piroska, es tut mir so leid... mein herzliches Beileid...", stammelte er.

„Jo. Köszönöm." Prisoka Fekete beendete das Gespräch, das sie bestimmt viel Kraft gekostet hatte. Weil es nicht das einzige dieser Art war, das sie nun führen musste.

Golob barg sein Gesicht in den Händen, ließ seinen Tränen freien Lauf und kümmerte sich nicht darum, dass sein Schluchzen seinen Körper beben ließ. Da spürte er ein Paar Hände auf seinen Schultern. „Was ist passiert, Ivo? Kann ich dir irgendwie helfen?"

„Ja. Bitte einen Kaffee... mit viel Milch!", stieß er hervor.

„Kommt gleich."

Er hörte, wie Tove Berninger sich entfernte. Einmal mehr schätzte er ihre unaufdringliche und zugleich fokussierte Art... Er hatte seinen Mentor verloren, seinen einzigen Freund, den er noch in Wien gehabt hatte, seinen letzten menschlichen Bezugspunkt zu der Stadt, in der er geboren und aufgewachsen war. Einmal mehr entwurzelt...

~~

„Hier hätten wir den Bericht von der Hausdurchsuchung.", meinte Erol Pichetseder und legte Vilsmayr einen mehrseitigen Ausdruck in einer Prospekthülle auf den Schreibtisch. Der Hauptkommissar wusste, dass sein Vorgesetzter „Substantielles" liebte. Und es verabscheute, Akten am Computer zu studieren.

Vilsmayr ging gerade die langsam, aber stetig wachsenden Informationen über die Autoren durch, die beim Himmelswiese-Verlag momentan unter Vertrag waren. Alles Namen, die er entweder schon kannte oder die ihm rein gar nichts sagten. Rinderknecht und Weihwadl waren wirklich fleißig gewesen: Die Liste der Bücher mit und ohne ISBN deckten sich exakt mit der, die er und Luitgard zusammen mit Frau Zwissler erarbeitet hatten. Für ihn immerhin ein Beweis, wie gewissenhaft und zuverlässig die von Dr. Zwacknagl empfohlene Journalistin war.

„Vom Grabenweg 15 in Wallerstein?", fragte Vilsmayr und drehte sich interessiert zu Pichetseder um. Zu gerne hätte er gewusst, was die Bestandsaufnahme der Bücherkisten ergeben hatte.

Doch Erol Pichetseder schüttelte den Kopf. „Nein. Die Hausdurchsuchung bei der Niederlassung der Gebrüder Krenek KG. Robert-Bosch-Straße, hier im Mühldorfer Gewerbegebiet."

„Ah, da schau her! Das war doch, wo dich dieses Mordstrumm Hund angefallen hat?" Pichetseder nickte.

„Und - haben Sie irgendwelche Narben davongetragen, Herr Pichetseder?"

„Keine Narben. Meine Lederjacke ist mehr Panzer als... wollen Sie nicht reinschauen, Herr Vilsmayr?", erwiderte Pichetseder.

Vilsmayr wog den Prospektordner in der Hand. „Des san doch grad einmal zwei Seiten.", meinte er. „Also war die Filiale leergeräumt. Leer wie der Kopf von den meisten Politikern."

Pichetseder lachte. „Ihnen kann man so gut wie gar nichts vormachen. Zwei Bürostühle mit durchgesessenem Polster und zwei verbogene Karteikästen, bei denen die Schubladen stark geklemmt haben. Auch leer. Auf dem Abtritt gab es nicht einmal mehr Klopapier. So wies ausschaut, ist der Laden allerdings erst NACH dem ersten Hausbesuch von Oberleutnant Golob und mir ausgeräumt worden."

„Aha. Das heißt wohl, Sie haben wieder eine Ihrer üblichen Mini-Markierungen angebracht. Brav!", lobte Vilsmayr seinen Hauptkommissar.

Pichetseder zuckte die Achseln. „Zu irgendwas muss die Polizeiakademie ja wohl gut sein..."

Vilsmayr blickte ihm direkt ins Gesicht. „Apropos Akademie - wo steckt denn Ihre Frau? Ist die etwa schon im Mutterschutz?"

Pichetseder schüttelte den Kopf. „Nein, heute Morgen hatte sie einen Gynäkologentermin für den Wehenschreiber. Ist aber alles soweit in Ordnung. Mutterschutz hat sie ab dem 2. September, und der Termin für die Entbindung ist für den 15. Oktober berechnet.

Vilsmayr rechnete nach. „Dann ist Ihre Frau schon im siebten Monat? Man sieht aber kaum etwas...", wunderte er sich. „Ist denn alles in Ordnung mit Mutter und Kind?"

„Beim ersten Kind merkt man äußerlich erst spät etwas. Nein, Kreszentia gehts gut, dem Kleinen auch.", berichtete Pichetseder. „Aha, also ein Bub!", bemerkte Vilsmayr. „Das freut mich für Sie als seinen Vater. Und richten'S Ihrer Frau bitte schöne Grüße aus."

In diesem Moment meldete sein Rechner eine E-Mail von sehr hoher Priorität. Nur für diese hatte Vilsmayr einen Signalton eingerichtet. Neugierig öffnete er die Nachricht. „Sakradi!", entfuhr es ihm. „Die DNA-Analyse und der Abgleich sind schon fertig! Ich hab nicht vor Donnerstag damit gerechnet..."

„Und?" Man konnte dem sonst so ruhigen Erol Pichetseder an

der Nasenspitze ansehen, dass er womöglich noch vor seinem Vorgesetzten vor Neugierde platzen würde.

Vilsmayr scrollte sich durch zwei Anhänge mit einem Haufen biochemischem Fachchinesisch und Tabellen und drohte fast zu resignieren. „Herrschaftszeiten, wo ist denn…"

Pichetseder deutete mit seinem großen Zeigefinger auf eine Zeile ganz am Ende. „Da stehts doch: … mit an Sicherheit grenzender Wahrscheinlichkeit ist die DNA des Leichnams aus Bregenz/Vorarlberg identisch mit der DNA eines Teils der Proben aus Wallerstein/Bayrisch-Schwaben…"

„Oh Gott!", stöhnte Vilsmayr. „Wie bringe ich das jetzt der Luitgard bei!"

„Moment - es geht noch weiter!", unterbrach ihn Pichetseder. „…weitere DNA-Analysen ergeben das Erbgut von zwei weiteren unterschiedlichen Männern."

Vilsmayr blickte zu ihm auf. „Was auch immer das auch sonst bedeutet, es bedeutet auf alle Fälle schon mal eines: Das ganze Gelumpe muss nach Donauwörth geschickt werden."

Pichetseder blickte seinen Vorgesetzten erst ernst - und dann mit einem leichten Lächeln an. „Muss es nicht…" sprach er kryptisch. „Erstens - der Leichenfund war nicht auf bundesdeutschem Boden. Zweitens wurde der Fall hier in Mühldorf von Anfang an kommissarisch verwaltet. Ich beziehe mich hier auf die Polizeiordnung…"

Vilsmayr fiel der Unterkiefer herunter. Sonst war immer er es gewesen, dem Vorschriften und deren Einhaltung stark am Herzen lagen. „Sind Sie sicher, Pichetseder?" Er blinzelte seinen Mitarbeiter skeptisch an.

„Sofern Sie den Antrag auf Zuständigkeit rechtzeitig beim Innenministerium stellen - ja. Das heißt innerhalb von 48 Stunden.", belehrte Pichetseder ihn. „Und das sollten Sie allemal hinbekommen. Vorausgesetzt, Sie sind wirklich versessen auf diesen Fall…"

Vilsmayr kratzte sich am Kopf und gab vor verlegen zu sein. „Na ja, ich schulde es irgendwie meiner Frau…", brummte er. Pichetseder nickte. „Aber ja. Es ist nie gut für die eheliche Harmonie, seiner Frau etwas schuldig zu bleiben.“

Die beiden Ehemänner blickten einander verständnisinnig an.

~~

„Wer oder was ist DJamie?“, wollte Golob wissen. Leutnant Berninger lenkte ihren Golf von der Polizeiinspektion in der Favoritenstraße in den südöstlichen Teil des gleichnamigen Stadtteils. In der Amarantgasse fand sie eine Parklücke. „Das wirst du gleich sehen.“, meinte sie und hielt auf eines der hier aneinandergebauten Mehrfamilienhäuser mit einer schmuddelig gelben Fassade zu. Graffiti am Haussockel und lässig an ein Kellerfenster gelehnte Müllbeutel durften nicht fehlen.

Berninger suchte kurz die Klingelpalette ab und drückte auf einen Knopf, auf dem „Streim-Prohazka-Roth“ stand. Der Türöffner wurde betätigt. Drinnen schlug ihnen in dem spärlich beleuchteten Hausflur eine Duftmischung aus angebrannten Krautfleckerln, Shisha und Windeleimer entgegen. Unter den verbeulten und angerosteten Briefkästen lehnten ebenso verbeulte und angerostete Fahrräder. Bei einem fehlten sogar die Pedale.

„Auf gehts, in den vierten Stock!“, rief Berninger aus und lief zügig die Treppe nach oben. Golob bemerkte dabei, dass ihm das Training irgendwie fehlte.

Eine der Türen im 4. Geschoss war nur angelehnt. Berninger stupste die Türe auf, die den Blick auf einen mit allerhand schäbigen Gebrauchtmöbeln vollgestellten, dunkelrot lackierten Hausflur freigab. Wenigstens roch es hier nicht nach abgehangenen Windeln. Dafür waberte überall ein Teppich aus zwar nur mäßig lauten, aber dafür penetrant an- und abschwellenden elektronischen Klängen. Ein junges Mädchen mit Leichenblässe, stiefeldick schwarz umrandeten Augen und ebenso gefärbten struppigen Haaren huschte über den Flur.

„Hallo?“, fragte Berninger. „Ist DJamie zuhause?“

Die Emo-Grazie rollte nur mit den Augen. „Kann man doch wohl hören..." und verschwand in einem der angrenzenden Zimmer.

„Das sollte wohl Ja heißen.", meinte Berninger und hielt auf den Raum zu, in dem auch Golob die Quelle der E-Beschallung verortete.

Berninger klopfte vernehmlich an der Türe, von der der dunkle Lack bereits großzügig abblätterte. Nachdem der Insasse trotz des zersetzenden Gewummers im Inneren tatsächlich mit „Herein!" reagiert hatte, fasste Tove Berninger sich ein Herz und drückte auf die Klinke, um die Türe zu öffnen.

Sie und ihr Begleiter betraten eine Behausung, die Golob eher in einer klischeeüberladenen High School-Komödie vermutet hätte: Mit Folie abgedunkelte Fenster, an allen Wänden bis knapp unter die Decke elektronische Geräte wie Bildschirme, Tastaturen, Mischpulte und Lautsprecher. In einer Ecke stand eine Schlafgelegenheit, vermutlich eine Campingliege, auf der sich Kleidungsstücke türmten. In der Luft hingen die bläulichen Dunstschwaden von mindestens zwanzig filterlosen Selbstgedrehten, die möglicherweise die eine oder andere Beimischung enthalten hatten.

Auf einem Bürostuhl hockte ein junger Mensch mit einem Haarschnitt irgendwo zwischen Stirntolle und Irokese, der statt einem Halsschmuck einen Kopfhörer trug, wie Golob noch keinen fetteren gesehen hatte. Kopftracht, Klamotten und Turnschuhe - alles in Schwarz. Das seltsam frisierte Haupt wippte in einem imaginären Takt mit dem Klangteppich mit.

„Hallo Jamie!", rief Berninger aus. Jamie blickte auf - und lächelte tatsächlich bei ihrem Anblick. „Jamie, das ist mein Kollege Ivo. Wir hätten einen dringenden Auftrag für dich.", erklärte die Polizeibeamtin.

Jamie nickte. „Geht klar." Die Stimme dieses Elektrohöhlenbewohners klang stimmbrüchig und durchaus freundlich. „Setzt euch einen Moment. Und zieht euch das rein. Und sagt mir ehrlich, ob dazu eher faste oder slowe beats passen würden..."

Das Gewummer wurde lauter und irgendwie schneller, ohne dass

Jamie überhaupt eine Antwort abgewartet geschweige denn das Geheimnis preisgegeben hätte, worunter sich hier so etwas wie eine Sitzgelegenheit für zwei Personen verbergen könnte. Jamie - oder DJamie? - wippte dazu ekstatisch mit dem schwarzgetünchten Haupt.

Golob bekam allmählich Kopfschmerzen und ging zum Gegenangriff über. „Kommt wohl darauf an, ob man uppers oder downers eingeworfen hat...“, rief er.

„Danke für den Klugschiss des Tages, Bulle!“, parierte Jamie. Immerhin wurde das Gewummer abgestellt. Die anschließende Stille wirkte fast bedrückend.

Berninger indessen schien nicht weiter beeindruckt. „Wir wollen echt nicht lange stören, Jamie. Kannst du simulieren, wie Hundegebell klingt, wenn es durch einen Stimmenmodulator verändert wird?“, wollte sie wissen.

„Gebell von einem eher kleinen Hund - und es wird dann tiefer und langsamer.“, ergänzte Golob.

Jamie riss die Augen auf. „Seids ihr bei den Kieberern jetzt am Ende ganz deppert?“

„Na gut, okay.“, gab Berninger nach. „Wir mir scheint, bist du mit dieser Übung dann doch überfordert...“ Sie wollte sich zum Gehen wenden.

„Haltaus!“, rief Jamie. „Das ist wirklich ganz easy...“ Und setzte sich hinter eine andere Maschine, schloss eine Tastatur an und zögerte kurz. „Kleiner Hund?“

„Ja. Klein.“, meinte Golob. „Terrier, Pudel, Wolfspitz. Was weiß ich...“

„Etwa so?“ Sehr hohes und hektisches Gekläff ertönte.

„Ein wenig tiefer, etwas langsamer.“

„Sag halt, wann’s passt.“

Nach kurzem Herumprobieren fand Golob, dass das bei seinem Anruf eingangs erklungene Gebell gut getroffen war.

„Gut schon mal.“, fand auch Jamie und hustete kräftig. „Jetzt drehen wir dem Zamperl mal den Saft ab. Bitte stopp sagen, wann’s für Sie gut klingt.“

Golob war schlichtweg verblüfft - zwei Oktaven tiefer und bei halbem Tempo klang der Spitzpudeldachs tatsächlich wie eine asthmatische Kuh. Er nickte zufrieden.

Berninger bat Jamie: „Bitte schick mir davon eine Audiodatei an meine Mailadresse!"

„Ja, alles cool." Jamie griff nach einem Tabakpäckchen auf einer Konsole und begann eine Zigarette zu drehen. „Ich, weiß, ist nicht gut für mich. Dafür bin ich jetzt vom Speed weg..."

„Herzlichen Glückwunsch!", bekundete Golob. Und wollte wissen: „Ich wette, Sie können noch ganz andere Geräusche verzerren, Jamie. Oder entzerren?"

Jamie leckte das Zigarettenpapier längsseits ab. „Was wollts ihr? Nebelhorn zu Nachtigallengesang?"

„Etwas, was tiefergelegt wie langsame Hammerschläge in einem U-Boot klingen kann.", schlug Golob vor.

„Oha!", bekundete Jamie. „Da hat aber jemand einen ganz exquisiten Geschmack... wie wärs damit?"

Ein Dröhnen, gegen das das vorangegangene Elektrogeriesel wie Harfenklänge anmuten mochte, fuhr Golob direkt ins Zwerchfell. Jamie erhöhte die Frequenz. Das Bimmeln an einem Bahnübergang.

„Nein.", beschied Golob, wobei ihm bewusst war, dass er im Nebel stocherte und sich ganz auf die nicht eben differenzierte Schilderung von Schani Pumbacher verließ. „Metallischer."

„Hm. Wollen mal schauen... wie wärs hiermit?" Jetzt klang es, als würde man auf den größten Kochtopf der Welt ohne Unterlass eindreschen.

„Nein. Der, der das gehört hat, hat gesagt ‚mit Pausen dazwischen'...", widersprach Golob. „Ich weiß, das ist sakrisch schwer."

„Vielleicht für dich.", stichelte Jamie. „Ich jedenfalls kann mit der richtigen Vorlage am Ende alles richtig machen."

Golob atmete mehrfach tief durch. Mindestens sechs Mal. „Also gut. Encore une foi! Metallisch. Sehr tief. Sehr langsam. Regelmäßige Unterbrechung, lange Intervalle."

Jamie schloss die Augen und atmete gleichfalls tief. „Okay. Dann das."

Tiefes, langsames, volles und rhythmisches Tönen. Als Jamie es hochregelte, erkannte Golob... Kirchenglocken.

Kirchenglocken. Im mehrheitlich katholischen Wien tagsüber regelmäßig zu hören. „Schon besser.", antwortete Golob vage.

„Ja - und? War's das jetzt?" wollte Jamie wissen und blickte leicht vergrätzt zu Berninger hinüber. „Dein Kollege ist schon so ein Vogel!"

Berninger, um deren Mundwinkel die ganze Zeit über ein fast überhebliches Lächeln gespielt hatte, blickte Golob fragend an. Der nickte.

„Soweit alles klar, Jamie. Bitte denk an die Audiodateien. Hast du derzeit irgendein Projekt?", wollte sie wissen.

„Na ja, ich muss noch für einen Podcast den Soundtrack für die diesjährigen Poetry Slam-Meisterschaften abmixen. Svaba Ortak möchte purposes für beats. Und Fiakk legt hier in drei Wochen auf. Da darf ich mir auch noch was einfallen lassen...", räsonierte Jamie.

„Du schaffst das!", meinte Berninger - und streckte Jamie eine geballte Faust entgegen, gegen die Jamie sanft eine gleichfalls geballte Faust schlug. „Läuft bei dir! Nur die Harten komm' in Garten!"

„Danke, gleichfalls. Du hast was gut!" Berninger packte Golob sanft am Unterarm und zog ihn aus der Elektrohöhle, eher er endgültig erstarrte. Dieses Mal huschte nur eine dunkelhäutige Nacktkatze über den Flur. Als Golob ihr für einen Sekundenbruchteil zu lange in die Augen sah, fauchte sie. Leider konnte sie keine gesträubten Schwanzhaare präsentieren, ehe sie durch eine angelehnte Türe enthuschte.

Golob atmete tief durch. „Ich sag jetzt nichts.", nuschelte er und hastete zur Wohnungstüre. Seine Sauerstoffnot war übergroß geworden. Berninger folgte ihm.

Erst auf der Treppe geruhte sie zu erklären: „DJamie ist derzeit in Österreich DIE Größe, was Beats für Rapper und Hip Hopper angeht. Und macht das Klangdesign für die Performances der internationalen DJs. Und hat ein eigenes Label - Virgin records interessiert sich übrigens dafür..."

„... und ist ein überkandideltes, drogenabhängiges Bürschchen - und gänzlich Manieren- und schmerzfrei.", setzte Golob hinzu. Sein Kopfweh indes besserte sich.

„Was die Drogen angeht, dafür lege ich in der Tat die Hand nicht ins Feuer. Ansonsten ist DJamie ein Mädchen. Kein Bürschchen...", klärte Berninger Golob auf.

Golob blieb wie angewurzelt stehen. „Hast du jetzt Angst, dass ich mit ihr ins Bett will?"

Das Erdgeschoss mitsamt seinem an die Vergänglichkeit des Materiellen gemahnenden Ensembles aus Fahrrädern und Briefkästen und Windeleimerodeur war erreicht.

„Jamie hätte dir schon signalisiert, wenn sie an dir interessiert gewesen wäre. Sie ist übrigens eine meiner besten Informantinnen. Sieht man von ihrem Wissen über Sounds und Geräusche einmal ab. Darin ist sie Weltspitze.", meinte Berninger.

Des ganzen Disputs um Geschlechterrollen ungeachtet hielt Golob seiner Kollegin die Türe auf. „Das Bessere, liebe Kollegin, ist immer der Feind des Guten. Und G.B. Shaw, der ja wohl kein ausgemachter Frauenversteher war, hat vor einhundertzwanzig Jahren bereits postuliert, dass die Qualität eines Kunstwerks von allem Möglichen beeinflusst werden kann - nur nicht vom Geschlecht dessen, der es geschaffen hat."

Berninger ging voraus. „Oder derer, DIE es geschaffen hat."

~~

Vilsmayr hatte allen Ernstes vorgehabt, für Luitgard einen Blumenstrauß zu kaufen, der mehr als zwanzig Euro kosten durfte, um ihr die Nachricht vom Ableben ihres Verlegers möglichst schonend beizubringen. Als er nach Dienstende in sein Auto stieg, hatte er diese Idee bereits wieder verworfen. Denn warum sollte man jemandem

Blumen schenken, um ihm das Ableben eines anderen zu versüßen? Außerdem war er mit ihr vor ein paar Tagen in Kitzbühel gewesen. Also keine Blumen. Nur einen echten Toten. Vielleicht hatte sie damit sogar schon gerechnet.

Wenn er gewusst hätte, wie anders die Dinge an diesem Abend lagen, hätte er sich keinerlei Gedanken darüber gemacht, ob Luitgard diesen Schock überhaupt verkraften würde.

Seine Frau stand nämlich als er nachhause kam im Hausflur - und zwar ausgehfertig. Sie zog sich eine leichte Jacke über und schaute ihre Zähne im Spiegel an, indem sie sie bleckte. Vilsmayr stutzte. „Guten Abend, Luitgard. Habe ich eventuell etwas vergessen? Vielleicht, dass wir auswärts essen gehen wollten?"

Luitgard fand ihre Zahnleiste präsentabel und lächelte ihren Mann an. „Nein, das wollten wir nicht.", meinte sie. „Ich habe mich bereit erklärt, dass ich Frau Hinterbichler heute Abend zur Trauergruppe begleite. Es ist das erste Mal, dass sie abends aus dem Haus geht, seit ihr Gustl nicht mehr ist. Und sie ist schon arg nervös deshalb.", erklärte sie.

Trauergruppe... Abgesehen davon, dass Vilsmayr zwar wusste, was eine Trauerweide war oder ein Trauermarsch, konnte er mit dem Begriff „Trauergruppe" wenig bis gar nichts anfangen. Neumoderner Psychospinnkram, höchstwahrscheinlich... aber dafür war sein Weib ja empfänglich. Wenn er nur an ihre Versuche mit Klangschalenmeditation dachte!

Vilsmayr unterdrückte ein spöttisches Glucksen. Ja mei, sie will es wohl so und nicht anders - und vielleicht konnte sie das ja in der Trauergruppe anbringen.

„Dann viel Spaß, Gardi. Übrigens: die DNA-Analysen haben ergeben, dass dein Verleger zweifelsfrei identisch ist mit der von den Fischen angenagten Leiche aus Bregenz.", bemerkte er lapidar, während er seine Jacke aufhängte.

Jäh ließ Luitgard ihre eben gezückte Handtasche sinken. „Nein!", meinte sie. „Ich mein, ich hab es schon irgendwo befürchtet. Aber ein bisschen taktvoller hättest du mir das schon beibringen können."

Vilsmayr wandte sich in Richtung Wohnzimmer. „Du kennst mich
doch, Gardi. Takt ist nicht meine Kernkompetenz..." Im Gehen
wandte er sich noch einmal zu ihr um. „Übrigens - es schaut so aus,
als ob der Fall in Mühldorf anhängig bleiben wird. Dabei hab ich
natürlich auch an dich gedacht - damit du wegen fälliger Vernehmungen nicht nach Augsburg oder Donauwörth fahren musst."

„Zu gütig. Du denkst aber auch an alles!", erwiderte sie - und zog
die Haustüre energischer zu als es ihre Gewohnheit war.

Vielleicht durfte sie in der Gruppe von Frau Hinterbichler ja mit-
trauern, als Gast sozusagen. Er jedenfalls schmierte sich erst einmal
ein Leberwurstbrot, das er mit dünnen Scheiben von Essiggurken
verzierte, was er schon als kleiner Bub geliebt hatte. Er ging mit dem
Teller und einer Flasche Hellem hinüber in sein Arbeitszimmer, das
wieder so aufgeräumt wie früher war.

Auf seinem Schreibtisch lag ein Päckchen von einem Versandhandel für antiquarische Bücher.

Erfreut öffnete er es. Das darin enthaltene gebrauchte Buch war
in einem guten Zustand - und hatte ihn inklusive Versand gerade
einmal acht Euro sechzig gekostet. Natürlich musste er gleich zu
lesen anfangen, zumal für die nächsten Stunden absolute Ruhe im
Haus herrschen würde.

Also klemmte er sich das Buch unter einen Arm und wanderte
mit seinem Proviant ins Wohnzimmer, um es sich dort unter der
Stehlampe auf dem Sofa behaglich einzurichten.

Was ihn an dem Druckerzeugnis zunächst interessierte, war die
Rückseite. Das Buch besaß schon einmal eine ISBN, aber das hatte
er gewusst. Neben dem knappen Einführungstext war ein Schwarz-
weißfoto des Autors abgedruckt, das höchstwahrscheinlich neueren
Datums war, obwohl der junge Mann dort noch einen richtigen
dunklen Rauschebart trug, den er mittlerweile merklich gestutzt
hatte. War ihm höchstwahrscheinlich lästig geworden.

„In einer Fischerhütte auf der Schäreninsel Skagholm werden zwei
Leichen gefunden: Die des vermissten Industriellen Olof Dagström
und die einer unbekannten jungen Frau. Beide wurden regelrecht

hingerichtet. Inspektor Ingvar Bergman vermutet zunächst einen Racheakt aus den Reihen der Familie: Eine betrogene Ehefrau, eine auf die Firmenübernahme drängende Tochter, ein enterbter Sohn aus erster Ehe. Doch dann werden wöchentlich im Sundsvall Aftonbladet anonyme Bekennerschreiben veröffentlicht. Und ein ungeahnter Abgrund an Korruption, Rache und weit zurückreichenden Verbrechen tut sich auf."

'Na gut.', dachte Vilsmayr und betrachtete das Künstlerfoto von Björn Ole Werdín alias Bertram Wertheim mit einer Neugierde, als läge darin die Lösung eines ganz anders gearteten Falls verborgen. 'Diese tiefschwarzen Skandikrimis sind doch einer wie der andere... am Ende sind fast alle tot oder in der Psychiatrie oder gehen zur Läuterung Eisbären auf Spitzbergen retten. In irgendeiner Szene besäuft sich dann einer der Beteiligten sinnlos - das ist dann die Lachnummer bei dem Ganzen...'

Er drehte das Buch um. Wie bei den anderen Druckerzeugnissen von der Himmelswiese war der Karton des Einbands so labberig wie eine Scheibe Schwarzbrot, die in einer Waschküche gelegen hatte.

'Dann schaun mer mal, Herr Werdín! Oder soll ich dich lieber Wertheim nennen?', hob Vilsmayr an, überschlug die Titelei und machte den Anfang.

„Olof Dagström konnte nur noch mit den Augen bitten. Seine Hände waren hinter seinem Rücken an die Stäbe der Lehne eines alten Holzstuhls gefesselt und seine Knöchel an dessen Beine festgebunden. Unter die Vorderbeine des Stuhls waren Holzbrettchen geschoben, die die Seitzgelegenheit in eine fast labile Schräglage brachten. Eine heftige Bewegung und er wäre hintenüber gekippt. Sein Mund war mit einer doppelten Lage Panzerband versiegelt. Um seinen Kopf schwirrten mindestens zehn Stechmücken. „Schau sie dir an, Mann!" Seine Augäpfel - wenigstens diese konnte er noch frei bewegen - wanderten nach links. Was er hatte um jeden Preis vermeiden wollen... „Ist sie nicht wunderschön? Wahrscheinlich schöner, als alle, die du bisher hattest." Wieder kehrte eine trügerische Stille ein, die sogar das leichte Sirren in seinen Ohren für einen Moment betäubte. „Aber du weißt auch, dass gerade das Schöne auf Erden besonders vergänglich ist…" Schweiß, brennender Schweiß rann ihm in die Augen, den er nicht abwischen konnte. Er kniff die Augen zu. Was ihm einen Schlag mitten ins Gesicht einbrachte. „Hab ich dir erlaubt, dass du deine beschissenen Augen zumachen darfst? Nein. Du sollst zusehen, wie die letzte Schönheit, die du besessen hast, vergeht. Quadratzentimeter für Quadratzentimeter…" Olof Dagström erblickte ein Gerät, wie er es noch nie gesehen, geschweige denn benutzt hatte. Eine Messingglocke, ungefähr so groß und so geformt wie ein Kaffeebecher, die auf einer langen, dünnen Metallstange saß. Ein ebenso dünner Kunststoffschlauch stak im unteren Ende der Stange und verband diese Vorrichtung mit etwas, von dem Dagström annahm, dass es sich um eine Gaskartusche für einen Campingkocher handeln könnte. „Dann lass uns doch mit dem beginnen, was ganz exklusiv für dich bestimmt ist, Arschloch!". Nellies Bluse wurde aufgerissen, und er blickte ohne jegliches Verlangen auf ihre Brüste, obwohl sich ihre Nippel aufgerichtet hatten. „Was meinst du, Sackgesicht - erst rechts? Oder doch lieber links - direkt über dem Herzen?" Ein leises Zischen verriet, dass ein Gasstrom aus der Kartusche austrat, der in einen gebändigten Feuerball aufging, nachdem der Zündfunke eines Feuerzeugs ihn getroffen hatte…"

Als Vilsmayr seine volle Blase nicht länger ignorieren konnte, war er bereits auf Seite einundfünfzig angelangt. Von seinem Leberwurstbrot hatte er gerade zweimal abgebissen, und auch die Bierflasche wies noch eine nennenswerte Füllung auf. Ausgesprochen unwillig über diese naturgegebene Unterbrechung ging er ins Gästeklo. 'Sakra, der schreibt wirklich gut!', dachte Vilsmayr voll Respekt, indes seine Blase sich leerte. 'Das hätte ein Bestseller werden können – so viel versteh ja sogar ich. Aber - warrum nicht? Das versteh ich jetzt nicht…'

Vilsmayr rief Dr. Josef Zwacknagl an und schilderte ihm sein - ja, wie sollte er es nennen? Zweifeln? Noch nicht einmal Unbehagen. Vielleicht ein Gefühl der Ungereimtheit…

Dr. Zwacknagl sagte sein ungesäumtes Kommen zu, gab aber zu bedenken, dass er noch keine Brotzeit an diesem Abend eingenommen hätte. „Du kriegst Brote mit Leberwurst und Schmalz. Mehr kann ich nicht kochen.“, erwiderte Vilsmayr ungehalten. Und setzte ein wenig verbindlicher hinzu: „Wenn du nur kommst!“

Der Zehne-Seppi war ein guter Freund und stand zwanzig Minuten später vor Vilsmayrs Haus. „Dann lass mal den Wunderknaben anschauen.“, meinte er. Ohne Umschweife, nachdem er gerade einmal seine Jacke abgelegt hatte, griff er zu „Skagholm“ und begann zu lesen. Vilsmayr trollte sich wie ein braves Hausfrauchen in die Küche, um Brote zu schmieren. Vorsichtshalber auch noch welche für sich. Und machte ebenso vorsichtshalber gleich zwei Flaschen Bier auf.

Als er zu seinem Freund zurückkehrte, hatte der bereits zehn Seiten gelesen, blickte kurz zu Vilsmayr auf und bedeutete ihm wortlos, seine Zehrung vor ihn auf den Couchtisch zu stellen. Vilsmayr, an seinem frischen Bier trinkend, beobachtete ihn gespannt.

Dr. Zwacknagl besaß eine ganz andere Manier der Lektüre. Er sprang halbe Kapitel überblätternd im Buch nach vorne, ohne dass er den Eindruck nachlassender Konzentration vermittelte.

„Prost...“, wandte Vilsmayr zaghaft ein.

Dr. Zwacknagl hob seinen Blick um eine Handbreit, griff zu seinem Bier und erwiderte den Zutrunk, bevor er sich erneut dem Lesestoff zuwandte. Vilsmayr verputzte derweil sein Schmalzbrot - das er fade fand. Er hatte vergessen, Salz und Paprikapulver drauf zu streuen. Jetzt schmeckte es einfach nur nach Schweinefett. Da er aber den Zehne-Seppi nur ungern unterbrechen mochte, verzehrte er es bis zum letzten Krümel.

Sein Freund schloss das Buch - und legte es behutsam auf die Tischplatte.

„Mein lieber Scholli!“, meinte er mit bedachtvollem Kopfnicken. Er nahm seine Brille ab, rieb sich die Augen und blickte Vilsmayr so tief beeindruckt an wie vor knapp fünfzig Jahren, als sich der elfjährige Emmeran dem gleichaltrigen Josef damit gebrüstet hatte, durch ein Astloch in der Damenumkleide des Städtischen Freibads in Altötting gelupscht zu haben. „Sagen wir mal so - wenn ich ein Buchhändler wäre - ich würde diesen 'No name - Autor' direkt neben Stieg Larsson und Henning Mankell auf dem Büchertisch platzieren. Sensationell gut!" Er japste fast. „Alles stimmig, atmosphärisch dicht - und wo wortverliebte Schreiber eine Zeile zu viel drankleben, zeigt sich bei ihm in Beschränkung und Andeutung ein Meister." Er war derart erschüttert, dass er sein Bierglas auf einen Zug leerte.

„Also liege ich mit meinem inkompetenten Urteil nicht ganz falsch?", wollte Vilsmayr wissen. „Ganz und gar nicht."

„Und warum landet so ein Ausnahmetalent dann bei einem so miesen Verleger?", räsonierte Vilsmayr.

„Weil das das Schicksal von circa achtzig Prozent der guten Schriftsteller ist. Zumindest am Anfang ihrer Karriere. Manche wechseln dann den Verlag. Andere nehmen sich einen Agenten. Wieder andere bleiben unbeachtet auf der Strecke.", erklärte Dr. Zwacknagl. Er warf einen Blick auf das Cover, das eine eher stümperhafte Photoshop-Bearbeitung einer klapperigen Hütte auf einem felsigen Inselchen zeigte. Das ganze nachgedunkelt in düsterem Blaugrau. „Der hier täte gut daran, seine Bindung mit dem Himmelswiese-Verlag zu kappen."

Vilsmayr nahm einen Schluck Bier. „Das ist bereits geschehen. Wenn man es so ausdrücken darf..." Dr. Zwacknagl blickte Vilsmayr irritiert an. „Was willst du damit ausdrücken, Emmeran?"

Vilsmayr blickte sich um, ob nicht etwa der Herr Polizeipräsident persönlich hinter ihm stand. „Der unsaubere Herr Verleger wurde schon vor ein paar Wochen in die Ewigen Jagdgründe geschickt." Er vollführte eine horizontale schneidende Handbewegung vor seiner Kehle.

Dr. Zwacknagl zuckte zusammen. „Da legst di nieder! Und du hast's geahnt, du Bulle!" - Vilsmayr nickte - „Bockmist!" Er sann kurz nach. „Ist es möglich, dass du mit deinen Kollegen in diesem Fall weiterhin ermitteln darfst?"

Vilsmayr nickte. „Ich habe doch schon knietief dringesteckt. Glück durch anderer Leute Unglück." Er überlegte einen kurzen Augenblick. „Und dann auch noch dank deiner Unterstützung."

Erst jetzt hatte Dr. Zwacknagl die bestrichenen Brote bemerkt. „Oh - Leberwurst mit sauren Gürkln! Ganz wie früher!" Begeistert biss er zu - und brummelte um einen halbzerkauten Bissen herum: „Hast du schon einen Verdacht?"

Vilsmayr seufzte: „Das wird, wie ich fürchte, wieder so kompliziert wie bei den toten Frauen an der Salzach. Kein Tatzeitpunkt, kein Motiv - und keinen dem der Tod eines Versagers irgendetwas bringen könnte!"

Dr. Zwacknagl wischte sich ein paar Krümel von der Brust. „Also, was ich je von dir gelernt habe in diesem unerfreulichen Metier, ist doch, dass sich der Täter zu neunzig Prozent im Umfeld des Opfers findet. Familie, enge Freunde, Ex-Partner..."

„Tja. Auch diesbezüglich ist - war Thomas Stephan so unergiebig wie der Schoß einer Ordensschwester.", seufzte Vilsmayr.

Der Zehne-Seppi kicherte: „Auch da gibt es manches Klostergeheimnis. Aber wenn es kein wirkliches nahes Umfeld gibt, dann doch ein erweitertes..."

Vilsmayr erhob sich. Das Bier war alle. „Magst du noch eins?" Der Zehne-Seppi nickte.

Als Vilsmayr mit zwei weiteren Flaschen zurückkehrte, äußerte er seine professionellen Bedenken. „Sobald das Umfeld ausufert, fischt der Ermittler im Trüben. Und kann meistens nur auf irgendwelche Zufälle hoffen..."

Dr. Zwacknagl griff nach seinem Bier. „Und das ist wie auf den Dapp wetten!"

In diesem Moment wurde in der Haustüre der Schlüssel gedreht. Jemand betrat mit unbekümmert wirkender Routine das Haus und kramte an der Garderobe herum.

„Luitgard?", fragte Vilsmayr. „Du bist schon zurück?"

Seine Frau trat ins Wohnzimmer und war über den späten Gast ein wenig erstaunt. „Was heißt da schon? Es ist halb elf!"

~~

Die Trauerfeier für Generalmajor a.D. Sandor Fekete fand an einem brütend heißen Tag Anfang August auf dem Wiener Zentralfriedhof statt. Angeblich war die Aussegnungshalle klimatisiert - aber ungefähr zweihundertfünfzig Trauergäste überforderten allein mit ihren körperlichen Ausdünstungen die vier Gebläse, die in die Hallendecke eingelassen waren. Die Luft war bereits nach einer Viertelstunde zum Schneiden, und der neben Golob sitzende Kollege, der in seiner Paradeuniform angetreten war, schweißelte zum Abwinken. Golob war fast schlecht - dabei wurde erst die dritte Ansprache gehalten. Erst der amtierende Polizeipräsident, dann der für die innere Sicherheit zuständige Bürgermeister, und nun Feketes Tochter Erszebet.

Golob wandte sich von der benachbarten Schweißfahne ab - und Tove Berninger zu, die gleichfalls das trug, was man salopp als „Vollwichs" bezeichnete. Was ihr übrigens ausgezeichnet stand...

„Gut, dass Fekete eingeäschert wird!", raunte er. „Bei einunddreißig Grad am Grab herumstehen, erst den Pfaffen salbadern hören, dann das ganze Defilee..."

Berninger warf ihm einen irritierten Blick zu. „Wo bleibt denn ausgerechnet dein Respekt?", zischte sie leise. „Er war dein Freund und Mentor..."

Golob verstand diesen doppelten Seitenhieb nur zu gut. Vor allem, weil er auf das Tragen seiner Paradeuniform verzichtet hatte. Schließlich hatte er Feketes Wunsch nach Verzicht auf Förmlichkeiten auf der Todesanzeige entsprochen... und wieder ein faux pas. Vermutlich war er immer noch nicht genug k. und k.-gebleichter Österreicher, um so etwas wie ein Hofzeremoniell auch nur im Ansatz verinnerlicht zu haben. Zu viele lasche Gene. Schwarze Amis. Tschuschen.

Ihr Vorgesetzter Major Ebenzierl verfügte sich in diesem Moment hinter das Rednerpult. Seine bis dahin unter dem Arm getragene Schirmmütze legte er protokollgemäß auf das Pult. Golob konnte die Schweißtropfen unter den, über seine Glatze drapierten, Haarsträhnen deutlich glitzern sehen.

„Sehr verehrte Damen Fekete. Liebe Kolleginnen und Kollegen. Liebe Gäste…“, hob Ebenzierl an.

Jetzt war es an der Reihe für Tove Berninger, sich Golob verstohlen zuzuwenden. „Warum erwähnt er seine Vereinsfreunde nicht? Da sitzen doch bestimmt ein paar weiter hinten, die sich im Anschluss auf Kuchen und Würstln freuen.“

„Verein…“, feixte Golob. Derartige Trittbrettfahrerei bei Leichenbegängnissen war unter älteren Wienern fast so etwas wie Breitensport. Und setzte unverwandt hinzu: „Warst du heute nochmal bei Moody?“

„… er war für mich nicht wie ein Vater. Er war mehr als ein Vater…“, hudelte Ebenzierl.

'Gott!', dachte Golob. 'Sandor hätte es gerne anders gehabt! Eine schlichte Totenmesse - und dann eine Schlemmerei, als gäbe es kein Morgen mehr!'

„Ja. Heute Morgen.“, flüsterte Berninger. „Warum fragst du?“

„Es steht nichts darüber im Dossier…“, meinte Golob.

„Du siehst doch, dass wir im Moment anderes zu tun….“

„Psst!“, zischte der streng riechende Kollege rechts von ihnen. „Etwas mehr Respekt!“

„Sandor Fekete, du hast mindestens zwei Generationen von österreichischen Polizisten geprägt. Du hast dir auch - und gerade in den Reigen derer, die wir bekämpft haben und bekämpfen und weiter bekämpfen werden - Respekt erwirkt…“

„Ich glaub, mir wird schlecht…“, rief Berninger gedämpft aus.

„Mir auch.“, pflichtete Golob ihr bei.

„Mir wird wirklich schlecht…“

Golob sah seine Kollegin von der Seite an. Sie wirkte blass, und was ihr an Schweiß aus den Poren getreten war, war frisch und nicht wenig. Er nahm sie behutsam am Ellbogen. „Lass uns an die frische Luft gehen.“, beschloss er und stützte sie beim Aufstehen.

Fast zweihundert Augenpaare blickten den beiden nach. Zwar nur kurz, aber sie wurden registriert.

Draußen knöpfte Berninger ihre Uniform auf und fächelte sich Luft zu. Vor der Halle standen Bänke für gebrechlichere Besucher als sie und sie nahm das Angebot Platz nehmen zu können gerne an.

Ganz in der Nähe lungerten zwei Fotografen herum, die wahrscheinlich im Auftrag der Lokalpresse möglichst malerische Bilder von dem Leichenbegängnis schießen sollten. Einer hatte eine Colabüchse in der Hand.

„Habt ihr was zu trinken dabei?", rief Golob Ihnen zu.

„Ja, klar. Wasser, Coke..." Einer der Fotografen schlenderte zu ihnen herüber; er trug eine kleine Kühltasche bei sich. „Schließlich sind wir Profis - und das ist nicht die erste Leiche in diesem Sommer, wo wir achtpassen müssen."

Dankbar nahm Golob eine Flasche stilles Wasser an.

„Welche Prominenzen sind denn da drin?", wollte der Fotograf wissen. Golob wusste, dass er ihm nunmehr eine werthaltige Antwort schuldete. „Der Polizeipräsident und ein Bürgermeister."

„Mehr net?". Er wirkte sichtlich enttäuscht und trollte sich wieder.

Berninger, die sich Luft zufächelte, schien wieder stabiler. Und wandte sich Golob zu, dem sie eine Erklärung zu schulden meinte. Nachdem sie das Wasserfläschchen mit einem Zug zur Hälfte geleert hatte, setzte sie dazu an. „Es ist nicht das, was du meinst..."

„Und was sollte ich wohl meinen?", erwiderte Golob unschlüssig.

„Eine Kollegin ... jung, gesund ... Braten in der Röhre..." Sie blickte ihn prüfend an, doch er verzog keine Miene. „Ich bin nicht schwanger, nein!" Sie leerte das Fläschchen. „Es ist nur so - ich kriege in solchen unbeweglichen Menschenmassen leicht so etwas wie eine Panikattacke. Vor allem, wenn es stickig ist und man sich nicht bewegen kann." Sie zeigte ein dünnes Lächeln. „Ist eh wurscht! Man denkt sich da drin jetzt sein Teil. Wir waren auf alle Fälle amüsanter als das Salbadern vom Ebenzierl."

„Was meinst du - sollen wir irgendwann wieder reingehen?", erkundigte sich Golob.

„Lass uns noch zwei, drei Minuten hier an der frischen Luft bleiben. Wir können auch drauf lauschen, wann die Trauergemeinde zu singen anfängt. Immer ein guter Zeitpunkt...“

Doch Golob schien ihr nicht zuzuhören. Er starrte auf den in der Hochsommersonne blendend weißen Kiesweg. „Warum steht da nichts im Dossier von deinem heutigen Besuch bei Moody?“, murmelte er. Und blickte sie unverwandt an.

Leutnant Berninger winkte ab. „Geh! Heut ist einfach ein anstrengender Tag!“ Sie rollte mit den Augäpfeln, was ihr die Anmutung eines nervösen Ponys verlieh. „Und überhaupt - ich hab dich nicht als einen solchen Korinthenscheißer eingeschätzt. Wann du es für unabdingbar hältst, mach ich halt heute Abend noch einen Nachtrag!“

Golob fuhr zurück. „Pardon! Ich wollte dir nicht zu nahe treten...“

Doch Berninger hatte sich bewundernswert schnell gefasst: „...in meinem Zustand.“ Sie lächelte ein wenig schief. „Ich will dir nur erklären, warum ich manchmal so reagiere. Ich bin als fünfjähriges Mädel meinen Eltern in einem Festzelt ausgekniffen - und habe sie nicht wiederfinden können.“

Golob nickte. „Und die Situation da drin hat dich daran erinnert.“

Tove Berninger stand auf und klopfte ihre Uniformhose zurecht. „Und der Geruch. Flashbacks sind manchmal schon komplex. Und nun lass uns wieder nach drinnen gehen.“

Golob winkte den Fotografen zu, ehe er seiner Kollegin die Türe aufhielt. „Wir könnten uns ja auch an die Seite stellen.“, schlug er mit gesenkter Stimme vor. „Dann hat sich das Problem mit dem Geruch größtenteils erledigt.“

~~

Eine Woche später saß Frau Doktor Irmi Teufer im Büro von Emmeran Vilsmayr, der hinter seinem Schreibtisch thronte und seinen Bürostuhl etwas abgerückt hatte, um einen besseren Überblick zu erhalten.

Was bei seiner Besucherin offensichtlich nötig war. Es gibt übergewichtige Frauen, die mütterlich wirken, von denen man bei Kummer oder Herzeleid einfach nur in den Arm genommen werden möchte, egal, wie gut man sie kennt. Und es gibt übergewichtige Frauen, die, um es auf einen kurzen Nenner zu bringen, den Raum auffraßen, in dem sie sich gerade befanden. Inklusive der sich gleichzeitig darin befindenden Menschen, ihrer Meinungen, Absichten und Wünsche.

Sicherlich, überlegte Vilsmayr für einen kurzen Augenblick, gibt es dieses Phänomen auch bei nicht übergewichtigen Frauen. Das ist dann die Sorte, die so laut und so hektisch ist wie eine Schmeißfliege. Kann man aber nicht mit dem Typus „Erratischer und infiltrativer Block" vergleichen...

Dr. Teufer hatte nach dem Austausch der höflichen Begrüßungsfloskeln wie geheißen gegenüber Vilsmayr Platz genommen. Ihr Gesicht kannte er von einem Autorenbild - pausbäckig, markante Brille, kurze gelockte Haarfrisur und fleischige Ohren. Ein Künstlerfoto, wie gesagt. Das den überwältigenden Rest ihrer Person nicht abbildete.

Die Frau Doktor trug ein modisches, offensichtlich maßgeschneidertes Kostüm aus einem graumelierten Stoff, ein schlichtes weißes Shirt darunter, mindestens zwei Ketten - unter anderem eine mit babyfaustgroßen ungeschliffenen Bernsteinen - um den Hals und eine noch größere Anzahl von großformatigen Ringen an ihren Fingern. Ihr Nägel waren tadellos gepflegt und mit einem gedeckten Rotton lackiert. Zu dem auch ihr Lippenstift passte.

„Frau Doktor Teufer," - Vilsmayr erschien es angesichts ihrer junonischen Gestalt ratsam, ihren akademischen Titel a priori zu würdigen - „darf ich fragen, was genau für einen Doktortitel sie haben?"

Dr. Teufer lächelte huldvoll. „Humanmedizin."

„Ah, da schau her. Und wo praktizieren Sie?"

Sein Gegenüber blubberte, was sowohl Protest als auch Belustigung bedeuten konnte. „Guter Mann. Sie haben doch vorhin mein

Geburtsdatum gesehen. Da müssten Sie sich doch ausrechnen können, dass ich fast siebzig bin und es seit vier Jahren nicht mehr nötig
habe, mich um irgendwelche Patienten zu kümmern."

Hatte seine Frau nicht vor kurzem gesagt, dass sie dieser Person
einmal direkt begegnet sei - und sie als empathisch und liebenswür-
dig gepriesen?

„Offensichtlich nicht.", erkannte Vilsmayr folgerichtig. „Das heißt,
sie können Ihre Zeit jetzt dem Schreiben von Büchern widmen."

Dr. Teufer nickte - und hob mit ihrem rechten Arm eine enorme,
langhenkelige Tasche aus weichem braunem Leder in die Höhe, die
mindestens vier randvolle Aktenordner enthielt. „So siehts aus, Herr
Vilsmayr. Ich bin der Polizei auch wirklich sehr dankbar, dass sie
sich dieser leidigen Sache mit meinem windigen Verleger angenommen hat. Das wurde ja wohl Zeit!" Sie nickte und ließ den Arm
wieder sinken.

Vilsmayr rieb sich das Kinn. „Wann und wo haben Sie ihn denn
kennengelernt, den windigen Herrn Stephan?", wollte er wissen.

„Das ist jetzt fast vier Jahre her. Auf der Frankfurter Buchmesse.
Ich bin von meinem damaligen Verlag zu einer Signierstunde für
mein erstes Buch eingeladen worden. Sie kennen es doch bestimmt?"

Vilsmayr musste einen Moment nachdenken. „Es geht um
Demenzkranke und Angehörige, nicht wahr?"

Dr. Teufer nickte. „'Du bist nicht allein'. Es hat sich nicht schlecht
verkauft, allerdings hat sich der Verlag mit einer weiteren Auflage,
wie soll ich sagen, ein wenig geziert. Andere Projekte hätten jetzt
Vorrang... was weiß ich." Sie verdrehte ihre Augen.

„Und da führte Ihnen der Zufall den Herrn Stephan über den
Weg.", schloss Vilsmayr. „Glück muss man haben in Leben..."

Dr. Teufer grunzte. „Wie man's nimmt. Aus Schaden kann man
klug werden - noch so eine Chance. Ich hätte einfach vor dem
Vertragsabschluss mit dem Himmelswiese-Verlag Kontakt mit ein
paar anderen Autoren von seiner Haustierliste aufnehmen sollen...
dann hätte ich den Verlag womöglich doch nicht gewechselt."

„Was für einen Eindruck hat Thomas Stephan denn bei der ersten

Begegnung auf Sie gemacht?", fuhr Vilsmayr fort. Soeben hatte er begriffen: Blubbern bedeutete bei seiner Besucherin Zustimmung, Grunzen, Ablehnung. Danke, o Universum, für dieses Lerngeschenk!

„Fachlich einen kompetenten. Erstens hatte er 'Du bist nicht allein' tatsächlich gelesen. Nicht nur darübergeblättert. Richtig gelesen. Zweitens hatte er sein Produktportfolio zur Hand, was hinsichtlich der Bandbreite an Ratgeberliteratur für einen Einzelkämpfer - und als solchen hatte er sich bezeichnet - wirklich beeindruckend war.", gab Dr. Teufer Auskunft. Zweifelsohne war sie eine Dame, die ganz genau wusste, was sie der Welt geben, und was sie von der Welt dafür haben wollte. Eine Haltung, die Vilsmayr ungleich lieber war als „Ich will Gutes tun und der Gesellschaft etwas zurückgeben...". Dr. Teufer mochte so etwas wie die Frau Mahlzahn unter den Autoren sein; woran man bei ihr war, wusste man als Gegenüber immer. Wenn auch manchmal wohl unfreiwillig.

„Wann sind Sie ihm zuletzt begegnet?", wollte er darum wissen. Dass man mit Thomas Stephan nunmehr nicht verhandeln konnte, darüber ließ er sein Gegenüber bewusst im Unklaren.

Sie blickte ihn unverwandt an. „Was wollen Sie damit andeuten?", argwöhnte sie.

„Die Fragen, Frau Doktor, stelle hier und jetzt ich. Habe ich mich klar genug ausgedrückt?" Das hätte noch gefehlt - sich von einer Zeugin aushöhlen zu lassen. „Also?", setzte er nach, jedwede Gegenfrage damit im Keim erstickend.

„Nicht mehr seit der Frankfurter Buchmesse.", meinte sie nachdenklich. Und setzte hinzu: „Heutzutage geht das meiste ja online. Dokumente versenden, Textdateien überarbeiten. Das ist wirklich praktisch. Vor allem, da die Post mittlerweile locker ein Fünftel der umfangreicheren Briefsendungen verspätet zustellt, oder gar verschlampt. Oder wenn ein Partner weder Führerschein noch Auto besitzt. Wie zum Beispiel Herr Stephan."

Vilsmayr tat so, als würde ihn eine Akte auf seinem Schreibtisch interessieren. In Wirklichkeit hatte er das Bedürfnis, Dr. Teufer ein wenig im eigenen Saft schmoren zu lassen. Woher, zum Beispiel, wusste sie, dass Thomas Stephan ein eklatantes „Transportproblem" hatte?...

Am besten, er stach direkt in diesen mysteriösen Hohlraum hinein. „Wann hat der Herr Stephan diesen Umstand Ihnen gegenüber denn erwähnt?", fragte er beiläufig.

Statt einer Antwort bückte sich Dr. Teufer zu ihrem ledernen Shopper hinunter, was ihre Masse in wahrhafte Wallung brachte, und förderte einen Ordner zutage. „Hier drin, Herr Oberinspektor, findet sich meine gesamte E-Mail-Korrespondenz mit Thomas Stephan." Sie legte den prallvollen Ordner mit einer gewissen Wucht auf Vilsmayrs Schreibtisch.

Er zeigte sich dann doch beeindruckt. „Das haben Sie alles ausgedruckt? Extra für die Kriminalpolizei?" staunte er.

Dr. Teufer nickte. „Wo Sie sich doch endlich um die fragwürdigen Geschäftspraktiken von diesem Verleger kümmern werden..."

Vilsmayr beschloss, die Befragung hiermit zu beenden. Dr. Teufer musste nicht wissen, dass ihr Verleger mit den ‘fragwürdigen Geschäftspraktiken’ seit einigen Wochen nicht mehr am Leben war. Außerdem dürfte der Inhalt dieses Ordners nicht uninteressant sein im Hinblick auf eine Frage, deren Beantwortung sich möglicherweise als leicht frustrierend erweisen könnte: Der mögliche Todeszeitpunkt von Thomas Stephan.

Er bedankte sich bei Frau Dr. Teufer, überreichte ihr seine Visitenkarte mit der Bitte, sich mit ihm jederzeit in Verbindung zu setzen, sollten ihr noch wichtige Aspekte einfallen. Sodann erhob er sich, dankte für das Gespräch und überhaupt ihren Zeitaufwand und beendete damit diese Sitzung.

Dr. Teufer wuchtete sich gleichfalls in die Senkrechte, dankte mit einem kurzen Nicken und entleerte Vilsmayrs Büro um ungefähr 3 Kubikmeter Verdrängung. „Wir bleiben in Verbindung.", beschloss sie.

Vilsmayr sah ihr kurz nach. Dann blätterte er in den ausgedruckten E-Mails. Die letzte Antwort an Dr. Teufer war vor exakt fünf

Wochen abgeschickt worden. Danach nur noch Anfragen seiner
Autorin - ob er ihre Mails denn nicht erhalten hätte, wie man nun
weiter verfahren würde, wo ihre noch ausstehenden Autorenexemplare denn verblieben...

Er beschloss, den Ordner auf den Schreibtisch von Kreszentia
Pichetseder zu legen. Ausgedruckte E-Mails waren ja schön und gut
- aber was, wenn Dr. Irmhild Teufer eben NICHT die gesamte
Korrespondenz transparent gemacht hatte? Pichetseder würde es
schon irgendwie schaffen, sich Zugang zum Account von Dr. Teufer
zu verschaffen. Denn ganz hasenrein schien ihm diese enorme Frau
beileibe nicht zu sein.

~~

Die Schlange der Defilierenden vor Sandor Feketes schlichtem
Erlenholzsarg mitsamt der danebenstehenden, zu einem winzigen
Häufchen aus schwarzen Textilien zusammengeschmolzenen Witwe
schien nicht abreißen zu wollen, und vor dem Kondolenzbuch tat
sich ein ähnlicher Stau auf. Golob haderte einmal mehr mit Feketes
striktem Begehren, nach der gemeinsamen Reise nach Bregenz keine
Besuche mehr zuzulassen. Er verstand durchaus, dass Fekete jeder
persönliche Kontakt unendliche Kraft abverlangt haben mochte.
Und doch hatte er sich mehr Intimität erhofft, um seinem Freund
eine gute letzte Zeit zu wünschen - und um selbst etwas leichter loslassen zu können. Sterben ist für den der bleiben wird, immer
schwerer als für den, der geht.

Ins Kondolenzbuch trug er einen Satz auf Ungarisch ein: „Jó utát,
régi barátom! - Gute Reise, alter Freund.", und trat ins Freie, wo die
Trauergäste in Grüppchen standen und sich gedämpft unterhielten.
Es war immer noch brütend heiß, und Golob war froh, dass er seine
Ausgehuniform nicht angelegt hatte.

Vor einem Boskett entdeckte er Tove Berninger, die sich zu Oberleutnant Vogl und Major Ebenzierl gesellt hatte und sich mit den

beiden Vorgesetzten unterhielt. Vermutlich versicherte sie den beiden, dass der vorherige Zwischenfall im Zusammenhang mit einem einmaligen Schwächezustand zu sehen war. Klassische Vorwärtsverteidigung - und er fand die Tatsache, dass sich eine Kollegin auch noch im 21. Jahrhundert dermaßen nach der Decke strecken musste, ohne Abstriche beschämend.

Am liebsten hätte er sie aus dieser Situation herausgeholt. Doch in diesem Moment vibrierte sein Handy in der Jackentasche. Golob trat hinter eine Säule am Eingang und nahm das Gespräch an, zumal es Dr. Zrenner war, die ihn zu sprechen wünschte. Die Feier war schließlich vorbei, und im Moment gab es keine weiteren Ansagen zum Ablauf.

Trotzdem dämpfte er seine Stimme. „Vicky, grüß dich...“, murmelte er.

„Ist es gerade ungünstig?“, mutmaßte sie sofort. Wie gerne hätte er über ein solches Einfühlungsvermögen verfügt. „Ich bin noch auf dem Zentralfriedhof!“, erwiderte er. Sie schwieg für einige Sekundenbruchteile. „Ich wäre jetzt gerne an deiner Seite, Ivo.“, erwiderte sie. „Ich weiß, Vicky. Ich vermisse dich auch. Kann ich irgendetwas für dich tun?“

Sie holte tief Luft. „Ich habe etwas herausgefunden über meinen Vater...“, kündigte sie an. „Aber vielleicht wäre es sogar besser, wenn ich dir das als Textnachricht schicke. Bitte lies drüber, sobald du etwas Zeit hast. Und dann lass mich deine Einschätzung wissen.“, schlug sie vor. Er deutete einen Kuss an. „Wenn ich nur halb so überlegt und patent wäre wie du...“

„Wart's ab, Ivo.“ Sie schien kurz zu überlegen. „Wie ist die Trauerfeier?“

„Voll. Heiß. Zu viele Laberer.“, antwortete er knapp. Dr. Zrenner schien ihm zuzustimmen: „Also alles andere als nach Sandors Geschmack. Trotzdem wäre ich jetzt gerne bei dir.“

„Ich weiß, Vicky. Da muss ich jetzt durch... und ich lese alles, was du mir schickst.“

„Hab dich lieb, Ivo! - „Ich dich auch!“, bestätigte er und beendete das Gespräch. In diesem Moment wurde er gewahr, dass Leutnant Berninger zu ihm herübersah und ihm zunickte. Höchste Zeit, der Kollegin beizuspringen.

~~

„Was haben wir also?", wollte Vilsmayr wissen und sah fragend in die Runde. Rinderknecht meldete sich zu Wort. „Der Herr Hauff hat mir vorher ein komplettes Verzeichnis aller im Haus und im Schuppen gelagerten Bücher geschickt."

„Irgendetwas Auffälliges dabei?"

„Jawohl, Chef! Bis auf eine Kiste vermischter Bücher waren auf dem Grundstück ausschließlich solche Bücher gelagert, die keine ISBN hatten. Alle ordentlich eingeschweißt und transportfertig abgepackt. So, wie es ausschaut, ist der Lieferwagen nochmal dagewesen und hat erneut eine Ladung mitgenommen.", berichtete Rinderknecht.

„Das heißt, der oder die Fahrer haben einen Schlüssel für das Vorhängeschloss am Schuppen.", mutmaßte Pichetseder. Die anderen nickten beifällig.

„Herr Rinderknecht,", hakte Vilsmayr nach, „bei den Lagerbeständen: Wie viele Exemplare von den ‘Briefen an mein Sternenkind’ und wie viele von ‘Krebs annehmen’ sind darunter?" Rinderknecht scrollte auf seinem Tablet herum, was wegen seiner Riesenpranken und seinen Wurstfingern unbeholfen wirkte. „478 mal ‘Sternenkind’, 682 mal ‘Krebs’.", berichtete er.

„Hm", machte Vilsmayr. „Das sind, soviel ich beurteilen kann, jeweils Auflagenstärken, mit denen Bücher aufgelegt werden, von denen der Verleger sich sicher ist, dass sie sich höchstwahrscheinlich schnell und gut verkaufen werden. Und auf alle Fälle eine wesentlich höhere Schlagzahl, als ein solcher Hansel von Einzelkämpfer stemmen kann. Der hat doch keine Abteilung für Vertrieb und Buchhaltung."

Hauptkommissar Aumüller mischte sich ein. „Könnte es sein, dass dafür diese mysteriöse Crew aus Polen zuständig war? Und was mir an der Angelegenheit aufstößt: An wen vertreibt man eine derartige Menge an nicht für den Großhandel registrierten Büchern? Buchtupperpartys im großen Stil? So etwas Seltsames habe ich in meinem ganzen Berufsleben noch nie mitbekommen!“

Vilsmayr nickte: „Sie haben ohne Not recht, Herr Aumüller. Bloß sind das Fragen, an die reichen wir noch nicht einmal heran. Haben Sie dafür vielleicht etwas von der Forensik?“

„Ja, drei unterschiedliche DNA-Spuren. Eine gehört Thomas Stephan. Die beiden anderen zwei Männern. Beide besitzen die Blutgruppe Null - einmal Rhesus positiv, einmal negativ. Natürlich kann man keine Aussagen treffen über Alter, Größe und Äußeres.“, berichtete Aumüller.

„Schön wär’s…“, seufzte Weihwadl. „Ja?“, richtete sich Vilsmayr an ihn. „Sie haben etwas beizutragen?“

Kommissar Weihwadl räusperte sich. „Ich habe ein weiteres Bankkonto von Thomas Stephan aufgetan - aber auch das gibt’s keine großen Bewegungen. Im Prinzip läuft dort jeden Monat eine eher bescheidene Summe ein, dreihundert Euro, und mit dem Geld wird ein kleiner Fonds gespeist. Von dem sollte Stephan nach dem 60. Geburtstag eine kleine Leibrente von tausend Euro zufließen. Das ist wohl seine Altersvorsorge.

Pichetseder räusperte sich. „Der Mann kurvt, seit er den Verlag eröffnet hat, permanent und zuverlässig um die Schwarze Null herum. Keine Überziehungen, keine Mahnverfahren, keine Schufa-Einträge, keine Unterhaltszahlungen. Er gibt seine Steuererklärungen pünktlich habe, hatte einmal vor sechs Jahren eine Betriebsprüfung, bei der sich keinerlei Beanstandungen ergeben haben. Er hat sogar eine Rückerstattung von gut zweihundert Euro bekommen. Er ist arm wie eine Kirchenmaus - und obendrein finanztechnisch noch unbescholten.“

Vilsmayr trommelte mit den Fingern auf den Schreibtisch. „Finden Sie das normal, Pichetseder? Vor allem eine Steuerrückerstattung aufgrund einer Betriebsprüfung?“. Er schüttelte den Kopf. „Der

Mann ist - na, net - war so unauffällig, dass es schon wieder auffällig ist."

In diesem Moment klingelte Pichetseders Mobiltelefon. Hektisch ergriff er es, warf einen besorgten Blick auf die Nummer des Anrufers - und atmete erleichtert aus. „Einen Moment!", gab er Bescheid und verließ den Besprechungsraum.

„Gibt es sonst noch etwas zu dem Mordopfer beizutragen? Weiß jemand etwas von sozialen Kontakten über seinen Verlag hinaus? Gesellige Hobbies, wie zum Beispiel Singen in einem Kirchenchor, Fußballverein, Faschingszunft?"

„Er hat manchmal ans Rote Kreuz gespendet. Kleine Beträge, wie zwanzig Euro.", wusste Weihwadl.

Pichetseder kehrte zurück. „Die Polizeiinspektion Berlin-Mitte hat Stephans Halbschwester aufgetan. Ich schalte eben die Leitung frei, Herr Vilsmayr, dann können wir mit Inspektor Kotocki eine Videokonferenz abhalten.

„Aha, die mysteriöse Halbschwester!", rief Vilsmayr aus. Immerhin war er froh, dass er sich mit dem Schalten von Verbindungen nicht abgeben musste. Das durften die Jungen machen, wie die Pichetseders.

Der Bildschirm blinkte auf, und aus der Mitte heraus wuchs etwas, das wie ein Standbild aussah und einen Mann mittleren Alters und stämmiger Figur zeigte. Offensichtlich hielt er sich im Freien auf und das Wetter in der Bundeshauptstadt war windig, denn die mittelblonden Haare des Mannes fuhren ihm zerzaust um Gesicht und Stirn herum.

Schließlich begann das Bild zu leben. Der Mann sagte etwas, erkennbar waren jedoch nur die Bewegungen seines Mundes und seiner Haupthaare. Er klopfte wohl ein paar Mal ungeduldig gegen sein Telefon. Das zumindest konnte das stoßweise Wackeln des Bildes vermuten lassen.

„Hallo... Halloho? ... Könn Se mich hören?... Hier Inspektor Kotocki... Vorname Konrad..." Die Stimme klang verzerrt und hell.

„Ja, Grüß Gott!", erwiderte Vilsmayr, der sich schnell seine Haare mit den Handflächen an die Schädeldecke gedrückt hatte, um ordentlicher als der preußische Kollege zu wirken. „Hier Emmeran Vilsmayr, Kripo in Mühldorf am Inn. Ich kann Sie gut hören.“

„Na, denn is ja jut!“, bellte Kotocki. „Ick mach et mal kurz - heute Morgen konnte ick mit der Keiko Stephan sprechen. Hab se zuhause erwischt, bevor sie auf Schicht jegangen is.“

„Schicht?“, fragte Vilsmayr irritiert. „Ist sie Krankenschwester oder so was?“

„Nee, nee, ick meine uff Arbeit. Schnieke Bude im Prenzelberg, so'n Penthouse mit eigenem Aufzug. Ick durfte auch rein, se hat mir noch nen Tee anjeboten. Die Bude is wirklich vom Feinsten...“, berichtete Kotocki.

„Wie hat sie es aufgenommen, dass ihr Bruder ziemlich lange vermisst worden ist?“, wollte Vilsmayr wissen.

„Na, janz komisch. Det hat se nicht jewusst. Die beeden Jeschwister reden wohl nicht so oft miteinander und wissen denn nicht, wie's dem andern so jeht. Außerdem war Frau Stephan fast drei Wochen dienstlich unterwegs. Toskana.“, fuhr der Berliner Kollege fort.

„Manche Menschen haben eben eine glückliche Hand, was ihre Berufswahl angeht.“, meinte Vilsmayr trocken.

„Haha, der war jut! Merk ick mir!“, prustete Kotocki.

„Haben Sie ihr dann auch gleich eröffnet, dass ihr Bruder nicht mehr lebt?“

„Na, det musste ick ja wohl. Und dann, könn' Se sich det vorstellen - die is richtig ausjerastet. Hat rumjetobt wie'n Berserker. Warum man ihr det nich gleich erzählt hätte...“ Kotocki schüttelte sein windzerzaustes Haupt, als glaubte er das vorhin Erlebte immer noch nicht. Dann fuhr er fort: „Dann kam aus eenem Zimmer ein junger Typ. Ick würde sagen, jut zehn Jahre jünger als Frau Stephan. Trug nur ne Pyjamahose zum tätowierten Oberkörper, und uffm Deetz lange Dreadlocks. Hat sie in den Arm jenommen wien bockijet Kind. Wahrscheinlich ihr Macker. Hat zu mir jemeint, dass ick jetzt wohl besser abschieben sollte...“

„Und wie sind Sie verblieben?“

„Ick hab ihr meine Karte dajelassen und beede jebeten, sich heute Nachmittag um halb zwei uffm Revier einzufinden.“

„Das war gut. Vielen Dank für die Amtshilfe, Herr Kotzki.“, beschied Vilsmayr, dem der Berliner Zungenschlag schon früher irgendwie die Fußnägel hochzubiegen vermocht hatte.

„Jerne jeschehn. Wie - Kotzki?... Der war ooch jut. Ick schicke Ihnen heute Abend det Protokoll von der Befragung. Und Sie lassen michs bitte wissen, wenn'Se mehr wissen wollen. Dafür sind wir doch da. Und Tschüssikowski!“ Kotocki kondensierte sich bei Beenden der Schaltung wieder auf den fiktiven Punkt auf der Mitte des Bildschirms.

Vilsmayr blickte in die Runde. „Und ob wir mehr wissen wollen. Es gibt eine einzige enge Verwandte - und höchstwahrscheinlich auch Erbin. Die es nicht weiter beunruhigt, wenn sie von ihrem Bruder wochenlang gar nichts hört. Und sich dann in eine Furie verwandelt bei seiner Todesnachricht.“

„Als ob er ihr damit etwas besonders Schlimmes angetan hätte.“, setzte Erol Pichetseder hinzu.

„Ja, seltsam ist das schon. So, und jetzt sollten wir noch die Vorladungen der Himmelswiese-Autoren verteilen. Aus wohlbekannten Gründen werde ich mich da vorläufig ein wenig zurückhalten müssen.“, schloss Vilsmayr die Besprechung.

~~

Nach der sich zu lange hinziehenden Trauerfeier für Sandor Fekete lud der Polizeipräsident die anwesenden Kollegen noch zu einem abschließenden geselligen Beisammensein in einem eigens angemieteten Heurigenlokal ein. Golob, der Spätdienst hatte, sagte bedauernd ab - zumal nun auch ihm seine Zivilkleidung zumindest dort endgültig deplatziert erschien.

Berninger, endlich wieder rosiger im Gesicht, bot ihm zwar eine Mitfahrgelegenheit an, doch Golob hatte sich trotz der sommerlichen Temperaturen aufs Rad gesetzt - und hatte damit einen Grund mehr, eine weitere Absage glaubwürdig herüberzubringen. Die geschätzten zwanzig Minuten auf dem Fahrrad würden ihm gut tun trotz der Hitze, nämlich was das Sortieren seiner rotierenden Gedanken anging.

Konnte es sein, dass ihm dieser Fall nicht nur über den Kopf zu wachsen drohte, sondern auch die Möglichkeit bestand, dass man, gelinde gesagt, vor ihm Geheimnisse hatte und etwas Wichtiges vertuschen wollte? Und dass die Kollegin Berninger in diesem Winkelspiel eine ganz andere Rolle spielte, von der es ihr fast gelungen war, sie vor ihm zu verheimlichen?

Er war verärgert, er war in Gedanken - und so abgelenkt, dass er beim Überqueren der stark befahrenen Favoritenstraße fast in einen Kombi mit Anhänger gefahren wäre. Der Fahrer, ein dicklicher Mann mit Schiebermütze, ließ sein Fenster herunter und brüllte Golob hinterher: „Bist deppert, du Trottel, dünngselchter?", aber Golob überließ ihn seinem kleinbürgerlichen Zorn.

Im Hof der Inspektion Favoritenstraße lehnte er sein Zweirad an ein Treppengeländer und fand immerhin die Zeit, es abzuschließen, ehe er fast im Laufschritt das Gebäude enterte.

Sein Weg führte ihn in den Archivkeller, wo trotz fortgeschrittener Digitalisierungen immer noch eine Archivarin ihren Dienst versah. Golob lächelte der leicht angegrauten Dame freundlich zu, wusste er doch um die unventilierte Stickigkeit dieser zauberhaften Räume - und um die Tatsache, dass in einer guten halben Stunde Dienstschluss war.

„Küss die Hand!", balzte er.

Sie blickte einen Querfinger breit über den stählernen Oberrand ihrer Lesebrille. „Wer mag das wissen?", nuschelte sie.

„Leutnant Ivo Golob, Inspektion I." Er zückte seinen Dienstausweis, auf den die Archivarin einen konzentrierten Blick warf, ehe sie geruhte, ihn sein Anliegen adressieren zu lassen.

„Als dann." Sie hatte eine merkwürdige Stimme, fast wie ein bellender Seehund. „Womit kann ich auf die Schnelle dienen?" Auf die Schnelle, wie gesagt...

Golob sammelte sich. „Wie viele Fälle von Flüchtlingsschleuserei waren in den vergangenen zehn Jahren bei der Wiener Polizei anhängig?“

Die Archivarin brummte. „Na wenigstens keine Handtaschendiebstähle... Haben Sie Ihre Intranetadresse zufällig parat?“

Golob sagte sie brav auf.

„Gut, ich schau zu, was ich finde. Wenn ich genug Zeit habe, verlinke ich Ihnen die Akten...“, hustete sie.

Er wandte sich zum Gehen, nicht ohne eine Verneigung angedeutet zu haben, hielt aber inne: „Was mögen Sie lieber - Mozartkugeln oder Weinbrandbohnen?“

„Weinbrandbohnen.“, antwortete sie ohne groß zu überlegen.

Auf dem Weg in sein Büro ließ sich Golob noch einen Einspänner aus dem Automaten und eine Flasche kaltes Wasser. Sodann fuhr er seinen Rechner hoch. Das Warten auf die Antwort aus dem Archiv wollte er sich mit irgendeinem simplen Verwaltungsakt vertreiben - und öffnete den abteilungsinternen Dienstplan, um zu überprüfen, was in den beiden kommenden Tagen für ihn auf der Agenda stand. Dabei verbrühte er sich an seinem kleinen Kaffee, verschüttete etwas auf der Tastatur und wollte die schädliche Flüssigkeit wegwischen.

Vertippte sich im Datum.

Und landete bei jenem Tag, an dem der Junge Moody im Spital schier einem Mordanschlag zum Opfer gefallen wäre.

Wer aber beschrieb seine Verblüffung, als er las, dass als Uhrzeit für die letzte Befragung durch Berninger sechzehn Uhr eingetragen war? Und seine Kollegin mitsamt der Übersetzerin das Kind bereits kurz nach vierzehn Uhr verlassen hatte? Ein Zahlendreher? Schon möglich. Der Moody eventuell hätte das Leben kosten können. Denn dem gedungenen Schani Pumbacher war eingeschärft worden, seinen Auftrag bis spätestens fünfzehn Uhr zu erledigen.

Golob rieb sich die Wangen. Was, zum Henker, hatte nun dies wieder zu bedeuten?

In diesem Moment meldete ein Klingelton eine eingehende Nachricht im Intranet. „In den letzten zehn Jahren dreizehn größere Schleuseraktionen im Großraum Wien. Links zu den Akten hängen an. MfG - Habetswallner, Archiv."

Wenn dieser Spätdienst so ruhig werden würde wie die beiden davor, würde er jede Menge Zeit haben für ein aufmerksames Studium dieser Fälle. Und vielleicht sogar, um sich einen Reim darauf zu machen...

Wieder ein Benachrichtigungston. Diesmal von seinem Handy. „Hier Tove. Gemeinsames Trauerbesäufnis ist strunzfad. Hab uns zwei Hendl einpacken lassen, bin in spätestens einer halben Stunde bei dir auf dem Posten. Servus."

Also nur eine halbe Stunde Aktenstudium. Aber was er hatte, hatte er - und verschob die Mail der Archivbeamtin in einen mit einem Passwort geschützten Privatordner. Einen solchen einzurichten, hatte ihm Sandor Fekete schon viel früher geraten.

Und außerdem waren Backhendl von einem Heurigen meistens saftig und gut gewürzt.

~~

„Hallo Herr Kollege Filzmeier!", hob die E-Mail an, die ihm Kollege Kotzki – so viel Revanche musste sein – bei der Eingangsbestätigung kurz vor Dienstschluss aus Berlin gesendet hatte.

Diese Saupreußen haben keine Ahnung, wie sich ein anständiger bayerischer Name zusammensetzt. Anscheinend gab es bei ihnen auch nur Meiers mit großem „M" und kleinen „Eiern". Hätte Kotzki wohl sicher auch jut jefunden, wa?

„Hier hätten wir das erste Dossier über Frau Stephan, Keiko. Geboren am 19. Juni 1985 hier in der Charité. Drunter tut man's wohl nicht. Lebt in der Lottumstraße 33, im Kollwitz-Kiez im Prenzelberg. Penthousewohnung von gut 200m2 plus Dachterrasse. Früher haben da wahrscheinlich zwei Familien à 5 Personen drin gelebt. Das Penthouse gehört ihr seit sechs Jahren. Einziger Mitbewohner ist Yannic Dupont, ihr eingetragener Ehemann. Klingt nach einem Franzmann, ist aber Ur-Berliner. Dieser Rastafari ist neun Jahre jünger als Keiko und verdient seine Brötchen als freischwebender Performance-Künstler. Fragen Sie mich bitte nicht, in welchem Museum seine Werke hängen... Seine Frau jedenfalls, die hat einen anständigen Job - sie leitet eine Abteilung beim Bundesverband Deutscher Stiftungen e.V., quasi ums Eck in der Mauerstraße. Kinder: Keine. Auto: Auch keins. Braucht man noch nicht mal. als Berliner Yuppie. Achso - keinerlei Vorstrafen... Und nochmal achso - K. Stephan ist eine sehr kleine, sehr zierliche und keinesfalls trainierte Frau.", las Vilsmayr. Heiligemuttergottes, der Berliner laberte sogar beim Verfassen von E-Mails!

Er fuhr fort mit seiner Lektüre. „K. Stephan erschien heute Nachmittag um 14.40h bei mir in der Polizeiinspektion 1 in der Eberswalder Straße. Ausgewiesen durch Personalausweis. Eindruck: verwirrt, ratlos. Wollte zuerst mir Fragen stellen über den Tod ihres Halbbruders und bestand auf detaillierte Antworten. Hat dabei dauernd auf ihr Handy gestarrt - und während der Befragung zwei SMS verfasst. Wollte wissen, wie es weiter geht. Sie müsse als einzige Verwandte schließlich die Bestattung organisieren. Wo sich der Leichnam des Bruders befände..."

'Ah ja', fand Vilsmayr. Jetzt kommt er schon mehr zur Sache. „K. Stephan noch in Kenntnis gesetzt bezüglich Todesumständen. Leichnam von Th. Stephan befindet sich noch in der Gerichtsmedizin...."

'Dann hatte sie womöglich keine Ahnung von Betonschuhen und Bregenzer Festspielbühne', mutmaßte Vilsmayr. 'Erstens tun wir uns mit dem Todeszeitpunkt leider immer noch schwer. Zweitens - welchen Vorteil sollte diese ausgesprochen wohlhabende Schicki-Micki-Schwester vom Ableben ihres herumkrebsenden Bruders gehabt haben? Drittens - jemand Lebendiges an den Füßen einzuzementieren schafft eine sehr kleine, sehr zierliche und keinesfalls trainierte junge Frau nicht ohne weiteres. Auch nicht mit Hilfe eines tanzenden Rastafaris an ihrer Seite. Und erst recht nicht, was Abtransport und komplizierte Verklappung von mehreren hundert Kilometern weiter entfernt betraf. Auch war in Wallerstein keinerlei weibliche DNA gefunden worden. Und trotzdem sprach sie das nicht frei. Den Rastafari auch nicht. Und irgendwo wollte diese Halbschwester so gar nicht zu ihrem abgerissenen Halbbruder passen.'

„Melde mich wieder - planen nächste Befragung in zwei Tagen. Vorher übliche Recherche - Vermögen, Rücklagen, Beziehungen uvm. Schöne Grüße - HI Kotocki aus Berlin-Mitte."

'Na denn!', dachte Vilsmayr - und war es fürs erste zufrieden. Und verabsäumte es nicht, sich noch artig beim Kollegen Kotzki zu bedanken.

~~

Immerhin war es Golob gelungen, in die Akten der drei zeitnächsten Schleuserfälle in Wien zu sehen, bevor Tove Berninger im gemeinsamen Büro aufkreuzte.

Da gab es vor drei Jahren diesen erschütternden Fund in einem auf der A1 abgestellten Laster mit mehr als fünfzig verdursteten und erstickten Flüchtlingen - ebenfalls aus dem Mittleren Osten. Ein Jahr zuvor einen Sprinter, dessen menschliche Fracht mit einer letzten gemeinsamen Mahlzeit vergiftet worden war, abgestellt auf einem aufgelassenen Firmengelände. Inhalt des Laderaums: zwei syrische Großfamilien, allerdings nur die männlichen Mitglieder. Und im selben Jahr, gleich in der ersten Januarwoche, ein Kleinbus mit noch nicht einmal volljährigen jungen Frauen aus Belarus. Der war fahrerlos eine lange Böschung hinuntergerollt, was keine Insassin überlebt hatte. Deren gewaltsames Ableben nahm Golob zunächst Wunder, bis er beim Weiterlesen darauf stieß, dass drei von den zwölf Frauen HIV-positiv gewesen waren. Also war die ganze Ladung untauglich für den Einsatz im Begattungsgewerbe und musste schleunigst „entsorgt" werden. Zwei Kanister Brandbeschleuniger taten das Ihrige zur Effizienz der Erledigung.

321

Golob suchte nach Gemeinsamkeiten. Die Zulassung der Transportvehikel war über ganz Osteuropa bis in den Kaukasus gestreut... aber immerhin waren die Vertragspartner für die Puffladung ebenfalls die Gebrüder Krenek mit Hauptsitz in Bratislava. Ein solider Hinweis auf einen immer wieder in Erscheinung tretenden „Großhändler".

Und wer war bei den Ermittlungen in den Teams gewesen? Zwei Namen tauchten je einmal auf: Navratil und Nagy. Zwei Namen tauchten zweimal auf, davon einmal gemeinsam. Leutnant Berninger. Oberleutnant Vogl.

Golob schloss die Akten, verschob sie in den Privatordner und rief eine unverfängliche Seite auf - Verkehrsbehinderungen im Großraum Wien und im Split-Screen „Schach mit Grigorij". Keine Minute zu früh, denn Berninger meldete sich schon im Flur, weil sie im Halbdunkel gegen einen edelstählernen Schirmständer stieß. „Fix laudon!", fluchte sie leise. Golob sprang auf und öffnete ihr die Türe.

„Wo sind die Hendln?", rief er voller Enthusiasmus aus. „Schier auf dem Fußboden!", beklagte sich Berninger. „Hier, fass mal mit an! Die sind noch schön heiß!"

Golob flitzte mit der köstlich duftenden Last in die Teeküche. „Ich hab uns noch eine Flasche Grünen Veltliner mitlaufen lassen. Also bitte zwei Gläser und einen Korkenzieher!", rief sie ihm hinterher.

~~

Die Anordnung war während der nächsten Wochen stets dieselbe: Hinter der Scheibe, neben Kamera und Tonbandgerät, saßen Emmeran Vilsmayr und ein weiterer Ermittler. Und VOR der einwegverspiegelten Scheibe ein weiterer Kriminalbeamter, einem für den Himmelswiese-Verlag schreibenden Autoren an einem kleinen Tisch gegenübersitzend. Es gab natürliches Licht nur über ein Oberlicht, dafür aber Kaffee oder Tee nach Wunsch, Wasser und abgepackte Kekse...

An diesem Morgen saß der in gefangenen Räumen stets reichlich schwitzende Kommissar Rinderknecht neben Vilsmayr. Der für die zwischen ihnen stehende Kamera dankbar war, weil Rinderknecht am Vortag irgendein Schweinernes mit Kraut gegessen und deshalb über heftiges Grummeln in den Gedärmen zu klagen hatte. Und auf der anderen Seite befanden sich - mit dem Tee und Keksen ausstaffierten Tisch zwischen ihnen - Hauptkommissar Aumüller und Bruder Euphrasius.

Aumüller war unter seinen Kollegen als humorfreier Korinthenkacker verschrien. Trotzdem - oder vielleicht sogar deshalb - hielt ihn Vilsmayr für einen guten und effizienten Verhörer. Aumüller war als Quereinsteiger mit fünfunddreißig Jahren zur Kriminalpolizei gekommen. Zuvor war er Finanzbeamter gewesen. Hauptschwerpunkt: Steuerfahndung. Er wusste, wie er mit minimalem Aufwand und den richtigen Fragen Verdächtige so hart festnageln konnte, dass sie fast mehr zugaben, als zuzugeben war. Außerdem waren seine Kontakte zur Finanzdirektion unschätzbar wertvoll.

Momentan saß er leicht zurückgelehnt auf seinem Stuhl, die Arme vor der Brust verschränkt, und blickte den Passionistennovizen abwartend und ohne emotionale Regung an.

Bevor er anhob. „Wann, Herr Stein" - Aumüller verstieg sich sogar dazu, Bruder Euphrasius mit seinem Autorennamen anzusprechen - „sind Sie zuletzt mit Thomas Stephan zusammengetroffen?"

Der Aumüller gegenübersitzende Bruder Euphrasius sah nicht nur wegen des hauptsächlich künstlichen Lichts blass aus. Vilsmayr fand, dass er seit seinem und Luitgards Besuch bei ihm im Kloster in Schwarzenberg ein wenig an Gewicht verloren haben dürfte. Sein Bart wirkte deutlich zotteliger. Der Bruder blickte verunsichert um sich. Vilsmayr wusste, dass er als studierter Theologe keinesfalls leichtgläubig sein konnte, zumindest was Einwegspiegel in Vernehmungsräumen anging.

Bruder Euphrasius hüstelte. „Das muss im vergangenen Juni gewesen sein. Ich war auf der Heimreise von einem Exerzitienwochenende. Da hat es sich angeboten, kurz bei ihm Halt zu machen - und noch ein paar Autorenexemplare abzuholen, die er mir noch schuldig war."

Vilsmayr blies geräuschlos seine Backen auf. „Mir hat er erzählt, dass er den Herrn Stephan NIEMALS getroffen hätte...", raunte er Rinderknecht zu. Rinderknecht nickte ergeben und blähte ein wenig.

„Aber freilich war er bei ihm in Wallerstein. Schließlich hat er in seiner Allmacht von Gottes Gnaden ausgerechnet beim Polizeiposten in Nördlingen nach Stephans Adresse gefragt."

Rinderknecht faltete seine Hände vor der großen Trommel seines Bauchs. „Wir als Polizisten werden halt schon mal gerne derbleckt von diesen Bazis."

Vilsmayr erhob sich, der weitere Verlauf dieser Befragung interessierte ihn im Moment nicht besonders. Und falls ihm doch noch etwas einfallen sollte - es gab dann ja eine Aufzeichnung.

„Aber wir sollten den Herrn Klosterbruder auf alle Fälle erkennungsdienstlich behandeln. Und eine DNA-Probe von ihm gewinnen.", setzte er hinzu, bevor er den Raum verließ. Vielleicht könnte er ja bei seiner nächsten Beichtgelegenheit die Frage adressieren, ob es eine Sünde an sich darstellte, einen Diener Gottes eines Kapitalverbrechens zu verdächtigen.

~~

Am darauffolgenden Montag war Golob so abgeschlagen wie selten. Erst hatte er am Samstagmorgen nach einem eher zermürbenden Nachtdienst mit einer tödlich endenden Wirtshausrauferei auf die dringende Bitte von Ludovika den Frühzug nach Salzburg nehmen müssen. Anstatt sich dort eine Mütze Schlaf genehmigen zu können, waren vier Bergfexe unterwegs zum Dachstein in sein Abteil gestiegen, die sich mit fröhlichen Anekdoten über Biwakieren in Steilwänden köstlich amüsiert hatten. Und lautstark. Ja, wenn der Berg ruft...

Ludovika hatte ihn in Vöcklabruck abgeholt, da war es halb zehn, und es folgte eine gut einstündige Fahrt durch das stark zersiedelte

Innviertel, das irgendwie nur aus Aussiedlerhöfen und Traktoren mit Anhängern zu bestehen schien, ehe sie Ludovikas Heimat und den letzten Wohnort ihres Vaters erreicht hatten: Mattighofen. In Mattighofen gab es zwar gleich drei Apotheken, aber Dr. Zrenner hatte mittlerweile in Erfahrung gebracht, dass ihr Vater Stammkunde in der Christophorus-Apotheke gewesen war. Deren Inhaber nach ihrer Aussage ein mit dem Klammerbeutel gepuderter und herablassender Volltrottel sei.

Um halb zwölf parkte sie ihr Auto in der Nähe der Christophorus Apotheke. Diese würde bereits um 12 Uhr schließen. Was Golob insgeheim schadenfroh stimmte... vier beladene Traktoren mehr vor ihnen auf der Strecke, und sein Einsatz wäre womöglich umsonst gewesen.

Vor ihnen wurde noch ein Mütterchen bedient, der der Herr Apotheker die korrekte Benutzung von Glyzerinzäpfchen zum Abführen geschätzte zehnmal erklären musste, bis die wesentlichen Informationen die Schallmauer der Altersschwerhörigkeit überwunden hatten. Das Mütterchen trollte sich mit zufriedenem Lächeln.

Das Lächeln des Apothekers, das er an die beiden hoffentlich letzten Kunden vor dem Wochenende richtete, fiel wesentlich sparsamer aus. Die Uhr über der Türe zum Lager zeigte acht Minuten vor zwölf Uhr.

„Wir schließen gleich!“, hieß es. Statt „Guten Tag, was kann ich für Sie tun?“ Golob blickte Ludovika kurz an, die verständnisinnig zurücknickte, und beschloss in medias res zu gehen. Er zückte seine Dienstmarke. „Gleichfalls einen schönen guten Tag! Ich bin Leutnant Golob von der Kriminalpolizei, und hier handelt es sich um die Gerichtsärztin Dr. Zrenner. Wir ermitteln in einer Angelegenheit, des verstorbenen Vaters der Dame, Herrn Mattheidl betreffend...“

Der Apotheker zuckte zusammen und schluckte einen Fluch, an dem er zu beißen hatte, hinunter. „Bitte...“, sagte er durch seine zusammengepressten Zahnreihen.

Golob fuhr fort: „Herr Mattheidl war hier bekanntermaßen Stammkunde, in anderen Apotheken hat er nichts gekauft. Auch nicht übers Internet. Wir benötigen Einblick über sämtliche bei Ihnen während der letzten 12 Monate verkauften Handelspackungen 'Hogar Night'. Sowie eine Zuordnung, wieviel davon an Herrn Mattheidl verkauft worden ist..."

Dem Apotheker trat eine Ader auf der Schläfe hervor. „Sie wissen schon, dass das Stunden dauert?", knurrte er.

In diesem Moment trat eine Frau aus der Türe hinter der Offizin. Sie hatte freundliche dunkle Knopfaugen und machte einen wesentlich hilfsbereiteren Eindruck als der Christophorus-Apotheker. „Gibts Probleme?", wollte sie wissen. „Die Kriminalpolizei braucht eine Aufstellung über die Verkäufe von Hogar Night über das letzte Jahr. Und will wissen, wie viele Herr Mattheidl gekauft hat!", räsonierte er.

Die Frau - offensichtlich ihm angetraut - legte ihm eine Hand auf den Unterarm. „Lass schon, Ottheinrich, das kann ich machen. Geh du derweil einkaufen - da hast du die Liste." Sie zog einen zusammengefalteten Zettel aus der Brusttasche ihres weißen Kittels und schob sie ihm hinüber.

„Aber..." - „Na los, geh schon. Das hast du doch schon ohne mich geschafft.", ermutigte sie ihn. Er trollte sich mit einem Brummen. Sie blickte ihm hinterher und schüttelte den Kopf. „Vor zwei Jahren hatte er einen Herzinfarkt. Seither ist er nicht mehr der Alte..."

Golob zeigte auch ihr seine Dienstmarke und wiederholte sein Anliegen. Die Apothekerin lachte leise. „Ja, der Herr Mattheidl ... das war doch Ihr Vater, Frau Doktor? Mein herzliches Beileid, nachträglich. Solche verknorzten Witwer sehen wir hier am Land laufend. Meine Mutter hat immer gemeint: 'Wann der Herrgott einen Narren will, macht er einen alten Mann zum Witwer'... nichts gegen Ihren Herrn Vater! Aber dass es schwierig mit ihm war, brauche ich Ihnen sicher nicht zu erzählen, Frau Doktor!"

Während dieses Apotheken-Smalltalks hatte sie ganz nebenbei die Apotheken-Software bedient. „So, da hätten wir die Übersicht über die Abverkäufe. Ich drucke sie gerade aus..."

Dann beugte sie sich über den dreiseitigen Ausdruck auf ihrer

Theke und machte Kreuzchen hinter Eintragungen. Hinter vielen Eintragungen. Und zählte zusammen. „Ich habe Ihren Herrn Vater ja meistens bedient - und da hatte er eine Packung 'Hogar Night' gekauft. Das waren zweiundzwanzig Schachteln in zwölf Monaten. Eine Schachtel enthält zwanzig Tabletten. Ein alter Mensch, der so schmächtig ist wie Ihr Herr Vater, Frau Doktor, sollte allenfalls eine halbe Tablette auf die Nacht einnehmen...“ Sie blickte Ludovika ernst an.

Die nickte. „Ich nehme an, dass man ihn hier diesbezüglich beraten hat?“

„Wieder und wieder. Ich muss Ihnen drum auch sagen, dass er an manchen Tagen wirklich benebelt war. Mein Mann hat immer geglaubt, dass er ein Bsuff wäre, aber er hat nie nach Schnaps gerochen. Das waren Überhänge von diesem Schlafmittel.“

Golob nickte. „Könnten Sie das notfalls bezeugen? Und diese Liste stempeln, gegenzeichnen - und uns überlassen?“ bat er. „Aber sicher. Ich mache mir vorher nur eine Kopie.“, stimmte die Apothekerin zu.

„Vielen Dank - Sie haben uns sehr geholfen!“, bedankte sich Vicky. Ihre Wangen hatten hektische rote Flecken bekommen - dieses Mal eindeutige Zeichen der Freude. Und auch Golob war erleichtert über diesen mehr als konkreten Strohhalm, an den sich Ludovika nun klammern konnte.

Nun saß Golob wieder hinter dem sattsam bekannten Einwegspiegel. Neben ihm saß Moody, dann Sakina Bilal und am anderen Ende des Raums ein weiterer Kollege der Soko 'A8'. Golob hatte sich seine Gegenwart dringend erbeten - um Berninger und Vogl nicht in diese Gegenüberstellung zu involvieren.

Das Licht in dem gefangenen Vernehmungsraum ging an, die Türe öffnete sich, und ein traten sechs Männer, die sich mit dem Rücken zur Wand stellten mit dahinter verschränkten Armen. Sie blickten starr geradeaus; wahrscheinlich hatten sie die Anweisung erhalten in den Spiegel zu schauen.

Golob wandte sich an die Übersetzerin. „Jeder dieser Männer wird gleich einen Satz auf Rumänisch sagen - immer denselben. Moody sollte uns im Anschluss Auskunft darüber geben, ob er eine Stimme wiedererkennt. Bei Bedarf können wir das wiederholen.“

Frau Bilal erklärte Moody das Prozedere mit gedämpfter Stimme. Der Junge wirkte, da er zum ersten Mal auf der Polizeiinspektion war, überaus angespannt. Nun flüsterte er etwas der Übersetzerin ins Ohr. „Soll er mit seiner Aussage warten, bis alle gesprochen haben?“

„Ja, unbedingt!“ Golob wuschelte Moody durch seine dicken schwarzen Haare. „Are you ready, boy?“

„Yes, Sir!“ Er schickte ein unsicheres Lächeln ungefähr in die Richtung, in der er Golobs Gesicht vermutete. Golob drückte auf einen Knopf, dass ein Signal auslöste. Die sechs Männer wurden angewiesen. „Die Autobahn ist lang und das Ziel ist noch fern.“ auf Rumänisch zu sagen.

Moody sagte nichts. „One more time?“, bot Golob an. Moody nickte.

Noch einmal „Die Autobahn ist lang und das Ziel ist noch fern.“ Sechs unterschiedliche Männerstimmen.

„Number four!“, entschied Moody nach gewissem Überlegen. „Are you sure?“

Moody nickte energisch. Golob gab ein weiteres Signal, um die Sechsergruppe abtreten zu lassen, und schaltete Kamera und Mikrofon ab. Sodann bedankte er sich bei der Übersetzerin und wies auf seinen Kollegen. „Herr Roth wird Sie aus dem Gebäude begleiten und zurückfahren.“ Er nickte dem jungen Fähnrich zu. „Du weißt Bescheid - nicht über den Hauptausgang!“ Aus seiner Jackentasche zog er ein kleines Päckchen, das er Moody in die Hand drückte. „For you as a take away. It’s a basecap. Vienna Metrostars.“

Als er die Türe zum Korridor öffnete, sicherte er nach rechts und links, ob sonst wer aus der Soko ‘A8’ unterwegs war. Rein zufällig. Aber die Luft schien rein.

Golob blickte den dreien nach. Moody ging brav bei Frau Bilal an der Hand. Er hatte die Stimme des Mannes unter Zeugen wiedererkannt. Nummer vier war der an der ungarisch-rumänischen Grenze festgesetzte Kraftfahrer.

Der Kreis schloss sich immer enger. Golob würde abwarten, bis Roth ihm eine SMS geschickte hatte, dass Moody wieder sicher in seine Pflegefamilie zurückgekehrt war - und die observierenden Kollegen Posten bezogen hatten. Erst dann würde er die eben dokumentierte Gegenüberstellung in die Akte einstellen. Sichtbar für alle Teamkollegen.

Es dauerte danach keine halbe Stunde, dass Oberleutnant Vogl ihn zu sich bestellte. Er musterte Golob überaus verärgert. „Was sollen diese unabgesprochenen Alleingänge, Golob?" polterte sein Vorgesetzter. „Vor allem, weil Sie doch um nichts mehr in der Welt mit dem Bürscherl zu schaffen haben mochten?"

Golob blieb vor einem Schreibtisch stehen. „Diese Gegenüberstellung wäre irgendwann fällig geworden... und wer, bitte schön, hätte dafür garantiert, dass der Fahrer bis in zwei Wochen noch hier in Wien hätte sein können?" - Oder überhaupt noch am Leben wäre, setzte er in Gedanken hinzu. „Sie sehen, ich hatte meine Gründe.", meinte er kryptisch.

„Im Sinne der Teamarbeit fände ich es zielführender, wenn Sie Ihre Gründe mit uns teilen würden, Golob. Ich denke doch, dass sich meine Methoden bewährt haben, genauso wie die Teams, die ich leite.", polterte Vogl.

„Aber sicher doch, Herr Oberleutnant. Ich fand es allerdings einfach frustrierend, dass vor einem Jahr bei den toten Flüchtlingen auf der A1 und das Jahr davor bei den genauso toten jungen Nutten aus Belarus am Ende auch nichts herausgekommen ist..." Golob hatte sich bemüht ruhig zu bleiben. Was ihm gelungen war.

Oberleutnant Vogl allerdings nicht. „Verschwinden Sie aus meinem Gesichtsfeld! Noch so eine Insubordination - und ich werde dem Major Ebenzierl nahelegen, Sie für die Verkehrsraumüberwachung einzusetzen!"

Golob nickte nur und ging ruhigen Schrittes hinaus. Vielleicht würde er dem Oberleutnant ja zuvorkommen müssen, was eine Beschwerde gegenüber Major Ebenzierl anging. Zumindest könnte er höheren Orts ja ein wenig mit dem Zaunpfahl winken.

An einem schönen Morgen Mitte August sollte in Mühldorf die nächste „Elefantenrunde" der Soko „Bregenz" stattfinden. So nannte Pichetseder die wöchentlichen abgleichenden Besprechungen und Präsentationen von Ermittlungsergebnissen - weil sie für seinen Geschmack zu lange dauerten. Vilsmayr war da anderer Ansicht. Aber er war nun einmal der akribischere Arbeiter – und setze immer dann auf die „Gute alte Tante Zufall", wenn einem nichts mehr einfiel oder irgendwelche Spuren unter den Händen verdorrten.

Kollege Kotocki - Vilsmayr hatte seinen Widerstand gegen den 'Preußischen Hundling' aufgegeben und erwies ihm nunmehr Respekt durch korrekte Anrede - Kotocki hatte seine Teilnahme per Videoschaltung angekündigt. Im Vorfeld hatte er Vilsmayr ein paar mächtige Dateien zugeschickt, Keiko Stephan betreffend.

Wie es schien, hatte die junge Frau einen ausgesprochen verantwortungsvollen Posten beim Dachverband Deutscher Stiftungen und war unter anderem für die Überprüfung von Stiftungsniederlassungen im europäischen Ausland, die Bewertung von Stiftungszielen- und wirken sowie für die Kontrolle des Geldflusses zuständig. Entsprechend verfügte sie über Dutzende von Bankvollmachten und Zugängen zu Depots und Fonds. Vilsmayr schwindelte selbst beim Überfliegen dieser Informationen. Er würde sich um aushäusige Expertise bemühen müssen.

Insgeheim wunderte er sich, dass Geschwister dergestalt diametral entgegengesetzte Lebensentwürfen nachstreben konnten - einer als Idealist nur Wort und Schrift verpflichtet und in fast mönchischer Armut lebend. Die andere auf der Überholspur des Erfolgs und im Geldrausch. Viel, überlegte Vilsmayr, konnten sich die beiden eigentlich nicht zu sagen haben.

Da knackste und pfiff die Leitung, und Berlin schob sich in den Vordergrund. Eines musste man den hauptstädtischen Kollegen lassen - sie waren wirklich ebenso pünktlich wie ihr ihnen vorauseilender Ruf.

Inspektor Kotocki wirkte an diesem Morgen nicht windzerzaust, sondern war frisch rasiert und hatte sein Haar akkurat zurückgekämmt. Irgendwie schien er eine kleine eitle Schwäche dafür zu haben, dass er sich immer vor irgendwelchen Berliner Stadtansichten ablichtete. Diesmal waren es die Neubauten am Potsdamer Platz, mit dem Nachbau der historischen ersten Ampelanlage der Welt im Hintergrund. Als man in Berlin den Verkehr schon wegen der vielen Automobile mit Elektrik regeln musste ... und in Bayern rumpelten Ochsenfuhrwerke noch im Schneckentempo herum. Der patriotische Vilsmayr verstand dies durchaus als Wink mit dem Zaunpfahl.

„Grüß Gott, Herr Kollege Kotocki!", grüßte er. „Heute wieder unterwegs?"

„Ja, juten Tag ooch! Gleich hab ick ne Befragung im Sony-Center. Sie haben die Dateien gekriegt zu Keiko Stephan?"

„Nochmals dank schön! Ist ja eine Menge Holz. Mal schaun, ob man irgendwo zündeln kann...", erwiderte Vilsmayr. Irgendjemand im Raum kicherte. Höchstwahrscheinlich Weihwadl.

Kotocki fuhr fort. „Reden mag die Dame nach wie vor nicht so gerne. Sie stehe immer noch unter Schock... wer's glaubt, wird selig. Also, Meester Vilsmayr," - diese fragwürdige Ehrenbezeichnung hatte der Berliner dem Bayern rasch aufgedrückt - „vorneweg: Sollen wir die Dame erkennungsdienstlich behandeln lassen? Und ihren Rastamann ooch?"

Vilsmayr blickte in die Runde - einstimmiges Nicken. „Ja, machen'S des auf alle Fälle. Wobei ich Ihnen sagen muss, dass wir im Moment nur männliche Personen aus dem Kreis der Verdächtigen vernehmen."

„Und warum dit?"

„Alle DNA-Spuren auf dem Grundstück stammten von männlichen Individuen. Darum."

„Na jut. Is schließlich Ihre Kanne Bier." Kotocki unterdrückte ein Niesen und blickte sich kurz zum Sony-Hochhaus um. „Nu sind Se aber sicher schon jespannt, wat ick Neuet über die Dame rausjekriegt habe, wa?"

„Wir alle hier sind ganz Ohr...“, verlegte sich Vilsmayr aufs Schmeicheln.

„Also. Der künstlerisch hochbegabte Ehemann kriegt von alleene nix jebacken. Alle Auftritte und Engagements organisiert sein Frauchen. Und nu halten Se sich fest: In der Regel kommt dann seene Gage von irgendner Stiftung. Also keene Hallenmiete, kein Eintrittskartenverkauf... allet für lau.“, berichtete Kotocki.

„Also ist er wirklich das Haustier seiner Frau.“, schloss Vilsmayr.

„Oder det Hobby. Ejal. Die jute Keiko hat übrigens noch‘n Hobby. Teurer als ihr Männchen.“, fuhr Kotocki geheimnisvoll fort.

„Jetzt san mer hier aber alle gespannt.“, erwiderte Vilsmayr.

„Sie besitzt n’ Ferienhäuschen.“, meinte der Berliner.

„Ja - und? Schorfheide? Usedom? Zingst?“, hinterfragte Vilsmayr.

„Na, Sie kenn’ sich aber aus im Nordosten! Nee, nee, schon was exklusiveres. Ein Bungalow auf Mayaguana...“ trumpfte Kotocki auf.

Ein Raunen ging durch die Riege der bayerischen Kollegen. Vilsmayr verbat sich derlei akustische Verseuchung. „Es sei denn, einer von Ihnen weiß, wo des is? I tipp auf die Kanaren.“

Kotocki lächelte nachsichtig. „Det is die südöstlichste Insel von den Bahamas. Ein Katzensprung nach Kuba, Haiti, die DomRep. Und die Turks- und Caicos-Inseln...“

Vilsmayr atmete prustend aus. „Da legst di nieder!“ Er schwieg kurz und ergriffen. „Des is doch was für die wirklich Großkopferten!“ Unwillkürlich musste er an Kai Wüsthoff denken. Und sein Wolkenbild im Foyer.

„Nicht grad der nächste Weg, wenn man in Berlin - Mitte lebt.“, wandte jemand ein. Vilsmayr hätte wetten können, dass eine solche Einlassung todsicher von Erol Pichetseder stammen musste.

Er blickte sich um.

Und was ihm die ganze Zeit vorher mehr als vage durchs Unterbewusstsein gewabert war, kristallisierte sich nun zu irritierender

Realität: Erol Pichetseder saß bei diesem Meeting nicht an seinem angestammten Platz. Er fehlte.

In diesem Moment wurde die Türe zum Besprechungsraums geöffnet; Vilsmayr erblickte seine Assistentin Frau Praxl. Diese gab ihm ein Zeichen, sobald sie seinen Blick erhascht hatte, und er bat darum, sich kurz entschuldigen zu dürfen, bevor er Frau Praxl auf den Flur folgte.

Ihr Gesichtsausdruck ließ ihn eine katastrophale Nachricht befürchten. „Chef, bevor es die anderen erfahren...", hob sie mit einer solch gedämpften Stimme an, dass sie ihr jeden Moment den Dienst zu versagen drohte. Sie räusperte sich und schüttelte den Kopf. „Hauptkommissar Picheteseder...", sie schluckte merklich,"... er hat sich entschuldigt. Frau Pichetseder ist heute Nacht..." Da schossen ihr die Tränen in die Augen.

Vilsmayr legte ihr vorsichtig die Hand auf die Schulter, nun von mehr als einer dunklen Vorahnung erfasst. „Was ist mit Frau Pichetseder, Frau Praxl?"

Seine Assistentin, eine bis dahin unerschütterliche Frau und bald zweifache Großmutter, schluckte hörbar. „Frau Pichetseder hat heute Nacht eine Totgeburt gehabt."

~~

Die besten Brände legen Feuerwehrleute. Die besten falschen Spuren Polizeibeamte. Natürlich...

Unmutig las sich Golob wieder und wieder durch die Protokolle der Soko 'A8'. Sein Ziehen in der Magengrube war einem zeitweiligen peinigenden Stechen gewichen. Es existierten eine Menge Ungereimtheiten, gerade was die Fakten um den überlebenden Jungen anging. Nirgendwo war festgehalten worden, in welchem Spital Moody bis zuletzt behandelt worden war - wie konnte also ein präziser Hinweis ausgerechnet an dem Tag, an dem Moody entlassen werden sollte, der Presse zugespielt werden? Und vor allem: Von wem? Warum die Angabe einer falschen Uhrzeit im Dienstplan für Moodys letzte Befragung im Spital?

Und was wahrscheinlich die Schlimmste seiner ganzen Befürchtungen war: Er, der immer eine gewisse gesunde Skepsis kultiviert und Zusammenhänge lieber zweimal als keinmal hinterfragt hatte, hatte sich vorhin mit seinen Äußerungen gegenüber Oberleutnant Vogl wohl selbst ins Bein geschossen...

So trostlos und öde Braunau am Inn auch für ihn gewesen war - zumindest dort war die lokale Polizei nicht mit dem internationalen organisierten Verbrechen verfilzt. Er besaß eben das Talent, sich immer mit dem blanken Hintern in ein ausgewachsenes Brennnesselgestrüpp zu setzen.

Immer noch missmutig starrte Golob auf den Bildschirm seines Rechners. Dieses ganze Klimbim zum Beispiel, das Kollegin Berninger mit dieser DJamie und ihren abgemixten Geräuschen veranstaltet hatte... eigentlich eine Blendgranate. Jeder Staatsanwalt würde ihn wegen eines derartigen Beweises für meschugge erklären und eine baldige Vorstellung beim Polizeiarzt empfehlen. Frauen besaßen bei Golob meistens einen Vertrauensvorschuss. Aber den war seine Kollegin im Begriff zu verzocken. Vor allem nach ihrer Theatervorstellung, die sie bei Feketes Trauerfeier gegeben hatte...

„Ivo, was ist dir denn?". Es war Tove Berningers Stimme, die wie ein feingeschliffener Stahl durch den Wust von Groll, Misstrauen und Enttäuschung zu seinem Bewusstsein vordrang.

Berninger stand hinter ihm, aber in einem gebührenden Abstand von mindestens eineinhalb Metern. Wollte sie wirklich wissen, was ihm war? Offensichtlich... Golob drehte sich nicht einmal vollständig zu ihr um, wie es ein Mindestmaß an Höflichkeit erfordert hätte, sondern drückte die Kuppe seines Zeigefingers auf „16:00 Uhr" auf den Dienstplan vor zehn Tagen.

„Du hattest deinen eignen Termin bei Moody im Maria-Hilf-Spital unter einer falschen Uhrzeit verbucht.", stellte er fest.

Tove Berninger machte ein angewidertes Geräusch. „Und wenn

schon? Ich krieg manchmal einen Zahlendreher. Drum bin ich Kriminalpolizistin geworden. Und nicht Traderin bei der Börse. Obwohl ich dort das Zehnfache hätte verdienen können."

Golob minimierte die Datei. Und drehte sich mit angriffslustigem Schwung zu seiner Kollegin um. „Ja, das ist doch fein, dass du erstens erkannt hast, wo deine Schwächen liegen. Und zweitens nicht vergessen hast, was dir immer noch ganz tief drinnen wichtig ist..." Er rieb in einer eindeutigen Geste die Kuppen von Daumen und Zeigefinger aneinander.

Berninger vollführte fast einen Sprung zurück. „Jessas, Ivo! Bist deppert? Was willst du damit andeuten?"

Langsam erhob er sich, und ebenso langsam ging er auf sie zu, wobei sie zurückwich, bis sie mit ihrem Gesäß an ihren Schreibtisch stieß.

„Ich weiß genug, Oberleutnant Berninger. Und bald wissen es die, die am richtigen Hebel sitzen, auch.", meinte er ruhig, sie nicht aus den Augen lassend. Aus den Augenwinkeln sah er, dass Berningers Hand nach dem Hörer ihres Telefons tastete. Er hieb mit seiner Pranke Handschuhgröße elf darauf. „Das bringt dir jetzt auch nichts mehr!"

Sprach's - und stob aus dem Zimmer. Vielleicht konnte er noch das Allerschlimmste vereiteln, wenn er jetzt den einzigen richtigen Schritt machte.

~~

Vilsmayr hatte die Mittagspause am selben Tag nicht beim Postbräu verbracht. Er war ziellos durch die Altöttinger Altstadt gewandert, hatte sich gegen den Hunger einen Döner einverleibt, und war irgendwann vor der Auslage eines Buchhändlers so lange stehen geblieben, bis jemand aus dem Laden kam und sich bei ihm erkundigte, ob es ihm etwa nicht gut ginge. Vilsmayr bedankte sich für die aufmerksame Fürsorge und trat seinen Rückweg zur Polizeiinspektion an.

Eher mechanisch als enthusiastisch erledigte er das ihm vorgelegte Aktenstudium und einen Stoß zu unterzeichnender Schriftstücke. Afra Praxl versorgte ihn ungefragt mit Milchkaffee; dass ihr Gesicht verweint war, versuchte sie nicht vor ihm zu verbergen.

Erst, nachdem seine Sekretärin um halb fünf nachhause gegangen war und er alleine in seinem großräumigen Büro saß, verspürte er den selben Drang... und es war ihm egal, dass vielleicht noch irgendein Kollege unangemeldet bei ihm hätte anklopfen können.

Luitgard begriff sofort, wie erschüttert ihr Mann war, und insistierte auf einer Antwort. Er gab ihr die wenigen Informationen, die er hatte, ohne Umschweife.

„Das ist schlimm.", erwiderte sie. „Wirklich schlimm..."

Statt einer Antwort ergriff er ihre Hände, drückte sie und legte sein erneut tränenfeuchtes Gesicht auf ihren Scheitel. Die Wellen seiner Schluchzer übertrugen sich auf ihren Körper.

„Gardi... ja, es ist schlimm... Gardi, kannst du mir verzeihen... ich war damals nicht bei dir..." Eine kleine, warme Hand strich über seine Wange. „Aber jetzt bist du doch da, Emmeran! Und das zählt doch..."

~~

Golob wusste nicht, wieviel Zeit er von diesem Moment an noch hatte. Oder ob ihm überhaupt welche geblieben war.

Er rannte über die Korridore der Polizeiinspektion, fluchte über den blockierten Fahrstuhl, fand das Stiegenhaus mit Putzwagen vollgestellt, kletterte darüber und nahm zwei Stufen auf einmal zum dritten Stockwerk. Hoffentlich würde er den Raum, den er seit seiner Rückkehr nach Wien erst einmal betreten hatte, auf Anhieb wieder... Und hoffentlich - es ging auf die Mittagspause zu - würde dort auch jemand sein.

In diesem Moment meldete sein Diensthandy einen eingehenden Anruf. Golob zückte es im Sprint, blickte auf das Display - keine von ihm zugeordnete oder ihm sonst wie geläufige Nummer. Er blockte, während er mit dem Ellenbogen die Schwingtür aufdrückte, das Gespräch ab - und sah sich unvermittelt der Bürotüre der Person gegenüber, die er so dringend ins Vertrauen ziehen wollte.

Als er klopfte, flehte er, der schon lange kein gläubiger Katholik mehr war, alle ihm geläufigen Heiligen um Unterstützung an. Und wurde mit einem auffordernden „Herein!" belohnt. Golob, der immer noch sein Mobiltelefon in der linken Hand hielt, leistete ungesäumt Folge.

Major Ebenzierl saß zwar noch hinter seinem Schreibtisch, machte jedoch Anstalten, seinen Arbeitsplatz eben verlassen zu wollen. Höchstwahrscheinlich zwecks Einnahme des Mittagmahls.

„Ah, Herr Golob!", rief er erfreut aus. „Das ist schön, dass ich Sie auch einmal unaufgefordert zu Gesicht bekomme. Kann ich etwas für Sie tun? Vielleicht möchten Sie mich ja zum Mittagessen begleiten?"

In diesem Moment schlug die Turmuhr der nächsten Kirche - Dreifach Wunderbare Muttergottes - zwölf Uhr. Und eine Bronzeplastik, ein etwa unterarmlanger Dachshund auf einem Travertinsockel mit Messingplakette, die Golob flüchtig für eine Art Ehrenpreis gehalten hatte, zeigte exakt dieselbe Zeit an. Mit einer Art mechanischem Bellen...

Und ebenso mechanisch bediente Golob sein Diensthandy, während er Ebenzierl freundlich lächelnd zunickte und mit einer Geste um so etwas wie Geduld bat.

Nachdem der Bronzedackel nach zwölf Mal Laut geben verstummt war, meinte Golob freundlich: „Herr Major, ich wollte mich entschuldigen für mein unangemessenes Erscheinen bei Generalmajor Feketes Trauerfeier. Das war ein Missverständnis meinerseits - aber eben leider auch ein faux pas. Der mir nie mehr unterlaufen dürfte..." Er schob sein Handy, nachdem er die Sicherungstaste bedient hatte, beiläufig in seine Gesäßtasche. Und wunderte sich einmal mehr über seine Kaltblütigkeit.

Ebenzierl machte eine beschwichtigende Handbewegung. „Aber um Gottes Willen! Ich weiß doch darum, wie nah Sie beiden sich als Mentor und Schüler gestanden sind. Da sind Ausnahmen allemal zulässig... und, wie schaut's aus mit einem Mittagsmahl?" Golob lächelte gewinnend. „Es wäre mir eine Ehre!"

„Na, als dann! Begleiten Sie mich zum Anningerblick? Zu Fuß?"

Im Restaurant „Anningerblick" gelang es Golob nur knapp, eine SMS abzusetzen.

~~

Es war nun schon die dritte Woche, dass Hauptkommissar Erol Pichetseder krankgemeldet war. Er hatte sich, nachdem alle Kollegen gemeinsam eine Kondolenzkarte abgefasst und ein Blumengesteck gesandt hatten, lediglich bei Frau Praxl gemeldet, um sich bei allen für ihren Zuspruch zu bedanken und mitzuteilen, dass sich seine Frau soweit wohlauf befände.

Sogar der kodderschnäuzige Kollege aus Berlin hatte von diesem Schicksalsschlag erfahren - und seine flapsigen Sprüche eingestellt. Seine Informationen zu Keiko Stephan klangen nunmehr fast skelettartig nüchtern. Auch sie hätte keine Schulden, keine laufenden Kredite, keine Schufa-Einträge. Dafür mehrfache Beteiligungen an zum Teil risikobereiten Aktienfonds. Und eine Immobilie, sähe man vom Nobelpenthouse im Kollwitz-Kiez einmal ab. Ein entzückendes reetgedecktes Ferienhaus auf Hiddensee.

Vilsmayr fand diese Information interessant. Mehr aber auch nicht. Was konnte denn das internationale Finanz- und Steuer- Schlupfloch mit einem ärmlichen, über Gebühr bizarr hingerichteten Ein-Mann-Verlag zu schaffen haben? Ungefähr so viel wie eine bildhübsche Debütantin aus einfachsten Verhältnissen auf dem Stiftungsfest-Ball einer etablierten Burschenschaft. Das Dirndl wird vielleicht einmal poussiert. Aber niemals ein weiteres Mal eingeladen...

Dies waren die trüben Gedanken, die Vilsmayr durch den Kopf schossen, während er die Befragung von Bertram Wertheim durch Kommissar Aumüller hinter dem Spiegel verfolgte.

Aumüller war kein sonderlich beliebter Kollege, auch nicht bei

338

ihm, seinem Vorgesetzten. Er konnte ein Stinkstiefel sein, der auch ihm gegenüber auf Grundsätzlichem herumritt. Und der meistens schlechte Laune verbreitete. An dem besagten Morgen hatte Aumüller bereits eine nicht eben einfache Befragung in Vertretung von Erol Pichetseder durchführen müssen: Kai Wüsthoff.

Welcher not amused war, sich von Oberschleißheim respektive München-Giesing ins tranige Mühldorf am Inn wegen eines popeligen Interviews durch die Kriminalpolizei begeben zu müssen. Immerhin, er zeigte sich seltsam erleichtert, was die Nachricht vom Ableben seines, wie er selbst bekundete, inkompetenten Verlegers anging. Wüsthoff, der an diesem Vormittag einen cognacfarbenen Rollkragenpullover aus Kaschmir zu einer Designer-Skinnyjeans trug, was seine Kürze optisch ein wenig milderte, bekundete hierzu wortwörtlich, dass da jemand 'wohl das durchgezogen hatte, wozu den allermeisten die „Eier" fehlten'.

An jedem anderen Tag hätte Vilsmayr für eine solche Äußerung ein durchaus beifälliges Verständnis empfunden. Nun aber empfand er eine solche Herablassung einfach nur affig. Oder aber als Ablenkungsmanöver von eigener Rachsucht. Und er befand, dass auch der international gefragte Werbefuzzi Wüsthoff erkennungsdienstlich zu erfassen sei. Inklusive Gewinnung einer DNA-Probe. Und auch Gregory, den geschmeidigen „Privatassistenten", möge man ins Auge fassen. Not, das wusste jeder, machte erfinderisch. Und Betroffenheit besonders aufmerksam.

~~

Nach zweieinhalb Stunden und einer - spendierten - Portion Tafelspitz mit Bouillonkartoffeln stand Golob seiner Kollegin Tove Berninger gegenüber. Zu einem Kniefall hätte nicht viel gefehlt. Er legte seine Rechte auf sein Herz und blickte sie so reuig an wie der Hund von Onkel France nach dem Zerfetzen von dessen Lieblingspantoffeln.

„Hiermit leiste ich Abbitte...", murmelte er niedergedrückt.

Berninger hielt statt einer Antwort sein Handy in die Höhe. „Keine weiteren Selbstbezichtigungen! Manchmal muss man einfach das Falsche tun, um im Richtigen zu landen!" Sie warf ihm sein Telefon zu, dass er traumwandlerisch auffing. „Die Audiodatei ist schon längst bei DJamie. Und Pumbacher habe ich an einen Ort verbringen lassen, den nur ich kenne." Sie legte eine kurze Pause ein. „Und Vogl." Erneut schwieg sie. „Und jetzt machst uns beiden einen Milchkaffee."

Golob schlich wie ein geprügelter Hofhund und doch unendlich dankbar erleichtert in die Teeküche. Manchmal musste man blind irren, um sehend zu werden. Er befand sich in seinem vierundvierzigsten Lebensjahr. Zeit, sehend verständig zu werden. Und verstehend einsichtig.

Die Siebträger-Kaffeemaschine zischte und sandte seinem Riechzentrum einvernehmliche Zufriedenheit. Wenn sich Kreise schlossen, die über Gebühr lange Zerwürfnisse, Missverständnisse und die Bedrohung der Zerrüttung als übermächtige Schatten geworfen hatten, dann generierten sie ein Gefühl kindhafter Ergebenheit und Einverständnisses. Alles war jetzt klar. Und alles war jetzt gut.

Golob brachte zwei Melangen in sein Büro. Berninger saß, ihre Tastatur bearbeitend, wie eh und je an ihrem Schreibtisch. Mit einem gelächelten Dankeschön blickte sie zu ihrem Kollegen auf, als er ihren Kaffee abstellte.

„Du willst sicher wissen 'Wer-Wann-Warum?'", fragte sie. Golob nickte.

„Vogl war dran - seit den, wie du es so unfreundlich genannt hast, 'Weißrussischen Nutten'. All die Fälle davor, die nicht hatten gelöst werden können, wurden letztendlich an Ebenzierl berichtet. Der sich nie, aber auch gar nie direkt in irgendwelche Ermittlungen eingemischt hat. Aber zu jeder Zeit Akteneinsicht hatte. Praktisch für jemanden, der die Schleuser deckt, bei denen die Hand aufhält und ihnen freies Geleit garantiert.", erklärte sie und probierte den Kaffee. „Kann man trinken.", meinte sie.

„Aber warum hast du mich dann dermaßen im Dunkeln herumtappen lassen?", zweifelte Golob. Diese Erklärung war sie ihm nun wirklich schuldig.

„Erstens - du bist immer noch neu hier in der Inspektion. Keiner kennt deine Seilschaften...", meinte sie.

Golob richtete sich mit aufgeblasenen Wangen empört auf. „Seilschaften? Ich bitt dich!"

Berninger breitete entschuldigend ihre Arme aus. „Konnte keiner wissen... Und zweitens bist du auf Ebenzierls ausdrücklichen Wunsch hierher zurückversetzt worden... und du hast dich dazu zu keinem Zeitpunkt erklärt."

Er verschluckte sich am Kaffee. „Ich? Hierher auf Ebenzierls Wunsch?" Er schüttelte sich. „Ich habe ihn überhaupt nicht gekannt, bis ich nach Wien zurückgekommen bin. Auf Ehre!" Er überlegte einen Moment. „Wahrscheinlich hat dieser Fallot mich blindlings aus einer Liste von No-Names herausgepickt - und sich dabei gedacht, dass ich ein ordentliches Störfeuer abgeben würde."

Berninger blickte Golob ernst an. „Das ist durchaus möglich." Golob verfrachtete sich hinter seinen Schreibtisch. „Und was soll jetzt geschehen?"

„Wir machen hier Dienst nach Vorschrift. Vogl sorgt dafür, dass man sich schnellstens und höheren Orts um Ebenzierl kümmern wird.", erklärte sie.

Golob kam ins Grübeln. „Aber zwei Widersprüche verstehe ich nicht - wer hat weshalb die Pressenotiz wegen Moody lanciert? Und warum die Zeitverfälschung im Dienstplan?"

Berninger hielt mit ihrer Arbeit inne. „Verstehst du das denn nicht? Die Pressenotiz - dahinter steckte Vogl. Und sechzehn Uhr statt vierzehn Uhr - ist das nicht logisch? Um Vierzehn Uhr war ich doch bei Moody. Um ihn nötigenfalls zu beschützen. Und danach zwei andere Kollegen - und zufällig auch noch du. Was dir auch bestens gelungen ist. Inklusive Verhaftung des Auftragsmörders..."

Golob atmete hörbar aus. „Das war ein verdammtes Pokerspiel...."

„Ja,", gab Tove Berninger zu, „ja, das war es. Aber Vogl und ich, wir wussten zu diesem Zeitpunkt genau, wer wann welche Karten haben würde. Wir haben auf dich setzen müssen. Und du hast uns zu keiner Minute enttäuscht."

~~

Vilsmayr war gespannt, wie Aumüller die Befragung von Bertram Wertheim gestalten würde. Dessen empathiefreie Art des Vorgehens war dem Ersten Hauptkommissar mittlerweile fast ans Herz gewachsen. Erst hatte er den schnepfigen internationalen Werbeagenturbesitzer Wüsthoff zu einem handlichen Kleinformat Marke „Realschulabschluss mit Hängen und Würgen in München-Harlaching, keine nennenswerte Schulauszeichnung" zusammenschnurren lassen. Wo doch seine Luitgard von dessen sauteurem Wolkenbild im Vestibül mehr als beeindruckt gewesen war.

Nun also der Skandi-Krimi-Autor Bertram Wertheim alias Björn Ole Werdín. Dessen Manta GTE sicher keine weitere Rolle spielen dürfte...

Vilsmayr machte es sich also so gut es ging in der Dunkelkammer hinter dem Spiegel bequem.

Jenseits des Sichtfensters saß Bertram Wertheim an dem kleinen Zweiertisch und trank den vor ihm stehenden Plastikbecher mit Wasser in einem halben Zug leer. 'Aha', dachte Vilsmayr, 'trockener Mund. Der Mann ist nicht wirklich entspannt. Obwohl er dahockt, wie es kraftmeierische Kerle in seinem Alter gerne und demonstrativ tun: Beine gespreizt und lang gemacht...'

Wertheims Bart war bereits ein gutes Stück länger gewachsen und machte einen sorgsam gepflegten Eindruck. Sein Äußeres war ebenso ausgefeilt aufeinander abgestimmt, obwohl oder gerade weil es den Eindruck eines hartgesottenen Mackers vermitteln sollte. Destroyed Jeans zu Bikerboots, obenrum dieses Mal ein Merch von Iron Maiden statt Motörhead. Am rechten Handgelenk trug der Autor ein edelstählernes Panzerarmband. Und auf dem Kopf eine Fake Ray Ban, die er lässig über die Stirn zurückgeschoben hatte.

Vilsmayr war überaus gespannt auf Aumüllers perfide Fragestrategien.

Doch bevor dieser eintraf, wurde die Türe zu seinem Kabuff geöffnet. Afra Praxl trat ungesäumt ein, hielt ein Blatt Papier in der Hand und hatte einen genervten Gesichtsausdruck aufgesetzt.

Vilsmayr deutete mit dem Kinn auf das Blatt. „Schlechte Neuigkeiten?"

„Das da? Glaub ich nicht. Aber der Herr Oberinspektor Scheidegger lässt Ihnen ausrichten, dass es Ihnen doch bestimmt nichts ausmachen dürfte, zwei junge Kollegen von der Polizeiakademie für heute bei Ihnen ... wie hat er gesagt: zu hospitalisieren? ..."

„Hospitieren.", half Vilsmayr ihr auf die Sprünge und nahm ihr zur Erleichterung den Zettel ab. „Befindet sich der Herr Scheidegger denn hier im Hause?"

„Ja, und er lässt fragen, ob Sie Zeit und Lust haben, mit ihm zusammen zu Mittag zu speisen."

Eben wollte Vilsmayr mit Freude zusagen, als sich hinter seiner Sekretärin ein menschliches Wesen rührte, das für Widerstand gut war. „Das heißt Kolleginnen und Kollegen. Oder kurz Kolleg:innen..." Der Stimme nach wurde der Einspruch von einem weiblichen Menschenwesen gestellt. Afra Praxl rollte mit den Augen. „Viel Spaß...", raunte sie.

Vilsmayr blies die Backen auf. „Richten S' dem Herrn Scheidegger aus, dass er sich gerne um halb eins in meinem Büro einfinden soll, das Weitere besprechen wir dann."

Frau Praxl nickte und schickte sich an, den Raum zu verlassen. Zwei junge Menschen in Uniform traten ein, beide geschätzt Anfang zwanzig. Ein junger Mann mit strähnigen Haaren, unreiner Haut, schweißglänzender Stirn und einem extrem hervorspringenden Adamsapfel als einzigem echten Testosteronmarker. Vilsmayr hielt ihm die Hand hin, die er zögernd ergriff, - und die vor Feuchtigkeit schier davonschwamm. „Emmeran Vilsmayr, erster Polizeihauptkommissar hier in Mühldorf. Und mit wem habe ich das Vergnügen?"

„Hallo. Ich bin der Sebastian Wagrainer.“, kam es mit einiger Verzögerung und leiser Stimme. „Aha. Und woher?“ - „Aus Mittenwald...“

„Ja, das ist's schön. Ich meine aber, an welchem Standort Sie ausgebildet werden. Das müssen's schon parat haben...“, belehrte Vilsmayr den Rekruten.

Neben dem Mittenwalder Hascherl wurde Vilsmayr eine weitere Hand entgegengestreckt, die einen zwar ausgeprägt fleischigen, dafür aber augenscheinlich trockenen Eindruck machte.

„Cheyenne Oberpaur, Polizeiakademie Rosenheim, Klasse PAR20A.“, tönte mehr als deutlich die Klassenkameradin des stressgeplagten Mittenwalder Burschen. Cheyenne Oberpaur erreichte, was ihre lichte Höhe anging, gerade das gesetzlich vorgeschriebene Mindestmaß für den Polizeidienst. Ihr Kampfgewicht war schwer einzuschätzen, aber ein Body-Mass-Index von mehr als 30 war ihr ohne Not sicher.

Der Höflichkeit willen ergriff Vilsmayr ihre kleine Pranke. „Aha, dann sind Sie also die KollegIN.“, meinte er tonlos. Und fuhr nach einer Kunstpause fort. „Sie werden jetzt gleich eine Zeugenbefragung in einem Mordfall miterleben, die mit dieser Kamera in Bild und Ton aufgenommen wird. Wissen sie, was das für Sie beide bedeutet?“

Die beiden Polizeirekruten schüttelten den Kopf.

„Das heißt, Sie setzen sich jetzt auf Stühle in der hintersten Reihe. Und verhalten sich dort mucksmäuschenstill. Bis die Befragung abgeschlossen ist!“, erklärte Vilsmayr mit einer Strenge, die sich schon in anderen Fällen bewährt hatte. Diese beiden Pappnasen hatten ihm gerade noch gefehlt...

In diesem Moment betrat Hauptkommissar Aumüller den Befragungsraum. Er trug ein umfangreiches Dossier bei sich, das er vor Wertheim auf den Tisch legte, und ließ seinen Blick sekundenlang über sein Gegenüber wandern. Dann setzte er sich, nachdem er seine Jacke sorgfältig über die Lehne seines Stuhls gehängt hatte.

Erst dann stellte er sich vor. „Mein Name ist Aumüller. Hauptkommissar. Ich führe diese Befragung in Vertretung für einen erkrankten Kollegen durch. Ihr Name ist Bertram Wertheim, geboren am 10. März 1985 in Memmingen, wohnhaft in Landsberg am Lech. Familienstand verheiratet, keine ehelichen und soweit bekannt auch keine nichtehelichen Kinder…“

„Gehört das auch zum Verhör?“, brummte Wertheim.

„Es handelt sich hier lediglich um eine Befragung in der Ermittlung wegen der Mordsache Thomas Stephan. Sie sind nicht als Verdächtiger zu befragen, sondern als Zeuge. Ist Ihnen das jetzt klar?“ Aumüller blickte Wertheim über den Oberrand seiner Lesebrille an.

„Ja, Mann.“

„Dann sind wir uns in dieser Sache ja einig. Ist Ihnen der Verleger Thomas Stephan persönlich bekannt?“, wollte Aumüller wissen, unterbrach sich jedoch: „Ich muss Sie übrigens noch belehren, dass diese Befragung in Wort und Bild aufgezeichnet wird. Sollten Sie sich je eines Rechtsbeistands bedienen, darf dieser auch in dieses Dokument Einsicht nehmen.“

Wertheim vollführte eine wegwischende Bewegung mit seiner rechten Hand. „Nun?“, insistierte Aumüller.

„Kommt drauf an, was Sie mit ‘persönlich’ so meinen. Ich habe im November letztes Jahr einen Online-Schreibkurs gebucht. Da war er zu sehen, per Videostream. So ist dann der ganze Kurs abgelaufen.“, erzählte Wertheim. Es klang gelangweilt.

„Aus meinen Aufzeichnungen“, fuhr Aumüller fort, „geht hervor, dass Thomas Stephan Sie als Autor für den Himmelswiese-Verlag für Ihren ersten Kriminalroman bereits im folgenden Januar unter Vertrag genommen hat. Das ging aber doch recht schnell…“ Aumüller verlieh seinen Worten einen ausgesprochen skeptischen Tonfall.

Wertheim stützte seine Hände auf die Tischplatte, als wollte er aufspringen. „Er hat mir gesagt, dass ich ein Ausnahmetalent sei - und mein Krimi es auf Anhieb in die Bestsellerliste schaffen würde!“, rief er aus.

Aumüller blätterte währenddessen im vor ihm liegenden Dossier.

„Bestsellerliste... aha. In welche denn? Von der 'Zeit'? Vom 'Spiegel'? Vom 'Börsenverein des Deutschen Buchhandels'?...“ Er legte eine kurze Pause ein, um Wertheims Reaktion auf seine realistische Einlassung zu beobachten. Wertheims Körperspannung ließ nach, er vertraute seinen Schwerpunkt wieder der Sitzfläche seines Stuhls an.

„Mich als Polizeibeamten interessiert es zum Beispiel, warum Hinz und Kunz immer nur Krimis schreiben - und weder eine Ahnung vom Töten, geschweige denn von der wirklichen Polizeiarbeit haben. Ich persönlich fände es viel schöner, wenn irgendwer herginge und würde endlich wieder einmal einen bewegenden und wirklich gefühlvollen Liebesroman verfassen. Oder meinetwegen auch ein spritziges, einfallsreiches erotisches Buch. Daran mangelt es der Menschheit. Und nicht an ...egal.“ Aumüller putze seine Brille. „Wenn ich Sie richtig verstanden habe, Herr Wertheim, dann ist es zwischen Ihnen und Herrn Stephan auch beim Vertragsabschluss zu keinem persönlichen Kontakt gekommen. Alles per Computer, E-Mail oder Telefon. Und natürlich auf dem Postweg.“

Wertheim sah Aumüller direkt und eindringlich an. „Ich habe nichts dergleichen behauptet. Allerdings - es hat sich tatsächlich so verhalten. Das ist normale Praxis im Verlagsgeschäft. Sofern kein Literaturagent eingeschaltet wird...“

Aumüller fand, dass seine Brille nicht gut genug geputzt war, nahm sie ab, sah hindurch und putzte sie erneut mit einem eigens dafür bestimmten Läppchen, das er in der Brusttasche seines Hemds aufbewahrte. „Also, um ab sofort jeglichem Missverständnis vorzubeugen: Herr Stephan hat Ihnen bescheinigt, ein Jahrhunderttalent unter den Tausenden Kriminalschriftstellern darzustellen, die jedes Jahr um die knappe Zeit der Leserschaft buhlen. Und hat sich trotzdem nicht die Mühe genommen, mit Ihnen persönlich zusammenzutreffen?“ Seine Brille, fand er, war nun ausreichend sauber. Er platzierte sie zurück auf seiner Nase. „Das hätte ich mir als Autor nicht bieten lassen. Erst recht nicht, als die auch von seinen übrigen Autoren beklagten 'Probleme' und 'Verzögerungen' aufgetreten sind...“

Wertheim räusperte sich und leerte seinen Plastikbecher. „Von den anderen Autoren weiß ich nichts Konkretes... Aber ja, Stephan hat sich rar gemacht und am Ende richtiggehend verleugnet, als mein Buch nicht wie zugesagt auf den Markt gekommen ist.“

„Am Ende...“, echote Aumüller. „Können Sie mir das ein wenig ausführlicher schildern, ab wann das Verhältnis zwischen Ihnen und Stephan angespannter wurde? Und welche konkreten Schritte Sie unternommen haben, um Ihren Verleger zur Erfüllung zu bewegen?“

Sein Gegenüber warf den Kopf in den Nacken und stöhnte leise. „Ist das jetzt so wichtig?“, maulte er. „Was wichtig ist, entscheidet die Exekutive. In diesem Fall als deren Vertreter: Ich. Ja, mir ist es wichtig. Also?“ wurde er von Aumüller belehrt.

Wertheim räusperte sich und schielte möglichst unauffällig hinüber zu seinem Plastikbecher. „Nach Lektorat und finaler Korrektur hätte im März der Druck der Erstauflage erfolgen müssen. Da hatte mich Thomas, also Herr Stephan, noch telefonisch benachrichtigt - die Druckerei hätte Insolvenz anmelden müssen, er hätte schon eine andere an der Hand. Verzug um mindestens vier Wochen. Zwei Wochen danach - darüber habe ich Idiot mich sogar noch gefreut - hat er mich verständigt, dass er eine Druckerei gefunden hätte, die kurzfristig einspringen könnte. Allerdings müsste ich nochmals 1.500 Euro an zusätzlichen Druckkosten nachschießen...“

„Nachschießen... Dann hatten Sie also schon etwas vorgeschossen? Und warum erfahre ich davon erst jetzt?“

„Zweitausend waren bei Vertragsabschluss fällig, für Lektorat und Satz. Habe ich irgendwie nicht so recht hinterfragt, weil Thomas ja gesagt hat, dass wir meinen Krimi express auf den Markt bringen - rechtzeitig zur Frühjahrsmesse in Leipzig.“ jammerte Wertheim. Sein hellgraues Iron Maiden - Shirt hatte großflächige Schweißflecken unter den Achseln bekommen.

„Also einmal vorgeschossen, einmal nachgeschossen - macht dreieinhalbtausend Euronen. Haben Sie eventuell noch mehr bezahlt?“, hakte Aumüller nach.

„Scheiße, ja … das heißt, er wollte nochmal einen Tausender! Meine Frau meinte dann, dass es jetzt wohl reicht, und ich ihm endlich auf die Pelle rücken sollte… Kann ich bitte vielleicht nochmal ein wenig Wasser haben?“, bat Wertheim.

Aumüller nickte nur, nahm den Plastikbecher zwischen zwei spitze Finger und verließ den Raum.

Keine Minute später steckte Aumüller seinen Kopf ins Hinterzimmer. „Soll der Becher zum Erkennungsdienst?“ „Natürlich.“, beschied Vilsmayr. „Sie setzen diesem Heavy Metal-Fan ja ganz schön zu!“

Aumüller nickte grimmig. „Es sollte mich nicht wundern… ach, übrigens, was seine Frau angeht: Auch EKD-mäßig behandeln?“

„Schmarrn!“, beschied Vilsmayr. „Man hat doch nur männliche DNA-gefunden. Die von Frauen brauchen wir nicht…“

Aumüller nickte und schloss die Tür. Vilsmayr betrachtete den sich alleine wähnenden Bertram Wertheim eingehend. Der Mann war wirklich gestresst, wippte mit den Knien, fuhr sich durch seine am Ansatz verschwitzten Haare und räusperte sich.

„Es gibt auch Frauen mit männlicher DNA.“, meldete sich eine Stimme aus dem Hintergrund.

Vilsmayr fuhr herum. „Wer behauptet denn das?“

„Ich. Ich meine, nicht ich alleine. Das ist doch eine Tatsache. Die aber nicht so toll auf dem Radar ist von…“ Es war die Polizeirekrutin Cheyenne Oberpaur, die sich trotz des Schweigegebots einmischte. Deren Eltern man, fand Vilsmayr, schon zu mindestens hundert Sozialstunden verdonnern sollte, allein wegen des peinlichen Vornamens ihrer Tochter.

Vilsmayr blickte die junge Frau kurz an, um einen neutralen Ausdruck bemüht. Und schüttelte kurz seinen Kopf. Und erwiderte sodann: „Worum habe ich Sie beide vorhin gebeten?“

Es war der schüchterne junge Mann, der ohne zu zögern antwortete: „Sie haben uns angewiesen, uns in die letzte Reihe zu setzen. Und einfach nur zuzuhören und aufzupassen.“

Vilsmayr nickte: „Sie haben das schon einmal richtig gemacht, junger Mann. Sehr gut. Und worum habe ich NICHT gebeten?“ Um seiner Rede Nachdruck zu verleihen, legte er vor seiner Brust die Kuppen seiner gespreizten Finger aneinander. Die beiden jungen Leute schwiegen und sahen einander irgendwie betreten an.

„Worum ich nicht gebeten habe, waren vorlaute, unqualifizierte und vor allem ungefragte Kommentare.“, fuhr Vilsmayr schroff fort. „Ist das ab sofort JEDEM von Ihnen wirklich klar?“

Die beiden nickten betreten und Vilsmayr widmete sich wieder dem Geschehen hinter dem Spiegel.

Aumüller kehrte zu Wertheim zurück und stellte einen identisch wirkenden Plastikbecher voll Wasser vor ihn. „Trinken Sie erst einmal.“, forderte er sein Gegenüber auf, während er Platz nahm. Wertheim leerte den Becher fast zur Gänze, Aumüllers Augen ruhten ausdruckslos auf ihm.

„Erzählen Sie mir bitte, was es rein urheberrechtlich jetzt für Sie bedeuten könnte, dass Ihr Verleger verstorben ist.“, hob Aumüller ruhig an.

Bertram Wertheim schienen seine Züge für einen Moment zu entgleiten. „Das bedeutet für mich, dass die Rechte an meinem Manuskript wieder an mich zurückgehen.“

„Ist das irgendwo geregelt?“, hakte Aumüller ein.

„Wir haben einen Standardvertrag nach dem BGB abgeschlossen. In dem kein Rechtsnachfolger für den Himmelswiese-Verlag festgeschrieben wurde. Also sind die Verhältnisse jetzt wohl eindeutig.“ antwortete Wertheim. Er klang wesentlich gefasster als vorher.

„Und ist Ihnen der Verlagsvertrag Ihrer Frau bekannt? Kommen Sie - unter Eheleuten bespricht man so etwas doch.“

„Suze hatte einen gleichlautenden Vertrag. Und mit ihrem Buch noch viel mehr Pech als ich, was diesen beschissenen Verlag angeht!“, ereiferte sich Wertheim.

Aumüller nickte. „Ich würde mir gerne und bald Ihre Verträge anschauen. Für heute habe ich genug erfahren. Ich danke für das Gespräch - und halten Sie sich bitte weiterhin zur Verfügung.“ Aumüller erhob sich mit einem kurzen Abschiedsgruß. Wertheim blieb noch eine Minute sitzen und starrte brütend in den weißen Plastikbecher.

Währenddessen betrat Aumüller erneut den Beobachtungsraum. Er stieß Luft zwischen seinen zusammengepressten Lippen hervor, ehe er sich einen Stuhl heranzog. „Ein harter Knochen. Meint zumindest, dass er einer ist...“, kommentierte er.

„Wir schauen uns die Aufzeichnung gleich nochmal an.“, schlug Vilsmayr vor. Und wandte sich an die beiden Rekruten. „Sie haben hier heute hoffentlich etwas gelernt. Und dürfen sich jetzt gerne wieder zu Ihren Kollegen und Kolleginnen gesellen.“

„Danke sehr. Und noch einen schönen Tag!“ bedankte sich der junge Wagrainer. Oberpaur nickte nur knapp - und schob ihren weniger knapp bemessenen Hintern nach ihrem Kollegen durch die Türe.

Vilsmayr blickte ihnen noch nicht einmal einen Sekundenbruchteil nach und schüttelte den Kopf. „Was sich heutzutage alles anmaßt zur Polizei zu wollen. 'Es gibt auch Frauen mit männlicher DNA:'“, äffte er die Rekrutin nach. „So wie es auch bärtige Frauen gibt...“, brummte er.

„Nicht ärgern.“, schlug ihm Aumüller vor. „Und - haben Sie schon einen Blick auf diese Information geworfen?“

Vilsmayr blickte auf den vor ihm liegenden zusammengefalteten Zettel. „Noch nicht. Aber das haben wir gleich...“

Er entfaltete und überflog die Notiz. „Da steht, dass es in ganz Süddeutschland nur eine einzige Firma 'Kanaldienst Dietterle' gibt, und zwar in Memmingen. Die hatten aber in dem fraglichen Zeitraum keinen Einsatz im Nördlinger Ries. Was meinen Sie spontan dazu, Aumüller?“

Aumüller wiegte seinen Kopf hin und her. „Vielleicht hat einer der Mitarbeiter sich den Wagen 'ausgeliehen'? Oder es ist ein Gebrauchter... aus steuerlichen Gründen tauschen Handwerksunternehmen nicht selten die Fahrzeuge in ihrem Fuhrpark aus. Und die ausrangierten landen dann bei Gebrauchtwagenhändlern. Werden gerne nach Osteuropa verkauft. Soll ich das überprüfen?“

Vilsmayr schüttelte den Kopf. „Geben S' das dem Rinderknecht. Sie müssen jetzt an der Frau vom Wertheim dranbleiben.“

Aumüller nickte. „Frau Barth. Die sitzt im Befragungsraum 3. Hatte heute bis jetzt keinen Kontakt zu Ihrem Mann.“

„Prima.“ Vilsmayr warf einen Blick auf seine Uhr. „Und ich habe jetzt eine Besprechung mit dem Kollegen Scheidegger.“ Er reichte Aumüller den Notizzettel. „Gute Arbeit bisher.“

~~

Alle drei lauschten der Audiodatei, die Leutnant Berninger auf ihrem Rechner gespeichert hatte. Mindestens viermal hintereinander.

„Unglaublich!“, rief Oberleutnant Vogl aus. „Ihre DJamie ist ein echtes Genie“.

„Nein, nein, sie nennt sich bloß eine Sounddesignerin.“ Berninger grinste.

Golob spielte das Ganze noch einmal ab - das um zwei Oktaven tiefere und doppelt so langsame mechanische Hundegebell der Spieluhr mit den Kirchturmglocken der Dreifach Wunderbaren Mutter Gottes im Hintergrund.

„Gut. Spielen wir das gleich dem Schani Pumbacher vor.“, meinte Vogl entschlossen. Golob hegte Zweifel. „Gilt so etwas denn als Indiz?“

„Das prüft dann der Staatsanwalt. Nicht mehr unser Problem.“, meinte Vogl. „Und auch die internen Ermittlungen hängen nicht mehr an uns.“ Sein kantiges Gesicht glühte vor Zufriedenheit.

Berninger trat zu Golob und legte ihm eine Hand auf den Unterarm. „Und wir, also Vogl und ich, bitten dich hiermit kniefälligst um Entschuldigung, dass wir dich im Ungewissen haben lassen müssen. Du bist einfach noch nicht lange genug hier in der Inspektion Favoritenstraße, um nicht als unbeschriebenes Blatt zu gelten.“

Golob schnaubte. „Trau schau wem! Und wie ist es passiert, dass unser großer Dackelzüchter auf dem Radar aufgetaucht ist?“

Vogl machte eine vage Handbewegung. „Ist immer schwierig,

wenn man eine höhere Charge aufs Korn nimmt. Er hatte sich nie direkt in die Fälle eingemischt, obwohl immer an ihn berichtet wurde. Laissez-faire - er hat uns immer unhinterfragt machen lassen. Und trotzdem über die Datenbank Einsicht nehmen können. Und das hat ihn letzten Endes verdächtig gemacht - immer sind wichtige Schritte auf den letzten Metern vereitelt worden, wie etwa die Verlegung von entscheidenden Häftlingen als Zeugen, die dann in der Versenkung verschwunden sind. Oder Dateien, die gelöscht wurden. Ein normaler Vorgesetzter ärgert sich über so etwas. Oder er tobt sogar herum. Nicht Ebenzierl. Es hat ihn noch nicht einmal tangiert. Und so etwas ist hochgradig verdächtig."

„Aber der einzige Überlebende hat nichts von den Drahtziehern mitbekommen. Und Schani Pumbacher kennt angeblich nicht den Namen des Auftraggebers für den Mordanschlag an dem Buben.", wandte Golob ein.

„Mag sein. Aber heute Morgen hat man die Brüder Krenek in Bratislava gefasst. Die Kollegen dort fackeln mit solchem Gesocks wie Schiebern und Schleusern nicht lange. Und so etwas wie die vielbeschworene Ganovenehre gibt es unter diesen schmierigen Brüdern nicht. Da denkt nur ein jeder an seinen Schnitt.", erklärte Tove Berninger.

Trotzdem schüttelte Golob ungläubig den Kopf. „Ich meine, dass Ebenzierl doch nicht dumm ist. Der hätte doch daran denken müssen, dass seine Dackeluhr um zwölf Uhr mittags zusammen mit der Dreifach Wunderbaren Muttergottes zwölfmal bellt...und ausgerechnet dann telefoniert er mit einem depperten Meuchelmörder?"

„Mein lieber Ivo, das ist doch gar nicht so schwer zu verstehen. Wann du irgendwann je eine höhere Charge werden wirst, dann achte darauf, nicht so selbstgefällig zu werden wie die meisten höheren Chargen und am Ende zu glauben, dass die anderen alle blöd sind.", lachte Oberleutnant Vogl.

~~

Der Scheidegger Toni stand bereits in der Schlange in der Kantine, umgeben von mindestens zehn Polizeirekruten. Unter denen Vilsmayr eine junge Frau mit sehr dunkler Haut auszumachen glaubte. Scheidegger, winkte Vilsmayr fröhlich zu, als sich dieser einreihte. Der Speiseplan versprach Tomatensuppe, Cordon Bleu oder Gemüseschnitzel sowie freie Auswahl an der Salat- und Dessertbar.

Scheidegger wartete auf seinen Freund, bis dieser ebenfalls sein Tablett befüllt hatte. Sie suchten sich zwei freie Plätze an einem kleineren Tisch und wünschten einander einen guten Appetit. Dann erst fiel Vilsmayrs Blick auf den großen Salatteller, der vor Scheidegger stand. „Wie jetzt - kein Schnitzel mit Käse- Schinken-Füllung?", spöttelte er.

Scheidegger schüttelte den Kopf und klopfte auf sein Bäuchlein. „Das muss runter. Mein Blutdruck. Emma und mein Hausarzt machen mir die Hölle heiß..."

„Na dann - gesegneten Appetit!", lächelte Vilsmayr. Zum Cordon Bleu gab es Pommes frites. Er zerkleinerte eine Gabel voll krachend in seinem Mund. Und wies möglichst unauffällig mit dem Kopf auf die dunkelhäutige Rekrutin. „Ist das etwa diejenige, die...?"

Scheidegger versuchte sein Glück mit ein paar grünen Bohnen. „Schon."

„Und wie kommts, dass die jetzt nicht dafür gesorgt hat, dass du zerfleischt wirst? Und du uns mit ihr und ein paar anderen genauso verzogenen Teenagern hier vom Arbeiten abhältst?"

Scheidegger richtete sich auf. „Ja, manchmal fügt der Himmel das eine oder andere schon auf wundersame Art zusammen. Die junge Dame da drüben ist nämlich neulich selber in ein Fettnäpfchen getreten. Hat einen ihrer Mitschüler als 'damische Schwuchtel' bezeichnet. Was ihr verständlicherweise den Wind aus den Segeln genommen hat, wegen Diskriminierung ein Riesenfass aufzumachen..."

Vilsmayr kicherte. „Verstehe. Menschen sind eben Menschen. Und tue keinem anderen an, was du selbst nicht zugefügt haben möchtest.“ Er sah sich nochmal um. „Aber warum dieser Almauftrieb hier?“

Scheidegger puhlte die faserigen gelben Rüben aus dem Salat. „Der Herr Polizeipräsident hatte die Eingebung, dass dieser Eklat eigentlich eine Riesenchance sei. Vielleicht steckt auch seine Frau dahinter, die in den Landtag will. Jedenfalls gibt es jetzt eine neue Imagekampagne für die bayerische Polizei. Irgendwas mit 'Bunter Vielfalt'. Es ist sogar eine Plakatserie geplant. Mit dem Scheidegger Toni drauf.“

„Ja sauber! Der Toni als Plakat-Model. Aber lass dich bitte nicht zusammen mit der kleinen Gestomperten da ablichten!“

„Warum? Seit wann hast du was gegen kleine Mollerte?“, wunderte sich Scheidegger.

„Die Oberpaur ist einfach nur respektlos und frech wie Rotz... oder ist die etwa Motzhardts Nichte?“, mokierte sich Vilsmayr. „Viel schlimmer!“ Jetzt senkte Scheidegger sogar seine Stimme. „Die ist Aktivistin für den Betriebsrat!“

Vilsmayr blickte sein Cordon bleu traurig an, als befürchtete er, dass man ihm eine vegetarische Komponente untergeschmuggelt hätte. „Ich sag's ja - wen man heutzutage zur Polizei lässt...“

~~

Vilsmayr war froh, dass er bei der Befragung von Frau Barth alias Möller durch Hauptkommissar Aumüller außer der Kamera keine weiteren Zuschauer hatte. Es war dreizehn Uhr - eine unangenehme Uhrzeit für Unterfangen, die volle Aufmerksamkeit erforderten. Aus diesem Grund hatte er sich bei Frau Praxl eine Thermoskanne mit Milchkaffee erbeten.

Wie vorhin ihren Ehemann, so ließ Aumüller auch Frau Barth kurz auf ihn warten. Was dem Betrachter hinter dem Spiegel eine Gelegenheit schenkte, den Interviewpartner scheinbar unbeobachtet zu betrachten. Manche traten, zum Beispiel, vor den vermeintlichen Spiegel und überprüften, ob ihnen etwas zwischen den Schneidezähnen stak. Oder drückten Hautunreinheiten im Gesicht aus. Oder lümmelten sich auf dem Stuhl. Oder bohrten, scheinbar unbeobachtet, in der Nase.

Suzanka Barth tat nichts von alledem. Sie saß in aufrechter und trotzdem gelassener Haltung auf dem Stuhl, und hatte ihre langen, schlanken Beine, die wieder in den mattschimmernden schwarzen Leggings steckten, züchtig an den Köcheln überkreuzt. Als Oberteil hatte sie eine weiße Leinentunika mit langen Ärmeln gewählt, die ihrem Outfit eine leicht mittelalterliche Anmutung verliehen hätten, trüge sie dazu nicht einen leichten petrolfarbenen Schal um den Hals geschlungen. Ihre Füße steckten in ebenfalls petrolfarbenen Sneakers.

Vilsmayr musste zugeben, dass sie trotz ihrer dezenten Kleidung eine ausgesprochen elegante Erscheinung darstellte... und gab sich kurz der Vorstellung hin, wie sie wohl über den Laufsteg schreiten mochte. Eine exotische Erscheinung. Die nicht in seine zünftig geprägte Welt passte. Wohl aber, allen Gegensätzen zu trotz, irgendwo zu ihrem Manta GTE - fahrenden Ehemann mit seinen Heavy Metal-Shirts. Und er fragte sich, wann, wo und wie die beiden wohl zusammengefunden haben mochten. Irgendein Faszinosum ging von ihr aus, und das war nicht alleine ihre mondäne Perfektion.

Aumüller trat ein, stellte sich vor, und Frau Barth bestätigte ihre Personalien und beantwortete die ihr gestellten Standard-Eingangsfragen. Im Gegensatz zu ihrem Mann wirkte sie ruhig und souverän. So, als wären ihr Aumüllers Fragen weder lästig noch von der Intention her provokativ.

Doch dann wich Aumüller vom Schema ab. „Ihr Vertrag mit dem Himmelswiese-Verlag war, das haben wir nun schon herausgearbeitet, leider unfruchtbar...“, holte Aumüller heraus.

Suzanka Barth, die ihm bisher aufrecht, fast stolz, gegenüber gesessen war, schien nun einen Moment irritiert, fast verärgert. „Ja, das war er. Und das hat mich sehr enttäuscht. Wissen Sie, ich ... mein Herzblut hängt an diesem Buch. Und ich bin mir immer noch sicher, dass ich das alles mit vielen anderen Frauen teilen kann. Dass es hilfreich ist...“ Sie erhob für diese wenigen Sätze ihre Stimme. Die nun rau, fast heißer klang. Vermutlich die Klimaanlage, dachte Vilsmayr.

Frauen können darauf recht empfindlich reagieren. Und wunderte sich über sein Mitempfinden, das doch so gar nichts zur Sache beitrug.

„Sie haben sich mit Thomas Stephan getroffen, um ihn persönlich auf seine Vertragsversäumnisse anzusprechen?", erwiderte Aumüller.

Frau Barth wich einige wenige Zentimeter zurück. „Ich? Ich bin Thomas Stephan nie persönlich begegnet... allerdings, wenn es Sie interessiert, Herr Hauptkommissar, wenn ich in meiner verzweifelten Lage dazu die Chance bekommen hätte - ich hätte ihm die Hölle heißgemacht. Das dürfen Sie mir glauben. All die Arbeit... nach all den Jahren... umsonst!" Suzanka Barths Stimme war wieder leise geworden, und ihr Blick glitt für einen Moment an Aumüller vorbei in eine Ferne, die dieser gefangene Raum einem andernfalls nicht gestattete.

Vilsmayr empfand für ebendiesen Moment sogar Mitleid mit ihr. Und er beschloss, dass er an diesem Abend seine Lektüre vom Himmelswiese-Verlag fortsetzen würde.

~~

Kollege Kotocki hatte Wort gehalten - und der SoKo „Bregenz" die Videoaufzeichnung der Befragung von Keiko Stephan zukommen lassen. Die momentan auf vier Mann geschrumpfte Soko - Vilsmayr, Aumüller, Rinderknecht und Weihwadl - scharte sich um den Schreibtisch des Ersten Polizeihauptkommissars.

Draußen herrschte trübes Wetter - noch nie hatte sich in den letzten zehn Jahren der Sommer Anfang September so rasch und trostlos verabschiedet. Frau Praxl lief tagsüber sogar mit einer Strickjacke herum.

Kotocki hatte die Befragung persönlich vorgenommen. Und die Aufzeichnung begann wie immer mit dem Betreten des Raumes durch die zu befragende Person.

Keiko Stephan war, wie Vilsmayr bekannt war, acht Jahre jünger als ihr Halbbruder und damit Mitte dreißig. Doch sowohl ihre Erscheinung als auch ihre Aufmachung wirkten alterslos. Abgesehen von den dunkelbraunen Haaren verfügte sie über wenig Ähnlichkeit mit ihrem Bruder, zumal der japanische Einschlag von der Seite ihres Vaters nicht zu verleugnen war - eine winzige flache Nase und ein eher breites, flächiges Gesicht. Ihr glattes Haar, glänzend wie der Flügel eines Raben, war so straff und millimetergenau hochgesteckt, dass Vilsmayr sich einen Moment fragte, ob es nicht in Wirklichkeit eine Art Perückenhelm war. Ihr ihren Ohrläppchen steckten große schwarze Perlen, und ihre Augen waren dramatisch dunkel geschminkt. Sie trug ein Kostümchen aus einem sichtbar teuren Stoff, Größe Sub Zero, mit kurzem engem Rock und einem ebenso engen, taillierten Jäckchen, dass sie geschlossen hatte, weil sie darunter weder eine Bluse noch ein T-Shirt trug. Die Jackenrevers bildeten einen sehr tiefen, V-förmigen Ausschnitt; da Frau Stephan über keinen nennenswerten Busen verfügte, wirkte das Ganze zwar gewollt, aber wenigstens nicht gewöhnlich. Auffällig war eine schwere lange Kette, die einen stilisierten Weberknoten bildete, und die auf der Mitte ihres Brustbeins endete. Die Qualität schien sogar dem Schmuck-Ignoranten Vilsmayr schwer. Massives Weißgold, wenn nicht sogar Platin. Unter dem linken Arm trug sie eine Clutch aus schwarzmetallicfarbenem Leder, die sie achtlos auf das Zweiertischchen legte. Vilsmayr konnte ihre Beine nicht sehen, aber sogar ein Modemuffel wie er schätzte, dass sie dazu sehr teure High Heels trug.

Alles an dieser Frau schrie: „Ich bin teuer, und wenn du nicht in meiner Liga spielst, dann verzieh dich, du Prolet!"

Sie setzte sich an den Tisch, sah ab und an auf ihre - gewiss ebenso teure - Uhr, trommelte mit den Fingern auf die Tischplatte, kramte in ihrer unpraktischen Handtasche, stand auf und stöckelte zwei Runden um den Tisch, ehe sie sich wieder setzte. Vermutlich hatte sie ihr Mobiltelefon abgeben müssen, und jetzt fehlte ihr quasi ein lebenswichtiges Organ... Erstaunlich war nur, dass sie keinen Blick in den Spiegel warf. Vermutlich wusste sie, was es mit diesem auf sich hatte. Also war sie alles andere als naiv.

Kotocki erschien, begrüßte Keiko Stephan, stellte sich höflich vor und pflanzte sein eher breites Becken auf den Stuhl gegenüber. Von Kamm oder Bürste schien dieser Kollege wirklich wenig zu halten, und auch seine an sich schon schlammfarbene Funktionsjacke war wohl schon für mindestens zwei Jahre in keiner Reinigung mehr gewesen. Die Schimanski-Nummer also. Vilsmayr musste grinsen. Die Designer-Lady hinter der Scheibe hingegen warf dem Kriminalbeamten einen ziemlich herablassenden Blick zu.

„Ich hoffe, dass wir hier nicht allzu lange benötigen werden. In einer Stunde habe ich einen Termin beim Vorstand der Viktor-Scheffel-Vereinigung...", zwitscherte sie. Ihre Stimme - hoch und hektisch - passte zu ihr. Und war nervtötend.

„Na jut.", pflichtete Kotocki bei. „Denn schmeißen wir mal den Riemen auf die Orgel. Übrigens - was stellt Viktor Scheffel denn her? Klamotten? Oder Schuhe?"

Keiko Stephan rümpfte leicht ihr Näschen. „Die Viktor-Scheffel-Vereinigung stiftet jedes Jahr einen Preis in Form eines Büchergutscheins für den/die beste Abiturientin im Fach Deutsch. An allen 3.141 Gymnasien in Deutschland.", korrigierte sie ihn kühl. Aha, ein Zahlenmensch. Musste sie ja auch sein als Chefcontrollerin aller bundesdeutschen Stiftungen.

Vilsmayr hatte sich über das Wesen und Wirken des Vereins belesen, der tatsächlich als solcher aufgestellt war. Er regelte die Aufsicht und auch das Auftreten von - Vilsmayr hatte nicht schlecht gestaunt - fast 24.000 Stiftungen in ganz Deutschland, in die Vermächtnisse von lebenden und bereits verstorbenen Stiftern, Erblassern, Spenden und Mitgliedsbeiträge flossen. Das Gesamtvermögen aller deutschen Stiftungen betrug geschätzt hundert Milliarden Euro, und der Umsatz an Spenden und sonstigen Einnahmen über gut hunderttausend Bankkonten betrug im vergangenen Geschäftsjahr gute dreißig Milliarden. Auch Euro. Vilsmayr wurde von solchen Zahlen schwindlig. Um diese zu bändigen bedurfte es wirklich einer wahrhaftigen Zahlenhexe...

„Muss es doch geben. Was mich zu der Frage bringt: Was genau ist ihr Job beim Bundesverband?"

„Ich regle, grob gesagt, als Geschäftsführerin die Zuwendungen, die aus vielen Stiftungen an Hilfsorganisationen wie zum Beispiel Pro Familia oder an anerkannte Selbsthilfegruppen gehen. Und ich habe einen Sitz im Paritätischen Wohlfahrtsverband.“, gab Frau Stephan an.

Kotocki pfiff leise. „Dann bewegen Sie wohl ’ne Menge Penunzen...“ Er setzte eine schwer beeindruckte Miene auf, bevor er weiterfragte: „Darf die mit Steuergeldern eher knapp gehaltene Kripo Berlin wissen, wieviel dit pro Jahr so is?“

Die Frage nach Zahlen schien einen Ein-Knopf bei Keiko Stephan zu betätigen: „Im vergangenen Geschäftsjahr waren das in ganz Deutschland 4,2 Milliarden. Ach, und da fällt mir ein, dass ich noch zweiundzwanzig Kulturstiftungen in ganz Europa und in Ostasien betreue. Dorthin habe ich allerdings nur dreiunddreißig Millionen bewegt...“

Dass Kotocki bei Nennung dieser Zahlen der Unterkiefer herunterklappte, war gewiss nicht gespielt. Er schluckte. „Jut.“ Und berappelte sich. „Dann is ja auch klar, warum Sie schon mal im Ausland sind. Zuletzt in Siena, stimmt’s?“

Stephan nickte gnädig. Und Kotocki schwenkte um: „Wann haben Sie Ihren Bruder zuletzt gesehen?“

„Ausführlich an seinem Geburtstag im März. Dieses Jahr natürlich. Und ein kurzer Gedankenaustausch Anfang April. Wir telefonieren uns eigentlich immer per Video-Call zusammen. Ist praktischer. Wissen Sie, ich bin eine Geschäftsfrau, die oft auf Dienstreise ist. Und Thomas, der lebt...“, sie schluckte, „... der hat so weitab vom Schuss gelebt, und kein Auto und kaum Geld für Reisen...“

„Sie brauchen sich nicht zu entschuldigen, Frau Stephan. Jeder nach seinem Chacun, wie meine Jroßmutter zu sagen pflegte. Diese Video-Telefonate, haben die regelmäßig stattgefunden?“, wollte Kotocki wissen.

„So einmal im Monat. Manchmal seltener.“, antwortete sie.

„Und hat es Sie dann nicht beunruhigt, dass Sie seit dem letzten

Telefonat im April... Sie als Zahlenexpertin wissen sicher noch das Datum?", hakte Kotocki ein.

Keiko Stephan musste nicht lange überlegen. „Das war Karfreitag. Ich war Gast des Goethe-Instituts in Sevilla, und dort wurde gerade die Santa Semana gefeiert."

„Also seit Karfreitag haben Sie nichts mehr von ihm gehört?"

Sie zog ihre sorgsam gerichteten Augenbrauen zusammen. „Nein... ich kann mich an keinen weiteren Kontakt mit ihm erinnern..."

Kotocki rieb sich das Kinn. „Schreiben Sie sich denn keine SMS oder WhatsApp?"

Stephan rollte kurz mit den Augen. „Ich an ihn schon. Aber Thomas ... der hat... hatte oft nicht genug Vermögen auf dem Handy." Sie räusperte sich. „Sicher wissen Sie schon längst, dass sein Verlag nicht gut gelaufen ist. Ich habe ihm nicht gerade selten ein paar Euro überwiesen, damit er nicht in die Privatinsolvenz rutscht."

„Dit nenne ich mal Liebe unter Jeschwistern!", lobhudelte Kotocki. Und wechselte das Thema. „Wissen Sie denn noch von jemandem, der ihrem Bruder aus der Patsche geholfen hat? Alte Freunde? Mitleidige Ex-Freundinnen?"

Keiko Stephan schüttelte den Kopf. „Thomas war ein Einzelgänger. Er - und seine Bücher: ein perfektes Paar!"

Kotocki lächelte schief. „Da kam kein Blatt Papier dazwischen, wa?"

Mit diesem Bonmot hatte der Berliner Kollege Frau Stephan endlich so etwas wie ein angedeutetes Lächeln entlockt. Er mochte ja ranzig ausschauen wie Bolle mit Berliner Schnauze - aber sein Schädel war alles andere als hohl.

Den ungefähr dreiminütigen Rest der Befragung fand Vilsmayr nicht mehr sonderlich interessant.

Vielmehr erschien es ihm wichtig, eine SMS mit folgendem Inhalt an Kotocki zu senden: „Konnte Handy von Fr. Stephan gecheckt werden während Befragung?"

„Ja." kam es nach einer Minute zurück. „Im fraglichen Zeitraum ungefähr zweitausend abgehende Gespräche. Die IT ist dran. Liste Anschlüsse dauert, ca. 4 Tage."

Mist, fiel Vilsmayr ein. Man hatte nirgendwo in Wallerstein ein Mobiltelefon gefunden. Der oder die Mörder hatten es bestimmt mitgenommen. Und hatte die Zahlenhexe nicht erwähnt, dass ihr Bruder oft „kein Vermögen auf dem Handy" hatte? Also hatte er sich nur eine Prepaid-Karte leisten können. Waldi-Talk oder so ähnlich. Eine Sackgasse, leider.

Dafür kam ihm eine andere Idee - die er an Weihwadl simste: „Kontoeingänge Th. St. kontrollieren auf Überweisungen von Schwester Keiko Stephan. Zurück bis Anfang vergangenes Jahr. Eilig! E.V."

Nachdem die drei anderen Kriminalbeamten sein Büro verlassen hatten, wandte sich Frau Praxl an Vilsmayr.

„Übrigens, ich wollte es nicht vor den anderen sagen - aber am nächsten Montag tritt Kommissarin Pichetseder wieder ihren Dienst an...", kündigte sie an.

„Was, so schnell? Mir wäre es fast lieber, wenn ihr Mann endlich wiederkommen würde...", wunderte sich Vilsmayr.

„Ja,", meinte Praxl verlegen, „so ist es nicht. Am Montag möchte sie übrigens als erstes kurz mit Ihnen sprechen."

Vilsmayr wunderte sich über gar nichts mehr, nachdem er vorhin die Aufzeichnung gesehen hatte.

~~

Vilsmayr und seine Frau lagen nebeneinander im Ehebett, nachdem sie zusammen eine romantische Heimatkomödie im BR geschaut hatten. Luitgard war bereits ein wenig schläfrig, aber bei Vilsmayr schwirrten noch ein paar Gedanken im Kopf herum, die er erst totschlagen musste wie lästige Stubenfliegen, damit er in den Schlaf finden konnte.

Er hatte die Hände im Nacken verschränkt und sah zur eichen-vertäfelten Zimmerdecke hinauf.

„Am Montag will die Kreszentia Pichetseder wieder zur Arbeit kommen. Und gleich als erstes am Morgen mit mir sprechen. Was um Himmels Willen sag ich denn zu ihr?“, fragte er nachdenklich.

„Zuerst sprichst du ihr dein Beileid aus. Dann fragst du sie, wie es ihr geht. Und wenn sie schon um einen Gesprächstermin mit dir gebeten hat, dann lass sie sprechen. Und höre ihr zu. Mindestens fünf Minuten und ohne Unterbrechung. Ich weiß, das ist für euch Mannsbilder wirklich schwer...“, nuschelte Luitgard.

„Wenn du meinst...“ Vilsmayrs Blicke glitten wieder zur Decke. „Und du hast recht, Gardi: Wir sollten die arg nachgedunkelte Holzdecke weiß ansprühen lassen. Hier siehts so drückend aus wie im Gang von einem Maulwurf!“

„Hmmm...“, seufzte seine Frau leise. Und war eingeschlafen.

Vilsmayr fand seine Idee mit der geweißelten Eichendecke schon einmal gut. Sie gefiel ihm besser als das Resümee der Befragung von Keiko Stephan. Eine Spur hatte er da nicht gewittert. Allenfalls Hinweise. Und Hinweise waren mühselig. Wie das Filzen der Anrufsliste dieser eiskalten jungen Frau.

~~

Irgendein Heiliger musste am folgenden befürchteten Montagmorgen für Emmeran Xaver Vilsmayr Fürsprache eingelegt haben: Statt Kreszentia Pichetseder fand er Weihwadl in seinem Vorzimmer vor. Des Kommissars Ohrenpaar glühte in echauffiertem rot, er selber hüpfte vor Spannung auf und ab. „Grüß Gott, Herr Erster Hauptkommissar!“, krähte er. „Grüß Gott, Herr Weihwadl! Was haben S’ denn so Spannendes für mich.

Weihwadl schwenkte einen Notizzettel wie einen Hurra-Wimpel in der Luft. „Den Gebrauchtwagenhändler! Wir haben den Gebrauchtwagenhändler!“

„Ah ja?“, Vilsmayr tat begriffsstutzig - denn nichts motivierte den leider öfter unkonzentrierten Weihwadl besser, als ihn seine Erfolgserlebnisse so richtig auskosten zu lassen.

„Der den ausrangierten Lieferwagen von der Firma Dietterle gekauft hat. Und weiterverkauft. An zwei Männer. Da steht alles - Datum, Uhrzeit, Verkaufspreis. Und eine Beschreibung von den beiden Burschen." Nun vollführte Weihwadl fast Luftsprünge. „Sauber! Gute Arbeit!", lobte Vilsmayr. Es hätte nicht viel gefehlt, und er hätte dem aufgeregten Kommissar einen Zuckerwürfel vor die Schnauze gehalten. „Geben S' einmal her, bitte! Ich bin sicher, dass uns das schon mal weiterbringt." Er hielt die Hand auf und nahm Weihwadl das geheiligte Notizblatt ab, um es zu überfliegen.

Weihwadl indes stand wie ein Presser daneben. „Na, was wollen Sie noch? Ab an die Arbeit!", maßregelt Vilsmayr ihn, der sich mit gefühlt hängenden Ohren trollte. Vilsmayr begab sich in sein Büro, legte seine Jacke ab und machte es sich hinter seinem Schreibtisch bequem, während ihm sein Morgenkaffee serviert wurde.

„Gebrauchtwagenhändler Kalbfell in Memmingen. Hat beschriebenen Lieferwagen Marke Mercedes Sprinter, BJ 1991 von Fa. Dietterle, gleichfalls Memmingen, am 2. Februar d.J. aufgekauft. Direkter Barverkauf für €1.800 am 6. Juni d.J an zwei Männer. Beide Ende dreißig, Durchschnittsgröße..." - und dann kam eine Anmerkung von Weihwadl in Klammern - „Besitzer Autohaus ist Jugendtrainer Judo. Kann Größe und Gewicht gut einschätzen." - „...Durchschnittsgröße, etwa ein Meter achtundsiebzig. Muskulös. Mann 1 trug Bluejeans und hellgraues Kapuzensweatshirt..." - Weihwadl hatte tatsächlich „-schirt" geschrieben - „... mit Kapuze über den Kopf gezogen und dunkler Sonnenbrille. Glattrasiert. Hat nicht geredet."

Also schon ein wenig vermummt, wie es klingt. Vilsmayr fuhr fort zu lesen: „Mann 2 höchstens drei Zentimeter kleiner, eher drahtig und Sonnenbräune. Rasiert, Gesicht auch gebräunt. Gleiche Kleidung mit Brille, hat Kapuze von Sweatshirt einmal zurückgeschoben. Haar sehr kurz geschoren, Kopfhaut blass. An seinem linken Mittelfinger war auch eine bleiche Hautstelle, als ob ein großer, auffällig geformter Ring sonst dort sitzen würde." Also ein chronischer Mützenträger. Manche legen ihr Base-Käppi noch nicht mal im Bett ab... Und den Ring hat er schlauerweise vorher abgezogen. Weil er womöglich auffällig war.

„Mann 2 hat Verhandlungen geführt. Osteuropäischer Akzent. War wohl erkältet. Nach Überprüfung von Banknoten auf Echtheit Kaufvertrag aufgesetzt. Verkauft wie besehen. Rotes Nummernschild vom Zoll für Überführung gegen Kaution von € 100,- überlassen. Namen der Käufer klangen Polnisch. Oder ähnlich...“

Vilsmayr kratzte sich am Scheitel. Gebrauchtwagenhändler kamen für ihn gleich nach Schlangenfängern und Mausfallenverkäufern. Nur Bares ist Wahres, und ob man nun an Dr. Jekyll oder Mr. Hyde verkaufte, war reine Vertrauenssache... Wenn man diesen Van aufspüren könnte... aber wahrscheinlicher war es, dass er nach seiner Endbestimmung einem Schrottplatz überantwortet worden war. Es sei denn, es wäre am Straßenrand zufällig der Führer einer bulgarischen Arbeiterkolonne gestanden. Mit zehn druckfrischen Hundertern in der Tasche...

Afra Praxl steckte den Kopf durch die Türe herein. „Die Frau Pichetseder wäre jetzt da. Einen Kaffee hat sie schon.“, verkündete sie. „Dann...“, Vilsmayr versagte kurz die Stimme. Statt weiterzureden, erhob er sich, ging zur Türe und blickte Kreszentia Pichetseder direkt an. „Guten Morgen, Frau Pichetseder. Kommen 'S doch gleich herein zu mir.“

Kreszentia Pichetseder war blass wie immer und trug ihre übliche unauffällige Kleidung mit Jeans, Shirt und Sneakers. Nur ihr Bauch, der war noch ein ganz kleines bisschen gewölbt. Wenn man genau hinsah und Bescheid wusste. Sie folgte mit einem ausdruckslosen Nicken Vilsmayrs Aufforderung. Der seinerseits um eine halbe Stunde ungestörte Zeit bat.

Nun stand sie vor ihm, die verwaiste junge Mutter. Dass sie wirklich große Augen hatte, war ihm früher nie so recht aufgefallen. Und statt sie nochmals anzusprechen, legte er ihr seine Linke mit ganzem Gewicht auf die Schulter, während seine rechte Hand ihre Hand ergriff. Ihr Griff war beherzt, aber kühl. Wie die ganze Frau, durchfuhr es ihn.

„Es tut mir sehr leid, Frau Pichetseder. Das sage ich jetzt als Mensch, nicht nur als Ihr Vorgesetzter.", konnte er eben noch hervorbringen, ehe irgendjemand seinen Hals zuschnürte. „Danke.", meinte sie. Es klang nüchtern und fest. „Ich bin froh, dass ich wieder an die Arbeit darf."

„Ja," wandte Vilsmayr verblüfft ein, „dürfen Sie das denn schon wieder?" Er wies mit dem Kinn auf die Sitzecke. „Ich darf auf alle Fälle. Was ich wie kann, zeigt sich in den nächsten Tagen." Sie nahm einen Schluck Kaffee.

„Und was kann ich jetzt konkret für Sie tun?"

Kreszentia Pichetseder holte tief Luft und straffte ihre schmalen Schultern. „Die Kollegen bitten, von permanenter Betroffenheit abzusehen." Sie schwieg eine Weile. „Ich habe um dieses Gespräch gebeten, weil mir bewusst ist, dass wir beide eine vergleichbare Herkunft und damit Kultur haben. Die Metzgerei Vilsmayr sitzt seit dem 18. Jahrhundert in Altötting. Die Familie Pichetseder lebt seit … genau weiß man's nicht … seit vor dem 30jährigen Krieg auf dem Steinern Hof im Chiemgau. Felderwirtschaft, Viehwirtschaft. Damit bin ich aufgewachsen. Auch beim Vieh ist nicht jede Trächtigkeit gesegnet. Es gibt Abgänge, Totgeburten, Missbildungen. Das ist die Natur…und auch der Mensch ist bei allem Hochmut nur ein Teil von ihr.", sprach sie.

Vilsmayr erschauerte kurz, bevor ihm bewusst wurde, dass diese Denkart die Landbevölkerung seit Jahrhunderten von Nabelschau und lähmendem Selbstmitleid abhielt. Um weiter ihr Tagwerk zu verrichten und die Ihren zu ernähren.

„Manchmal,", fuhr Kreszentia Pichetseder fort, „glaube ich, dass ich den Kleinen noch in mir spüre. Aber die Frauenärztin sagt, das seien nur Nachwehen. Und die vergehen. In fünf Wochen hätte das Büberl Geburtstag gehabt - und das wird sicher hart werden."

Vilsmayr sagte weiterhin nichts, wie Luitgard ihm geraten hatte.

Pichetseder nahm ihren Faden wieder auf: „Ich werde zurechtkommen. Wer mir Sorgen macht, ist Erol. Er wird von seinem Hausarzt wohl weiter krankgeschrieben - Anpassungsstörung mit emotionaler

Krise. So heißt das wohl..." Plötzlich sprang sie auf und stieß schier ihre Kaffeetasse um. „Er redet nicht mit mir. Immer nur mit meiner türkischen Schwiegermutter. Natürlich auf Türkisch. Er wollte sie zu sich ins Haus holen - das konnte ich gerade noch verhindern. Sie wollen den kleinen Leichnam nach islamischer Sitte bestatten - und ihm einen türkischen Vornamen geben: Mustafa, nach Erols Vater. Ich werde noch nicht einmal gefragt..." Endlich bahnte sich ein Schluchzen den Weg durch ihre Kehle. "Sie sind doch unser Vorgesetzter. Und ein Mann dazu... was würden Sie Ihrem Sohn in einem solchen Fall raten? Wie würden Sie zu ihm durchdringen... ich vermag das nicht!" Sie wischte sich die Tränen ab, die über ihr Gesicht rannen.

Vilsmayr dachte eine Weile nach. „Für mich sieht es so aus, als klammerte er sich an seine türkische Haut, aus der er nicht herauskann. Da muss ein Profi ran - Sie sind damit überfordert. Und werden möglicherweise sogar abgelehnt."

Kreszentia Pichetseder lachte bitter auf. „Ja, klar. Ich habe als Gebärmaschine versagt und seinen erstgeborenen Sohn in meinem Bauch ums Leben gebracht. Natürlich habe ich an Psychotherapie gedacht, oder wenigstens an Krisenintervention. Statt Erol hat die liebe Schwiegermutter Songül gesagt: 'Das nix für Mann, ist Schande!'" Sie atmete tief durch und blickte Vilsmayr an. „Danke für Ihr Ohr. Ich hab einfach meinen Hals leeren müssen. Und jetzt geben Sie mir bitte etwas zu tun. Möglichst langwierig und knifflig."

Vilsmayr dachte kurz nach. „Die Kripo Berlin Mitte hat eine Handy-Anrufliste von Stephans Schwester. Lassen Sie sich von Weihwadl die Kontaktdaten von Inspektor Kotocki geben. Filtern Sie alle monatlichen oder sonst wie regelmäßigen Gespräche heraus... kann man eigentlich Prepaid-Handys an der Rufnummer erkennen?"

Pichetseder machte ein nachdenkliches Gesicht. „Eventuell. Ich setzte mich dahinter. Und danke für den Kaffee!", meinte sie und verließ den Raum.

Vilsmayr blickte ihr kurz nach. Landleute können manchmal so gnadenlos pragmatisch sein, dass sie auf selbstreflektierte Menschen durchaus gefühl- und herzlos wirken mochten. In Wirklichkeit war diese Haltung Demut, die sich mit Realitätssinn über Jahrtausende gepaart hatte.

Aber um ihren Mann, da musste man sich nun wirklich sorgen. Der war zutiefst erschüttert und orientierungslos vor Überforderung. Und dann noch die eigene Mutter an der Backe. Er beschloss, unter Wahrung der Anonymität den Polizeipsychologen zu kontaktieren.

Ferner schickte er Rinderknecht eine Mail mit dem Auftrag, sämtliche Schrottplätze in den Kreisen Wangen im Allgäu, Lindau und Oberallgäu sowie im Kreis Bregenz auf einen Van mit dem Firmenlogo „Kanaldienst Dietterle" abzugrasen.

~~

In Wien war währenddessen eine ruhigere Gangart angesagt - außer etlichen Taschendiebstählen und einer kleinen Einbruchserie in Simmering gab es für Golob und Berninger nichts wirklich Anspruchsvolles zu tun.

Und doch - es gab sogar eine unerwartete gute Nachricht: Eine international arbeitende Blindenmission hatte Kontakt mit Moodys Pflegefamilie aufgenommen. Für die geradezu lachhaft geringe Spende von fünfundachtzig Euro würden Augenärzte dem Jungen sein Sehvermögen wiedergegeben können. Diese Aktion sei möglich, weil Moody aus einem Hochinzidenzgebiet für durch Katarakt erblindete Kinder stammte.

Als Golob diese Nachricht las, musste er einige Tränen in seinen Augenwinkeln zerdrücken. Ja, es gab doch nicht wenige Menschen, die pro bono und ohne Aufhebens elementare Dinge für andere leisteten... und nicht nur Schleuser, Zuhälter und Raubmörder. Er und Tove beschlossen, eine Sammelbüchse für die Blindenmission in der Kaffeeecke aufzustellen - und die Kollegen eifrig darauf anzusprechen. Zehn Euro würden ja wohl keinem wehtun.

Was Golob indes ein wenig pfupferte, war die absolute Diskretion, mit der gegen Major Ebenzierl ermittelt wurde. Der war offiziell seit zwei Wochen „beurlaubt", und man hatte abteilungsintern ihm gegenüber absolute Kontaktsperre verhängt. Mehr erfuhr man nicht, und Golob begann, dem Gerücht zu glauben, dass die Dienstaufsicht vom Mossad unterwandert sein könnte.

Immerhin war es ihm einmal gelungen, in der Asservatenkammer noch einmal einen Blick auf den bronzenen Preisdackel mit Uhr- und Spielwerk zu werfen, während die Techniker das mechanische Gebell auslösten. Meiner Treu, durchfuhr es ihn, dieser Kitsch war schon fast barock. Und so verräterisch wie ein hochgeklappter Toilettensitz in einem Nonnenkloster. Wo des Menschen Eitelkeit zu regieren beginnt, hat sich die Vernunft geschlagen zu geben.

Golob lachte leise vor sich hin und stieg über das lichte Treppenhaus in den 2. Stock, wo sein Büro lag. Eine milde Septembersonne, die in einen sanft blassblauen Himmel gebettet war, schien zu ihm herein und wärmte sich unter den Glasscheiben noch einmal ordentlich auf. Die Tage waren schon merklich kürzer, auch wenn man morgens noch keinen Hauch vor dem eigenen Mund sah. Golob mochte den Herbst - und die Vorstellung davon, dass er sich unaufhaltsam nahte. Die leuchtenden Farben eines letzten Aufbäumens der Natur, der würzige Geruch des abgefallenen Laubs...

Ludovika war keine Freundin der Dritten Jahreszeit. Das mochte eine berufliche Deformierung sein – zu viele Suizidäre. Doch derzeit herrschte bei ihr Hochstimmung. Ihr Anwalt hatte aufgrund der anzuzweifelnden Geschäftsfähigkeit ihres Vaters eine einstweilige Verfügung erwirkt. Was bedeutete: Keine Gehaltspfändung mehr. Und die reelle Chance auf Nichtigkeit der Wucherkreditverträge - und damit Rückzahlung eines nicht unbeträchtlichen Betrags an Dr. Zrenner als einzige Erbin. Am Landgericht zu Linz wäre dies, so hatte sie ihm mitgeteilt, zwar ein Präzedenzfall, aber gerade einmal zwei Jahre zuvor hatte eine Erbengemeinschaft einen fast identischen Fall in Kärnten zu ihren Gunsten durchgefochten.

Sie war so erleichtert, dass sie zum ersten Mal seit etlichen Wochen ihr Kommen angekündigt hatte. Insofern war der Frühherbst nicht die schlechteste Jahreszeit. Man konnte das eine oder andere neue

Heurigenlokal testen. Ins Kabarett oder ins Theater gehen. Und die Nähe des anderen genießen. Die geistige wie die körperliche.

~~

„Das", fand Luitgard Vilsmayr, „ist nicht bloß traurig, sondern auch noch zugenäht!". Ihr Mann hatte ihr nach dem Abendessen und vor der Tagesschau von seinem Gespräch mit Kreszentia Vilsmayr berichtet. Ganz wie sie es sich ausbedungen hatte.

„Und damit meine ich nicht, dass die Schwiegermutter türkisch ist. Deine Mutter", meinte sie mit einem zersetzenden Seitenblick, „ist mir nach der Frühgeburt von unserem Dirndl auch nur saudamisch gekommen."

Vilsmayr zuckte schuldbewusst zusammen. Wie immer, wenn es um die gestrengen Matriarchinnen in seiner Familie ging. „Mutter war nur eine Metzgersgattin...", meinte er entschuldigend.

„...mit dem Gemüt von einem Metzgershund. Und so war braucht der Erol Pichetseder in Dreiteufelsnamen so nötig wie ein Loch im Kopf!", erwiderte Luitgard. Ihr Tonfall strafte die Härte ihrer Aussage allerdings Lügen. Vilsmayr meinte im Gegenteil, darin engagiertes Interesse herauszuhören.

Vilsmayr schenkte Bier nach, erst seiner Frau, dann sich. „Die Kreszentia hat gesagt, dass er keinen Psychologen oder sonstigen Schwätzer haben wolle..."

„Das sagen sie alle, diese Machos. Deshalb muss man durch die Hintertüre in die Halle.", meinte Luitgard kryptisch. Vilsmayr lachte leise auf. „Das soll wohl heißen, dass du einen Plan hast."

„Plan? Ich? Ich hab bloß so eine Art Idee..." Luitgard gab sich so rein wie ein Quell unter einem Schneebrett.

Der Acht-Uhr-Gong der Tagesschau heischte um Aufmerksamkeit. Die ihm Vilsmayr dieses Mal verweigerte. „So? Dann lass hören..." Luitgard legte ihre Hände vor dem Gesicht zusammen. „Erinnerst du dich, dass ich vor ein paar Wochen mit der Frau Hinterbichler zusammen eine Trauergruppe von der Caritas besucht habe?"

Vilsmayr blickte sie von der Seite an. „Ganz vage. Und dahin soll der Erol Pichetseder gehen?“

„Es gibt in Mühldorf sogar eine für 'verwaiste Eltern'. Hab mich schon erkundigt - beim ersten Mal darf man auch mit einer Begleitperson hin. Um es leichter zu machen.“, meinte Luitgard.

„Und wen hast du dir als Begleitperson so vorgestellt? Doch nicht etwa mich?“, protestierte Vilsmayr.

„Und damit den Bock zum Gärtner machen? Na, na! Das krieg ich schon selber hin!“, erwiderte Luitgard im Brustton der Überzeugung. Und Vilsmayr sandte ein kleines Dankgebet gen Himmel...

~~

Kurz vor der Mittagspause am darauffolgenden Tag prallten Kreszentia Pichetseder und Kommissar Rinderknecht in der Türe zu Vilsmayrs Vorzimmer zusammen, was die Wichtigkeit ihrer Neuigkeiten anging. War Rinderknecht gegenüber Pichetseder um knapp neunzig Kilo Lebendgewicht im Vorteil, machte sie dieses scheinbare Manko durch ihre Wendigkeit wett. Und stand als erste vor Frau Praxl, die diese Rangelei durchaus amüsiert beobachtet hatte.

„Ja, was gibts denn, Frau Pichetseder?“, wollte sie, die moralisch schon auf Mittagessen ausgerichtet war, wissen. „Ich habe die Handynummer herausgefiltert, die möglicherweise zu Thomas Stephan gehört hat!“ rief Pichetseder aus. Rinderknecht, der nach ihr hereingedrängt hatte, versuchte aufzutrumpfen: „Und ich hab den Van ausfindig gemacht!“

Die beiden veranstalteten in Vilsmayrs Ohren einen derartigen Krawall, dass er seine Höhle verließ und seine beiden Untergebenen maßregeln musste: „Seid's stad - und kommt beide herein!“ Und schloss seine schallgedämpfte Bürotür hinter sich.

„Herr Rinderknecht, Sie haben hoffentlich heute einmal nichts gegen 'Ladies first'? Obwohl - das ist auch schon wieder Diskriminierung... also nun?“, hob Vilsmayr an. Der gemütvolle Kommissar

Rinderknecht - außer, er war unterzuckert, dann war er unleidig - vollführte eine einladende Geste gegenüber Kreszentia Pichetseder.

Die räusperte sich. „Mit einem Algorithmus, den ich heute Morgen programmiert habe, lassen sich die Nummern von Pre-paid-Anschlüssen recht gut herausfiltern. Frau Stephan hat derer zwei, die sie einmal monatlich oder etwas öfter von ihrem Diensthandy aus angerufen hat. Der eine Anschluss gehört einem gewissen Javier Munol de Perez. Der arbeitet als Freelancer für einen schicken Lady-Escort-Service in Berlin. Unter anderem für Kundinnen mit gehobenen Ansprüchen. Wie Keiko Stephan. Er ist 24/7 erreichbar..."

Vilsmayr schüttelte sich. Die unmoralischen Auswüchse der Bundeshauptstadt. „Die ist doch verheiratet?", setzte er hinzu. Pichetseder zuckte die Achseln. „Haben wir das zu beurteilen? Oder ist das relevant für unseren Fall?"

Vilsmayr unterdrückte ein Lächeln. Da war sie wieder, die alte Kreszentia...

„Die andere Nummer ist nicht zuzuordnen. Weil sie zwar noch aktiv ist, aber niemand dran geht. Also liegt das Handy irgendwo, womöglich mit leerem Akku herum, und war nicht ausgeschaltet. Und die SIM-Karte ist noch drin...", erklärte Pichetseder.

Vilsmayr rieb sich die Hände. „Sie wären nicht Sie, wann's nicht schon versucht hätten, dieses Ding zu orten!" Pichetseder lächelte triumphal, und Vilsmayr fand ihr Lächeln einfach nur schön. „Freilich habe ich das. 47°65" nördlicher und 9°67" östlicher Breite. Entspricht dem Stadtgebiet von Lindau am Bodensee."

Rinderknecht fing an zu japsen. „Leckt's mi am Arsch! In Lindau, da befindet sich auch die Metallverwertungsfirma, bei der ein Mercedes Sprinter Baujahr 1991 zum Verschrotten abgeliefert wurde. Die Vorbesitzer haben einen großen Teil der Werbefolien entfernen können. Allerdings steht auf einer Schiebetüre noch '...ietterl...'.

„Vilsmayr klatschte die Hände zusammen. „Das heißt, dass ein Handy, das möglicherweise Thomas Stephan gehört haben könnte, sich ebenso möglicherweise in einem Fahrzeug befindet, das Tatverdächtige..."

Doch Rinderknecht hob beschwörend die Hand, während er auf sein Telefon blickte. „Da ist eine Gruppe Wanderhandwerker aus Litauen. Die wollen den Van heute Nachmittag abholen. Gegen Barzahlung.“

„Dann schwingen Sie sich ans Telefon, Rinderknecht, und rufen Sie die Kollegen in Lindau an. Die sollen mit Blaulicht zu dieser Firma fahren - und das Fahrzeug sicherstellen, bevor die Litauer darin herumkrabbeln und uns alle Spuren versauen. Und auf geht's, Buam und Madln!“

Kreszenita Pichetseder drehte sich beim Gehen unter der Türe um. „Sagen Sie Ihrer Frau Dankeschön! Erol wird mit ihr morgen Abend zusammen die Gruppe für verwaiste Eltern in Mühldorf besuchen. Und meine Schwiegermutter kommt nicht zu Besuch...“

Vilsmayr atmete tief durch. „Sie werden sehen, Frau Pichetseder - alles wird gut. Nicht auf die alte Weise. Aber auf eine neue. Wie die Zukunft eben so ist.“

~~

„Warum dauert das so lange, Sakradi?“, schimpfte Vilsmayr. In dem gerade noch rechtzeitig beschlagnahmten Lieferwagen hatten sich reichlich Spuren befunden. Blut, Haare, und mehr, was Vilsmayr nicht so genau wissen wollte.

Aumüller, der zwar auch ein bekümmertes Gesicht machte, versuchte abzuwiegeln. „Es dauert, weil an dem Wasserbecher von Bertram Wertheim extrem wenig verwertbares Material gewesen war. Und bei dem von Euphrasius Steinbeiß schauts auch nicht besser aus.“

„Ich glaub ja immer noch, dass die beiden gemeinsame Sache gemacht haben!“, blökte Weihwadl dazwischen. „Haben Sie nicht ausnahmsweise etwas Positives auf Lager statt Kaffeesatzleserei?“, murrte Vilsmayr. Er persönlich hasste diese Phase bei Ermittlungen geradezu. Wie oft zerrinnen vermeintlich heiße Spuren da zu nichts und Banales führte schließlich zum Ziel. Und wie immer mischte die gute alte Tante Zufall die Karten, wie es ihr beliebte.

Kreszentia Pichetseder hob ihre Hand. „Ich konnte die ominöse zweite Handy-Nummer von Frau Stephan ein paar Mal orten. Also ich meine, sie bewegt sich auf weiten Strecken, aber diese Position nimmt sie immer wieder ein. Als wäre die so etwas wie ein Heimathafen.

„Und wo legt das Schiff an, Frau Pichetseder?", fragte Aumüller schmallippig. „In Teltow. Das liegt hart an der südlichen Stadtgrenze von Berlin. Berlin-Marienfelde, um genau zu sein.", meinte Kreszentia Pichetseder.

„Und was gibt es dort so besonderes - vor allem, was es in Berlin nicht gibt?", setzte Aumüller nach. Er und Kreszentia Pichetseder konnten einander schlecht leiden. Woran auch ihre Ehe mit dem Kollegen Erol wenig geändert hatte.

„Nicht eben wenige Speditionsunternehmen, denen die Gewerbesteuer in Berlin zu hoch ist.", belehrte Pichetseder ihren Kollegen. „Können Sie das irgendwie eingrenzen?", wollte Vilsmayr wissen. Pichetseder schmunzelte für einen kurzen Moment. „Ich nicht. Ein paar alte Freunde in Pullach freilich schon." - „Ja - alles kein Problem. Wenn man die richtigen Leute kennt...", giftete Aumüller.

~~

„Dein Gulasch steht zusammen mit den Semmelknödeln in der Mikrowelle. Zeit und Temperatur sind schon eingestellt. Nur auf den Ein-Knopf drücken. Guten Appetit - Gardi." Diese freundliche Nachricht fand Vilsmayr auf dem Esstisch vor. Wo seine Frau und er sich seit jeher Nachrichten zu hinterlassen pflegten, wenn einer aushäusig war.

Vilsmayr war schon zufrieden mit dem Tag heimgekommen, und noch zufriedener machte ihn die Aussicht auf Luitgards wunderbares Rindsgulasch mit den hausgemachten Semmelknödeln. Also wandelte er in die Küche und bediente die Mikrowelle, die mit sanftem Brummen ihr Werk tat - und wenigstens ein Quäntchen Gulaschduft nach außen ließ.

Er konzentrierte sich ganz und gar auf seine Vorfreude - wie es ihm der Polizeipsychologe geraten hatte, den er zunächst wegen Erol Pichetseder angesprochen hatte. Vorfreude genießen, sagte er sich, war weder Teufelswerk noch so ein weichgespülter Psychokram.

Er hatte mit großem Genuss einen kompletten Knödel und knapp die Hälfte des Gulaschs zu sich genommen und es sogar geschafft, sich auf das delikate Essen zu konzentrieren, statt seine unbändigen Gedanken schweifen zu lassen, als ein Schlüssel ins Hautürschloss gesteckt und mit hässlichem Krachen umgedreht wurde. Hektisches Fußgetrappel machte sich in der Diele breit; Vilsmayr vermeinte, mehr als ein Paar Schuhsohlen und Absätze unterscheiden zu können. Er seufzte, und leerte wenigstens sein Bierglas.

„Gardi?", wollte er wissen. Eine rein rhetorische Frage, hinausgerufen in den Raum. Denn seine Frau stand schon vor ihm. Zornbebend. In Gesellschaft. Die ebenfalls für deren Verhältnisse sehr erregt war. Wie eine Rachegöttin ballte Luitgard ihre kleine Hand um ein Blatt weißes Papier, das bis vor kurzem bessere Tage gesehen haben mochte...

„Eine Blutsauerei, eine ausgschamte ist des!", zeterte sie. Und ihr Begleitchor hob einstimmig zur Unterstützung an: „Ein Skandal!! Ein Riesenskandal!" Erol Pichetseder, um eine gute Haupteslänge größer als Frau Vilsmayr, spuckte nicht weniger Gift und Galle.

Geistesgegenwärtig schob Vilsmayr seinen Speichenteller von sich. „Doch nicht etwa die Trauergruppe?", argwöhnte er.

Luitgard pfefferte statt einer Antwort das zerknautschte Blatt Papier in eine Ecke, wo sie es zunächst nicht weiter beachtete. „Das ist Betrug! Aber mindestens!", knirschte sie.

Vilsmayr versuchte, sie in die Arme zu nehmen, doch sie sträubte sich wie eine unwillige Katze, machte sich los und rannte in die Küche, wo sie wortlos die Türe hinter sich zuschlug.

Ratlos blickte der Erste Hauptkommissar Erol Pichetseder an. Es blieb ihm nichts weiter übrig, als ihn um Aufklärung zu bitten. „Können Sie mir bitte erklären, was meine Frau so saunarrisch macht?"

Auch Pichetseders Augen glitzerten erregt. Vilsmayr konnte genau sehen, wie die gesteigerte Atemfrequenz seine Brust hob und senkte. „Ist Ihnen - und meiner Frau - irgendjemand dumm gekommen?" Statt einer Antwort bückte sich Pichetseder nach dem Blatt Papier, strich es einigermaßen glatt und streckte es Vilsmayr hin. „Lesen Sie bitte selbst! Kommt Ihnen das vielleicht ein klein wenig bekannt vor?"

Es war eine einseitige, qualitativ schlechte Fotokopie einer Preisliste mit angehängter Bezugsquelle. Mit gerunzelter Stirn überflog Vilsmayr das Angebot. „Zappelphilipp und Heulsuse - ein Leitfaden für Familien mit Kindern mit AHDS und ADS- Euro 22,--" Was ihm vertraut vorkam

Der nächste Titel nicht. „Plötzlich nur noch ein halber Kopf. Wie Pflegende mit durch einen Schlaganfall Behinderten umgehen können. Euro 24,--"

Der dritte Posten nannte sich „Liebe gegen das Vergessen. Wie Partner Demenz in ihr Leben integrieren können. Euro 20,--" Wo hatte er das schon einmal gehört? Oder gesehen?...

Doch dann traf ihn schier der Schlag, und er musste sich schleunigst auf den nächsten Stuhl setzen. Konnte das sein? Wie war das möglich? „Krebs annehmen. Ein Handbuch für Betroffene und Partner. Euro 32,--..." Dieses Buch, das angeblich nicht beim Groß- und Versandhandel gelistet und damit auf dem freien Markt nicht erhältlich war, wurde über eine mysteriöse Website angeboten? Für stattliche zweiunddreißig Euro?

Dass direkt unter „Krebs annehmen" gleich „Briefe an mein Sternenkind. Für Eltern glückloser Schwangerschaften, Euro 26,--" aufgelistet war, wunderte Vilsmayr eigentlich nicht mehr. Ebenso wenig wie die Wut, die von seiner Frau und seinem Ermittler Besitz ergriffen hatte. „Haben Sie diesen Prospekt aus Mühldorf mit gebracht?", wollte er wissen.

Pichetseder, der sich wieder gefangen hatte, nickte. „Mehr als das. Die Moderatorin hat am Ende der Gruppensitzung jedem Gast diesen Prospekt in die Hand gedrückt und gemeint, dass das Buch von Frau Barth derzeit die beste Lektüre sei für Eltern, die ein Kind vor der Geburt verloren haben. Auf dem Markt sei es nicht erhältlich, es werde exklusiv nur an Mitglieder von Selbsthilfegruppen vertrieben. Auf Bestellung."

Vilsmayr zischte und wischte sich die Stirn ab. „Sie können sich sicher vorstellen, Pichetseder, worauf das hinauslaufen könnte?", fragte Vilsmayr tonlos. „Ihre Frau hat recht - auf Betrug. Und auf Abzocke von verzweifelten Hilfesuchenden in möglicherweise großem Stil?", murmelte Pichetseder.

„Wie groß?", wollte Vilsmayr wissen. Pichetseder hob seine Hände in einer abwehrenden Geste. „Man hat mir heute Abend eröffnet, dass mindestens jede dritte Frau einmal in ihrem Leben das durchmachen muss, was man als 'glücklose Schwangerschaft' bezeichnet. Pro Jahr werden etwa 180.000 Babys in Deutschland geboren. Und 40.000 Frauen erleiden einen frühen oder einen späten Abort. Oder eine Totgeburt."

Vilsmayr hob den Blick zu ihm. Pichetseder konnte darüber reden! Wenn auch nur in Form von Zahlen. Aber immerhin. Er ergriff den Faden seines Kollegen. „Und wenn von denen pro Jahr nur ein Zehntel dieses Sternenkinderbuch bestellt, dann bedeutet das ...", er rechnete kurz nach, „... einen Umsatz von 130.000 Euro vor Abzug der Druckkosten. Pro Jahr. Und was das Buch über Krebs angeht - das dürfte ein Mehrfaches sein. Krebs ist nach Herz-Kreislauf-Erkrankungen die zweithäufigste Todesursache. Und bevor man daran stirbt, muss man erst einmal daran erkrankt sein." Er ging im Raum auf und ab. „Und Schlaganfall und Demenz - die sind auch gut für Bestseller..."

„Topseller!", übertrumpfte ihn Pichetseder. Vilsmayr blieb stehen. „Was mich in diesem Zusammenhang interessieren würde, Pichetseder: Wie ist diese Moderatorin an diese Liste gekommen? Und wer kriegt die sonst? Können Sie das eventuell herausfinden?"

Pichetseder nickte. „Das nächste Gruppentreffen ist in zwei Wochen. Da werde ich mich mal umhören."

In diesem Moment kam Luitgard wieder aus der Küche - vollkommen ruhig, fast ein wenig kleinlaut. „Entschuldigts mich bitte - aber ich war wirklich vor den Kopf gestoßen.", murmelte sie. Doch Vilsmayr schlang ihr einen Arm um die Mitte und drückte ihr einen Kuss aufs Haar, bevor er ihr den Prospekt vors Gesicht hielt. „Da gibt's nichts zu entschuldigen. Das, was du und Pichetseder mir da geliefert habt, das ist eigentlich ein Zauberschlüssel."

Pichetseder lachte verlegen und reichte Luitgard die Hand. „Vielen Dank, dass Sie mich zu diesem schweren Schritt überredet haben. Dass er zu etwas ganz anderem nützlich sein könnte, ist für mich ein Zeichen. Schlafen Sie gut! Herr Vilsmayr..."

Und er verließ das Haus weitaus lautloser, als er es vorhin betreten hatte.

Vilsmayr studierte die Bezugsquelle der wahrhaft exklusiven Ratgeberliteratur. „www.eureepiphanie.com". Verständnislos schüttelte er den Kopf. „Von so etwas habe ich noch nie gehört."

„Ich auch nicht. Warum googelst du das nicht eben?", schlug Luitgard vor. „Sonst wirst du wohl nicht in den Schlaf finden."

~~

„Wisst ihr, was eine Epiphanie ist?", wollte Emmeran Vilsmayr am nächsten Morgen um elf Uhr von seiner versammelten Truppe wissen. Die blickte ihn an, als wäre er zu einer Yogischen Sekte übergetreten. Allseits ungläubiges Kopfschütteln war das, was er statt einer Antwort erntete.

Vilsmayr war mitnichten enttäuscht, sondern teilte Fotokopien aus. „Eine Epiphanie ist ein Erlebnis, das einen Menschen in seinem Glauben nachhaltig stärkt. Quasi ein Beweis einer Heilslehre. Wie bei den Heiligen Drei Königen, als sie im Stall in Bethlehem tatsächlich das prophezeite Neugeborene in einer Futterkrippe vorfanden. Und einen auffällig lichtstarken Stern am Himmel darüber. Der, wie wir heute zu wissen glauben, vermutlich der Halley'sche Komet war."

Beifälliges Murmeln, zumal solche Wissensperlen vom Ersten

Hauptkommissar nicht oft weitergegeben wurden. Vilsmayr fuhr fort. „Was Sie hier vor sich haben, ist eine Liste von Ratgeberbüchern, die offenbar nur von den Mitgliedern von Selbsthilfegruppen oder Angehörigenforen über ein Handelsunternehmen bezogen werden können, das sich „Eure Epiphanie - unsere Mission" nennt. Über den normalen Buchhandel kann keiner von diesen Titeln erworben werden."

Aumüller meldete sich. „Das klingt für mich stark nach einer Sekte.", warf er ein. Vilsmayr nickte ihm zu. „Dachte ich auch. Die 'Epiphanie' - ich nenne sie jetzt der Einfachheit halber so - ist aber ein im Handelsregister des Landkreises Teltow-Fläming eingetragenes Buchhandelsunternehmen bürgerlichen Rechts. Eine stinknormale Firma. Kein Vertrieb über Läden oder Vertreter oder Tupperpartys. Keine Werbung in irgendwelchen Medien. Nur über diese mehr als schlichten Zettel, die in Selbsthilfegruppen ausgeteilt werden."

Nun hob Kreszentia Pichetseder ihre Hand. „Sagten Sie eben Landkreis Teltow-Fläming?" Vilsmayr nickte.

„Die Kreisstadt ist Teltow. Wir haben darüber gesprochen. Der „Heimathafen". Ich meine, der Zielort, an dem das Handy mit der von Keiko Stephan regelmäßig kontaktierten unbekannten Prepaid-Nummer lokalisiert werden konnte. Ich weiß, dass er in Teltow liegt, im Gewerbegebiet in der Nähe des Stahnsdorfer Klärwerks!", erklärte sie.

„Und was gibt es dort sonst noch - außer dicker Luft?", wollte Aumüller wissen.

„Aumüller, seien S' stad!", wies Vilsmayr ihn zurecht. „Bitte, Frau Pichetseder!"

„Da liegt ein Gewerbepark auf dem Gelände einer ehemaligen LPG. Die einzelnen Wirtschaftsgebäude sind an Kleinunternehmer verpachtet worden.", fuhr Pichetseder fort.

„Wäre ja zu schön, wenn die 'Epiphanie' dort ihren Firmensitz hätte. Aber möglicherweise besitzt die nur einen Briefkasten irgendwo in der Mark Brandenburg.", meinte Vilsmayr - und wandte sich wieder an alle Anwesenden. „Finden Sie bis morgen Abend alles heraus, was man über die 'Epiphanie' herausfinden kann - bis zur bevorzugten Seife in den Toiletten!" ordnete Vilsmayr an. „Waidmanns Heil!"

~~

Vilsmayr und Aumüller verließen den Raum als letzte; Aumüller ließ seinem Vorgesetzten selbstredend den Vortritt. Vilsmayr zögerte, allerdings nicht wegen dieser höflichen Geste. Er blieb stehen und blickte Aumüller ernsthaft an. „Aumüller, hätten Sie im Verlauf des Tages eine halbe Stunde Zeit, sich mit mir nochmal die Aufzeichnung Ihrer Vernehmung von Euphrasius Steinbeiß anzuschauen?", wollte er wissen. Aumüller nickte. „Natürlich. Geht es gegen sechzehn Uhr?"

Vilsmayr nickte mit nachdenklichem Gesicht. In diesem Moment klingelte Aumüllers Handy, er nahm das Gespräch sofort entgegen. „Aumüller, Kriminalpolizei Mühldorf?... Die Spurensicherung hat was?... Sie sind Spitze! ... Ja, schicken Sie es so schnell es geht her. Am besten per Kurier! Vielen Dank, Frau Kollegin!" Er beendete das Gespräch - und blickte seinen Vorgesetzten mit einem Ausdruck an, wie ihn ein Kater, der soeben eine Schüssel Schlagrahm ausgeschleckt hatte, nicht besser hätte aufsetzen können.

„Der vom Lindauer Schrottplatz sichergestellte Van. Jede Menge Blutspuren im Laderaum. Abgebröckelter Zement. Und in einer Schiene am Boden hatte sich ein Billighandy verfangen, so ein kleines schwarzes Ding..." Aumüller zeigte eines seiner seltenen Lächeln. „Die Blutspuren und der Zement sind heute nach Augsburg in die Gerichtsmedizin gekommen. Vom Handy nimmt die Lindauer SpuSi erst noch Fingerabdrücke. Und dann wird es hierher geschickt... Der Kreis schließt sich."

Doch Vilsmayr schüttelte langsam den Kopf. „Meinen Sie? Ich finde, da sind noch zu viele Lücken, um von so etwas wie einer Kreisform sprechen zu können..." Nachdenklich rieb er sich den

Nacken. „Trotzdem ist es ein mächtiger Schritt nach vorn, dass man dieses Handy gefunden hat. Und ich darf annehmen, dass es noch ein paar Überraschungen in sich hat."

~~

Der Einfachheit halben suchte Aumüller kurz vor sechzehn Uhr Vilsmayr auf. Einfach, weil dessen Büro größer war als sein eigenes. Vilsmayr hatte ihn bereits erwartet und die Datei mit der Befragung von Bruder Euphrasius schon hochgeladen. Aumüller setzte sich neben ihn.

Die Aufnahme zeigte den, ruhig an dem Zweiertischchen sitzenden, Euphrasius Steinbeiß. Der Mann hatte den Blick gesenkt und seine gefalteten Hände auf die Tischplatte gelegt. Fast wirkte es, als ob er ins Gebet versunken war. Was zumindest Vilsmayr für diesen Moment nicht ausschloss. Steinbeiß mochte vielfach gegen den Paragraphen 176 des Strafgesetzbuchs verstoßen haben - und dafür bisher dank einer allmächtigen und intransparenten Organisation nicht belangt worden sein - aber er war dennoch ein gläubiger Mensch. Was für ihn selbst anscheinend in keinerlei Widerspruch zu seinen vergangenen Verbrechen stehen mochte... Vilsmayr spulte die Aufzeichnung ein wenig vor, bis man den eintretenden Aumüller sehen konnte. Vilsmayr stellte auf Wiedergabe um.

„Guten Morgen, Herr Steinbeiß. Mein Name ist Hauptkommissar Wolfgang Aumüller.", lautete die Begrüßung. „Guten Morgen.", kam die gefasst klingende Antwort.

„Sie wissen, warum Sie hier sind?", sprach Aumüller und setzte sich auf seinen Stuhl, den er dabei näher an den Tisch heranzog. Bruder Euphrasius schüttelte leicht den Kopf. „Nicht genau - aber es dreht sich doch wohl um den Verleger Thomas Stephan."

Aumüller, und das fiel Vilsmayr erst in diesem Augenblick auf, hatte dieses Mal keinen Aktendeckel dabei. Daher wandte er seinen Blick direkt zu seinem Gegenüber. „Thomas Stephan ist eines nicht natürlichen Todes gestorben. Da der Todeszeitpunkt unklar ist, müssen sämtliche Personen, mit denen er eine persönliche und/oder geschäftliche Beziehung hatte, befragt werden.", erklärte er.

Bruder Euphrasius zuckte zusammen und prallte zurück. Seine Reaktion wirkte absolut natürlich, ebenso wie die Hand, die er über seinen Mund legte. „Ich werde für seine Seele beten - Friede seiner Asche!" Aumüller zuckte die Schultern. „Und in welcher Beziehung standen Sie zu ihm, Herr Steinbeiß?"

„Er war mein Verleger, Herr Hauptkommissar."

„Das heißt, er hat ein Buch von Ihnen gedruckt und in den Handel gebracht?", wollte Aumüller wissen.

Der Gefragte kehrte seine Handflächen nach oben, als beteure er Unschuld oder Hilflosigkeit. „Das hat sich leider als ausgesprochen kompliziert herausgestellt. Irgendwie war er als Ein-Mann-Betrieb reichlich überfordert mit Lektorat, Satz, Vermarktung... je nun, einfach mit allem. Mein Buch ist kein großes Werk, es enthält keine Abbildungen oder eine anspruchsvolle Ausstattung. Kurze Einzelmeditationen, für Jedermann und Jedefrau. Vor schwierigen Herausforderungen, nach einer Kränkung, bei Zweifeln - oder einfach zum Tagesausklang..."

Aumüller nickte. „Gut zu wissen. Und woran haperte es letztendlich?"

„An Ausreden, die ich jetzt im Nachhinein als noch fadenscheiniger einschätze als vor... vor einem knappen halben Jahr.", antwortete Bruder Euphrasius.

„Ich gehe davon aus, dass Sie da nachgehalten haben?" Euphrasius Steinbeiß nickte.

„Und wie haben Sie das angestellt?"

„Ich habe ihm E-Mails geschrieben - ohne Antwort. Wenn ich ihn angerufen habe, hat er das Gespräch nicht angenommen." Er seufzte, was leicht beschämt klang. „Das hat mich ziemlich verärgert, dieses Verhalten. Ich war ihm gegenüber immer freundlich. Und habe zweimal die verlangten Zuschüsse zu den Verlagskosten bezahlt."

„Wie hoch waren diese Beträge?"

„Einmal eintausendfünfhundert, das zweite Mal eintausendzweihundert Euro.“

„Macht zusammen zweitausendsiebenhundert. Eine Menge Geld. Also, wenn ich Sie gewesen wäre - ich hätte ihm das zügig ins Gesicht gesagt - und dann genau beobachtet, ob er sich nicht schämt!“, meinte Aumüller.

Bruder Euphrasius lächelte mit geschlossenen Lippen. „Dazu hat sich leider nie die Chance ergeben.“

„Was heißen soll?“

„Ich bin ihm nie persönlich begegnet...“

Vilsmayr hielt die Wiedergabe erneut an. Und schüttelte den Kopf. „Dieser Verleger war ja fast ein Einhorn. Jeder hat an seine Existenz geglaubt - und keiner hat es je erblickt...tss!“ Er blickte Aumüller an. „Was kam als Nächstes?“

Aumüller überlegte kurz. „Als Nächstes habe ich ihm ein wenig auf den Zahn gefühlt, warum er seine Pfarrstelle bei Hof vor zehn Jahren aufgegeben hätte - um später als Novize einem Orden beizutreten - und das in seinem Alter.“

„Ja, gut, das können wir überspringen.“, meinte Vilsmayr. „Sagen Sie mir nur kurz, wie er auf ihre Eröffnung reagiert hat.“

„Gefasst - mit einer Spur Verbitterung. Er räumte ein, schwer gesündigt zu haben, war aber nicht gut auf die ‘übergeordnete Instanz’ zu sprechen, die ihm das verwehrt und verboten hatte, was man als tätige Reue und Buße bezeichnet.“ Aumüller blickte Vilsmayr an. „Bruder Euphrasius ist, was diesen Punkt seiner Vergangenheit angeht, ein zutiefst frustrierter Mensch. Mit seinem derzeitigen Leben scheint er aber irgendwie im Reinen.“

Vilsmayr schüttelte den Kopf und spulte vor. „Sagen S’ bitte halt, wenn’s nach Ihrer Ansicht wieder relevant wird.“

„Hier!“, hakte Aumüller ein. „Hier habe ich ihn damit konfrontiert, dass er bezeugter Maßen im Mai nach Nördlingen gereist ist, um Thomas Stephan aufzusuchen...“

Das Standbild zeigte Aumüller mit gespitzten Lippen - und Euphrasius Stein mit vor der Brust verschränkten Armen.

„... Ja, ich bin nach Nördlingen gereist. Mit der Bahn ist es kein großer Aufwand - erst nach Nürnberg, dann über Gunzenhausen dorthin. Ich habe seine Anschrift allerdings nicht gewusst, und mich dort an die örtliche Polizei gewandt. Wo man wirklich sehr hilfsbereit war. Ich habe mir ein Fahrrad gemietet - und bin nach Wallenstein gefahren...", erklärte Bruder Euphrasius. „WalleRstein, um genau zu sein. Aber haben Ihn, das darf ich jetzt mutmaßen, nicht angetroffen?", schloss Aumüller. Bruder Euphrasius nickte. „Leider hatte ich wieder das Nachsehen... Und auch alle anderen Versuche, mit ihm in Kontakt zu treten, waren vergebens."

Aumüller nickte ebenfalls. „Danke, Herr Steinbeiß, das wäre fürs erste genug. Bitte halten Sie sich zur Verfügung und verlassen Sie vorläufig nicht das Land. Auf Wiedersehen, Sie können gehen!" Der Aumüller auf dem Bildschirm erhob sich, Bruder Euphrasius tat es ihm gleich.

In diesem Moment hielt Vilsmayr die Wiedergabe erneut an. Und hieb seine Handflächen zusammen. „Verstehen Sie jetzt, warum ich meine, dass der Kreis noch Lücken hat?"

Aumüller streckte sich dezent und atmete durch. „Ja, ich sehe jetzt ein paar Widersprüche, was diesen Mann angeht. Wenn ich mit jemandem ein Hühnchen rupfen will - und seine Adresse brauche, dann frage ich alle möglichen Leute, um die herauszufinden. Aber ganz bestimmt nicht die Polizei."

„...Und", setzte Vilsmayr nach, „sollte das Hühnchenrupfen dann auch noch blutig abgelaufen sein, dann..."

„...erzähle ich der Polizei erst recht nicht, dass ich bei der Polizei war!", fiel wiederum Aumüller seinem Vorgesetzten ins Wort. Vilsmayr nickte. Und verlangte unvermittelt: „Aumüller, stehen Sie bitte auf!" Dieser gehorchte verwundert.

„Aumüller, wie groß sind Sie?" - „Einsachtundsiebzig."

„Also Durchschnitt." Vilsmayr wies auf das Standbild von Euphrasius Steinbeiß, der das des Hauptkommissars deutlich überragte. „Und wie groß, meinen Sie, ist der ehemalige Hochwürden?"

„Ich schätze fast einsneunzig." Aumüller nickte, als wäre ihm ein

Licht aufgegangen. „Die beiden Männer, die in Memmingen den gebrauchten Van gekauft haben... beide knapp einsachtzig... ich verstehe."

Vilsmayr nickte. „Und wieder hat der Kreis ein Loch bekommen, wo er geschlossen werden sollte."

~~

Vilsmayr wollte sich soeben wie jeden Dienstagmittag ins Poststüberl nach Altötting zum Mittagsmahl begeben, als Kommissar Rinderknecht ihm hinterherlief. Er tat dies mit einem Bündel Papierbögen in seiner Rechten, die er hoch über seinen Kopf erhoben wie ein Samurai Schwert schwenkte. Seinen raumgreifenden Körper bewegte er mit ungelenken, aber trotzdem ebenso raumgreifenden Schritten, dass der Korridor hallte, als marschierte ein ganzes Bataillon auf.

„Chef!!", bellte und keuchte er zugleich. „Bitte einen Moment warten!"

Vilsmayr blieb stehen, obwohl er bereits beträchtlichen Hunger verspürte. Doch wenn sich Rinderknecht in einer solchen Wallung befand, dass er bereit war, ein Tempo vorzulegen, dass schneller als ein Spaziergang anmutete, dann war es wirklich wichtig. Er drehte sich um, und Rinderknecht hätte ihn schier über den Haufen gerannt. „Was gibt's denn, Rinderknecht?"

„Neuigkeiten, die gibt's!" Rinderknechts Lungen arbeiteten wie Blasebälge. „Zum einen haben wir Nachricht von der Gerichtsmedizin: Die DNA-Probe von Euphrasius Steinbeiß ist nicht identisch mit denen aus dem Schuppen in Wallerstein. Und auch nicht mit denen aus dem Van vom Schrottplatz. Diese sind freilich dieselben wie die aus Wallerstein!"

Vilsmayr nickte: „Also Thomas Stephan. Und Mann 1 und Mann 2. Und Euphrasius Stein war zumindest nicht beim Mord an dem Verleger dabei. Und auch nicht beim Transport..." Er seufzte. „Dass

Steinbeiß nicht direkt mitgemacht hat, das habe ich irgendwie geahnt. Und was ist mit der DNA von Bertram Wertheim?"

Rinderknecht zuckte die Achseln. Sein stürmischer Atem hatte sich wieder halbwegs gelegt. „Das dauert noch... Und dann hat Weihwadl etwas über die Überweisungen an Stephan herausgefunden. Respektive, die Frau Pichetseder war's, die ein wenig ausgeholfen hat.", holte er weitschweifig aus.

„Bitte kommen Sie zur Sache, Rinderknecht. Mein Magen hängt schon in meinem Unterbauch!", drängte Vilsmayr.

„Die vierstelligen Beträge, die Stephan mehr oder weniger regelmäßig überwiesen bekommen hat, die haben weite Wege gemacht: Von einem Offshore-Konto in der Karibik über etwas, was Western Union heißt. Frau Pichetseder meint, das sei eine Art Verschleierungstaktik, wie sie auch bei Steuerschwindeleien üblich sei, und sie werde dem nachgehen. Das würde aber ein paar Tage brauchen."

„Das ist doch schon mal was!", lobte Vilsmayr. Kreszentia Pichetseder würde schon irgendetwas aus dem World Wide Web fischen. „Vielen Dank, Herr Rinderknecht."

Er setzte seinen Weg fort, den er ein Stockwerk tiefer jedoch aufgrund einer plötzlichen Eingebung unterbrach. Er traf Erol Pichetseder gerade eben noch, bevor dieser in Richtung Kantine loswandern wollte. „Arbeitsessen, Pichetseder!", ordnete er an.

Hauptkommissar Pichetseder machte noch nicht einmal Miene, dies zu hinterfragen, geschweige denn zu protestieren. Eine Dienstagseinladung ins Poststüberl - davon ging er aus - war für einen Untergebenen des Ersten Polizeihauptkommissars ein echter Ritterschlag.

Dort fragte auch die Saalchefin Monika nicht nach dem wer und warum, sondern geleitete Vilsmayr und seine Begleitung automatisch zu einem größeren separat gelegenen Tisch, nahm die Getränkewünsche auf und empfahl für diesen Tag Lungenhaschee und Nierenspieße. Zu ihrem Erstaunen entschieden sich beide Herren jedoch für Kalbsleber mit gerösteten Speckknödeln und Apfel-Blaukraut-Salat.

Es war Vilsmayr, der das appetitlich angerichtete Tagesessen mit einer gewissen Wehmut betrachtete. „Jetzt wird es wohl nie etwas werden mit Großmutter Christls Urbayerischem Kochbuch...“, seufzte er.

Picheteseder, der höflich darauf wartete, dass sein Vorgesetzter die Mahlzeit eröffnete, setzte ein irritiertes Gesicht auf. „Nur weil dieser - pardon - gschlamperte Verleger jetzt in den ewigen Jagdgründen weilt? Gibts denn gar keine anderen Verlage hier in Bayern?“

Vilsmayr ergriff sein Besteck und wünschte seinem jüngeren Kollegen einen gesegneten Appetit. „Das freilich schon. Aber das würde heißen, Klinken zu putzen, und das Manuskript x-mal zu versenden, zusammen mit einem Bettelbrief... mmh, sehr zart, diese Leber. Stammt ja auch aus der Metzgerei von meinem Bruder.“

Pichetseder ließ sich kein zweites Mal einladen - und probierte. „Ja, wirklich fein!“, bekundete er. „Gibts in der Türkei denn keine Leber?“, interessierte sich Vilsmayr.

„Natürlich gibt es die. Sogar schon in der Osmanischen Küche. Mit Sellerie, Quitte und Sumach. Meistens nimmt man Hühnerleber. Ist billiger. Trotzdem lecker!“, erwiderte Pichetseder. Eine Weile genossen die beiden Männer schweigend ihr Mahl.

Dann hob Vilsmayr, nachdem sein Teller nur noch zur Hälfte voll war, an: „Herr Pichetseder, Sie haben zwei männliche Verdächtige im Fall Stephan befragt.“

Pichetseder tupfte sich den Mund gründlich mit einer Serviette ab, ehe er zu seinem Glas mit Eistee griff. Sich ein Bier zu bestellen, hatte er sich nicht getraut. Er blickte Vilsmayr fragend an, der fortfuhr: „Behalten Sie die beiden Männer bitte im Hinterkopf, wenn ich Ihnen jetzt eine allgemeine und eine ziemlich abwegige Frage stelle: Warum versenkt man einen Leichnam so in einem tiefen See, dass er von sich aus nicht mehr an die Oberfläche steigt? Also mit einzementierten Füßen und Stacheldraht um Bauch und Brustkorb?“

„Weil man jemanden endgültig verschwinden lassen will. Und da wäre es ziemlich ungünstig, wenn er auch als Wasserleiche wieder auftaucht.“, antwortete Pichetseder.

Vilsmayr nickte, während er mit einer Speckknödelscheibe ein wenig Soße auftunkte. „Das ist eigentlich klar. Aber warum versenkt man eine derart behandelte Leiche in der Kulisse der Festspielbühne und trifft augenscheinlich Vorkehrungen, dass diese beim Bewegen von Kulissen während einer Vorstellung an Licht kommt. Oder zumindest ein eindeutiges und wirklich gruseliges Teil davon?" Er blickte Pichetseder nachdenklich an.

Dieser antwortete nicht gleich, sondern kniff die Augen zusammen und massierte seine linke Schläfe. Dann ging ein Ruck durch seinen Oberkörper. „Erinnern Sie sich an diesen Massenmörder, diesen geisteskranken Dirigenten, der die von ihm ermordeten Frauen regelrecht inszeniert hatte? Wie eine Oper?"

Vilsmayr ließ sein Besteck mit einem Klirren auf den Teller fallen. „Natürlich! Eine Inszenierung! Es war alles da - eine Opernbühne, ein Publikum. Und dem sollte eine Zugabe zu Rigoletto gezeigt werden..."

„Oh Gott!", stöhnte Pichetseder. „Bitte nicht schon wieder so einen durchgeknallten Hirsch als Täter, der seine Visionen verwirklichen will!" Betrübt sah er den kleinen Rest seiner Leber an - und schob den Teller leicht von sich.

Vilsmayr schüttelte den Kopf. „Ich glaube nicht nur, dass der - oder die Täter vielleicht einen gewissen Hang zur Dramaqueen haben - und ein übergroßes Mitteilungsbedürfnis, was das Ego und dessen Kränkungen angeht..." Er winkte nach einer Kellnerin. „Mögen Sie vielleicht jetzt ein Bier?"

Pichetseder seufzte. „Aber nur ein alkoholfreies..."

„Schmarrn! Trinken Sie mit mir ein kleines Dunkles! Nein - der oder die Täter haben das richtiggehend inszeniert, wie vorhin bemerkt. Ich bin mir da jetzt ganz sicher." Er gab die Bierbestellung auf. „Es sollte mich auch nicht wundern, wenn das alles irgendeinen Bezug zum Rigoletto hat. Pichetseder - worin geht es beim Rigoletto?"

Der zuckte die Achseln. „Tut mir leid - Bildungslücke. Aber wenn

Sie erlauben, fülle ich die eben ganz schnell." Und war schon dabei, sein Handy zu bedienen.

Dennoch kamen die Biere schneller als Pichetseders Recherche-ergebnisse. „Oper in 3 Akten von Giuseppe Verdi, nach einem Drama von Victor Hugo. Uraufgeführt 1851 in Venedig. Begründete Verdis Weltruhm als Opernkomponist. Die Hand...", las Pichetseder vor. „Worum geht es?", drängte Vilsmayr.

Pichetseder ließ sich nicht von der Lektüre abbringen und las mit kaum merklichen Lippenbewegungen weiter. Dann hob er seinen Kopf - und machte große Augen. „Um Rache, Herr Vilsmayr. Rache an einem Betrüger."

~~

Die beiden Männer überquerten nach ihrer Mahlzeit mit raschen Schritten den Altöttinger Kapellplatz, was dem plötzlichen Einsetzen eines kühlen Nieselregens geschuldet war.

Pichetseder hatte seine Hände in die Taschen seiner Jacke geschoben. „Meinen Sie, das ist ein ausreichendes Motiv? Betrug? Ich meine, wir leben doch nicht mehr im Italien des 19. Jahrhunderts?", zweifelte er.

„Rache ist ein immens mächtiges Motiv - wenn auch der Betrug immens war. Und soo zivilisiert sind wir immer noch nicht, als dass dies auch hierzulande überhaupt keine Rolle mehr spielen würde. Wir wissen, wer der Betrüger war: Thomas Stephan. Was wir immer noch nicht wissen: Wer war der rachsüchtige Betrogene? Und was war der Gegenstand des Betrugs?" Er zog sich seinen Filzhut etwas tiefer ins Gesicht. Bis zum Parkhaus waren es immer noch gute dreihundert Meter.

In diesem Moment klingelte Vilsmayrs Diensthandy. Das konnte nur Afra Praxl sein, denn Dienstag mittags richtete er stets eine Rufumleitung über sein Vorzimmer ein. Und nur in äußerst wichtigen Fällen stellte seine Sekretärin einen in dieser Zeit eingehenden Anruf auch durch. Ansonsten drohten drakonische Strafen.

„Ja, Frau Praxl? Sie haben Glück, wir sind schon auf dem Rückweg…" Ein erleichterter Schnaufer kam als erstes von Frau Praxl
zurück. „Mei. Ich hab den Herrn Kotocki aus Berlin in der Leitung.
Die haben da eine Riesenüberraschung entdeckt."

„Dann lasse ich bitten… Hallo, Herr Kotocki, grüß Sie! Da haben
Sie aber Glück gehabt, dass Sie mich erwischt haben!", rief Vilsmayr
aus, der eben noch die Funktion für Freisprechen bedient hatte, um
Pichetseder teilhaben zu lassen.

„Tag, Herr Vilsmayr! Wie man's denn so nimmt - wir haben heute
noch mehr erwischt!", rief Kotocki mit lautem Organ. Offenbar
herrschte im Nordosten ein starker Wind.

„Dann schießen Sie los!" Vilsmayr wollte endlich die vermaledeite
Tiefgarage erreichen, denn der Niesel wurde allmählich unangenehm.

„Haha, nee, Meester, jeschossen wurde heute mal nich. Aber wir
konnten heute Nacht dieses Handy exaktemang da orten, wo Ihre
kleine Intelligenzbestie es vorherjesagt hat!"

„Sie meinen Kommissarin Pichetseder?"

„Na, da ham Se aber nen richtigen kleenen James Bond in der Abteilung! Chapeau! Könn Se uns bei Jelejenheit ausleihen… also, weiter
im Text: War'n Stück harte Arbeit, die Staatsanwaltschaft Teltow-
Fläming für einen Hausdurchsuchungsbefehl weichzukochen. Wissen Se, die sind uns Berlinern nich so jrün… aber nich so schlimm
wie die in Potsdam…", schwafelte Kotocki, offenbar begeistert von
seiner eigenen Aktion.

„Weiter. Ich gehe davon aus, dass Sie den Hausdurchsuchungsbefehl gekriegt haben…." Vilsmayr rollte mit den Augen, Pichetseder
kicherte leise.

„Ja, ham wa. Zugriff heute Morgen um halb sieben. Der Van war
da - ohne Ladung, aber die beeden Fahrer - Polacken - die ham wa
einkassiert. Wegen Hehlerei. Passt bei den Brüdern immer irgendwo.
Und denne, denn ham wa uns umjeschaut. N' richijet Lager is da -
Gabelstapler, beschriftete Hochregale voll mit Kartons, n' Förder-
band zum Beladen. Und im Hinterstübchen n' kleenet Büro. Rechner,

Drucker, Ordner für Buchhaltung, Frankiermaschine...", brüstete sich Kotocki.

Vilsmayr stoppte, denn sie hatten den Eingang zum Parkhaus erreicht. Aus seiner Hosentasche fischte er den Parkschein, den er Pichetseder zwecks Erledigung vor die Nase hielt.

Kotocki fuhr fort. „In den Ordnern sind Rechnungen, sauber nach Alphabet und Jahrgang jeordnet. Scheint n' Versandhandel zu sein, der sich 'Epiphanie' nennt."

Vilsmayr atmete tief ein. „Genauer gesagt - 'Eure Epiphanie'. Stimmt's?"

„Moment!", begehrte Kotocki und schien eine Datei auf seinem Handy zu suchen. „Da lag noch n' Stoß Rechnungen rum. Hab eene fotografiert... jawoll - Eure Epiphanie. Wat für'n beknackter Name für ne Firma. Ick schick Ihnen dit gleich im Anschluss.", versprach Kotocki.

Vilsmayr lauschte dem Klacken der Münzen, mit denen Pichetseder den Kassenautomaten fütterte. „Was befindet sich in den Kartons?", wollte der Erste Hauptkommissar wissen.

Kotocki lachte mit einem leicht enttäuschten Unterton. Als hätte er wertvolle Elektronik, Zigaretten oder gefälschte Rolex Uhren erwartet. „Bücher. Dit Lager steckt voller Bücher!"

„Dann beschlagnahmen Sie die, und zwar ganz dringend. Und schicken Sie mir eine Übersicht über die Buchtitel!", bellte Vilsmayr. Kotocki stöhnte. „Mann! Solche Fisimatenten bloß wegen so'n paar Büchern. Wenn det wenigstens Waffen und Munition jewesen wären... na jut, n' Bulle kann sich's eben nicht aussuchen."

Vilsmayr zog den entwerteten Parkschein aus dem Automaten. „Das kann unsereins leider nicht, Herr Kollege. Abgesehn davon haben Sie wertvolle Arbeit geleistet. Vielen Dank für Ihre Unterstützung - und die prompte Meldung!", erwiderte Vilsmayr.

„Na denn prost! Und dit Foto von der Rechnung, dit schick ick gleich rum."

Vilsmayr beendete das Gespräch und strebte der Parkebene zu, auf der er seinen Dienstwagen abgestellt hatte. Obwohl er größer war und deshalb längere Beine hatte, hatte Pichetseder Mühe, nun mit dem Ersten Hauptkommissar mitzuhalten. „Bücher...“, murmelte er, und es klang etwas enttäuscht.

Vilsmayr blieb stehen, um sein Auto zu entriegeln. „Sie haben mich doch erst darauf gebracht!“, widersprach er ihm. „Und ich, ich gelobe feierlich, diesen Hut ohne weitere Beilagen aufzuessen, sollten sich die Bestände in dem Teltower Lager nicht als unsere speziellen Bestseller entpuppen...“

~~

„Pichetseder - es gibt Arbeit!“, verkündete Vilsmayr eine Stunde später, als er das Büro der Kommissarin mit dem Aplomb eines Gerichtsvollziehers betrat.

Diese hackte, wie sollte es auch anders sein, etwas in ihre Tastatur. „Es gibt immer Arbeit, Herr Vilsmayr.“, erwiderte sie, ihren Bildschirm nicht aus dem Blickfeld lassend.

Vilsmayr legte die ausgedruckte Rechnung aus dem Teltower Lager auf ihre Tastatur. „Bitte finden Sie bis nachher heraus, was das für eine Bankverbindung ist, die da unten draufsteht. Und auf wen das Konto läuft.“ Er drückte seinen kleinen dicklichen Zeigefinger auf eine in der Fußnote stehende IBAN. „Und dann wäre ein grober Überblick über Einzahlungen und Abbuchungen nicht schlecht...“

Kreszentia Pichetseder seufzte, fasste das Blatt Papier mit spitzen Fingern an und legte es obenauf in den Posteingangskorb. „Herr Vilsmayr, so leid es mir tut, aber ich muss das delegieren.“, sagte sie mit fester Stimme.

„Delegieren? Ja, warum denn das? Und wie?“ Vilsmayr setzte ein Gesicht auf wie ein Kalb, das in ein Uhrwerk blickte.

„Erstens habe ich in einer Stunde einen Kontrolltermin bei meiner Frauenärztin. Auf den ich besser nicht verzichten sollte. Zweitens“, fuhr sie fort, „kann die Polizei ohne höchstrichterlichen Beschluss oder dass Gefahr im Verzug sein könnte, das Bankgeheimnis nicht umgehen.“

„Aha.", meinte Vilsmayr, enttäuscht ob der Gesetzeslage. Und der gelinden Insubordination seitens seiner Mitarbeiterin. „Und wer darf das dann überhaupt?"

Frau Pichetseder machte sich an ihrer untersten Schreibtischschublade zu schaffen, die ihre Handtasche enthielt. „Das darf allenfalls die Finanzdirektion - und dort auch nur die Steuerfahndung." Sie inspizierte kurz den Inhalt ihrer Tasche. Und blickte zu Vilsmayr auf. Sie seufzte.

„Aber ich hab schon kapiert, wie wichtig das jetzt wohl ist. Zufällig kenne ich da jemanden bei der SteuFa. Und dieser jemand war mit mir zusammen in Pullach...", kapitulierte sie. „Ich glaube, das krieg ich eben noch in die Wege geleitet."

~~

Die tiefhängende Wolkendecke der letzten Tage hatte sich verzogen, und am letzten Wochenende des kalendarischen Sommers spannte sich der blaue Himmel des Altweibersommers über das Voralpenland. Ein sanfter Südwind raschelte in den Japanischen Astern im Garten des Vilsmayrschen Hauses, der eventuell in den nächsten Tagen zu einem veritablen Föhn auswachsen konnte.

Luitgard Vilsmayr servierte auf der Terrasse einen gedeckten Apfelkuchen, der inwendig noch warm war, mit Schlagsahne zum Kaffee. Emmeran Vilsmayr sog andächtig das herzerwärmende Aroma ein und freute sich, dass eine ereignisreiche Woche endlich zu Ende gegangen war. Gespannt beobachtete er seine Frau, die den Kuchen mit der erforderlichen Andacht vor seinen Augen anschnitt.

Bei einem frischen Kuchen gebührte das erste Stück immer der Bäckerin - und richtig landete es auf Luitgards Teller. Sie schnitt ein etwas größeres Stück ab, das sie ihrem Mann auftat, und packte einen großen Löffel Schlagrahm daneben. Bei ihr war es nur ein kleiner. Vilsmayr probierte ausgiebig; die Äpfel waren gerade richtig - in kleinere Stücke geraspelt, etwas säuerlich, und einen Hauch bissfest... Dazu die Süße der leicht mit Vanille aromatisierten Sahne.

Er schmatzte um einen Kuchenbissen herum. „Gardi, du weißt es noch nicht. Aber der Zettel, den du da von der Trauergruppe mitgebracht hast - der hat einen Riesenbetrug auffliegen lassen. Ja, Betrug. Du hattest recht!"

Luitgard ließ ihre Kuchengabel sinken. „Wie jetzt?"

„Thomas Stephan hat eine Menge Autoren mit ihren Manuskripten abgezockt - 'Druckkostenzuschuss' hat er es genannt. Er hat ein paar Exemplare von den Manuskripten drucken lassen, aber beileibe nicht die vertraglich zugesicherte Auflagenstärke. Den Restbetrag, der nach den tatsächlichen Druckkosten übriggeblieben ist, hat er einfach eingesackt."

Luitgards Gesicht verfinsterte sich. „So ein ausgschlampter Drecksteifi!"

Vilsmayr verzehrte genussvoll einen weiteren Kuchenbissen. „Aber davon hat er nicht gelebt. Nicht wirklich. Eine Handvoll Autoren hat er mit seinen Komplizen regelrecht um ihre Urheberrechte gebracht. Das waren die Ratgeberbücher. Die hat er im Ausland - in Polen und der Slowakei, um genauer zu sein - ohne ISBN in wirklich großer Zahl drucken lassen. Und deutschlandweit über Selbsthilfegruppen vertrieben. Mit solchen billigen Zetteln. Oder online. Und damit im letzten Jahr alleine einen Umsatz von gut zwanzig Millionen Euro gemacht..."

Luitgard hieb auf den Tisch. „Und hat uns immer den armen idealistischen Diener der Kultur vorgespielt! Pfui Teufel!" Sie dachte nach. „Aber - wie ist er denn an die ganzen Selbsthilfegruppen herangekommen? Und das in ganz Deutschland?" Sie schüttelte den Kopf.

„Über einen Insider an entsprechender Stelle.", meinte Vilsmayr und verputzte den letzten Kuchenhappen. „Seine Halbschwester. Und die ist Geschäftsführerin beim Bundesverband Deutscher Stiftungen. Sie hat diese Scheinfirma in Teltow gegründet - zu dem Zweck, die Ware diskret und gegen Vorkasse unter Umgehung des Buchhandels zu verticken. An Menschen, die verzweifelt Hilfe, Zuspruch und Trost gesucht haben... kann ich bitte noch ein Stück Kuchen haben?"

Luitgard säbelte sein Kuchenstück mit einem derart energischen Ingrimm ab, dass die knusprige Mürbeteigrinde zerbröckelte. „Ich hoffe doch, dass man wenigstens diese falsche Schlange hinter Gitter gebracht hat!", schnaubte sie und schleuderte das arme Kuchenstück schier auf den entgegengehaltenen Teller ihres Mannes.

„Sie war in U-Haft, musste aber auf Geheiß ihrer teuren Anwälte wieder auf freien Fuß gesetzt werden, da bisher nie etwas gegen sie vorgelegen hat. Allerdings sind die Beweise gegen sie schon erdrückend, aber..."

Luitgard verschränkte die Arme vor der Brust. „Aber?", fragte sie aufgewühlt. Betrübt blickte Vilsmayr auf sein demoliert angeliefertes Kuchenstück hinab. „Aber für Betrug gibt es keine allzu harte Strafe. Das ist kein Kapitalverbrechen. Und den Mord an ihrem Halbbruder können wir ihr nicht anhängen. Zumal sie kein Motiv hätte. Sie als allerletztes..." Seine Frau machte einen Schmollmund. „Wo bleibt da die Gerechtigkeit?", ereiferte sie sich. „Fragst du dich das als Polizist nicht oft genug selbst?"

Der zertrümmerte Kuchen schmeckte ebenso gut wie der heile, fand Vilsmayr. Nur dass ihn die Wut seiner Frau in einen anderen Aggregatzustand versetzt hatte. „Ja, freilich. Schon. Ich kann auch verstehen, warum du enttäuscht und sauer bist, Gardi. Und darum hab ich mir etwas überlegt. Damit deine Seele auch ihre Ruhe findet..."

'Jetzt bloß kein falsches Wort!', ermahnte er sich. Keine Beschwichtigungen. Kein geistiges Almosen. „Das Kochbuch von Großmutter Christl... ich finde es zu wertvoll mit all deiner Arbeit, als dass es jetzt auf halbem Weg stecken bleibt..." Er atmete tief durch. „Lass uns doch versuchen, einen seriösen Verlag dafür zu finden.", schlug er vor. „Das sagst du jetzt nur, damit ich mich wieder einkriege, Emmeran.", stichelte sie.

Vilsmayr versuchte sich mit seinem allerliebsten Lächeln. „Wäre das so schlimm? Dass du deinen Frieden wiederfindest? Schlaf wenigstens über den Vorschlag."

„Na gut.", lenkte Luitgard halb ein und knabberte an der Rinde ihres immer noch ersten Kuchenstücks.

In diesem Moment meldete sich Vilsmayrs Diensthandy, das er wegen Rufbereitschaft an diesem Wochenende bei sich führen musste. Er unterdrückte einen Fluch, schob sich rasch noch ein Kuchenstück in den Mund und meldete sich, nachdem er hastig leergekaut hatte.

„Vilsmayr?"

„Hier Dottendorf, Gerichtsmedizinisches Institut Augsburg. Ich spreche mit dem leitenden Beamten der Soko 'Bregenz'?", meldete sich eine etwas gepresste weibliche Stimme.

„Ja, der bin ich. Gibts Neuigkeiten bei der DNA-Analyse in diesem Fall?", wollte er wissen.

„Ja, die gibt es. Die DNA-Analyse eines der Männer vom Grundstück in Wallerstein und aus dem Transporter Marke Sprinter sind identisch mit dem Muster von Bertram Wertheim. Das Ganze haben Sie am Montag in ihrem Account."

„Vielen Dank, Frau Doktor! Und ein schönes Wochenende." Vilsmayr legte auf und sein Handy vor sich neben den Kuchenteller. Er blickte es an, als hätte er soeben erfahren, dass die Erde keine Scheiben- sondern Kugelform besaß.

„Schlechte Nachrichten?", wollte Luitgard, die Zweckpessimistin, wissen.

„Nein. Und ja. Bertram Wertheim ist zweifelsfrei daran beteiligt gewesen, dass Thomas Stephan ermordet und auf seltsame Weise entsorgt wurde. So weit, so gut. Aber wer, in drei Henkers Namen, ist sein Komplize? Der andere Mann?"

~~

Sonntagabend. Die Föhnwetterlage hatte sich hartnäckig gehalten, und in Oberbayern war es fast noch einmal so heiß geworden wie während der Hundstage. Für die Nacht zum Montag waren für das Voralpenland heftige Gewitter, zum Teil sogar mit Hagelschauern angekündigt. Luitgard, die den Tag über Zwetschgenkompott eingekocht hatte, hatte sowieso schlechte Laune - und obendrein Kopfschmerzen bekommen. Daher bestreikte sie am Abend die Küche, was das Zubereiten einer Brotzeit anging.

So erbat sich Emmeran Vilsmayr einen freien Abend mit Ausgang. Und damit die Laune seiner Frau nicht noch unverträglicher wurde, versprach er spätestens um zehn Uhr wieder zuhause bei ihr zu sein. Außerdem, setzte er als Zuckerl hinzu, ginge es um eine Überraschung für sie. Luitgard ließ ihn ziehen.

Auf halb acht, hatte er sich mit dem Zehne-Seppi verabredet, und weil Vilsmayr weder ins Andechser wollte noch zu Kostas, traf man sich eben im Postbräu. Dort ging es Sonntag abends sowieso ruhiger zu als am Samstag, es gab noch nicht einmal einen Stammtisch, und so bekamen die beiden Gäste sofort einen ansprechenden Tisch.

Etwas Warmes mochten weder Vilsmayr noch Dr. Zwacknagl essen, und so teilte man sich einen Brotzeitteller, der auch für drei Erwachsene gereicht hätte.

„Was gibt's Neues?", wollte der Zehne-Seppi wissen, während er sich zwei große Käsescheiben auf sein Brot legte und Zwiebelringe darauf packte.

„Eine ganze Menge. Es hat sich herausgestellt, dass Thomas Stephan heimlich diejenigen Buchtitel in großen Mengen hat drucken lassen, die sich als sogenannte 'exklusive Ratgeber' hervorragend an Ratsuchende in Selbsthilfegruppen verscherbeln ließen. Zu wirklich stattlichen Preisen, die etwa zehn bis fünfzehn Prozent über dem Buchhandelspreis liegen."

Dr. Zwacknagl pfiff leise; dabei traf ein Strahl rohen Zwiebeldunsts zufällig Vilsmayrs Riechorgan. „Wo hat der denn das ganze Geld gebunkert? Der war doch arm wie eine Kanalratte!"

„Vor Steuern und seinen ahnungslosen Autoren schon. Das Geld hat seine Halbschwester gebunkert, in einem Finanzschlupfloch auf den Turk and Caicos - Inseln. Über sie hatte er Zugang zu einer enormen Zahl an Selbsthilfegruppen. Sie hat auch diesen Buchhandel mit dem Namen 'Eure Epiphanie' gegründet - und einwandfrei geführt. Sie hat in keinem Fall Steuern hinterzogen.", erklärte Vilsmayr.

„Aber die beiden haben sich am geistigen Eigentum von anderen Leuten vergriffen, und zwar richtig schamlos, wenn ich es betrachte!", ereiferte sich Dr. Zwacknagl.

Vilsmayr beschloss, auf seinen Hackepeter auch Zwiebeln zu legen; dann würde es nicht mehr so schlimm sein mit Seppis oralen Ausdünstungen. „Schwerer Betrug. Meint die Staatsanwaltschaft." Hackepeter schmeckte mit Zwiebeln sogar noch besser. „Wann haben die beiden damit angefangen?", wollte Dr. Zwacknagl wissen.

„Am Ende des dritten Geschäftsjahrs des Himmelswiese-Verlags. Als eigentlich kaum mehr zu verleugnen war, dass dieser Betrieb einfach nicht rentabel - und dessen Inhaber absolut überfordert war. Stephans Schwester, die wirklich hochintelligent ist, ist auf diese Masche verfallen, nachdem sie erkannt hatte, dass ihr Bruder die Druckkostenzuschüsse seiner Autoren für den eigenen Lebensunterhalt fast aufbraucht, statt die vertraglich zugesicherten Auflagenzahlen zu erfüllen."

„Schon raffiniert.", gab der Zehne-Seppi zu. „Magst du auch noch ein Helles?"

„Nur ein kleines. Ja, und vorgestern haben wir endlich den Mann identifizieren können, der Thomas Stephan erschlagen, seine Füße einzementiert und ihn bei der Bregenzer Seebühne dramaturgisch aufsehenerregend im Bodensee versenkt hat.", berichtete Vilsmayr stolz.

Dr. Zwacknagl machte Augen so groß wie Wagenräder. „Wer wars denn?"

„Bertram Wertheim. Alias Björn Ole Werdín." Vilsmayr trank sein Bierseidel leer. Der Zehne-Seppi hieb mit der flachen Hand auf den Tisch; am Nachbartisch fuhren ein paar Köpfe erschrocken herum. „Hab ich mir fast gedacht. So ein mafioses Ende denkt sich niemand aus, der Astroratgeber oder Betroffenheitsliteratur verfasst. Dafür brauchts schon das passende mindset!"

„Du immer mit deinen blöden englischen Ausdrücken!", schnaubte Vilsmayr. „Das Dumme ist nur - er hat einen Mittäter. Und von dem haben wir keine einzige Spur..."

Seppi kratzte sich hinter dem Ohr. „Vielleicht verplappert sich seine Frau ja. Früher oder später."

Vilsmayr lachte kurz auf. „Die? Laut der Kollegen in Landsberg hat die sich mit Händen und Füßen gegen die Verhaftung ihres Mannes gewehrt. Hat die Kollegen bedroht, wollte immer wieder dazwischen gehen, bis man sie vier Mann hoch endlich zu fassen und ruhiggestellt gekriegt hat. Es muss eine kuriose Szene gewesen sein - der mutmaßliche Mörder steht in Handschellen da - und redet mit Engelszungen auf seine tobende Frau ein. Dass sie mit ihrer Tobsucht alles nur schlimmer machen würde für ihn. Dass sie es riskieren würde, auch noch verhaftet zu werden - wegen Widerstands gegen die Staatsgewalt. Sie solle lieber einen tüchtigen Anwalt beauftragen. Schließlich musste sie nur noch von zwei Kollegen festgehalten werden, fauchte wie eine Wildkatze und gelobte, alles für ihren geliebten Mann zu tun - aber er solle es bitte ihr überlassen. Sie wisse schon, was zu machen sei..."

Dr. Zwacknagl schüttelte den Kopf. „Quelle tragédie! Du kennst sie?"

Vilsmayr lächelte verhalten. „Suzanka Barth. Oder Möller. Schon eine ganz besondere Frau. Schreibt hochsensible Kurzgeschichten zum Thema Fehlgeburt und Kindstod. Und modelt nebenher immer noch."

„Die will ich mir irgendwie auch anschauen...", meinte Dr. Zwacknagl, zückte sein Handy und durchstöberte das Internet. „Ist sie das?" Er drehte das Display zu Vilsmayr, das eine Nahaufnahme von Frau Barth zeigte. Vilsmayr nickte, der Zehne-Seppi googelte weiter. „Da ist eine Fotostrecke mit Sportmoden, schau mal." Vilsmayr warf einen flüchtigen Blick auf Trainingsleggings mit Neonprint, Sportbustiers, raffiniert geschnittene zweilagige Shirts und die darin steckende, drahtige großgewachsene Frau. Models und Schauspielerinnen hatten ihn noch nie interessiert.

Den Zehne-Seppi anscheinend schon, so vertieft war er in die Fotostrecke. Doch seine zu Anfang wohlwollende Miene wich zusehends erst einer gewissen Ratlosigkeit, bis sich eine steile senkrechte Falte zwischen seinen Augenbrauen abzeichnete. Er legte das Handy vor Vilsmayr auf den Tisch. „Ich gelobe hiermit, meinen ältesten Hut aufzuessen, wenn diese Frau früher kein Mann war!“, rief er aus.

Vilsmayr betrachtete skeptisch eine Nahaufnahme von Frau Barth, auf der sie in einem hautengen Zweiteiler einen Seitstütz vollführte und dabei entspannt in die Kamera lachte. „Seppi, du spinnst doch! Besoffen kannst du nach anderthalb Bieren schließlich noch nicht sein!“, protestierte Vilsmayr.

„Du hast mir einmal gesagt, dass ‘Nichts sein kann, was nicht sein darf’ die Devise von vernagelten und damit erfolglosen Ermittlern ist. Also! Jetzt schau einmal diese Aufnahme von ihr von hinten an. Na? Schultern deutlich breiter als das Becken, kaum Taille. Und ein Weiberarsch ist das auch nicht!“

Vilsmayr blieb skeptisch. „Diese Models sind doch alle, wie sagt man - androgyn? Und so lang wie ein Telegrafenmast. Damit sie besser in die engen Designerklamotten passen.“

„Da hast du recht. Und trotzdem ist dieses Model da nicht so gebaut wie die anderen dürren Models.“, beharrte der Zehne-Seppi seinerseits und scrollte weiter. „Ha!“, rief er aus. „Nun schau dir das einmal an!“ Er vergrößerte die Aufnahme so weit es ging. „Und wofür hältst du das dann, Emmeran? Für einen verschluckten Tischtennisball?“ Susanka Barth besaß in der Tat einen prominenten Kehlkopf, genannt Adamsapfel. Vilsmayr betrachtete das leicht vorspringende Körperteil skeptisch.

„Hast du nicht eben erzählt, dass vier Kollegen bei der Verhaftung ihres Mannes vonnöten waren, um sie von einem gewaltsamen Dazwischengehen abzuhalten? Vier? In Ordnung, wenn diese da eine russische Kugelstoßerin gewesen wäre...“

Vilsmayr gab einen Ton des Unmuts von sich. „Manchmal glaubst du auch an Marsmenschen, gell? Und jetzt lassen wir diesen Unfug!

Deshalb bin ich nicht hier, Herr Doktor Zwacknagl." Er leerte sein Bierseidl und bereitete sich ein Brot mit rohem Schinken und Essiggürkchen zu.

„Ja," kartete der Zehne-Seppi leicht eingeschnappt nach, „manchmal sieht auch ein Erster Polizeihauptkommissar den Wald vor lauter Bäumen nicht!"

Vilsmayr war drauf und dran, seinen Freund mit einer Ladung Perlzwiebeln zu bewerfen, beruhigte sich aber. Ein Mann, der seine Zeitungskarriere mit Berichterstattungen über zweiköpfige Kälber begonnen hatte, musste wahrscheinlich eine gewisse verschrobene Denkart als Alleinstellungsmerkmal unter den anderen Schreiberlingen kultivieren.

„Seppi, ich wollte mich eigentlich mit dir treffen, weil ich finde, dass man das mit Luitgards Kochbuch weiterverfolgen sollte.", rückte er ein paar Augenblicke später mit seinem Anliegen heraus.

„Tja...", meinte Seppi gedehnt, „solange es nicht geklärt ist, wer Stephans Rechtsnachfolger ist oder ob er überhaupt einen hat, solange wird sich kein anderer Verleger die Pfoten daran verbrennen."

'Klugscheißer!', dachte Vilsmayr, und antwortete so mild wie möglich. „War nur so ein Gedanke. Gardi ist schon arg enttäuscht..."

Dr. Zwacknagl zuckte die Schultern. „Geduld und Abwarten. Du weißt schließlich besser als ich, dass die Mühlen der Justiz schon sehr langsam mahlen." Und setzte hinzu: „Die Polizei sollte dafür umso schneller handeln - habt ihr denn von Frau Barth - oder Frau Möller - überhaupt Genmaterial gewonnen?"

„Danke für nichts! Und erzähl mir bitte nicht, wie ich meine Arbeit zu tun habe.", brummte Vilsmayr und winkte nach einer Bedienung. Jeder zahlte an diesem Abend seine Zeche selbst. Da es schon längst dunkel war, bot der Zehne-Seppi dem schmollenden Vilsmayr an, ihn wenigstens nachhause zu fahren, was jener gerade noch so annahm. Den Heimweg über schwiegen die beiden Männer.

Dr. Zwacknagl, weil er nachts nur noch ungerne Auto fuhr. Und Vilsmayr, weil er sich über die Zwickmühle ärgerte, in die er gedanklich geraten war. Würde er gleich morgen in Landsberg anrufen und eine DNA-Probe von Frau Barth anfordern, würde man ihn schlimmstenfalls für verrückt erklären und bestenfalls auslachen. Würde er aber genau das NICHT tun, so hätte er von Stund an eine gewisse Angst davor, dass er diese Unterlassung womöglich bereuen würde.

Der Zehne-Seppi näherte sich dem Vilsmayrschen Haus. Im Erdgeschoss war es bereits dunkel, doch im Obergeschoss brannte auf dem Flur und im Bad Licht. Luitgard war also daran, sich zur Nacht zu richten.

„Danke fürs Heimbringen.", meinte Vilsmayr und wollte beim Aussteigen seinen Haustürschlüssel aus der Gesäßtasche ziehen. Der hatte sich aber offensichtlich verhakt und gab erst nach ein, zwei leisen Flüchen nach.

Dr. Zwacknagl wendete sich zu seinem Freund. „Komm, Emmeran, seien wir wieder gut!

„Ja, ja!", knurrte der Düpierte. „Du kannst mich am Arsch lecken!" Und knallte die Beifahrertüre zu.

Seppi schüttelte den Kopf und lenkte den Wagen zurück auf die Straße. Vielleicht sollte er seinen Freund einmal auf so etwas wie vorgezogenen Ruhestand ansprechen. Gab es sicher auch im Polizeidienst.

Erst zuhause in der Garage, am anderen Ende von Altötting, fiel Dr. Zwacknagl auf, dass Vilsmayrs Portemonnaie auf dem Beifahrersitz lag; wahrscheinlich war es vorhin beim Kampf mit dem Schlüssel herausgefallen.

„Auch das noch!" Er wusste genau, dass Vilsmayr noch länger eingeschnappt wäre, brächte er ihm das Fundstück nicht stehenden Fußes zurück. Dr. Zwacknagl startete seinen Wagen erneut und fuhr zurück ans andere Ende der Stadt.

Doch wie hatte sich das Straßenbild geändert! Vor dem Haus standen vier, nein fünf Streifenwagen mit laufendem Blaulicht, zwei Einsatzwagen und weiter hinten ein Rettungswagen mit NEF dazu. Auf dem Rasen hinter der niedrigen Gartenmauer tummelten sich mindestens zwanzig Beamte, die gegen das grell zuckende Blaulicht wie schwarze Scherenschnitte in Aktion wirkten.

„Auch das noch!" Dr. Zwacknagel wusste, dass er sich wiederholte. Die Situation allerdings ließ auch gar nichts anderes zu.

~~

Luitgard schaltete den Herd aus; den Einkochtopf mit den Kompottgläsern würde sie bis morgen früh stehen lassen. Als sie aus dem Küchenfenster blickte, meinte sie gen Westen in der Dunkelheit so etwas wie Wetterleuchten zu erkennen. Sie schätzte, dass das Unwetter in der Münchener Region niederging.

Nachdem sie ein Tablette Ibuprofen eingenommen und vor allem endlich eine größere Menge Wasser getrunken hatte, hatte sich ihr Kopfweh langsam aber tatsächlich verzogen. Der Föhn. Schon als junges Mädchen hatte sie sehr empfindlich darauf reagiert.

Sie hatte kein Verlangen, sich noch eine Brotzeit zuzubereiten. Dafür würde sie im Erdgeschoss Fensterläden, Fenster und den Balkon sichern.

Tatsächlich, sie hatte die Balkontüre offenstehen lassen, der Wind wehte kräftiger und bauschte die Gardine auf. Wie nachlässig, schalt sie sich. Wo es doch schon wieder recht früh dunkel wurde... Sie wandte sich dem Arbeitszimmer zu, hakte die altmodischen hölzernen Fensterläden fest und schloss beide Fenster, als sie ein schabendes Geräusch im Wohnzimmer zu hören glaubte.

„Nicht schon wieder!", schalt sie leise. Es war gerade erst fünf Tage her, als sich ein Gartenschläfer ins Haus eingeschlichen hatte. Was diese gerissenen Tiere vor ihrem Winterschlaf ab Oktober immer wieder gerne taten, um sich mehr Speck auf die Rippen zu futtern. Denn in den Häusern der Menschen gab es gute Sachen, und zwar im Überfluss und ohne Gefahr obendrein.

Luitgard spähte im Wohnzimmer unter alle Regale, Sessel und das Sofa, ob sich dort wieder dieses an sich possierliche Tier versteckt hatte. Natürlich fand sie ihn nicht. Dieses Mitglied der Gattung der

Schlafmäuse war ziemlich gerissen. Also musste die Lebendfalle wieder her, die Emmeran eigens umgebaut hatte. Und vorher aus dem Kühlschrank noch ein Stückchen Schwartenmagen als Köder...

Doch als sie in der Küche das Licht anknipste, wurde sie von hinten von einem Arm so kraftvoll umschlungen, dass der Eindringling - Emmeran konnte das unmöglich sein - sogar mit derselben Hand noch ihren Mund zu halten konnte. Und als ihr noch ein kleines Stück kaltes Metall hart gegen die rechte Schläfe gedrückt wurde, erschrak sie so heftig, dass sie befürchtete, die Kontrolle über ihre Blase zu verlieren...

„Guten Abend!", raunte eine ihr vertraute, etwas rauchige Stimme ins rechte Ohr. „Danke für die Einladung - Ihre Balkontüre stand offen. Sehr leichtsinnig - hätte ich von der Frau eines hochrangigen Kriminalbeamten eigentlich nicht erwartet."

'Was soll ich nur tun? In die Hand beißen?', schoss es Luitgard durch den Kopf. 'Dann werde ich erschossen.' Ihre Blase hielt dicht, dafür schoss ihr Puls auf mindestens einhundertfünfzig hoch, und Stirn und Nacken wurden feucht vom kalten Schweiß.

„Ihr Schlafzimmer ist doch sicher oben?"

Luitgard versuchte zu nicken, was bei der Kraft der Hand, die ihren Mund zuhielt, nicht einfach war. 'Warum um Himmels Willen das Schlafzimmer?... Dort habe ich ja meinen Schmuck...'

„Dann wollen wir mal einen Spaziergang nach oben unternehmen...Aber vorher machen wir dieses ganze Licht hier unten aus. Wir wollen ja nicht verraten werden. Oder als Zielscheibe dienen." Eine winzige Bewegung mit der Pistolenmündung brachte Luitgard dazu, einen Schritt in die befohlene Richtung zu tun.

„So ist es brav. Brave Polizistenfrau. Besser: Braves Polizeihündchen! Ja, das sind Sie!"

Luitgard wurde die Treppe fast mehr hinaufgeschoben, als sie steigen musste. Was gut war, denn ihr drohten die Beine zu versagen.

„Machen Sie diese Türe auf!" wurde Luitgard befohlen. Das Bad. „Licht an!"

Luitgard blieb auf der Schwelle zum Badezimmer stehen. Wenn

sie jetzt auf die fremden Füße treten würde... und dann einen Stoß nach hinten in Richtung Treppe... ihr Herz schlug einen winzigen, fast freudigen Moment lang noch schneller. Was für ein törichter Unsinn. Vor Jahren hatte sie wie ein paar andere enge angehörige Familienangehörige von Kriminalbeamten ein Training mitgemacht, wie man sich in einem solchen Fall am besten verhielt. Und wie am besten nicht: den Helden spielen und seine eigenen Möglichkeiten überschätzen.

„Ja, das ist in Ordnung hier. Nicht zu groß. Und man kann nicht durchs Fenster schauen. Machen wir es uns doch hier ein wenig gemütlich...“

Schneller als Luitgard realisieren konnte, was und wie ihr geschah, wurden ihre Handgelenke mit Handschellen an den oberen Zulauf des Heizkörpers gefesselt. Sie saß also mit ausgestreckten Beinen, dem Rücken am Radiator und weit über den Kopf erhobenen Armen auf dem Badezimmerteppich.

Und ihr gegenüber kauerte der Eindringling, ihr Peiniger. Leicht verwaschene Bluejeans, neongelbe Sneaker, die Kapuze des hellgrauen langärmeligen Sweatshirts weit ins Gesicht gezogen. Um das Grundglied des rechten Ringfingers wand sich mehrfach eine silberne Klapperschlange.

„Ich denke, die Vermummung brauche ich hier nicht mehr.“

Und Luitgard beobachtete, wie die Kapuze zurückgeschoben wurde. Zum Vorschein kam der Kopf von Suzanka Barth, die statt ihrer langen Haare allerdings eine Art Piratentuch um ihren Kopf gewickelt hatte.

„Sie!“, stieß Luitgard hervor.

„Ja, ich. Hier wären wir also - zwei Ehefrauen, deren Männer nicht allzu gut aufeinander zu sprechen sind.“ meinte Frau Barth. Ruhig, ohne ihr sonstiges dramatisches Vibrato in der Stimme. Und ihr 'R' rollte sie auch nicht mehr. Alles nur Show...

„Mein Mann hat Ihren Mann verhaftet. Weil der Ihrige unseren Verleger umgebracht und im Bodensee versenkt hat.“, erwiderte Luitgard. Mittlerweile begann sie zu frieren - oder war es die in Wut umgeschlagene Angst, die sie so zittern ließ? „Ihnen ist kalt.", konstatierte Frau Barth und fasste mit der Handfläche den Boden an. „Sie müssen nicht unnötig leiden." Sie erhob sich und stellte den Thermostat des Heizkörpers auf volle Leistung. Keine Viertelstunde würde vergehen, und Luitgards Rücken würde Brandblasen davontragen.

„Bitte drehen Sie den Heizkörper wieder ab.", bat Luitgard. Sie versuchte überzeugend zu klingen, heraus kam aber der befürchtete flehentliche Ton. „Erst, wenn Sie mir sagen, wann Ihr Mann wieder nachhause kommt. Schließlich muss ich mich darauf einstellen - und ewig Zeit habe ich auch nicht."

Die Temperatur des Heizkörpers stieg zügig an. Noch war sie nicht unangenehm. „Er hat versprochen, spätestens um zehn Uhr wieder hier zu sein.", antwortete Luitgard. Suzanka Barth sah auf ihre klobige Armbanduhr. „In gut zehn Minuten. Das sollte reichen.", meinte sie - und drehte den Thermostat zurück.

Luitgard ruckte ein wenig an ihren Handschellen, weil sie an einer Stelle ihre Handgelenke einschnitten. Aus den Augenwinkeln beobachtete sie ihre Geiselnehmerin. Suzanka Barth saß ihr gegenüber, den Rücken an die Badewanne gelehnt, die langen Beine leicht angestellt und ein wenig gespreizt. Sie mochte sich bemühen ruhig zu erscheinen, doch ihr Brustkorb hob und senkte sich eben so schnell wie der ihre. 'Lieber Herrgott, der du bist im Himmel, wenn ich hier enden muss, dann ist das wohl dein Wille...', dachte sie und schlug ihre Augen nieder, um ihrem Gegenüber den Anblick erster Tränen nicht zu vergönnen. 'Doch vorher hilf mir bitte, dass die Seelen der Menschen in diesem Badezimmer ein wenig Frieden finden.'

Sie atmete tief ein und richtete sich, soweit es ihre Lage erlaubte, auf. „Sie wissen, dass ich Ihnen nicht helfen kann.", hob sie an. Suzanka Barth sog ihre Unterlippe ein und reckte ihr Kinn vor. „Das ist nicht ganz korrekt, Luitgard. Ich darf dich doch Luitgard nennen?"

„Von mir aus. Vor Gott sind wir sowieso alle gleich."

Suzanka Barth schnaubte verächtlich. „Glaubst du etwa an diesen

Schwachsinn - von einem alten weißen Mann? Wenn es den tatsächlich geben sollte, dann hat er mich von Geburt an verarscht - und sich für mich ein ganz persönliches Scheißprogramm ausgedacht."

„Das tut mir leid.", bekundete Luitgard.

Suzanka schwenkte ihre Pistole. „Geschenkt! Ich habe doch tatsächlich etwas daraus gelernt. Nämlich, dass ich mich von keinem mehr verarschen lasse."

Luitgards linke Hand fühlte sich irgendwie taub an. „Hat er deshalb sterben müssen, der Thomas Stephan?", fragte sie vorsichtig.

Die Augen der anderen verengten sich zu Schlitzen. Sie schüttelte den Kopf. „Nein. Das war nicht geplant, verstehst du?" Ihre Stimme wurde lauter. „Wir, Bertram und ich, wir wollten ihn besuchen - und ihn nur zur Rede stellen. Warum das mit unseren Büchern so unendlich lange dauert. Warum er noch einen Zuschuss wollte... und noch einen." Sie sprang auf - und drehte Luitgard für einen winzigen Moment den Rücken zu.

Doch die blieb ruhig sitzen, wohl wissend, dass sie nicht die Fähigkeiten besaß, um diese Unaufmerksamkeit auszunutzen. „Was ist geschehen... Suzanka?"

Diese setzte sich auf den Rand der Badewanne und stütze ihre Hände auf die Knie. Ihre Hände zitterten, wohl durch die Erinnerung an das, was ungewollt und doch zwangläufig in Wallerstein geschehen war.

„Bertram und ich haben ihn nicht in seinem Haus aufgespürt. Sondern in seinem Geräteschuppen. Er war dabei, eine wirklich große Menge Bücher umzupacken. Meine Bücher...", hob sie an. Die Finger ihrer linken Hand krallten sich so stark in den Denim ihres Hosenbeins, dass die Knöchel weiß hervortraten. „In meinem ganzen Leben war ich noch nie so wütend. Es brach wie ein Tsunami über mich herein. In meiner Nähe lehnte ein Spaten an der Wand. Den ergriff ich und stürmte damit auf Stephan los. Der wehrte sich, obwohl er verletzt wurde, genauso wie ich.

„Und was hat dein Mann getan?", wollte Luitgard wissen.

„Der wollte uns trennen. Aber da fing Stephan an, über uns herzuziehen. Dass wir genauso wären wie der Rest dieser halbbegabten Möchtegernschriftsteller, deren Literatur man genauso gut dafür benutzen könnte, einen Vogelkäfig damit auszulegen. Da hat Bertram den Spaten ergriffen und wahllos drauflosgedroschen. Ich habe auch etwas abgekriegt...“ Sie zeigte eine ziemlich frische Narbe auf der Unterseite ihres linken Unterarms. „Bertram hat Kraft wie ein Bär... und Stephan lag regungslos auf dem Boden.“ Sie fuhr sich mit der linken Hand über den Mund.

„Grundgütiger!“, hauchte Luitgard. „Was war dann?“

„Wir haben in dem Schuppen gewartet, bis es draußen dunkel war, damit uns keiner beim Gehen beobachten konnte. Wir hatten genug Zeit, um einen Plan zu schmieden. Ich war dafür, den Toten gleich dort im Schuppen zu vergraben, Sand über die Blutspuren zu schütten und viele Bücherkisten auf sein Grab zu stellen. Doch Bertram konnte mich davon überzeugen, dass wir mit dem Tod dieses verräterischen Schurken ein Zeichen setzen sollten. Er hat so eine kühne Phantasie...“ Ihre Augen leuchteten für einige wenige Augenblicke. „Am nächsten Tag haben wir den gebrauchten Lieferwagen in Memmingen gekauft, eine Wanne, einen Sack Zement und eine Rolle Stacheldraht. Was wir damit gemacht haben, brauche ich dir nicht zu erzählen...“ Schwang da etwa ein wenig Bedauern in der Stimme des Menschen mit, der einen anderen Menschen wie eine Ratte erschlagen hatte?

„Du liebst ihn sehr, nicht wahr?“, fragte Luitgard ruhig. Immerhin hatte sie ein komplettes Geständnis errungen. Suzanka Barth atmete tief aus. „Ich hätte nie gedacht, dass ausgerechnet ich je so etwas finde, was man ‘die Liebe eines Lebens’ nennt. Und doch habe ich Bertram gefunden. Jeden Tag danke ich dem Universum dafür - und schäme mich in Grund und Boden, weil ich das nicht verdient habe...“

„Warum nicht?“

„Weil...“

In diesem Moment drang durch die angelehnte Türe ein Geräusch, das aus dem Erdgeschoss zu kommen schien. Jemand machte Licht.

Suzanka Barth spannte sich und hockte sich neben Luitgard. „Dein Mann? Ruf seinen Namen!“

Luitgard gehorchte. „Emmeran?“

„Ja, Gardi! Willst du schon ins Bett gehen?“, kam Vilsmayrs Stimme von unten.

„Ruf ihn zu dir, nimm irgendeine Ausrede!“ Und erneut drückte sich der Pistolenlauf an Luitgards Schläfe. „Und untersteh dich, mich austricksen zu wollen!“

Luitgard nickte, der Schweiß brach ihr erneut aus. „Emmeran, bitte komm schnell ins Bad! Ich bin in der Wanne ausgerutscht und komme nicht raus!“

„Himmel Herrgott!“, rief Vilsmayr. Luitgard hörte ihn die Treppe heraufstürmen, derweil sich Suzanka Barth hinter die Türe stellte. Als er ins Badezimmer gerannt kam, stürzte Suzanka hinter der Türe hervor, warf ihm einen Bademantel über Kopf und Oberkörper und riss ihn zu Boden, ehe sie sich auf ihn kniete.

Das Ganze hatte keine zwei Sekunden gedauert, und Vilsmayr wusste immer noch nicht, was und wie ihm geschehen war, als er, wie vorhin seine Frau, mit einem Handschellenpaar gefesselt wurde. Er hing allerdings am Siphon unter dem Waschbecken, was wesentlich unkomfortabler war als die Zwangslage seiner Frau.

Suzanka Barth befreite seinen Kopf, der hochrot angelaufen war, von dem hinderlichen Textil. „Herr Vilsmayr, Erster Kriminalhauptinspektor. Ich habe auf Sie gewartet.“, meinte sie kühl und hockte sich wieder auf den Wannenrand.

„Dann habe ich wohl das Vergnügen mit Frau Barth? Oder besser: Frau Möller?“, erwiderte Vilsmayr.

„Emmeran, mir wird schlecht...“, wimmerte Luitgard.

„Machen Sie bitte ein Fenster auf!“, forderte er die Geiselnehmerin auf. „Oder wollen Sie, dass meine Frau auf Sie bricht?“ Als Suzanka Barth zögerte, setzte er nach: „Es kann Sie niemand am Fenster sehen. Wir sind im ersten Stock und vor dem Fenster stehen nur Bäume. Also, bitte!"

Suzanka Barth näherte sich zögerlich einem der Badezimmerfenster und öffnete es zur Gänze, darum bemüht, dabei nicht sichtbar zu sein.

„Danke!", hauchte Luitgard. Die kühle Nachtluft tat wirklich gut.

„Und - was wollen wir hier zu dritt?", hob Vilsmayr an. „Ich nehme an, dass Sie Forderungen haben, was Sie und Ihren Mann angeht?"

Suzanka Barth nickte. „Er soll umgehend freigelassen werden. Und wir wollen ein Sportflugzeug, vollgetankt."

Vilsmayr wog seinen Kopf. „Und vielleicht noch einen Piloten dazu?"

„Nicht nötig. Ich habe eine Fluglizenz.", erwiderte Suzanka Barth.

„Etwas anderes hätte mich auch gewundert.", stellte Vilsmayr tonlos fest, um Suzanka Barth nicht mit seinem üblichen Sarkasmus zu reizen. „Und diese ganze Misere hier ist mein Fehler. Wir hätten Sie vorgestern gleich mitverhaften sollen, Frau Barth. Manchmal sieht man wirklich den Wald vor lauter Bäumen nicht..."

Er wandte sich an seine Frau. „Luitgard, schau dir bitte mal Suzankas Hals an. Heute trägt sie ausnahmsweise mal keinen Flatterschal."

Luitgard kniff die Augen zusammen. „Was soll da sein?", fragte sie irritiert.

„Ein Adamsapfel. Ein männlicher Kehlkopf.", belehrte ihr Mann sie. Und wandte sich wieder an Frau Barth. „Sie sind der lange gesuchte mysteriöse zweite Mann. Denn als solcher wurden Sie geboren. Sie sind", er suchte einen Moment nach der zutreffenden Bezeichnung, „eine Transfrau!", rief er triumphierend aus.

Luitgard stöhnte, Suzanka blickte Vilsmayr fast mitleidig an. Und statt einer Antwort zitierte sie: „Seht ihr den Mond dort stehen? Er ist nur halb zu sehen, und ist doch rund und schön. So sind gar manche Sachen, die wir getrost verlachen, weil unsre Augen sie nicht sehn." Sie nickte beifällig und so leutselig wie eine Fürstin, der ihre Untertanen zujubeln.

„Mei!", war alles, was Luitgard dazu einfiel.

Frau Barth erhob sich - zur männlichen Durchschnittsgröße von einem Meter neunundsiebzig. „Aber wir sind nicht hier, um alle Sorten Regenbogenmenschen durch zu deklinieren." Mit diesen Worten zog sie ein Handy aus ihrer Gesäßtasche und blickte Vilsmayr an. „Ich setze jetzt einen Notruf ab. Und Sie machen Meldung. Ganz brav und korrekt, wie es der Polizei gefallen würde."

~~

Dr. Zwacknagl schaute für sein Leben gerne amerikanische Krimiserien, vor allem die Szenen mit Einsätzen und viel Aufgalopp. Aber diese Realität hier, die erschreckte ihn zutiefst, zerriss ihm seine Vernunft und verdrehte seine klaren Gedanken. Und noch etwas regte sich in seinem Herzen - eine tiefe, pechschwarze Angst, dass seinem besten und ältesten Freund etwas Schreckliches zustoßen könnte. Und dessen Frau natürlich auch.

Eine Handvoll Einsatzbeamte in schwarzer Kampfmontur, schussicheren Westen und Helmen rannte im Laufschritt an ihm vorbei. Schaulustige aus der Nachbarschaft - und sicher auch schon die ganz Sensationslüsternen aus dem Rest der Stadt, drängten sich hinter einem Absperrband. Der Zehne-Seppi erkannte ein paar Presseleute, die sich als Grüppchen etwas abseits hielten. Froh, vertraute Gesichter entdeckt zu haben, gesellte er sich dazu. Einer baute bereits seine Kamera auf. Eine junge Reporterin, die eine dicke Daunenjacke trug, obwohl die Temperaturen über 15 Grad betrugen, erkannte ihn. „Hallo, Herr Doktor Zwacknagl? Was bringt Sie denn hierher an diesen Tatort?" Jemand reichte ihm, wie es unter Presseleuten üblich war, von der Seite einen Becher Kaffee.

„Ich bin ein alter Freund vom Ersten Hauptkommissar Vilsmayr. Und vor nicht einmal zwei Stunden, da haben wir noch zusammengesessen. Und uns unter anderem über diesen Mordfall mit der Leiche im Bodensee unterhalten.", erklärte er. „Oh, sehr gut! Was können Sie uns darüber sagen?"

'Mist!', dachte der Zehne-Seppi. Da habe ich mich ja sauber an die ehemalige Meute ausgeliefert!

Doch er hatte Glück, denn eben kehrte ein junger Kollege zurück, samt einem großgewachsenen Beamten in einer schwarzen Bikerjacke mit der obligatorischen Schutzweste darüber, im Schlepptau. „Leute, das ist der Einsatzleiter - Hauptkommissar Erol Pichetseder!"

Pichetseder baute sich vor der Pressetruppe auf, breitbeinig, die Hände in den Jackentaschen. Und ließ sich weder von den durcheinandergestellten Fragen noch von den Blitzlichtern aus der Fassung bringen. „Wie viele Geiseln sind in diesem Haus?" „Um wen handelt es sich?" „Wer sind die Geiselnehmer?"

Pichetseder räusperte sich. „Bei den Geiseln, die wohlauf sind, handelt es sich um unseren Ersten Kriminalhauptkommissar Emmeran Vilsmayr und um seine Frau Luitgard. Beim Geiselnehmer handelt es sich höchstwahrscheinlich um einen der mutmaßlichen Tatverdächtigen in der Mordsache Bregenz. Im Haus befinden sich momentan nur drei Menschen."

„Dürfen wir das so berichten?"

Pichetseder nickte. „Das dürfen Sie. Die Verhandlungen laufen, über deren Gegenstand und die Bedingungen gibt es momentan aus Sicht der Polizei nichts zu sagen."

Enttäuschtes Murren erklang, Pichetseder hob die Hände und seine Stimme darüber. „Sie dürfen gerne hierbleiben, beobachten und berichten. Unter zwei Bedingungen: Sie bleiben hinter dem Absperrband. Und sprechen keinen anderen Beamten an. Ist das klar?" Sein Tonfall garantierte, dass ein Zuwiderhandeln eine Menge Ärger nach sich ziehen würde.

Pichetseder wollte gehen, um sich wieder dem Hauptgeschehen zu widmen, als ihn hinten jemand an der Jacke zupfte. Er fuhr herum - und pflaumte den Zupfer an: „Was habe ich vor drei Sekunden über das Überschreiten der Absperrung gesagt..." Doch statt einem aufdringlichen Reporter blickte er in das Gesicht des auch ihm bekannten Dr. Josef Zwacknagl, um dessen Freundschaft mit seinem

Vorgesetzten er wusste. „Herr Doktor Zwacknagl,“, fuhr er wesentlich freundlicher fort, „bitte bleiben Sie hinter der Absperrung! Hier ist es viel zu gefährlich!“

„Ich möchte aber helfen!“, beharrte der Zehne-Seppi.

Pichetseder wies mit ausgestrecktem Arm auf die Armada der Einsatzkräfte. „Diese Herrschaften auch - und die sie jung, durchtrainiert und unerschrocken! Die holen unseren Chef und seine Frau schon da raus.“

In diesem Moment kam dem Zehne-Seppi eine Idee wie ein Sechser im Lotto. „Und wissen diese fitten Wunderkinder auch, wie man mucksmäuschenstill in dieses Haus kommt?“, fragte er ruhig.

Pichetseder verzog das Gesicht. Natürlich - bei solchen Großeinsätzen lungerten genügend Klugscheißer und Besserwisser herum, die der Polizei ihre Aufgaben und Methoden erklären wollten. Andererseits - ein unbemerktes Eindringen in dieses Objekt würde einen raschen Zugriff erlauben.

Bloß - außer der Haustüre und den Zugängen zur Terrasse und zur Waschküche gab es kein weiteres Schott. Und natürlich waren diese Türen abgeschlossen. Andererseits war der ehemalige Chefredakteur ein Jugendfreund von Vilsmayr gewesen... „Ich höre!“, überwand sich Pichetseder.

„Ich weiß nicht, wie oft sich der Emmeran als junger Bursch, wenn es dunkel war, trotz Verbots des Vaters aus dem Haus geschlichen hat. Jedes Mal unbemerkt...“, erwiderte Dr. Zwacknagl. „Und zwar über den Kohlenkeller. Der schon längst mit irgendwelchen Bodendeckern zugewuchert ist.“

Pichetseder machte ein nachdenkliches Gesicht. „Einen Versuch ist das allemal wert. Kommen Sie bitte mit - und bleiben Sie dicht bei mir.“ Er ging Dr. Zwacknagl voraus, kommandierte zwei Beamte ab und übergab ihm eine schusssichere Weste. „Hier! Die müssen Sie jetzt anziehen!“

'Das Ding', dachte Dr. Zwacknagl verdrossen, 'enthält ja wirklich Blei. Sakradi, ist das schwer!'

Zu viert schlichen sie sich ums Haus, wobei sie die Seite, auf der sich das Bad befand, vermieden. Pichetseder reichte dem Zehne-Seppi eine Taschenlampe, und dieser leuchtete sich am Haussockel entlang. Vor einem kleinen Hügel mit Kotoneaster blieb er stehen. „Da drunter ist die Kohlenschütte!", war er sich sicher.

Pichetseder befahl den beiden Einsatzkräften, Astscheren beizubringen, und zog Dr. Zwacknagl wieder vom Tatort ab.

~~

Suzanka Barth begann ungeduldig zu werden. Vor einer halben Stunde hatte Vilsmayr seine Kollegen alarmiert, und sie hatte dem Einsatzleiter ihre Bedingungen genannt. Draußen fuhr die geballte Polizeimacht auf, sie hörte halblaute Rufe, und das Sperrfeuer an Blaulicht kam optischer Umweltverschmutzung gleich. Doch bisher hatte keiner von denen da draußen es für nötig befunden mit ihr zu sprechen.

Luitgard wurde es eher als ihrem Mann gewahr, dass sich Unmut bei ihrer Peinigerin breitzumachen drohte. „Eines interessiert mich dann doch, Suzanka?", fragte sie vorsichtig.

„Ich habe dir und deinem Mann schon alles erzählt!", herrschte Suzanka Barth sie an.

Luitgard schüttelte heftig den Kopf. „Wie bist du auf all diese traurigen und doch wunderschönen Geschichten gekommen? Ich frage dich deshalb, Suzanka, weil es dir doch verwehrt geblieben ist, Kinder zu haben?"

„Muss ein Schriftsteller Venedig unbedingt bereist haben, um sich eine Geschichte auszudenken, die dort spielt?", kam es zurück. Luitgard schüttelte abermals den Kopf. „Du hast recht - nicht unbedingt. Nützlich wäre es schon, aber keine Grundbedingung..."

„Siehst du? Drei von den Geschichten sind mir allerdings direkt zugetragen worden. Der Rest hat sich gefunden. Man muss beim Schreiben dem Werden vertrauen.

Plötzlich erklang draußen Pichetseders Stimme über ein Megaphon. „Suzanka Barth, Sie wissen, dass das Haus umstellt ist. Bevor

413

ich weiter mit Ihnen verhandeln kann, bitte ich um ein Lebenszeichen von Frau und Herrn Vilsmayr!"

Suzanka nickte ihren beiden Geiseln zu. „Rufen Sie nacheinander Ihren Namen! Und dass es Ihnen gut geht."

„Hier ist Emmeran Vilsmayr. Ich bin wohlauf!", schrie Vilsmayr und nickte seiner Frau zu. „Und hier spricht Luitgard Vilsmayr. Ich habe Angst!"

„Gut!", rief Pichetseder." Frau Barth, wir können auf Ihre Bedingungen eingehen. Ein Sportflugzeug wird für Sie gestellt. Code sechsvierfünf, in sechzig. Bitte bleiben Sie bis dahin kooperativ!"

Über Suzanka Barths Gesicht glitt ein triumphaler Ausdruck. „Endlich!", rief sie aus.

„Emmeran, jetzt wird mir wirklich schlecht!", jammerte Luitgard. „Meine Nerven!"

„Gardi, jetzt net aufgeben! Mach die Augen ganz fest zu. Und dann zähl langsam von fünfzig rückwärts.", versuchte ihr Mann, sie aufzumuntern. Aus Solidarität tat er das Gleiche.

„Wie rührend!", fand auch Suzanka Barth.

Bloß dass bei „Dreißig" etwas durchs Fenster geflogen kam, was leise zischte und mitten auf dem Badezimmerteppich liegen blieb. Bei „Fünfundzwanzig" heulte dieser Gegenstand ohrenbetäubend, bei „Zweiundzwanzig" verbreitete er ein derart grelles Licht, dass es sogar durch seine fest geschlossenen Augendeckel gleißte.

Bei „Einundzwanzig" wurde die abgeschlossene Badezimmertüre eingetreten, und jemand rief „Zugriff!".

~~

April, im folgenden Jahr.

Ivo und Janez Golob hatten es zu ihrem eigenen Ritual gemacht, sich am Geburtstag ihrer Mutter an einem bestimmten Würstlstand im Prater zu treffen, wohin sie die beiden, als sie noch Schulbuben waren, am Ende eines Sonntagsausfluges immer einzuladen pflegte.

Der Würstlstand war keiner von den großen, sondern lag am Rand in einer ruhigeren Ecke. Vermutlich war er etwas preiswerter als die Stände im Zentrum, denn die Mutter hatte, nachdem der Vater bei Gleisbauarbeiten tödlich verunglückt war, keine üppige Witwenrente bezogen.

Tatsache aber war, dass die Würstln bei M. Jolesch frisch und gerade richtig gebräunt waren. Auch waren die Brötchen stets knusprig.

An diesem Tag, der zwar sonnig war, zog dennoch ein kalter Ostwind durch die Stadt; die Golobbrüder hatten sich deshalb verdrossen noch einmal in warme Jacken gesteckt. Beide verzehrten eine Käsekrainer und tranken ein Bier dazu.

Janez hob seinen Bierkrug und prostete seinem Bruder zu. „Auf meine neuen Mieter! Möget ihr den Vorgarten stets von Unkraut freihalten, meine Goldfische im Teich nicht verhungern lassen - und stets die Vorhänge zuziehen, wenn ihr...“

Ivo prostete zurück. „Hast du dir das auch gut überlegt? Vielleicht wird es dir irgendwann fad zwischen Abu Dhabi und Florida - und dann wirst du uns nicht mehr los.“, grinste er.

Janez verdrückte den Rest seiner Bratwurst mit einem Happen und leckte sich die fettigen Lippen ab. Sein Bruder konnte immer noch nicht begreifen, warum er seinem geliebten Wien den Rücken kehrte, um als Golfprofi auf absehbare Zeit zwischen den Emiraten und den USA zu tingeln. Allerdings war der Nebeneffekt, nämlich dass Janez seinen originellen Bungalow an ihn und Ludovika unbefristet zu einem äußerst kulanten Preis vermietete, unschätzbar.

„Noch eine Wurst, der Herr?“, wollte der Würstlmann wissen. Er stand seit mehr als zehn Jahren hier, sobald der Prater im Frühling geöffnet wurde, und schien über den Sommer so etwas wie Wurzeln in seinem Stand zu schlagen.

„Gerne! Du auch Ivo?“ Sein Bruder nickte. „Zwei Käsekrainer!“, orderte Golob.

Das Gewünschte wurde über die Theke gereicht. „Die gehen aufs Haus!“, erklärte der Würstlmann. „Guten Appetit!“

Die Golobbrüder blickten einander erstaunt an. Dies war seit ihrer Kindheit das allererste Mal, dass ihnen hier eine Wurst spendiert wurde. „Was haben wir denn Heldenhaftes angestellt, dass wir hier so reich beschenkt werden?", wollte Janez wissen.

„Sie? Eigentlich nix. Aber der Herr Bruder!", klärte der Standinhaber Janez auf. Von der rückwärtigen Wand nahm er einen Zeitungsausschnitt, der in einen billigen Click fix-Rahmen geklemmt war. Ein feiner Fettfilm aus dem Glas verlieh dem Ganzen eine fälschlich angejahrte Patina.

Deutlich war nur die Schlagzeile „Allgemeiner Arbeiterhandballverein Josefstadt vorbildlich in der Inklusion". Die etwas kleinere Unterzeile lieferte die Erklärung dazu ab: „Gemischte Jugendgruppe mit Behinderten wird seit November von ehemaligem Nationalspieler trainiert". Neben dem dank des Fettfilms unleserlichen Text befand sich eine Fotografie mit einer Mannschaft von zwanzig Jungen zwischen zehn und ca. dreizehn Jahren. Und hinten, am Rand der Gruppe, stand ein stolz strahlender Ivo Golob.

Der Würstlmann nickte beifällig. „Herr Golob, Sie sind der Held vom Kobi!", verkündete er ehrfürchtig. „Ihr Sohn?", wollte Ivo wissen. Jakob, mit Spitznamen Kobi, war ein Zwölfjähriger, der früher Probleme hatte, sich Lernstoff zu merken und Regeln zu akzeptieren. Der aber das Zeug zu einem cleveren und beherzten Kreisläufer hatte und auf dem Handballfeld richtiggehend aufgeblüht war. „Netter Bursche."

„Nein, der Sohn meiner Schwester. Aber schön, dass dieser Verein sich was hat einfallen lassen.", meinte der Würstlmann.

„Macht ihr nur Behindertensport?", wollte Janez wissen. Ivo schüttelte den Kopf. „Es gibt auch wieder eine C- Jugendmannschaft ohne Inklusion. Und Alte Herren III - aber wir spielen bloß zur Hetz. Weil wir keinen vernünftigen Trainer haben."

Eine Taube hatte sich auf dem Vordach des Stands niedergelassen, gurrte hektisch und spechtete auf Brotkrumen. Weil aber nichts abfiel, ließ sie als Zeichen ihrer Verachtung einen weißen Klecks auf den Boden zwischen den Brüdern fallen und schwirrte wieder ab.

„Was ist eigentlich aus der Leiche bei der Seebühne geworden?

Ich hab davon nichts mehr gehört seit... na ja?", fuhr Janez fort und scharrte ein bisschen Kies über den Taubendung.

„Hatte sich nach Deutschland verlagert. Ein windiger Kleinverleger, der seine Autoren im eher kleineren Stil betupft hat. Sein Pech, dass ein Autorenpaar dahintergekommen ist - und ihn ein wenig zu hart rangenommen hat. Und weil sich Hobbyautoren irgendwo auch als Künstler mit kulturellem Auftrag fühlen, wurde seine Hinrichtung inszeniert als mahnendes Beispiel für die Heiligkeit der Kunst und die gerechte Strafe für deren Schändung... oder so ähnlich". Ivo trank sein Bier aus. „Soviel ich weiß, hing an diesem Skandälchen eine noch viel größere Betrugsgeschichte in ganz Deutschland dran."

Janez Golob grinste: „Du hast irgendwie einen Hang zu Skandalen. Apropos - was wird aus Major Ebenzierl?"

„Übermorgen ist der erste Verhandlungstag. Die Inspektion in der Favoritenstraße kann sich mittlerweile vor lauter Presseansturm kaum noch retten, wir hoffen alle darauf, dass sich die Journalisten in den Gerichtssaal verziehen mögen."

Janez zahlte wie versprochen die Zeche, und die beiden Brüder verließen einträchtig den an diesem Tag windigen Prater.

~~

Oktober, im selben Jahr.

Emmeran Vilsmayr saß in der ersten Reihe im großen Vortragssaal des Pressezentrums Chiemgau. Dass er öfter in einer ersten Reihe saß, war für ihn - im Gegensatz zur neben ihm sitzenden Luitgard - nicht neu. Meistens waren es irgendwelche Ehrungen bei der Polizei gewesen, ein Neujahrsempfang oder der Jahresabschluss eines Ausbildungsjahrgangs.

An diesem Herbsttag, der bereits bunte Blätter herumwirbeln ließ, würde er jedoch keine Rede halten. Sondern Luitgard. Sie hatte darauf bestanden, ihre kurze Ansprache mit Danksagung auswendig zu lernen. Offensichtlich bereute sie jetzt ihren Schneid, denn sie wirkte ein wenig blass und auf ihrer Oberlippe glitzerte es...

Vilsmayr beugte sich etwas vor, um Dr. Zwacknagls Blick zu suchen. Der Zehne-Seppi saß drei Plätze links von ihm und machte ein ausgesprochen zufriedenes Gesicht. Das mochte auch an dem zuvor mit Häppchen gereichten Sekt liegen.

Zwischen ihm und Vilsmayr saßen eine schick kostümierte Dame vom Bayerischen Rundfunk, die bereits vorhin eine kurze Ansprache gehalten hatte, danach kam der Verleger Pirmin Moser, und direkt neben Vilsmayr saß ein hagerer Mann, der einen dunklen Leinenanzug, ein Hemd mit Stehkragen und eine Hornbrille trug. Dieser sei der Feuilletonist einer großen, überregionalen Zeitung; der Zehne-Seppi hatte ihn zu Beginn der Veranstaltung zuerst Luitgard, dann ihm vorgestellt. Luitgard, die diesen Namen vorher nie vernommen hatte, hatte vor Aufregung hektische rote Flecken am Hals bekommen. Vielleicht war aber auch das eine Wirkung des Sekts.

Am Rednerpult stand ein weiterer wichtiger Mann vom Börsenverein des Deutschen Buchhandels, der gerade weitschweifig erklärte, warum man sich hier und heute zusammengefunden hatte: „...natürlich unterliegt auch das, was wir unser täglich Brot nennen, dem Wandel. Dem Wandel der bloßen Notwendigkeiten ebenso sehr wie dem der Moden. Unsere hart arbeitenden Vorfahren hätten kein Verständnis dafür gehabt, dass ein wachsender Teil der Deutschen mittlerweile völlig auf Fleisch verzichtet, obwohl es leistbar wäre...“

Vilsmayr nickte seinem Freund lächelnd zu. Der Zehne-Seppi hatte sein Versprechen gehalten und mit dem notwendigen Nachdruck einige Hebel in Bewegung gesetzt, während sich Luitgard langsam vom Trauma des Gekidnapptwerdens erholte.

Das Ergebnis konnte sich auf jeden Fall sehen lassen. Auf der Projektionsfläche hinter dem Rednerpult und über dem hier und da kahlen Haupt des Börsenvereinsmeiers leuchtete die Abbildung eines appetitanregend aufgemachten Buchcovers. „Christls Leibgerichte. Traditionelle authentische Küche aus Bayern.“ Dunkelbraune Lettern schwangen sich über ein Bild, das einen dampfenden Krautstrudel mit angebräunter Soße neben einem Krug Dunkelbier zeigte.

Über dem großen Schriftzug stand in kleineren Lettern: Luitgard Vilsmayr". Und neben dem Buchcover ein wirklich hübsch geratenes Künstlerfoto von Luitgard in einem modernen Landhausgewand. Um den Hals trug sie die Bernsteinkette ihrer Großmutter.

Sauber, fand Vilsmayr.

„...und deshalb bedeutet auch in der regionalen Küche Tradition nicht das Beklagen der Asche, sondern das Hüten der Fackel, die an nachkommende Generationen..."

Vilsmayr fand diese Ansprache alles andere als zündend. Er verschränkte, was er sich bisher verkniffen hatte, die Arme vor der Brust. Und spürte das Heft, das er sich vorhin in die Innentasche gesteckt hatte.

Verstohlen zog er es heraus. „Polizei in Bayern aktuell". Er fing Pirmin Mosers leicht konsternierten Blick auf, als er versuchte, ohne Aufsehen zu erregen darin zu blättern. Dabei interessierte ihn im Moment nur eine einzige Rubrik in dieser druckfrischen Hauspostille. „Aufnahmen in die Polizeischulen ... Augsburg..."

Moser räusperte sich indigniert, Vilsmayr lächelte zurück, ließ es sich jedoch nicht nehmen, die Liste der Rekruten in Augsburg zu überfliegen. Und fand im letzten Drittel endlich einen Namen, den zu finden er gehofft hatte: „Di Spacca, Giulia".

Gut haben wir das gemacht, fand Vilsmayr. Luitgard das Ihre. Und er das Seine. Und dazu brauchte es in seinem Beruf vor allem eines: eine gute und unbestechliche Menschenkenntnis.

Danksagung

»Mein Dank gilt Sophia Andermahr für das sorgfältige Lektorat und nicht zuletzt meinem Verleger Richard Windmeißer, der es mit Gelassenheit und Humor hingenommen hat, dass mein Mordopfer ausgerechnet ein Branchenkollege war.«